关河万里自当归

自当归

李金争 著

长江出版传媒 | 长江文艺出版社

图书在版编目（CIP）数据

关河万里自当归 / 李金争著. -- 武汉 ： 长江文艺
出版社, 2025. 3. -- ISBN 978-7-5702-3774-6

Ⅰ. I247.5

中国国家版本馆 CIP 数据核字第 2024077NQ7 号

关河万里自当归

GUANHE WANLI ZIDANGGUI

责任编辑：程华清　王　虎　　　　　　责任校对：易　勇
装帧设计：天行云翼·宋晓亮　　　　　责任印制：邱　莉　胡丽平

出版：长江出版传媒 | 长江文艺出版社
地址：武汉市雄楚大街 268 号　　　　邮编：430070
发行：长江文艺出版社
http://www.cjlap.com
印刷：中印南方印刷有限公司

开本：710 毫米×970 毫米　　　1/16　　印张：28
版次：2025 年 3 月第 1 版　　　2025 年 3 月第 1 次印刷
字数：581 千字

定价：59.80 元

目 录

第 1 章　萧家有女 ……………………………… 1

第 2 章　憋屈的国公爷 …………………………… 5

第 3 章　骆家少爷不讲理 ………………………… 9

第 4 章　还魂保命丹 ……………………………… 13

第 5 章　赤铜屑 …………………………………… 17

第 6 章　文籍此人 ………………………………… 20

第 7 章　一世兄弟 ………………………………… 23

第 8 章　桂丹汤 …………………………………… 27

第 9 章　雪路难行 ………………………………… 30

第 10 章　初见文蓝桥 …………………………… 33

第 11 章　姐姐在,别怕 ………………………… 36

第 12 章　一场祸端 ……………………………… 40

第 13 章　文家生变故 …………………………… 43

第 14 章　是捷亦是劫 …………………………… 46

第 15 章　药中十八反 …………………………… 50

第 16 章　心灰意冷 ……………………………… 54

第 17 章　骆家大爷的气派 ……………………… 58

第 18 章　弄巧成拙 ……………………………… 61

第 19 章　医不可欺 ……………………………… 64

第 20 章　欲倩烟丝遮别路 ……………………… 67

第21章　平安驿难平安 …………………… 70

第22章　岐黄济世难济命 …………………… 74

第23章　泥汤救人 …………………… 77

第24章　尚阳堡 …………………… 81

第25章　虎口脱险 …………………… 85

第26章　医者医病难医命 …………………… 88

第27章　一盏黄芪茶 …………………… 91

第28章　老爷岭隋鹰 …………………… 95

第29章　普同一等 …………………… 99

第30章　原来是故人 …………………… 103

第31章　手无寸铁能救人命 …………………… 107

第32章　是姐姐还是媳妇 …………………… 111

第33章　姐姐的苦心 …………………… 115

第34章　长风有信 …………………… 119

第35章　鹿茸 …………………… 123

第36章　贞实姑娘的秘密 …………………… 126

第37章　闺阁夜话 …………………… 130

第38章　人情如戏 …………………… 133

第39章　世间最美好的是两情相悦 …………… 136

第40章　实心人不易得 …………………… 139

第41章　开诊坐堂 …………………… 142

第42章　却是故人来 …………………… 145

第43章　少年心事 …………………… 149

第44章　长针救命假药害人 …………………… 153

第45章　铁镜照病难照姻缘 …………………… 157

第46章　锦衣玉食非我所愿 …………………… 160

第47章　一匹中山狼 …………………… 164

第48章　教不严师之惰 ······················· 167

第49章　辨药容易识人难 ··················· 170

第50章　德高医贵 ····························· 173

第51章　博源堂不能倒 ······················ 177

第52章　药草不及世间苦 ··················· 180

第53章　姐妹同心其利断金 ················ 183

第54章　参茸养医成大器 ··················· 186

第55章　有心之人不用教 ··················· 189

第56章　世间总有疑难杂症 ················ 193

第57章　最难医治是人心 ··················· 196

第58章　归尾红花苗翠荷 ··················· 199

第59章　零落成泥碾作尘 ··················· 202

第60章　一对铁镜一双人 ··················· 205

第61章　密使灭恶消祸殃 ··················· 208

第62章　治病驱恶鬼 ························· 212

第63章　仙人观中问神医 ··················· 215

第64章　神仙难救作恶之人 ················ 219

第65章　银枪摆动龙戏水 ··················· 223

第66章　广渠门下北平城 ··················· 227

第67章　那年冬日此门中 ··················· 230

第68章　文医生的心事 ······················ 233

第69章　治病痛乐生死 ······················ 236

第70章　巫是巫,医是医 ··················· 239

第71章　前朝冤今世仇 ······················ 243

第72章　中西药并用见奇效 ················ 246

第73章　是非对错自有分明 ················ 249

第74章　治病救人医者根本 ················ 253

第75章　唯有相思不可医 …………………… 256

第76章　一生一世一双人 …………………… 260

第77章　医者最懂含灵之苦 ………………… 264

第78章　酒醉沉酣道情深 …………………… 268

第79章　动人的爱情 ………………………… 273

第80章　肝气横逆 克犯脾土 ……………… 277

第81章　秘方之秘 …………………………… 282

第82章　一念妄心才苦 ……………………… 287

第83章　人心险恶药难医 …………………… 292

第84章　生在阳间有散场 …………………… 297

第85章　慈爱无边缘有尽 …………………… 302

第86章　声声叮嘱不忍别 …………………… 307

第87章　百草百香护正气 …………………… 312

第88章　萧大夫与文医生 …………………… 317

第89章　正己正人正心 ……………………… 322

第90章　蒙眼看诊隔屏看心 ………………… 327

第91章　世上唯有情误人 …………………… 332

第92章　风雪迫人各自珍重 ………………… 337

第93章　连翘味苦抚人心 …………………… 342

第94章　人在乱世难清白 …………………… 347

第95章　伤寒伤身恶虎伤人 ………………… 352

第96章　事出反常必有妖 …………………… 357

第97章　荒唐公子一出戏 …………………… 362

第98章　只当漂流在异乡 …………………… 367

第99章　历尽风雨自当归 …………………… 372

第100章　护士不是使唤丫头 ……………… 377

第101章　不教性命属乾坤 ………………… 382

第102章　山河不及情义重 ……………………………… 388

第103章　劫后余生叹数奇 ……………………………… 393

第104章　今夜玉清眠不眠 ……………………………… 398

第105章　国破山河在 …………………………………… 404

第106章　关东有义士 …………………………………… 410

第107章　取义成仁今日事 ……………………………… 415

第108章　大医之道吾之志也 …………………………… 420

番　外 …………………………………………………… 427

第 1 章
萧家有女

"凡大医治病，必当安神定志，无欲无求，先发大慈恻隐之心，誓愿普救含灵之苦……"

湖笔宣纸，颜体小楷，或许是因为练得久了，字也算有模有样，却因腕力不足而尚未成体。写字的小姑娘还不满十三岁，姓萧，父母为她取了学名黛秋。

黛秋的父亲是京城名医萧济川，医术超群，如今在太医院供职。萧济川二十岁上下娶妻杜氏，夫妻和睦恩爱，却久婚无子，直到三十岁头上才得一女，夫妻俩爱如珍宝。

黛秋身穿家常半新的缎面小袄，盘腿坐在炕上，就着炕桌上铺了纸，一笔一画地抄写《大医精诚》，忽听见尖厉的叫声，她手一抖，那饱蘸墨汁的笔尖随之抖落一大滴，染了雪白的宣纸。

黛秋抬头，还不等她分辨这声音的出处，有男有女的号啕声就从前院传过来。她丢下笔，跳下炕，拔腿就跑，才到门口，正与跑进来的小丫头百花撞个正着。百花眼疾手快，一把拉住黛秋。

"酥油的味道，掺了桂花和红豆的香味，百花，你又去厨房偷吃福妈做的酥油桂花饼！"黛秋笑道。她天生一只好鼻子，能识百香百气。小丫头百花每每将身上沾些味道，故意逗她去猜，只当取乐。

"姑娘，咱们老爷被国公府扣下了。太太才得了信儿，现下上房已经乱了营了。"

"哪个国公府？"黛秋忙问。

"还有哪个国公府？不就是丰城巷，辅国公骆家。"百花带了哭声，"车把式憨三儿才跑回来报信儿，老爷是从宫里被骆家接走的，憨三儿在骆家门口等了一夜，不见老爷出来，好不容易拉他家下人细问，才知道他们家小爷病了，请老爷去瞧，起先还瞧得好好的，不知老爷说了什么，惹恼了他家主母，竟叫人给绑了。"还不等百花说完，黛秋抬腿就往外跑。

萧家正房里，一屋子仆妇丫头哀哀哭泣，唯有萧济川的妻子杜氏呆坐在红木圈椅上，她死死地咬着唇，五官姣好的脸惨白得无一丝血色，一双丹凤妙目红得如同浸了血。

见黛秋一脸惊恐地跑进来，杜氏狠狠抹一把脸，强迫自己如常朝女儿招手："秋儿，来！"黛秋不知发生怎样了不得的事，便有些怯怯地朝母亲走去。杜氏咬一咬牙，将桌上的盖碗狠狠一蹾，向众人厉声道："放肆！"

这一声虽不大，厅堂里顿时肃静无声，两个有年纪的仆妇满脸是泪，却再不敢发悲声，只抬头看向杜氏。

"天还没塌，老爷还没死，你们就这样忙着哭丧？"杜氏环视众人，"难道哭塌了这房子，老爷就能回来？"

主母如此，众人便不敢惊慌，杜氏也不理他们，先拉了女儿的手，面上勉强含了一丝笑意，道："秋儿乖，这里并没有你的事，好好做你的功课，你父亲说了要考问你的。"杜氏语气温和，仿佛萧济川只如往日问诊未归。杜氏又唤过百花："送姑娘回房里去。"

百花忙上来拉黛秋，黛秋只是不肯走，她望向母亲，杜氏含笑回应，黛秋欲问又不好开口，只由着百花拉她出门，迈过门槛时到底忍不住回头，见母亲已行至木几前，抓起一直摆在兵器架上的短剑。那剑鞘镶金嵌宝，是萧济川的爱物。

杜氏将短剑交与一个护院："你拿了这个，立刻出城去宣慰使司，找文籍文金事，将老爷的事告诉他，请他无论如何想法子救老爷。"

护院也知事情要紧，接了短剑转走就走。杜氏直直地盯着他的背影，她知道所有的指望不能放在一人身上，便温声吩咐："去书房。"

陪房婆子福妈悄悄扶上来："太太做什么？"

杜氏只觉眼前发黑，腿脚发软，少不得咬牙闭目，镇定心神。当年萧济川在军前效力时，曾有两位军中好友，一位是文籍，虽现委了外官，倒常常走动，另一个就是奉恩辅国公骆麟。虽然萧济川常常说起当年如何亲密，又常往国公府出诊，可杜氏只是不信。既是袍泽好友，又同在京中住着，怎不见节礼上相互走动？如今这形势看来，非但不是挚友，反是祸患。

杜氏恨得咬碎了牙根，道："我这里写封信，你找人递到太医院沈堂官门上，只盼他出面往骆家问清缘由，万一……咱们不能让老爷糊涂死，总该知道这灾祸是打哪儿来的。"

福妈皱眉道："如今老爷这样，只怕他们躲咱们还来不及。"

"他远着咱们，咱们就追着他去，死马当活马医，我拼了命也不要紧，总要把老爷救出来的……"杜氏说着急急地去了书房，并不承想黛秋捂着百花的嘴，两个人躲在廊下转角处，母亲的话她一字不落地听在耳里，父亲生死未卜，母亲又要去拼命。

眼见母亲进了书房，黛秋腿一软，"扑通"一声跌坐在地。百花忙转身扶她："姑娘回房吧，这里乱得很。"

更鼓轻响，书房里仍有烛火，窗上映出杜氏单薄的身形。黛秋站在廊檐下远远地看着，母女连心，她们心下的焦痛并无两样。此刻，黛秋穿一身短衫长裤，八合小帽下一截不长的辫子，看上去直如一个未成年的小么。她咬一咬唇，似下了极大的决心，转身跑向后院。

西角门上，百花瑟缩着朝前院的方向张望。她身后的门板早已落闩上锁，钥匙是她从福妈那里偷来的。因着夜色墨黑，黛秋跑得近了，百花才看见："姑娘一定要这么做吗？"百花说着，拉住黛秋的衣角，像是生怕她跑了。

"按父亲的医术，就算真有错也断不会出大纰漏，何至于此？我必得弄个明白。"黛秋说着便要抓钥匙。

百花不由向后退一步，双手护住那钥匙，她比黛秋大两岁，也更知惧怕。这个主意她本就不赞成，可姑娘的脾气她再清楚不过，萧济川在家时也常常说黛秋人小心大，最是胆大心细不怕事的。

百花知道就算自己不肯帮忙，黛秋也一定会想法子跑出去。百花犹豫着开了锁，又实在不放心地道："我同你去。"

"你同我去，谁帮咱们看着门？我要怎么回来？那不就被母亲发现了么？"黛秋话音未落，人已经跑出角门。百花还要再嘱咐她几句，又怕夜深声重惊了人，不得不掩了口。

门外有一辆大骡车等着。百花早托了憨三儿赶车，在门外接应黛秋。这个憨三儿年纪与萧济川相仿，小时得了一场大病，萧家医术虽高，保下了他的命，却是病坏了脑袋，好在萧家上下待他极好。

如今萧济川落难，憨三儿急得不得了，巴不得立刻救了他出来，也不及细想黛秋一个小人儿有多少力量，只听百花说姑娘有法子救老爷，便急急地套了车等着。

住在丰城巷的人家非富即贵，国公府一对石狮守门，气派非凡。城里无人不知，他们家的主母乃是老佛爷的表侄孙女，名唤惠春。

提起这位惠春格格可了不得，传说她貌比天仙，自幼在宫里奉承，深受老佛爷喜爱。十七岁议婚时，偏相中了小小的护军参领骆麟。老佛爷亲赐骆家入旗，又赐骆少卿奉恩辅国公。

骡车不敢走正街，直插进后巷。比不得别处人声嘈杂，国公府周遭寂静无声，后院有东西两个后角门，现下早已落了锁，是无论如何也进不去的。黛秋跳下车，仰头看看高墙大院，又看向憨三儿。

憨三儿指着国公府，嘴里嘟囔着："救老爷……"

黛秋转身端过车上的梯凳子，放在墙根儿下，让憨三儿站上去，自己就骑坐在憨三儿的脖颈上，伸长了双手向上爬。可她的指尖与墙瓦间仍差着半人高。黛秋手扶墙壁，用尽全身力气缩起双脚，摇摇晃晃站起来。

"踩头，踩头。"憨三儿闷声道。

"你小声些。"黛秋轻声喝他，抬头看看那灰青的墙瓦，又低头看看顺颊淌汗的憨三儿，微一犹豫，咬牙踩上去。

谁知一只脚才踏到憨三儿那油光的头顶，忽听一阵急促的马蹄声从远处传来，这整条街都住着达官显贵，起更后，来往行人连脚步都要放轻的，是谁这样大胆，敢在这条街上跑马？

黛秋心下一惊，脚下忙乱，一个不稳人便向后仰过去，憨三儿伸手要去捞她，反松了抓着她脚踝的手。

黛秋瞬间失去了所有外力扶持，仰身跌下去，惊得她不由闭上眼睛。耳边风声夹着马蹄声愈近。忽地背后一暖，一条结实的手臂将她捞起。

一声长长的马啸嘶鸣，高头战马因骤然被拉紧的缰绳而高高抬起双蹄。不过一瞬，训练纯熟的战马便安静下来，轻轻打着呼噜原地打转。黛秋缓缓张开眼睛，一个风尘仆仆的男人面孔映进她眼里。

男人头戴一顶风帽，浓重的双眉带了一股不怒自威的正气，五官刀砍斧斫般棱角分明。

"哪儿来的小幺？大半夜往这里闹可是要吃苦头的，快家去吧。"男人说着便要将黛秋从马上顺下去。

"文叔叔！"黛秋一把抓了男人的袖子，喜出望外，"你是文籍叔叔！"

文籍一愣，外官无旨不得入城，他自上任便极少进京。眼前这孩子……文籍目光一亮，他怀中分明是一个小子打扮的女孩儿！

"这是我们家的东西！"黛秋从文籍腰间抽出短剑，死死握在手里。

文籍心中了然，不由笑道："好个丫头，不想你竟有这样的肝胆，是赶来救父的么？济川哥哥教的好女儿。"

"我父亲医术不差，断不会写错方子给错药。"黛秋笃定道，"即便有什么不对，父亲尚有从五品供奉在身，有罪也该是有司衙门审过再定，他们怎可私刑拿人！"

文籍看了看怀中的小黛秋，那口吻神情颇有些熟悉，他似想到什么："是杜夫人教导出来的。有女如此，夫复何求？丫头，我带你进府，你可敢么？"

黛秋狠狠地点头。文籍提一口气，单臂用力，将黛秋悬空抓起，放在身后，扭头对憨三儿道："回去吧，到府里禀明你家太太，就说你家老爷和姑娘的平安就交给文远笛。"文籍话毕，双腿稍稍用力，连人带马掩于黑暗之中……

第 2 章

憋屈的国公爷

国公府的小书房里，骆麟手指磕着书桌，那枣红的木漆生生被磕碎，斑驳可见本色，他却全然不知，目光直直地盯着桌上一摞空白的折子。他已经这样坐了两三个时辰，仍一笔未动。早有丫头传过三四遍话："太太问老爷，给老佛爷的折子写好了没有，若写好了送进内院，太太要瞧瞧。"

近侍的心腹小厮悄悄进来，回道："跟爷回，药已经煎好了。"

骆麟似才回过神来，小声吩咐："你送过去，亲眼看着风儿喝下去。"

小厮应声而去，骆麟往笔架上摘下一支湘管紫毫笔，欲舔墨时才察觉砚台早已干涸，不由怒从心生，狠狠丢下笔，奋力将桌上东西一股脑儿地推散在地。

萧济川还押在柴房里，惠春那个悍妇不依不饶，威逼骆麟奏请今上，要将萧济川治重罪，非极刑不能消她心头之恨。骆麟咬着牙，早知这样，他从一开始就不该娶那女人进门！

"有刺客！"护院一声叫嚷打断了骆麟的愤懑。儿子长风还病卧在床，难道是那女人又要捣鬼？他来不及细想，回手抽出壁上挂着的一柄长剑，直冲出门外。

几个府兵将一大一小两个人团团围住，那大的身披玄色斗篷，帽兜盖了脸，五官不辨，一只手握长剑指向骆麟的方向，另一只手紧紧拉着一个童儿。

"卑职宣慰使司金事文远笛，拜见国公大人。"文籍掀开兜帽，毫无惧色。

骆麟不由悲喜交加，手中的长剑"喱"的一声掉在地上，先向府兵怒喝一声："都退下！"

府兵听命，忙收了兵器，后撤一步，领头的原是骆家的家生奴才，极是心腹得用，名唤伍儿。他忙不迭跑上前一步，低声道："跟爷回，刺……这位爷不知用什么手段，竟能神不知鬼不觉地进了门房，伤了两个守卫，奴才怕他对爷……"

骆麟冷哼一声："他若有心伤我，只怕我人头落地你们还在梦里呢。都去吧，我自有道理。今晚这事只当没发生过，不可泄露一个字出去。"骆麟说着，瞥一眼内院的方向。

伍儿会意，忙遣散了众人。文籍长剑归鞘，忽叫了伍儿站下："叫小厮上茶来，这小童是我亲随，你带下去好生招呼，怠慢了我可不依。"

伍儿虽低头，却拿眼觑向主子，见骆麟微微点头，方答应着过去领黛秋。黛秋原本拉着文籍的手，眼见这情形更不敢松开。

文籍笑拍她的手背："童儿去吧，内院是夫人，西跨院是公子格格们，此刻夜深，你不便打扰请安，且自去休息，待我唤时再来。"说着重重捏一捏黛秋的手。黛秋会意，心下定了定，便随伍儿去了。

三更已至，梆鼓轻响。深宅大院里面竟听到更鼓，国公府的柴房已是一个极偏僻的处所。萧济川缓缓地活动着僵硬的四肢，做了几个呼吸吐纳，惴惴不安的一颗心竟也缓缓静下来。

他已被关在这里两日两夜，起先还被捆成个粽子，日落时有人来送饭，解了他的绑绳。

前日，他还在太医院，与同僚共同会诊各位主子的病情，老主子带病延年，就算请下大罗神仙也无回天之力。西苑主子虽也病着，可他到底壮年，医治起来尚有几分把握。那些首鼠两端的亲贵老臣一天几遍地派人往太医院打探消息，无非是想知道哪位主子的命更长，他们好早做准备。

君子不党，萧济川向来瞧不上这些蝇营狗苟的事，所以会诊完毕，他便急急离宫，以免被谁拉住问长问短。

谁知才下公生桥，远远就见辅国公骆家的马车与自家的大骡车并立。骆麟娶妻之后，行事低调至极，恨不能远远地离了这红墙金瓦的所在，如今竟在这里等他，萧济川深觉不祥。

国公府的门大敞四开，管家领着萧济川一路奔向西跨院。骆麟的独子骆长风此刻已气息微弱。他还不到束发之年，长得与骆麟一般的好相貌。萧济川也帮他诊过三五回脉，眼见这样，不免心疼，来不及与骆麟寒暄，先抓过孩子的手，还不及搭脉，不由心头大惊，孩子原本粉白的手臂上，竟有几块疮，有两块甚至有些溃烂。

萧济川不由抬头看向骆麟，满眼疑问。一旁服侍的小厮回道："我们哥儿两个月前便有些不适，太太请了太医院沈堂官来瞧，说是脾胃不和，气血虚浮，这两个月间，哥儿一直吃着沈供奉的药，虽不见大好，也未再添病，谁知今儿一早，哥儿吐了血，人就昏厥过去……"

萧济川伸手摸脉，冷眼看向那小厮，良久又搭另一只手，方才开口："再未添病？你家哥儿这疮也是两个月前的？"

那小厮面色惨白，结结巴巴地道："想……想是哥儿卧病久了……生了褥疮。"

萧济川再不说话，骆麟在一旁怒道："无用的奴才，做事这样不上心，我要你做什么！"说着急唤管家，将房中服侍的人传齐，凡不能讲明长风饮食起居的，拉到角门上打二十板子，赶出去。一时拉人的、打人的，哭的、喊的，哀号声一片。

萧济川对这一切置若罔闻，只从随身的药箱里找出些药粉，小心地涂于患处。又取纸笔写方子，头也不抬地递与骆麟："看脉象是因毒损肾之象，肾属水，主开阖，如今毒伤，不能解毒，反有所伤，这疮便是毒浸血脉所致。"

骆麟大惊："风儿是中毒？"

"虽还不能辨明毒源，但决计不是平日里常见的毒，我这方子能缓解一二，总要找到毒源才好对症下药。"萧济川犹豫片刻，方又道，"少卿若信我，容我将哥儿的所有饮食、药渣一一查验。毒已浸血脉，再耽误不得。"

"你是说有人投毒？"骆麟难以置信地瞪圆了眼睛盯着萧济川，"他是我独子，谁敢……"

"谁敢在国公府投毒？"有女人的声音从门口传来，把骆麟、萧济川吓了一跳，转头见大大小小丫头仆妇十来个人鱼贯而入，簇拥着一个身穿石青缎苏绣三蓝牡丹花对襟褂的女人进来。

这女人体态微丰，虽略有年纪，却着实算得上一等一的美人。萧济川一见，忙上前打千儿，口内请安。

国公府的主母惠春，老佛爷的侄孙女。除了她那位高高在上的姑祖，其余人一概不放在眼里。她看也不看萧济川一眼，吩咐道："来人，将这个无能的庸医给我绑了！"

"这是做什么？"骆麟拦道。

惠春似笑非笑地看向骆麟："老爷外面多少大事忙不完，府里这点子小事我还料理得开，不劳老爷费心。"说着，朝身边一个心腹仆妇使了个眼色，那仆妇也不管此刻骆麟铁青着脸，将手一挥，三四个家丁一拥而上，捆结实萧济川就往外拖。

萧济川不知自己错在哪里，但此时辩白已无用，他只能看向骆麟，以求援手。

"慢着！萧供奉尚有官职在身，是我们请了他来，怎能如此……"骆麟抬手阻拦，不想却被惠春一双纤纤玉手挡下。

"老爷是信了这庸医的话，有人给风儿投毒？风儿可是咱们国公府的独苗。虽是姨娘所出，可也是金尊玉贵地长这么大。我福小无德，养不出儿子，风儿早晚要袭爵，贵不可言，谁敢害他？"惠春抬眼冷冷看向骆麟，忽而一笑。

"是了，我是这府里的主母，风儿饮食起居皆由我照料，沈供奉是太医院正堂，驾前服侍的人儿，也是我舍了自个儿的脸求来的。如今风儿中了毒，必是我这个嫡母不容庶子，故意害骆家绝后！这么大的罪过，我可承担不起。这么着吧，老佛爷卧病，我明儿要进宫问安伺药，正好将这事说与她老人家听听，求她老人家给我个清白。"

惠春的眸子似一泓寒潭，直勾勾地盯着骆麟，骆麟几欲开口，奈何无一字出口，片刻方无力垂头，道："进宫问安是大事，如今时局纷乱，主子们多有烦忧，不为这点子小事叨扰。府内琐事，全凭太太做主。"说话间，他眼睁睁看着萧济川被拖走。

被关了这两天，萧济川渐渐厘清了这里面的头绪，除了惠春，谁敢伤害国公府的子嗣？谁能无知无觉地将毒下进那孩子的药食中？

可若论害命之心，惠春早该有，何以待孩子长成才动手？对襁褓婴儿岂不更易得手？萧济川无论如何想不明白。

书房里，骆麟与文籍东西分坐。文籍夜闯国公府只为要人，可骆麟又不敢违逆惠春的意思，那女人一向为所欲为。万一真惊动了宫里，骆氏一门老小，远近亲族恐都受连累。

"我虽不知济川哥哥做下什么错事，他也原不如咱们磕头结义的交情，可他到底也救过你我的性命。求大哥哥千不念万不念，想想当年的救命之恩，恕了他的过失，放他家去吧。"文籍心知骆麟的难处，可他是无论如何也要救出萧济川。

骆麟见文籍说得恳切，不得不将幼子如何得病，济川如何诊出中毒，惠春如何绑人一一说了。文籍听闻心中一沉，骆麟的为难他感同身受。若放了济川，那就是认了有人投毒，堂堂国公府，谁敢下毒还不是明眼可见的事吗？别说查出真相，就是有一星半点的涉及主母害子的风言风语，那惠家岂是寻常人能动分毫的？

这样想来，萧济川的命数危矣，文籍思量片刻便起身，从腰间抽出那把短剑，双手奉于骆麟面前："大哥哥，当年咱们同在军前，远笛重伤，是济川哥哥将我从鬼门关拉回来，我当年就说欠他一条命，以家传宝剑为信，约定来日报还。现下萧家人拿剑寻我，这条命我定是要还的，求大哥哥放了他吧。"

文籍双目如炬，炯炯地盯着骆麟。骆麟为难地别过脸，他也想救出萧济川来，可惠春必定不依不饶，直至闹到御前。见骆麟如此，文籍把心一横，一字一句道："若不然，远笛情愿以命抵命，换出济川哥哥的命来！"说着拜下。

骆麟忙起身拉住他："你这是做什么？"谁知文籍顺势将短剑塞进骆麟手里，撤出剑鞘，不等骆麟反应，狠命地撞上去……

第3章
骆家少爷不讲理

伍儿已在后院转了两圈，仍然不见小童的踪影。方才那孩子要如厕，伍儿只得引她去，可一转眼，人就不见了。伍儿不敢大张旗鼓地找，又不能由着那孩子乱闯，急得满头大汗。

谁知黛秋只听文籍一句西跨院，便以为他在暗示自己去找骆家生病的少爷，便借如厕偷跑出来。

身后忽传来急促的脚步声，黛秋见灯笼光亮由远及近，忙躲进那大树背后，将自己缩了再缩，只求不被发现。

一则天黑，她没瞧见，二则她所有心思都在脚步声上，并不曾留意其他，因此竟丝毫不曾察觉身后伸来一只惨白的手。

那只手猛地捂住了她的嘴。黛秋不承想这里有人，挣又挣不脱，叫又叫不出声来。

黛秋能感觉到身后是一个比她身量高的人用力将她向后拉，耳边却忽听见一个极低的声音："别动，小心他们拿住你。"

黛秋身子一僵，虽然不知道身后的人是谁，可万不能让伍儿那些人抓回去。身后的人似乎也感觉到黛秋不再挣扎，拉她蹲下，二人便躲在一块题咏的大石之后。

"我放开你，你只别出声。待他们远了，咱们各自走开。"

黛秋拼命点头，那只手才缓缓松开，黛秋起身要跑，忽然身后一阵急促的咳嗽声，她生恐人听见，也顾不得跑，先去捂了那人的嘴。

暗夜里，毫无血色的一张脸像极了鬼魅，唯那一双眸子闪闪发亮。黛秋勉强看出对方是个十四五岁的少年，想来是这府里的小厮，既是这府里的，如何落得与自己一样？难道是起了贼盗之事？这样想着，黛秋起身要走。

那小厮忽然拉住她："你是哪一房的小幺？在这里做什么？"

黛秋本欲甩开他的手，忽想到这人必是知道骆家少爷住所的，找到那位生病的少爷，或可以知道他到底得了什么疑难杂症，连父亲也医不好。

"听说少爷病了，我特去……问安。"黛秋毕竟年岁不足，谎话也说得不圆满。

少年在黑暗中轻蔑一笑："给少爷问安找到这来？再往前走是大厨房和柴房，你家少爷住的是厨房还是柴房？"

黛秋不知自己寻错了地方，眼下这情形少不得要求助于眼前人："既这样，还请小哥指点，西跨院要往哪里走？"

少年呼吸微滞，大口大口地喘息一阵，方道："你是哪一房的？连方向都找不到，你是这府里的人吗？"

黛秋定了定神，故作老成地道："我劝小哥别问，你明白告诉我方向，自有你的好处，万一吵出来，于你也不好。"

少年点头道："指与你也成，只是你须得帮我个忙，不然我宁可吵起来，大家不便宜。"

黛秋欲辩又不敢辩，只听那少年道："我实在没力气，你扶我去大厨房找样东西，找着了，我必带你去西跨院，把骆长风摆在你面前。"

黛秋虽不知这人做什么要去厨房，可事已至此，她也只得答应。黛秋伸手一扶才知道，原来这少年是虚透了的，想必方才挟持自己已尽了全力，此刻浑身汗流如雨，一副骨头全倚在黛秋身上，走起路来仍旧气喘吁吁。

"你病了吗？"黛秋边扶住他，边忍不住问，"你们这样的人家也会作践人吗？他们不给你饭吃吗？"

"闭嘴！"少年轻斥一声。

二人跌跌撞撞好不容易来至五间瓦房前。少年推开黛秋，进了西起第二间，黛秋只得跟进去。

少年点上烛台残蜡，借着火光，四下寻着。黛秋这才发现，少年只穿了一件薄薄的中衣，露出的手臂上，几块毒疮已经溃烂。

"你……你怎么……"黛秋惊得说不出话。

少年并不看她，一面寻找，一面道："你不是要探望少爷吗？还不问安？"

"你就是……骆少爷？"黛秋不敢相信地盯着少年，结结巴巴地道，"你这疮是因为……吃了我父亲的方子吗？"

骆长风猛地停下手，抬头盯着黛秋："你是萧供奉的……哎，不对，不是说他只有一女？"

黛秋一头扑在长风面前，双膝跪下："我父亲在哪儿？你们把他怎么样了？以他的医术断不会出此大错，其中必有误会。"

长风伸手摘了黛秋头上的小帽，果然是个姑娘家，长风不免脸红，咳喘得更厉害。

黛秋不顾别的，先寻了半碗水给他："你一个少爷，往这里来做什么？你又病着，没人照顾你吗？"

长风喝了水，咳喘稍缓，方道："我在找药渣。"说着便将萧济川怎么诊出中毒，惠春怎样拿人一一讲给黛秋。

"找到药渣，查出毒源，能救你父亲，也能救我的命。"长风言毕还欲起身寻找。

黛秋一把按下他："你拿烛台照亮，我来寻。"

原来这一间屋作存放厨余之用，每日天不亮便有人推出府去。

府上规矩繁多，长风生病前一直在上房与父母一同进膳，这两个多月虽说病着，独自用饭，膳食亦是从上房分出来，断不会有异。唯一不同的是他常常服药，尤其沈堂官来看过之后，汤药喝得越发勤了，且毒疮也是在那之后发出来的，长风以为毒必出自药中。

黛秋将那些盛糟粕的家伙一一查看，果见一瓦盆边上堆放着药渣。可那一大堆明显不是一服药能煎出来的，黛秋将衣襟撕下一块来，兜起所有药渣，道："府上还有人喝药么？"

长风冷哼一声："那女人一天到晚也是药不离口，也不知是什么病，怎地还没病死她！"

黛秋凑近烛光，努力分辨着，那久泡久煮的药材早已变形，她只勉强认出一两样，其他竟再不能识，不由抬头看向长风。

"你们萧家世代行医，现下是要问着我吗？"长风戏谑一笑。

黛秋踌躇起来，一时不知如何是好。只听长风轻叹一声："也难为你了，扶了我来这里，又帮我寻到药渣，我还不知道你叫什么名字。"

黛秋只望着药渣失神，口中喃喃道："我叫黛秋，家中父母都叫我秋儿。"

"远山横黛蘸秋波，果然该是个美人才配的好名字。"长风说话间又咳喘一阵，"秋儿帮了我，若我能逃出命来，他日必当报答。"

"这也算帮？"黛秋有些赌气，蹲坐在地上，"这些我统统不认得，不知道你中了什么毒，也救不了父亲。"

长风一把握住黛秋的手腕："包好药渣，跟我来。"

柴房与厨房相距不远，萧济川是一个手无缚鸡之力的大夫，既被锁在这里，必逃不出去，加之骆麟又派人暗地里照顾，因此并无人看管。长风被黛秋扶来这里，隔着门板，晃了晃大锁，却也锁得结实。

片刻，门内忽然传来人声："谁？"

黛秋惊呼："爸，爸，我是秋儿。"

那门板被拉开一条细缝，长风点起火折照亮，黛秋果见父亲一张满是灰泥的脸。

"爸！"黛秋再忍不住，泪如雨下。

"你怎么来了这里？谁放你进来的？"萧济川看是女儿，来不及欢喜，唯怕她受到牵连。

"你想引人来捉我们吗？"骆长风捂了黛秋的嘴，悄声道，"萧供奉，昨日你说要验饮食药渣就被捆来这里，现下我把药渣带了来，你且瞧瞧，验出我的毒，救你的命，也救我的命。"

"是你？"火光微弱，萧济川才看到与女儿在一处的竟是骆长风，昨日看诊时他气息极弱，现下竟有了这些精神，想来骆麟给这孩子用了自己的方子，果然有些效用，萧济川对长风身上的毒更有几分把握。

"你且快看看这些。"长风将托药渣托于门缝边，黛秋一样一个地拣出来。

"桂枝……芍药……丹皮……甘草……桃仁……"萧济川仔细辨认，忽觉事有蹊跷，"这……这是妇人用的药，专治闭结……"

萧济川似醍醐灌顶，忽然想清楚许多事："原是这样，原是这样……她已有闭结之症，明知再难有子嗣，这……这是要绝了骆家么？"

长风与黛秋听不懂这些，只知道狠命地翻找，长风又翻出一样，问："这是什么？"

萧济川悲悯地看长风一眼，又看向他手里的药材，小声道："人参，这与方才的必不是同一服药。"

长风忙忙地又翻其他，又翻出茯苓、干姜。"都是补中气的药材，若给你用也无不可。"萧济川默默道。

"那我中的是什么毒？"长风有些着急。

"你们把药渣放我这里，待我细细分辨。"萧济川看一眼黛秋，又转向长风，"这里不是你们待的地方，万一被当贼拿了，哥儿是无碍的，小女担当不起。哥儿既吃了我的方子有效用，我必想法子医好你，求你快送小女出府。"

正说话间，只听得远处有人声，长风与黛秋惊惧回望，远远的一片火光，像是有人带了火把飞奔而来。

"求哥儿快带小女走！"萧济川急道，黛秋却扒着门缝不肯松手。

长风咬牙用力地将药渣裹了递与萧济川，一把抓住黛秋的胳膊："跟我走！"他猛地起身，只觉天旋地转，眼前那火把越来越近，却越来越模糊，他只能死命挡在黛秋身前。可脚下晃动得更厉害，似山摇地动般再站不稳，长风眼前发黑，一口鲜血喷出口，人似被抽走了最后一根筋骨，重重瘫倒在黛秋怀里，再无知觉……

第 4 章

还魂保命丹

耳畔轰鸣，震耳的喊杀声和撕心裂肺的叫喊声连成一片。文籍眼看着汩汩的血从自己的身体涌出来。他有些害怕，颤抖地伸手，想堵住流血的伤处，却无济于事。

他忽然听见有哭声传来。是谁在哭？竟如此熟悉。文籍循声而去，才发现自己正身处破败的营帐中，一个少年蜷缩在营帐的角落里，他身上残破的棉甲被血染成黑色，半截缨枪的枪头透过棉甲扎在他的肚子上。

一个浑身是血的男人行至少年身边，他年岁稍长，目光中含了悲悯："别怕，我会医好你。"男人的声音沉稳，大手温热。

少年惊恐地抬眼，道："我……会死吗？"

"你叫什么名字？"长者拿出丸药塞进少年的嘴里。

"文籍。"少年小声道，"你……你要帮我写名字了吗？"少年曾见军医在那些死去的将士们身上写了他们的名字，大约是报伤亡抚恤之用。

"你就是那个文远笛呀。"长者含笑，动作麻利地剪开少年的棉甲，"我听说过你的名字，我叫萧济川，远听笛近听箫，看起来咱俩很有缘。"

许是那丸药起了作用，少年只觉身上并没有方才那样疼。帐外炮声炸响，似有几颗炮弹落于近处，惊得少年浑身一抖，萧济川却面不改色，一心一意察看着少年的伤势。

"萧大哥……便不怕吗？"少年只觉口内绵软，心中仍有疑问，"我总是怕，他们都笑话我……说我是个怂包。"

济川含笑看向少年："怕不丢人。小将军虽胆怯却愿意浴血杀敌，保境安民，正是大英雄所为。"

"真的么？"少年喃喃，一双沉重的眼皮几乎已经闭上。

萧济川咬了咬牙，一手按住伤处，一手紧握枪头："远笛，这一下会很疼，但疼是好事，疼还有救，你可能忍耐？"

少年迷迷糊糊地点点头。剧痛瞬间传遍四肢百骸，文籍一辈子都不会忘记这痛楚，神志在剧痛之下陡然清醒。

"疼！"文籍微微睁开眼睛，没有破败的营帐，没有震耳的杀声，萧济川却仍在眼前，他眉眼如旧，看到这张脸，文籍顿感安心不少，他唇角牵出一丝痛苦不堪的笑意，"我疼……"

萧济川强忍泪水，艰难地开口："疼是好事，疼还有救。"

文籍想笑，可剧烈的疼痛扭曲了他的五官，口鼻里浓重的药味，直苦到他那开了"洞"的腔子里。

"还魂保命丹"，文籍没想到十几年后，他又尝到这个苦东西。他握紧拳头，用每一块皮肉抵抗着疼痛，萧济川捻针插入他的印堂、太阳、内关、神阙四穴。不过片刻，文籍只觉疼痛稍减，神志一松便又晕了过去。

原来，并非有人来拿长风和黛秋，而是骆麟来找萧济川救命。书房内，文籍突然自戕，骆麟惊得一把将他抱住，连连叫人。文籍抓住他的袍角，一双眼睛死死盯着他，似在等他一个答复。骆麟心如刀绞，死死抱住文籍："你放心，你放心……"

骆麟没想到长风也来找萧济川，可眼下再顾不上他，先拉着济川一路跑至书房。彼时，文籍已被移至暖阁的炕上，血染了半条褥子。骆麟到底曾是身经百战的战将，金疮药也用过几十瓶子，虽不敢动那短剑，却严严地捂了止血生肌散。

萧济川取出短剑，缝合伤口，幸而内脏所伤有限，用胆南星、血竭、当归、南红花、马钱子磨粉制成的散剂和酒敷在伤口上。厚厚地缠了绷带，压上止血药枕，又将一个小瓷瓶交与骆麟。

萧济川道："明日辰时方能拿下药枕，若还浸血可再压一两个时辰。金疮刀伤你熟悉，若到巳时他还不转醒，用这个吹入口鼻催醒，照我的方子煎药撬开牙关也要灌下去。"

骆麟抖手接过那小瓶子，神情复杂地看向萧济川。萧济川勉强笑笑："带我去看看孩子们吧。"忽压低声音，"你给长风吃了我的方子？既有效用，我已有几分把握，你只安心，我看过他，自回柴房去，不叫你为难。"说着要走，骆麟一把攥住他的胳膊，心中总有千言万语，却着实开不了口。

萧济川本想安慰地去拍他的手，才发现自己满手血污，不由苦笑，用力挣脱骆麟的手，快步出门，唤了伍儿来："你家少爷安置在哪里？"

伍儿忙带萧济川往西跨院去。骆长风方才不过是急火攻心，血气上涌。一口瘀血吐出来，胸口反觉畅快，被人抬回后，不一会儿便转醒了。

身边服侍的人大半在骆麟的雷霆之怒下被赶出府，长风睁眼看满屋子的人，大多名姓不知。他本就病弱，心中躁烦，见这些虚情假意的声相，不由恼火。

"出去！统统滚出去！"长风喊不出多大声音，奋力将枕头丢出去，"都出去！"

黛秋一直站在角落里，手里拿着萧济川被带走时塞给她的药渣。眼见众人退去，自己去又不甘心，不去又有些怕。

骆长风用力撑着身体，一眼看见她："你还在那做什么？你父亲被家父带走了，也不知发生什么大事。"说着阴冷一笑，"别是那女人要死了。"

"那……我……"黛秋有些手足无措。

"这里多的是灯台，你都点上，好好照照那药渣。"长风实在支撑不住，倒在床上蜷缩成一团，缓了半晌才道，"我现下可还不想死。"

黛秋放下裹药渣的小包袱，先从地上捡了枕头轻轻给长风垫上，又四顾环视，然后翻箱倒柜地找了件中衣放到床头："你身上那件脏了，换了这个安置吧。父亲不会丢下我不理，也不会不顾你的病，他一会儿就来瞧你，你别急。"说毕，她转身出去，不一时，从外间端了个火盆进来，将药渣一点一点倒在吊在火盆上的小银吊子上细细铺开。

长风只呆呆地看向黛秋的背影，方才转醒时不见他父亲，心中就冷了大半。国公府虽大，却没有一处不叫他厌烦，巴不得一时就长大成人，远远地离了这里才好。倒是眼前这小丫头，还能说两句安慰他的话。

"你多大了？"长风勉强爬起来，自己将中衣脱下。

黛秋听见背后窸窸窣窣的声音，知他在换衣，也不敢回头，小声答道："过了年我就十四岁了，你呢？"

长风咳了两声，才道："十五。"

"你有十五岁？"黛秋方才一路扶着长风，以他的身量怎么都不像一个十五岁的年轻公子。她惊讶地回头，正见长风未及穿上中衣，身上和胳膊几块毒疮格外刺眼。长风未料这姑娘家竟会回头看自己更衣，忙拿中衣盖住自己。

"你做什么？"长风声音有些急，就忍不住咳喘起来。

黛秋几步跑上前，一把拉下他的中衣，几块毒疮经方才一番折腾竟渗出脓血。"你且别动！"黛秋说毕转身就跑。

长风最后一丝力气也被抽去，身不由己地栽倒，一双朗星般的眼睛陡然灰暗，眼皮沉重得再也撑不起来，一个念头刺进他心里，若他这条命就这样没了，府里的人要多早晚才能知觉？

他早就知道父亲是依靠姻亲发迹，对惠春半点不敢驳逆。表面上他是国公府的独子，金尊玉贵，服侍他的人多得认不清谁是谁。可这些人分明只看惠春的眼色做事，从来不可靠。

长风也不是没想过惠春会暗害他，可他到底是府里的独子，那女人养下两个女儿之后再无生养，未有嫡子之前，有他这个庶子总比没有好。这十几年也相安无事，为什么突然发难？

长风想不明白，眼下这情景也不容他细想。天冷身寒，那副单薄的身子并不能应对这世间的凉薄，他只要睡去。蒙眬中，他忽觉手臂一凉，有微微的刺痛，却远比毒疮的痛痒让人好受些。

他皱一皱眉，勉力睁开眼睛，只见黛秋正将一捧绿莹莹的东西擦在他的毒疮上。

"是……什么？"长风口内绵软，声音几乎无闻。

"你别怕，是蒿子，方才进来时，我就闻到这个味儿，幸而你们院子里的人打扫得不勤，长了好些这个。"黛秋用力将手里的蒿草掐出汁液来，轻轻涂在长风的患处，"家父说过，蒿子外敷能败毒散脓。你且忍耐一下，我父亲必来找咱们的。"

长风睁开眼睛看黛秋。这丫头神情温和，眸中带笑，莫名让人觉得安心，更有她对父亲的倚仗和信任，让他心生羡慕。

"他很疼你么?"话一出口,长风就有些后悔。

"谁?我父亲?"黛秋抬头笑看长风,"天底下哪有父母不疼子女的?你看国公爷,见你病了还不是急得跑到宫城边拉人来给你瞧病。"

这一句刺心,长风不由双眉深蹙。黛秋见他这样,只以为是府中规矩大,教养严,想来那国公爷必不似她父亲那般和蔼可亲,忙安慰道:"父亲虽疼我,只是也严厉些,每日在家让我背书、写字,还要考问功课,我一个女孩儿家,文不上庙堂,武不上沙场的,些许认得几个字也罢了,做什么要我天天掉书袋子?"

此语一出,果见长风唇角有了笑意,黛秋才要再说,只听身后有人出声:"有这背地里说我坏话的工夫,怎么不见你好好地掉书袋子?"

黛秋闻声不由悲喜交加,丢下手中的蒿草,转身扑向门口:"爸!"

第 5 章

赤铜屑

天亮时，萧济川终于走出了国公府的深宅大院。他身上还有血渍，背上是熟睡的女儿。文籍的伤口已不浸血，骆麟一直守在书房，是以不能相送。

伍儿将萧济川送至府外，憨三儿早等在那里。萧济川将黛秋交与憨三儿抱上车，转头看向国公府的门槛，又看看伍儿，开口时，语气里竟听不出一点怨怼："文大人吃了我的药，下半晌就该有些精神，只是他失血太多，会精神不济，吃了药多睡些也是好的。劳你转告国公爷，眼下这情形，病人不能挪动，我五日后来接人，不敢扰了府上的安宁，还是接去我那里养着为是。再有你家哥儿……"

萧济川停了停，他本想告诉伍儿，骆麟这一世纵然再富贵无边，若不能另娶，怕也只有这一个儿子，该好好养着。可他再不敢在这门第多说一句，便改口道："你家哥儿的饮食要清淡，疮口长好之前，不可见一点发物。先按方子吃药，五日后我接文大人时，顺便再瞧他。若这几日有不好，差人往铺子里寻我。"伍儿看向萧济川，只觉他仍有话不肯尽说。

"文大人和你家哥儿都不便另寻大夫，你要信我才是。"萧济川说着，用力捏一捏伍儿的胳膊。

伍儿知他是为了保全骆麟的面子，心头一热，便要下跪，萧济川拉住他："伍儿回吧。"话毕，他跳上骡车，朝憨三儿笑笑。

见到萧济川无事，憨三儿早乐不可支，赶着骡车，快马加鞭……

伍儿眼见着骡车远去，面上的愤恨再难忍耐。长风的药里被掺了赤铜屑。这东西极小，药算子根本算不干净。所幸毒性有限，不能一时三刻就要人性命。萧济川昨夜为长风看过脉，又细细查了药渣。

彼时药渣早在银吊子上焙干了，黛秋凑上来一同瞧着，伸出小手去捡姜片。

"小心烫手！"萧济川拦道。

"爸，这些是什么药？那姜片子我是认得的，怎么有一股子铁锈的味儿？"黛秋用指头沾一沾那姜片，一点黑灰样的东西沾在她手上。

萧济川眼前一亮，凑近女儿的手闻一闻，不由蹙眉低声道："秋儿乖，只在这里等我。"话音未落，他已反身至床前，为长风细诊一回脉，再细看毒疮的颜色，病症果然与赤铜屑的毒性相符。

床上锦缎软被里熟睡的孩子不过十五岁，何至下此毒手？要让一个孩子积毒成疾，无声无息地死去！

萧济川笔如剑锋，难解心头悲愤，一时写毕药方递与伍儿。待他收拾了药箱，黛秋早已坐在脚踏上睡着了。她受了一夜的惊吓，如今眼见父亲就在身边，心头一松，人便困乏难挡。

东西两院足足折腾了一夜，内宅后院的惠春亦不得安稳。昨晚，上夜的丫头接了骆麟命人传进来的东西，竟是一把染血的短剑。出嫁至今，骆麟从不曾对她说过一个"不"字，如今这样竟叫她没了主意。又有心腹小厮传进信儿来，一个外官来求老爷放人，老爷不依，那外官竟自戕相逼，外书房的地都被染红了。

惠春欲待不松口，可那明晃晃的剑锋上鲜血刺目，松口又不甘心放过萧济川，她是国公府的主母，无论如何不能担了毒害庶子的罪名。再说白日里，她娘家兄弟贵宝早传进话来，一再说不能放过萧济川，待交到大理院再作打算。

揣度几个来回不得主意，惠春原不是个胸中有筹谋的，几下里不得主意，只丢下一句："由他们闹去吧。"

这一夜到底不得好睡，起身时便听人报，国公爷已放萧供奉家去了。惠春心中有气，便命人将短剑丢回书房，一时又有人回："舅爷来了。"

惠春正不得主意，忙叫人进来。只眼见她兄弟身裹绫罗，提笼架鸟，一步三晃地走进来。贵宝今年刚过而立之年，富贵乡里养出的富贵人，倒像个体面公子，可他每日斗鸡走狗，眠花宿柳，家里养着老婆姨娘无数，外头又有几房外室相好，没干过一件正经事。

见惠春正梳头，贵宝放下鸟笼，几步赶上来，替他姐姐画眉，口内道："姐，萧供奉送到衙门了吗？"

惠春斜一眼身后的丫头，那丫头知觉，忙带着屋里服侍的人齐齐地退出去，只留他姐弟俩说话。"别提了，昨晚上这宅门里比唱戏还热闹。你去瞧瞧，我听说，我们老爷的书房里这会子还躺着一个血淋淋的人儿。"惠春赌气道，"一个什么金事，不知哪里来的冻不死的野人，连夜闯府求老爷放人，老爷不依，他竟以死相逼！天亮时，那个姓萧的已经走了。"

"走了？"贵宝手一抖，那眉梢便歪了一点，他忙描补，"怎么不早早送到衙门里去？"

"老爷与他有交情，我总不能太……可说呢，你与那姓萧的无冤无仇，这样不依不饶做什么？"惠春深知贵宝，最是个"无利不起早"的脾性，不免怀疑地看向他。

贵宝也不瞒着，放下青黛，实话实说："京城里最有名的四家名医，除了正堂沈从兴，二一份可就数萧家。这四九城里医馆药铺没一百家也有几十家，可你看看萧济川的铺子，门庭若市。你猜猜是为什么？"

"谁不知道萧家世代行医？"惠春看看镜子里的自己，"凡行医大家，谁家不是靠秘方？想来萧家几辈子人积攒的秘方多，自然能治的病也多。"

"没您不圣明的。"贵宝笑向姐姐，"我可听说了，萧家有本祖传的秘方本子，上面记了能治天下奇病的各种秘方，当年萧济川在军前可有个'萧神医'的名号，就是黑白无常来捆了勾魂锁，他萧神医也能用药石把人勾回来。你说咱要是得了这个本子……"

惠春瞪一眼贵宝："原来你存了这个心思？我劝你趁早拉倒。打小你就眼高手低，还想这一宗？那药也是玩儿的？可关系人命！我看你是活腻歪了！"

贵宝撇撇嘴，心里虽然有气，面上却赔笑："姐，您看看这天儿，说变可就变。"他忽然压低了声音，"咱那位老姑奶奶已然是油尽灯枯，我花了大钱才撬开沈堂官的嘴，'带病延年'！万一……你以为今上能放过咱们？为着孝道，许能保住咱们的脑袋，可官位是别想了，咱指什么活着？"

惠春不语，贵宝没有夸大其词，惠家到了他们这一支上，原本男丁不旺，贵宝不成器，原仗着惠春受老佛爷宠爱才得些势，若真要变天，他们必得有些产业糊口。

"那也……"惠春犹豫着开口，"硬抢不来，萧济川跟老爷的交情你不是不知道，这些年虽不怎么走动，那是因为老爷太谨小慎微。可他们到底是袍泽之情，逼急了萧家，老爷那头再过不去。你瞧瞧，不过押了他三两日，书房里都动家伙了。你这邪门歪道不中用，不如我跟老爷说，让你拜入萧家门下习学。"

"我不去！"贵宝懒懒地往榻上一歪，"想要秘方，除非我当上萧家的姑爷，只怕萧家不肯让我这三十的爷们儿娶他家十三四岁的丫头。"

见惠春不说话，贵宝转转眼珠，又道："骆少卿要不是靠着咱们，他就有这样的门第，享这样的富贵？姐还降服不了他？"

"你满嘴里胡吣什么？老爷也是你能说的？"惠春狠瞪一眼贵宝。

"姐，你也太软弱了！"贵宝从腰上摘了鼻烟壶，狠吸两口，方道，"照这样下去，这份家私还不都给了西院那个崽子，将来哪儿还有你站脚的地儿？"

"胡说！我是母亲，他是儿子，难道他还敢不敬我！"惠春一双好看的新月眉几乎倒竖，心中忽然一动，怀疑地看向贵宝，"西院的事……别是你做的？"

"您别乱说。给国公府的独苗下毒药，这罪过我可背不起！"贵宝掩饰着心虚。

"真是你！"惠春低声怒道，"你失心疯了！眼下他是独子，你这是在绝我！你让外人如何想？老爷如何想我？"

"呦，您还真当他是儿子？指望他承了爵位家私，还能顾着您？奉养您？那被糊涂油蒙了心的可就是您了。"贵宝冷冷一笑，"旁的不说，待那小崽子顶门立户时，要重查当年他亲生姨娘的死因，您说得清吗？"

惠春由怒转惧，几乎失手掉了梳子。贵宝起身掸掸长袍马褂，提了他的鸟笼，便要出门，嘴里还念念有词："姐，咱惠家的好日子没几天了，你可得早作打算！"

第6章
文籍此人

文籍被抬进萧家时，杜氏已将后院重新布置，暂将黛秋挪至前院东厢房里，挑了家下最忠厚勤快的仆人伺候。文籍武将出身，原就强健，虽伤了元气，不过半月便能自行坐卧。

杜氏每日必亲自下厨，汤水饭食小心调剂。闽国公府的黛秋却被母亲关在房里，罚她抄写《备急千金要方》首卷十遍。

萧济川背地里向妻子求情，小女儿家家的，有这份胆量和勇气就不易。可家下大小事向来由杜氏做主，萧济川反落了宠而不教的不是。

萧济川每日往后院看望文籍，查看伤势。文籍被圈了这些日子，早有些不耐烦，见萧济川仍向桌上写方子，不由试探道："萧大哥，叨扰这些日子，我该家去了。虽然写信回去，可我到底是外官，长留京中也不是个事儿。"

萧济川与少年时的文籍相识，很知道他那闲不得的性子，所以也不看他，一边写方子，一边道："远笛不许胡闹，你这一剑伤了脏器，能活着也算你命大。我前日已命人往你府上报信，说你再晚些日子回去。你只在我这里安心养着。出血太多，不荣五脏，你年轻力壮，所以不知觉。若不一气养好，定要落下大症候。"

文籍无奈托头，忽然一笑："我很知道那一剑必无大碍的，萧大哥不用唬我。"

萧济川猛地放下笔，转身向他："白进红出怎么说无碍？"

见萧济川面色不善，文籍"嘿嘿"地憨笑两声："你忘了，当年大哥哥受箭伤，吓得我魂儿都没了，不是萧大哥说……"文籍比一比伤口的位置，"皮下四寸之内，伤肉不损器，伤血不殒命。我去国公府之前，特地穿了棉甲在里面，算起来，必不伤性命……"文籍只管得意，却见萧济川的脸色铁青下来。

当年，三人中文籍年岁最小，骆麟一向对下属十分严格，与文籍虽是结义兄弟，也不留情面，唯有萧济川护着文籍，哪怕炮火连天的日子，也不曾有这脸色。文籍见了不免心虚，知趣地闭上嘴。

"那短剑尺长，若不是国公爷及时收手，必直入脏腑。"萧济川双眉深锁，缓缓开口，"你文家世代簪缨，兄弟三个已有两人殉国，你若出事，家中父母又当如何？你年岁轻轻，一时命殒，家中少妻幼子又当如何？若为济川损国之良将，你叫我如何担得起？"

"萧大哥，我……"文籍正了神色，可萧济川并不理他，起身要走。

"哎哟！"文籍轻呼一声，捂着伤口，歪倒在靠枕上。那声音不大，萧济川却忙反身回来瞧他。

"抻着了么？"萧济川扶他躺好，俯身查看伤口，"叫你不要乱动，偏不听。"

文籍眯了眼睛，眼缝里看见萧济川满脸关切，不由忍笑："我就知道萧大哥不会真生我气。"

萧济川方觉被骗，恨得往他伤口旁两寸轻按一指。"哎哟，这回真的疼了！"文籍笑着向后缩。

萧济川又不好再说他，反气笑了："就该让你久久地疼着，以后才不会再莽撞。"

说话间，小丫头开了门，杜氏亲提了红漆木雕花大食盒走进来："刚才门上说老爷回来了，我说怎么不见，原来在这里。"

文籍早被萧济川扶起，倚了靠枕坐着："只管劳动嫂子，我担不起。"

杜氏笑着将大食盒放在外间大圆桌上："你于我们萧家的大恩，我……"

"嫂子快别说这个，萧大哥才数落我呢。"文籍一边告状一边瞥向萧济川。

"文爷知道说笑，想是快好了。"杜氏摆好饭菜，又放下一个小酒壶，"老爷说，文爷现下养身体，不宜豪饮，这是用人参、甘草、细辛、麦门冬和当归泡的酒，一两五钱，文爷喝了温中益气。"

"一两五钱？"文籍看向萧济川，小声道，"怎么够？"

"那是药，你当是饮酒取乐么？"萧济川说着，将方子交与杜氏，"照着抓药，再吃五剂看看。我明儿要出诊，恐不得闲，你帮我照管他，秋儿倒闲着，远笛虽是武将出身，文章倒好，他白日精神若好，让秋儿过来听他讲讲文章学问。"

杜氏忙收了方子向萧济川道："只交与我。秋儿在房里抄书。文爷若是闷了，我往你书房找些书给他。"

萧济川无奈叹气，转身向床上去扶文籍，杜氏便麻利地向铜盆里绞了巾帕与他净面。

"嫂子要恼，只管恼我。"文籍接了帕子道，"秋儿也是我带她进府的。目连救母能闹到佛祖那里，沉香救母能力劈华山，她一心救父，实在有肝胆。嫂子念在她的孝心，恕了她这次好不好？明儿就让她来陪我说话，我倒解闷儿。"文籍赔着笑，却拿眼睛瞟向萧济川。

见文籍这样说，杜氏也不好驳回，不由笑道："文爷既这样说，就这样行吧。得你教导，让这孩子收收野心野性，也是她的好处。"

萧济川一旁苦脸偷笑，让文籍来收小黛秋的心性？这爷儿俩若到了一处，只怕要闹上天去。

黛秋早从下人口中得知文籍受伤的事，此前听戏里唱的，书上写的"伯牙绝琴""管鲍之交"，总以为都不过是故事罢了，却原来这世上真有"死生契阔，与子成说"的情谊。

文籍不懂医书，只找了本《南华经》与黛秋闲闲地翻着。"天下有道，圣人成焉，天下无道，圣人生焉……"黛秋只觉这书中的道理经了文籍的嘴讲出来无比新奇，竟比她父亲讲得好听百倍，越发听得入迷。

文籍强忍困乏，笑向她道："你既这样喜欢听我讲书，明儿来我们家吧，我家倒有两个孩子可与你做伴，你们一同读书，可好？"

"可以吗？"黛秋虽不是深闺小姐，却自幼不曾离过父母身侧，听他这样说，竟有些向往。

文籍点头道："我同你父亲说了，他必是答应的，我那两个孩子，一个与你相仿，一个比你小些……"文籍眼皮发涩，抬手揉了揉，忍着哈欠道，"明天我同你父亲说了，看你相中了哪个，送他做个小女婿。"

黛秋闻听红了脸，才要强辩两句，见文籍手中书微微打晃，精神已十分不济，方想起这谈讲已有两个时辰，他一个重伤之人，必是累着了，忙掩了口，替他撤掉靠枕。

文籍实在乏得很，也不客气，几乎倒头就睡，合眼时，还不忘说一句："你这样细心，跟我们桥儿必是投契的，只可惜……"话尚有半句未讲，人已睡熟了。

第7章
一世兄弟

"发热头痛，脉沉弦迟，病在少阳，是不是还心中温温的总想吐，又吐不出来？"萧济川说着，松了手，向坐于他身侧的老者道，"老人家，不碍的，我开个方子你且吃上三剂，三剂之后好不好的您再来瞧瞧。"见老者面有难色，萧济川忙笑道，"这四逆汤所用药材一概有限，并不值几个钱，您抓药时往柜上拿个牌子，再来时，我看了那牌子就知您老是来复诊的，便不再收诊金了。我这就录下您的病症，您老贵姓……"

老者感激而去，萧济川要应付宫里的差事，又要研方制药，抽空还要教导学徒，因此并不坐堂。病人是铺子里的坐堂先生看过，因着年迈，几种病症兼有，脉象复杂，坐堂先生便领到后堂来找萧济川细瞧。

老者才去，一个蓝布短褂的小伙计跑进来，面带难色地回道："前面有一位急症，说什么也不叫吴先生瞧，吴先生叫我来回爷，请爷的示下。不过我看那人气色虽不佳，却着实不算个病人。"

萧济川含笑："带他来吧。连你都能看出病来，我也不用坐在这里了。"

小伙计抓抓头，伶俐地跑出去。不过片刻，走进来一个身高体壮的男人，他裹着一领栌黄色哆罗呢大毛绲边斗篷，头戴八合如意帽。萧济川只看一眼便低下头，也不起身相迎，也不开药箱，只向茶盘子里拿了个茶盏，向暖壶里倒一盏热茶，放在桌对面。

骆麟面有愧色，不声不响地向那茶盏的位置坐了。自文籍住进萧家，骆麟又送补品，又送些名贵的药材，只不敢亲自登门。

萧济川知他愧悔，亦知他的难处，因此也不管文籍答不答应，便替他收了那些东西。

"下月初二是个出门的好日子。"萧济川自喝了口茶，也不看骆麟，缓声道，"我打算派人送远笛回去。他家下老小都在任上，早去也使人少挂心。"

"长途奔波，他……"骆麟双手搓着茶盏，小声道，"他可行吗？"

萧济川含笑抬眼看向骆麟："你惦着他，怎么不来瞧他？"

骆麟气馁，半响方道："我怕他还恼着我，见了面气恼，反伤身体。"骆麟从腰间解下短剑，推到萧济川面前，"这个还你。"

萧济川拿过剑，轻轻一拔，剑锋铮铮，烁烁寒光似能透过人的眼睛直逼内心。此前，萧济川一直舍不得用这剑，此后，他此生都不会用了。

"少卿兄。"自骆麟受封，萧济川已经很少这样叫他，"咱们当年几次死里逃生，远笛只记得我救过他的命，可你们不是也救过我的命……"

那是多久以前的事了？萧济川沉思地看向窗外，街上人流熙攘，虽然眼下山河动荡，却挡不住这人间的市井烟火。其实从庚子年以来，这江山哪一日不是岌岌可危的？

当年的炮火连天似仍能隐隐听见。萧济川作为医家子弟，被太医院派往军前效力时也才刚过弱冠之年。那无数的死伤，那不绝的哀号，落在他年轻的眼睛里，十八层地狱亦不过如此。他要做的在这无尽的炼狱中抢回一条条人命。他诊治的每个人都想要活着，他们的眼睛至死都是通红的。

唯有骆麟不同，萧济川从骆麟身上取下箭头时，他明明疼得脸色发白，指节"咯咯"作响，头上冷汗一层一层，只是不肯喊疼。一旁的文籍倒哭得稀里哗啦，不住地问："他会不会死？萧大哥，你救救他，我大哥他会不会死……"

"山西太原府骆麟，表字少卿。"骆麟忍痛道，"若有不虞，先生不必费心。"

济川不觉细看他一眼，骆麟也不过年长自己一两岁。"小将军年富力强，不可轻言生死。伤在这个地方，皮下四寸之内，伤肉不损器，伤血不殒命。况有棉甲阻挡，在下定保将军无虞。"萧济川笑着安慰他。

战败时，主将竟命令弃伤兵。萧济川的绝望无以言表，眼看满地鲜血，他却救不了任何人。忽然身后马啸嘶鸣，两匹染血的战马狂奔而来。骆麟技艺娴熟，抓起萧济川的衣襟，下死命地一提，打横将他担在马上。文籍紧紧跟着，生怕他们有闪失。

"还有人，他们还活着！你放下我！"萧济川大声喊着。

"要么一起死，要么你活着！"骆麟的声音毫无起伏。

"时至今日，我仍会梦见咱们的军营。"萧济川道，"无论是怎样惨烈的场面都不算是噩梦。因为梦里总有一个不声不响的你和一个爱哭爱笑的文籍，'与子同袍'是济川此生最以为傲之事。"

骆麟剑眉紧皱，幽暗的眸子如寒潭微波，痛苦几乎溢出眼眶。他双唇抿成一条线，半晌无语。萧济川起身拍了拍他的肩膀："你今儿来是为道歉，你想说，你辜负了咱们当年的情分，你想说，你差点伤了远笛一条命，你想说我所诊无误，你也只能让我白担了罪过。"骆麟仍旧不语。

萧济川失笑："你来了，我也知道了，那你猜远笛会怎么说？"萧济川忽然学起文籍说话的样子，"谁有空听你那些絮叨，有这工夫不如喝一壶老酒，喝倒了，小爷就饶过你！"

许是因为萧济川学得太像，骆麟不由也跟着笑出声来，二人相视，似说什么都是多余的。

萧家后院里，缠枝莲花纹的铜锅冒着热气，各色肉菜鲜蔬在锅子里打着滚，地上一坛烧酒，桌上几个酒壶早已东倒西歪。

萧济川忽想起一事，强推文籍起身，道："我有件事说与你，少卿做个证人。"

文籍一气喝干杯中酒："今日这样高兴，萧大哥有事尽管说，我无不从命。"

"小女黛秋，你是见过的。"萧济川舌头有些不听使唤，"我知你膝下有子无女，我呢……有女无子，之前已与内人商量过，咱们结个儿女亲家，不就都儿女双全了嘛。"

"不成！"骆麟用酒壶挡在两人中间，"你们结了亲家，越发亲厚，我怎么处？要说亲，我也有子，犬子属小龙，我知秋丫头属羊，正般……"话音未落，骆麟竟一屁股坐在地上。

原是文籍狠推了他一把。他本已有八分醉，一个不稳，整个人直从椅子上掉下来，使文籍、萧济川两人笑得前仰后合。

"萧大哥要与我做亲家！"文籍一把拉住萧济川，"萧大哥既说了，可不许反悔，秋儿我是极喜欢的，我家那个一个属牛，一个也属羊，随你挑去。"

萧济川掐着手指，努力算着天干地支，可算了半天也算不明白，道："竟是牛好，大牛好。"

"竟是我们桥儿占了去。"文籍大笑，"我说他们是一对的，既这样……"他说着向怀中掏了半天，掏出一对孩童巴掌大的小铁镜，那镜色墨黑，正面光如水，背面花纹古朴，鱼戏莲叶的图案，一只鱼朝左，一只鱼朝右，放在一处，两面镜子竟是一对。文籍将一面铁镜合进萧济川手里。

"这物件原是带了来送你与嫂夫人的，传说是唐朝名医叶法善的照病镜，正好是一对。如今我也舍了脸不送了，咱们结亲口说无凭，我这个公爹先给下定礼，赶明儿我可是要凭镜来抬人的。大哥哥，快，快给我们做个保媒。"

"我不！"骆麟仍坐在地上，酒喝得浑身滚烫，他怀抱大酒坛，整个人贴上去取一点凉意，口内已绵软，"我要跟济川结亲家，我要跟萧家结亲家，萧家……萧家都是好人……"话音未落，竟抱着大酒坛睡了。

文籍笑指骆麟："大哥哥当年的酒量就比不得我，如今更不成了。"一壁大笑，一壁摇摇晃晃地起身去拉他。

萧济川深恐他摔了，伸手要去扶，却什么都没扶到，空空两手挥了挥，再支撑不住，人已歪倒，口内仍喃喃不停："远笛，我要如何谢你，你救了我的命，救了萧家满门的命，我若活不得，这个家也……活不得了……"

秋风扫尽落叶之时，萧济川带了家眷，骆麟带了长风，大队人马浩浩荡荡直送城外十里的洒泪亭。

"山高路远，且带这些东西做什么？"文籍向萧济川道，"我这一回去，就派人送庚帖来，只难为秋儿要多等一等，回去我必好好教导桥儿，不让萧大哥失望。"

骆麟不免皱了眉，道："到底让你两个凑成亲家，只单了我。"

"大哥哥有子有女自成一好。"文籍笑向二人见礼，"送君千里，终有一别，二位兄长留步吧。"

杜氏上前一步行礼："文爷救命之恩，无以为报，唯有好好教养女儿，将来过了门儿，让她孝敬公婆。"说着，从福妈手里接过一个红漆食盒，"这点心是我和秋儿早起一同做的，还请文爷不嫌弃。"

大人们说话，长风、黛秋侍立两旁。这是那晚之后，黛秋第一次见长风，想是身上大好了，笔直地站立在他父亲身侧。他披着鸦青色反貂裘织锦缎的斗篷，大观音兜兜头盖脸，却仍能看出他白里透红的双颊。明明一个男孩儿，却是唇红齿白的干净。黛秋好奇多看了两眼，忽见那帽兜一抖，露出直挺的水葱鼻，一双长眉下星目清澈，正撞上黛秋的目光，不由一笑。

第 8 章

桂丹汤

骡车不见，骆麟先收了远眺的目光，转向萧济川："还没多谢你，长风身上的疮竟连疤都没落下，都说萧济川手里有祖传的秘方本子，能治天下不能医，不想竟是真的。"

萧济川只看向车马远去的方向，半晌方收回心神："少卿兄说笑了，有那好东西我还在这里呢？这节气风凉得很，别人还可，哥儿才好，别受凉才是。"

不等骆麟说话，长风摘了帽兜，上前一步，鞠一深躬："萧叔叔岐黄圣手，小侄还未拜谢救命之恩。"说着便跪下磕头。

萧济川一把拉住他："好孩子，小心冷。"他又转头向杜氏道，"你送孩子先上车，我有话说与骆大哥。"杜氏也不多言，拉着黛秋和长风走开。

萧济川看向骆麟，岁月待他究竟是厚是薄？他有潘安貌，他有子建才，他有别人不能企及的富贵权势，可他没有一日顺心遂意。想到这里，萧济川心下不忍，道："一转眼，你我也这把年纪，有幸得子女绕膝之欢。"

骆麟疑惑地回看萧济川，他要与自己单独说话，必不是这些没要紧的宽慰话，只听萧济川又道："长风是个灵透孩子，只是富贵里养出的孩子难免娇气，以后他的饮食起居还要细心，这样的事万不能有下次。"

萧济川说着从怀中取出一张方子，递与骆麟，道："之前惠格格一直吃着养身子的药，以图早得子嗣。只是我想，方子再好，常吃亦失了药性，到底是不中用的。我写了个方子，日常吃着，对她自有益处。"

骆麟接过方子，见上面写着："桂枝三钱，芍药三钱，丹皮三钱，桃仁三钱，甘草二钱，茯苓三钱，丹参三钱，上热以干姜为引，煎服。"骆麟对药理不甚精通，疑惑地看向萧济川。

"终归岁月不饶人，惠格格这个年纪，有些症候在所难免，这剂桂丹汤舒肝郁，通血脉，补中亏，与闭结之症最有益处。你们国公府不比别家，娶不得偏房，纳不得妾室，风哥儿实该细心教养，早育成才。"说着躬身一礼，转身就走。远远见杜氏含笑望他，憋闷的心胸忽然一松。

骆麟的手不自觉地狠狠握紧，直握得指节发白。难怪那女人会做出这样恶毒的事，她已知自己再不能生养，竟然宁愿骆家绝后，也不愿把爵位、富贵留给长风。

"毒妇！"骆麟把槽牙咬得"咯咯"作响，齿缝里吐出这两个字。

萧家的骡车小，福妈带着黛秋单乘一辆。萧济川夫妻另乘一辆，两人挽臂而坐，杜氏将头轻靠于丈夫的肩头。

"这些日子，你劳乏了，我当谢你。"萧济川爱惜地轻拍妻子手背。

"这话打哪儿说起？夫妻本是一体。"杜氏含笑回道，"倒是你，怎么不等商议定了再和文爷说结亲的事？"

"一时喝多了，嘴上没管住。"萧济川笑道，"你放心，文家虽不是大富贵，家学教养是好的。"

"单看文爷的人物做派还看不出好教养么？"杜氏浅笑道，"我是想着咱姑爷属牛，竟生生大了秋儿六岁，只怕她嫁过去，两个人处不好。再说，夫家年长，必是要急着娶的。你若先一步找我商量，我就选年岁相当的，两人一处才好说话。这日子呀，过不老春花秋月，倒过老了咱们，转眼，秋儿都有了人家了。我只……"杜氏微一顿，不由红了眼眶，"舍不得。"

萧济川手臂加了力气，揽杜氏在怀："你别舍不得，还有我陪着你，等秋儿出了门子，我就辞了太医院的差事，咱们也一同往各省走走，你说哪一处好，我们就住下，种药烹茶，可好不好？"

杜氏红了脸，低头悄笑，只将头深深扎在萧济川怀里……

车轮辘辘，长风在父亲面前，总是不言不语，他掀起车帘一角，看着一地干枯的红叶缓缓退后，残秋枯败，连人心也不免浸了凉意。他不觉紧了紧身上的斗篷。

"冷吗？"骆麟一双大手拉过儿子的手，"手这样凉，身上觉得怎么样？"

长风惊讶地看向父亲，从小到大不曾见父亲这样与他说话。骆麟亦知孩子心意，面上倒有些过意不去，不由讪笑道："前一阵子忙。也不得好好教导你。"

长风一声不响地看着父亲，他十五六岁的小脑袋还猜不出父亲的用意。"打明儿起，你天天往我书房里来，你那课业就在书房外间上，得空，咱们再一处读书……"

"父亲不用去衙门吗？"长风忍不住问出口。

"那里有的是办差的人，又不多我一个，罢了，明儿我请了辞，老老实实在家里看书习字自在些。"骆麟拍了拍儿子的背。

"咱们这样的人家，辞官也不是大事。"长风平静地道，"只是……额娘那里……"

提起惠春，骆麟的一双剑眉不觉拧成疙瘩，他用力拉住儿子的手："风儿，你放心，咱们爷儿俩自是一体的，此后父亲护着你，再不叫你委屈。"

长风实在猜不出到底发生了什么，让骆麟性情大变，这之于他未必不是好事，那个女人再想害他，怕也不那么顺手了。

这样想着，长风唇角微翘，抿出一点笑意，只觉父亲手握得更紧。他忽想起一事，道："父亲，眼下废科举，兴新学，儿子想去新学里学些西洋数术。他日有成，也可报效国家，不知父亲意下？"

骆麟一愣，再不想这孩子年岁不大，竟有些眼界和心胸，不由得欣慰地笑道："很好，很好。"

风波之后有晴天，鹅毛大雪落下时，萧家门里总算恢复如常。因萧济川不与众同僚亲近，也不喜巴结亲贵，因此太医院派他的差事越发少，连值日值夜的差事亦不用他。闲来无事，他乐得往铺子里喝茶看书，教导学徒，研究脉案。

杜氏理家是一把好手，银钱账目，驭下治家，井井有条，一丝不乱，只比往常多了一件大大的操心事，便是教导女儿女红针织。

不想黛秋习字不刻苦，女红也不在行，别说绣花，就是绣个鸭蛋也绣不圆，绣撑子拿在手里没一炷香的工夫，十根手指都扎了个遍，疼得黛秋将撑子狠狠丢在炕上。

杜氏忍笑拾起细瞧了瞧，缓声道："若论针法是不错的，只是不肯静心，你心不静，针脚自然是错的，针脚一错，一准儿要扎手。"

黛秋泄气道："原来还是爸疼我，这劳什子可比临帖难多了。"

福妈站在地上，拨了拨火盆的炭，用铁夹子将烤得暄软的红薯夹出来，轻吹去炭灰，放在细白大瓷盘上凉着。听她母女说话，便笑道："姐儿既有这心，下回习字可就别叫苦了吧。太太也是，姐儿的嫁妆绣活自然到外面买了上好的来，小人儿自己的绣活，不过是玩罢咧，何必太较真儿？"

杜氏就着女儿的针线改了两针，道："这虽是玩儿，也有它的道理。一则她终不能当一世的孩子，眼下有了人家，难道还胡天胡地玩闹？绣这个原是为磨磨她的性子，贞静安定方是正经当家人的样子。二则她公爹在任上，眼下这情形世事难料，不知多早晚能调进京。她嫁过去……"

杜氏说着，神色略有不忍，抬头看一眼女儿，黛秋听母亲和福妈说起婚事，早红了脸，躲到一边，假作听不见。"嫁作人妇，上有公婆，下有叔伯姑嫂，不如意的事多，做这个可以静心，这心静了，许多事能想得明白，也就能劝得了自己。"

福妈会意地笑笑，端了白瓷盘唤百花进来："拿了这个，跟着姑娘回房里吃去吧。天越发冷了，屋子里上面是灯，下面是炭火，你要小心服侍。"

百花接过盘子，拉了黛秋就走。"可急什么？"福妈笑嗔道，从杜氏手里接了那绣活，递给百花，"如今日短夜长，你别只知憨玩，也该一起学学针线。"说话间，黛秋同着百花已出了门，福妈还不忘高声一句，　"给姑娘穿戴好了，小心风吹了……"

第9章
雪路难行

黛秋和百花顺着墙根深一脚浅一脚地往后院走。忽然一个雪球从天而降，黛秋慌得向旁一躲，脚下一滑，"扑通"一声重重栽倒。"姑娘！"百花闻声回头，忙要上前去扶。可她还没走两步，又一个雪团落下，正砸在她身前。

"谁往人家院子里丢这个！"百花大怒，也不顾去扶黛秋，转身几步跑至角门，跳出去抓人。只见院墙外，一个少年公子身披墨狐裘斗篷，头戴风帽，唇红齿白，眉眼如画，正蹲在那雪地里团雪球。

百花一肚子气顿时泄去大半，这少年生得玉雕一般，且穿着华丽，与雪地相映成景，竟比黛秋房里挂的踏雪寻梅图上的美人还好看。少年团好了雪球，起身还要扔，忽见角门前站着百花，不由停下手。

"你……你是谁家的小子，怎地往人家院子里扔雪玩？"百花勉强撑着怒气。那少年并不怯生，手托着雪球，才要说什么，忽然朝百花明媚一笑。

这一笑直如冬日暖阳，晕了五彩斑斓的光芒，耀目刺眼。百花只觉双唇有些僵硬，一时竟说不出话来。

"百花，这是国公府的长风少爷，快请安吧。"黛秋说着从百花身后走出来。百花忙要行礼，却见骆长风几步走至跟前，朝黛秋左看看，右看看："砸着你了？"

黛秋掩口轻笑，退后一步，躲在百花身后。

长风亦含了笑："我家小厮来送过几次东西，都被你家这丫头回了。其实我也并无他意，只是……想谢你。"

黛秋笑道："我听家里人说，国公府送过谢礼来。你这病治得治不得原不与我相干，我也担不起这个'谢'字，少爷贵体该保重些，这大冷的天，快回家去吧。"

"我如今往新学里读书，天天路过这里。"长风笑道，"我昨儿也团雪丢进去，只是没人瞧见。你今儿若不出来，我明儿还是要丢的！"

黛秋探出半颗头，一双乌黑的眸子朝长风眨一眨，忍笑道："少爷玩笑虽不打紧，也吓人一跳，如今我来了，你也谢了，往后可别再丢了。"说着转身进了门。

长风只是发笑，忽想起什么，忙高声道："下个月上元灯会你可来吗？"

萧济川的铺子离家不远，因着天气不好，没有急病的人不会赶在这样的天儿抓药。坐堂先生吴仲友在内间屋里打着盹，小学徒凑在炭盆边取暖说话。萧济川在后堂翻着医书古籍，不时誊抄几句在纸上，细思一会儿，似觉古本记录有误，又翻另一本查看。

前面铺子里忽传来女人的哭声，又传来吴仲友的说话声："人手不足，实难出诊，你家闺女所患并非急症，哪里连一时三刻也等不得？过两日雪住了，道路可行，你带她来就是了。"

女人说什么后堂听得不清，萧济川起身向前面走去。半路正与小伙计打个照面："跟老爷回，来了个堂客请出诊，可这天……"

不等小伙计说完，萧济川进了铺子，见一个略有年纪的女人正与吴仲友拉扯。

"什么事？"萧济川声音不大。

吴仲友近前道："大爷在这里正好，这女人……"

吴仲友话未说完，却被女人狠狠拉开，一个趔趄几乎摔倒，女人直挺挺地跪在萧济川面前："求萧大爷帮忙，我家闺女的病……实不好出来瞧，她已有了人家，开春就要发嫁了，眼下得了这个病……"女人说着又哭。

萧济川忙示意小学徒去扶女人，她却死活不肯起身。吴仲友小声在萧济川耳边道："大爷三思，我私心里想着，什么病不能出门瞧？别是那不闻之事，咱们不掺和这麻烦事，可着四九城又不单咱们一家药铺医馆。"

"去叫憨三儿备车。"萧济川似没听见吴仲友的话，女人听闻千恩万谢。

萧济川小声向吴仲友道："若真是这样就更该去，你没听那姑娘开春要发嫁，她家里人早做决断，也是成全一家子的名声。你守在这里，我去去就来。"

女人家在外城，虽然有骡车，却也要走上一段路。路上，萧济川方知女人姓段，夫家姓乔，夫妻俩原养下三个孩子，可天不养人，倒死了两个，女儿竟是他们唯一的孩子，今年十七岁了，小名叫春蕊。

骡车七拐八绕，终于在一处小院子前停下，灰墙灰瓦，一进门的影壁墙上雕着芝鹤同春的图案，虽是小门户，倒也是个安稳人家。

萧济川随段氏进了院，径直往春蕊姑娘的东厢房去。一个老婆子迎出来，一见段氏像得了救星："奶奶可回来了，姑娘又要寻死呢。"

段氏听了也不顾萧济川，小跑着进房，片刻又是两个女人的痛哭声，只听段氏儿一声，肉一声地呼天抢地。萧济川不便进门，只得在雪地里站着。直冻得手脚发麻，段氏方抽抽噎噎地出来，请萧济川进房看诊。

房间里一片漆黑，厚重的帘子挡窗挡门，只有桌上两个灯台闪出些光亮。南炕挂了床幔子，哭泣之音有一声没一声地传出来。

萧济川抽抽鼻子，屋子里熏了浓浓的百合香，却仍能隐隐闻到一股臭味。段氏从幔子里拉出一只手，放在药枕上，用绢子垫了，萧济川方伸手切脉，不过片刻，又叫换一只手，几句话的工夫便收了药枕，面上不由一松，虽然是个大症候，可总归与人名节无碍的，开口时便含了笑意："姑娘前些日子着了风吧？鼻塞流涕，该有四五日的发热，也并不很严重。"

段氏一惊："先生怎么知道？竟像是看到了一样，我们闺女是病了几日，但已经好了有些日子。"

萧济川点头道："这就是了，初时伤风，风伤卫气，气闭而风不能泄，如今风强而气不能闭，则斑点尽出，姑娘这是癞风之症。患病之人肌肉腐溃，发为痂癞，难怪姑娘不肯见人。只是你不知道，若这风始终不泄，卫气闭而不开，这癞自然是发不出来的，可营热内遏，脏腑蒸焚，只怕姑娘也省了寻死的力气，人早不在了。"

那厚帘幔子被缓缓掀起一角，一个披头散发的姑娘探出头来，她头顶有疮，满脸红疹成片，有的已经开始溃烂，看上去十分可怖。萧济川眉头都不皱一下，反上前一步，仔细瞧瞧春蕊姑娘的疮口，他进门闻到臭味，心中便已有所猜测，如今看这情形竟不算是最坏的结果。

"我如今这样，即便好了，这张脸也不能要了。"春蕊一开口，眼泪就滑下来，"先生若要救我的命，就给我一剂毒药，让我不痛不苦地去了，也省去我被夫家嫌弃，给爹妈丢人。"

"胡说！"段氏怒声道，"你若死了，岂不是要了我和你父亲的命！"

"父亲多少日子不来瞧我了？妈别骗我，我知道爸有了外室，大约那边也有孩子了，他才会丢下我们。"春蕊说着又哭，段氏忍耐不住，抱着女儿痛哭。

萧济川缓声道："姑娘死都不怕，那自该不怕疼也不怕苦了。"

娘儿俩见这大夫脸上全无怜悯之色，春蕊还可，段氏不由怒从心起，萧济川也不理她，转身自开了药箱，取出文房四宝写方子，回身递与段氏。只见上面写道："苏叶三钱，生姜三钱，甘草二钱，丹皮三钱，芍药三钱，地黄三钱，浓煎，热服，覆衣取汗。"

"难道不用外敷散剂，以治疮口吗？"段氏着急地问道。

"这药凉营泄热，自然去腐生肌，只是这过程有些疼痒。"萧济川说话间，目光缓缓转向春蕊，"姑娘已是出阁的年纪，将来也会为人妻，为人母，自该想想养育之恩，父亲既不才，姑娘就该为母亲争气才是，有寻死觅活的力气，实该忍了羞惭，扛下这痛痒，待癞痂褪尽便是新生。"说着，他转向段氏，"饮食务必清淡，把这帘幔子都撤掉吧，日头是万火之源，至阳至烈，能除一切邪祟，该多晒晒才好。"

萧济川说着裹紧斗篷，背起药箱，段氏方想起要给车马费，忙往身上掏荷包，谁知一只镯子递到她面前，竟是春蕊拿了枕边的首饰塞给母亲，她就着炕沿朝萧济川磕了头："先生大医，若痊愈，我必好好孝顺母亲，报答先生再造之恩。"

萧济川含笑看过去，若没了那些癞疮，眼前这姑娘着实算得上美人。段氏忙将手镯双手捧与萧济川："萧大夫实在好医术，又有慈悲心肠，待女儿大好了，必登门磕头，重金相谢！"

"这个贵重了，诊费自有定数，春蕊姑娘所患并非疑难杂症，无须重谢。"见萧济川坚决不接，段氏只得取了一块银子交与他，又千恩万谢。

萧济川又嘱咐她道："若有不好，差人往我那里送信去，我自会再来。至于姑娘的病症，医者自有医道，我必不会让这屋外之人知晓。"言毕，他出门而去。

第 10 章
初见文蓝桥

年关将近，萧家的小宅院里一片忙碌，杜氏与福妈尤其忙碌，打发家下众人打扫庭院，掸尘抹灰，虽年事累人，竟也是一派喜气。

黛秋近日也不必习字，与百花用彩绸角子做福袋。百花细细地打了攒心梅花的络子，络好文籍留下的那面铁镜，笑道："过了年姑娘十四岁了，那咱姑爷可就到了弱冠，我估摸着，一开春，文家必要来人放定的。"

黛秋假意恼人，拿着绣针作势要戳百花的手背："我让你胡说！"

百花也知她是玩笑，假作害怕躲开，忽听纷乱的马蹄声从后院墙外传过来。"什么事？"黛秋放下针线，跳下炕就要去瞧。

"没姑娘不爱的热闹。"百花嗔她道，"街门都锁了，管他什么事，横竖没进了咱家的院子，理他做什么……"话音未落，只见福妈急急地走来。

"太太带人收拾前院厢房，叫姑娘这里准备下，搬去前院住。"说着她转身就走，只留下黛秋与百花面面相觑。

萧济川急急地赶回家，知会杜氏腾挪院子。原来今日早朝，接到地方上来报，有白莲教的教众集合了一股子山贼胡匪驻扎在离京城不远的望北山一带，原不过是做些打家劫舍的勾当，渐渐成了势，竟公然抢劫官府粮仓。

他们打着劫官济贫的旗号，在当地颇得人望，偏有个不怕死的头领自称天子降世，公然造反，与地方府兵打成个热窑，如今府兵渐有不敌之势，才急急求援。

散朝后骆麟先找到萧济川，这望北山就在文籍卫戍的地界，战势吃紧，文籍又最是个身先士卒的战将，恐要吃亏。骆麟已经殿上奏请增援，因离京畿甚近，今早已准旨增兵，务求斩草除根。

骆麟还自请随旨出京。他这一去，增援还在其次，先要将文家妻小送至京中。这事不宜闹出动静，最好在战事完结前无人知晓，以免那有心人参文籍动摇军心。

萧济川深以为然，杜氏不免忧心："文亲家的人品能耐是没话说的，只怕姑爷也要上马持刀，有个闪失可怎么好？"

这也正是萧济川忧心之处，却不好言明，只道："姑爷小孩子家，无官无职，哪里就需要他去冲锋陷阵？你只把后院打扫干净了，再嘱咐家下人，嘴上严谨些。"

黛秋稍晚也从父母那得了消息，不免有些害怕。小女孩心中装不下事，晚间便闹起无名火来，牙疼得连饭也没有好生吃，萧济川晚饭后便在女儿房里，陪她说说话，又故意翻些医书脉案与她谈讲。

"厥俞在这。"济川摸着女儿背后两处穴位，手上稍带力气，慢慢揉着，"四椎下两旁，相去脊各一寸五分。"

黛秋用心默记父亲按压的位置，又看一遍针穴图谱。萧济川足揉了一盏茶的工夫，黛秋忽觉嘴里牙不那么疼了，不由抬头看向萧济川，只见父亲正含笑回望于她。

"针三分，灸七壮，主咳逆牙痛，心痛，胸满呕吐。你不过是一时心火，并没有什么。"萧济川疼爱地摸着女儿的头，"秋儿别怕，你文叔叔是久经沙场之人，必不会有事。"

黛秋被窥破心事，不好意思地低头，又见桌上的脉案，故意翻看一页，便撒娇地抱住萧济川的胳膊："母亲常说，萧家世代行医，我虽是一个女孩儿家，但无兄弟帮衬，自当承袭祖业，不使祖宗的心血失传于世，怎么爸只管教我些诗词文章，并不讲医术道理？"

萧济川看着女儿花朵样的小脸，心中无限疼爱，温言道："岐黄之术习学轻易，精进实苦，非立宏志不能持守，秋儿是萧家至宝，教你读书习字原为明理，明理方能立志，等你长大了，明白自己心中所愿，学不学医，你心中自有决定。"

黛秋转着眼珠，故意道："爸既然说学医苦，秋儿便不学了。可我若不学，咱们的秘传医术失传了，可怎么办呢？"

萧济川朗声笑道："我开馆收徒，传授医术。都不过是救人的法子，秋儿不学，便散与别人学去，总是对世人有益。"父女俩相视而笑……

腊月二十五，炖肉磨豆腐。天近黄昏，小巷子里隐隐飘出肉香。

德胜门外，几匹快马围着一辆双青骡大车急急奔来，守门的军士见了那领头的亮出的腰牌，忙忙放行。

一行人急奔学部街，领头的人先跳下马，几步跑到萧家门前，抬手狠命拍打街门。

老家院开了门，见来人灰头土脸，身上棉甲袍子似还染着血，惊了一跳。领头人顾不上解释，急道："萧供奉在家吗？国公爷差小的来送人。"

家下人跑着去内院报信。不过一时，萧济川急急走来，一眼看见来人，竟是骆麟最贴身的伍儿，不由脚步一滞，不祥的预感笼上心头。

伍儿见他来，忙地打千儿："萧供奉，奴才奉主子命送亲家太太和姑爷来这里。"说话间，已有军士放了梯凳子，先从骡车上抱下一个裹着棉甲的稚子，那棉甲肥大，越发显得孩子瘦小，一双滚圆的眼睛里满是惊惧，伍儿伸手接过孩子。

萧济川看过去，这孩子年纪尚小，但五官已出落了模样，一眼便能看出是文家的血脉，尤其眉眼与文籍竟直如一个模子里刻出来的："这是……"他知文家有两个儿子，可按属相算一个有十八九岁，另一个与黛秋同岁，眼前这个不过六七岁上下，却又是谁？

"他可不就是……"伍儿话没说完，只听身后军士回道："夫人昏过去了。"萧济川和伍儿忙将妇人抬进院子，掐人中灌水，倒无人顾及那幼子。

此时，杜氏与黛秋也得了消息，只听说亲家太太昏死在车上，娘儿俩也齐齐赶至后院。

黛秋原本的屋子并不大，此时已塞满了人，丫头婆子有打水的，有递茶的，伍儿急得直跺脚。一个六七岁的男孩儿躲在角落，穿着与他身量相差太多的棉甲，满脸污渍难掩他五官周正，活脱就是一个小小的"文籍"。

黛秋帮不上别的，便向童子走去，那孩子双目含泪，却始终未有一滴落下，隐忍的神情让人心疼。

黛秋蹲身，扯下手帕替他擦脸："你是文家的孩子吗？文籍叔叔可安好？公子们呢？"

男童怯怯地看向黛秋，不发一言。

"你别怕，来了这里就平安了。"黛秋含笑道，"我们必会护你周全。"

"姑娘，你看。"百花惊讶地指一指那孩子的里怀，棉甲破出的口子里透出孩子本来的打扮，锦缎小袍子的盘扣上，明晃晃地挂着一块铁镜。

黛秋一惊，抓起来细看，没想到男童猛地扯回自己的铁镜，"哇"的一声哭出来，原本躺在床上刚刚转醒的女人听了孩子的哭声，竟似个木偶被人提了线，猛地坐起身来，欲推开众人："桥儿，我的桥儿……"

"哥儿好得很，许夫人，咱们到了，平安了！"伍儿知道许氏找谁，忙安慰她道。

许氏似不能相信，抬头看看伍儿，又一脸焦急地看向萧家夫妇，杜氏敏捷，忙闪开身，让她可以看到男童。许氏的神情一松，两行热泪滚滚而下，只道一句："终于……到了！"两眼一翻便又晕过去。

男童推开众人，飞扑到床前，撕心裂肺地哭喊："妈，妈！"

儿是娘的心头肉，杜氏见状泪水夺眶而出，蹲身去哄孩子，萧济川实在忍不住，向伍儿道："这是远笛的哪位公子？我怎么没听说过？"

伍儿忙回道："他便是供奉家的女婿，文家的二哥儿，蓝桥少爷。"

第 11 章

姐姐在，别怕

"我在这里照顾她吧。"安顿好许夫人，杜氏低声向萧济川道。此时，萧家人从方才的震惊中回过神来，回想说亲那日，萧济川喝多酒，算错了天干地支，只以为文家的儿子一个与女儿同岁，另一个比女儿大六岁，没想到，这个孩子竟是比黛秋小了整整六岁，是个才满七岁的稚子。难怪文籍走时说要黛秋多等一等，又说要好好教导孩子。

以萧济川对文籍的了解，他必定认为萧家是舍不得独女早早出嫁，才故意选了幼子结亲。文籍对萧济川从不违命。这阴差阳错让萧家措手不及，黛秋和百花为蓝桥打水洗漱。一路舟车劳顿，七岁的孩子能有多少精力？他支撑不住，身体一歪，靠在黛秋怀里睡着了。

此刻，萧济川也顾不上女婿年幼的事，据伍儿所说，望北山匪祸四起，各藩台道府竟无力主持，守军疲于应付，死伤惨重，文籍与长子共赴沙场，他们的队伍被山匪伏击冲散。骆麟命伍儿送许氏和蓝桥回京时，文家父子仍无下落，生死未卜。

杜氏深觉蓝桥太小，不堪匹配，可事有缓急，总要大家平安了，再行商量。萧济川看看愁眉深锁的妻子，又看看睡在黛秋怀里的蓝桥，不由一声长叹："这里安排得力的人服侍也罢了，家里上下还要你操持，还有……"萧济川说着，又看看蓝桥，"这孩子还需你仔细看顾着。"

杜氏深深点头，又不放心地看向床上的许氏。"弟妹心疝之症已深，如今受了大惊惧……"萧济川咬一咬牙，轻声道，"身边断不可离人，挑勤快人服侍，有一点不好即刻回我。"

杜氏用力握了丈夫的手："老爷只管放心，我让福妈亲自带人守在这里。我带桥儿一处休息。文家于我们有再造之恩，我必定尽心尽力。"萧济川欣慰地看向杜氏，二十多年的默契让夫妻俩无须多言，彼此心意俱已了然。

"妈，这孩子我来照看吧。"黛秋的声音虽小，却足以惊动父母，"妈要操持全家，爸要看着文婶婶，我虽小，到底也要分担一些。这孩子倒不认生，你们瞧他睡得多踏实，东厢原也收拾好了，预备给文家的孩子们住的，如今且安置他在里间，我和百花在外间。"

"这怎么行？你哪里会照顾人？"杜氏忙道，"他受惊吓，夜里哭闹你可怎么处置？"

黛秋微微含笑，朝窗外努努嘴："天都见白了，还有多长的夜？他若哭闹，我和百花会哄着他，妈只管放心。"

杜氏还要再说，萧济川拦道："就这样吧。"于是打发人用棉被严严地裹了蓝桥往东厢安置，杜氏又逼着萧济川往前院休息，不养足精神，再不能好好看顾病人。

等安顿好一切，鸡已鸣了三遍。百花打着哈欠，铺开被褥："姑娘好歹歇歇吧。"说着，她伸长了脖子朝里间炕上望去，"发生这种大事，难为这位小爷倒睡得倒踏实。"

"他是文家的人。"黛秋透过窗户纸，能看到窗外的天，"文叔叔是我们家的大恩人，我心里是感激的，能为文家的人做点事，我心里也踏实。"

百花待要再说什么，只觉舌根绵腻，一双眼皮重重合起。黛秋待她喘匀了气息，将身上的棉被分她一半。一阵倦意袭来，黛秋神思便有些迷糊。忽听里间有细碎的哭声，她忙披衣起身，急急跑进里间，只见蓝桥蜷在床角，用被子裹紧自己，抽抽噎噎，只不肯哭出声来。

黛秋蹲身坐在床边，看向缩成一小团的蓝桥。"你别怕。"黛秋缓声道，"这里是京城，那些坏人再不能来的，我叫萧黛秋，你呢?"

蓝桥一抽一噎地抬头，看向黛秋，半晌方道："蓝桥……文蓝桥。"

黛秋一点一点蹭到蓝桥身边："我十三岁了，你呢?"

"七……岁。"蓝桥道。

"那我大，你得听我的。"黛秋握了蓝桥的小手，"你是不是害怕?"蓝桥一双大眼睛里闪着泪花，用力点头，黛秋又道："既害怕，怎么不痛快地哭出来?"

"母亲说，不能麻烦别人。"蓝桥低声道。

"这里并没有别人，这里是咱们家。"黛秋手上用了力气，紧紧握住孩子的手，"我是你姐姐，定会护着你的。在这儿，你想哭、想笑，由着心性，什么都不必怕!"

蓝桥缓缓抬头，含着泪光看向黛秋。这个姐姐他虽没见过，但生得一双剪瞳目，一弯新月眉，面目亲和，让人莫名心安。他用力抹一把脸上的泪珠，忽然皱眉道："母亲她……"

"有我父亲在，文婶婶自然平安。"黛秋笑道，"你不信，我带你去瞧她可好?"蓝桥睁大了眼睛，黛秋忽然压低声音："你要乖乖听话，咱们悄悄的，别惊动人。"

蓝桥抿着嘴唇点头，还挂着泪的脸上竟露出一丝笑容。黛秋帮他穿戴整齐，严严地披了大毛斗篷。

黛秋不是高门大户的小姐，却也是头一遭服侍人，她满意地将蓝桥上下打量一遍，便要向外走，手心忽然一热，低头看时，却是蓝桥拉了她的手。

"姐!"蓝桥抬头，剑眉如漆，虎目有光，乌黑明亮的眸子竟似含了满天星河。

黛秋微惊："你唤我什么?"

"姐，你比我大，我听你的。"蓝桥一字一句道。

黛秋笑向蓝桥，握紧他的手："咱们走!"

百花好容易在后院的廊檐下寻到了黛秋和蓝桥，姐儿俩正用小铲子团雪人玩儿。

许氏尚未醒转，老婆子不肯让他们进屋打扰，蓝桥又不肯走，黛秋只能同他在院子里玩耍。

"姑娘小心冻着，手套子也不戴。"百花小声嗔怪，"那手都冻得通红的。"

蓝桥本玩得起兴，听百花这么说，才看到黛秋的手，他忙丢下铲子，双手握了黛秋的手，又是哈气，又是搓手。

黛秋看他认真搓手的样子，只觉好笑。百花也笑抿了嘴，往黛秋耳边悄声道："原来这小郎君也是知冷知热的。"

黛秋狠瞪她一眼："胡说什么！"

蓝桥尚不知觉，将黛秋的双手一边一只，夹在自己的腋下，黛秋忙缩手："难道你是不怕冷的？"

蓝桥一把抓回黛秋的手，又塞回腋下，倔强地道："我不怕！"说得黛秋和百花都笑了，才要说话，只见一个婆子推门走出来："姑娘，许夫人醒了。"黛秋听闻忙拉起蓝桥，飞跑进去……

许氏心疝病重，又兼受惊吓，萧济川每日行针，又为她下了丸剂两药并服的方子，暂保性命无虞。蓝桥、黛秋每日请安，并不敢十分扰她休养。黛秋说话大方得体，对蓝桥细心照顾，许氏越见越爱。

稚子童心，本就容易接近。不用几日，蓝桥便似一条小尾巴，整日跟在黛秋身边。萧济川、杜氏和许氏惦记战事，又迟迟无消息传来，人人心事重重，除夕春节都草草过去。

转眼便是元宵，杜氏十分不忍把正月过成这样，便自作主张，要带着孩子们往街市上逛灯去。萧济川也知妻子心意，但他无论如何不敢离开家，万一许氏病情有变，有他在总是安心些。

杜氏挑了最得力的家丁，并福妈、百花，憨三儿套车，娘儿几个穿戴整齐便出了门。车厢很小，只杜氏一手拉着黛秋，一手拉着蓝桥在车里，其余人皆随行车后。杜氏也是头一遭这样细细打量蓝桥，五官尚未长成，眉眼很有文籍的样子，想起文籍的处境，杜氏心疼地握紧蓝桥的手，开口就是一声："我的儿……"

黛秋知道母亲又要说些感激或是心疼的话，可蓝桥年幼，说与他也未必听得懂，白白让孩子跟着难过，忙拿话岔开："望北山偏僻，桥儿一准儿没见过这样热闹的灯会，那里人多，你可拉紧了我，别走丢了。"

蓝桥笑向黛秋点头："桥儿一定不离开姐姐。"

杜氏笑道："难为这孩子竟听你的话。"扭头看向女儿，"文家好教养，既是他都这样，他那哥哥也必是好的，我同你父亲商量了，等文家老爷来了，就同他说，将你许给他们家大哥儿也是一样的。"

黛秋低低头红了脸，车已经到了正街的街口，前面人流涌动，各铺面灯火通明，街市热闹非常。憨三儿停了骡车，福妈同着百花上来扶人。先是杜氏，黛秋下车才站稳，便要回身抱孩子，谁知蓝桥竟自己稳稳地下车："我是大人，不必姐姐事事操心了。"

黛秋看着六岁的"大人",不由掩口轻笑。百花在一旁打趣道:"是是……文小爷是大人,只是大人不兴走散的。"说着便要拉他的手。

谁知蓝桥伸手拉住黛秋的斗篷:"我不会离开姐姐。"

街市上满是各家商号、商会、会馆出资扎的花灯,二龙戏珠也有,八仙过海也有,松鹤同春也有。个个惟妙惟肖,活灵活现,别具心思。更有把式杂耍,百物百货。

蓝桥不曾见过这种热闹,直看得眼花缭乱。街市人流拥挤,走起来十分吃力,杜氏方走了半条街便力有不及,寻了处茶馆,想与孩子们喝茶吃果子歇脚。

几个人才行至茶馆门前,身后忽转出一个少年,身着云青色的斗篷,同一色的棉帽上镶一块油光水滑的翠玉帽正,衬得他肤白胜雪。

黛秋万没想到会在这里遇见骆长风,只见他先向杜氏深鞠一躬,脸上是谦卑的笑意:"给萧家婶婶拜年,婶婶安好!"说着,眼锋扫到藏在母亲身后的黛秋,"给大姑娘拜年,大姑娘安好……"

第 12 章
一场祸端

原来今日上元，长风老老实实给惠春请了安，又陪着她拜了月，方从角门偷溜出来，除了德禄，再没人跟着。主仆俩也不顾看灯，从街头到街尾跑了一个来回，人头攒动，只不见黛秋。倒是德禄机灵，想着堂客们出行必是要坐车的，往背街各家停车的地界打听了一圈，终于找到了萧家的骡车。

有了车，再没有找不到人的理。长风顺着路口重新寻找，果见杜氏拉着黛秋并一个孩童有说有笑地看灯。既相见，杜氏便让着长风一同往茶馆里歇脚，黛秋低头见蓝桥的眼睛不住地看向街市，便向母亲笑道："妈在这里同长风少爷说话，我带桥儿去前面再逛逛。"

"使不得。"杜氏忙道，"这里人多，你们俩万不能有闪散，还不快与我这里好好歇歇，咱们再去逛。"杜氏才要起身，谁知这几日实在劳乏得很了，腰上竟如钢针扎过一般疼痛难忍，福妈忙上前扶她坐好。

"婶婶安坐。"长风含笑道，"父亲在家时曾说，咱们两家不是外人，况萧叔叔于长风有救命大恩，不如让我来护着大姑娘并……"他看了看蓝桥，萧家自来只有一女，竟不知哪里来的这孩子，"并幼弟去逛逛。婶婶放心，有我在，必不会有事。"

看看女儿和蓝桥满眼期待地看着自己，杜氏竟也不好一口回绝，犹豫半晌方向长风道："好孩子，麻烦你了。"

眼见孩子们满面喜色，杜氏不由也跟着含了笑，目送他们出了茶馆。福妈方上前悄悄道："这位哥儿倒是个好的，按说骆家与咱们老爷也是有交情的。"

杜氏知她的意，忙止了她的话："前儿老爷收到信，这战事只怕快完了，等文爷来家，老爷就与他们家说，桥哥儿的年纪实是不成的，倒是他们家大哥儿还使得。文家于我们有大恩，把秋儿嫁过去是断断不能改的。"

"只怕经了这事，文家必是要急急地过定呢。"福妈笑着附和，"要是文爷再立了功，调回京就更好了，外官武将到底不稳妥。"杜氏不再说话，看向茶馆外的街市，目光幽暗，悲喜不辨。

灯市人流不减，长风原想与黛秋并肩而行，谁知黛秋怕蓝桥被剐蹭着，将他夹在二人中间。长风无奈，低头看着蓝桥紧紧拉着黛秋的手，心中莫名生气。

"我听父亲说，萧供奉家人丁稀薄，怎么才过了个年，就多了这么个人儿？"长风扭头看向黛秋，只觉从她面颊上蹭过的风都是美的，只可恨这小人儿生生隔开他们俩。

黛秋才要答话，忽想起萧济川一再嘱咐全家，文家人进京的事不许对外人说。可按说，长风不是外人，文家母子就是骆家送过来的，可他既然不知道，那必是骆麟不曾让伍儿回府报平安，黛秋犹豫片刻方道："是我们家远房亲戚，久不走动，年前来看看我们，父母正愁家里人少，过年不热闹，就留了他们小住。"

长风不疑，只是有这小子夹在中间，实在让人心中不快，只是面上又不好露出来，才要再找着话由来说。蓝桥先开了口："姐，你看那个！"

黛秋顺着他手指的方向，见街边一个卖纸扎花灯的小货车上，挂着各色小巧的手提灯笼，便拉着蓝桥过去细看。长风眼见着他们俩走去挑灯笼，张了张嘴竟没说出什么。

"大爷，姑娘带着小弟弟是好事。"德禄悄向他耳边道，"这萧家姑娘咱不好太亲近的，有了这个小弟弟，爷亲近他，就是亲近姑娘。"

"你胡说什么！"长风微蹙了眉。

德禄轻笑道："爷明明不爱热闹，又为着什么非要来灯会凑热闹？还想瞒我不成？"

长风瞪他一眼，直走向与黛秋一同挑花灯。蓝桥挑了一只宫制样式的小花灯，六面画着各色花草，他一样一样地认起来："这是兰草……这是紫萱……"

黛秋手里提一柄彩球灯，才要去摸荷包，长风付了钱，向她笑道："我们走吧。"终于能与黛秋并肩而行，长风难掩笑意，心里平白像跑进一大群兔子，蹦跳不止。

忽然"砰"的一声巨响，黛秋吓得一抖，几乎掉了手中的灯笼，长风本能地护住她，只见天上彩光一线，瞬间化成一朵巨大的花球，流光溢彩，十分夺目。

不知哪家会馆放的烟火，一簇接一簇不停地炸裂在空中，绚烂多彩，看得人眼花缭乱。长风与黛秋并肩抬头，两张少年的脸在烟火的映衬下，竟如金童玉女。

一时烟火散去，长风才察觉自己的头几乎与黛秋的头靠在一处，不由脸红，面上便有些讪讪："谁家有这个气派？像是陕西巷的方向。"

"真好看。"黛秋似才回过神来，"是不是，桥儿？"片刻不得回音，黛秋猛地低头，哪里还有蓝桥，恐是他小孩子贪玩跑开，忙又前后左右地望去，人流如潮，只是不见文蓝桥。

"桥儿！"黛秋一眼看见地上烧着了的小宫灯，惊得四处张望，也不顾体面，扯着脖子连喊两声不见回应，快跑两步，又觉方向不对，又往回跑几步。

长风一把拉住她："别慌，人这样挤，他必走不远。就算碰上人牙子，一大一小更难走脱，咱们细细找，必丢不了的。"

黛秋正是怕这个"丢"字，一听这话，几乎哭出来，丢了文家的孩子，她怎么对得起舍命救回父亲的文籍，文家婶婶也必活不成了。思及于此，黛秋四下呼唤。

长风看看身后不远也被吓傻了的萧家仆人，又看看德禄，德禄摇摇头，他实没看见是谁抱走了那孩子。长风转头看向前方，人流如潮，并不见少。这条街原本十分宽阔，因着两侧商铺皆摆出档口，又有花灯，几番挤占，街面已经十分窄小，想绑着孩子迅速离开几乎不可能。

"你等在这里,我去找他。"长风也知不该亲近,但还是拉了黛秋的斗篷,浓墨的一双剑眉微微蹙起,"千万别乱跑!"又向百花道,"看好你家姑娘。"话音未落,人已挤进人流,摩肩接踵地勉强进了街边的小巷子。

这巷子原不是旧有的,不过是两家店铺中间的小空隙,长风猜想,若真有人掳了孩子,串胡同是逃走最快的方法。

小巷很窄,并肩走两个人都难,长风贴着一侧墙壁疾行向前,身后的灯光越来越暗,他由明入暗,眼前几乎什么都看不清。适应片刻才看清,果见前方不远,一个黑影急急向前,长风毕竟是武将之后,又生在国公府那样尊贵的地界,自幼有师傅教拳脚功夫。

那黑影似有察觉,脚下更快了些,怎奈他扛着笨重的麻袋,并没有长风手脚麻利,眼看贼人就在眼前,长风狠命地向前抓去,他虽有功夫,却毫无江湖经验,不承想能干出打杠子掳人勾当的不会是一个人单行,另一个贼人早在他身后举了刀。

长风听见身后风声,自觉已经来不及躲闪,也知事要不好,忙抖开斗篷护住头,然而刀锋终究没能落下来,只听沉闷一声,"哐"的一声,短刀落地,一个男人重重跌在地上。

德禄和一个萧家的家仆双双拿着不知哪里捡的门闩,护着黛秋,将贼人狠狠打晕。前面的贼人听见动静,敏捷地反扑回来,长风随手将斗篷抛过去,正盖住对方的头,从德禄手里接了门闩狠命敲下去,又怕一下子难得手,又狠狠敲了两下,眼看着他不再动弹。

也不顾看贼人,长风一个箭步扑到麻袋上,麻利地解开袋口,黛秋也忙上前照亮,里面装着一个被塞了嘴的孩子,却是个女孩子。

黛秋焦急地与长风对视一眼,松了女孩儿的绑绳和塞口,柔声问其家人和地址,欲送她回去。女孩儿污渍满脸,怯生生地看着人,欲哭又不敢哭。黛秋拉了她的手:"别怕,咱们定是要送你回去的。我问姐儿一句,只你一人吗?有没有看见其他孩子,一个与你一般高矮的小哥儿,你见过吗?"

女孩儿不说话,抹一抹脸,眼睛看着他们身后的方向,长风回头看看,灯笼光亮微弱,并看不出什么,德禄勤快地沿路返回,没走几步便停下,小声叫道:"公子,这儿还真有个暗门,这里太暗,咱们竟都没瞧见!"

第 13 章

文家生变故

茶馆里，杜氏心中惴惴，孩子们左等也不回，右等也不归，欲打发福妈去找，可路上人挤，又怕两厢里错过了。正心焦时，只见长风、黛秋拉着蓝桥从门口走进来。

长风身上那件崭新的斗篷竟生生破了个洞，把杜氏吓了一跳："这是怎么说？敢是遇见坏人了？"

长风才要答话，忽觉有人轻拉他，眼角瞥过去，却是黛秋轻轻揉了揉鼻子，长风会意，忙笑道："没有的事，我们只是……"长风语塞，他未曾想过瞒骗杜氏，所以事先也没想过其他说辞。

"都是桥儿不好。"蓝桥声音稚嫩，说话却极有条理，"桥儿乱跑跌倒了，长风少爷为了扶我被人踩了斗篷，是桥儿的错。"

杜氏这才瞧见蓝桥的身上也染了些灰泥，又怕孩子吓着，忙道："不碍的，好孩子，街上人多，踩着你事大，只要人没事，旁的都不打紧。"

见杜氏一心只在蓝桥身上，长风与黛秋悄换了眼色，再不想这小人儿受了惊吓，竟还能有条有理地哄骗大人，果然武将家的孩子有些与众不同。

就在方才，被救的女孩儿带着大家找到暗门，长风带人闯进去，里面竟有五六个孩童，皆与蓝桥年纪相仿，被捆了手脚，塞了嘴。黛秋分辨半天才看见缩在墙角的蓝桥，便不管不顾，一头扑过去，先解了绑绳，才要揽进怀里，却见蓝桥摊开手，掌心一块破瓷片。他缩在角落并不是害怕，而是寻机逃跑。

长风忙命德禄去报官，好在一切有惊无险，眼下，黛秋终于可以大大舒出心中那口气。长风极有眼色，纵不舍得走，也不得不朝杜氏鞠躬行礼，告辞回去。杜氏是长辈，蓝桥又是孩子，便只有黛秋去送客，她随长风出了茶馆。瞧着杜氏看不见，向长风深深拜下。

"这是做什么？"长风忙托她双肘。

"我谢你救了桥儿，不然我们全家都没法交代。"黛秋含笑望向长风，那书上写的，戏里唱的少年英雄许就是眼前的模样，行侠仗义，庇佑弱小，黛秋心中满是敬服，"再替那些娃娃谢你救命之恩，一个娃娃一家人，长风少爷该叫少侠才是。"

一语说得长风脸红，他故意笑道："你与他们并不相识，如何代谢？"

黛秋眨着一双漆黑的眸子，道："上天有好生之德，老天爷派了少爷来救那些孩子，我替老天爷谢你。"

长风越发要笑："这谢可大了去了。这点子小事不必放在心上。天色不早，姑娘快随家人回吧，救我的恩德，改日必登门道谢。"

可惜天不遂人愿，还没出正月，有加急奏报传来，萧济川得了信儿便急匆匆赶回家。此时，许氏已能在床前缓行几步。杜氏正陪她说些家常，说起蓝桥懂事明理，行动做派竟活脱是文籍的样子。

提起文籍，许氏不免焦心，滴下泪来，杜氏忙笑着劝慰，又说起孩子们的年庚，总想打听文家大少爷。福妈急慌慌地跑进来，先看许氏一眼，才向杜氏道："老爷来家了，请太太往前院去说话。"

"你快去吧。"许氏含笑向杜氏，"我好多了，这家里哪里不要你？不用只顾着我。"

"也无甚忙的。"杜氏故意不立刻起身，拉了许氏的手，"不过是我们家那位爷是个甩手掌柜，凡事不理，油瓶倒了都不知道扶，想是又有什么物件寻不见了，我且去找了，打发他去，再来陪你说话。"

许氏含笑点头，杜氏强逼她不许起身，才笑盈盈地与福妈一同出去，许氏目送她们离开，原本含笑的一双杏眼忽黯淡下来。

杜氏小跑着赶至前院正房，萧济川正急得来回踱步，见杜氏进来，不由上前一把拉住，半晌说不出话。

杜氏顿感不祥，勉强含笑道："老爷这是怎么了？有话只管说，可不带这样唬人的。"

"我……"话才出口，萧济川红了眼睛，索性将一张宫门抄塞进杜氏手里，"昨夜八百里加急送进京的，这会子才从宫里传出来。"见萧济川神色慌乱，杜氏已知事有不好，忙展开细看。

原来是前方战报，那作乱的匪首自称真武大帝转世，平乱救民，迷惑众多百姓，又连同红灯罩、白莲教等教众，杂七杂八的队伍竟然成了势。骆麟前往增援，与贼匪纠缠一处。当地守军首尾不能相顾，就在几天前，文家父子战死军中，尸首被匪兵挂在参天老树的枝干上。

邸报上说，骆麟杀红了眼，威逼地方典首倾巢出兵，直扑贼匪老窝，那个转世的"真武大帝"并没有刀枪不入的好本事，被骆麟砍了脑袋。今上见了急报龙心大悦，老佛爷颁下懿旨，重赏三军，旨到之日，骆麟官升两级，总领军政两务，剿匪务尽，责他全权处理清匪事宜。

杜氏颤了双手，那一张薄纸似有千斤重，再抬眼已是热泪盈眶："老爷，这如何是好……"

萧济川紧咬槽牙，半晌方一字一句道："万不能走了消息。弟妹才好些，得了这个信儿可会要她的命。"

杜氏深以为是，可隐瞒失亲之痛又似不妥："妻不闻丧，子不穿孝，妥么？"

"远笛不是迂腐之人。"提起这个名字，萧济川再忍不住，一双热泪滚滚而下，

"这娘儿两个平安比什么都重要！"

看着丈夫染血般的双目，杜氏深吸口气，定了定神，道："老爷放心，我必护着他们娘儿俩周全。事已至此，老爷只一心治好文家弟妹，总不能一直瞒着她。待她身子好了，一些事才好料理。"

因着正月里不动针线，黛秋与蓝桥扎了毽子在院子里玩耍。黛秋见萧济川走出正房的门，便停下脚，笑道："爸怎么这早就回来了？"

萧济川勉强含笑："你们两个好好玩，可不许吵嘴。秋儿，这几天少往后院去，你文婶婶病弱，经不起吵。"

黛秋一手托着鸡毛毽子，一手拉了蓝桥，应声点头，谁知蓝桥仰头看着萧济川，又看看黛秋，认真地道："姐姐对桥儿好，我们不吵嘴。"一语逗笑了父女俩，萧济川转身朝后院走去，心痛之情无以言表。

婆子早传话给许氏，萧济川进门便见她起身站在床前。"你是病人，大可不必拘这些没要紧的礼。"萧济川说着取了药枕，许氏由着婆子扶她上床，枯瘦的腕子轻搁在药枕上，萧济川细细摸脉。

"这些日子我自觉好多了。"许氏含笑道，"我家老爷常说，萧家世代悬壶，医术超群，如今我也得见识。"

提起文籍，萧济川不由眉心缩紧，他勉强定了定神，又换另一只手。

"萧大哥哥是怎么了？我瞅着脸色不对。"许氏打量着萧济川。

"春寒蚀人，铺子里抓药看诊的比往常多些。"萧济川缓声道，"是有些疲乏，不碍的。"

"虽然这样，大哥哥还该保养自身才是。"许氏的声音仍有气无力。

萧济川手上微微一抖，怕许氏察觉，只得顺势收了手："弟妹果然好多了，我再调一调方子，吃上几剂只怕就大好了。"

"萧大哥哥的药总是很苦。"许氏含笑道，"我们老爷日常提起你们在军中，总是抱怨。"

萧济川赔笑："远笛最是个不爱吃苦的，也罢了，我调几味醇香味厚的温补之物，必不叫弟妹吃苦。"他生怕露了马脚，并不敢与她多言，命婆子按方抓药，便告辞出门。

许氏始终面含笑意，目送他出了门，才低声向身边的婆子道："我的桥儿在哪儿？烦你唤他来……"

第 14 章
是捷亦是劫

二月初二，春龙节，望北山终于传来捷报，明旨上谕召骆麟择日班师。长风得了消息，飞跑向萧家报信儿，远远却见萧家门庭萧索，完全没有年节的喜气，门口的桃符春联全不见了，只留下尚新的刮痕，不由心下大惊。

德禄从门房打听了消息，小跑着来回话："萧老爷不在家，我不好直说找姑娘，特来请爷示下。"

"这是怎么了？"长风抬眼看向门斗下一对白纸灯笼。

德禄抿了抿嘴："门上必是得了主家的吩咐，一句也不肯说，小的才在里面偷着瞧了瞧，里面挂了白。"

长风更惊得一把拉住德禄："是谁？"

"爷您别急。"德禄小声道，"咱们往后角门等着，家里真有什么事，必要有人进出采买，支应事务，若能见到跟姑娘的人，自然明白。不然……咱们总不好就这样进去的。"

长风想了半晌，微微点头，德禄便拉着他往后角门去，才走两步，忽见萧家的骡车缓缓而来，虽然没有挂白带丧，竟也是素色车衣，没有半点鲜亮。长风忙侧身立于台阶下等着。

萧济川先一步下车，回身抱下一身素罗斗篷的黛秋。春寒料峭，一阵冷风吹落了她的兜帽，露出一张蜡黄的小脸，竟比上元节时瘦了一圈。

黛秋扶着父亲才站稳，一眼看见长风主仆俩："爸，骆家少爷来了。"

长风忙躬身上前，先向萧济川道："请叔叔安！"说着，微一侧脸，"大姑娘好！"

萧济川有些意外："你为何在这里？"

长风忙将骆麟即将回京一事禀明。萧济川疲惫的面庞上终于带了丝笑意："回来就好。你父亲可安好？"

"父亲没给家里来信，是格格……是家慈从宫里得了信儿，我怕叔叔担心，特来回明。"长风恭敬道。

只听萧济川道："好孩子，多谢费心想着，待你父亲来家，定要让他速来寻我，我有要事与他商议。眼下……家中有事，不便留客。"说着，萧济川四下看看，竟没个有体面的人可以送客。

黛秋会意，忙道："爸，你快进去看桥儿，骆少爷不是外人，我送送吧。"

萧济川看了看女儿，许是最近的事太多了，她越发有了大人的样子，心中略略感慰，点头而去。长风见黛秋的丫头没跟着，也朝德禄使了个眼色。德禄会意，悄悄退后几步。黛秋勉强朝他笑笑："谢你特来送信儿，天还冷，少爷早些回去吧。"

"你怎么了？"长风终于能细看黛秋，只见她眼下乌青，眼里满是血丝，分明是受了大煎熬。

黛秋掩了伤心，道："不碍的。"

"咱们不算深交，但也同历过一二回生死。有什么话还不能对我说吗？"长风低头见黛秋的手微微发抖，必是冷的。

黛秋抬眼向他，见少年眼中满是关切，想想这些日子的事，心中难过，不由红了眼圈，到底说了实情，伍儿送文家母子进京，文籍和文家长子战死沙场，才得了文籍的死讯不过三五日，许夫人也跟着去了。

她去得无声无息，前一日还拉着黛秋、蓝桥闲话，一再叮嘱蓝桥要听黛秋的话。黛秋只道她大好了才话多，谁知第二日一早，婆子进房请她洗漱，才发现人已经凉在床上，眼睛睁得老大。杜氏整理她身后事时，从枕下摸出一封许氏的亲笔信来。

那信上言明，许氏偷听到萧家夫妻俩的话，一心要随夫下黄泉，但她客居萧家，不敢惹出横死的大过，便悄悄停了药。重病之人，生死天定，不与俗世相关。许氏求萧家夫妇代为抚养蓝桥，待他成人，情愿入赘萧家，以报养育之情。

"问世间情为何物，直教人生死相许。"黛秋感叹，"从前我只以为那不过是书里的说辞，不想世上竟有如此情深义重的夫妻。只可怜桥儿小小年纪，再没有亲人了。"黛秋故意隐去"入赘"一节不说。

长风也不由感叹，心却放下不少，见黛秋伤心，缓声劝道："生死有命，这许是他们前世的恩情，今世的缘法，你也别难过了。"

"自从许婶婶去了，桥儿就高烧不退。"黛秋说得有些心急。

"所以你便昼夜不分地照顾他？"长风有些气恼，"萧家基业不厚，但使不着的老妈子、丫头也有一些，你一个金枝玉叶的姑娘服侍小哥儿也多有不便。"

"桥儿一个孩子，有什么便不便？"黛秋苦笑一声，"母亲要操持文家婶婶的后事，父亲又要打理外面的事，因是私自入京，不能张扬，也不能不办。"黛秋说着，轻咳两声，"我原没有兄弟姊妹，这时候还不能给家里分担些事情，父母白养我一场。"

"事多累人，你再病下，这个家越发有得乱了，快进去吧。"长风言毕转身就走。

蓝桥连着几日高烧不退，黛秋不敢怠慢，与百花轮流照顾。今日是她陪萧济川往城外姑子庙勘察地界，准备先将许氏停于庙内。

黛秋一进东厢，只闻得药香四溢，百花听见帘子响动，忙迎出来，急急向黛秋摆手，又朝外间炕上指指，原来方才杜氏怕丫头婆子服侍不好，亲自来看着，谁知百花哄蓝桥睡觉的工夫，杜氏早已疲惫不堪，竟撑着头睡着了。

"老爷方才进来，不叫惊动太太。"百花小声道，"桥哥儿好多了，姑娘也歇歇吧。"黛秋蹑手蹑脚进了里间，伸手探一探蓝桥的额头，果有些汗凉。

"老爷方才给瞧了脉。"百花小声道，"说心火泄了，不碍的。只是可怜了他……"百花说不下去。

二人看向床上的蓝桥，只见他眉心微皱，嘴唇动了动，眉头越皱越紧，轻声唤着母亲。

"桥儿别怕。"黛秋拉过孩子的手，"我在这里。"黛秋怕他梦魇，忙轻声唤醒，外间屋的杜氏也被惊动了，几步行至里间，见黛秋在，放心大半。只见蓝桥缓缓转醒，看见黛秋时，惨白的一张小脸竟挂一丝笑意："姐，我梦见母亲了。母亲说，让我听你的话。"

杜氏忍不住，转身擦眼泪。黛秋笑向蓝桥，才要说些安慰的话，门外忽然传来大声叫嚷。许氏过身，蓝桥又病着，杜氏严令全家上下务必安静，主人皆不高声，何况下人们？因此院子里静悄悄的足有十来日。此刻，蓝桥惊得猛地起身，一头扎进黛秋怀里。

"这是做什么！"杜氏咬牙，愤愤走出去看，一只脚才迈出门槛，只见福妈飞跑过来，伸手护住她。

杜氏来不及问话，就见一队衙差将门房的老仆推搡在地，带头的是个满脸络腮胡子的戈什哈，只见他双手掐腰，趾高气扬地站在院中："谁是萧济川？"

杜氏大吃一惊，也知事有不好，忙要上前，被福妈死死拉住："让爷们儿去应付，太太别过去。"

憨三儿提着马鞭上前去拦，戈什哈看都不看他一眼，抬脚将他踢倒在地。

"住手！"萧济川从书房跑过来，用力扶起憨三儿，怒向众差役，"你们做什么？"

戈什哈上下打量一眼，面带冷笑："你是萧济川？我们是大理院的，这是正堂大人的手令。"说着，他抖开一张盖大红印章的令纸，"押你往大理院问话。"

萧济川心下一惊，只疑心文籍家眷私自进京的事被泄露，可即便如此，也该是军咨府的兵来拿人，与大理院何干？

见萧济川并不理自己，戈什哈一挥手，两个衙差上前，一左一右，锁了萧济川就走。"老爷！"杜氏再忍不住，推开福妈跑上前。

"女眷回避！"戈什哈喝令一声。

黛秋和百花两只脚已迈出门槛，被这一声生生喝住。

"别吓她们！"萧济川高声道，戈什哈不承想文弱医官竟有如此中气，倒有些意外，只朝衙差挥挥手："带走！"

"爸！"黛秋惊叫一声，拔腿便要冲过去，被百花死死拉住。杜氏在女儿这一声中回了神，事出紧急，也不容她筹谋，便抬手将头上钗环，手上镯子、戒指一股脑地撸下来，双手捧着，几步行至那戈什哈跟前："这位军爷，我有话说。"说着将一捧首饰全塞进对方怀里，惨白的脸上勉强挤出些笑意，"我们老爷最是个稳妥人，干不出那作奸犯科的事，想来是有些误会。官府传人，咱们不敢不去。还请军爷看在我家老爷有供奉在身，多少给点体面，二则使老爷少受些委屈。这是妇人一点心意，军爷别嫌简薄。"

真金白银在手，戈什哈的脸上总算有了笑意："太太放心，大理院是讲理的地界，必不会冤了萧供奉，我等不过是遵谕办差，并不为故意为难谁。"

杜氏心中忐忑，面上仍赔着笑。萧济川用力握一握她的手："看好门户。"说着又看向站在东厢门里，满脸惊恐的黛秋，"照管好孩子们！"

杜氏深深点头，心中有千言万语不能出口，只能眼看着萧济川被带走。

第 15 章
药中十八反

萧济川被带走的第三天，萧家的药铺被封了。这三天来，杜氏托人四处打听，终于得到一点消息。原来是有人将萧济川告到大理院，告他庸医害世，治死人命。这种事杜氏抵死不信，萧济川半生行医谨小慎微，凭他的医术，断不会将人治死。

牢房里的萧济川也想不明白。自被收押在大理院的牢房，他冥思苦想，却根本想不出自己到底错在哪里。他也是上了堂，受了审才知道乔春蕊死了。那个得了痂癞，不敢见人的姑娘。虽然后来萧济川事多忙乱，萧济川也不曾忘记复诊。

春蕊脸上的痂也一日好似一日，萧济川最后一次去乔家复诊时，姑娘白皙的鸭蛋脸上，一双好看的杏眼，笑起来嘴角一颗圆圆的梨窝。

萧济川万万没想到，再见到乔春蕊，她已经是一具冷冰冰的尸体，一个如花似玉的女孩儿竟落得如此下场。

公堂之上，乔家主母段氏哭天抢地，说乔姑娘是用了萧济川的药死的。说到激动之处，段氏猛地抓向萧济川，直在他脸上挠出几道血口子。萧济川顾不上疼，先在堂官面前分说冤枉，又将自己开过的方子一张一张写出来，与段氏呈上的方子对比。

因着萧济川有供奉在身，大理院少不得将两份方子并作为证供的药渣送至太医院正堂沈从兴面前验看。萧济川稍稍放心，沈从兴医术高超，且二人共事多年，必能还他清白。

"萧供奉。"一个洪亮的声音打断了萧济川的沉思。萧济川循着声音看过去，只见一个浑身绫罗，满面红光的男人缓缓靠近牢房。

"你是……"

贵宝冷笑："供奉别白费心思，咱们原不相识。"

见来人颐指气使的神情也知来者不善，萧济川只能静待下文。贵宝见他不说话，冷笑两声："供奉别怕，我来知会供奉一声，沈从兴大人的手书已经到了。"男人说着从袖口抽出一笺宣纸，展开给萧济川看。

"您这是张好方子，凉血生肌，平疮祛腐。"贵宝冷笑，"可您既然给下了白芍，为什么还要用藜芦？"

萧济川大惊："不可能，白芍与藜芦应了十八反，我不会下这种方子！"

贵宝"啧啧"地摇着头："这可是沈堂官验看出来的，再说，您可是下过这样的方子。"男人说着，又从袖口抽出一笺宣纸，抖在萧济川面前，又是一张药方。

"病人体质各异，有些人可以白芍、藜芦同用，春蕊姑娘是经不起的。"萧济川急急地说。

　　"许是有人急于治好姑娘的病，好扬自己的名。沈太医验看的方子和药渣断不会有错。况且……"贵宝别有深意地看一眼萧济川，"在你药铺坐堂的吴仲友已经在前衙递了证供，他说，那日分明提醒过你，方子里有十八反，可您坚持要抓。萧供奉，吴仲友可是你的人。"

　　"沈大人？吴先生？这不可能！这绝不可能！"萧济川所有的思绪被绞成一团乱麻，他想不出这两个知交挚友为何要陷害他，忽然他想到一件极要紧的事，道："你到底是谁？你想做什么？"

　　贵宝含笑点头："您总算问到点儿上了！在下贵宝，骆国公府主母惠春格格，那是咱亲姐姐，老佛爷是咱叶赫那拉家的姑奶奶。"看着萧济川的神情从呆滞渐渐变为惊恐，贵宝十分得意，"前次你诬家姐毒害庶子就该死，被那个不知死的文远笛闹腾一出儿，饶过你。眼下这可真出了人命。"

　　"你……"萧济川恍然大悟，可他不敢相信，猛地向前一扑，要抓贵宝的前襟，谁知贵宝不慌不忙地向后退一步，隔着监栏，萧济川使劲伸长了手，仍抓不到，"你记恨我，只害我就是，何必白白葬送一条人命？"

　　"供奉可不能乱说。"贵宝不屑地道，"是你医术不精，治死人命，我呀，是特地来给您指条明路。"

　　萧济川盯着贵宝那张泛着油光的脸，明知对方不怀好意，却猜不出他有何图谋。

　　"萧家世代行医，我问供奉一句，你们行医的靠什么传承？"贵宝如闲谈一般问道。

　　萧济川愣了半晌才道："苦学不辍，手口相传。"

　　贵宝嗤笑一声："京城里开铺子的大夫，没有一千也有八百，难道只有你们萧家的名号是苦学不辍，学出来的？"

　　萧济川皱了皱眉，他想不明白贵宝到底是什么意思。"我听说……"贵宝故意拉长了声音，"你们萧家的祖传秘方能治百病，传说就是在阎王殿挂了号的魂儿，都能被你一剂良方勾回来。"

　　萧济川脸色凝重，他终于明白了贵宝的目的。"当着明人不说暗话。"贵宝笑道，"我愿救供奉脱难，你出去之后还能升为太医院副堂官，亲自看顾老佛爷和今上，萧供奉，那可是天大的造化，肥而又肥的美差呀。"

　　见萧济川不说话，贵宝自顾道："供奉是读书之人，必能知恩图报，那秘方于你不过身外之物，到底还是留着性命要紧。"

　　"你懂医理吗？"萧济川忽沉了声。

　　贵宝毫不在乎地道："号脉下方子的营生我是不指望了，有了秘方，就有了金矿，供奉挖不出来的金子，我都能挖出来。"说着，他一声冷笑，"亏你们萧家世代行医，看看那你小药铺，寒酸至极。这方子到了我的手里，开一间北京城里头一份的医馆药堂。什么同仁堂、千芝堂、万全堂，都让他们歇了吧！"

事实如此，萧济川反而没有了方才的震惊和惧怕，他掸掸棉袍上的尘土，平视贵宝："贵大爷，您瞧得起萧家的那几张破方子，干吗不直说？您要是明白说了……"

见萧济川有松动，贵宝心中大喜，笑道："萧供奉果然是明白人。"

"我一张都不会给你！"萧济川冷下脸，狠狠盯着贵宝，"医不可欺！骄恣不论于理，第一不治！我看您才是病入膏肓，我们萧家的医术再高也救不得你了！"

贵宝不气不恼，萧济川的愚不可及让他深觉可笑，转身缓缓朝外走去，边走边道："萧供奉，不识时务可是要吃大亏，想想您家里人，您那闺女……她们能不能吃口安生饭，可全在您身上。再想想萧家世代的名声，您背着学艺不精，治死人命的罪过去了那世里，可怎么见祖宗呢？我这话不中听，是好话，您就在这儿仔仔细细想清楚吧。"

话音还在，贵宝已经出了牢门。"哗啦"一声锁响，萧济川不由跟着一抖。他半生行医，只有救人性命，却不想会有这样一天，有人因他丧命，家人也因他的医术受牵连，甚至要辱及先祖。良久，他身子一软，"扑通"一声，委顿在地，深深地垂下头……

杜氏虽不知狱中情形，但内心的焦急一点不比萧济川少。自丈夫被羁押，她四处奔走，沈从兴的府邸更是天天去，可门房只说"老爷不在"。萧济川平日里安守本分，并不结交官宦，几个能说得上话的同僚也都给了杜氏"闭门羹"，她再笨也觉察出事有蹊跷。

青骡小车在外跑了一天，骡子也累了，喘着粗气，缓缓将车拉至家门前。憨三儿麻利地放下梯凳。一路发呆的杜氏似才缓过神来，脚才沾地，就见门旁站着一身栌黄色蝙蝠团纹锦缎棉袍的骆长风。

因着骆麟出兵未归，杜氏不曾往国公府求助，如今见了长风，似见了救星，一把拉住他："好孩子，难为你这时节还想着我们！"

长风恭谨回话："出了这样的事，家父又不在家，长风虽然年纪小，也愿尽一份力。"说着，他从袖中抽出信笺，"这是大理院少卿史大人的手信。婶婶凭它可往狱中与萧叔叔一见，叔叔婶婶当面计议妥当，也好应对来日。"

杜氏不敢相信地接过信笺，小心翼翼地藏进怀里，再开口便含了悲音："好孩子，这要我如何谢你？"

"何敢当婶婶一个'谢'字！"长风躬身道，"萧叔叔于我有救命之恩，如今他落难，长风自当尽力。"

因知道杜氏必是急于入狱见人，长风也不多言，草草告辞而去。远远站着的德禄见他主子走了，小声道："为了这封手信，爷可是用了老爷书房里那对粉彩鹿肩瓶跟贵舅老爷换的。老爷若回家……"

见长风不说话，德禄又道："偏偏赶上老爷不在家。这事出得跟商量好了似的，说起来也奇怪，舅老爷一向不待见爷，这一回怎么肯帮忙？"

　　长风猛地刹住脚，德禄不防备，几乎撞在他主子身上，抬头见长风正直勾勾地盯着自己，忙打自己嘴巴："小的该死，说错话了！"

　　长风深深看一眼德禄，转身继续走，半晌方轻声一句："难道真是商量好的……"

第 16 章

心灰意冷

且说，杜氏连日打听消息，又花银子托了一位大理院的文吏。近午时，那文吏才悄悄传来一封信，信上抄录了太医沈从兴和药铺吴仲友的供词。

杜氏不敢相信，萧济川与吴仲友亦师亦友，相交多年，萧家的铺面虽然进益不巨，却不曾亏了他，杜氏想不出有什么事能让吴仲友做这样的事，更想不出萧济川到底哪里得罪上官，沈从兴竟然要置他于死地。

"福妈，备车。"杜氏一把抓过斗篷就向外走。

吴家住得不远，一炷香的工夫，骡车停在吴家门前，却是院子门上落锁，憨三儿只管狠狠地拍门，他生就一股蛮力，几乎将那薄薄的一对门板拍断。

隔壁邻居受不住，一个中年妇人开了门，怒责憨三儿。杜氏见有人开门，忙跳下车，几步行至妇人面前，恭敬地道了个万福，含笑道："劳驾问您一声儿，吴先生家里人去哪儿了？"

妇人上下打量了杜氏，见她十分和气，便道："你们是找吴家瞧病的吗？"

杜氏心念一转，忙道："我们是亲戚，老没来探望，今儿特意来的。"

"远房的吧？"妇人冷笑一声，"不然怎么连他家搬走了都不知道。"

"吴家搬走了？"杜氏一惊，"什么时候的事？"

"怎么？他也欠你的钱？"妇人恨恨地道，"别指望了，这个挨千刀的，外面包娼聚赌，欠了好些债，谁知道一个行医的会是这个德行，前些日子一家老小连夜跑了。"

"前些天……"杜氏微一思量，忽然意识到什么，急急问道，"有五日吗？"

"呦，可不止。"妇人边想边道，"自打他们家落了锁，足有……小一旬了。"

杜氏腿一软，福妈眼疾手快，死死拉住。妇人见状，关切地道："他欠了你多少银子？这个杀千刀的早晚有报应。"

杜氏连声道别都忘了，怔怔地上了车。"太太别急，吴先生品行不端并不与咱们相干。"福妈不知内情，只当主母为眼前事生气。

"吴家已经上锁十来日，可老爷入狱统共也就这些日子。那日他还巴巴地往家里送信，想来那时他的家小已经逃了，他不走是为了稳住我们。"杜氏自言自语，"他们这是早就设下局了。可这是谁做的局？咱们家一无财、二无势，拿捏住老爷，又能得着什么？"

福妈从未见过杜氏如此神不守舍，忙劝道："太太放心，咱老爷的医术必不会有事，大理院那是讲理的地方，真相大白，必放老爷出来的。"

杜氏缓缓地摇摇头，突然挑起车帘，大声道："憨三儿，咱们不回去！"

骡车停在沈宅门外，杜氏跳下车，径直朝门里走，门房两个二十来岁的伙计忙拦下她："什么人就往里闯？"

"太医院供奉萧济川的亲眷求见沈堂官。"杜氏嘴上说着，脚下却没停。

到底是官眷，两个人并不敢对杜氏无礼，只用手臂虚拦着。眼看女人过了门槛，径直往里闯。两个伙计死死堵了去路："我们老爷不在，夫人也该守着礼数，再没有硬闯的道理。"

杜氏抬眼看向两个奴才，森冷的眸子瞬间转出笑意："是我急糊涂了，因着我家老爷与沈太医素有交情，我只不当自己是外人。麻烦二位帮着通传一声，就是萧供奉家的来给沈大人和夫人问安。"说着掏出两块碎银子塞在两个男人手里。

伸手不打笑脸人，两个伙计接了钱，哪里还有火气。年长些的赔笑道："小的们不敢扯谎，我家老爷真不在。"说着，忽然压低声音，"听说宫里那二位着实不自在，一时一刻也离不开我家老爷，这都留宫两三日了，晨起时有个换班的太医来送信儿给夫人，说是老爷还要再留些日子。"

杜氏的心沉了又沉，面上仍是淡淡笑意："老爷不在，那我给夫人问个安吧。"

另一个年轻些的伙计忙接口道："夫人也不在，往国公府去了，骆夫人下帖子请的。"

杜氏微蹙一蹙眉，吴家、沈家，到底又与骆家串在一起处了。她转身不疾不徐地朝门外走："既这么不巧，我家去了，沈大人回来，劳您二位给说一声，就说……"杜氏的声音陡然冷下来，"萧家来人，有事想当面请教沈太医。"说话间，人已经出门。

国运不济，外界如此，牢狱里更是鼠蚁白日横行，连狱卒都垂头丧气，似乎他们才被判了重刑，永无出头之日。

因着萧济川尚有内廷供奉在身，杜氏又上上下下打点，牢头、差役也不曾为难他。只是外有贵宝的威胁，内有人命官司，萧济川连续几日不得安心，面容憔悴，胡须毛糙，头发见了白，杜氏看在眼里不免心疼。

黛秋将包袱一个一个递与父亲，许是闻见了香味，一只黑灰的大老鼠飞快地从她身边窜过，惊得她一声尖叫，扑进母亲怀里。"别怕，不碍的。"萧济川又向杜氏道，"你不该带她来的。"

杜氏勉强笑道："咱们的丫头哪里就这样金贵起来？"

"爸，我不怕！"黛秋正身向父亲道，"这么多东西妈拿不了，哦对了，这是桥儿的画，特意让我带来。"说着，她将画展开，递到萧济川面前。

萧济川看画，面上不由带了笑意："你们姐儿俩好好的，这些日子，家里事多，你要好好照管家和桥儿。"黛秋狠狠点头。

"秋儿乖，这里脏，你去外面等。我和你父亲说两句话。"杜氏含笑道。

黛秋看看母亲，又看看父亲，心中十分不愿，才要起身，一只大手拦下了她。

"让她在这里吧。"萧济川伸出手，才看见手背上有些污渍，当年学医时，老先生常讲，行医诊脉的人，手、眼、心都要干净。萧济川默默地收回手，不好意思地看向妻子："孩子大了，该知道些艰难。再说秋儿这么灵透的孩子，你就是瞒也瞒不住。"

杜氏犹豫片刻，摇头道："并不为瞒她，狱里狱外这些人并不曾为难老爷，秋儿自己做主带了些散碎银子，我想着打点一二，老爷也好过些。"

黛秋还是主动去了外面。眼看着黛秋出了监门，夫妻俩对过了各自得到的消息。萧济川故意不说贵宝的事，他太清楚杜氏的脾气，若她知道是贵宝在故意使坏，那豁出命来也要告状。万一贵宝恼了，怕是娘儿俩的命都要搭上。

"不瞒老爷说。"杜氏压低了声音，"我这几日也各处去过，去找了沈从兴、吴仲友和国公府。他们是在一条线上的。老爷的案子大约又是惠格格为了前次的事为难咱们？"

"我不过一介平庸之人，哪里能劳动这一伙子人来刁难我？"杜氏一向聪慧，可离真相越近，只怕连她们娘儿俩遭殃，萧济川只能岔开话。

"我的事累你们娘儿俩吃苦，虽然这样，你也要保重自身才是，其他的事，听由天命吧。"萧济川轻叹道。

杜氏反握住丈夫的手，狠咬了牙："我无论如何要救老爷出去的，老爷一生行医行善，难道就这么白白遭人陷害？"

萧济川摇了摇头，心里拿定了主意，开口道："我这里确有几件事要托你，无论如何，你一定要帮我办好。"

"第一件，你要照顾好秋儿，她敢一个人跑去国公府救我，是个有才干的好姑娘，无论发生什么事，你切要先顾着孩子，我很知道你是个宁折不弯的性子，但你心里要想着咱们的女儿，也要先顾好自己的命。"

杜氏心头一紧，才要开口发问，只听萧济川又道："第二件，我欠文家的一条命，这辈子是还不上了，将来无论多艰难，你都要抚养桥儿长大，更要教他成人，读书上进，知义明理，不能辱没文家的门楣。"

杜氏心中越来越慌，济川分明是交代后事。他们夫妻一心，他们都意识到，萧济川走不出这个死局。

"最后一件……"萧济川狠咬咬牙才开口，"这一件你无论如何要替我办好，万一我有不虞，你往我书房里，把里面所有的医书都烧掉，一本不留。我若能活命，咱们一家人同游山河，若不能……"

萧济川看着妻子惊恐的眼中一颗一颗豆大的泪珠滑下，决绝的话实在说不下去。"老爷，那是你一生的心血，万万不能，老爷放心，我拼了命也会救你出去。"杜氏泣道。

"告诉咱们女儿，咱们萧家人再不要行医！"到底说出这一句，萧济川苦笑两声，

"还说什么悬壶济世，咱们其实连自己都救不了，反连累别人，春蕊姑娘年纪轻轻一条性命，竟白白地因我而死。秋儿一个女孩儿家，我只望她安稳一世，无波无澜。"

前两件，杜氏只觉得心惊，这最后一件却让她心如刀绞。萧家世代行医，医术家风一向为人称许，萧济川的前半生都醉心于研究医术。杜氏不知道到底发生了什么事，才让他如此心灰意冷。

看着萧济川那双满是血丝的眼睛，杜氏几乎咬破嘴唇，重重地点头。萧济川干瘪的双颊忽然绽出皱纹，他已经很久没有这样发自肺腑地笑过了，他笑得五脏俱颤，连眼泪都笑出来了⋯⋯

第 17 章

骆家大爷的气派

骆长风飞快奔出同文胡同，黛青色天鹅绒斗篷累赘地上下翻飞，他干脆松了带子甩开。方才，德禄托他的同学悄悄传进一句口信："姑娘来了，有急事。"

黛秋一见长风远远地跑来，几步迎上去："我父亲是冤枉的，我找到证据了！"说着，她掏出厚厚一沓方子，"这是我爸誊写的给那位乔姑娘治病的方子，因着乔姑娘身子弱，我父亲下了老姜补脾阳，这方子乔姑娘用了两个多月，按理说，该是脾壮之相，脾强则根基强，也就是说，就算最后的方子里同有白芍和藜芦，那乔姑娘也不至因药性相冲而死。父亲是冤枉的……"

"你别急！"看着黛秋急得小脸通红，额头满是汗珠，长风将帕子塞在她手里。

黛秋又道："所以，我特来求少爷，您上次有法子让我们一家人在牢中相见，现下能不能帮我把陈冤状并这些方子递到大理院去？"

长风微微蹙眉，斟酌着开口："按长辈们的交情，我叫你一声大妹妹也不为过，若不是这样，这话我也不说，大妹妹手上的方子是实情，我信。凭萧叔叔的医术，万不能出这样的错，我也信。可你有没有想过？萧叔叔医术超群，他会想不到这一层吗？"

一语说得黛秋愣在原地，手上一松，方子散落坠地，又被风吹起，急得百花和德禄忙去捡。"萧叔叔这事，别说是你，连我也急，我暗地里找人访过，那乔家不过是芝麻大的小门小户，萧家门户虽小，也有官职在身，萧婶婶上上下下的使银子不是小数目，你们家尚且勉强支撑，乔家哪儿来的钱打官司？又有多少力量咬着萧家不放？"

"我私心里想着，萧叔叔这事儿不是一条人命。"长风缓声道，"你若信我，我必将此事查个水落石出，再不济，也将这案子拖到我父亲回来，我父亲必有手段救萧叔叔。"

看着长风目光坚定，黛秋如乱麻的心也不由定了，默默转身要走，长风几步赶上去："这市井嘈杂的地界，多有不便，我送大妹妹回去。"

黛秋似没听见，只是深锁黛眉，默默前行。长风还要跟着，德禄走上来，在长风耳边小声道："按爷的吩咐，我打听了，这几日萧家太太处处碰壁，没见着一尊'真佛'，倒受了不少闲气。萧家这样的门户，流水地使银子，铺子又封了，只怕扛不了多久。爷别怪我说实话，这官司打不赢。"

长风始终望向黛秋离开的方向，原本关切的眸子猛地一凛，闪出几道寒光，冷冷从牙缝里挤出一句："去备车。"

"还没散学。我……"德禄的话未说完，长风薄瓷一般的脸上似挂了寒霜，眉梢眼角一丝不动，让人望之胆怯。

七宝华盖彩珠璎珞的大车走在外城冷僻的街巷里格外惹眼。德禄驾将车赶到乔家门前。"爷，到了。"话音才落，车帘轻挑，长风探身出来，却不急着下车，他一身雄黄色团绣蝙蝠彩纹长棉袍，是惠春为着带他进宫贺春特地做的。他装病才未进宫，今日倒是第一次穿，雄黄色自带贵气，那绣纹针脚精细，彩线掺了金银丝，阳光下十分耀目。

德禄重重敲了乔家的院门，也不等有人应门，转身放下枣红漆的梯凳子，长风才缓缓下了车。

乔家主母段氏开门时，正见长风款款下车，不由得愣在原地。单看面相，粉面朱唇，一身贵气逼人，说是宫里的阿哥也不为过。

"这是奉恩辅国公骆家大爷。"德禄小声提醒看傻了的段氏。

"给……给大爷请安！"段氏回过神来，也不等长风答话，忙地反身回去叫人，"老爷，老爷，贵人上门了……"

德禄想叫住她，可人已跑远，德禄无奈地回看他的爷："我说爷这身打扮会吓着他们。"

长风也不说话，抬眼看看门斗上，一对白灯笼在冷风里晃几下。长风看了半晌，才想起要进门去，还不等他迈步，乔家男人已奔至门口，见长风打扮做派，也吓了一跳，上前请安："骆大爷贵脚临贱地，我们庄户人家，不懂规矩，有失体统。"

"乔老爷太谦了。"长风开口，声音不冷不热，"听说府上有白事，长风久慕姑娘美名，特来吊唁。"

这话说得乔老爷摸不着头脑，素来父不祭子，更何况是没出门的姑娘，乔家并没设灵堂，又何来吊唁？二则经了官司，尸首被拉到衙门验看，就再没拉回来，如今早已入土。

"一点子哀思，还请不弃。"长风对乔老爷的疑惑视而不见，从德禄手中接过一个白缎绣银丝花纹的荷包，双手奉在乔老爷面前。

这是再没有的事，向来白事过去了就是过去了，后补奠仪是咒主家再生白事。眼前这小人儿不大，敢是来砸明火的！乔老爷终于直起身，平视长风。

"大爷是来说和的，还是来胁迫的？"乔老爷不得不强作镇定，"他们萧家也来过几回，我都挡回去了。您是萧家请来的哪路大佛？"

长风微微一笑："乔老爷这是说的什么话，我不过是尽友人之义。"

"大爷有话请直说。"乔老爷避开长风的目光。

不等长风回话，德禄在一旁骂道："堵着门问着我们大爷，这是哪家的规矩？别说我们大爷是尊贵人，就算平头之交，我们又不是来讨债的，连门儿都不让进，什么道理？"

乔老爷被骂得连连后退，为长风让出路来，伸长了手，请他进去。

"罢了。"长风似笑非笑地看着乔家夫妇，猛地伸手拉住乔老爷的胳膊，拔腿就走，直走进门旁半间倒厦内。段氏心里惴惴，也要跟着，却被德禄一步挡下。

乔老爷心虚地偷眼长风。"这没外人。"长风冷声道，"我只问一句，谁指使你的？"

乔老爷一惊，随即缓了神色，可长风就从这一惊中确定，自己猜对了。

"大爷说什么话，我怎么听不懂？"乔老爷掩饰着。

"我知道你不在意春蕊姑娘。"长风和颜悦色地看向乔老爷，"积水巷东街，你有个外宅，那女人也给你生了个闺女，粉嫩嫩的，跟个面团捏的娃娃似的。"

乔老爷难以置信地看向长风。"不过我想着，若那女娃娃有个好歹，您也不会心疼，毕竟……"长风故意拉长了声音，"城东石头巷那位生的可是公子。乔老爷，我该恭喜你，乔家有后了。"

乔老爷腿一软，"扑通"一声跪在地上："大爷饶了我们这小门小户吧，您老要什么只管说，我们无不从命。"

"我只想知道，是谁……"长风俯下身，直直地盯着乔老爷，"你这种父亲，就算骨肉真的枉死，也没那个胆量以民告官，萧供奉虽是芝麻大的小官儿，到底也在御前侍奉，没人推着，你敢为闺女出这个头？"长风不屑地冷笑，没再说下去。

乔老爷有些发抖，道："并……并没人指使我们，乔家门户虽小，可闺女不能白死，我们实在是因为……"

乔老爷没能说完话，因为长风朝他做一个噤声的手势："你听……"

门外传来段氏隐隐的哭声。"外头哭的那个说这话我信。"长风盯着乔老爷的眼睛，"我可听说，乔姑娘病重时，你有好几个月不回家。我劝你呀，不想着门外那个命苦，也想想你不满五岁的儿子，听说附学的家塾都找下了，束脩还凑手吗？"

"你……你到底要做什么？"乔老爷惊惧地看着长风，气势瞬间淹没在对方的目光里。长风不说话，一双乌黑清透的眸子盯得乔老爷心里发慌。

"我只想知道，是谁？"长风语气平静，"你不过一个白丁，翻不出什么花样。可我就算做下杀人放火的勾当，我父亲也会保住我一条小命。慈父之心大抵相同，您说呢？""杀人放火"四个字被长风咬得格外重。

乔老爷抖着双手，满头冷汗："大爷别往绝路上逼我，其实我跟你们国公府……"

"你跟国公府有什么关系？"长风猛地警觉起来，"难道是国公府叫你做的？"

"我与国公府……井水不犯河水。"乔老爷说着奋力起身，拉开门直直地冲出去，门口的德禄猝不及防，被他撞了一个趔趄，眼睁睁看着他跑出院门，德禄拔腿就追，身后忽传来长风的声音叫住他。

"别追了！"长风缓缓走出倒厦，看看一旁抽泣的段氏，不由抿出一丝冷笑，"也是个可怜人，德禄，她该知道什么，就告诉她什么，她该恨谁，该告谁，总得有个明白。"说着自顾走开，迈出门槛时，身后传来段氏撕心裂肺的哭声……

第 18 章
弄巧成拙

"大爷!"德禄连滚带爬地进来,在长风身边耳语几句。

长风猛地站起:"怎么会这样?"

德禄满脸愁色:"这谁能想到?大爷,你说咱们……"德禄说不下去。

"这下可糟了。"长风几乎站不稳,一手狠狠抓着德禄,"快,更衣,备车,咱们去萧家。"

德禄不敢多问,拔腿要跑,长风却没松开他的胳膊。"德禄。"长风慌张地坐了回去,指尖微微发抖,"你说咱们是不是闯祸了?"

德禄挣脱不开,只得缓声劝慰:"爷,咱们……这也是……好心……"

乔家夫妇死了。家中老仆晨起往主人房里送热水,看见乔老爷七窍流血,双眼外凸如牛,死在床上,而乔夫人盛装打扮,妆容精致地死在他身边。老仆被吓傻,半晌才想起叫人。衙门派了仵作来验尸,乔老爷系中了烈性毒药,而乔段氏死于吞金。

德禄在长风的授意下,对段氏说了乔老爷的所有外宅,并且他已经有了子嗣的事,大约不久,段氏要下堂去了。长风的本意是离间这对夫妻,好让段氏撤状再告她男人,可万万没想到是这样的结果。

杜氏稍晚得了信儿,也是一惊,然而比之少不更事的长风,她立刻想到萧济川,苦主双双不在,案子才真叫说不清了。此前大理院就想要坐实萧济川的罪责,如今苦主满门皆亡,若坊间传出他夫妻是因思女而亡,那别说萧济川的命,连他的一世的名声也完了。

杜氏忙命福妈备车,她要亲去乔家看看。杜氏握住福妈的手:"那一家子绝了,若就此惹上民怨,那老爷……"

"太太去又能做什么?"福妈苦劝道,"这个节骨眼,咱们做也是错,不做也是错。太太该定下心来,想想怎么救老爷。听说那乔家的准女婿在刑部改的那个……法部供职,老爷的案子早晚要呈上去,他能放过咱们?"

几句话说醒了杜氏,她似才六神归位,打起精神:"跟我去书房,所有银钱账目全拿来,这事拖下去,要打点的关口太多,打紧的,把手上田地铺面抵出去,换些银钱,哦对,还有我的首饰……"

黛秋拉着蓝桥躲在正房外,一句一句听得清楚,身后有窸窣的脚步声,蓝桥机灵地拉走黛秋。姐儿俩才藏好,便有小丫头提了暖壶往杜氏房里换茶水。

"姐……"蓝桥抬头看向黛秋，"他们会放萧伯伯回来吗？"

黛秋低头，正对上蓝桥的一双大眼睛，她用力点点头。

乔家的噩耗就像风吹过这表面繁华实底破碎的京城，不过小半天的工夫就被散布得尽人皆知，狱中的萧济川也从贵宝嘴里得了消息。

"你……"这是萧济川唯一能想到的原因，"就为几张方子，你害了人家满门？"

"瞧您说的，萧供奉……哦，不是，今儿早朝时，老佛爷准了大理院的折子，革了您在太医院的品级。萧济川，你别再犯糊涂，自来我要的东西，没有到不了手的。大牢里，我都能让你们夫妻俩见上一面，我贵宝想做的事，就没有做不到的。"

萧济川惊讶地看向贵宝，只见他得意地道："打量着我那傻外甥能救你脱困，你就错了主意，我才在政务处打听了，骆麟平乱的差事做得好，今上下谕命他整理地方，一时半刻回不来，如今已经没人能救你了。还有……"

贵宝的吊梢眼瞥向萧济川，冷笑道："骆麟把文家的家眷偷偷运回京，别打量我不知道。偷送家眷进京，阵前动摇军心，文籍是死有余辜，他女人是没了，可我若递了折子，那个孩子还活得了吗？"

"你……"萧济川狠咬槽牙，怒向贵宝，"可惜这绫罗裹了你个猪狗不如的东西！我萧家与你何仇何怨？乔家又与你何仇何怨？人命在你眼中草芥不如，你……你……"盛怒让萧济川语塞。

贵宝却一点都不生气："萧济川，老乔家那两口子的事儿，说不是我，你不信，我也懒得跟你说，眼前这事我倒要跟你讲明白，你不交方子，你的命还罢了，你家人的命，哦对了，还有文家的后人，他们的生死可都在你手里。"

"满门抄斩要上达天听，法部复议，贵大爷，你也别忘了，除了造反作乱，本朝再没定过这样的重罪。"萧济川几乎将牙咬出血来。

贵宝冷笑一声："瞧您说的，血糊糊的，还满门抄斩，多瘆人！我只是估摸着，你的妻小未必经得起流刑，如今关外可不太平，我怕她们到不了柳条边儿就死在道上了。萧济川，识时务者为俊杰，死守着秘方还是给她们一条活路，你掂量掂量吧。"贵宝说完转身就走。

萧济川手脚冰冷，连追骂两句的力气都没有了，几天前，他那句"医不可欺"还说得铿锵有力，然而眼下，他却不得不承认，他如同这牢房里最小的一只虫子，被碾死也不过是别人一个手指头的事。

梆鼓三响，黛秋蹑手蹑脚地进了书房，从怀里摸出一早准备好的火折，鼓捣半天，才点起墙角的小蜡头。这几日，她常常偷偷来这里翻看医书，总想找到更有力的证据，证明父亲没有医死人。她端着小蜡头往书架上照一照，心下不由一惊，书架空无一物，满架的书全都不见了。

"姐，你在做什么？"黑暗里，蓝桥的声音惊了黛秋一跳。"姐，你要找书吗？我知道它们去了哪里。"蓝桥说着拉起黛秋的手便向外走。

二人行至后院，只见杜氏带着福妈立于篝火前。黛秋跑过去，才看清那熊熊燃烧的竟是一垛一垛的书，隐隐有酒香飘来，那书册淋了酒，再救不得了。

"妈，您这是做什么？这是父亲的心血！"黛秋说着便要冲上去抢书，杜氏同福妈一边一个死死拉住她。

"是你爸爸让我做的，他说……以后萧家的人再不行医。"杜氏盯着火焰，晃得眼睛疼，可远比不上她的心疼，萧家几代人的传承都被她一股脑儿地丢在火里。杜氏只觉万念俱灰，若不是尚有黛秋、蓝桥，她必与丈夫同生共死。

"好孩子，待你父亲安然出狱，咱们一家子游山玩水，再不做这一行。我也奢望咱们家从来没有过这些书，没人是大夫，不会给人看病，谁生谁死也赖不着咱们！"

杜氏的声音响在夜里，无比凄凉，她松开黛秋的手，一步一步走向火堆，一点细碎的火星随烟升起，从杜氏的面前飘过。"火烧胸前暖"，杜氏忽然一笑，只觉这些天的煎熬似也随之一炬，她转身一步一步走向前院。

黛秋眼见救不了，急得快要哭出来，只见蓝桥缓缓从怀里掏出一卷羊皮卷包的札记。

"我在书架下面捡到的，这上面是萧伯伯写的字。我不敢拿给大娘。"蓝桥小声道，"我想给姐姐留个念想。"

黛秋看向蓝桥手里的札记，忽明忽暗，她眼前有些发虚，看不清楚。蓝桥将札记塞进她手里。

"姐，这上面全是萧伯伯的字。我来了这里，萧伯伯常教我写字，他的字我是认得的。"蓝桥的小手与黛秋的手合握着札记，"写字很累人的，伯伯写了这么多，一定辛苦，咱们把它留下吧。"

许是因为皮料柔和，也许是蓝桥握了很久，黛秋竟摸到了微微的温度，她把札记慢慢裹进怀里，越抱越紧。黑暗中，蓝桥前襟盘扣上的照病镜在火焰的照耀下，反射出一点光芒，正与黛秋身上的镜子交映成双。

黛秋借着这一点光芒才看清羊皮上魏碑体三个大字"行军札"，下面又一行小字："发恻隐之心，救含灵之苦，吾之志也。"

第 19 章

医不可欺

这一夜，萧家上下皆不曾好睡，半夜里，杜氏一口血喷在地上，福妈吓得手足无措，杜氏反镇定地打发福妈拿药，自顾地漱口，天边发白时，竟沉沉地睡了两个时辰。

也就在这一夜，萧济川含恨自缢。裤腰带吊在高高的窗栏上，牢房里连枯草都被堆放得很整齐，墙上有用石头半写半划的字迹，那是萧济川的笔迹，他没有为自己鸣不平，也没有痛骂仇人，字是写给狱卒的，告诉他们，烧了枯草，拌上石灰，撒在墙角门缝，可防鼠蚁，又可驱蛇虫。这竟是一代良医写下的最后一张方子。

得到萧济川的死讯，长风快马直奔萧家。彼时，萧家已是门斗挂白，内外穿孝。影壁墙上挂了白绫，正房被布置成灵堂，黛秋披麻戴孝地跪在灵前，哀哀哭泣，蓝桥也穿了孝，跪在她身边。

萧济川半生行医，与人为善，远近族人，四邻亲朋络绎不绝地前来吊唁。杜氏忙进忙出，指挥调度，答礼致谢，井井有条，若不是她那蜡黄的脸色和一对布满血丝的眼睛，旁人真的会以为她不悲不恸。

长风缓缓绕过影壁墙，竟不敢再走近。当日凿凿之语，言犹在耳，他答应过黛秋，无论如何会救出她的父亲，可如今……

拳头握得指节发白，"咯咯"作响，长风紧咬钢牙，只恨自己无能。杜氏送客出门，正见立于影壁墙边的长风。"下人们没规矩，长风少爷来了，也不知会一声。"杜氏忙上前拉他，"好孩子，难为你跑这一趟，这里不是你待的地界，快回去吧。"

长风愧得抬不起头，深鞠一躬："容小侄给萧叔叔上炷香，以表哀思。"

杜氏神色微滞，虽然一切发生得太快，巨大的悲痛使她还来不及思量萧济川为什么要走这一步，可想起骆家，杜氏不免心中有结。

"妈，厨房来回话，茶饭摆下了，各位叔婶伯娘都等着妈过去。"黛秋不知何时立于杜氏身后，声细如丝，有气无力。杜氏忙转身回去，走了两步，又停下："秋丫头送送，咱们的地界不干净，少爷在这里多有不便。"话音未落，人已经朝后院去了。

一见黛秋，长风的心又愧又疼，咬着牙说不出话来。倒是黛秋躬身行礼，口内道："少爷家去吧，这里忙乱，蹭着了也不好。"

"我……"长风心中千言，只无从开口，一时语塞，黛秋的眼泪扑簌而下。"总是我食言了。"长风沉沉开口，"你要骂要怪都使得，事已至此，你该珍重自身，别让逝者魂魄不宁。那些冤屈总有昭雪之日，无论如何，我总要给萧叔叔讨回公道。"

黛秋咬唇点头："长风少爷说的我明白了，你快回去吧。"

看着黛秋的泪，长风只觉每一颗都似滚油，一颗一颗烫在他的心上。正踌躇间，忽听身后人声骤起。"都让开！让开！"随着几声大喝，一队兵丁举着刀枪瞬间填满了小小的宅院。

长风本能地将黛秋挡在身后，杜氏越众上前，道："各位军爷，家有白事，还请外面说话。"

兵丁不理她，先向众人道："工巡局办差，非本家从速离开！"见众人不忿，兵丁的头大声喝："不离开者按本家论处，先告诉你们，他们家又摊上官司，我等奉法部典狱司正堂手令，前来拿人。"

此语一出，众人皆惊，被兵丁吓的吓，赶的赶，都走了，只有长风始终护着黛秋。

"萧家的案子悬而未决，萧供奉死在狱中，悬案该报法部核销，你们又来折腾什么？"长风怒向兵头。

"哪儿来个不怕死的？本家？萧家的女婿？"兵头一脸胡楂，神色十分下作，"萧济川治死人命的案子法部已经核销了。可萧家窝藏无旨进京的外官不上报，图谋不轨，可犯了条款。我们有典狱司的批文，主犯已死，家产抄没，从犯拘押。"

众人皆惊，黛秋几步跑到母亲身边，杜氏将姐儿俩揽在怀里，怒道："胡说什么？文大人为国捐躯，今上才下谕褒奖，哪有什么不轨？"

"真是不打自招。"兵头得意地道，"告你个谋逆也不为过。"兵头也不多解释，朝兵丁挥一挥手，"来人，抄！"

一语未了，所有兵丁齐动手，前院、后院、东厢、西厢，见门就闯，下人被拘在院中，细软、家私一律搬出。

杜氏只紧紧搂着两个孩子，闭了眼睛当作看不见。长风狠咬着牙，上前一步，一把抽出兵头的腰刀，那兵头有些功夫在身上，可比不得长风一招一式都有师傅教导，还没过上两招，那腰刀已经架在兵头的脖子上。

"叫他们住手！"长风的声音从齿间迸出，带着寒气。

兵头不想眼前这少年会有如此凌厉的功夫，慌了神，忙叫住手下："小子，我可是工巡局的人，你……别乱来！"

长风死死地盯着他："工巡局？年下工巡局员外郎来我们家请安的时候，可是连大门都没进去，惠春格格说，你们工巡局整天拿枪拿棒的，不吉利，不见！"

"惠……"兵头久混京城，大人物即便轮不上他见，也是知道的，"辅国公骆家！"

长风冷笑一声："我叫骆长风，你说的那位奉恩辅国公是我父亲。"

"骆……骆大爷，小的有眼不识泰山。"兵头仍旧被刀架着脖子，却艰难地换出一张笑脸，"大爷您大人有大量！来萧家办差，我们是奉了典狱司的命令，大爷您高抬贵手，别为难我们。"

长风转头看看满脸惊慌的杜氏三人，又看向那兵头："拘押女眷幼子该原地拘押，你别吓唬他们，就软禁在这里也罢了，工巡局也好，典狱司也好，哪怕是法部堂官，我总要当面问个明白，我问不明白的，国公爷也会问明白。"

兵头欲点头，又不敢动。长风丢下腰刀，行至萧家母女面前："婶婶别怕，大妹妹……也别怕，长风必竭尽所能，救你们出去。"

杜氏回过神，一把拉住长风，小声道："若不能周全我们，还请保全这孩子。"说着，狠狠拉过蓝桥，"他……"杜氏必得让长风护住蓝桥，于是道，"他的事关系国公爷。"

长风有些惊讶地看看蓝桥，又抬头看向杜氏和黛秋："你们放心，要出去必是一起出去的。"说着，他转身跑出院子，跳上马飞驰而去。

有了长风的交代，兵头的态度略缓和些："女眷孩子进正房，调两个狱婆子来看着。其他人接着抄！"话没说完，就见杜氏前后晃了晃身子，忽然狠狠喷出一口血，黛秋忙伸手去扶，却已来不及，杜氏的身子重重跌在地上，黛秋、蓝桥齐齐扑上去："妈，妈……"

第 20 章
欲倩烟丝遮别路

　　杜氏转醒已是夜半三更。正堂摆着萧济川的牌位，点点烛火不能顾到每一个角落，她就窝在光亮照不到的阴影里。黛秋和蓝桥守在她身边，低低啜泣。

　　杜氏想要说两句安慰他们的话，可嗓子干哑，根本说不出话来。"妈！"黛秋先移过烛台，拉了母亲的手。

　　"不能动！"杜氏只剩下气声，哆哆嗦嗦地抬手指向烛台，白日里抄了家，房里的物件都被移走了，只剩几件笨重家私，杜氏躺着的凉榻便是其中一件，祀品不入抄没之列，因此房内剩下的烛台便是萧济川牌位前的两支。

　　"父亲说过，活人最大，他不会怪我。"黛秋温言道，"妈只管躺着，这亮光就当是父亲在陪着咱们。"说话间，火焰竟闪出一团火花来，黛秋忙道，"妈快看，父亲同意了。"

　　杜氏明知道黛秋在宽慰自己，可怜女儿小小年纪，经了这样的事，还这样的坚强，杜氏知道自己也必须振作，不然，萧家和这两个孩子就都没有了。

　　"你们来！"杜氏用手肘撑起身子，蓝桥忙趴上榻，拱在杜氏身后："婶婶病着，身子虚，就靠着桥儿坐坐吧。"

　　杜氏欣慰地笑笑，黛秋忙坐下，让母亲靠在自己身上。"你们都是懂事的孩子。"杜氏小声道，"如今咱们家虽败了，可人还在，有人就有图谋后路的本钱。你们可要记得。"

　　黛秋也不甚明白，为使母亲放心，忙地点头。杜氏继续说："我只怕这事到了这步田地还不算完，无论发生什么，秋儿要记得，桥儿都是你亲弟弟。桥儿也要记得，姐姐是你的亲姐姐，对谁也不能说错。"

　　"将来，不管发生什么事，你们必得相互扶持，我会一直陪着你们，看着你们重振萧家和文家。"杜氏说着，紧紧拉住女儿的手，"为难你了，我在一日，是风是雨都会替你们挡着，只怕我……"

　　"妈不过是一时气急攻心，没大碍的。"黛秋宽慰道，"他们知道咱们和国公府有些关系，方才还请了大夫来瞧，大夫说妈皆因大悲大痛，只要宽宽心，静养几日，必会好起来的。方才给妈灌下的丸药还是原来咱们铺子上的，看妈的精神，是十分得用的。"

　　蓝桥看向黛秋，明明没有大夫来过，药是黛秋求着兵头，从查抄的东西里拣出来的。

杜氏一手握了女儿，一手握了蓝桥，含了笑意，轻声道："好孩子们，有你们如此，萧家会好起来……"正说着，只听门外有狱婆子的声音。

"这里不是贵人来的地界，快回吧。"

"这是奉恩辅国公骆家大爷。我们骆家与萧家素有些交情，我家国公爷命大爷来探望。"

"德禄，别为难她们，给赏，打点些果子，犒劳两位姑姑辛苦。"

又一阵响动，忽然有人轻敲门板："萧婶婶，大妹妹，长风来了。"

黛秋忙安顿好母亲，几步奔至门前："你怎么来了？"

听到黛秋的声音，长风安心不少，小声道："我来给你们送些使用家伙物件。方才交给那狱婆子，我给了银子，她们必会送到。婶婶可安好？妹妹……可安好？"

"家母病重，方才转醒。"隔着门板，黛秋的声音不甚清楚，"白日里，我偷偷看他们抄家，倒像是在找什么，对了，白日里大爷说帮我们问个明白，如今可明白了？"

长风语塞，他是问了，却不像在黛秋面前保证的那样，当面质问法部堂官，他无门无路，只得求助贵宝这位舅爷。

"萧家的事，上有法部，下有典狱司、大理院，我一个小芝麻章京，你沿着墙头儿丢块石头，准能砸着两个章京，我哪里有什么法子！小祖宗，我是你舅舅，不是你亲爹，什么事都跑来问我？那我问谁去？"贵宝斗鸡输了银子，正没好气。

然而惠春生子无望，万一将来是长风袭爵，也不便扯破脸，又缓口道："你是贵人，难道真心结交萧家？你瞧你父亲，说起来与萧济川是过命的交情，这些年都不见亲近。从他封爵娶亲的那天起，你们骆家与萧家就不是一路人了。"

长风虽然已是舞象之年，到底涉世不深，并不能明白，只因"贵戚结党"是大忌，所以骆麟远着所有人。可长风断不能眼看着黛秋受难，便求着贵宝设法买通部司，最好将萧家的案子压下不提，放了萧家女眷孩子。

"我……"长风很知道贵宝靠不住，心虚地道，"我已经托了人，妹妹只管放心，不过一场误会，典狱司查明后自会放了你们。"长风说着，忽挺胸抬头，仿佛他说的一切都是真的。

黛秋心里松快了不少："多谢大爷费心，夜里凉，大爷早回去吧。日后相见，再容秋儿磕头拜谢。"

长风一怔，他有心将真相和盘托出，然而动了动嘴，终归不敢："那……妹妹早些安置，我可去了。"

下弦月孤冷，点点月光照不亮前路，长风缓缓走在萧家小小的院子里，影壁墙挡住了他的去路，似想挽留他，长风回过头，正房门前白纱飘飘，他似浸了三九天的寒冷，忍不住一个哆嗦。

德禄原在厢房打发婆子们吃果子喝酒，见他主子要走，便小跑着跟上去，提了明瓦灯笼引路。

"德禄。"长风的声音没有少年的沙哑，反而透亮清脆，"无论花多少银子，打发人往望北山找国公爷，越快越好。"

德禄一怔，随即点头道："天一亮，奴才便寻人去。"

长风不再说话，由着德禄将他扶上车，车轮辘辘，在寂静的夜里似能传出很远……

广渠门下，人声鼎沸，商客走贩络绎不绝。高高的箭楼上，少年逆风而立，长袍被风吹起。北京城一年四季都在刮风，从未停歇。

"大爷，他们走远了，您只管站着，小心那掺了细沙的冷风刮脸。"德禄站在长风身后。

今早得了消息，萧家人今日起解。方才，德禄分明看见，萧家的姑娘背着母亲出了城门，身后，还跟着那个六七岁的孩子。

他看到了，他主子自然也看到了。"大爷，奴才多嘴一句，您也尽力了，谁知那派去找国公爷的蠢材，这会儿还不回来。法部的大印盖了判书，虽是长解，好在只流放三年，姑娘福大命大，一定会平安回来。"

长风不语，他没脸见黛秋，这样默默地送别实非他所愿。此去一千五百里，这些老弱妇孺能不能活着走出山海关都未可知。他心头似有一百根钢针直刺下去，痛得几欲干呕，却流不出一滴眼泪……

"眼底风光留不住，和暖和香，又上雕鞍去。欲倩烟丝遮别路，垂杨那是相思树。惆怅玉颜成间阻，何事东风，不作繁华主。断带依然留乞句，斑骓一系无寻处……"不知哪里传来女孩儿的歌声，莺啼悦耳，如昆山玉碎。那词藻落在长风耳朵里，似被刺破心事，他腿一软，几乎跌倒。德禄忙扶起他，长风双睫微抖，泪珠一颗一颗缓缓滑下。

"大爷，回吧！"德禄半劝半拉，终于将长风扶下箭楼。

"欲倩烟丝遮别路，垂杨那是相思树。惆怅玉颜成间阻……"曲调悠悠，似能圈住每个过客的心。长风循着声音，行至一座二层小楼，楼上高悬一匾"绾妆楼"。

一个十三四岁的女孩子一袭红衣如火，唱得怡然自得，引得过往行人驻足。长风抬头呆呆望着，这女孩子唱得实在好听，他却在歌声中听出无尽悲伤，那是不能示人的悲伤，长风感同身受。

"德禄。"长风缓缓低下头，"去问问鸨母，多少银子，我要买下她。"

德禄以为自己听错了，惊讶地转向长风："大爷，就算这姑娘是个卖艺的，国公爷如何肯让她进门？绾妆馆是什么地界？国公爷还不打折大爷的腿？"

"谁说我要带她进府？"长风说着转身离开，"你去跟鸨母说，我要给这姑娘赎身，还她身契，脱去妓籍，多少银子都使得……"话音未落，人已经走远，只把摸不着头脑的德禄丢在原地。

第 21 章
平安驿难平安

"走紧着点儿，今儿的路还远着呢！"老解差骑在大青骡上，苍老的声音吆喝一众犯妇幼子。他姓刘，家中行三，大人们都叫他刘三，犯人都称他一句"三爷"。

跟刘三一同办差事的名叫厉春，是第一次押解，骑在骡子上左看右看，生怕哪个胆大的跑了。

"大春儿，你拉紧了缰绳，小心摔了。"刘三笑道，"那牛皮绳子紧得狠，一个也跑不脱。不过是几个娘儿们和娃娃，再往前走一程，你叫他们跑，他们都不敢跑，荒郊野外，离了群就是个死。"

厉春使劲揉了揉腮帮子，打昨天起，一颗槽牙就疼得厉害，今早已经微微有些发肿。

对于黛秋来说，离京的第一个五十里是这样远，路好像永远也走不到头。背上的母亲越来越沉，汗湿透了母女俩的衣裳。

流犯们筋疲力尽时，还没走上十五里，几个女人干脆坐在地上，纷纷求告休息。

"你们想歇就歇着。"刘三不在意地跳下骡子，"天黑之前赶不到驿站，没有供给，今晚可就要挨饿了。"

这话一出，几个力壮的便要接着走，可两个上年纪的女人说什么也不肯走。黛秋趁众人争执的工夫，将母亲放下来，因杜氏病得直不起身，走不得路，解差也懒得费事，连绑绳都省去了。

黛秋环视周围，随手从草丛里拔下几样草，放到杜氏唇边，用力拧出汁液来给杜氏润润唇。

"那个丫头，你做什么？"刘三厉声喝止黛秋，"荒郊野外，你知道哪片叶子有毒，你老娘没看到山海关就先进鬼门关了。"

"三爷息怒，她还小。"原本一直走在黛秋身前的姑娘忽然开口，"家人病成这个样，想是她急糊涂了。"姑娘圆脸乌发，两颊上有几颗雀斑，年纪看上去比黛秋略大些。

黛秋才要背上母亲，被那姑娘一手拦住："我来帮你背吧。"见黛秋十分不肯，姑娘指了指蓝桥："他是你弟弟吧？你背他走一程，瞧给他累的。"

方才黛秋一直走在前面，不曾看见蓝桥早已有气无力。还没等黛秋再说话，姑娘已经背起杜氏。黛秋不便多说，忙伸手去抱蓝桥。

"姐，我能走！"蓝桥伸出小手拉了黛秋的手。

"多谢姐姐仗义。"黛秋拉着蓝桥几步赶上那姑娘，道，"大恩不言谢，秋儿日后定当报答。"

"你叫秋儿?"那姑娘生得比黛秋壮实，虽然背着人，却走得极稳。

"我叫黛秋，萧黛秋。"黛秋道。

"我叫蓝桥，文蓝桥。"蓝桥接话道。

"我叫翠荷。我姓……"翠荷脸色忽然一暗，"罢了，落到这份儿上，姓什么还有什么要紧?"见黛秋一脸疑惑，翠荷边走边道，"我娘是小老婆，因我父亲犯了事，她被衙门发卖了。我想跟着她，被卖到一处也好，可他们说我是家里的主子，要入刑。"

"那……"黛秋前后看看，忽然压低声音，"你家正房奶奶和其他人也在?"

"大妇最得意的，是养了两个儿子，他们成年了，跟着我父亲，不知落了什么罪，多半是活不得了。"翠荷脸上竟看不出一点伤心难过，"抄家那天，她一脖子吊梁上，自尽了，真没出息!"

出城第一驿叫作"平安驿"，众人被押解到平安驿时，天已黑透。流犯皆被安置在驿站后面一处破败的院子里，解渴用的冷水桶，粗糠饭食已备齐。女人孩子们也顾不得体面，一去了绑绳就争抢着吃喝。

黛秋抢了一块糠饽饽，掰一大半给蓝桥，留一小块装在破碗里，用冷水泡开了，服侍母亲吃饭。

此时，杜氏早已气息奄奄，不过喝了两口就呛得咳嗽不止，黛秋忙替她抚胸捶背。刘三见状皱了皱眉，扭头对身边的厉春道："大春儿，这女人可不太好，过了病气给其他人，咱爷们儿这差事可就'嘣喀呛'了。"

厉春的牙越来越疼，只捂着脸，看看杜氏母女，又看看刘三："三爷，那咱们……"

刘三用下巴指一指几间土坯屋旁边的窝棚："晚上让她睡那里。"

那是个秸秆搭的窝棚，本就不大，还塌了半边。厉春抿了抿嘴，在他看来，那实在不像住人的地方。刘三摇了摇头："你可怜她们，谁可怜咱们?哪怕最后只剩下一个，咱们押解到尚阳堡，也算完了这趟差，真把这伙子全扔路上，咱们回去也是要挨板子的。"厉春看看刘三，又转头看看瘫倒在地的杜氏，牙根一阵抽痛，他重重地点点头。

二更鼓响时，其他流犯被安顿在几间土坯房的大通铺上，女人们在外间，老人们带着孩子在里间，一个挨着一个，倒能抵挡四月里的寒凉。杜氏被强行押进窝棚，黛秋和蓝桥执意跟着，刘三料定杜氏活不到山海关，母子天伦，让这对姐弟多与母亲待上一刻已是他最大的仁慈。

窝棚四下透风，干草铺的地铺渐渐透出湿冷，吞噬三个人身上仅有的一点体温。杜氏与黛秋紧紧拥着蓝桥，还是浑身发抖。"桥儿，别睡!"黛秋小声道，"会睡出病来。"

"姐，我困。"蓝桥的体力早已耗尽。

黛秋哆嗦着爬起来："妈别睡，桥儿也别睡，我去找解差多要一条棉被来。"说着，她起身钻出窝棚。

夜凉如水，黛秋双手抱紧自己，却还是不能抑制住浑身发抖。关流犯的土坯房上着锁，刘三和厉春在东厢一间大瓦房里安歇。黛用力地拍了拍东厢的门，房里传来如雷的鼾声。黛秋不死心，唤道："三爷，三爷救救我们。"

鼾声依旧，黛秋裹紧衣裳，咬了咬牙，才要再拍，"吱呀"一声，东厢门开了。厉春披着衣服走出来："大晚上不睡觉，你作什么妖？"

"求求官爷，再给我们一条棉被吧，窝棚里太冷，我母亲病着，弟弟又小，怕是这一睡下去，就再也起不来了。"黛秋小声哀求。

厉春捂着脸，白天的疲劳并不能减轻他的牙疼，正不耐烦，便呵斥道："你当这是你们家？现如今都是阶下囚了，你们将就些吧。"说着便要关门，却被黛秋死死抵住。

"求求你了！"想起窝棚里发抖的母亲和蓝桥，黛秋把心一横，上前一把竟将厉春拉出门。

"你、你、你……做什么？"厉春本能地举拳要打，却见黛秋直直跪下去。

"我有法子治牙疼。"这话说得黛秋自己都不信，萧济川是教导过她，可她连医书都没正经学一本，实在不敢说会治什么病，"我有法子治官爷的牙疼病，求官爷可怜我们，再给我们一条棉被吧。"

厉春住了手，悄悄关上东厢门，蹲在黛秋面前，一脸怀疑："你……真有法子？可不许骗我！"

"厥俞在这，四椎下两旁相去脊各一寸五分……"父亲的声音言犹在耳，黛秋伸手摸着厉春的脊骨一节、两节、三节……

"我牙疼，你按背管什么用？"厉春心中失望，"我也是疯了心，信你个小丫头。"说着便要起身。

黛秋忙开口："官爷既牙疼，晚饭不该吃糖糕的。"

厉春惊得止了运作："你怎么知道？我吃的时候，你们都去窝棚了。"

"桂花蜜和了黑芝麻做馅，最是补胃气，修肝损，春日里吃着养人，做这糖糕的人对官爷是极用心的。"黛秋缓声道。

"多新鲜呀，她可是我亲妈，我妈做的糕是最好吃。"厉春有些得意，忽然想起不对，皱了眉道，"你偷看我们？是要伺机逃跑吗？"

黛秋赔笑道："我打小鼻子就灵，我闻出来的。"

"这么灵？"厉春将信将疑，"我不信。"说着，四处打量，想着再找出些什么来考考黛秋，半夜三更，黑灯瞎火，又实在找不出什么，他灵机一动，脱下一只鞋，道，"你可知道我这鞋里放过什么垫子。"

黛秋忙捏住鼻子："虽说那乌拉草垫的鞋垫子最是养脚，可官爷也该常洗洗。"

厉春不好意思地忙又穿上，自己也忍不住笑起来，才察觉牙真的不那么疼了，虽然还有些隐隐作痛，但比之方才竟已好了大半。

"哎？"厉春惊得起身扭头看向黛秋，"你这小丫头有点本事。你还懂医术？你们家行医的？"

黛秋眸光一暗，哀声道："既有效用，还求官爷可怜家母幼弟。"

"你等着。"厉春进了东厢，不过片刻，竟抱出两床厚厚的棉被来，小声道："我也只能匀你这两条，你们将就着抵抵寒气吧。"黛秋连声道谢，转身飞跑回窝棚。

第 22 章
岐黄济世难济命

厉春给的棉被十分厚实暖和。蓝桥躺在杜氏和黛秋中间，很快便睡踏实了。杜氏轻咳两声，黛秋忙起身，道："妈，我去找碗水来。"

黑暗中，杜氏拉住女儿的手，缓了半晌才道："不过再一更，咱们就要起身了，你也乏了，歇歇吧。"

"我不碍的。"黛秋反握住母亲的手，"妈放心，我一定会带你和桥儿走到尚阳堡，流放不过三年，咱们还会回来的。"

"我和你父亲到底是拖累了你。连福妈、百花、憨三儿他们也受了我们的连累。"杜氏的声音似有了些力气，"这些天，我暗自品着，桥儿是个善良，有担当的孩子，文家人不在了，铁镜还在，你照顾他长大，他便是你终身的依靠。"

"妈，你糊涂了，桥儿才多大？"黛秋急道。

黑暗中传来杜氏轻笑的声音："老人们常说，小郎君疼人，你文婶婶的遗书是这个意思。我心里想着，你们俩将来的事，你们自己拿主意。只是……秋儿，咱们虽要还文家的救命之恩，你也万不要委屈了自己。"

"妈，你放心，我不会委屈我自己，也不会委屈你和桥儿。等到了尚阳堡，我到药铺子里当学徒去，这两床棉被就是我治好厉官爷的牙疼换来的，咱们萧家世代行医，我可以……"

"不可以！"杜氏斩钉截铁，"无论如何你不许再吃行医这碗饭！你父亲救过多少人的命？他落下什么好？咱们家落得这步田地，若说有错，就是你父亲不该行医。秋儿，不许学医，安安生生地过这辈子。"

黛秋咬一咬唇，伸手在怀里摸了摸父亲留下的札记，半晌方"嗯"了一声……

天未明，鸡先啼。刘三站在院子里喊人："都起啦，都起啦！还有五十里路要赶……"

窝棚原没有门，不过一条破帘子挡着，刘三一吆喝，黛秋和蓝桥便一同惊醒。姐儿俩互相拉扯着起身，又轻唤杜氏。谁知唤了半天，杜氏竟一动不动。

"妈，妈！"黛秋慌了手脚，不管不顾，推着母亲冰冷的身子，蓝桥也跟着叫人，童声洪亮，没两声就惊动了外面的解差。

刘三钻进窝棚，一手拦开两个孩子，一手探向杜氏的脖颈，半晌才缓缓摇摇头："凉透了，你们两个娃娃给家大人磕个头吧。"

两个孩子的撕心裂肺的哭声从刘三身后传来，当差久了，死路上的人见得也多了，此刻，他面无表情，心无悲悯。

犯人死了，大多由驿站处置。驿站紧临着山，山上埋了多少客死异乡的人，谁也说不清。

"三爷，不让后人送葬磕头也不好。要不这么着，我留下看着他们，你带其他人先走，等填了坟，孩子们磕了头，我们再追上你们。"厉春道。

刘三把烟袋敲在鞋底上："理是这么个理，可是你道不熟，想追我们可不容易，别回头你们仨都走丢喽，不如你带着其他人将着官道走，我带着这姐儿俩抄小路，一准儿能追上你们。"

最后一锹土盖了不大的坟包，黛秋"扑通"一声瘫坐在地上。前后不过几个月，父亲没了，萧家没了，如今连母亲也没了，她似被狠狠推进绝望的深渊。坟头尚有湿气，她的泪早已干涸。

"心也尽了，逝者已矣，咱们上路吧。"刘三闷声道，"晚了就赶不上他们了。"黛秋不动，仍旧呆呆地坐着。

"我说姑娘，也就这样了，你还想怎么着呀？"刘三不耐烦，伸手去拉黛秋。没想到斜次里伸出一双小手，挡住刘三的手。

"不许你碰我姐姐！"蓝桥稚嫩的童声惊醒了黛秋，她回过神看见蓝桥用小小的身体挡在自己前面。

"嘿，你这个小崽子！牙还没长齐就敢跟三爷叫板！"刘三又好气又好笑，伸手去揪蓝桥的小辫子。

"我们这就走！"黛秋不知何时已经站起身，一把将蓝桥拉进怀里，方才还空洞的眼睛炯炯地直视着刘三，"问三爷一句，这是什么山？"

刘三不敢相信地看着黛秋，这姑娘刚才还像丢了魂似的，一转眼的工夫，她又来了精神头。

"这到底是座什么山？"见刘三不说话，黛秋又问老工。

"原也没什么名儿，不过是座荒山，前不着村，后不着店的，也没个倚傍，附近的人为着好记，都叫它'大孤山'。你们往前就是一马平川，直到又遇见一座山，跟它差不多，无脉无脊的，那叫小孤山。"老工收了铁锹，忽想起什么，笑问道，"你问这个做什么？"

"记下这个名，待我们刑满归乡，来这里接母亲一起回去。"黛秋四下打量着，似乎在记下这里的样子，又伸手朝老工借铁锹，朝离坟最近的一棵树上狠狠砸下。春天正是万物娇嫩的时节，那树皮禁不得这一铁锹，竟掉下一大块皮来。

黛秋将铁锹还给老工，拉着蓝桥，行至杜氏坟前，复双双跪下："桥儿，跟大娘告个别，说桥儿长大了一定会接她返乡。"

"大娘……"蓝桥一字一句地道，"桥儿一定照顾好姐姐，桥儿一定快快长大，等桥儿长大了，就来接您回家！"说着，他又重重地磕了一个头。

黛秋用力拉起蓝桥："咱们走！"说着，姐儿俩朝山下走去。

刘三与老工互看一眼，刘三笑道："回家？埋在这里的人还能回家？说梦话呢吧！"

黛秋拉住蓝桥的手，原来她不是孤零一人，她还有蓝桥，文家、萧家就只剩下他们两个人，他们要好好活着，要活出个样儿来，才能重振文家和萧家，心里这样想着，黛秋方才还空落的胸腔里燃起熊熊一团火。

鸡鸣起程，天黑投驿，黛秋也记不得他们走了几日，只知道出京时身上穿的虽然旧了些，但衣是衣，裳是裳，眼下却着实破烂不堪，蓝桥的鞋磨没了底子，翠荷教黛秋用草编鞋底子。

出山海关那天，刘三苍老的声音传得格外远："出关啦！都回头看一眼，成了孤魂野鬼也别忘了入关的门……"老弱妇孺哭成一片。

再往北走，流犯的队伍渐少，路上又死了两个老奶奶，破席子一裹，草草地埋了，又有一个年轻媳妇，本来好好的，谁知一个早上，众人起解时发现她用裤腰带把自己挂在了房梁上，黛秋吓得捂住蓝桥的眼睛。

穿着破衣裳都有些热的时节，众人终于爬上了望城冈，站在望城冈上，能看见尚阳堡的城门。也因离城近，冈上冈下有些猎户人家，并不荒凉。刘三早将大青骡留在上一个驿站，让那畜生也歇歇脚，待往尚阳堡交了差，完了事，回程再骑。

彼时，他叉着腰站在冈上，吆喝着众人："尚阳堡到了！大家伙儿也累了，且歇一歇再走，一气入城，我完了差事，你们也可好好歇一歇。"

一路风餐，众人脸上竟有了一丝喜色。才一坐下，翠荷就忙着与蓝桥一同捉草虫作耍。这一路走下来，蓝桥瘦得只剩一副骨头。他们与翠荷一路互相照应，彼此早已熟络。

黛秋席地而坐，看着两个人在绑绳的长度内也能找到乐趣，不由笑着摇摇头，才要说些什么，忽听"咕咚"一声，与她相隔两三人的一个年轻媳妇并一个老奶奶口吐白沫，倒在地上，紧接着，又有几人倒下。

第 23 章

泥汤救人

刘三与厉春见状大惊失色。眼看就能交差，这时节出了事，他们俩白辛苦一场还罢了，只怕回去还免不了一顿办差不力的板子。刘三忙忙地解了绳子，只见众人眼下乌青一片，心中顿觉不妙。

厉春呆愣愣地看向刘三。"像是中毒，别是吃错了什么。"刘三自言自语地检查着两个吐白沫人的身上，果然从老人怀里掏出一个小巾帕包，包里几个野果子，其中有一个果子剩下一半，切面尚新，显是才咬过的。驿站给流犯预备的吃食少得可怜，为了果腹，众人常摘下野果充饥。

"这下可'嘣噔呛'了！"刘三顿足道，"她们在哪儿摘了有毒的果子，还藏着吃！"

另几个倒下去的流犯疼得直叫。这下连黛秋、翠荷和蓝桥也吓着了。黛秋一把抓过蓝桥："桥儿有没有吃过别人给的果子？"

蓝桥用力摇头："桥儿听姐姐的话，除了姐姐给的东西，什么都没吃。"话音未落，肚子便"咕咕"叫了几声。

周围满是撕心裂肺的叫声，听得人毛骨悚然，翠荷抓着黛秋的手臂："这不对，既然藏着吃，不该有这么多人中毒。"说话间，又倒下两个人。

黛秋再顾不得其他，忙叫厉春："官爷，官爷，我有法子。"

厉春傻在原地，倒是刘三回过神，狠命推醒他："快解绳子！"说着直奔黛秋而来。

"快，找咱们方才路过的猎户人家，借他们灶，烧水。"黛秋边说边甩开绳子，又向翠荷道，"你同桥儿找最脏的泥土，越多越好，丢在烧水里，等水晾温，没中毒的给中毒的灌下去，灌得越多越好。"

猎户常要烫山禽、煺猪毛，家里两三个大锅备着，众人怕一个灶不够，索性再架两口锅，烧水的烧水，填柴的填柴。翠荷、蓝桥用衣襟兜了发臭的泥土丢进锅里，不过片刻，猎户人家小篱笆院便臭得待不住人。

众人顾不得其他，那泥汤才微微能入口，便迫不及待地按着中毒人的嘴灌进去，可才灌下一口，那喝泥汤的人"哇"的一声吐出来。

原是催吐的法子，刘三恍然大悟，忙催促道："再灌，使劲灌，别停。"

众人依命，按嘴的按嘴，端水的端水，不过一盏茶的工夫，中毒的人吐得七荤八素，几乎晕厥，却不似方才那样腹痛难忍。

黛秋松了一口气，刘三忙打发人刷锅，往山涧子里取清水再烧。众人正忙着，谁都没留意一个身穿铁灰色长衫的男人牵着条小毛驴走来，驴屁股上还坐着一个穿着碎花衣裳的女孩儿，年纪与黛秋相仿，生得浓眉大眼，一条又粗又长的辫子顺着脖子垂在胸前。

"怎么了这是？"男人站在猎户家门前，骑驴的女孩子用帕子捂嘴："臭！"

男人蹲身就近拉起一位老妇的手，手指用力，掐在脉门上。那老妇已是有气无力，眼皮都不抬一下。

翠荷端了半碗清水过来，先扶老妇喝一口，才警惕地看向男人："你是谁？你要做什么？"

男人微皱的眉忽然一松，含笑看向翠荷："想是吃野果子中了毒，难为你们这荒山野岭竟能找到大夫急救。"

"哪儿来的大夫？是我黛秋妹妹本事大。"翠荷有些得意，"是她让我们煮泥汤救人的。"翠荷说着，目光瞥向不远处的黛秋。

男人思量片刻，伸手从身上背的药箱子里抽出个小瓷瓶，递给翠荷："中了毒的每人一粒，烦姑娘给分一分。"

翠荷并不接，只是满脸犹疑地看向男人。"你是什么人？"刘三苍老的声音传来，接过翠荷不敢接的瓶子。

男人起身朝刘三笑笑，却并不答话，伸头朝房子里高声道："赵大哥可在家？"

"来了，来了！"赵猎户从不大的灰草房子里跑出来，先是捂了鼻子，"我的妈呀，这味儿还能活人？我说官爷，你可得给我拾掇干净再走！"也不等刘三和厉春回话，赵猎户"嘿嘿"地笑，指着男人道："可是你们的造化来了，这是李神医。"

"在下李霄云，不过是山野游医。"李霄云自谦道。

刘三闻听大喜过望，一把抓了李霄云胳膊："神医救命，这眼看到尚阳堡了，这伙子人可不能出事。"

李霄云含笑道："我方才看过了，你们的处置得当，没大碍的。"他指着刘三手里的瓷瓶，"再吃了这药，定无不妥了。"

李霄云不欲与刘三多费唇舌，转向赵猎户道："赵大哥，我要的东西可有了？"

"有了，有了。"赵猎户从怀里掏出一个小油布包，"我这没敢离身，就怕丢了。"他说着，把东西塞进李霄云怀里。

"赵大哥辛苦。"李霄云从腰间解了鼓鼓囊囊的钱袋子，"一点子心意。"

赵猎户也不客气，接过钱袋也掂了掂，比他们约好的数目竟多了些，不由眉开眼笑："往后您要有什么吩咐只管来。"

李霄云也说了两句客套话，转身要走，目光不由又落在黛秋身上，总觉得这姑娘莫名眼熟。腿脚便不由自主地来至黛秋跟前："姑娘的好医术救了大家伙儿，难为你小小年纪能想到就地取料，倒是有些慧根。你是京城哪位大人家的？家里是做什么的？"

黛秋低头不语，一旁牵驴的李家女儿先开了口："哎，我爹问你话呢！"

"大丫头，别没规矩！"李霄云轻斥一声，正说话间，忽听"扑通"一声，李霄云闻声看过去，一个六七岁的男童一头栽倒在地。

"桥儿！"黛秋和翠荷齐齐扑过去，搬起蓝桥的身子，只见他面色惨白，满头冷汗。李霄云丢下女儿，快步跑过去，俯身翻翻孩子的眼皮，又摸了摸脉。

黛秋双眼含泪看着李霄云，只见他神色一松。"不碍的。"李霄云回看黛秋，总觉得莫名地熟悉，便安慰她道，"你们一路食不果腹，大人尚且熬不住，更别说一个娃娃。"说着，李霄云起身招呼赵猎户，"赵大哥，给我一碗温水，上次给我们丫头吃的那奶酪条子化水里两块。"

赵猎户答应一声，转身就往屋里跑。

"这孩子是饿的，你们前次吃饭是什么时辰了？"李霄云一问，黛秋才想起，蓝桥肚子"咕咕"叫，已是小半天之前的事了。这半天，蓝桥跟着大家忙活，竟也一刻未停。

"都怪我！"黛秋不免自责落泪。

"缺水少食也不是你的错。"李霄云安慰道。

刘三趁这个空上来道谢，李霄云忙起身还礼，又道："病人不宜移动，这位赵大哥人极好，你们且在这里缓过这口气来再进城。"说着，李霄云往身上拿钱袋，忽想起钱袋方才给了赵猎户，正踌躇间，一只细白的手伸到他面前，手里握着十几个钱币。

"我就这些，爹你回了城可要加了利息还我。"李家姑娘不知何时蹭到父亲身边，她低头看看晕厥的蓝桥，又看看一脸焦急的黛秋，"爹，他们俩都挂了块小镜子是什么意思？又不是金，又不是银，看着不像值钱物件。"

李霄云微一皱眉，忙把话岔开，将钱塞进刘三手里："我身上就这些，你就向赵大哥买些米粮，熬些粥分给大家，太太平平地进了尚阳堡，也成全官爷的差事。"

"这……这怎么好……"刘三嘴里说着，手却接过钱，"神医真是活菩萨。"

李霄云淡淡道："行医之人遇到病患，也是应该的。"说话间，赵猎户端了碗白滑的奶水走来，李霄云从药箱里抽出长针，朝蓝桥的人中微微刺下去，蓝桥吃痛转醒，翠荷道谢都来不及，端着奶水就给蓝桥灌下去。

黛秋却微微皱眉，李霄云用针的手势竟与父亲一模一样，还有扑面而来的药味，黛秋再熟悉不过，她自来鼻子灵，年幼时常常一头扎进父亲的怀里，猜父亲去过蒸药的蒸房，还是铡草药的刀房。想起父亲，黛秋不觉双目含泪。

李霄云抬头正与她眼神相对，看着姑娘眼中泪光盈盈，起身假作不在意地道："大人还罢了，这孩子若不好好将养，只怕进不了尚阳堡。"李霄云说着，看向刘三，"这位官爷，念上天有好生之德，容我这位赵大哥收留小孩子一两日，待病情不碍了，我亲送他到衙署主簿跟前。"

刘三才接了人家的钱，不好立刻卷了面子，便不言语。

赵猎户皱了眉头道："你这人也不识个好歹，人家是好心，难道还能拐了几个犯人去？李神医好言和你商量，那是看得起你，他可是尚阳堡主簿大人的恩人。主簿的老娘一只脚都迈进鬼门关了，李大夫三剂药下去又给勾了回来。"

厉春在一旁看着人熬粥，听见这话也走过来："三爷，您要不放心，我跟这儿看着。"

眼看尚阳堡就在眼前，刘三也不想再节外生枝，又听说李霄云与尚阳堡的衙署也有交情，犹豫片刻便点了头。厉春借机道："这个小的也是个麻烦，不如留下他姐姐照顾他，我一并带回去。"

既留下一个就不差两个，刘三并不驳回，反说道："都是孩子，谁顾得了谁？我看就把这姐儿仨一并留下来，春儿，可快着点回城，咱们衙署聚齐。"

第 24 章

尚阳堡

日暮西山时，蓝桥已恢复些精神，赵猎户因应了李霄云的托付，要照顾好这三个人，便做了简单的饭菜，又给蓝桥熬了些细粥。

三人一路不曾吃饱饭，见了这饭食哪里还忍得住？翠荷、蓝桥抓起来就吃，倒是黛秋不忘道谢："叨扰了，谢过赵大伯。我们明日就走。"

赵猎户笑道："明日你们不走，我也要赶你们走。我这小庙可供不起你们几位贵人。李大夫宅心仁厚，他是故意把这小孩儿的病说得重些，好让你们晚一天去衙署。你们不知道，流犯解到官衙第一件事是'赏板子'，给个下马威，立立规矩。打板子这事儿打了也就打了，没打也没有补的，你们仨这也就算逃过去了。"

黛秋眼含热泪，一时竟不知该说些什么，只听翠荷在一旁急急咽下饭食，抢着道："赵大伯不怕我们是坏人吗？"

赵猎户笑声爽朗："坏人怎么会被解到这种地方，坏人都在皇帝老子脚底下跪着呢！"

一句话说得众人都笑了，这大约是出京以来，黛秋睡得最安稳的一觉，炕不大，也足够三个人睡，怕弄脏了铺盖，三个人早早洗漱干净。黛秋只记得自己睡前抓住蓝桥的手，便一梦沉酣。

倒是翠荷半夜里醒了两次，总觉得有人要开门。她大声叫"赵大伯"，门便停了响动。快天亮时，又听见门响，翠荷索性披衣起身，还不待她下炕，便听见院子里赵猎户的咳嗽声，门又不响了。半晌才听赵猎户一声："黄大仙过境，那畜生伤不了人，娃娃们别怕。"

翠荷轻声应了，却不敢睡。炕上两个小姑娘，门外两个大汉，翠荷不敢不多想，直到四更天时，翠荷终敌不过疲乏，眼前一黑，沉沉地睡过去了。好在一夜无事，天亮登程。厉春给三个人上了绑绳。赵猎户也没一句相送的话，仿佛他只是收容了几个行脚客。

望城冈往前没多远就到了尚阳堡，果如赵猎户所讲，昨日进城的流犯每人领了十板子，虽然打得不重，却也有三五个爬不起来。堡子里大多是罪臣家眷，女人做农活，男人们往山涧趟子里牧牛羊，也圈鹿。

黛秋、翠荷和蓝桥被分到衙署的浣洗房，守军的衣物被褥都送到这里浆洗缝补，三五个上年纪的女人，手上除了冻疮落下的疤，就只剩下厚厚的老茧。可即便是这样，比起开荒垦地，牧羊放牛，已经算轻松的活计。蓝桥年纪尚幼，不能另派差事，只跟着黛秋做活。

因不急着回去，厉春整日无事，浣洗房离衙署不远，便常找黛秋她们俩说话解闷，偶尔也搭把手，帮着绑晾衣绳，补补木盆。

"你们见天儿洗，我看方才又送来一堆，这洗到什么时候算个头？"厉春手里握着一把炒熟的松子，本来要给黛秋，可黛秋说什么也不伸手，他便索性边吃边说话。

"既分到了这里，干活也是应该的。"黛秋头也不抬，与蓝桥协力拧一条被面。

"我来我来……"厉春揣起松子，急步跑上前，从蓝桥手里抢过被面，"他小孩子家家的，哪儿来的力气。"

"我不小了！"蓝桥盯着厉春，不服输地道。

"行行行，你不小。"厉春敷衍着，"你要不小，你提水去！提得动才算你不小。"

蓝桥瞪厉春一眼，赌气转身就走。"桥儿别去！"黛秋松了手，索性将被面丢进木盆里，"那井台滑得很，小心跌了。"黛秋说话间，将蓝桥拉回来。

厉春转了转眼睛，赔笑向蓝桥道："你姐姐说得对，你可得听姐姐的话。"说着，他又向黛秋道，"你弟弟也该开蒙了，整日跟着你干粗活也不是个事儿。"

一语说到黛秋的痛处，蓝桥开蒙得早，到萧家时已认得许多字，可现下别说蓝桥，黛秋自己的课业也荒废了不少，他们能用来认字的书本，就只有萧济川留下的行军札。

见黛秋不语，厉春察言观色地道："赶明儿，我托三爷往衙门里通融通融，派你往官塾里使唤，他们那里活轻巧，你兄弟还能蹭着读些书。"

"这……行么？"黛秋有些犹豫，也实在心动。

"嘻，事在人为。"厉春说着，重重吸一口气，捂着脸不说话。

"你那牙还疼？"黛秋道，"尚阳堡是不大，难道连药铺医馆也没有？你该正经找个大夫好好看看。"

"可说呢，只是没找到好的，药也吃了，实不管用。"厉春道，"还没有你帮我按的那几下管用。"

话都说到这份上，黛秋只得道："那……我再试试。"

厉春笑嘻嘻地转过身，蹲在台阶上，黛秋努力回想着父亲为自己医牙疼的样子。"厥俞在这，四椎下两旁相去脊各一寸五分……"黛秋在心里默念着，伸手在厉春背上找第四节椎骨。

"你又懂用泥汤催吐，又能治牙疼，你们家是行医的么？到底犯了什么事？"厉春笑问道。想起父亲，黛秋不由停了手。厉春回头见她不动，猛地抓住她的手："好妹妹，你别委屈，你的苦我是知道的，不如你跟了我，我必叫你脱了这苦海……"说着，厉春竟上手要抱人。

黛秋狠命挣脱，怒声道："官爷自重！"

"不许你欺负我姐姐！"蓝桥张开双臂，挡在黛秋面前。厉春哪把他放在眼里，一把推开，又去扑黛秋。

眼见蓝桥一个跟头摔在地上，黛秋怒火上涌，上有满天神佛，下有星君宫曹，难道老天爷要对文家、萧家赶尽杀绝？黛秋狠咬着牙，抄起洗衣板，狠命朝厉春没头没脑地乱拍打。

厉春不想黛秋一个没长成的女孩子竟有如此气力和胆量，一时躲闪不及，那下死手的板子便拍下来，结结实实地打在他身上。厉春挨了几板才回过神，伸手挡下板子，死死抓住黛秋的腕子。

"你不过一个流放的罪女，竟然敢打官差？"厉春怒道。

"呸！"黛秋用力去甩厉春的手，竟甩不掉，直朝他脸上狠啐一口，"你一个官差如何敢做这没行止的事！"

厉春一手扯下洗衣板摔在地上，一手死拉住黛秋，脸上似笑非笑，喝道："我不过看你模样尚可，又有些手艺，原想待你不比别人，总要想个法子带你回京才好，谁知你这样不识好歹，与那些蠢妇无异！"说着，他便使出蛮劲往黛秋身上扑。

黛秋力量不敌，急得双眼血红，无论她怎么挣扎，厉春就是不松手。他平日里那张憨厚的脸，此刻竟无比狰狞，黛秋只觉这世上若真有恶鬼也不过如此。

忽然，"恶鬼"的脸不动了，黛秋也惊得不敢动，只见一缕鲜血从厉春的头顶流下来。不容黛秋回神，厉春手上松了力气，竟缓缓倒下去。翠荷双手颤抖，举着门闩。

厉春也没想到，这些罪女竟然敢打他，他伸手指向翠荷，翠荷举手又是狠狠一下，厉春的手像棉花一样，软绵绵地落下。

黛秋从惊吓中回过神来，几步扑进翠荷怀里："翠荷姐！"

蓝桥从翠荷身后转出来，也扑在黛秋身上。方才被推倒，蓝桥便知自己与姐姐都不是厉春的对手，生怕黛秋吃亏，忙跑出去叫人，顶头遇见翠荷来给他们送饭，便哭着求救，翠荷丢下饭菜，随手抄起门闩便赶来。

三个人只管抱头痛哭，半晌方想起地上仍旧一动不动的厉春。"他……他不会死了吧！"翠荷的手仍在发抖。

"我去看看。"黛秋说着便要走过去，却被翠荷一把拉住。

"别去！"翠荷心有余悸，盯着厉春道，"这种人死有余辜！你还记得咱们来的路上，有个年轻媳妇吊死了么？"翠荷咬咬唇，似下了个决心，才道，"她死的前一晚，我小解时看见他在草丛里，把那媳妇……"都是小女孩子，翠荷实在说不下去，可黛秋也全明白了。

那天，看见有人吊在梁上，翠荷的神情严肃，从那天之后，翠荷便总与黛秋姐弟形影不离……黛秋腿一软，朝翠荷直直跪下："谢谢姐姐救命之恩！"

翠荷到底大两岁，一把拉起她，道："傻丫头，这不是跪的时候，你好好活着，养大弟弟，这个杂碎要是死了，我去给他填命。趁没人，你们快离了这里。"

"这不行！"黛秋反握了翠荷的手，"你是为我才伤人，万一他死了，也该我去抵命，只求姐姐带着桥儿一起过活，三年之后带他回京。"

　　"咱俩别你推我让的，这世道，活着就很可喜吗?"翠荷镇定道，"咱们且别在这里说什么赔命不赔命的事，先看看他死了没有。"说着，翠荷就要走过去，却见黛秋姐弟一动不动地站在原地。

　　"别傻站着了，保不齐他……"翠荷话没说完，也站着不动了，院门口站着刘三，正直直地盯着他们……

第 25 章

虎口脱险

刘三站在门口，看看地上的厉春，又看看惊恐万分的三个孩子，不过瞬间，他收敛了惊色，几步上前，先查看倒在地上的厉春，面色不由一松，道："别怕，没死，还有气！"说着，他起身，且放着厉春不管，目光扫视黛秋、蓝桥和翠荷，两个小女孩子挤在一处，反是小小的蓝桥挡在她们前面，怒视着刘三。

良久，刘三忽然露出一丝笑意："给姑娘和哥儿道喜，才收到快报，大行皇帝龙驭宾天，太后老佛爷仙驾归位，新帝诏令大赦天下，你们两家都在赦免之列。"刘三说着，从怀中取出尚阳堡衙署知事盖印签发的放归名单。

黛秋颤手接过，自己和蓝桥的名字分明写在上面，细寻了一回，又找到翠荷的名字，三人喜极而泣，翠荷先回过神来，推开姐弟二人，直直跪在刘三脚下："三爷开恩，念在我们三人死里逃生，求三爷救我们！"

刘三冷笑一声，也不拉翠荷，回身拖起厉春，双手较劲地向外拖，口内道："嘴上没毛，办事不牢，他小人家走路没跟，自己摔了，磕在那井沿子上，能赖得了谁？"说话间，人已经被他拖出了院子，留下三个孩子面面相觑。

这条押解的路刘三走得太久，牛鬼蛇神也见得多了，很有些见怪不怪，比起那些看面相就知心有歹念的人，厉春这面憨心毒的才最让人防不胜防。自杜氏故去，厉春自要留下押解这对姐弟，刘三便知他没安好心。

且说，黛秋、翠荷虽猜不出刘三的用意，却也顾不上许多。赦令已下，同来的人大多在列，另有几个遇赦不许回京的人正筹谋着寻亲投友。然而眼下这情形，想回京也不是件易事。盘缠路费是一笔银钱，眼下寒冬将至，置买棉衣又是一项使费。

这几个月来，三人做活并没积攒下几个钱，要回去是万万不够的。"你听我说。"翠荷低声向黛秋道，"咱们上次去市集，我见有人牙子，反正我家老爷也不能起死回生，我姨娘早不知被卖去哪里，不如我找人牙子帮忙，把我卖到哪个门户里当个使唤丫头，筹一点路费，你带着桥儿好回京。"

"翠荷姐千万不能！"黛秋忙拦道，"要当丫头，要做工，咱们在一处，省吃俭用多做活，总能攒下钱来。"

"桥儿也可以做工。"蓝桥跟在黛秋身边道，"桥儿有力气，桥儿还有这个！"蓝桥说着，从里怀掏出小铁镜。

黛秋一把握住，将铁镜塞回去，向蓝桥道："这是你们文家的物件，你留着如同爹娘在身边，千万不能弄丢了。"说着又向翠荷道，"姐姐别急，只要咱们在一处，总有法子。"

天将晚时，衙署差人请来了名医李霄云。刘三知道李霄云的名号，不承想一个小小的外差受伤，竟也请得动他。原来李霄云是为知事夫人瞧病的，听闻京城来的解差重伤，便自荐来瞧瞧。

"伤得不重，不过是一时晕厥。"李霄云自往药箱里拿了药酒擦手，"我这里有止血生肌散，外敷几日，再开一剂化瘀通气的方子，吃上三剂再看。"说话间，他净了手，轻捻长针朝人中微微一刺，才有一滴血珠渗出，厉春便"哎哟"一声转醒。

"作死的小蹄子，你看我……"厉春怒骂一声，才察觉自己躺在炕上，李霄云他是认得的，刘三冷眼相对，他便有几分心虚。

一时写毕方子，李霄云便出门去，刘三紧跟几步，送了出去，躬身赔笑道："先生，我们饷银有限，你的车马费……"

"不必了，方才马知事已经给了，这不过是捎带手的事，官爷不必客气。"李霄云说着，脚下不停，可刘三仍旧跟着他，像是有话要说。

李霄云停步看向刘三："官爷还有何事？"

"小的原是押解到此，早该走的，如今天已下霜，再不回去越发走不得了，所以多问一句。我想尽快启程，病人可走得？"

李霄云定定地看着刘三，仿佛想从他眼中看出什么，可究竟又看不出什么，他微微思量，道："病人受的虽是外伤，但此刻并不确知颅内如何，万一有损伤或血块也是要命的，官爷不急这几日，且吃了药，等个三五天，无碍了再去倒是平安。"

刘三含笑，抱拳躬身："劳烦先生，恕不远送。"说毕，他转身回去。

人已出了衙门，李霄云忽见布告栏上新贴了盖有官印的告文，新帝继位，为祈祥和，除十恶之罪外，皆有赦免减刑之隆恩。

半年前，那个女孩子熟悉的一张脸没来由地现在眼前，李霄云想也不想，拔腿走向衙署后街一处破落院子。

浣洗房的女工们集居于此，离院子还有十来步，李霄云便听见里面的哭声，他闻着哭声闯进正对院门的三大间土坯房。

女人们正围在一处，其中两个女人号啕大哭，地上直挺挺地躺着一老妇。李霄云拨开女人们，挤身上前，伸手朝老妇颈上摸了摸，回身便从药箱中取出一个精致的小瓷瓶，倒出两粒小小的丸药，掰开老人的嘴，将丸药压于舌下。

不过片刻，只听"哎哟"一声，老妇缓缓转醒，李霄云松一口气："气急攻心，什么事把老人家急成这个样？"

原来方才告示一出，这里的人大多得了赦免，可老妇上月才跌了腿，浣洗房缺医少药，已渐成大病，她身无分文，又行动不便，此生怕是再无望归乡，来的女儿、媳妇为尽孝道，也不能回乡，老妇一急便晕厥了。

李霄云安抚了老妇，又瞧了她腿上的伤，老人腿上已长了褥疮，伤口不大，似被人处置过。李霄云细捻出一点伤口旁的细屑，竟是冬瓜皮。

"老人家，世人都有三灾六难的，都这样急起来，哪还能活到您这把年岁？"李霄云缓声道，"您能知道用冬瓜皮去腐败毒，也算略懂医理，须知病要治，命要争，这天寒地冻的，你就是伶手俐脚，难道还能走回去吗？不如安心养病，咱们这堡子虽小，讨生活是不难的，女儿、媳妇做浣洗的活都能挺过来，定能做些活计糊口，待开春再作打算，且急不到这里。"

老妇喘着粗气，哀声道："我哪懂什么医理？我一个糊涂婆子，活着也只会拖累旁人。"说着，她微颤着手指向李霄云背后，"都是这位姑娘，从衙署厨房里讨了冬瓜皮，谁知竟真的有些效用。"

李霄云顺着老人的指向回头，果然是那位用泥水解毒的姑娘。李霄云安置了老妇，唤黛秋院中说话。

李霄云上下打量着黛秋，半晌方道："小丫头上次知道用泥水救人，这次又能熬冬瓜皮去腐，我冒昧一句，贵府上在京里行医吗？"

黛秋神情微滞，转而狠狠摇头："并不曾行医，不过普通读书人家。"

小孩子的谎都写在脸上，李霄云明知她没说真话，也并不追问，又道："我看你有些行医的慧根，不如来我们柜上做个学徒，吃住有着落不说，还能学习本事，将来也可过活。"

黛秋又摇头，朝李霄云微微一礼："多谢先生好意，只是……我资质粗笨，难堪大用。"

眼看黛秋要走，李霄云忙道："我记得你还有个小弟弟，如今大赦，这破院子你怕是住不得了，眼看地要上冻，你们姐儿两个可要怎么过冬呢？"

一语直戳黛秋心事，见她踌躇不语，李霄云又道："你不愿当学徒也罢了，我这次出来也正要买两个好丫头家里使唤，一时又找不到好的，你若吃得苦，来家里做些端茶倒水，洒扫服侍的活，只是月钱不多……"

"我愿意！"不待李霄云说完，黛秋已直直跪下，"先生就收下我们吧，还有一个叫翠荷的姐姐，干活最爽利不过。"

李霄云淡笑："自家才脱了困，就要帮衬旁人，我若带了她走，便不能带你和你弟弟走，你又待如何？"

"那我便不跟先生走。"不待黛秋答话，翠荷从身后走过来，也跪在李霄云跟前，"我们仨死生在一处的。"

李霄云看着两张挂了黑灰的小脸，她们这样的年纪，竟有这样的肝胆。他由衷地笑出声来……

第 26 章

医者医病难医命

牛拉的大车缓缓走在尘土飞扬的乡道上，李霄云坐在一侧，三个孩子坐在另一侧。黛秋回望着渐渐远去的尚阳堡，又感激地回看李霄云。

此时，他们已经互通姓名，得知黛秋姓萧，李霄云猛地想起一人，但黛秋不肯多言，李霄云亦不多问。

"先生……哦不……"黛秋改口道，"老爷，这车往哪儿去？"

"前面过了新安关就到庆云堡。"李霄云温和道，"比不得你们京城大家大宅，我们这儿地界小，房舍不多，人口也少。哦对了，我家也有个女孩子，与你们年岁相仿，到时你们可以一处做伴，只是我们贞儿自幼被我惯坏了，整日爬树掏鸟蛋，要不就下河摸泥鳅，没做过一件女孩儿该做的事。"

正说笑间，一辆大青骡拉的篷车从后面追上来。众人闻声看过去，那车把式旁边坐的竟是刘三。蓝桥年幼，只当官差追来了，吓得躲进黛秋怀里。

大青骡跑得快，转眼的工夫便与李霄云的大车并行。"李大夫，又遇见了！"刘三朗声笑道，"多亏你的好脉息，厉春那小子已无碍了，听说入关的路已通，事也了了，我们这就回去了。"

一听"厉春"二字，翠荷与黛秋脸上皆变了颜色，李霄云微蹙了眉，朝车篷看一眼，厉春头上还是他包扎的绷带，将头探出窗口，似没看见翠、黛二人，哀声道："三爷，您慢着点，这车颠得我头疼。"

"不碍的。"刘三催着车把式快跑，又道，"这车是往知事大人处求来的，不走快些，把式的车钱可是要加的。"说着，刘三接过车把式的鞭子，狠狠甩出个"响炮"，那青骡闻声跑得更欢，转眼消失在众人眼里。

庆云堡距尚阳堡不远，因着紧邻开原城，堡子虽不比尚阳堡的大，街市远比尚阳堡热闹。城东的吉盛街走到底便是李家的宅院，比萧家的院子略小些，倒也整整齐齐，邻着后院修盖了草药园子和畜禽陋舍。家中主母曹氏，是个山东女人，银盘脸，柳叶眉，看上去便知是个爽快人。

此刻，曹氏用力提起锅盖，浓郁的肉香扑面而来。

"娘，爹啥时候回来？"女儿贞实一蹦一跳地行至母亲身后，"我都饿了！"

"你个馋猫，亏你爹得了活龙似的疼你，等一等还不行？"曹氏说着，用大勺搅一搅锅里的汤水，复又盖好。

厨房里做饭的婆子周大娘不由笑道："大姑娘别急，下半晌老爷准到家，大姑娘小心烫着，出去外面玩吧。"

贞实扭着身子，被周大娘半推半劝地推出厨房，嘟着嘴巴走出来，绕过正房，一眼看见大门半开着，一个少年坐在门前板凳上，一手撑头，一手翻书。

少年肤色白皙，细眉毛，丹凤眼，五官长得都好看，但摆在一处，总觉得哪里别扭，贞实自小不待见他。

少年今年十六岁，姓巩，李霄云收徒时为他取名"怀恩"。听见脚步声，怀恩抬头，一眼看见贞实，忙起身："师妹。"

"跟你说多少次了，我是你师姐！"贞实纠正他，"你来我们家七八年，我可来我们家十四年了。"

怀恩苦笑："可师傅说……"

"师傅不在家，师姐说了算！"贞实上下打量着怀恩，"你跑到这里来念什么书？待我爹回来见你这样用功，又要夸你。"

"我是在等师傅办药回来，帮着搬搬扛扛。"怀恩道。

说话间，牛铃声传来，怀恩、贞实闻声看过去，两辆大车缓缓而来，前面一辆坐着李霄云并三个孩子，后一车载着高高垛起的麻包。

"师傅回来了！"怀恩忙放下书，迎出门。车停门口，李霄云先跳下车，又将三个孩子接下车。

贞实愣在原地，上下打量着三个人，倒是怀恩上前一步行礼："师傅一路辛苦。"

李霄云拉过黛秋三人："打今儿起，这三个孩子来咱们家做活，这是黛秋，今年……"

"回老爷，十四岁了。"黛秋忙回话。

"倒与我们贞儿一般大。"李霄云笑道，"往后一处做伴就更和睦了。这是我女儿贞实，这是怀恩，我的徒弟。"说着又指翠荷，"翠荷比你们都大些，就在贞实屋里，帮我照看她，不必太过拘礼，日常相处能如姐妹便最好不过。"

黛秋和翠荷并肩站着，一眼认出贞实便是在赵猎户家见过的女孩子，浓眉大眼，鼻梁高挺，轮廓分明，若不是通身的棉裙，说是个小子也是极俊俏的。

"这孩子叫蓝桥。"李霄云又道，"蓝桥还小，又识字，不必派什么活儿给他，就让他……在我书房里磨个墨，整理些书籍文稿，其他事就不必叫他做了。"

怀恩忙答应着，又打发人卸车。贞实拉着李霄云的手，打量着三个人，半晌方道："爹，我见过他们，不就是半年前在赵大伯家，那伙儿……"

忽然手上一紧，父女的默契让贞实立刻闭了嘴，李霄云笑道："怀恩，带他们三个去见见你师娘，让黛秋在你师娘跟前做活。"

怀恩答应着，带了三个人进门去。留下李霄云拉着女儿，悄声道："打今儿往后，再别提起他们流放的事，尤其是别对你娘提起。"

"爹还敢瞒着娘？"贞实悄笑道，"被娘发现了又要罚爹一年半载不许吃酒。"

"什么叫瞒？你娘又没问，咱也没提。"李霄云笑道，"他三人孤身到此，小弟弟年幼难养，姐姐们来家里做活，挣口饭吃，我哪句是假话？"

李贞实小声道："爹，娘把酒坛子放在仓房最里面的架子上，回头您真挨了罚，自个儿去偷酒，可千万别找我。"言毕，她松开李霄云的胳膊，扭头就跑。看着女儿一蹦一跳的背影，李霄云不禁莞尔。

直到开晚饭，曹氏仍在责怪李霄云自作主张，带三个孩子进门。眼下山河动荡，谁家的日子都不好过。虽说李家的博源堂在庆云堡是头一份的医馆药铺，可也着实不用摆这么大的谱。

"不是我驳老爷的面子，现在这行市，一袋白面都能换个黄花大闺女，可不知根底，谁家敢要？"曹氏将手中的馒头掰一半放进女儿碗里，又往李霄云碗里夹了块肉，"我不差这三张嘴，没好的吃，也饿不死，可万一他们跟小冻猫子似的，到家没三五天病了、没了，咱跟谁说去？"

"不会的。"李霄云赔着笑，"我早都看好了。怀恩，把那酒壶拿过来。"

"怀恩别去！"曹氏叫住怀恩，又往他碗里放了半个馒头，"吃你的。你师傅给家添人进口，开销大，以后隔两天喝一顿酒吧。"

李霄云睁大眼睛："我说，咱不至于……"

曹氏是个大嗓门儿，上房里说话，下房听得一清二楚，黛秋手里端着碗不敢动。

"别怕！"周大娘一个劲儿地往她碗里夹菜，"我们太太就是这个脾气，刀子嘴，豆腐心，她不是说你们，不过是跟老爷使个小性。快趁热吃吧，我已用大锅烧了水，你们好好洗一洗，再好好睡一觉，太太早让我寻了我们姑娘的衣裳给你们，虽然旧些，却是极干净的。"

黛秋心中感激，忍了泪道："辛苦大娘帮我们安排。"

"姐，你吃这个！"蓝桥将碗里仅有的一块肉放进黛秋碗里。

周大娘笑看着三人，目光停在蓝桥身上："小孩子家还怪懂事的，长得比怀恩少爷还好，太太一定喜欢得不得了，你们不知道，太太常叨念着，这辈子就少个儿子。连我们姑娘都被她当成男孩儿教养，还把怀恩少爷当成亲儿子。"

吃毕晚饭，按曹氏的吩咐，他们暂被安置与周大娘同屋，周大娘与几个婆子带着蓝桥住南炕，北面小炕给黛秋和翠荷住。

蓝桥一路都与黛秋形影不离，说什么也不肯与黛秋分开睡。周大娘并婆子们笑他，道："你姐姐大姑娘家，你一个臭小子凑合什么？"

黛秋安慰蓝桥几句，到底将他哄上南炕。房舍不宽敞，却着实暖和，被褥柔软，黛秋与翠荷并头而卧，回想这一路竟似一场噩梦般不堪回首。

"秋儿。"翠荷悄声道，"咱们这便是脱了苦海吧。"话没说完便红了眼眶。

黛秋从棉被里伸出手，握了翠荷的手："姐姐，赶明儿咱们攒足了路费，你必要同我一道回去，无论如何，咱们要在一处的。"

翠荷反手握了黛秋的手："傻丫头，即便你不愿一处，我也是要赖着你们姐弟的。"二人说着悄笑出声。

第 27 章

一盏黄芪茶

翌日起身，黛秋、翠荷便随着周大娘学规矩，黛秋虽没做过下人的活计，可她识文断字，无论什么活，周大娘讲一遍，她便记得牢。翠荷是姨娘养的，又不受正室奶奶待见，从小做惯了粗活，手脚麻利，很得周大娘喜欢。

李霄云白日里带着怀恩往医馆坐诊，家里一应事全由曹氏张罗。翠荷趁曹氏歇了午觉，悄寻黛秋说话。

谁知黛秋并不在主母的外间听差事，翠荷寻来寻去，才在厨房里见到守着风炉子的黛秋。

"你不在房里伺候，且在这里做什么？"翠荷小声问。

彼时，黛秋身穿彩粉底小碎花的棉袄，同一色的棉裤，千层底黑布棉鞋，头上单用头绳系了一条辫子顺在胸前。一双碎布拼的棉手套干干净净地放小凳子上。

翠荷似不认得般上下打量着，笑道："这是太太新赏的？"

黛秋笑道："太太说，贞实姑娘的衣裳咱们穿着太小了，这是太太旧年的衣裳，晌午才寻了出来，还有你一身，我放在咱们房里。你夜里又不用去姑娘房里上夜，回去正好试试。"

翠荷自是欢喜，忽抽一抽鼻子："你煮了什么？就这样香？"

黛秋方想起，忙转身查看风炉上的药罐子，又撤出些炭火，方道："是黄芪，里面加了红枣、老姜，熬成茶汤，等太太起身时喝，最是温阳益气。我见太太近几日总说身上乏，饭也进得不香，喝这个正合适。"

翠荷笑道："难怪老爷不想你当丫头，只想收你当徒弟，也没见你读什么书，怎地懂得这么多药理？"

"姐姐！"不待黛秋说话，蓝桥的哭音从门口传来，"姐姐！"蓝桥几步跑至黛秋跟前，一抽一抽地道，"镜子找不到了……桥儿的镜子找不到了……"

黛秋一惊，忍不住上下翻找蓝桥的衣裤，果然没有："丢到哪里去了？你这孩子，不是让你一定要放好的吗？"

她这一说，蓝桥哭得更厉害："我……我一直带在身上的……"看着蓝桥的眼泪，黛秋再不忍责备。

"桥儿乖，别哭，你慢慢告诉姐姐，你都去过哪里？什么时候发现不见的？"黛秋说着，从怀里掏出自己那面照病镜，仔细挂在蓝桥衣襟的盘扣上，"这个给你，姐姐去寻你的。"

蓝桥到底年幼，一抽一搭说个不清。黛秋不得不向翠荷道："太太快醒了，翠荷姐姐，只能烦你将这黄芪汤送上去了，那镜子虽小，对我……对桥儿至关重要，我得去寻回来。"

翠荷少见这对姐弟急成这样，亦知事情严重，忙道："你快些去，别急，太太面前，等我替你回话。"

这日医馆里颇为冷清，李霄云教了贞实和怀恩几张脉案，便打发他们先回家。贞实说什么都不回，她一回家，母亲便会逼着她学针线。怀恩便先回来，帮着曹氏照看家里。

黛秋拉着蓝桥在门口东寻西找时，怀恩便进了门。人已行至院中，怀恩不由停下，又退回来，立于他姐弟身后，见二人半晌没回身，方不得不开口："你们俩没看见我么？"

姐弟俩这才回头见怀恩负手而立。"怀恩少爷！"黛秋忙上前行礼，蓝桥只跟在黛秋身后，不言不语。

怀恩气恼地看向他们："才来几天？眼睛里没人了么？打量我不是这家的正经主人，就小看了我？"

"没有的事！"黛秋忙道，"实在是没看见少爷进来，因着桥儿丢了要紧物件，我们……"

"还敢顶嘴！"怀恩扬手便要打，冷不防蓝桥猛地扑上来，狠狠推了他一把。一来蓝桥使了全力，二来怀恩不承想他会扑人，一个趔趄，几乎倒地。

怀恩脸涨得紫红，抓着蓝桥的领子上来便要打。"住手！"黛秋高喝一声，连房门里的人都惊出来，怀恩的手停在半空，不敢相信地看向黛秋。

黛秋一把拉回蓝桥，正色向怀恩道："我们没看见少爷，是我们的不是，原该挨罚的。只是我是太太房里的丫头，桥儿是老爷书房里的小么，若有了不是，上头有老爷太太责罚，下头有周大娘管教，怀恩少爷恼我们，也请少爷知会周大娘来罚，才不乱了规矩。"

见怀恩的手不敢落下，黛秋又道："少爷息怒，我们自去领罚。"说着拉起蓝桥就走。怀恩愣在原地半晌，方狠狠一跺脚，快步跑走了。

寻不见铁镜，黛秋心里急得冒火，又怕蓝桥着急，好言安慰他几句，打发他到书房里去，自己便回正房里服侍。

彼时，李霄云也回了家，曹氏亲手绞了帕子给他净面，两个人对坐着吃茶说话。早有下人将怀恩与黛秋的争执告诉了李霄云。

"可是我管束得松了。"李霄云向曹氏提及此事，"只教他医道，竟疏忽了教导他道理，小小年纪这样拿大还行？"

曹氏无子，怀恩又在家里住得久了，不免有些偏袒："怀恩也要面子，老爷不值当将此当个事儿跟他说。等我细细告诉他。"

"你哪里舍得说一句半句。"李霄云摇了摇头，笑道"还是我去说他。"

"为个刚来的丫头反骂徒弟，老爷这胳膊肘拐去哪里了？"曹氏玩笑着，将自己面前的茶盏推向丈夫，"黛秋干活也不爽利，还不上茶来，老爷渴了，先喝我的。"

李霄云伸手接过盖碗，才揭了盖子，不由皱眉："这是哪里来的茶？"

"周嫂子说是黛秋趁我午睡时煎的黄芪茶。"曹氏笑回道。

夫妻俩说话间，黛秋已端了盏新茶进来，恭恭敬敬地放在炕几上，抬头发现李霄云端着曹氏茶盏，忙道："太太的茶冷了，我端下去换一盏。"

李霄云似未听到黛秋的话，只扭头对曹氏道："你这几日身上犯懒，四肢酸乏，怎地不告诉我？"

曹氏笑道："老爷越发神通了，不看脉便能知道这些？原不是什么大毛病，老爷又在外忙着，我只是前些日子累着了，歇几日就好了。"

李霄云转头看向黛秋："能煎黄芪汤，红枣和老姜都是焙过的，你们家在京城到底是做什么的？"

黛秋并不抬头，说辞她一早便想好了："不过是读书人家，母亲体弱，常喝黄芪茶补身，我见太太这几日神情倦怠，胃口又差，神色如母亲一般，又见厨房干料柜子里备有这些东西，想来太太也是常服的，便煎了这个。"

话虽周全，可黛秋终归只是个孩子，神色语气无不透着心虚。李霄云盯着她，只不说话，倒是曹氏先开了口："好丫头，难为你有心。哦对了，下午的事儿我知道了，怀恩心思重些，你别记在心里过不去。"

"并不敢记恨。"黛秋心中本有事，咬一咬牙，忽地跪下，道："有件要紧事，求太太做主。"

"呦，什么大事儿值得这样？敢是谁委屈你了？"曹氏治家极严，家里使用的人也没有欺负新人的例。

黛秋忙摇头道："有件要紧的东西不见了。家严在世时，曾与友人定亲，留一对铁镜为我与桥儿的定信之物，现下长辈们不在，放下亲事且不说，这东西于别人一文不值，于我们却是念想之物。如今不见了，求老爷太太给个大恩典，许周大娘带着我在院子里四处找找。"

"你与蓝桥那小子竟是……"曹氏一惊，转而掩口笑起来，"我只道你二人或是姑表亲，或是两姨亲，谁知竟是这样！"曹氏笑向李霄云，才发现丈夫面色微沉。

李霄云从袖口里抽出那小小的铁镜子，这是他前日在书房的书架下拾得的，想是蓝桥踮脚拿书时掉落，原想立时还给他，却一眼看出那镜子与众不同。

"传说唐朝名医叶法善有照病镜，能照出人五脏病气。然而传说也不过是传说，后人为警医者心明如镜，诊脉无误，便做了鱼翔莲中的吉祥花样的铁镜，也曰'照病镜'。"李霄云说着，将照病镜递与黛秋："长辈们用这个作信，丫头，其中可有深意？"

黛秋心虚摇头。曹氏在一旁道："老爷说话越发没道理，她女孩子家，长辈们拿什么下定，她怎做得主？"

李霄云将铁镜合进黛秋手里，顺势拉她起来："好丫头，有些医药行的灵性，可愿意跟我学医。"

李霄云语气诚恳，黛秋心头微动，半晌抬头，目光直直望向他："老爷抬举，黛秋不是那等不知好歹的人，只是家慈在世时，曾一再叮嘱，万不可学医，万不可行医。老爷对黛秋有大恩，可家慈遗训，黛秋不敢不从。"

"你娘竟然这样嘱咐你？这，这是从何说起？"曹氏不敢相信地道，再要问话时，外间屋里忽传来女儿的声音："怀恩，你在这里做什么？"

第 28 章
老爷岭隋鹰

黛秋做活虽不及翠荷伶俐，却是知书识礼，行事不卑不亢，进退有度，曹氏越留心看她就越喜欢，教导女儿，便时不时带上一句"你看看黛秋，再看看自己。"

谁知贞实还是孩子气性，便越发爱找黛秋的麻烦。今日命她炖汤水，明日要她做针线，或是趁她取柴火时关了仓房的门，或是故意洒汤泼水，唤黛秋来收拾，反而与翠荷十分亲近。

怀恩那日在外间里偷听见李霄云欲收黛秋为徒。李霄云无子，唯一女贞实，师娘待他如亲子，那意思怀恩心下也是明白的。然而平白若多了个师妹，还没入门，李霄云就夸她有灵性，他不免心中妒恼，更撺掇着贞实揉搓黛秋。

转眼到了年关，因黛秋识字，便帮着周大娘记录账目，并登记分派到各处的使用家伙，一笔一笔账目分明。蓝桥也不必在书房听差事，李霄云送了他一刀好纸，并徽墨竹笔，他便跟在黛秋身边自写自画。

周大娘不禁喜笑颜开："小姐姐的字好，没想到蓝小子的字竟也不差。"

黛秋停了笔，扭头看蓝桥习字，虽然不成体，但笔锋看上去竟也有些像萧济川的字迹。

贞实带着翠荷一股风地奔进来，一见黛秋便怒道："哪里没找到你，跑到这儿来躲懒！"

黛秋尚未开口，周大娘先道："太太命她帮我记账，年下忙乱，贞大姑娘小心蹭着，回你屋里玩去。"

贞实揪住黛秋的袖子："你来，我同你说句话。"

黛秋被贞实强拉到院子里，翠荷生怕她冻着，脱了贞实给她的棉斗篷披在黛秋身上。

"姑娘有事只管吩咐。"黛秋含笑道。

贞实仍不放心地看看左右，才凑近了道："我爹今晚回来。"

关外苦寒，冬月里大雪封山，李霄云进山给猎户们瞧病，一趟总要十来日。白日里，黛秋也掰着手指算过，眼看腊月二十五，李霄云无论如何是要到家的。

见黛秋没答话，翠荷忙笑打圆场："这几日雪大，我们姑娘忙着堆雪人、套小雀、做弹弓，因此不得闲，课业便落下了些。"

贞实摇着翠荷的袖子："我哪有套小雀？我不是没套着么……"

翠荷轻拨开她的手，顺势从她怀里抽出一本字帖，笑向黛秋道："老爷走时说了，让姑娘一日临两篇，如今……"

不待翠荷说完，黛秋接过字帖，道："老爷走了十二日，就是二十四篇，如今可有了几篇？"

贞实不说话了，翠荷也笑而不语，黛秋会意点头："姑娘放心，今晚不是我值夜，必会替姑娘做完这功课。"

贞实松了口气，嘴上却不肯说软话："今晚务必写完，若写不完，你可小心了！"贞实转身走出两步，又转回来，"别写得太好，我的字……不如你。"

黛秋只管含笑点头。贞实方放下心，眼见翠荷身上没斗篷，愠怒地拉她的手："你倒是个大方的，给你的东西还没捂热就给了别人！看你手冷的，咱们回屋去！"说着，她拔腿就走。

更鼓响了两遍，黛秋和蓝桥躲进书房，对坐习字。什么事也瞒不过周大娘，她特地着人通开了书房的地龙，只说老爷来家要用，多添炭火，烧暖和些。

"桥儿乖，去睡吧。"黛秋又写完一篇，边搓手边催蓝桥。

"姐，你看！"蓝桥举起自己的字，黛秋就着烛火细看，忍不住掩口笑道："你的字倒像。"

"所以我帮你写！"蓝桥边说，边帮着黛秋搓手，"夜里手冷，写字慢，咱俩一块儿写就快些。"姐儿俩搓热了手，又铺纸蘸墨。

还没写几个字，就听得大门有响动。夜里静，那急急的敲门声瞬间穿透前后院，一时连曹氏的屋子都亮了灯。

"桥儿乖，千万别出去！我去看看就来！"黛秋说着便要走，蓝桥麻利地抓起棉斗篷递给黛秋。

黛秋又嘱咐他："咱们答应了贞姑娘写完这些字，我去太太那里看看，你只在这里写，好不好？"

彼时，大门已开，车把式背着一个人快步走进来。那人两条胳膊长长地垂下来，连呼出的白气都极其微弱。黛秋一颗心立时提到嗓子眼儿。

曹氏也出了房门，一见这场面不由惊呼出口："老爷这是怎么了？"话音未落，只见李霄云从门口进来。

车把式将人背至一间客房，黛秋扶着曹氏走进来，曹氏一把拉住车把式："怎么回事？"

车把式喘着粗气，老老实实地回答："老爷下山时，在山趟子里捡的，那几个趟子多的是土匪，我不叫老爷捡，可老爷说这个天，用不了半宿人就硬了，非要捡。"

曹氏轻声道："你也累了，快歇着去吧，今儿这事你再不能告诉任何人。"

车把式忙答应着去了。曹氏几步行至炕沿，李霄云在切脉，她不敢出声，细看一眼炕上的人，血糊着半张脸，也看不出个模样，只能单凭着身形看出是个男人。曹氏想了想，回头吩咐黛秋："去找周嫂子，让她捅开灶火，烧开水来。"

这一夜，除了睡下就叫不醒的贞实，其他人都不曾好睡，黛秋帮着李霄云为伤者擦净伤口，一盆热水生生染成血水，曹氏又忙着找金疮药。天将明时，怀恩直困得前仰后合，却一时不敢离开药炉子。

伤者胸口有刀伤，头上有撞伤，身上还有几块乌青，身上的棉袄被血染透了一半。

天亮时，伤者终于喘均了气，李霄云摸脉，半晌方含了笑："不碍的，大家伙儿都累了，歇着去吧。"

话音未落，炕上的人缓缓睁了眼。男人勉强睁眼打量四周，才对上李霄云的眼睛。"李神医？"男人声音粗哑，这三个字几乎扯破了嘴皮。

李霄云道："恕我眼拙，与尊驾素未谋面，尊驾竟识得我？"

男人艰难地咧咧嘴，做出一个比哭还难看的笑容："别说庆云堡这小地界，整个开原城，谁不知您是关外神医？"男人想起什么，"你只救了我？再没别人？"

"再没别人，我从山上下来，原打算在城外留宿，天亮再走，谁知遇上你，便趁夜赶回来。"李霄云实话实说。

谁知男人脸上阴阴地一笑："这么看……石家趟子那哥儿仨是死透了。"

此话一出，众人皆惊，李霄云抬眼正对上曹氏惊恐的目光。远近几个堡子都知道，石家趟是有名的柳子帮，石家兄弟更是地头蛇，连官府都拿他们没办法。

李霄云故作镇定，道："还没请教尊驾是……"

"老爷岭，隋鹰。"男人轻飘飘道出这几个字，却唬得曹氏几乎站不稳，黛秋忙扶住了她。

"老爷岭是狼窝，群狼不敌一只鹰。"这句顺口溜是庆云堡大人吓唬孩子的。眼下山河不稳，地方上闹胡子也是常事，可自从老爷岭上占了胡子，远近大小土匪竟少了一半，不是被拔了寨，就是被打跑了。

曹氏用力缓了两口气，才道："大当家，我们小门小户惹不起麻烦，您看您……"

隋鹰苦笑："李神医救我一命，隋鹰感激不尽，我这就……去了。"说着要起身，李霄云一把按住他。

"你的伤不轻，不可擅动，恐伤心脉。"李霄云说着，端过一直温在旋子里的药碗，"喝了这个，多多休息。你伤势严重，能活命是你的造化，这三四天是顶要紧的。"李霄云慢慢扶着隋鹰的头灌下药，又将一个铜摇铃放在他枕边。

"我们这儿上上下下都累了一夜，恐看顾不周，你喝了药且睡下，若有什么便摇铃叫人，不可使力，不可动气。"李霄云起身要走，却被隋鹰拉住。

隋鹰目光深邃，盯着李霄云看了半晌："李神医不怕被我连累么？"

"你是谁与我无关。"李霄云拨下他的手，"你是病人，就与我有关。"言毕，他伸手扶了曹氏，向黛秋道，"这丫头眼睛都红了，你忙活一夜，去睡吧，太太这里不必你服侍了。"

黛秋并不知隋鹰的名号，听李霄云这样说，知病人暂无性命之忧，也松一口气，忽地想起蓝桥还在书房，忙转身就跑。

"老爷！"曹氏已经被拉出屋子，仍不放心，"他，他是……"

"他是病人。"李霄云拉走妻子。

听到关门声，隋鹰睁了眼睛，乌黑的眉毛拧成了疙瘩，他实在吃不准李霄云是真不怕他，还是只想先稳住他，眼下他伤重，也只能见机行事了。

第 29 章

普同一等

贞实是最后一个知道家里住了土匪的，恨不能飞跑去看热闹，她长这么大还没见过活的土匪。

"姑娘只当疼我，太太若知道了，非打死我不可！"翠荷死死抱住贞实的胳膊。

"他可是隋鹰呀！"贞实抓开翠荷的手，"姐姐不知道，自他来了这里，那些干过坏事，欺男霸女的山头不知被铲平了多少。他活活的在我们家，我要去看……"说着又要跑。

"你们俩这是做什么？"黛秋捧一卷宣纸进来。

"你来得正好！"翠荷似见了救星，"贞姑娘非要去看土匪，又说他怎么好，你快帮我劝劝她。"

黛秋抿嘴笑，将纸平整地放在小桌上："姑娘要去看土匪，我们怎么敢拉着？只是太太要我说给姑娘，老爷今儿下半天就要从铺子里回来，第一件就是盘查姑娘的功课。"

一语叫停了贞实。"我爹……对了，我的字呢？"贞实甩开翠荷，反身往炕柜上拿书，"黛秋，是你答应我写字的，少一个字也不成。"

待贞实转身回来，黛秋已工工整整地将一摞临帖铺在桌子上。

"都……是你写的？"贞实不敢相信地上前细看，"翠荷不是说你昨晚上也跟着忙活一夜？"

黛秋抽出其中几张，悄声道："这几张放最下面，这是我写的，其他是桥儿帮我写的。"

"蓝小子的字也长进了！"贞实笑得两眼弯弯，忽然脸一红，"他才几岁？都能写成这样？"

黛秋含笑："桥儿小小的人儿，巴巴写了一夜，还求姑娘看在我们出人出力的分上，多多背书，待老爷问时，能答得顺顺溜溜，别叫老爷生气，别叫太太担心才好。"

一语说得贞实答不上话，她手指捻着书："哦……那个……哎呀，我会背书，放心！翠荷姐，把那本《肘后备急方》拿来，救卒死，或先病痛，或常居……"

翠荷不声不响递了书，又倒了茶，方笑盈盈地同着黛秋退出去。

"到底是你。"人已经到了廊下，翠荷的声音依旧低低的，像是生怕吵了贞实，"我再劝不住她。一个土匪，救他做什么？"

黛秋掩口轻笑："昨儿老爷说，他是病人，是病人就与老爷有关系。我倒觉得这句最有道理。老爷是医，难道见死不救么？"

正说着，只见李霄云绕过影壁墙，急匆匆走向后院，身后还跟着穿黑袍子，背着医箱，一头金色头发的男人，

"神父？"黛秋脱口而出，北京城里多的是教堂，只是黛秋至今分不清他们到底供奉什么神仙，拜什么佛。

翠荷冷哼一声："我姨娘说，这些黑袍子不是好人。"

"他是洋大夫。"蓝桥手里捧着本册，不知什么时候站在两人身边，"姐，老爷请了洋大夫，叫我拿这个什么……"

"脉案。"黛秋提醒他，"快去吧，小心别跌跤。"

蓝桥点点头，笑着跑开。翠荷道："咱老爷不是神医么？做什么找洋大夫来？"话音未落，忽听一阵拍门声绵长不绝地传来。

那拍门声越来越响，还夹杂着人声："开门，开门……"

门房耷着胆子开了门闩，几个手持扁担的男人撞进门来，后面还跟着不少堡子的人，虽不认得，也都脸熟。为首的张华，是富户张家的三少爷。

众人被拦在门口，门房赔着笑："三爷，你这是怎么话儿说的？"

张华冷哼一声："我听说，你家老爷救了土匪回来，咱堡子不能惹这样的麻烦。请李大夫交出土匪。"

"三爷，您看您说的。"门房装傻道，"咱们是清白人家，哪来的土匪……"

门房话没说完，就被张华一把推了个趔趄："把隋鹰交出来吧！别想在三爷跟前蒙事儿。"说话间，张华便要带人向门里闯，谁知迎面飞来一颗小石子，张华躲得快，只打中了肩头，那石子的力道极大，疼得张华"哎哟"一声。

连躲在影壁墙后面的黛秋和翠荷也吓一跳，回头时，只见贞实手里拿着弹弓，怒目看向门口。

"姑娘，你怎么出来了？"翠荷忙上前，"这里人多，快回房去。"

"人家都欺上门来，难道我还怕他？"贞实说着，大步走向门口，黛秋与翠荷拦不住，只得跟过去。

"大白天拍丧门，这是你爹妈教的？"贞实怒向张华。

"我们是来要人的，你们行医人家，竟要救个害人的东西，是要我们的命吗？"张华也不示弱地向前一步。

"隋鹰害你了？"贞实半点不怕，双手叉腰，直直地盯着张华，又扫过众人，"他害你们了？乘人之危，你们算什么本事？"

"他是土匪，你们李家又帮着土匪，又是什么居心？"张华咬着牙道，"我们上门要人，你们不给，那就别怪我们不客气了！"说着，他就要往里闯，贞实并李家的下人堵着门不让闯。

两厢里对冲对推，不知谁的扁担落了下来，眼看要打在贞实身上，黛秋疾步上

前，本想拦住那扁担，却不知对方的力气极大，扁担重重砸过黛秋高高举起的手，一角的凸起划过黛秋额头，一来黛秋细皮嫩肉，二来那扁担划得极快，竟在额角划了一个口子，血瞬间流下来。

那往里冲的人也不承想会伤人，愣在原地。"黛秋！"贞实与翠荷双双扶住她。

翠荷急得立时哭起来，倒是贞实一把揪住张华的前襟："张三，跑我们家来伤人？来人，去报官！"

"住手！"李霄云的声音沉稳浑厚，两边的人都立刻安静了。

李霄云隔开女儿和张华，也不顾说话，先查看黛秋的伤势，又向身后的怀恩道："快带到太太那里，好好处置这丫头的外伤。"

怀恩同翠荷扶了黛秋退回去，李霄云方扭头看向众人，半晌方道："让老少爷们儿受累了，跑到我们家，那是惦记着在下的安危，我在这里谢谢大家伙儿啦！"李霄云说着，高高抱拳，众人面色皆红，不由得向后退了一步。

李霄云的目光落在张华身上："隋鹰是在我这里，他伤得很重。你们说他是土匪，要抓人，待我医好他再抓不迟。只是他并没有案子挂在衙门，又不是被缉捕的犯人，你们抓了他，欲待如何处置？"

众人不说话，李霄云缓声道："诸位放心，我已将此事禀明知事大人。救人实为医之根本，不以心头好恶决人生死，是行医的操守，还望诸位见谅！"

众人皆不语，张华却还不服："李大夫，你救了他，谁能保证他将来不再害人？他若害人性命，你担待得起么？"其他人才缓和的情绪又被挑动起来，纷纷怒向李霄云。

李霄云直视张华，脸上没有一点怒色："他为非作歹自有官差衙署惩治，若今日我因他未作之恶而不救，他日若救不得旁人，谁还会信我是尽力而不治？谁不会疑我因心中好恶而弃治？"

李霄云环视周遭，众人对上他坦然的目光，渐次都低了头。"医不可欺，三少爷。"李霄云的目光最终落在张华身上，"若有人将隋鹰告上衙门，我医好他后，第一件事就是亲手将他交与官府处置，这样可行？"

张华闪躲着李霄云的目光，李霄云笑向众人："有劳诸位，恕不远送。"说毕，他转身回去。众人缓缓后退，门房上前关门："散了吧，老少爷们儿都散了吧……"

贞实半惊半喜地跟在父亲身后："爹，您可真是……"

李霄云停了脚步："我看你也得闲，不如讲两篇脉案来听……"

"多神父不是还在后院。"贞实说着，掉头跑向自己的屋子，李霄云摇了摇头，快步走向后院。

彼时，多普勒已经为隋鹰注射了针剂。李霄云进门查看时，隋鹰已出了大汗，体热退去不少。

李霄云伸手切脉，半晌方道："果见效用，我说老多，你这是……"

多普勒四十来岁，德国人，说话已经没有明显的口音："他伤口发炎引起高热，我给他注射了退烧针。"

多普勒得意地"嘿嘿"笑道："你们中国的草药能治病，我们的药能救命。"

李霄云知他故意说笑，于是摇了摇头，故作认真道："我说老多，你别光说便宜话，上次要不是我们的方子救了你，这会子，你也该去见你们那大菩萨了。"

"是圣母玛利亚。"多普勒纠正他。

"都一样，都一样。"李霄云笑道，"晚上在家里吃饭吧。"

多普勒笑得见牙不见眼："那得是炖肉贴饼子！"

"你不是和尚么？怎么老想着吃肉？"李霄云打趣道。

正说着，怀恩匆匆进来，低声回道："师傅，我瞧了，不碍的，师娘说下房里太杂乱，叫把那丫头安置在师妹的外间屋，叫翠荷一同照应着。"

李霄云点头："很妥当。"又向蓝桥道，"你不必在这里了，你姐姐受伤了，你去……"李霄云的话还没说完，蓝桥已经丢下笔墨跑了。

第 30 章

原来是故人

天将晚时，隋鹰的体热已退，人也清醒了，还吃了些细粥。李霄云又诊一回，脉象沉浮有序，虽然伤势仍重，却无性命之忧。

因黛秋为救贞实受伤，曹氏难掩心中感激，虽是安置在贞实卧房的外间，却让人烧了热热的炕，又厚厚铺了鹅羽厚褥。

"鹅羽生热，又睡热炕，娘，你也不怕烧得这丫头流鼻血。"贞实看不下去，在一旁提醒道。

曹氏狠狠白了她一眼："还有脸说？书不背，字不写，成日在院子里闹腾也罢了，姑娘家使家伙打人还行！"

"那个姓张的欺负人。"贞实不服气，"许他动扁担，我用弹弓教训他怎么就不成？"

蓝桥始终立在炕沿前，皱着眉头盯着黛秋。曹氏不由含笑道："可是小郎君知道疼人，看给咱们蓝小子心疼的！"

蓝桥听不懂，只盯着黛秋道："姐，疼么？"

黛秋笑向蓝桥："姐不疼，你乖乖歇着去，夜里早睡觉，要听周大娘的话。"

蓝桥抿嘴不动，曹氏笑拉他："你也别回下房了，我那外间屋宽敞，炕也大，横竖有人上夜，让他们顾着你些。你只管舍不得这里，你姐姐要怎么安歇？"

说话间，翠荷挑了棉门帘子，李霄云走进来。"这屋里倒热闹。"李霄云笑道，"伤得又不重，都别在这里围着了。"

曹氏笑回道："我也这样说呢，要带蓝小子往咱们外屋睡去，他只管不动。生怕他姐姐丢了似的。"

李霄云抚一抚蓝桥光溜溜的小脑袋，含笑道："你同着太太回去，你人虽小，心却细，且帮我盯着那些上夜的人，别由着他们躲懒，烧干了茶炉子都没人管。"

蓝桥抬头看向李霄云，又扭头看看炕上的黛秋，见黛秋只管朝自己笑，也放下心来，由着曹氏拉着他去了。

天色渐晚，翠荷见主母要走，忙提了灯笼送出去。一时屋里只剩下李霄云和两个姑娘。

"老爷放心，我真不碍的。"黛秋起身向李霄云道，"只是……"黛秋有些犹豫。

李霄云含笑道："你是想问我为什么要救一个土匪，又为他得罪那许多人？"

黛秋摇摇头，垂眸道："老爷是医，救人是医者根本，老爷若不救，才真是违了

103

药王爷的教导。"

李霄云定定地看向黛秋，她的神情相貌是那样熟悉，连她说话的口气也如故人一般。大约老天爷自觉亏欠太多，才将这孩子送到这里，送到他的面前。

李霄云晃神的工夫，黛秋仍自顾说话："我只不明白，老爷如何能说服那些人？虽说是'不得自虑吉凶，护惜身命'，可强人在前，如何能不怕？万一真伤了自身……"黛秋还要说，却见李霄云盯着自己，顿觉失言，忙低头闭口。

见她突然不语，李霄云方回过神，沉声道："丫头，你来咱们家也不少日子，难得同你说句话，我想向你打听一个人。"

黛秋不明所以，连一旁的贞实也好奇地看向父亲。"京城名医甚多，我原识得一位故人，家中世代行医，他也曾是内廷供奉，医术极好。曾与我同门拜师，也算是我的师兄。"李霄云假作没看到黛秋神色突变，只缓缓道，"他姓萧，长辈们望能传承祖业，悬壶济世，取名济川。"

原来这天傍晚时，管家老周悄悄来回话，虽然费了些波折，但往京城里打探消息的人终于有了回话。

被流放至尚阳堡的萧氏正是京城里犯了事的太医院供奉萧济川的家眷，一同流放的萧家的主母，路上病死了。

李霄云犹如醍醐灌顶，难怪他只觉黛秋眼熟，原来是萧师兄的后人。比不得萧家世代行医，李霄云并没有家学渊源，对岐黄之道的领悟也远逊于世家子弟。其他师兄弟都忙着笑话他，只有萧济川将医理脉案一篇一篇讲给他，行针时，又让李霄云在自己身上施针，教给他自家针法的诀窍。

这些年他虽在关外学有大成，却没能与京里常通些讯信，他如何也想不到，萧师兄那样敦厚的人竟落得狱中自戕。

"萧济川正是家父。"黛秋一字一泣血，李霄云再忍不住，双手抓住她的胳膊："好孩子，你是萧师兄的女儿，你果然是萧师兄的女儿！"

见两个人这般激动，贞实不自觉地后退一步。父亲在她眼里一直是处变不惊的沉稳样子，从不曾这样失态。

萧济川的冤枉，萧家的灭顶之灾，哪里是几句话能讲得明白？待黛秋将种种前事一一道出，夜已深沉，更鼓三响，贞实和衣与翠荷一同抱着汤婆子，睡在小炕上。

烛火摇曳，忽明忽暗，李霄云望着烛泪斑斑的残蜡，半晌方道："难怪你说父母不叫你学医，他们是盼你一世安稳。可是，丫头，你们萧家是什么样的人家？你父亲又是什么样的医者？"

"同学的师兄弟们往太医院挤破头，往军前效力却人人后退。萧师兄自请军前行医，他说'发恻隐之心，救含灵之苦，吾之志也'，他毕生所学唯愿治病救人。你方才问我，面对强人，为何不怕。我现下告诉你，是你父亲当年教我，医不可欺。"

"老爷！"黛秋泪如雨下。

李霄云笑道："我不是老爷，傻丫头，我是你叔叔。"想了想又道，"你们萧家虽没男孩子，可也不能到了你这一辈就断了传习，好孩子，你细细地，慢慢地想想，想妥了，自然知道该怎么称我。"

李霄云为黛秋掩严了被角，又拿了条半厚棉被给女儿和翠荷盖好。烛火终于燃尽，李霄云蹑手蹑脚地出了门。

黑暗中，黛秋悄悄摸出那面小小的铁镜，花纹古朴，握在手里不生凉意。那一晚母亲的话言犹在耳"秋儿，不许学医，安安生生地过这辈子……"可那真是母亲的心里话吗？

"岐黄之术习学轻易，精进实苦，非立宏志不能持守，秋儿虽是女孩家，却是咱们萧家的至贵至宝，教你读书习字原为明理，明理方能立志，等你长大了，明白自己心中所愿，学不学医，你心中便自有决定……"父亲的音容笑貌犹在眼前，黛秋抽了抽鼻子，一股淡淡的药香，是李霄云留下的，同父亲身上的味道一样。

李霄云缓步进了正房外屋，两三个上夜的婆子丫头皆已熟睡，只有小蓝桥头枕着胳膊伏案假寐，听见门响，猛地坐起，见李霄云进来，忙跳在地上，谁知坐得久了，双腿发麻，一个不稳，几乎跌倒。

李霄云伸手一把拉住，悄笑道："怎么不去睡？怪冷的天，这里没有咱们书房暖和，小心冻着。"

"我在等老爷。"蓝桥小声道。

"等我做什么？你看那些大的都睡去了。"李霄云伏身搓着蓝桥的小手，"不用你服侍，睡去吧。"

"老爷，我……"蓝桥抬头看向李霄云，"我不想在书房当差事。"

李霄云奇怪地看着蓝桥，合家上下都明白，李霄云把蓝桥留在书房，并不为使唤，蓝桥虽小，却极懂事，李霄云想不出这孩子的心思。

蓝桥抿一抿唇，郑重道："我想跟着门房的吴大伯一同看门，吴大伯身上有功夫。我想跟他学功夫。"

李霄云一愣，随即了然，他欣慰地拍拍蓝桥的瘦小的肩膀："你有了功夫就可以保护姐姐？"

蓝桥用力点头。李霄云伸手抱起蓝桥："好孩子，难为你有这样的心，不过老吴那两下子也不成呀。"李霄云说着，将蓝桥塞进炕头的棉被窝里，"你要真想学功夫，可要吃很多苦。"

"我不怕！"蓝桥坚定道。

李霄云刮着他的小鼻子，笑道："成，我看在你丈人爹的分上，帮你找个好师傅。"

蓝桥并没听懂李霄云的话，才要问，见他严肃了神色，道："快睡觉！"

次日，曹氏便命人另打扫房舍，布置得如贞实房里一般，本欲另拨个丫头服侍黛秋，又怕家里的丫头不知底里，小看了她，便命翠荷服侍。连蓝桥也搬到黛秋外间房里。

全家上下连同巩怀恩只是奇怪，却只有贞实生气，她不怪父母疼黛秋，可千不该，万不该，不该让她的丫头服侍别人。她喜欢翠荷的爽直性子，极对她的脾气。

　　翠荷虽也感激贞实待她的好，却远不及她能与黛秋日夜相伴的欢喜。彼时，曹氏仍看牢了黛秋，不叫她下地。翠荷一边做绣活，一边陪她说话解闷，还没说几句，只听贞实在院子里说话："哪里寻得你这样吃里爬外的丫头？我这一片心都喂了狗……"

　　又有丫头委屈的声音："不知是哪儿没做好，还请姑娘说明白了，我好改过。"

　　主仆的声音极清楚，像是故意说给人听，黛秋与翠荷不由相视而笑……

第 31 章
手无寸铁能救人命

鸡鸣三遍，天色已明。李家的下人忙着烧水倒脏桶，拾掇院子，准备主人家的晨洗。门房老吴打着哈欠走出房门，这哈欠打了一半，生生咽了回去。院子里，一个身穿半旧黑棉袄的男人脸色苍白，却双眼有神地看向门口。

"你……你是谁？"老吴没见过这个男人，吓得倒退两步。

男人有气无力地朝老吴抱拳拱手："在下老爷岭隋鹰！"

老吴几乎贴在门上："你……你……"

"你就是隋鹰？"一个清亮亮的声音从身后传来，隋鹰踉跄着回身看过去，却是一个身穿银红色绣蝶恋百花缎面长袄的姑娘正歪头看向他。姑娘圆圆一双乌眸似含了冬日里最暖的光亮。

贞实终于看见了"活土匪"，不似传闻那样可怖，他有浓得化不开的两道眉，一双眼睛如寒潭般深不见底。

"李家的大闺女？"隋鹰不由笑向贞实，"好个俊模样！"

贞实脸一红，扭头不看他。隋鹰微咳两声，疼得他直皱眉。

"你怎么把自己伤成这样？"贞实忍不住又问。

"刀头舔血，哪有不挨刀的？许我伤人，就许人伤我。"隋鹰不在意地道。

贞实睁大了眼睛，上上下下地打量着隋鹰，隋鹰也不由多看贞实两眼，不想两双眼睛对上，二人都有些不好意思。

"你是要离开么？"李霄云不知何时已立于正房门前。

隋鹰忙拱手道："多谢李神医仗义出手，他日结草衔环，定当报答。"

李霄云几步行至近前，先拉过女儿，才向隋鹰道："到底是年轻，身板子健壮，可你伤得重，该多养两天才是。"

隋鹰笑道："叨扰多日，已是感激不尽，岭上的兄弟不知我还活着，只怕再出什么乱子。李神医，咱们就此别过。"言毕便走，李霄云忙拦他。

"老爷岭虽不远，到底也在城外，你这身子骨如何走得？"李霄云说着，黛秋已从正房捧了细瓷药瓶递与李霄云，"这个是我家自制的红药，内服活血，最宜伤口愈合，你带上，我用骡车送你出城。"

隋鹰双手接过，才要道谢，只听李霄云道："还有一句话说与大当家。"

隋鹰恭恭敬敬地道："但请吩咐。"

"我知大当家不是十恶不赦之人。"李霄云直视隋鹰的眼睛，淡淡道，"石家兄弟作恶多端，我也早有耳闻，你凭一己之力，能为地方上除去这一害，虽于法不合，却着实算得上义匪。"

隋鹰"嘿嘿"笑两声："匪就是匪，歹就是歹，哪有什么义不义？我们刀头舐血地讨生活，谁还管什么义不义？"

"不是这话。"李霄云平白被打断，也不生气，可想来这样说道理，隋鹰断不会听，思量片刻，改口道，"方才大当家要报答我，不知用什么报答？"

隋鹰先是一愣，随即道："金银财宝，房舍人命，李神医尽管开口，这世上，有数目的恩情最容易还清。"

"我救大当家一条命值多少钱？为大当家得罪了全堡老少，这又值多少钱？"李霄云笑道。

隋鹰猜不出他要什么，只得静静听着，再不敢插话。"我要大当家从此以后，再不行恶事。"李霄云忽然收了笑意，正色道，"再不违国法，再不背伦常。"

隋鹰一愣，眉头不由皱成深深的"川"字，李霄云面不改色道："江湖英雄，一言九鼎，大当家方才言道，结草衔环也要报答我，不会这么快就忘了吧？"

贞实从李霄云身后探出半颗头，用手划着脸，道："咋？想说话不算数？不害臊！枉我替你……我们黛秋替你挨了打。"

隋鹰直直地盯着李霄云，他看上去也不过是文弱之人，若不知底细，只当他是个酸秀才，然而他站在晨曦之中，淡定从容，让人莫名地心生敬意，又扭头看向黛秋，小姑娘水葱一样的鲜嫩，额头上的绷带格外刺眼。

隋鹰双颊青筋暴起，只把槽牙咬得"咯咯"作响，然而不过一瞬，他双膝触地，直直跪在李霄云面前："先生救我大恩此生难报，既是先生所愿，我隋鹰指天发誓，此后不行恶事、不违国法、不背伦常，如有违背，人神共诛！"

李霄云伸手拉起他，向门房道："快去套车，好生送隋大当家！"

送走了隋鹰，李家父女俩转回院子，见黛秋仍站在院中一动不动。

"还站在这里做什么？"李霄云心疼地道，"快进屋，小心冻着。"

话音未落，黛秋已收敛衣裙，恭恭敬敬地跪下去，李霄云尚未说话，贞实倒被吓一跳："今儿什么日子？爹，怎么谁都拜你？"

李霄云心中了然，不由笑向黛秋："丫头，你可是想明白了？"

不想黛秋竟摇了摇头："我没想明白父亲故去前为什么不叫萧家人再行医，更想不明白母亲说的安安稳稳地活究竟是怎么个活法，所以我想像父亲、像李叔叔……不，像师傅一样，手无寸铁能救人命，能度人脱困，亦能导人向善，黛秋愿学'发恻隐之心，救含灵之苦'的本事。师傅在上，请受黛秋大礼。"说着，她一个头磕下去。

李霄云心头大喜，竟忘记拉起黛秋，先笑吩咐贞实："快，快去，告诉你娘，摆大席，请贵客，我要让全堡人都知道，萧黛秋是我李霄云的徒弟……"

过了年关，李霄云在医馆药铺后院单辟出一间宽敞的房舍，认真教导三个孩子医术药理。春日往药田里种药、识药，冬日又翻山过岭给猎户们看病送药。

黛秋习学勤勉，因嗅觉灵敏，能很快记得并分辨诸多药材，贞实不肯苦学，却胜在脑筋灵透，一点就通。反是怀恩悟性不高，需反复点拨。

大孩子们白日在医馆药铺学习，蓝桥这个小孩子便日日与堡中名师习武。多普勒神父开了间教会学堂，李霄云与黛秋和蓝桥商量过，将蓝桥送至多普勒那里学习。

翠荷倒成了家里的大丫头，家里大小事越发倚重她。加上黛秋又教翠荷识几个字，她也渐渐能写会算，曹氏干脆将内宅账册交由她打理，一年下来，竟一笔不错。

"浮沉者，阴阳之性也。呼出心与肺，吸入肾与肝，呼吸之间，脾受谷味也，其脉在中……"黛秋的字娟秀成体，默写《二十四脉》，竟无一错。

贞实咬着笔管望向窗外，彼时春暖花开。关外花期甚短，窗外满树桃花，灿若云霞，十分好看。

"苏叶三钱，生姜三钱，甘草二钱，茯苓三钱，半夏三钱，橘皮二钱，砂仁二钱，三碗水煎成一碗，热服。"怀恩看看脉案又看看自己开的这服"紫苏姜苓汤"，心中得意。

李霄云略看看，便唤黛秋和贞实："你们也看看这方子。"

"巩师兄入室多年，他开的方子定是不错的。"黛秋边说边细看。

贞实只瞥一眼，道："这都是现成的方子，几辈子人传下来的，师兄这一方用的是叶天士医案上的原方，还有什么说的呢？"

说话间，黛秋已看毕，又瞧瞧脉案，便不再言语。李霄云含笑向她道："黛秋，这方子有什么不妥？"

黛秋忙摇头："巩师兄这服紫苏姜苓汤并无错处，治伤风也是对症的。只是人各有异，方子再好，也要各脉各治，我见这脉案上写'劳倦过月，气弱加外感'，大凡风伤营卫，必先治表后治里，先清里而后和表恐不相宜，紫苏姜苓汤固然好，却不如当归建中汤更对这'气弱加外感'。"

李霄云欣喜地看向黛秋，生就的根苗，长成的树。黛秋并不比旁人聪明，只是自幼看多了父亲行医用药，虽然当时不通，可现下拿起医书，便融会贯通。

回想当年，自己也如怀恩一般什么都不懂，若不是萧济川时时提点，他李霄云怕也早弃了这一行。思及于此，李霄云看怀恩便更多一分慈爱，安慰道："怀恩，你很用功，我是知道的，慢慢来。"

怀恩低头不语，一个身穿蓝布小褂的学徒跑进来："先生，有人来问诊。"李霄云忙起身而去，他脚才迈出门，贞实就丢下书，长长伸了个懒腰。

黛秋反身欲坐回去接着默写，被贞实一把拉住："萧师妹才在我爹跟前露了脸，这会子还用什么功？"若论聪慧敏捷，贞实也着实算得上一等的聪明人，只是吃亏在不肯用功。

"师傅说今儿晚上考四源心经，二十四脉法。"黛秋含笑道，"师傅还特地说，师姐若再背不会，下回逛药市就不带你了。"

"我能背不会？"贞实挑一挑眉，从怀里掏出一小沓纸，上面密密麻麻蝇头小楷。

黛秋一惊："你是要……"

贞实伸手狠狠指了指她："你敢去告状，我……我就……"贞实想不到什么狠话，"我就去欺负文蓝桥！我爹若回来，就说我嫌这里闷，往后院背书去。"话音犹在，人已经跑出去了。

窗下，方才一言不发的怀恩停了笔，缓缓抬起头，眼角余光瞥向黛秋，片刻，又低头疾书……

第 32 章

是姐姐还是媳妇

铜铃声声，十来个年岁差不多的男孩子穿着制式校服走出教室，蓝桥走在他们中间，显得个子略高。多普勒神父立于走廊一侧，孩子们经过他时都礼貌地问好，蓝桥也不例外，不同的是他被多普勒拉住。

两个人沿甬道缓缓而行，操场上，男孩子们兴奋地追逐着一个足球。多普勒抬头看看晴朗的天色，良久方讲几句母语。蓝桥含笑道："默里克的《在春天》，之前的德文课上讲过，先生是想家了么？"

多普勒欣慰地笑笑，来这里学习的孩子，蓝桥的语言天分最好。"你的德文进步很快。你是一个既聪明又勤奋的孩子。"多普勒笑道，"教会每年有学生出国交流的名额，我帮你争取到一个，去柏林，我的老家，你想去吗？"

"要去多久？"蓝桥抬头问。

"像你这么大的孩子，可以在那里读十几年书，哦，对，费用方面不必担心，教会会负担。"

"那我不去了。"蓝桥毫不犹豫地摇头，"我不能离开我姐姐，她只有我，我也只有她。"

"这是个很难得的机会，你可以去看看外面的世界，可以学到更多这里学不到的东西，你知道，我们德意志是一个非常先进的国家。"多普勒强调着"先进"这两个字。

"我很想去看看，先生。"蓝桥一双大眼睛似蒙了一层薄薄的雾，真诚却不决绝，"这些日子的学习着实开阔眼界，我很想去看看那书中写到的地方。可在我心里，姐姐比任何梦想都重要！"

说话间，一道黑影闪过，蓝桥本能地抬手一挡，破旧的足球被他准准地挡开，男孩子们边向多普勒道歉，边拾球跑开了，蓝桥掸掸袖口，继续说："以前，都是姐姐照顾我，以后，我要好好保护她。"

庆云堡原就不大，学堂到李家不过半个时辰的路程。虽然李霄云一再吩咐家中小厮接送，可蓝桥还是坚持独来独往。行至果子铺，蓝桥停下脚，这家果子铺的驴打滚是黛秋最爱。蓝桥从口袋中摸出几个钱，买了两块。

巩怀恩不知何时已站在他身边，倒吓了蓝桥一跳。"怀恩少爷好。"他忙问好。

"哪儿还有少爷？如今你姐姐可是李家正经姑娘，师娘又极疼你，我可跟不上你们姐儿俩的脚踪。"不等蓝桥分辩，怀恩指着他手里油纸包，继续道，"又给你姐姐买果子？”怀恩搭了蓝桥的肩膀，“可是小郎君知道疼人。”

蓝桥不懂他说什么，转身要走，怀恩将他拉至身旁，悄声道：“着什么急？今儿我有空，带你往堡外耍耍去。”说着，拉起蓝桥就走。

蓝桥用力抽回手：“怀恩少爷，我要回家了，晚了怕姐姐着急。”

“你还怕她？”怀恩似不相信地打量着蓝桥。

“我怕姐姐担心，怀恩少爷，我要回去了。”蓝桥说着拔腿便走，怀恩高他一头，力气也比他大，揪着后衣领将他拎回来。

“少爷别开玩笑。”蓝桥挣开怀恩的手，正色道，“少爷好意，蓝桥知情，可是姐姐管教甚严，还请少爷体谅。”

“得了。”怀恩不耐烦地挥一挥手，不屑地道，“论说，你也是个习武的，也该有个爷们儿的样子，怎么反怕自家的婆娘？”

“你说啥？”蓝桥听不懂怀恩的话，“谁是婆娘？”

“呦，你还不知道？”怀恩一副难以置信的神色，忽然压低了声音，“我说的是萧黛秋，她根本就不是你姐姐，她是你爹娘活着的时候给你定的媳妇。”

“你胡说什么？”蓝桥一把揪起怀恩的衣领。谁知对方一点都不生气，反而笑嘻嘻地看向他。

“你想想，你姓文，她姓萧，原不是一家人，非亲非故，她怎么肯待你这样好？”怀恩假作恳切地道

“那是父辈们的交情。”蓝桥怒向怀恩。

“行，是交情，可你身上的铁镜子又怎么说？”怀恩振振有词，“你一面，萧黛秋一面，难道是让你们俩义结金兰？”

蓝桥一手摸了摸怀里的镜子，另一只手不由松了劲，怀恩趁机抽出衣襟，笑道：“我是好心告诉你，你若不信，大可以回家问问……你媳妇，看她怎么说？”怀恩言毕，唇角含了一丝不易察觉的冷笑转身离开，只留下愣在原地的蓝桥。

天将饭时，蓝桥还没回来。黛秋真有些急了，贞实打发家里下人往学堂里找去，回来答话说学堂早关了门。

贞实皱了眉，道：“他可往哪里去了呢？”

两个女孩子愁成一对，翠荷急得走来走去：“亏得太太去庙里还愿，不然还不知急成什么样。哎呀，别是被绑了票了吧！”

贞实冷笑一声：“隋鹰说，庆云堡的地界没人敢碰我们李家的人。”

黛秋意外地抬眼看向贞实，外间屋贞实的丫头回道：“太太回来了，叫开饭呢！”

三人皆是一惊，只得先往正屋问安，再见机行事。

谁知正屋堂前，曹氏拉着蓝桥说话，两只大手搓着他的一双小手：“大冷的天站在门口不进来，冻坏了可怎么好？我不过晚回来一时半刻，就把你急得这样。”

三人进门正见此情景，不禁面面相觑。蓝桥含笑道：“天冷，太太虽诚心，也该天暖了再去，不然有个什么意外，太太不舒坦，我们心里也难受。”

一语说得曹氏几乎落泪，她半生无子，不想老天爷偏送了蓝桥这个知冷知热的小人儿到她身边，不由搂在怀里："我的儿，难为你惦记，周嫂子，打明儿起，每晚添了锅子来，吃着暖和。蓝小子体弱，把前儿老爷带回来那块好皮料子加上等棉里子，做件皮袍给他穿。"

　　贞实挑挑眉，蓝桥自从拜师习武，这小半年足足长高了半头，人也壮实了，贞实想不出，母亲到底是怎样看出这小子身子弱的？

　　一时李霄云也回了家，众人围坐吃饭。因着药铺里看更的伙计告了假，怀恩替他看更，今晚便不回来。

　　曹氏不住地往蓝桥碗里夹肉，夹了两三筷子才察觉蓝桥一口未用，不由奇怪："蓝小子这是怎么了？"说话间伸手向蓝桥额上摸了摸，"别是着了凉。"

　　"没有的事，太太这样疼桥儿，桥儿不敢让太太担心。"蓝桥说完，大口大口地扒着碗里的饭。

　　"哎哟，慢些，肉多着呢，小心噎着。"曹氏欢喜地又朝蓝桥碗里夹一大块肉。

　　"爹，我是你上山收药，顺路捡回来的么？"贞实翻了翻眼睛，看向李霄云。

　　"说什么傻话？"李霄云笑道，"桥儿小，你娘难免多疼他，你们是姐姐，姐弟之间可不许生妒。"说话间，他又给两个女孩子夹菜。黛秋低头吃饭，偷眼看向蓝桥。

　　冬日里昼短夜长，院子里掌了灯。因着蓝桥夜里要读书，一对鹤衔灵芝的落地烛台，并几盏纱罩灯将房间照得通亮。蓝桥手里拿着多普勒送他的西洋钢笔，半晌却一个字未写。

　　"桥儿有心事。"黛秋声音很小，却还是惊了他一跳，眼见黛秋披着棉衣走来，与自己相对而坐，蓝桥心虚地低下头。

　　黛秋含笑道："你回来晚了，我同你贞儿姐姐、翠荷姐姐急得不行，你若真在门口等师娘，我们三四回地派人出去找，怎么会看不见？我猜，不过是碰巧遇见的。"

　　蓝桥仍旧低头不语，黛秋歪头看向他："桥儿有事是从不瞒姐姐的，是不是？"

　　"姐。"蓝桥缓缓抬起头道，"你……是我媳妇么？"

　　黛秋一惊，半张了嘴，说不出话。蓝桥摊开另一只手，那面小小的铁镜被他焐得温热："你有这个，我也有。你不是说，这是我们文家的东西。"

　　"那，那是长辈们交好。"黛秋有些结巴，"文叔叔送我的。"

　　"我姓文，你姓萧，你为什么愿意一直照顾我？"蓝桥追问。

　　"咱们两家是世交，又同遭了难，难道丢下你一个人不管吗？"黛秋掩饰道，"你看翠荷姐姐，与我们非亲非故，这一路若不是她，咱们俩只怕还到不了这里。这人呀，得论个'缘'字，望之亲近是眼缘，遇之心近是人缘，咱们都是有缘的人。"

　　蓝桥小小一张脸上终于露出笑意："我不管姐姐还是媳妇，我只要咱们俩在一起，永远不分开就好。"

　　黛秋长长舒一口气，笑道："姐姐也永远不与桥儿分开。别胡思乱想了，天也冷了，课业不忙就早歇着。"

见蓝桥重新低头疾书，黛秋心中惴惴，反身进了里间。翠荷知蓝桥有心事，一直扒在门帘边偷听，见黛秋进来，急急拉她到炕沿坐下，方小声道："好好的，他怎么问起这个？"

离了蓝桥，黛秋方面露慌张："可说呢，没来由的，这孩子怎么想到这事上？"

翠荷愁起来，道："这可如何是好？"

黛秋盯着桌子上那点点的油灯，半晌方道："要想个法子……"

第33章

姐姐的苦心

鸡鸣狗叫，起身洒扫。蓝桥练过拳脚，却还不见黛秋起身。今日佛诞，曹氏昨日就往城中小庵里斋戒跪经。昨日山上有急诊，李霄云也整夜未归。

蓝桥只当黛秋不必往上房送水送茶，多歇一会子也是好的，便自去洗漱，及至他换衣裳，周大娘招呼他早饭，才发觉事有不对，忙去看黛秋。

里间屋打扫停当，连炕上的被褥也叠放齐整，哪里还有黛秋的影子。"姐！"蓝桥立刻慌了神，转身跑到后院，一把抓住正往厅里摆饭的周大娘，"有没有看见我姐姐？"

"呦！"周大娘似才回过神来，"我说今天早上怎么像少点什么事，还没见秋姑娘呢。"

蓝桥忙又问："翠荷姐姐哪里去了？"

蓝桥问得急，周大娘也似感觉到不对："哎？这姐儿俩日日在眼前晃，今儿都去哪了？"

蓝桥跑向书房，人还没进去，声音先传进去："姐姐，你在……"一语未了，却见是翠荷呆坐在脚踏上，一言不发。

蓝桥几步上前："翠荷姐姐，你有没有看见我姐？"

见翠荷不理他，也不说话，蓝桥又问了两遍，忽然见她手上一纸信笺。蓝桥急急地抽出来，展开一看，果然是黛秋的字迹。

黛秋的信只有寥寥数笔，文萧两家同遭劫难，独剩下姐弟二人，她以未嫁女之身带幼弟过活已是不易，二人又非同姓，恐来日多生是非，惹人流言，于蓝桥，于自己都是无名之祸。为长远计，她决定离开李家，独自返回京城，并求李家收留蓝桥，抚养他长大成人，待他成年，再将姐姐的苦心告知与他。

"你姐姐走时让我将这信交给老爷，可我一想到她一个人走，我这心就……"翠荷的话还没说完，蓝桥早已丢下信笺跑出去。

这本是黛秋与翠荷合计好的，蓝桥见了信必然寻黛秋回来，苦苦认错，以后再不提前事。为不让人知道，特地挑了李家夫妇不在的日子。

可她们到底年岁小，做事不周密，翠荷让黛秋一直往南，奔尚阳堡走，这是他们来时的路，蓝桥定会朝这条路道。

谁知黛秋才一出城就迷路了，直到日上三竿，还不见蓝桥来寻她。又怕晚了，事情被贞实察觉，欲向回走，又怕迎面遇上蓝桥，被他看出端倪。

只得硬着头皮再往前走，越走越是荒野密林，黛秋再不敢向前，忽然一声长长的哨音，惊得林间百鸟四处奔逃。

那哨音一声响似一声，黛秋跟着李霄云上山收药材时，也听见过猎户们哨鹿，只是听不了这么真切。

有哨音必有猎户，黛秋定了定神，远近猎户没有不识得李霄云的，她可以向猎户打听路。心中转喜，便四处张望。

眼见尘烟暴起，一只雄鹿飞奔而来。许是受了那哨音的惊吓，慌不择路，竟朝黛秋直冲过来了。

黛秋惊在原地，两只脚一步也迈不出去。眼见事要不好，只听风中带了两声羽箭的破响，那鹿应声而倒，两支白羽箭正中鹿脖子，幸而梅花鹿体形不大，这雄鹿又未成年，方毙命箭下。

身后马蹄声疾，竟是蓝桥骑马赶来："姐！"说话间人已到了近前，蓝桥跳下马，死死拉住黛秋，"姐，你别丢下桥儿！"说话间，眼泪滚滚落下。

黛秋受了方才的惊吓，此刻一把将蓝桥抱在怀里。"姐，都是桥儿的错，我以后再也不敢说那些混账话，你别丢下桥儿！"

"傻孩子！你怎么……"黛秋差点问出"怎么才来？"忽觉不对，才收住话，"桥儿好好读书上进，姐姐再不离开你！"

两声清脆的哨响打断了姐弟俩抱头痛哭。他们这才发现，几匹快马正围着他们打转。"好俊的箭法！"领头的人嘴里叼着哨子，"没看出来呀，一个小娃娃有这样的准头和臂力。"

蓝桥将黛秋挡在身后，狠狠抹一把脸上的泪："你们差点伤了人！"

领头的人"嘿嘿"地笑："你家姑娘非要往我们趟子里跑，我有什么办法？再往前不远就是陷坑，她要掉坑里，咱们是不是还得赔你个小娘子？"

"哨鹿有哨鹿的规矩，你一不拉旗，二不搭围网，还差点伤了人命，我们不与你们计较已经是大人大量，你们别看我年岁小就糊弄我！"蓝桥面无惧色地看着众人。

"呦，小娃娃懂得不少，还有点胆子。"领头人朗声大笑，"行，鹿我干脆不要了，送你，可是小子，咱们缺个公的，不如……你跟我们上山，哥哥们带你吃香的，喝辣的，到时别说姐姐，妹妹也给你找几个……"

众人哄笑起来，蓝桥涨红了脸，才要上前，黛秋紧紧拉住他："桥儿，别理他们，咱们走！"

姐儿俩还没迈步，人已经被围在几匹马之中，正着急，忽听一个熟悉的声音传来："狗儿，不准欺负人，以前的日子再过不得了！"

众人闻声齐齐拨开马头，一个年轻的男人穿一身黑绸袄裤，坐在马上，立于正中。

黛秋抬眼一看，不是别人，正是隋鹰。隋鹰也正眯着眼睛看向她："我说是谁呢，原来是熟人。"

领头的狗儿此刻已乖乖地将马退至隋鹰身侧："大哥，这姑娘闯了咱们趟子，这小子射死了种鹿。"

隋鹰不在意地低头看看地上的鹿，忽然面上带了寒光，冷冷看向狗儿："别说他射死鹿，他就是射死你，老子都得补一箭。跟你说过多少回了？哨鹿的时候插旗，上围子，你自己不上心还怪人家！"

狗儿被说得不敢抬头。"别见怪哈。"隋鹰赔着笑，"都是粗人，不懂事，你们回去千万别跟李先生告状。"

眼见是隋鹰，黛秋的心也放下大半："大当家不计较，我们感激不尽，出来大半日，怕家里人惦记，这就带着幼弟回去了。"

姐弟二人说着要走，隋鹰忙上前拦道："哎哎，别着急呀，这可挨着老爷岭，回去的路不好走，也不太平，我送送你们。"

"这是老爷岭？"黛秋不敢相信，"我……我是要往尚阳堡……"

一语说得隋鹰和蓝桥都是一愣。"你从庆云堡出来，去尚阳堡必是走南门，能走到我们这儿，你走的该是北门吧？"隋鹰乐不可支，"姑娘，你连个东西南北还分不出，可不敢乱跑。"

蓝桥也忍着笑，扶黛秋上了马，姐弟二人共乘一骑。隋鹰与他们并骑。"大当家是忙人，不敢劳驾护送。"蓝桥瞥隋鹰一眼，不冷不热地道，"我可以带姐姐回去。"

"我闲人一个，哪有什么可忙的？"隋鹰嬉皮笑脸地道，"哎，对了，府上……贞大姑娘近来可好？"

"您前儿不是才派人往家里送桃花蜜么？"蓝桥故意道，"来人回去没跟您说，贞实姑娘课业忙得很，没空搭理旁人，连那蜂蜜都给我吃了。"

"你给吃了！你……"隋鹰才压下火，"好吃么？"

"还成，没有我姐姐酿的槐花蜜好吃。"蓝桥看也不看他。

隋鹰不觉难堪，反赔笑道："小子，我打听个事儿，你贞实姐姐平日里爱吃什么？爱穿什么？爱戴什么？爱用什么？你跟哥哥说说。"

"大当家有身份，不该跟桥儿称兄道弟。"蓝桥暗自翻了翻眼睛，脚上用力，那马小跑起来。

"不是，你这孩子……"隋鹰的话没能说完，"你慢点，我送你们回去……"

经了这一场风波，蓝桥再不敢提及"媳妇"的事，黛秋在他眼里即便不是亲姐姐，也是比血亲更重要的人。

庆云堡里来了戏班子，曹氏约了几家女眷去听戏，贞实拉着黛秋，怀恩带着蓝桥，家中老少皆出了门。

露天地围成的台子，人多嘈杂。贞实是第一个不怕人的，带着大家挤到最前面的几张条凳上坐了，与他们隔了条板凳的隋鹰悄悄探出头，朝他们这边张望，贞实只作不见，与母亲有说有笑地看着台上。

台上唱念做打，台下一片叫好声，京胡小锣好不热闹。那熟悉的锣鼓点让黛秋想起在家时，她也常随母亲去听戏，京城的戏园子，高堂雅座，这里虽比不上，却是另一种风情。心里想着，手上不由拉紧了蓝桥，原来他们已经离开京城很久了。

"吧嗒呛，呛台呛台呛……"

第 34 章

长风有信

"吧嗒呛，呛台呛台呛……"

民国三年，北平，华北大戏院。

台下座无虚席，二楼包厢里堂客们乱嚷着叫好，大把大把的金银首饰往台上扔。

台上的武生白盔白甲，四旗大靠背在身后，显得又威武又精神。今日压轴是《截江夺斗》，水牌子一出，票就售罄了。武生是福荣兴戏班的红伶，人称"金不换"的骆长风。

"骆老板，您辛苦。"戏院的陈经理点头哈腰地立于骆长风身侧。另一侧立着一位眉目含情的绝色姑娘。陈经理忍不住多看了两眼，姑娘却目不斜视，捧着手巾板儿递到骆长风面前。

她是骆长风的跟包丫头，传闻这姑娘娼门出身，骆长风给她赎了身，又赐了名，叫"红萼"。

骆长风从红萼手里接过巾帕，对着妆奁镜子细细地擦着脸："陈经理，您客气什么呀？有事儿您就说，我这儿可没空招呼了。"

"是这样。"陈经理搓着手道，"吕家二少爷托人带话，他想请您一同消夜。"

骆长风眼角都不抬一下，一点一点卸掉油彩，又细细地净面匀脸。镜子里，一张像极了骆麟的皮囊，唇红齿白，眉清目秀，举手投足自有一段风流。

红萼冷哼一声："陈经理，咱们的包契说话就到期了，若还想跟我们福荣兴合作，那您可得想明白些。"

陈经理红了脸，也不看红萼，倒向长风又凑近一步，低声道："我知骆老板是个清高的人，可人在屋檐下，不得不低头，吕家二少爷这样的人物，咱们谁也得罪不起，再说……您师傅已然跟我们园子签了包契，明年，你还得跟这儿挣饭吃不是？"

长风在镜中与陈经理目光相对，陈经理明明在赔笑，眸子里却是两道寒光。长风丢下手上的巾帕："红萼，收拾东西。"

"是。"红萼忙上前打点妆奁。长风从衣架上取了衣裳，转过屏风去换。

陈经理面露喜色，赔好话道："骆老板是个明白人，咱们同吃江湖饭，您多担待。"

"担待什么呀？"一个响亮的男声传进后台，门帘子一扬，一个身穿军服的公子快步走进来。他身高体长，生得白净，却是浓眉豹眼，那眼中的戾气皆掩于和善的笑容之中。

陈经理心中一凉，吕家是官，他惹不起，进来的这位爷他更惹不起。向来领兵的是大爷，这位贵公子姓南，他的父亲南山虎手握重兵。坊间虽一直有传闻，说幼子南江晚不过是南将军的私生子，亲妈没过门就死了，可私不私生那也是将军家的事，得罪了吕家的人，可能生意难做，得罪南家的人，命在不在都不好说。

南江晚笑着看向陈经理："你说给那个姓吕的，我不招他，叫他也别招骆老板。这半年我都要跟骆老板学戏，我们长风没工夫搭理什么阿猫阿狗。"

陈经理再不敢多说一句，忙答应着去了。南江晚自脱了斗篷，大大咧咧往太师椅上一靠："长风，你今儿的戏可是出彩了，竟把个赵子龙给演活了，我不管，这一出你得教我。"

长风转出屏风，已经是一身淡松烟色的长衫，暗一色丝线绣了折枝花暗纹，既不张扬，又显得贵气。红蕚取过同一色薄斗篷披在他身上："虽然已是春日里，夜里还是冷，穿戴严实些才好。"

长风只向南江晚道："压腿你嫌疼，喊嗓子你说起不来，还想学人家票戏，你让我怎么教你？"

"那我不管。"南江晚手里玩弄着军帽，"你必得教会我这出。"

长风嗤笑一声，再不理他。南江晚想了想，方起身道："哦对了，之前帮你约了关外的大园子去不成了。我今儿来就是告诉你这件事。"

长风扭头盯住他："不是都谈好了么？嫌咱们包银要得贵么？我可以降。"

"人吃马喂地跑那么远，他们还敢嫌贵？"南江晚挑一挑眉，没好气地道，"关外霍乱闹得厉害，你去了，要沾上一星半点的可怎么好？哎，你还没跟我说，做什么非往关外跑？"

红蕚收拾东西的手微微一滞，悄悄看一眼长风，只见长风一声不闻地看向穿衣镜中的自己。他是想去找她，分别时他以为不过三年，可一转眼六年了，大清国都没了，那个被冤流放的人怎么还不见回来？

长风默默不语，窗外风声阵阵，北平的风似整年整月地刮不够，早早地吹暖了地，吹开了花。然而，关外才是残雪消融的时节。

两个十八九岁的大姑娘呵着手，往院子里新垒的大灶里添柴，灶上一口大锅"咕嘟咕嘟"地煮着床单被面。贞实搓着通红的手指，她扎着围裙，略显少女的丰盈，仿佛初春将将绽放的桃花，让人望之似有香气扑鼻。相形之下，黛秋身形有些单薄，更像是梨花探雪，自有一脉轻盈。

庆云堡外，十几间破旧的土坯房被当成临时救治所。霍乱横行，从奉天省到辽沈道，人心惶惶，倒是庆云堡先建了临时救治处，各地才纷纷效仿。李霄云召集所有堡中医者，自筹药石，救治重症。

"快来人！快救命！"见天有人这样惊呼，黛秋和贞实已筋疲力尽，仍有三五张担架被十来个人抬进来。

二人皆已熟惯，忙引众人将担架抬至最西边一间大屋里。有大夫轮流在这里分诊，重症往最东边的屋子送，其他症候分送其他屋子。

李霄云简单检看几个病人的脸色，又翻翻眼睛，指着其中一人道："让家里人准备后事吧。"又转向另一个道，"拿长针！"

"不行！"有人一把攥住李霄云的胳膊，"凭什么不先救我兄弟？我看那小子是有进气没出气了，我兄弟还醒着，凭什么让我们准备后事！"

李霄云甩开那人，道："趁着明白，问问他还有什么话说。"说着，他转身又要察看其他人。

谁知那人竟抽出一把菜刀，直逼向李霄云："先救我兄弟！你们骗不了我，那小子是张家三少爷，所以你们才先救他。"

李霄云无暇理他，男人怒极："你算什么大夫？"说着就要上前劈刀。

黛秋、贞实疾步扑上前，四只手死死抓了那人的胳膊："不是我师傅不救，只是面青目白者死，面黑目白者不死，令弟是五脏已夺，阴阳俱绝之相，倒是张华有几分可救，难道救死不救生吗！"

"你胡说！你们就是见死不救！"那人甩开两个姑娘，举刀就砍，谁知那刀未落下，有人在他身后狠狠给了一棒子，男人应声而倒，他的兄弟一翻白眼，也断了气。

"大当家，大当家！"黛秋挡住还要再打的隋鹰，"救人要紧。"李霄云也不顾隋鹰抬人出去，只定心凝神，手捻长针，灸脐上十四壮，心厌下四寸，反复两次，张华忽然"哎哟"一声，缓过气来。

"快抬去重症房，烧栀子七枚，研末服用。"李霄云言毕再不多看一眼，又去看下一人。

贞实重重叹一口气，干脆解了围裙："爸，我累了，回家歇着，再看看娘！"说着，她拔腿就走。

"你回去也成。"李霄云似没听出女儿的泄气，倒出几粒丸药灌进病人嘴里，"顺便去铺子里，告诉怀恩，那甘草和白术快快切好送过来，那一批理中丸还要快快地包好送过来。再嘱他千万不能自行接诊，更不许给人开方子抓药。"

贞实一跺脚，飞快地跑了。黛秋来不及再托她看看蓝桥，转身向最后一个病人摸脉，半晌方觉脉象五动而一不止，竟是五脏俱废的死脉。黛秋松了手，腿一软，跌坐在地。

"秋丫头。"李霄云见她脸色难看，心知不好，再切脉片刻，重重一声叹息，半晌方抬头向那人的亲眷道："你们将人抬到隔壁安置，我着人送药给他。"亲眷们千恩万谢，抬走了人。

黛秋看向李霄云："师傅，《脉经》上那些一日死、二日死背起来容易，可真摸出死脉……我们行医，他们求医，可我们救不了他们。"

被抬走的病人至多有五日好活，黛秋切脉无误，她只是还不能看透这些生死大劫。"你也累了，先歇会儿。"李霄云强按她坐下。

"父亲在札记里写，'愿得一方世济，治病痛，乐生死。'我不懂，那是一张什么方子。"黛秋说着，抬头茫然地看向李霄云，似想从他脸上得到答案，"我们能求到吗?"

"傻丫头!"李霄云苦笑一声，"这张方子不是救所有人的命。"李霄云双颊下陷，整个人瘦了一圈，他拍拍黛秋的肩，"济川师兄求的是医者该有的济世之心，譬如方才那人，还有五日的磋磨，我们不能去其病，亦当去其痛。你明白么?"

黛秋看向李霄云，分明看见对方眼中的期望，她重重点头。"大夫，快救命，大夫……"李霄云和黛秋不约而同地起身……

第 35 章

鹿 茸

霍乱止于夏至，烈阳如火，似能烧尽人间所有灾厄。曹氏命人筹备一桌子好菜，算是庆贺家里人都平安无事。

此时，蓝桥穿着制式短袖长裤的校服，十三四岁的少年，声音变得沙哑，模样越发像他的父亲，眉宇间有武将世家才有的英气。

"姐，我散学时见好几拨人往咱们家送匾，说要谢谢咱老爷的救命之恩，怎么没见？"蓝桥帮着黛秋摆饭，尽管曹氏待他如亲子，一应吃穿比贞实还精细，可他还总是守着规矩称呼。

"师傅叫大家伙儿拿回去了。"黛秋手里端一大碗热汤，放在花梨木大圆桌上，"行医救人是医者的根本，有什么值得别人千恩万谢的呢？"

蓝桥看向黛秋，六年的光景，他的姐姐已经是大姑娘，因着天热，只穿一袭霁色绲边短布衫，同一色的长裤，一双黑布鞋没有半点绣花。"姐，我也想跟着老爷学本事，早点出来赚钱，买好看的衣裳给你。"蓝桥笑道。

"你姐缺什么我娘会管。"贞实的声音从厅外传来，姐儿俩回头见贞实亲昵地扶着曹氏走进来，"你不想着好好读书，净想些没用的，是我们亏待你姐姐了么？"

不等蓝桥说话，曹氏先狠捏一把女儿："你这张嘴呀，以后怎么嫁得出去？蓝小子是心疼黛秋，一片好心，让你说成什么了？"说话间，娘儿俩已走进来，曹氏丢开女儿的手，拉过蓝桥先坐，"别听你贞儿姐姐的，赶明儿把她嫁出去，我就把她的屋子收拾出来给你住，你也老大不小了，还住在你姐姐屋里也不便宜。"

贞实狠狠翻了个白眼，扭头向后进来的李霄云道："爹，我到底是你在哪个山头捡来的？要么你把我送回去吧。"说得众人都笑了。

怀恩跟在李霄云身后进来："若论性子，师妹竟像足了师娘，哪里是捡来的？"

一时开席，众人说起这几个月的辛苦，又死了那许多人，不由都唏嘘。贞实再不愿回想那时筋疲力尽又倍感无助的心境，忙把话岔开："爹，娘，明儿是咱们堡子的大集，放我们出去逛逛吧。"

"医病你嫌累，逛集倒不嫌累。"李霄云故意道。

"我嫌累不也出力了嘛。"贞实撒娇道，"爹不给工钱，还不放个假么？"

"前儿让你细读《肘后备急方》，讲明要将历朝历代的备注、校注、补阙一并看了，再拟两张方子来，你可都做完了？"李霄云放下碗筷，看向女儿。

"啊……那个……"贞实手伸到桌下，暗暗掐一下黛秋的腿。

"昨儿我见师姐已经写好了方子，一剂明目白龙散，治目生翳膜是正解，还有一剂……"黛秋不惯说谎，脸一红，便有些结巴。

"哎哟！"蓝桥忽然大叫一声，李霄云和曹氏忙看去，见他捂着手，竟是被热汤烫红了手背。

"你这孩子怎么这样不小心！"曹氏心疼地用帕子给蓝桥擦手，"周嫂子，快取冰帕子来！"

"太太别着急，我不碍的。"蓝桥说着，悄悄朝黛秋和贞实瞥一眼，二人不由松一口气。

"蓝小子明儿也不上学，要我说，老爷就叫孩子去逛逛。"曹氏笑劝道，"正好我前儿找了裁缝来家给蓝小子做衣裳，这孩子又长高了，我找了块好料子，想着给蓝小子做一身那个什么装，就洋和尚穿过的那个……"

"西装！"怀恩忙提醒。

"对，西装。"曹氏笑道，"人城里学生都有。"

李霄云才要答应，一眼看见怀恩低头不语，忙向曹氏使了个眼色，曹氏瞬间领会，忙笑道："再给怀恩做一身长衫，怀恩如今在铺子里跟着你师傅看诊，写方子，该穿得体面些。"

"让师娘惦记了！"怀恩笑应道。

"那明儿就都去。"曹氏边说边往孩子们碗里夹菜，"连翠荷，周嫂子，咱们都去。"

席上众人皆喜，唯有周大娘笑道："有翠丫头跟着太太十分妥当，家里也该有人照管。我老天拔地的，又做什么去？就留下照管屋子，也松泛一日倒好。"说着笑眼看向翠荷。

翠荷知周大娘是极力将自己往太太身边推，也感激地笑笑。一顿饭吃得皆大欢喜，孩子们才放筷子就忙着回房准备出门的东西，留下李家夫妇相对吃茶。

"孩子们都大了。"曹氏先开了口，"有些事也该张罗起来，前儿周嫂子悄悄跟我说，她们家老儿子也到了该说亲的年纪。我瞧着，翠荷那丫头，模样没的说，我最喜她做事爽利，又不扭捏，最是个热心快肠的好丫头。"

李霄云慢慢吃了口茶，方道："既这样，你好好说给翠荷，还要看人家姑娘的意思，也要跟秋丫头说一声，她们俩名义上是主仆，实则与亲姐妹不差。"

曹氏点头，又道："别人家的老爷都惦着，咱们家的……当初老爷和我都觉着怀恩这孩子也不错，他没有爹娘，咱们又对他有恩，成了亲必不会亏待咱们贞儿。"

"话是这样没错，可怀恩尚未出师，太早说这些事儿怕影响了他的课业。"李霄云犹豫道，"我看再晚两年不迟。"

"这是哪里的话？"曹氏有些着急，"难道怀恩一直不出师，咱们贞儿就要一直等？男孩子不怕晚，贞儿一个大闺女，可等不起，老爷要这么说，我可要另寻人家了。"

见曹氏生气，李霄云忙赔笑道："哪里就等成老姑娘了？你抽空也要问好贞儿的意思，别咱们白白在这里筹划，孩子那里又别有心思。"

曹氏方笑道："老爷放心，我自会料理。"

庆云堡的大集格外热闹，各色吃食玩意儿，兼有山里来的山货草药。黛秋一样一样看过去，竟瞧见草药摊子上有卖鹿茸。她端起细看，切面有隐隐红色，竟真是上等血片，再轻轻一嗅，不由眉头舒展几分。

彼时，蓝桥和怀恩被曹氏带进了裁缝铺，贞实早不知跑去哪里，唯有翠荷跟在黛秋身后。黛秋向摊主道："是新茸么？"

摊主是一个四十来岁，穿粗布短褂的男人，他摇了大蒲扇，笑道："今年的茸总要秋冬才炸得，这是去岁立冬炸的，上等官山梅花鹿的头茬茸。"

黛秋忍笑瞥一眼价牌，方开口道："若真是头茬梅花鹿茸倒也算便宜。"

摊主忙附和："可不是，我因家中有事，去不得营口，这东西要到了参茸行，那是翻着倍地往上涨。大姑娘，趁便宜，买些回去吧。"

黛秋忽然正色道："论理，来赶集的都是乡里乡亲，大叔实不该这样骗人！"

"你这姑娘，胡说什么！"摊主怒道。

"大叔既是卖药之人，当知这东西是给病人吃的，不可掺半分假。"黛秋道，"您这不是梅花鹿茸而是马鹿的茸，虽然马鹿的茸也有固本益元之功，可比梅花鹿的药性又差着一截。"

翠荷怒向摊主道："青天白日，你怎么敢在这里卖假药？"

翠荷的声音偏高，引得旁人侧目，摊主涨红了脸："凭什么说我卖假药？"

"血片难得，但梅花鹿茸气味微咸淡香，马鹿茸却有些腥膻。"黛秋端起瓷碟，"大叔你自己闻！"

摊主不自觉地动了动鼻子，可他什么都没闻到，这东西还不如他隔壁炸油果子的味儿大："我看你们两个分明是找碴儿的。"摊主说着，卷起袖子伸手就向黛秋抓来。

翠荷忙挡在黛秋前面。"哎哟！"摊主忽然大叫一声，胳膊肘被狠狠踢了一腿，又疼又麻。

蓝桥立于黛秋身前："不许你欺负我姐姐。"

"谁欺负谁？"摊主愤愤不平，"平白地找碴儿，我还做不做生意？"

"你卖假药还不让人说！"翠荷从蓝桥背后伸出头来。

"这怎么是假药？这么便宜的茸谁会计较是哪头鹿的？"摊主继续狡辩，"我要有那上等茸也是到参茸行去卖，难不成粉彩的碟子还卖出破茶缸的价？"

"这茸我们买了！"黛秋一语连摊主也停住了，"各药有各用，这茸虽不比梅花鹿的金贵，用在合适的地方，也是一味好药。"

第 36 章

贞实姑娘的秘密

且说黛秋、蓝桥和翠荷在集上转了一大圈，只不见贞实的影子。翠荷有些发急："贞儿姑娘去哪儿了？哎？别是遇见拍花子的被拐了去。"

蓝桥不信："真遇见，就贞儿姑娘那脾气，还不把拍花子的打死。"翠荷点头，深以为是，可市集就这么大，贞实能去哪儿呢？

突然，蓝桥将黛秋和翠荷一同挤进小胡同里。"蓝小子别胡闹！"翠荷先道。

见蓝桥做了一个噤声的手势，黛秋、翠荷随着蓝桥的目光，悄悄将头探出墙角。前面不远是庆云堡第一等的饭馆"永宝顺"，一年四季食客不断。

贞实的丫头就站在永宝顺的门口。这丫头是李霄云特意给女儿买的，贞实故意给她取名"翠兰"。兰为春，荷为夏，贞实就是要自己的丫头压翠荷一头。

"她在那里做什么？"翠荷看向黛秋姐弟俩，见蓝桥目光越过自己缓缓向上，忽然明白了什么，"贞儿姑娘在楼上？"

"集上人这么多，这丫头再没有离开姑娘的理。"黛秋悄声道，"师姐到底在做什么？"

"嘻，去看看不就知道了。"翠荷说着，拉黛秋就要走。

"人家那是在把风，你们俩赤眉白眼地过去，人没到，翠兰就先看到了。还不给贞儿姑娘通风报信？"蓝桥提醒道。

翠荷咬了咬唇，缓缓道："她……她不会是来见什么人吧？"

黛秋果断道："随我来！"说着，她拉起翠荷出了巷子，蓝桥犹豫一步，到底又跟去。

翠兰眼见黛秋和翠荷笑盈盈地朝她走来，吓得脸都白了，好容易挤出一点笑意，道："黛秋姑娘怎么逛到这里？"

黛秋笑道："你这丫头，好好的集不去逛，跑到这儿来发什么呆？哎？你们姑娘呢？"

"姑娘……她……"翠兰一紧张，忘记贞实教给她的话，思量半天，才道，"哦对，姑娘说她，不是，姑娘她去茅厕，让我在这里等她。"

翠荷忍笑道："集上人多，姑娘走到哪儿咱们都得跟着，蹭着一点半点可不是玩儿的。你快去找找吧。"

翠兰忙忙点头："我这就去，这就去……"嘴上说着，腿却不动。

"咱们也该回去了。"黛秋说着就走，翠荷忙跟上去，二人同行，悄悄对了个眼色，俱是想笑不敢笑。

翠兰抚着胸口，忙不迭地跑进了永宝顺。不过片刻，又同着贞实走出来。主仆二人匆匆离开，竟未发觉黛秋、翠荷和蓝桥藏身在小胡同里。

"你们快看！"翠荷狠狠摇着黛秋的胳膊，黛秋和蓝桥朝永宝顺的方向看过去。果然有熟人从店里出来，那人身高膀圆，因着天热，他只穿一件油绸短衫，走路带风，几步便消失在人群中。

"隋鹰！"三人低呼出声。

"贞儿姑娘是来见他！"翠荷不敢相信。

"别乱说！"黛秋厉声道，"许是赶巧都来了这里。咱们可千万不能……"黛秋也说不下去。

翠荷自知失言，红了脸，蓝桥解围道："咱们走吧！"三人皆是满怀心事，逛集的兴致全无。

一天的集逛下来，除了贞实，众人皆满载而归。黛秋买了鹿茸血片，虽是马鹿的茸，却着实能接济铺子里配药，李霄云看了茸片，又听翠荷学说买鹿茸的事，不由点头称赞。若放在往日，贞实定要说上几句风凉话，今日却心不在焉，似没听父亲夸奖黛秋。

博源堂成日门庭若市，一进铺子药香扑鼻，黑漆柜台上挂着木牌，上面写着"党参羊藿片""鹿胎膏""保胎童母丸"一些常用成药名。

里面一间静室，李霄云坐在一张红木高几前，黛秋、怀恩侍立一旁。有小学徒将病人一个一个送进来，井然有序。

李霄云每切一脉后，便让两个孩子再切一次，之后三人各写各方，病患只得李霄云的方子，李霄云看过两个孩子出的方子，偶尔会在上面勾画几笔。

晌午时，铺子里所有人同吃大锅饭，看诊伤神，李霄云便午休半个时辰，黛秋趁空将上午看过的病症写成脉案，又对照李霄云批改的方子一一誊录。

小学徒有歇盹的，也有贪玩的，见黛秋这样，便有一个机灵些的凑上来。黛秋半晌才发觉有人在看自己，抬头正对上小学徒圆圆一双眸子。黛秋笑道："你也会看方子？"

小学徒摇头："不会，我不识字，来铺子里学铡料、学做药。我娘说，学好了这些能当大柜。"

黛秋温和道："当大柜也要识字，你看咱们柜上的先生，哪个不识字？"

小学徒有些失望，蹲在地上道："可我家穷，全家没一个识字的，我就知道我娘在骗我，来这里是为了省我一个人的嚼裹儿。"

见他面露失望，黛秋忙道："朱元璋要过饭，当过和尚，还不是能当皇帝？你怎地这样丧气？"

学徒喜道："我能当大柜么？"

黛秋用力点头，学徒不好意思地低头搓着自己的衣角："那……姑娘能教我识字么?"

"你叫什么名字?"黛秋问道。

"二柱。"二柱不好意思地道,"我家姓陶,我哥叫大柱。"

黛秋扯过自己写的一张方子,在背面写下"陶二柱":"这是你的名字。"

二柱不敢相信地接过,小心翼翼地,不敢摸那三个字:"陶……二……柱!"念毕,他抬头笑向黛秋。

"以后每天中午,你来我这里领三个字,如何?"黛秋悄声道,"千万别声张,这件事只有你知,我知。"二柱兴奋得满脸通红,拼命点头。

铺子上板时,爷儿仨坐了大骡轿车回家。车上,李霄云又把这一天看过的最疑难的病症再给孩子们讲一遍,还没讲到用药,车便停了,怀恩麻利地先下了车,放下梯凳子,抬眼见蓝桥立在门口。

"不去做功课,且在这里贪玩。"怀恩故意训他一句。

待李霄云和黛秋下了车,蓝桥方迎上来:"老爷,太太和贞儿姑娘吵起来了,太太气得摔了茶盏,晌午饭都没吃。如今心口疼,在炕上躺了一下午,翠荷姐姐打发我在这里等,求老爷想法子劝和劝和。"

李霄云也不在意,女儿性子烈,曹氏眼里不揉沙子,娘儿两个时常叽咕几句,李霄云便在中间和泥,两边说好话。母女没有隔夜仇,转过天也就好了。

黛秋见蓝桥神色紧张,不似往常,便拉了他,低声道:"这回可又为着什么?"蓝桥瞥一眼怀恩,便低头不语,黛秋会意,扭头向李霄云,"师傅且去看师娘,我去看看师姐。"

"你也累了一天了,回房歇歇吧。"李霄云笑道,"她们娘儿俩该是前世的冤家,不是什么大事。"话音犹在,人已经进了门。怀恩也觉得蓝桥小题大做,不过是想在李霄云面前买好,冷笑一声也进了门。

待二人绕过影壁墙,黛秋才拉了蓝桥到一旁,悄声问:"到底何事?"

原来,白日里,曹氏打点下针线,往女儿屋里说话。

翠荷端茶上来伺候,正听见娘儿俩争执。听了半天,方明白过来,曹氏说的是贞实与怀恩的婚事。

谁知贞实说什么都不愿嫁怀恩,被曹氏追问得急了,干脆言明,她中意隋鹰,非隋鹰不嫁。曹氏气得砸了茶盏,娘儿两个吵了几句嘴,曹氏丢下狠话,想嫁土匪,除非从她的尸体上踏出门。

翠荷将前因后果告知黛秋,话未讲完,黛秋已大惊失色:"这……真的是隋鹰?"

蓝桥倒不在意,低声道:"怀恩少爷配不上贞儿姑娘。"

"小孩子家,别胡说!"翠荷轻嗔他一句。

蓝桥至今仍记得,当初是怀恩挑唆他叫黛秋"媳妇",贞实直爽性子,怀恩心思深沉,他们俩哪里相配?蓝桥捉摸不出大人们的想法。

"这种事,咱们知道也只能装作不知道,更别说劝。"翠荷愁道,"贞儿姑娘也是一时糊涂了，咱们这种正经人家的女儿嫁给土匪，李家还不成了全堡子的笑话？"

"自那年隋鹰跪了师傅，这几年总没听说他又做下什么恶事。"黛秋道，"他带人在老爷岭养鹿，上次霍乱，也是他带人去救治所帮忙。我冷眼瞧着，他是个讲义气、守承诺的人。若真是两情相悦……"

黛秋没说完话，嘴已经被翠荷捂住："说什么疯话？小心太太听见了罚你！"

第 37 章

闺阁夜话

接连两三日，贞实绝食绝水，闩了房门，谁也不让进去，急得翠兰淌眼抹泪。李霄云又怕妻子气出病来，欲劝劝女儿，贞实又死活不开门。

因怕怀恩多心，李霄云便打发他守铺子，有急重病人便来家寻他，其他病人暂不接诊。唯有蓝桥一如往常，日日往学堂里去，又跟着师傅学功夫。这日回家时，他却被隋鹰挡了路。虽然蓝桥素来不喜怀恩，但为着李霄云和曹氏对他的好，他也更不喜隋鹰。

"你想做什么？"蓝桥冷冷看着对方。隋鹰有些意外，他是出了名的土匪，眼前这个十二三岁的孩子竟不怕他。

"小兄弟，哥哥跟你打听个事，这几日怎么不见你家贞大姑娘出门？"隋鹰赔着笑。

蓝桥错身要走："主人家的事，我不知道。"

隋鹰抢先一步，又挡在蓝桥面前："看不出来，你还挺有脾气。"见蓝桥没有好脸色，隋鹰不得不赔笑，"小子，托你个大事，办成了，我们老爷岭知你的大情，以后有什么事，只要我们办得到，你只管开口。"

蓝桥不言语，只看着隋鹰，不着调的大人他见得多，眼前这位应该是最不着调的。

隋鹰从怀里抽出一个信封，递到蓝桥面前："托你把这个交给贞大姑娘。"

"不行。"蓝桥立刻回绝，"我姐说，私相授受，于理不合。"

"不是，你这孩子……"隋鹰强压心头火，道，"这位小爷，算我求你行么？贞大姑娘这些日子都没出家门，这不对呀，别是她有什么事儿了。我只是写封问安的信，并没有别的，不信你先看看。"

蓝桥犹豫着慢慢接过："先说好，我只能先给我姐，之后的事由我姐做主。"

"小祖宗，只要能把这信带进李家门儿就成。"隋鹰万分无奈。

蓝桥点点头，拔腿就走。看着男孩儿的背影，隋鹰的一脸嬉笑瞬间收起。自六年前，李家院里见了贞实，却像久别重逢的人。这一两年，贞实看向隋鹰的目光明显有了变化，那其中的情意不言自明。二人趁着赶集、灯会、串院子、听戏的工夫，眉目传情已非一两日。

那日在永宝顺楼上，隋鹰直向贞实说明了，只要姑娘点头，他三媒六聘地去李家提亲。贞实自幼从书本上看了那江湖侠义，每每心生向往，再见隋鹰，仿佛是书里的人活生生走出来。贞实本欲禀明父母，谁知父母早有意巩怀恩。

蓝桥拿出信，黛秋、翠荷皆吓了一跳。"这背地里传递消息，若被老爷太太知道了……"翠荷说不下去。

蓝桥撇撇嘴，道："我说不成，那个土匪非不让我走。再说我想着，贞儿姐姐已经几日不进食了，昨儿我看太太偷偷抹泪。姐，不如你用这信当个借口，去贞儿姐姐房里劝劝她。"

黛秋含笑，伸手轻抚蓝桥的头："咱们桥儿大长进了，心里竟有了盘算。等正房熄了灯，我便过去找师姐，总这么僵着也不是个法子。"

蓝桥自去外屋读书。黛秋才要放好信，翠荷拉住她："你也不看看信里写了什么？"

"这怎么看？"黛秋忙道，"让师姐知道，更恼了咱们。"

"你就不怕他们俩是相约私奔？"翠荷悄声道，"总要看看，不然真有什么事，咱们俩，还有蓝小子怎么交代？"

黛秋犹豫片刻，方抽出信笺，略略看几眼，不过是些寻常问好的话，心中不免疑惑："好容易传信进来，就几句问安的话？"

"那他还想说什么？"翠荷松了口气道，"假手于人，就知道会被人看到。既是平白的话，你就快送去吧，好好劝劝贞儿姑娘。"

夜幕四合，黛秋悄悄地敲了东厢的门。翠兰开门看到黛秋，有些惊讶："这么晚了，秋姑娘怎么来了？"

"贞儿姑娘呢？"黛秋问道。

翠兰朝里间努努嘴。黛秋悄笑道："你往我们屋里，给翠荷做个伴，我劝劝贞儿姑娘，若劝好了，你也不必愁了，可好不好？"

"真的？"翠兰双眼发亮，忙道，"多谢姑娘！"

哄走翠兰，黛秋向里间的门上轻拍几下："师姐，是我。"

"我娘叫你来说嘴的？你大可不必来烦我！"贞实没好气的声音从里间传出来。

黛秋轻笑道："师姐这几日食水不进，也不怕师傅、师娘担心，我送师姐一服宽心药，保管能解师姐的愁烦。"

"少拿好听的糊弄人！"贞实冷笑道。

"师姐既这么说。"黛秋缓声道，"这信呀，明儿让桥儿还给那个人，就说师姐不想看。"黛秋边说边走，没走两步，里屋的门已开了，贞实急道："什么信？谁的信？"

黛秋便转身自顾地先进了里间。贞实不依不饶地追着她道："什么信？你快说呀！"

黛秋慢条斯理地点了桌上的油灯："翠兰是个好丫头，看这罩子擦得多亮。"

贞实知道黛秋是故意的，深深吸一口气，也向桌旁坐了："要说什么快说，说完把信给我。"

黛秋双手递过隋鹰的信。隋鹰自幼在土匪窝里长大，能识得字已是不容易，因此字写得歪七扭八。贞实看一眼信封便知是他写的，一把抢过。

抽出信笺，不过寥寥几句问候，贞实将信合在胸口，那双倔强的眼睛隐隐有了泪光。黛秋看向油灯，半晌方开口道："我若说，师傅、师娘都是为着师姐好，师姐准不爱听。李家虽不大富，也是诗书传家，那隋鹰出身匪类，如何入了师姐的眼？"

贞实也看向那昏暗不明的油灯，思量片刻，方道："傻丫头，若知道便能避开，能放下便能松手。说句姑娘家不知羞的话，'情不知所起，一往而情深。'年幼时只觉戏里唱得好听，如今才知，一字一句，戳人肺腑。"

贞实低头轻轻摩挲着那薄薄的信笺，又道："我今年十九岁，我爹四十岁，堡子里最老的教塾先生快八十岁了。你说的一世那么长，那么远，之后会遇见什么谁说得清？若我能把后面的事全想清了再决定做或不做，那我也不必活这一世。你心里没有人，所以不知，待来日你心里有了人，你便会知，握了那人的手，这一世再长都觉得短，刀山火海，天崩地裂都不愿松开。"

黛秋听得入迷，她从没见过这样的贞实，仿佛她前十几年那不怕天，不怕地的性子就只是为了遇见那个人时的奋不顾身。来之前，黛秋在心里反复掂量的那许多话，此刻没有一句抵得过贞实的肺腑之言。

"师姐。"黛秋伸手握了贞实的手，"你是个好命的，爹娘在堂，他们疼着你，宠着你。虽然你与那人皆出真心，也听我一句，此事必得缓缓图之，不可操之过急。师娘身子弱，跟着你着急生气，万一弄出病来，这个家越发容不下你们俩的事了。"

贞实泰然一笑："你这个丫头，人不大，思量得倒多。来日你有了可心的人，自然懂我的心思。"

二人相视而笑，黛秋方又抽一抽鼻子，道："原想着师姐饿了这些日子，必是精神不济，谁知精神竟如此好，果然是那素心斋的点心顶饿。"

贞实被说得脸一红，也不再藏着，反笑道："大晚上的，你也该饿了，咱们……吃些消夜吧。"说着，她起身从柜子里端出两三样糕饼。

"门口就闻见了酥油的香味。"黛秋笑道，"这果子还是给你留着绝食用吧。"

待送走了黛秋，贞实急急地将里间的门闩牢，方行至桌前，抽出信笺，放在油灯上慢慢地烤。

隋鹰为哄她变过一个戏法，雪白一笺纸，经火加热，便有字显出来，岭子上用这个传递消息比过去的鸡毛信好用。贞实方才看信时，便猜到隋鹰是用了这个"戏法"。

果然，那信笺背面便有一小行红字，贞实细细读了，不由睁大了眼睛，片刻，她狠咬一咬唇，就着灯台燃了信，屋子被照亮了，随即又熄灭。突然的黑暗掩住了贞实脸上坚定的神情……

第 38 章

人情如戏

"杀人了！杀人了！"歇斯底里的叫喊声穿不透暮鼓晨钟的北平城，却着实打破了大宅院的宁静。这宅院曾是前清官员的宅邸，现下却住着福荣兴的一众弟子。正房三间是师傅的屋子，声音便从这屋子里传出来。

天不亮就起来练功夫的孩子们闻声聚拢而来，可到底不敢擅闯，只能干着急，骆长风缓缓行至他们身后，身后跟着红萼。

一个十二三岁的孩子突然冲出房门，惊慌失措地朝众人叫嚷："杀人了，杀人了……"略略年长的师兄大着胆子上前拉住他。

"大清早的，你乱嚷什么？惹恼了师傅又要挨打！"另一个师兄好心提醒，两个人合力狠狠摇晃师弟两下，似要摇醒那孩子 。

"师傅他……他……"孩子结结巴巴，然而众人已经顾不得他了，因为一个身穿雪白长衫的男人飘飘荡荡地从黑洞洞的门口里走出来。待他走至朝阳下，大家才看清，那白衫子上血红一片。

他目光呆滞，似没看见人，在黑暗中行得久了，朝阳都有些刺眼，他微微拧起眉，惨白的脸上竟露出一点笑意。他曾经那么得意，是福荣兴的大师兄，所有人都捧着他，北平城所有的漂亮姑娘都恨不能追着他跑。他叫徐钰坤，没人叫他的名字，他的戏迷都叫他金麒麟。

"哐"的一声，染血的匕首落地。

"大师兄！"一个弟子先上前一步，"你……你怎么了？"

方才冲出门的孩子哆哆嗦嗦地指着徐钰坤："是他，是他杀了师傅！"一语惊得众人连连倒退。

红萼悄推身边一个弟子："还不去报官！"弟子如梦初醒地跑走了。

长风越众向前，几步行至徐钰坤身边，不经意地踢开匕首，才道："大师兄，您……您这是为什么呀？师傅他……"

徐钰坤忽然缓过神来，朝着长风"嘿嘿"地笑两声，他用沾满血的手紧紧握了长风的手："好兄弟，这些年是我错恨了你，咱们师兄弟有今生没来世，如今你是大角，咱们班子，这些兄弟的生计就全凭你费心照应。"徐钰坤的声音嘶哑，像是从沙漠里逃出来的人。

长风看向徐钰坤："师兄，您……您这是何苦？"

徐钰坤惨笑道："我万万不敢想，当初给我下毒的人竟是他。我视他如父，他视我如棋……"徐钰坤说不下去，只是"嘿嘿"地笑个不停。

金麒麟的名号在北平城也是红极一时，长风刚在台上跑龙套的时候，徐钰坤一个月的包银能买座大宅子。与长风半路从艺不同，徐钰坤自幼跟随徐班主学艺，亲如父子。

长风入戏班虽是半路从艺，却也是自幼跟着好师傅学的真功夫，他形象飘逸，风格自成，是班子里从艺最短，上台最早的弟子。

长风压轴演出那年，徐钰坤的嗓子突然坏了，无论请多少名医，吃多少苦药，毫无用处，连说话也像风刮过玻璃，听着无比刺耳。他一直以为，是长风妒他大轴，才使这下作手段。

警察局派人来抬走了徐筱童的尸体，徒弟们哀哀哭泣，再见徐钰坤被拉走，几个小的再忍耐不住，"哇哇"地哭起来。

长风拉着他们的手："别难过，咱们不散，福荣兴便不散，福荣兴不散，咱们便永远有家。"

"长风，群龙无首便如散沙，这个班子必得你来担当。"班中教习樊晓风拉住他。

长风忙推辞："师叔，万不能这样，我来得晚，怎么挑得起班子？这可是大家伙儿的活路，万一被我砸了……"

"没有万一！"樊晓风斩钉截铁，"不是我说恭维的话，现下你一个月的包银也足够大家一年的嚼裹儿，说你养着咱们班子实不为过，长风，你得带着咱们吃饭呀！"说着，樊晓风向后退一步，抱拳躬身，"骆班主！"

师叔尚且如此，其他师兄弟忙也跟着行礼："给骆班主见礼！"

"别别，大家别这样！"长风忙拦，红萼却笑盈盈地挡下他的胳膊。

"爷，这时再推辞就不是自谦，而是不肯为大家伙儿操心了。"红萼也躬身一礼，"还请爷担了大家伙的托付，带着咱们讨江湖。"

被红萼这样一说，长风再不能推辞，忙向众人躬身一礼："长风定殚精竭虑，不负所托。"

众人皆大欢喜，唯有红萼悄悄起身，长长舒一口气。

太阳升起，院子里便又响起咿咿呀呀吊嗓子的声音，班主的正房被打扫一新，请了一众僧道做超度法事。

红萼忙着给长风收拾东西，等过了这个月，长风便要搬到正房上屋住。"那房里通透，比这屋子不知强多少倍。"红萼手里忙着，嘴里也不闲着，"整个院子都是用爷赚的钱赁的，给爷住这破屋子，真是黑心。"话音未落被人狠狠一掌劈面打下来，只打得她眼冒金星，一个趔趄，栽到炕上。

只见长风双眼冒火地看向她："是不是你告诉徐师兄的？这事过去二三年了，你又翻腾出来做什么？"

红萼泪水盈眶，她本就肤白胜雪，这一巴掌五个红红的指印齐齐肿在脸上。

"师傅做得是不对，可大师兄已经不能唱戏了，你这么做，岂不是让他白白送死？"长风怒道。

红萼缓缓起身，双膝一软，贴着长风的长衫直直跪下："爷虽这么想，可若换作红萼，我宁可死得明白，也不要糊涂地活着。爷以为当初那徐老头为什么毒哑了大师兄？他是在杀鸡儆猴，那时爷才成角儿，他是想立个榜样，爷顺他，自然千好万好，若有一日不顺，金麒麟都能折在他手里，何况'金不换'？"

"这一二年，老班主又何尝不是处处防着爷？"红萼苦笑道，"拿着爷的包银，喝着爷的血，还想摆弄爷。爷吃了多少暗亏，那个姓吕的无赖可不是他带到后台的？如今他没了，爷可以按自己的心意活着，想怎么着，就怎么着，不好么？"

长风直直盯着红萼，半晌说不出话，忽听院子里传来熟悉的声音："长风，长风！"话音还在，南江晚人已经挑帘子进了门，见这情景，知道长风气恼，进又不是，退又不是，少不得赔着笑脸："好好的，又磋磨人家丫头，你看红萼不好，就给了我。"

南江晚扶起红萼，又道："好丫头，甭理他，把你们的好茶端一碗来给我压惊，大清早就听人来报你们班中出事，惊得我从床上跳起来，险些闪了腰。"说着，他向红萼使眼色，红萼忙退了下去。

南江晚压低了声音道："你大师兄怎么现在想起动手了？"长风顿觉他话里有话，抬眼直盯着他。

南江晚笑道："你别这么看着我，这里可没我。虽然吧，我是想着用个什么招把你师傅治了，可我也不能要他的命。徐老班主一把年纪，无妻无房，没儿没女，养了个徒弟，结果了他。"

"你是不是知道什么？"长风打量着嬉皮笑脸的南江晚，忽然明白了什么，"你也知道我师傅给大师兄下毒的事？你……你是怎么知道的？"

眼见事情瞒不住，南江晚索性知无不言："你师傅打小把你大师兄养大，他哪会那么狠心，下毒，毒哑了自己的爱徒？那药……是金麒麟亲手准备的。"

长风惊得睁大了眼睛："你胡说什么？"

南江晚缓缓道："当年徐钰坤装病撂挑子，本来是想跟你师傅叫叫板，谁知你顶上去了，让福荣兴在北平叫了座。那药是徐钰坤买来毒你的，被红萼看见了，告诉了你师傅，临场撂戏本来就犯了行规，他再毁了你，可就是毁了福荣兴。戏班是你师傅的心血，哪能容他这么糟蹋？半生待他如亲子，没想到他能做得这样绝，你师傅就一不做二不休……"

见长风脸上变了颜色，南江晚伸手拍了拍他的肩："红萼不叫我告诉你，她怕你伤心。可我想着，你伤心也不能伤了人家红萼。"

长风跌坐在床上，半晌无语。南江晚赔着小心，察言观色道："老徐捧新忘旧也太薄情，小徐背信弃义，实属多行不义，为他们伤心，不值当的。福荣兴如今你当家主事，再没人拦着你去关外唱了，我陪你走一趟，权当去散心。"

长风仍不语，南江晚却知他心意，欢快地挑了帘子："来人，去给我订票，我要去关外。"

第 39 章

世间最美好的是两情相悦

"周大娘，这个烫，我给你吹吹。"翠荷端着一碗药，小心地吹几口。周大娘倚着几个枕头，虽然病容憔悴却依然含笑看向翠荷，又看看地上站着的黛秋。

"人老了，也不中用了。"周大娘有些感慨，"我是哪世里积了福？一个下人得你们姐儿俩这么照顾。"

"大娘说的哪里话。"黛秋赔笑道，"我和翠荷姐姐自来了这里，就是大娘看顾着，如今大娘身体不爽快，我们俩服侍也是应当的。师傅叫我跟大娘说，不过是一时的疾痛，喝了药，好好躺几日便好了，可不许又偷下炕干活去。"

翠荷将药递给周大娘，忙附和道："太太也吩咐了，叫我这几日只照顾大娘。"

翠荷今年整二十岁了，出落得人品模样俱佳，她性子爽利，干活得用，曹氏越发倚重她。家里男人少，女人多，周大娘每日起更时，带人前后院的巡查一遍，嘱咐各屋丫头下人小心火烛，再看看仓房料库门锁严谨也就罢了。

如今周大娘病卧在床，翠荷亲自照料，黛秋便向曹氏领了这差事。起更后，蓝桥便陪着黛秋巡夜，十三岁的蓝桥几乎与黛秋一般高，他一手提灯，一手仍像幼年时拉着黛秋的手，不同的是，幼年时，他拉黛秋是怕自己摔倒，而现下，他生怕路面不清，绊了姐姐。

月华如水，灯火荧荧，蓝桥看向黛秋，是从什么时候开始，他的姐姐再不是那个泪水盈盈，悲悲切切的贵家小姐？眼前这样子，倒有几分像曹氏，像杜氏，像……蓝桥忽然一怔，他竟然想不起母亲的样子。

被蓝桥盯得不自在，黛秋才要再说些什么，忽然眼前一黑，是蓝桥吹熄了灯笼，用力将她拉进仓房山墙的暗处。

黛秋才要嗔他淘气，忽闻低低的泣声，听着像个女孩子的声音。不知是家里哪个女孩子白日里受了委屈，跑到这苦哭。黛秋松一口气，便要起身去看，蓝桥却死死拦住她。

"你……你别哭。"是男人的声音，黛秋惊得睁大眼睛，张大了嘴。

若是李家的下人丫头在这里私会外男绝非小事，真闹起来，李家的脸面、名声怕是都受损，这些还不打紧，贞实还待字闺中，若什么风言风语夹着李家，她如何出阁？

"我也知我过去那些错事。"男声浑厚，"现如今我必要带着兄弟们做一番事业回来，不然怎么好见你爹娘。三年五年，十年八年，也说不得，你个姑娘家，若等不得……也罢了。"

"你少糊弄鬼!"女人的声音立刻停了抽泣,声音不自觉地高一度,忽觉不对,又压低声音道,"三年五年,十年八年,你还能记得我?敢是让我在这里傻等,你在外面逍遥快活!"

"那你要怎么样?如今你娘单听我的名都要气得上吊,我要真来提亲,才是要生生气死她。"男人声音发急。

更急的是黛秋,那声音分明是贞实和隋鹰。后院私会,这是戏折子里才有的。黛秋将嘴捂得更严,一动不敢动,生怕惊动两个人。

"你带几个兄弟走?"贞实冷声问。

"趟子里的壮实人都带走,老的、小的、女的,我都发了大洋,让他们自去讨生活。"隋鹰实话实说。他正坐在后院墙头上。为了防贼,后院墙修建得颇高,他有功夫在身,爬得上去也不奇怪,只不知他使了什么法子,将贞实也带上去,二人并肩而坐,天黑月不明,若不出声音,再无人能察觉那高高的墙头上坐着两个人。

"我带了地契来。那鹿趟就当是定礼,给你!"隋鹰说着从怀里掏出地契,"你要接了,咱们俩这事就……定了。大丈夫一言九鼎,我必回来娶你!"

"你要死在外头呢?"贞实恨恨地道,"我在这儿傻等,你连骨头渣都找不到,怎么办?"

隋鹰咂巴咂巴嘴,缓过这口气才道:"我说李家姑娘,咱们不说眼前,你就算不答应,咱也有好几年相识的情分,你就不能盼我点好?"

"这兵荒马乱的,你还要出去闯,哪还有个好?"贞实不屑地道。

"我是一个土匪,你们李家是庆云堡的头面人家,不闯出个名堂,我怎么迎娶李家的女儿?"隋鹰无奈地道。

"那我陪你闯。"贞实声音平平,却惊得隋鹰几乎从墙头跌下。

"你说啥?不是……你要干啥?"隋鹰前二十几年长在土匪窝里,头十来年就给一众"恶人"当祖宗,多少大风大浪都经过,没想到被个小丫头吓着了。

月影点点,贞实扭头看着隋鹰,人就在身边,却看不清鼻子眼睛,不由好笑:"以后,我当大当家,你得听我的,赚了大钱得交给我,有个磕碰我给你治,真死了……我给你埋。"

"你个姑娘家……你别说玩笑话。"隋鹰想看清贞实的脸,他更想看清她是怎么想的。

"你答不答应?"贞实问。

"什么我就答应?"隋鹰的脑子已经跟不上嘴。

"我当老爷岭的大当家。"贞实一字一句说得清楚明白,"以后,你,你手下的人都得听我的。"

"行!"隋鹰再不多想,"可在兄弟们面前,我叫你大当家有点跌面儿,这么着,当着他们,我叫你掌柜的,你叫我当家的,他们还得听我的,我啥都听你的。"

贞实笑出声："行！"

"不行！"黛秋终于忍不住，从角落里冲出来，有心高声，又怕惊了前院，只能低声道，"桥儿掌灯，师姐你快下来，这事让师傅、师娘知道，可不是玩的。"

隋鹰不慌不忙攀住墙头，身子直直垂下来，稳稳落在地上。蓝桥一手提了灯笼，一手拦在黛秋前面，怒视着隋鹰。

谁知隋鹰竟沿着墙边摸出一架软梯，他用力绷住梯子，贞实方一步一步爬下来。她爬得又快又稳，熟惯了的样子。

"你……你也太实心了。"贞实没好气地看着黛秋，"我娘托你巡夜，你巡到这里来做什么？这破仓房有什么正经物件？"

黛秋拨开蓝桥的胳膊，一步上前拉住贞实："师姐，你疯了？夜会外男，若让别人知道……"

"什么叫外男？"隋鹰不高兴地拦下她的话，"回头我就是你姐夫，你当小姨子的说话客气些。"

"你也尊重些！"蓝桥站在亮光之外，略带嘶哑的声音在夜里听来沉沉如磨。

隋鹰一笑："小子，说起来还要多谢你，要不是你帮我传递信息，我哪儿能约你贞实姐姐来这里？"

第 40 章

实心人不易得

黛秋与蓝桥怎么都想不到，他们防来防去，到底还是成全了贞实和隋鹰。只是他们那信上到底有什么暗记，姐儿俩都想不明白。

贞实也没想到，她与隋鹰这样隐秘的约会竟也被这对实心肠的姐弟撞破，面上有些讪讪，嘴里却不软。她一把握了隋鹰的手："我们俩定要是在一起的，爹娘同意也好，不同意也好，他们是拦不住的。"

黛秋急得几乎落泪："师姐，你别傻了，无凭无媒，这算什么？"

贞实不服气地道："我这辈子是定要跟隋鹰在一起的，天地为凭，日月为媒，我堂堂正正地嫁给她。"

"那也得回明师傅、师娘。"黛秋急地道。

贞实自嘲一笑："那我这辈子怕都见不到隋鹰了。"

"你们姐儿俩先别在这吵。"隋鹰生怕惊动了人，拦道，"时间也这么晚了，都早歇着吧。"说着，转向贞实道，"你也别着急，娶你这件事，我这里是定了的，待我……"

"待什么待？"贞实瞪他一眼，"这丫头比我还孝顺我爹，那小子是我娘的心头肉，他们俩必要跟我爹娘回明的，到时你是拿着排枪来抢我？还是打算在我们家门口跪死？你今儿丢下，此后就再别想见到我！"

"师姐，不管怎么说，咱们先回房，总能想到法子。"黛秋劝道。

贞实咬一咬牙，道："黛秋，打从我爹收你为徒，又时时夸你有慧根，我心里是不服的。咱们俩都有家学，你死啃书本，我自认聪明过你，凭什么爹只说你好？现如今我才知道，学医，你比我执着，我可以为了隋鹰舍弃医道。到底还是你赢了。"

"师姐，现下不是说这些的时候，你……"黛秋话没说完，就被贞实打断。

"以后家里，铺子里，还有我爹娘，你多照应。"暗夜掩住了贞实眼中盈盈的泪光，黛秋闻言顿感心惊，"叫我娘别恨我。"贞实说着，从隋鹰怀里掏出那鹿趟的地契，硬生生塞进黛秋手里，"跟我娘说，我接了隋鹰的定礼，此后生死都跟着他。"

"师姐！"黛秋不敢相信，"你是要……"

"我要跟他走。"贞实语气平静，隋鹰却被吓了一跳。

"啥？"隋鹰的声音不由自主地提高。

"你敢不敢带我走？"贞实看都不看隋鹰。

"不是，咱们……"隋鹰有些蒙。

"你说过什么都听我的。"贞实继续道。

"对！我什么都听你的！"隋鹰语气坚定。

"那你带我走，我跟你一起闯。"贞实的目光始终盯着黛秋。

"那……走，掌柜的！"隋鹰毫不迟疑，拉起贞实转身就走。

"师姐！"黛秋几步拦在贞实前面，蓝桥不懂大人的事，却生怕黛秋吃亏，也跟了上去，黛秋道，"师姐再往前走，我就喊人了，这样的大事，我担不起，不如让师傅、师娘来做主。"

"那你就是逼着我去死。"贞实声音清淡。

蓝桥扶住黛秋道："姐，看门的吴大伯常说，'天要下雨，娘要嫁人'，神仙都拦不住的事，要不，咱们只当没见着贞儿姐姐。"

隋鹰"嘿嘿"一笑："小子，上道！"

黛秋用力甩开蓝桥，看都不看隋鹰："师姐，你就这么走了，这个家你还回么？"

贞实终不能假作铁石心肠，红了眼圈，强忍了泪，道："黛秋，我陪着隋鹰混出个人样来就回来，你唤了我爹娘来，他们自是能拉回我的人去，可这男人能带走我的命。"贞实闭了嘴，借着灯笼的光亮，直直地盯着黛秋。

黛秋也怔怔地看着贞实，她们曾同屋同住，也同窗同读，可她至今才看懂这个姑娘，任意随性，自由自在也需莫大的勇气，十九岁的李贞实有这份勇气，便生生高出旁人一截。

"桥儿，我们回吧。"黛秋缓缓向回走，与贞实擦肩而过时，终忍不住放缓了脚步，道，"父母尚在，家仍是根，还望师姐早成大事，衣锦还乡！"声音悠悠，人已经渐渐掩于暗夜之中，蓝桥也不管贞实和隋鹰怎样逃出后院，几步追上去，仍拉了黛秋的手……

翌日早饭时，李家夫妇总算从黛秋口中得了这个信儿，一切果如黛秋所料，曹氏闻得消息，狠狠一巴掌劈面打在她脸上。

她不敢相信地颤抖着手指向黛秋："你……你们如何敢放她走？一个清清白白的女儿家，就这么跟着土匪跑了，这……这不是毁了她么。"说着抬手又要打。

蓝桥一步挡在黛秋前面，李霄云也拉住曹氏的手："贞儿那丫头是个什么脾气，你还不知么？秋丫头哪里拦得住？"

"这可毁喽！"曹氏哭着一屁股跌坐在炕上。黛秋郑重地跪下，蓝桥不知其意，也跟着跪下。

"师傅，师娘，是黛秋不好。"黛秋平静地抽出地契，放在炕沿上，"但隋鹰肯拿全部身家为聘，对师姐是实了心的。实心之人不易得，师姐跟着这样的人，纵有一时不顺遂，那心里也是得意的。"

不等曹氏再说什么，李霄云先扶起黛秋："好丫头，你师娘一时气急，不是你的错，你别放在心上。"说着又命桥儿，"快扶你姐姐回房里歇着，你们两个小人家必是彻夜不眠地惦记着这件事，都去补个觉。"李霄云忽然停了口，沉吟片刻，道，"桥儿，去寻了怀恩，让他往书房等我说话。"

待姐儿俩离了正房，李霄云方沉了脸色，向曹氏道："再怎么样，你也不能打秋丫头，这并不干人家的事，自家的瓜长弯了，难道还能怪别家的瓜长得直溜？"

曹氏才掩了眼泪，一听这话，又伤心又生气："老爷说的什么话？谁家的瓜不直溜？我的贞儿是个好丫头，都是那姓隋的……"曹氏忽想起什么，怨气更甚，含了恨地道，"都是老爷！好好的救那天杀的土匪回来做什么？他就是一只狼，白白地叼走了咱们的小羊。"

李霄云反被气笑了："贞儿是小羊？小老虎还差不多。贞儿的性子随你，必吃不了亏。"

"谁知道她随谁？"曹氏咬着牙，"怀恩那里可怎么好？"曹氏未愁完一事，又想起一事。

李霄云见曹氏一脸愁容，心疼道："你不必担心，我同他说去，也必寻一房好媳妇给他。"

庆云堡的地界太小，李家一个十八九的大姑娘，说不见就不见了，没几天的工夫，整个堡子的人都知道了。因为得了主人家的命令，李家的下人都不许提起李贞实，他们也实不知那个爱说爱笑的丫头去了哪里。

转眼立冬，李家门里便又出了一件奇事。曹氏收翠荷为义女，三书六礼，风风光光地将她嫁给周大娘的儿子周荣成。

周荣成弱冠之年，虽然父母都是李家的下人，可他却是一天粗活也没做过，自幼苦读，颇有才气，如今在开原城公署里当着差事，十分得意。按说，他与翠荷是不相配的，谁知曹氏安排他二人相看那日，周荣成却一眼看上了翠荷，模样人品大出他意料之外。翠荷也不敢想周荣成这个"官老爷"能看上自己，二人皆如意，婚事便定下来。

主仆一场，曹氏送翠荷一份体面的嫁妆，又再三命她成亲之后，再不许来李家服侍，得空来串门说闲话倒使得，要有少奶奶的体统。

送亲那日，蓝桥亲背了顶着大红盖头的翠荷上花轿，爆竹声声，跟在后面的黛秋有些恍惚。与翠荷初见仿佛就在昨日，她替黛秋背母北上……

那个明明陌路，却肯出手相助的翠荷，那个识字不多，却有一腔侠义的翠荷，那个在乱世中护她姐弟周全的翠荷……

她这般人物品格配有一世的安稳，黛秋眼中不觉盈了泪，谁知前面的翠荷似想到什么，重重拍拍蓝桥的肩，蓝桥会意停下，翠荷扭头掀起盖头一角，正看见黛秋掩泪。

"哭啥？"翠荷的眼角分明也有泪，却依然笑得直爽，"跟你说一声，我爹姓孙，我娘姓苗，打今儿以后，我叫苗翠荷。"

黛秋忍泪点头，翠荷又指着蓝桥的背，轻声道："这个错不了，要不，你再想想。"黛秋不想，翠荷会在这节骨眼上说这个，"噗"地笑出声来。翠荷也笑了，松了掀盖头的手，搭在蓝桥肩上，蓝桥会意，背着她快步出门……

第 41 章

开诊坐堂

"大夫，大夫，您快给瞧瞧！"一个身穿黛蓝团纹缎面袄的女人急急地挤进博源堂，她身后跟着两个男人抬一副担架，担架上是一个哭得眼睛红肿的年轻姑娘。

黛秋见状，忙命将担架抬至静室。众人合力将姑娘安置在诊床上，黛秋便要伸手切脉，不料被妇人用力挡开："我们是来找李神医的！"话音未落，李霄云带了怀恩进来。

妇人一把拉住他："李先生，快看看我们闺女。"

李霄云见姑娘一条红石榴棉裙下，露着半截小腿，竟比另一条腿粗了一圈，手才碰到小腿，姑娘便尖叫着喊疼。"敢是摔了？"李霄云说着，看一眼黛秋。

黛秋会意，猛地用力扳住姑娘两只手，李霄云迅速摸清姑娘的伤腿，妇人还来不及叫他们住手，二人已不约而同地松了手。

"骨头没事。"李霄云松一口气，又伸手切脉，半晌才道，"没什么大事，不过是外力伤筋，揉筋正骨，辅以红药，几日就好。"李霄云说着便要脱姑娘的鞋袜。

妇人忙拦道："先生，这是做什么？我们黄花闺女，您这……"

李霄云指着身边的怀恩和黛秋，含笑向妇人道："这屋子里能揉筋正骨的就我们仨人，您看……"

妇人不情不愿地道："就……那丫头吧。"

黛秋忍笑，与李霄云对视一眼，才动手，床上的姑娘又吱哇大叫。知道女儿并无大碍，妇人也恨恨地道："该！就该让你长长记性。姑娘家天天泡戏园子，成什么样子？"

姑娘一边喊疼，一边回她娘两句："《截江夺斗》还没唱完呢！那可是金不换……哎哟……"

李霄云一旁笑道："什么好戏看成这样？"

妇人不好意思地笑道："告诉不得先生，开原城里来了个北平戏班子，这帮大姑娘小媳妇竟跟疯了一样，听到'金不换'这仨字，竟像是贴了灵符的小鬼儿，一个一个着了魔似的，戏园子里那乌泱乌泱的人呀……啧啧啧……我们女孩儿也不知被谁推倒了，还被踩了几脚。其实再怎么好，就是个戏子，玩意儿罢了……"

"娘！"姑娘一声尖叫，"我不许你这么说他！"

"好好疼你的吧！"妇人深斥一声。

"我就是不许你这么说他，人家是名角！"姑娘一把推开黛秋，径自下了地。

妇人一见，眉开眼笑，也不顾女儿，先打量黛秋："这丫头看起来还没有我们女孩儿大呢，竟有这样的好本事。"说着，她便要从荷包里掏赏钱。

黛秋忙道："诊金请外面付给柜上，里面不收钱。"

她们只顾说话，姑娘已经一瘸一拐地行至门口。"你又做什么去？"妇人怒喝一声。

"我还没看到金不换的真容，我们约好了去戏园子后门等他。"姑娘说着就要出门。

"疯心了你！早散戏了。"妇人一把拉回女儿，"来人，把姑娘抬回去！"

"我要去看金不换，你们放开，我要去……"姑娘大呼小叫，被两三个下人强拉走了。

妇人不好意思地向李霄云微一躬身，便忙忙地追出去。师徒三人互望一眼，终忍不住笑出声来。

"好家伙，这哪里是听戏呀？分明是挣命！"李霄云笑叹摇头。

怀恩接话道："师妹还只管给她揉什么筋，我看合该先治治她那脑袋。"

李霄云才要笑，忽然想到什么，道："怀恩，你出去跟柜上的宁六爷说一声，打明儿起，将你和黛秋的坐诊牌挂出来，再叫外面的孩子们收拾一间诊室，你们俩轮流出诊，你们苦学这些年，是该自己历练历练。"

怀恩、黛秋无不欢喜，李霄云却正色道："行医拿捏的是人命，你们两个务必慎之又慎，心中但凡有半点疑惑，不许擅开方子。"

二人忙应承。李霄云又向黛秋道："萧师兄常说，医无止境，我能教给你们的，终有所短，你萧家的医术非等闲人家能比，你千万潜心研学，不可辍废。"

黛秋抬头正对上李霄云双眸深沉，似含了无限期望。黛秋郑重点头。李霄云又道："你们师娘为你们每人缝了一个手枕，望你们今后各有所成。"

怀恩瞥一眼身边的黛秋。他跟随李霄云多年，如今成医也是理所当然，可黛秋来了不过六七年的工夫，竟能与他一同坐堂，思及于此，怀恩不由微微皱了眉。

师徒正说些闲话，陶二柱走进来，小声回道："洋神父来了。"

李霄云知是多普勒，忙迎出去。怀恩冷眼看看黛秋，似笑非笑地道："恭喜师妹了！"

黛秋忙道："师兄同喜。"可惜，她这一句话才吐出两个字，怀恩已经出了静室，黛秋尴尬地闭了嘴。

自李贞实走后，怀恩的脾气越发难以捉摸。李霄云许诺，必定要为他寻一门好人家姑娘，还要助他自成一番事业。怀恩也说了，缘分之事强求不得的体面话。

可背地里，他对铺子里的小伙计越来越刻薄，对黛秋更是时不时冷嘲热讽，前日，甚至顶撞了大柜宁六爷。六爷自然不能与小孩子计较，可黛秋看在眼里，总是莫名不安，虽是师兄妹，二人却越发疏远。

一两日后，被黛秋拎正了骨，揉开了筋的姑娘家里特地派人送了戏票来，姑娘已经行动如常，她的家人自然感激，因着再不许姑娘出门看戏，全家人也不出门，戏票极难得，便请李霄云及家眷去听戏。

曹氏得了戏票自是乐不可支，早早打点好车轿，又往洋学堂里给蓝桥请了假，天才放亮便起身梳洗，预备出门。李霄云打着长长的哈欠："晚巴晌的戏，你这也太早了。"

曹氏从镜子里看一眼丈夫，又端端正正地为自己的发髻上簪了新鲜样子的绒花："瞧老爷说的，开原城虽说离咱们没多远，可也是不常走动的，如今趁这个空，还不许我去逛逛？"

"你带着孩子们，小心有个闪失。"说话间李霄云也起身漱口。

"孩子？"曹氏停了手，转身看向李霄云，"别说黛秋，蓝小子都快十四了，你和怀恩不去，我又约上翠荷，老爷说的是哪个孩子？"

李霄云细想一回，不由也笑了："可是呢，哪儿还有孩子？不过你们女眷多，虽然有老周和老吴跟着，也小心些好。"

早饭一过，曹氏便带着黛秋姐弟并翠荷出了门。两辆大骡车，女眷坐前车，蓝桥跟着周管家和吴大伯坐后车，一路有说有笑。

开原城虽说只是个县城，相比庆云堡却大得多，加之有关外第一等的参茸行，来往客商长年不断。大骡车进了开原城门时，天已近午时，周管家来过几次，颇认得路，更领了车马往开原城里有名的大馆子宝宴丰用饭。

宝宴丰极大，又有院子停车卸牲口。周管家才要挑间包房雅座，店掌柜先赔着笑，道："几位，真对不住，楼上清场，有位军爷包下了，我们好说歹说，才答应楼下可以接客。只是嘈杂了些，几位堂客请多见谅。"

"哟，什么军爷吃这么大排面？"曹氏并不恼，"楼下也拣张安静桌子吧。"

掌柜的亲自领位，蓝桥紧跟着黛秋，左瞧右看："姐，这儿可比永宝顺还大。"

黛秋笑拉着他："可不是，外头车水马龙，我方才还见有汽车……"

"汽车？"蓝桥忙向外张望，"开原城竟然有汽车？"

周管家在姐儿俩身后笑道："蓝少爷不知道，出城二十里，还通火轮车呢，少爷是读洋学的，明儿也学学开洋车。"正说着，楼上传来肆意的笑声。

众人不由回头望去，见一伙穿军装的人走下来。曹氏忙将孩子们推到座位上。黛秋拉着蓝桥背门而坐，因此，并未见到从楼上走下来的南江晚，和南江晚身边穿长袍马褂的长风。

待他们走远了，曹氏方转头看向窗外："果然是个大排场，不知是个什么人物。"黛秋也朝窗外看看，却只看到他们远远的身影……

第 42 章

却是故人来

开原城最大的戏院虽比不上关里那些大戏院，却也颇有些气势。曹氏带着黛秋、翠荷坐在偏台的包厢里，因着蓝桥年纪小，也跟着她们坐，小伙计殷勤地端上了栗子、松仁等各色干果。

今日大轴《战翼州》，骆长风台前亮相，碰头彩叫得惊天动地，久久不息。连曹氏也忘了手里的果子，那台上高靴长靠的男子，哪里是伶人？分明是勇冠三军的马超活了。

叫好声才稍稍落下，正当中间的头等包厢里忽地传出女人的惊声尖叫。

"什么事儿啊叫成这样？"曹氏才开口，黛秋已经起身。

"师娘，你们在这里，我去看看。"说话间，黛秋便已挑帘子出了包房。

"别去！别管人家闲事，外面乱得很。"曹氏的话一个字也未落入黛秋耳里，"跟你师傅一个脾气。"

蓝桥已跟了出去，听到曹氏的话，回身道："太太只管放心，我陪着姐姐。"

姐儿俩循着声音进了包厢。几个身裹绫罗，头戴珠翠的女人团团围着一个躺倒在地的年轻媳妇。那媳妇面色紫青，紧咬牙关，黛秋忙挤上前去查看。先摸摸地上那人脖颈，再诊脉。"你这是要做什么？"包厢里的女人都忘了哭。

蓝桥低声道："我姐姐是大夫，你们让开些。"说话间，黛秋伸手拔了一个妇人的簪子，直扎向病人的鼻尖。

地上的人皱了皱眉，却并未清醒。黛秋反身脱下她的鞋袜，朝大脚趾一侧直戳下去。一颗黄豆粒大的血珠立刻涌出来。

"哎哟"一声，病人缓缓转醒，愣眉愣眼地看着众人，"娘，这是……"

黛秋将簪子塞回女人手里："她是气短晕厥，初孕之相，胎相不稳，不该来这里。回头抓两剂安胎补气的药，将养着便好了。"

妇人睁大了眼睛："我……我们媳妇有喜了？"说话间，众人已乐开了花，像捧龙蛋一样，小心翼翼地将小媳妇搀起，嘴里道过三四遍谢。

蓝桥朝黛秋竖起大拇指，忽然察觉有什么不对，见黛秋愣愣地看着台上，蓝桥随着她的目光看过去，只见台上的"马超"也是一动不动，手里擎着银枪，直直盯着包厢里的黛秋……

长风只呆呆不动，过场的锣鼓一遍又一遍地响，倒是台上的南江晚先回过神来，伸手抓起个大石榴，直朝长风砸过去，正砸在他的护心镜上。长风回过神，随着锣鼓点转身，眼中一滴泪缓缓滑下，唇角却不由得上扬，六年，他终于还是找着她了……

黛秋不懂戏，也不知台上人在看她，与蓝桥回了包厢。"什么事儿呀？"曹氏嗔怪道。

"一个小媳妇晕厥，不碍的。"黛秋回道。

"我不是问你，我是说他。"曹氏指了指台上，"那个人跟台上杵了半天，别是忘词儿了。"

翠荷在一旁笑道："母亲说笑了，人家是大角，想怎么唱怎么唱。"说得黛秋和曹氏都笑了。

一时散戏，曹氏等众人都散去，才带着大家离座，生怕有个闪失。曹氏意犹未尽道，"那个金不换是好，扮相也俊，做派也好。多早晚来咱们堡子唱就好了，我天天去看。"

翠荷扶了曹氏的手臂，笑回道："母亲说笑呢，咱们那堡子小，可供不起这尊大菩萨。难不成让人家这么大的角儿撂地唱戏？"说得几个人都笑了。

周管家已立于楼梯口候着，见他们下来，方笑道："看太太笑的，今儿这戏必是好的。天也这早晚了，我已订下干净客栈，老爷不叫咱们走夜路。"

曹氏笑道："你们倒是心细。"

黛秋与蓝桥跟在曹氏身后，才要凑趣两句，却见迎面走来一队戎装士兵，中间一个年轻军官，眉清目秀，笑盈盈地看着他们。

"请问，萧姑娘是哪位？"南江晚放轻了声音，生怕吓到众人。

曹氏不自觉地回头望一眼黛秋，方道："这位军爷，咱们素不相识，不知犯了什么款？"

南江晚忙赔笑道："看您说的，我只是来寻萧黛秋萧姑娘？有位北平来的故人在等她。"

拿枪的最不好惹，黛秋不能让曹氏挡在自己前面，便要上前答话，蓝桥一把拉住她。黛秋含笑望他一眼，上前两步，道："这位军爷，小女萧黛秋。"

南江晚上上下下打量着黛秋，这个让骆长风发了疯也要找到的姑娘，模样是好的，如梨花染雪，但他还是喜欢红萼那般美得热烈。他微笑道："萧姑娘，久闻大名，劳您移动玉步随我来。"

"你们要做什么？"曹氏伸手挡住黛秋，"我们又没犯国法，又不认得你们！"

"太太不必惊慌。"南江晚自小到大，陪亲妈说话最有耐性，"并不会为难萧姑娘，你们且略等等，我定把她送回来。"

黛秋悄拉曹氏，道："师娘别急，他们若要使坏，还能有这个耐心？既知我从京城来，保不齐是萧家的远亲近友，我去去就回来。周大伯，扶太太上车。"黛秋说着，便上前几步。

"姐，我同你去！"蓝桥拉住黛秋。

"你跟太太在一处。姐没事!"黛秋笑向蓝桥。

"这位是文少爷吧?"南江晚故作正色,道,"放心,我们不吃人。"

蓝桥也是一愣,不知是哪位"故人"连他也认得。

"人我领来了!"南江晚站在后台门口,却不进去,亲挑了帘子,向黛秋做了个"请"的手势。

黛秋不明所以,心中惴惴地向里走。后台不及前台光亮,几个灯泡悬在头顶,各色行头整齐地摆着。前面长桌边,一个男人站在阴影里。

黛秋越发不敢向前,只微微行礼:"这位先生打北平来?识得家父,也识得我么?"

长风一步一步走出阴影,仿佛还是那年,他病得岌岌可危,自去寻药渣,却在阴影里撞见了她。

六年不见,她还是那般明媚,似身上有光,总能将他从阴暗中拉出来。"黛秋,是我!"长风开口时,已立于黛秋面前。

黛秋抬眼,正对上那双深邃的眸子,不由眼前一亮。"骆……少爷?"黛秋声音虚得不像从嘴里发出来,"真的是骆家大爷?"黛秋喜极,忽然意识到什么,"那方才……在台上……你就是金老板?"

长风一声笑叹:"许是报应吧,我沦落至此。萧叔叔过世时,还许家人安葬,我父亲过世时,不过一口薄棺,还是我卖身戏班换来的。"

黛秋一惊:"怎会……"

长风含笑,凝望于她,久久方道:"不说了,前朝的事了,老爷子如今连骨头都成渣了。我今也是荞着胆子见你,心里实在有愧,当年没能……"

"前朝的事了!"黛秋含笑看向长风,"在这里得见故人实在难得。只是家里人还在等我,久了怕他们担心。"

"家里人?"长风竟不知黛秋还有家人。

黛秋拜在李霄云门下,又得李家教养,匆匆六年,说起来也不过是几句话的事。长风方才在台上也见黛秋救人之举,不想转来转去,萧家的后人传承祖业,自己却入了戏班,长风不由苦笑。他亲送了黛秋出门,见蓝桥远远地立于车旁。

"桥儿!"黛秋直唤过蓝桥,"骆家少爷,你还记得么?"

见黛秋无事,蓝桥总算放下一颗心,才定定地看着长风,方道:"你是……金老板?"

长风笑而不语。黛秋笑道:"当年亏他救了你,不然,真被拍花子的绑了去。"

"长风少爷好!"蓝桥规规矩矩地行了礼,"故人重逢,自该多多叙旧,只是天色已晚,我姐姐也累了,我们太太又担心她,容我们先回客栈安置,改日再叙为是。"

"这小子竟这样会说话了。"长风含笑道,"今日惊扰,实该让你们早回去歇着,我明儿再去找你。"

"明日我们便要赶回庆云堡。"黛秋看向长风，仍觉那张脸不真切，"回去晚了，师傅惦念，得空你来庆云堡寻我说话吧。只怕你不得闲。"

"我还有几日的戏，过几日必去寻你。"长风忙道。

"姐，我们走吧。"蓝桥说着，拉黛秋上车。

"黛秋！"长风开口方觉自己并不知要说些什么，"你……"

黛秋回头向他笑道："来日再叙，你也早回吧。"话音还在，蓝桥已将人扶上了车，也不顾长风，自跳上车。

长风静静立于暗夜之中，目送骡车离开，黛秋走了，似连光也带走了，他又陷于黑暗之中，长风有些出神，连南江晚站在他身后也没察觉。

"看不见了，回吧。"南江晚声音低沉，"既舍不得，怎么不多说两句？就这样放她走？要不……我派人把她拉回来。"

"相顾无言，原来是这般滋味，我有千言万语，难吐一字。"长风苦笑，"再说明儿还有戏。"

"你要不想唱就不唱，我看谁敢为难你？"南江晚无所谓地道，"出关到此，为着你高兴。"

"那不合规矩。票卖出去了，就得唱。"长风不情愿地转身向回走，"唱完了这几天，你带红萼回去，我往庆云堡去。"

"那可不成！"南江晚跟在长风身后，正见红萼远远注视着他们，"我成，你们家红姑娘也不成！"

第 43 章
少年心事

"还不睡？"客栈里，翠荷与黛秋同住一间，曹氏带了蓝桥另住一间。

黛秋翻了个身，面向翠荷，道："姐姐，你说他好好的，怎么入了这个行当？他们骆家可是国公府。"此时，黛秋已将萧、骆两家的恩恩怨怨细细告诉翠荷。

"嘻，皇亲国戚又有啥用？"翠荷说着，打了个哈欠，"事到如今，老佛爷、光绪爷也就剩点骨头渣子，他们还能落下什么好？只是我琢磨着，他们这样的人家该是有些家底的，家藏的宝贝拿出几样来也够吃一辈子，总不至于落到这步田地，这中间呀，准有事儿，我说你也机灵些，他不说，你千万别问。"

揭人伤疤总不是好事，这个道理黛秋还懂，点一点头，半晌方道："哪儿还有工夫问？咱们明儿就起程了，他若来，我们还能说句话，他不来，只怕也不会再见了。"

翠荷乏得再睁不开眼睛，翻了个身，嘴里渐渐模糊不清："傻丫头，他一红角，不跑大码头，却往关外跑，又跑到这牲口比人多的地界，做什么来？分明是奔你来的，费这大劲难道就为见一面……"话没说完，人已经睡着了。

黛秋看看熟睡的翠荷，也翻了个身，一日车马劳顿又听了半宿的戏，着实累人，黛秋只觉身上酸乏，心里却清楚，长风比起少年时，更像骆麟，清俊不凡中自带一缕冷冽。

走廊上，蓝桥倚墙而立，他睡不着。长风救过他的事，他一点也想不起来，可长风看黛秋，黛秋看长风的情景却反复晃在他眼前，晃得他有些气恼，他不知道自己为什么气恼，只是恼得人心乱，睡也睡不着。十三四岁的少年，尚不知大人事，却已有了心事。

"蓝少爷，怎么还不睡？"周管家给骡子喂了夜料上来，看见蓝桥仍在廊下站着，不由停下脚，"天也这早晚了，早歇着，明儿还赶路呢。"

见蓝桥不动，也不回话，周管家自以为明白地笑劝道："你姐姐在这里踏实着呢。你只管去歇你的。夜里有什么，翠荷会照应。"

蓝桥不动，周管家只得哄他道："你在这里，太太那里便没人了，夜里有个什么事，谁照应着？"

蓝桥立刻头也不抬地走了。周管家方松一口气，望向蓝桥的背影，这娃娃哪都好，也难怪太太喜欢得不得了。只是离不得他姐姐，男娃娃这样黏人怎么能成大事？周管家无奈地笑笑，自回房歇息去了。

戏是好戏，人已回了庆云堡，曹氏还不住地夸，要没有那队当兵的硬拉走黛秋说话就更好了。虽然黛秋也向她禀明了，是国公府骆家的后人，少年相识，算是故人。可曹氏回想那日情形，心中仍然惴惴。

李霄云不识得骆麟，便也不细问究竟，他倒有一件更挠头的事，欲找黛秋商量。多普勒来找他三四回，来来去去都是让蓝桥去留学的事。

今日黛秋当值，李霄云特意等她诊毕最后一个病人，方来找黛秋说话，将留学的事说了："依我的主意，蓝小子出去见见世面是好事。只是一去七八年，你如何等得？不如与他说明了，如今是民国，前朝事不计较也罢。你们俩今后就是亲姐弟，他留他的洋，你嫁你的人，各不相干才好。"

黛秋亲手奉了茶在李霄云跟前："师傅说的是，可桥儿还小，如今同他说这些，怎么说得分明？"

"他还小？"李霄云轻笑一声，"我像他这么大的时候，都准备娶你师娘过门了。"

黛秋笑道："让他出去见见世面，师傅与多神父说，就这样行吧。至于我与桥儿的事，待他回来，见识也长了，年岁也长了，到时再说不迟。"

"这可不成！"李霄云断然道，"白白地耽误了你，九泉之下，我如何向萧师兄交代？"

黛秋又笑道："瞧师傅说的，哪里就成了老姑娘？"

李霄云忽然收敛了笑意，正色道："论理，这事你师娘也同你讲过，我这当师傅的，不该在你面前说这样的话。只是你在我眼里，与贞儿是一样的。这些年我冷眼看着，桥儿是个好孩子，难得他敏捷过人，却品性淳厚，别说比我的贞儿，就是比怀恩，也不知强过多少。更难得他对你也极体贴，恨不能时时护着你，你们俩何不……遵从长辈们的意思。"

黛秋看向李霄云："总不至于，我一个大人诓骗他，稀里糊涂地完了婚事，来日他人大心大，遇见了自己可心中意的人，到时姐姐不是姐姐，夫妻难成夫妻，才是锅夹生饭。"

"这怎么算诓骗？我同你师娘成亲之前谁都不认得谁，还不是过了半辈子。她瞅着我好，我也瞅着她好。"李霄云笑道，"也罢了，你的事你自家明白就好。"

正说着，陶二柱推门进来："老爷，外面有位先生寻黛秋姑娘。"

"你也糊涂了！"李霄云道，"看看现在什么时辰？怎么还能应诊？"

陶二柱喏喏地道："那位先生不是来问诊的，他说是黛秋姑娘的……京中好友。"

李霄云会意，不由笑道："怕是那位骆家少爷，竟寻到这里来。秋丫头快去看看。"

黛秋笑朝李霄云行了礼，方快步行至前铺，果见骆长风一袭烟灰色长袍，只站在门口，见黛秋走来，他欲开口又不知说些什么，半晌方道："我歇了戏，特来寻你说话。"

黛秋亦笑道："巴巴地跑到庆云堡来做什么？这里可没有大园子给你唱。如今你是红角，若有个闪失，可不得了。"

长风笑着压低声音道："你不说，哪个知道我是谁？"

"说了也没人知道。"黛秋不觉面上笑意渐浓，"你当我们这小地方，谁都能看上大戏？"

"红荨给萧姑娘见礼。"一个清冷的声音打断了两人的低声细语。黛秋不由向后退一步，才循声看见一袭火红旗袍外罩驼色披肩的漂亮姑娘就立在门外，正笑盈盈地看着他们俩。这姑娘长得实在好看，笑起来似有无限风情，引得铺子里的小伙计们都看呆了。

长风瞥一眼红荨，才向黛秋道："这是我跟包的管事，叫红荨，比你长两岁。"

黛秋点头致意："红荨姑娘好！"

红荨笑得见牙不见眼："我不过是个下人，比不得黛秋姑娘尊贵。我们大爷单寻您就寻了好几年。"

"红荨。"长风声音微沉，红荨忙住了口，恭敬地站着。

长风道："你只管忙你的去，这里不用你。班子里的人我托了江晚送他们回去，你送他们上车。"

红荨神色微滞，不过瞬间，她便恢复了神色，轻轻一礼，转身离开。长风方向黛秋道："这丫头是个苦命的，自服侍我也没得一日好，读书不多，也不大识礼，你别介意。"

黛秋只觉红荨姑娘长得实在好，眼神中更有一丝如长风般的冷冽，想来这些年，他们俩都过得不如意。

"我知你有许多话要问。"长风似看透了黛秋的心事，柔声道，"我也有许多话想说，我打听了这堡子里顶有名的好馆子，姑娘，能否赏个脸，与我同席？"

黛秋学着京韵道白："哎呀呀，公子前头带路……"

永宝顺楼上，长风与黛秋相对而坐。不用黛秋细问，长风便将过往种种一一道明。

那年直至入了伏，骆麟才返京，还没进府就吐了血，一头从马上栽下来。为着没救成的文籍，为着家破人亡的萧济川，骆麟急火攻心，一病不起。

老佛爷和光绪爷都没了，惠家的势力也就没了，后来连大清朝也没了。临时政府收走了骆家的产业老宅，惠春和贵宝连夜卷了所有银钱，带着两位小格格跑了。骆长风和病歪歪的骆麟被一群扛枪的大兵硬生生拖到街上。

骆麟当天晚上就咽气了，骆长风身无分文，原本红荨自愿再被卖进窑子换钱，可长风到了门口，忽想起城楼边上，那一曲《蝶恋花》，到底心有不忍。可躺在义庄的父亲也等不得，长风便自卖自身进了戏班。

原本以他的年纪，戏班是说什么都不肯要的，可他自幼跟着师傅练武，筋骨比戏班里顶好的武生也不差，且他生得俊也还罢了，偏他行动坐卧自有气度。徐老班主一眼相中，便给了烧埋银子。

黛秋红了眼睛，堂堂国公爷竟落得如此下场，再看长风，明明是贵公子，却被迫做了伶人。

"你不必心疼我。"长风的声音淡淡，听不出一点起伏，"再怎么苦，如今也好了。倒是你，一千五百里流放能保住这条命，我明儿回去，便往红螺寺烧香还愿去。黛秋，这些年……苦了你！"说话间，门外一阵杯盘碎落的声音，响动巨大，二人皆是一惊。

第 44 章
长针救命假药害人

永宝顺楼上，两桌客人打成一团，桌子早被掀了，盘子碗碎了一地，两下里仍你来我往，凳子酒壶到处飞。长风与黛秋才开了门，一个茶壶正朝他们飞过来，长风手脚麻利，一把拉回黛秋，茶壶落在地上，长风干脆将黛秋拦腰拎起，眼看着热水夹着细碎的瓷片四处飞溅。

"怎么样？有没有烫到你？"长风将黛秋稳稳地放下。

黛秋笑着摇头，长风双眉紧皱，低头见门口一条躺倒的板凳，伸脚轻轻一点，那凳子似自己跳到他的脚面上，长风猛地踢起，长长的板凳打横飞出去，砸在打成粥的一"团"人身上。

"都住手！"饭馆掌柜领着几个巡警上了楼，巡警背着大排枪，那手拿木棍的人自然就老实了。

一个头上流血的男人上前一步，向巡警道："快，快拿他们，他们卖假药材，我们铺子差点出了人命，如今被查封，我……我就快活不了了。"男人说着，竟哭了起来。

"你胡说什么？"另一个男人手里还抄着酒壶，"谁卖假药材？我卖给你的可是货真价实的东西。你医术不精，治死人，与我什么干系？"

"谁胡说？就是你卖假药材！"

"我卖假药材你还买？你个开医馆的，连个真假也不分，亏你说得出口，分明是医术有亏！"

二人争执不休，巡警劝也劝不住，说也说不听，不由也恼了，朝着顶棚狠狠放一枪。"砰"的一声巨响，四座皆惊，静得不闻一声，却见方才那头上流血的男人猛地睁大眼睛，像是有一口气憋在胸腔，他死命抻着脖子也缓不过这口气来，几下抽搐，男人便如布袋一般瘫倒在地。

"你……你别吓唬人！"拿酒壶的男人不自觉地将壶藏在身后，结结巴巴地指地上的男人。

"你打死人了，先跟我们走。"警察说着便拿人。

黛秋也顾不上许多，几步上前，蹲身查看地上的男人："都让开，他还没死！"

众人面面相觑，人命关天，倒地的男人被送到了博源堂。

博源堂鲜少开急诊，可事出突然，李霄云也从家里赶来。方才那伙打架的人也怕了，虽说眼下世道乱得很，可真出人命，谁也担待不起。他们挤在博源堂门前，向里张望，又实看不到什么。

长风坐在柜台前的小椅子上，手里捧着陶二柱端给他的茶。外面安静，静室内却连烛台上的光都透露出紧张。

黛秋和怀恩已轮流切过脉。"师傅。"怀恩面露忧色，"这人伤得不轻，且病在颅内，万一死在咱们这，咱们博源堂可从没有人被横着抬出去。"

黛秋看一眼怀恩，低头不语，只将盘中长针一一过了火气。李霄云微皱了眉："怀恩，你寻了外面那些人，让他们尽快知会他的家人，真如你所言，让他们最后见一面也是好的。"

怀恩才要再说，却见李霄云沉了神色，不似往日随和，便应声去了。爷儿俩说话间，黛秋已捻了针，她接诊的病人，断不会因为病势险峻便丢给师傅。

李霄云对上黛秋一双清亮且宁静的眸子，不由面上露出欣慰之色，黛秋抿唇俯身朝床上那男人的绝骨、昆仑、合谷、肩髃、曲池、手三里、足三里行针……针三分，见男人仍旧昏迷不醒，黛秋思量片刻，再捻针，按准肩井、上廉、委中。

一声长长的呻吟声惊大了多普勒的眼睛，他不敢相信地看向诊床，方才还牙关紧咬、双目紧闭的男人竟然缓缓睁开眼睛。

黛秋提在喉头的一颗心瞬间落回肚子里，不由面露喜色，李霄云倒不意外，黛秋所做一切皆合他意。

"别动！"李霄云沉声向男人道，"这是什么仇怨，打成猪头样？咱这脑袋是用来想事儿的，不是用来扛那大棒子的。"

男人不识得黛秋，两只眼睛只感激地看向李霄云。"颅内血瘀栓塞。"黛秋低声道，"方才行针通络，看来有些效用，只是不宜挪动。"黛秋说着，一一收回长针，"明日辰时再行施针，我先写个方子，先吃了药再看情形。"

见男人仍是一脸疑惑，李霄云方道："是我这最得意的徒弟救了你的命。能治你的病，是你的命好，往后可不能再生这样要命的事。"

男人感激不尽，哆嗦着嘴又不知该说些什么。黛秋含笑道："你现下不宜大喜大悲，且歇歇。"怀恩进门来，先看向床上，见男人睁了眼睛也是一惊，道："师傅，他家里人来了，在外面。"

彼时，黛秋已向桌上开了方子，给李霄云看。"倒难为你，敢下这样的方子，开诊这些日子，果然大有进益。"李霄云说着，将方子递与怀恩，"陶二柱在外面，叫他按这个煎药。"怀恩不说话，接了方子转身又去了。

外间铺子里，众人见怀恩出来命伙计抓药，打人的与被打的都松了口气，那男人的家眷更是一屁股跌坐在地，哭得声泪俱下。

"图什么许的这是？"骆长风摇摇头，"早知是这样，什么话什么事不能摊开了说。"

那坐在地上痛哭不止的女眷，听了这话，不由擦了泪，怒指那伙打人的，道："都是他们，卖假药，我们抓给病人用，人家吃不好，反赖我们……"

"你别胡说！"打人的一伙又来了精神。

静室的门开了，李霄云和黛秋走出来。长风一见黛秋便起身迎上去。

"这里有病人，劳各位安静些。"李霄云微皱了眉，"二柱，打发了这些人，留下病人的家眷。"

见李霄云面带怒色，众人皆安静下来，悄悄地退出博源堂，唯有打人一伙带头的男人犹豫着慢走两步，到底转回身，向李霄云抱拳道："李先生，今儿多亏了你，您不光救了他的命，也救了我的命。在下永晟商号朱九，感激不尽。"

李霄云摆摆手，含笑看向那人，知道他另有话说。"不敢瞒先生，今儿这事皆由我而起，老孔掌柜非说我卖的药材有假，误了他的病人，可我那货也是真金白银贩来的，今年节气不好，药材歉收，本就难寻，我好不容易找来，他又非说我这是假货，我一时气不过……"提起这事，朱九又有些恼怒。

李霄云听后不由皱了眉，朱九接着道："我们朱家做商号也做了两代，论说货品好歹，多少也认得些，可偏偏药材这一路，种类繁杂不说，我们这外行实实是真假难辨。因此，我想请李先生往我们号里看看去，分辨真伪，也让我活个明白，还请先生千万帮我这个忙。"

李霄云沉思不语，又一个买卖人道："照这么闹下去，开原、营口的药市都会受影响，各药铺医馆都不来囤货，那老买卖家可苦了。可惜了这些年的经营……"

李霄云狠咬牙根，片刻方向朱九拱手道："朱掌柜是明白人，既信得过我，劳您说与旁人，我博源堂每月初一往开原药市，给药王爷上香，药王庙前辨识药材，不取买卖家一分好处，我倒要看看，能不能绝了这些假药材。"

朱九大喜过望，黛秋亦喜，双目不觉对上长风那双凝若潭水的眸子，见她笑意盈盈，长风不觉也跟着笑了。另一边的怀恩反皱了眉，低声道："药市每月初一开市，师傅耽搁在那里，咱们医馆药铺……"

怀恩的话被李霄云冷眼吓了回去，朱九忙道："李先生大仁大义，我等不是那不知礼的。必有酬金相谢。"

"这却不能！"不等李霄云说话，黛秋先道，"朱掌柜若想做成此事，再不要提酬金。"

朱九一愣，只听黛秋道，"我师傅为着肃清药市，绝了假药材，若收了酬金，那你的货纵然是真，旁人也不信。旁人若也跟着送酬金来，便看低了我师傅，到时师傅说什么也不会有人信了。"

朱九恍然大悟，李霄云却含笑看向黛秋："好丫头，倒替我说得分明，朱掌柜，往后可别再动粗，回头给人家老孔掌柜赔个不是。"

朱九连连点头，道谢而去，怀恩见李霄云看也不看自己，也知方才的话说莽撞了，便道："师傅、师妹辛苦，今晚我守在这里。"

"既是我接来的病人，还是我在这里吧。"黛秋忙道。

"你个女孩子家，留在这里不方便。"李霄云忙拦道，"我在这里，你放心。"说着，他看向长风，"骆老板，劳你等了大半夜，我见你的骡车还在外面，烦你送黛秋回家。我今晚不能回了。"

长风忙躬身道："先生放心，且交与我。"

眼见二人上车而去，怀恩方凑到李霄云身后："师傅，那戏子对师妹……"

李霄云瞥他一眼："骆老板是北平名伶，你说话要当心。"

第 45 章

铁镜照病难照姻缘

李家院外,蓝桥蹲坐在墙根儿下,眼见骡车缓缓行来,忙起身张望。果见车停在面前,却是骆长风先跳下来,才伸手扶黛秋下车。

蓝桥停在原地,他也知医馆有病人,也知姐姐在医馆,却不承想是长风送他姐姐回来。

"傻子,这样晚了还在这里傻等,我若不回来,难道你等上一夜么?"黛秋几步上前,拉了蓝桥的手,"手都是冷的,你等了多久?"

"来接老爷的人只说有人伤重。"蓝桥看着黛秋,又瞥一眼她身后的长风,小声道,"又没说多重,我怕姐姐晚归,没人照亮。"

黛秋搓着蓝桥的手:"不是还有师傅和怀恩师兄么?难怪师傅说你牛心古怪。"

长风上前道:"桥儿自小就惦着你,如今大了,越发知冷知热。"说话间,长风看向黛秋,忽然压低声音,"我明儿再来寻你,咱们俩今天这顿饭算吃毁了,明儿重来。"

黛秋含笑回道:"天都快亮了,你快回去歇了吧。"

眼见骡车远去,黛秋拉了蓝桥的手反身进门。"姐。"蓝桥犹豫着开口,"我听说,骆老板是京城名角,这么远跑到关外来唱戏,咱们这穷乡僻壤,我看……他是来寻你的吧?"

黛秋脚下微滞,随即推开西厢的门。翠兰枕着胳膊,伏案而眠。贞实不在,翠荷嫁人了,曹氏便命翠兰服侍黛秋,原还要将蓝桥挪到贞实的屋子,可蓝桥偏不肯搬。

听见门响,翠兰忽地坐起来:"让蓝少爷别去门口等,非不听,这会子……"翠兰说着睁大眼睛,"我的老天爷,天都快亮了,姑娘怎么才回来?"

"你去睡吧。"黛秋笑道,"劳你在这等一宿,天明不用早起,睡饱了再说。"翠兰巴不得如此,自要往下房睡去,忽地想起什么,又转回来,从灯台下抽出一笺纸:"贞姑娘来了消息,太太今儿乐坏了,非要你看看。"

黛秋忙接过,是一张汇票。"我就知道,他们必有一番作为。"黛秋喜不自禁,捂了那汇票在胸口,又向翠兰道,"可有信来?"

翠兰摇摇头,蓝桥朝她摆摆手,翠兰会意,悄悄地退出去。"姐,别担心,既能汇钱来家,那必是成事了。"

黛秋放好汇票,含笑看向蓝桥:"桥儿真是大人了,不只会说好话,还会劝人了。"

蓝桥只笑，却不应声，推着黛秋去里间歇息，眼看着天快亮了，蓝桥只和衣向北炕卧下。

"那炕不大热，小心冷。"黛秋忙嗔他，"你外间屋炕热。"

"姐姐的屋子还冷？"蓝桥随手拉过一床被搭在身上，"自你挂牌开诊，太太说大夫的身子金贵，几次叮嘱周大娘，旁人不管，先要料理好姐姐的屋子，连手指都不能让冷到。"

黛秋不再说话，翻身向里，半晌，仍听见北炕有窸窸窣窣的声音，知道蓝桥没睡，便又翻回身，小声道："桥儿？"

"姐，是要茶么？"蓝桥说着便要起身。

"才睡暖和，别折腾了。"黛秋忙拦道，"怎么这会子还不睡？"

"姐不是也没睡？我陪你说两句话，说困了，也就睡了。"

黛秋心头一暖，忽想起一事，道："那姐就跟你说两句闲话。你往洋学里读书也五六年了，多神父十分器重你，前儿又向师傅提起你留学的事。"

"我不去！"蓝桥果断地说，"太远了，再说教会送走的学生大多是学西医，姐姐也学医，该知这一行道阻且长，一去不知几年才能回来。我，我不想……"

"西医自有西医的好处。"黛秋悄笑道，"师傅常说，咱们堡子该有间西医诊所。"

蓝桥沉默，半晌，忽然问道："姐，骆老板特地来关外找你，他是不是想娶你？"

黛秋一听这话，忽然睁了眼睛："小孩子家，别瞎说！"

窗外已微微发白，房间里便有了点点光亮，蓝桥翻身面向窗户，终于还是开口道："姐，你……喜欢他么？"

黛秋猛地翻身向里："只会胡说，不理你了！"屋子里瞬间安静。

"姐。"蓝桥悄悄说。

"什么？"黛秋看向他。

"我想好了。"蓝桥的声音含了一丝哀伤，只是那哀伤太淡，淡得旁人一点都听不出来，"我去留学，去学西医。"

黛秋不敢相信地反身看过去，北炕上，蓝桥把整个身体缩进棉被里。

翌日，黛秋没能再赴长风的饭局，蓝桥突然答应留学，曹氏又喜又悲，喜的是蓝小子能见世面，自该有一番大作为，悲的是这孩子从来乖巧懂事，又贴心，曹氏早将他视为己出，眼下要离开，曹氏竟比黛秋还不舍。

看着黛秋忙里忙外，曹氏忽想起定亲的事，拉住黛秋手，道："好孩子，你虽不是我养的，到底是我眼前长起来的，有些话还得我说。"

黛秋越发不解，只恭敬地听曹氏说话。

"我同你师傅打听了，蓝小子这一去，三四年是他，五六年也是他。你这年纪，不能荒废了好年岁。不如我同蓝小子说去，这亲事就这么算了，将来九泉之下，我同文家老爷太太赔罪。"

黛秋含笑低头，当年家败人亡，九死一生地来到这里，谁知能遇见李家夫妇这样的好人，老天爷总算不薄待她与蓝桥。心中感激，黛秋反握了曹氏的手。

"师娘，您待我比自己的女孩儿还好，今儿这句贴着心窝的话我也只能说给您听，我是定要等到桥儿成年，才好跟他说这件事。文家对我们萧家有恩，我若现下退婚，他必是肯的，那就成了萧家以大欺小，强退婚约。我心里再过不去，必等他成人，与他分说明白。"

曹氏长叹一声："你这孩子，事事为着他想，你怎么不想想你，大好的年华，白白地葬送了！"

"哪里的话？"黛秋笑道，"我前儿才医好了老张家的三丫头，转过年，她就发嫁了，家里人喜得什么似的，我从师学医，多少大事要做，高兴还来不及。"

娘儿俩正说话，翠兰进门道： "姑娘，有位骆大爷叩门，说请姑娘出门说话……"

第 46 章

锦衣玉食非我所愿

"脉沉如伏，内有痞胀，且你方才说有气壅之状，那定是胸痹了。"怀恩说着，收回手，向老者道，"我出个方子，你先吃三剂，十日后再来看。"

老者面有难色："先生，能不能先抓一剂药？没带够钱。"

怀恩挑一挑眉："看病不带钱？老爷子，进庙烧香也要铜板，您老这不是拿我们医馆打哈哈么？"

老者涨红了脸。怀恩看都不看他，拿起笔开了方子："您这病症不轻，拖着是要命的。抓多少药是您的事，诊费您给结了就成，哦对，如果您不抓药，我这方子也是要钱的。二柱，请出去，唤下一位。"

陶二柱心中着恼，黛秋姑娘坐诊时分明不这样。他上前搀了老人出去，回头眼见怀恩又在看诊，方悄向老者耳边道："家里不远的话，要么，您明儿再来？"

谁知那老者上了年纪，心里又恼着怀恩方才那话，并不曾听见二柱说话，撂下诊费就走了。

陶二柱站在门口，朝老者的背影望了一会儿。大柜宁六爷走来，轻轻拍了拍他的背，轻声问："怎么回事？"

"老人家没带够钱，被巩先生奚落几句。"二柱实话实说。宁六爷与李霄云是几代人的交情，柜上、家里，谁都让他五分。

"六爷，巩先生今儿怎么气不顺？"二柱想不明白。

"忙你的去吧。"宁六爷淡淡一笑，他很知道怀恩为什么气不顺。今日一大早，李家人便赶着大车送"捡"来的"亲儿子"起程。文蓝桥是十里八村第一个留洋的人，整个庆云堡的人恨不能都围在李家门前，看看这个洋学生。

李霄云的眼界没的说，在庆云堡乃至开原县建医院始终是他的夙愿。如今送这孩子去学西医，宁六爷大概能猜出李霄云的心思。巩怀恩气不顺大约是因为没抢上这头一等的风光吧。

宁六爷摇了摇头，好在这位小爷也恼不了几日了，听闻李霄云已经为他定了亲，是尚阳堡头一份的大户，家里的姑娘说是千金小姐也不为过，二人已经过了庚帖。

开原县城外的小火车站，曹氏抱着蓝桥不撒手。李霄云在一旁道："孩子是去习学长进，又不是生离死别，哪里就这么着？"

说了几遍，曹氏才缓缓放开手，李霄云总算能趁空同蓝桥说句话："到了那里不必太节省，家里虽不是大富贵，供养你一个是尽够的。我知道你懂事，也别苦了自己，全须全尾地去，总要全须全尾地回来。"

蓝桥用力点点头，伸手拉住黛秋："姐，我走了，你要顾着自己。"

黛秋细细理平蓝桥的衣领，道："这西装穿着是好看，桥儿，学业要紧，身子也要紧，你可仔细着照顾自己，别叫姐担心。"

蓝桥一双闪亮的眸子正对上黛秋的笑眼，姐姐在笑，可眼中分明有不舍。蓝桥伸手拉起黛秋盘扣上挂着的照病镜，又将自己的从怀里掏出来，将两块镜子比在一起："姐，看到它，我走得再远，也只如你在我身边，我也在你身边。"

"你千万别弄丢了。"黛秋嘱咐道，"这是你文家的东西，你戴着它是个念想。姐姐盼你学业有成，早成大器。"

蓝桥点头道："姐，看着它，我就时时想着，姐在盼我早归乡。"说话间，蓝桥猛地抱住黛秋。

黛秋伸手拍拍蓝桥的背，原来他真的已经这样大了。她忽想起当年那个站在墙角不敢说话也不敢哭的小蓝桥，原来已经过了这许多年，黛秋忍泪道："桥儿，千万保重，姐等你回来。"

车笛已鸣了三遍，再拖不得，半天没说上话的多普勒拉起蓝桥上车。为了让李家人放心，他会亲自将蓝桥送至柏林。

白烟滚滚，那火轮车便消失在地平线上。曹氏仍旧泪眼不干，李霄云笑劝道："孩子们都大了，自有事业，你别总像个抱窝的老母鸡，舍不得撒开。"

一句话说得曹氏狠捶他一拳，恨道："母鸡就母鸡，你还非说个老，这些年家里家外哪儿不是我操持？我不操持，你那日子便能舒心了？如今你过得如意，又嫌我老了……"

李霄云边躲边笑："凡我说一句，你必有一车话……"

眼看着师傅和师娘吵嘴，倒开解了离别的愁情，黛秋不由轻笑。"你看，孩子都笑话你……"李霄云趁机要脱身，转头欲寻黛秋，却一眼看见立于站台上的骆长风。黛秋也看到了长风，不由别过头。

"你们……"李霄云似懂非懂，"我说这骆老板怎么不来寻你，敢是你们真吵架了。"

曹氏一把拉起黛秋："吵架正好，快跟我家去，别理他。"

李霄云忙拉开曹氏："骆老板是福荣兴的当家人，正经的营生，再说孩子们的事，让孩子们自己去说。"说着，他朝黛秋使个眼色，拉了曹氏便走，"我要赶去开原药市，你才说在家里闷得很，可去不去？"

黛秋目送李家夫妇走远，方转回身。长风果然还在那里，只是目光似被钉在黛秋身上。

那日，长风往李家寻黛秋，把这些年的事都寻出来讲一遍，直到再无话说，只盯着黛秋看，"远山横黛蘸秋波"，比起小时，黛秋的一双眸子里有了一股不可言喻的正气，长风上一次看见这样的眼睛，还是在萧济川脸上。

"其实……还有句话同你说。"长风红着脸，到底忍不住抓起黛秋的手，"这些年，我一直想着，寻到你，同你说一句……"

话没说完，黛秋却猛地抽回手，虽然经久不见，重逢也只见几次，她知道长风的心意，可她有婚约在身，尚未退清，断不能另作他想。如今这情势，黛秋少不得说分明，虽然是场乌龙亲事，可文家有救父之恩，她万不能做对不起文家的事。

长风大惊，这才知道，那个一直跟在黛秋身边的"小不点儿"竟然是黛秋的未婚夫。默默半晌，长风忽然一笑："等文蓝桥大了，娶了妻，我备一份大礼谢他。如今，卿知我意，我感卿怜，此情何须问天……"

之后几日，长风没再往家里或是医馆寻她，谁知今日到底又来了。见长风看着自己，黛秋的心中倒有些坦然。"怎地寻到这儿来了？"四目相对，黛秋先开了口。

"不是寻。"长风的声音带了一丝哀苦，"是我要回去了。本想找你道个别，谁知李家的人说你们来了这里。我带着班子跑到关外来，本就是寻你的，想着无论如何，带你回北平……"长风不由一声长叹，"也罢了，总算圆了一半的心愿，寻到了你，只可惜……"

黛秋笑盈盈地对上长风的眸子，似能看见倒映的自己："长风，你问你，若我同意跟你回北平，你又待如何？"

长风不解她的意思，却是眼前一亮："自是许你我能许的所有，我会拼命对你好，锦衣玉食，富贵舒心，把这些年你受的苦都补回来。"

黛秋点头，笑道："这些都是好的，却不是我心中所求。"

"你求什么，只管告诉我。"长风急急地道，"我必叫你如意。"

"学医三年，无方可用。"黛秋再开口时，眼睛不由望向远处，似在望山，又似什么都看不到，"我学了这五六年，越学心里就越怕，我不知还有多少是我不懂的，是我不会的，我想多习学一些，也想救治更多的人。"

长风笑道："姑娘好志气，这何难？咱们回北平，我找那些名医大家教导你，关外荒芜，有什么好大夫？你在这里学得再多，也不及当年宫里侍候的那些名医。"

黛秋摇摇头："我父亲也在宫里侍候过，他的笔记我也是看了的，其中有一句极对，'不识世间疾苦，难怀救世之志'，想学好医术，自该往京城去，可想当好郎中，当在这世间走一走。"黛秋说着，朝长风躬身一礼。

"咱们少年相识，得君知心，自是感激不尽，只是锦衣玉食非我所愿。你领着班子，也有重任，咱们就此别过，愿君安康！"

长风一把拉过黛秋，不知使了多大力气，黛秋几乎撞在他怀里。"我不想你是这样的女子。"长风眉眼含笑，似春日晨曦，微暖却不刺眼，"你等得了文蓝桥长大，我也等得了你退婚。咱们等就是了。只是你别忘了，你还有我，扛不住，要歇歇时，唤我来接你。"

二人相距极近，长风说话时，似有热气喷在黛秋面上，黛秋心头乱跳，一双妙目方才还笑得安然，此刻却只剩下惊惧。

可她越是惊惧，长风越笑得灿烂，那笑容渐渐变得无比耀眼，晃得人睁不开眼睛。黛秋慌了手脚，再不敢看长风。

"先生，咱们也到时间了。"红萼与南江晚不知何时已立于长风身后。

长风缓缓松了手，朝黛秋一揖到底，再开口时，已是韵白之音："山海关内是吾乡，欲诉相思不能言，口衔离别字，远寄当归草……"

第 47 章

一匹中山狼

多普勒神父都已回了庆云堡许久，蓝桥仍旧无音无信。黛秋整日悬心，倒是李霄云安慰她道："柏林隔着几十个山海关，信可不容易到呢，且别急。"

彼时，李霄云每逢初一便往开原县，坐镇药市，经他辨认的药材必是真材实料，买的人放心，卖的人也颇能卖上好价钱。关内关外药堂医馆纷纷来开原采买，开原药市名声大振。

博源堂柜上的事自有宁六爷主持，医馆坐诊便交由怀恩和黛秋。谁知曹氏先是打点蓝桥的行李，后又打点怀恩的婚事，几下里忙活，便累犯了旧疾，卧床不起，家中无人主持，翠荷得了信息急急地回来帮衬，黛秋又要照顾曹氏汤药，连续几日，医馆便只有怀恩坐诊。

翠荷缓缓吹温了药，双手捧与曹氏，赔着笑道："太太别怪我嘴坏，太太这哪儿是旧疾，分明是心病。太太是想贞儿姑娘了。那一张张汇票我是见了的，他们俩如今也有出息了，何不让他们回来？一家子亲亲热热，隋鹰没爹没娘，还不是个现成的儿子，他疼贞儿姑娘，必会孝顺老爷太太。"

曹氏半卧在靠枕上，由着翠荷喂两口药，听她这样说，便推开药碗："不许叫他们回来！当初撇爹舍娘，如今说回来就回来，没门！"

"好太太，回不回的，您且先把药喝了，别找话岔就放下药碗。"翠荷自嫁了人，出落得珠圆玉润，常哄着曹氏说笑。

好容易喝了一碗苦药，曹氏叹道："贞丫头若有你们一半好处，我也没病没痛了。如今，我只当没养过她，有你和秋丫头在我跟前，我也知足了。"

"太太说气话，您当真恼她，只该把她叫在跟前打两下，骂几句。"翠荷赔笑道，"才吃了药，太太歇歇吧，我在这里陪着，有事只管吩咐我。"

安置了曹氏，翠荷方悄悄退出去，见黛秋蹲在门口，扇着小风炉子煎药。翠荷便蹲在黛秋身侧："贞儿姑娘就没来一字半句？见天往家汇钱，什么意思？"

黛秋无奈地摇摇头，道："娘儿两个竟是一样的性子，师姐想让师娘给个台阶，师娘就是不给，这不就僵住了。"

翠荷也知是这个理，不由笑叹，才要再问问蓝桥的消息，便听老吴的声音叫喊着："你们干什么？你们这是做什么？"又有叫骂声掺杂其中。

黛秋、翠荷面面相觑，正疑惑，只见翠兰跑过来："姑娘，不好了！"

黛秋瞪她一眼："师娘才歇下！"

翠兰急得直流眼泪："姑娘，门口一伙子人，手里拿着锄头铁锹，像是要打杀人的，吴大伯也拦不住他们。"

不等翠兰说完，黛秋起身就走，翠荷忙追出去，走了两步又退回来，嘱咐翠兰道："守在这里看着药炉子，太太若醒了唤人时，不许说前院的事。"说毕，她急急地追出去。

李宅门前，吴大伯挡在众人面前，气得胡子乱颤："青天白日，你们这样无法无天！"

"李先生自然是没的说，可他那个好徒弟……"带头人面红声粗地道，"我们也不是上门闹事的，只求李先生交出那个姓巩的！"

"我不是说过？怀恩少爷今儿开诊，还不曾回来。"老吴忙解释。

"少骗我们，博源堂我们已经翻遍了，巩怀恩连个影都没有！"带头人怒道，"快把巩怀恩交出来，你们开医馆药铺的，治死人命，竟白白算了不成？"

黛秋才跑过影壁墙，听了这话，惊得刹住了脚。翠荷也跟上来。"什么……他们说什么？"翠荷不敢相信。

"治死人命"这四个字如同惊雷炸裂在黛秋胸口，她腿上一软，整个人直要跌坐下去。翠荷使尽全身力气才扶住她："秋儿，怎么了？"

黛秋死撑着翠荷的手，一步一步地挪向门口。

众人眼尖，见她出面，不觉停了叫嚷。"萧姑娘！"带头人放下手中的锄头。

黛秋惨白了脸，强撑着平缓了气息，方开口问："什么事？"

男人姓董，一家人务农为生，生逢乱世，数种田人最受苦，两个月前，他女人难产，几乎送了命，是黛秋一剂催命保命汤救了母子俩，董大爷对黛秋心存感激。

"萧姑娘。"董大爷上前一步，"正好你在这儿，看看这方子。"董大爷从怀里掏出一张盖了博源堂印信的方子。

黛秋急急地接过细看，只见方子上写着："桂、乌喙、干姜各一分，人参、细辛、茱萸各二分，贝母二分……"

"病人是胸痹之症？"黛秋看向董大爷。

"姑娘好医术。"董大爷道，"前次我父亲往博源堂看病，因着没带够钱，巩怀恩好一顿奚落，这方子便是他开的。家里钱不凑手，父亲就只买一剂药，倒见些效用，后来再犯病，父亲便又让我拿这方子抓药，谁知一剂药吃下去，人就不成了，家里人慌了，要抬他看大夫，老父就死在路上。"董大爷说得激动。

黛秋不及细想，道："董大爷，我们博源堂在庆云堡也立了二三十年，师傅的医术、为人、行事，大家伙儿都看着。若真是我们的方子有误，博源堂必不会开脱，巩师兄不在，我师傅也不在，董大爷若信得过李家的字号，且请先回去，待师傅从开原回来，必明明白白，给董家，给庆云堡一个交代。"

一个姑娘家把话说到这份上，大家纵有气恼，也不好再说什么，董大爷重重叹一口气，道："萧姑娘既然有话，我们先回去，李家若不能给我们一个交代，咱们只能公堂上见了。"董大爷转身就走。

眼见着众人走远，黛秋忙向老吴道："快着人去找周管家，将家里男人都撒出去，去找巩师兄，去开原找师傅。"

"你别急，按说怀恩从师早，也坐堂这久，必不会有大出入，是个误会也未可知！"翠荷劝道。

黛秋点头道："若是误会，真当烧香酬神了。"二人边说边向里走，未到正堂，便听见翠兰的尖叫声。

黛秋再顾不得，拔腿就跑。"今儿怎么了这是？这份乱！"翠荷说着，也不敢耽搁，忙跟上去。

二人还没赶到曹氏的正屋，只见半张门帘掉下来，风炉药壶碎在地上，翠兰也蜷曲在地，二人忙上前去搀。"什么事？"翠荷急道，"这是怎么了？"

翠兰结结巴巴地道："怀……怀恩少爷……"

"师兄回来了？"黛秋不敢相信。

翠兰话说不利索，干脆指向后院。黛秋便要去追，抬头看见那半截门帘："坏了，师娘！"说着，她起身跑进里屋。

正屋一片狼藉，为怀恩的婚事准备的各色聘礼被翻得乱七八糟。黛秋顾不上细看，直奔至曹氏的床前。只见曹氏半个身子压在床沿上，人已昏厥。黛秋伸手摸了摸脉息，发狠地朝人中掐下去。

曹氏长长缓一口气，悠悠转醒。"师娘，师娘！"黛秋轻唤着，"这，这是怎么了？"

曹氏恨恨地抬起手，颤颤巍巍地指向门口，半晌方一声哀号："他就是一匹喂不熟的狼！"说着，她手拍床枕，痛哭失声。

原来，众人去医馆讨说法时，怀恩原本还想与众人理论一番，特意寻出脉案，准备拿出去对质，却见脉案上明晃晃地写着："脉至如悬雍，浮揣切之益大，是十二腧之予不足也……"

是死脉，老人一个月前就已呈死脉之相，若那时对症下药，不能医好，许能延寿也未可知。

坐堂这些日子，因着有李霄云在，来找他瞧病的无不是些小病小痛，他渐渐懒散，连脉案也要陶二柱来记，他当时必是切出悬雍脉象，后来是怎么忘记的？

老人没带钱！怀恩猛地想起，他还奚落老人来着。他写错了方子，开错了药，老人虽有胸痹之症，用了他的方子只会加剧脉象衰竭。堂外叫嚷声传来，怀恩慌忙跳窗逃走。原想找师傅想法子，谁知师傅不在家，董家的人却先寻了来。

怀恩将心一横，李家女儿他娶不上，得意弟子他当不上，留洋求学没他的份，既是这样，李家就不能怪他不仁不义，怀恩干脆冲进正屋，将聘礼中的细软收入怀中，翠兰吓得不轻，被他狠狠一脚踹倒，曹氏惊醒，见状便唤他，谁知怀恩看也不看她，就在黛秋拦下众人时，他借着后院那棵老树，跳上院墙，翻出去了。

第48章
教不严师之惰

　　李霄云赶回庆云堡时，巩怀恩逃离李家已一日有余。黛秋命陶二柱将怀恩丢下的脉案重新拼接整理，誊写出来。"脉至如悬雍，浮揣切之益大，是十二腧之予不足。"

　　单看脉案无异，单看方子无异，可脉案与方子放在一处，那就是误诊的铁证，难怪怀恩要逃跑，若董家人告起来，罪名也是无可推卸的。怀恩从师十余年，万不该有这样的错处，更不该一走了之，丢下烂摊子给李家。

　　李霄云一页一页仔仔细细地看着，双眉不由拧在一处，抬眼看向陶二柱："怀恩的笔记一直由你来记么？"

　　二柱像是犯了极大错，低头搓着衣角道："起初少爷是自己记，又时常会翻出来看看，可是……"二柱不知该如何开口，犹豫着到底闭上了嘴。

　　"事已至此，你只管说。"李霄云沉声道。

　　二柱偷眼看看立于一旁的黛秋，不得不开口："这几个月，少爷就不大记了，都由他说，我写，老爷您知道，我没读过书，虽然萧大姑娘教过我一阵子，可统共也识不得几个字，有时先生说的话，我并不懂，也记不下来，他便让我随便写写，还说……还说……反正那些小症候他也诊得多了，必不会出差错。"

　　李霄云痛苦地闭上眼睛，疏忽大意医者大忌，没想到怀恩行医竟如此潦草，而他为人师，不能明察，竟让这样的人坐在博源堂的诊室里。

　　不待他自悔，门外是一阵嘈杂。宁六爷急急地跑进来："老爷，有警察来了，说老爷过失用药，致死人命。"

　　李霄云平静地道："是我报的案，六爷，您让警察外头略待，我跟黛秋交代两句。"

　　"师傅！"黛秋急得眼泪在眼圈里打转。

　　"好孩子，别哭。"李霄云缓声道，"怀恩之于我，实则与亲子无异，我教他医道，却没能教导他为人，是我的错。他行差踏错，我这个师傅不能独善其身。你师娘看着人泼辣，实则胆子极小，你替我照顾着她，我书房里有一个钱袋，里面正好五十块，你帮我拿给董家，是我的一点奠仪，董家老伯下葬时，你替我往坟前磕个头，道个歉。"

　　李霄云垂下眼眸，面上有愧，又沉声道："黛秋，原想着替萧师兄好好照顾你，现在却只能把李家托给你了。"

"师傅！"黛秋再忍不住，哭跪下去，"不是你的错！"

"这是医死人命！"李霄云正色道，"医不可欺，是非曲直总要给人家一个说法。'教不严，师之惰'，既是我的错，自然由我去领。"说着，他扶起黛秋，"好孩子，要哭且在这里哭个够，家里就靠你劝着你师娘。柜上的事，六爷很得用，你万事当心。"

李霄云松了手，自向外走去，黛秋定定立于原地，望向师傅挺拔的背影，咬一咬唇，狠命抹去眼泪。

庆云堡太小，李霄云进了警察局的消息不过小半天就尽人皆知了。知妻莫若夫，曹氏平日里说一不二，家里上下，连李霄云在内，无人不怕她，无人不被她训。黛秋已经竭尽婉转地将李霄云被抓走的事告知家人，曹氏还没听完，人就晕了过去。

幸而黛秋早有准备，捻长针往人中下一分，曹氏悠悠转醒，便拍着床沿号啕大哭。

翠荷只剩下陪着哭的份儿，一边抹眼泪，一边道："这可怎么好，这可怎么好……"

"师娘，听我说。"黛秋劝慰道，"并不是苦主报案，只是师傅自责太深。"这些事她在回来的路上便盘算过，"可这事经了官，总要有个说法。师傅让我送奠仪去董家，我这就去，董家若肯出面谅解，没有苦主，警察局也没有扣住师傅不放的理。"

"董家怎么肯出面？万一告起来，经了法院，咱们李家的脸面，你师傅这半辈子的名声可就……"曹氏说着，又哭起来。

黛秋缓缓起身，她有些恍惚，这一幕似曾相识，当年萧家被陷害，母亲也是卧病不起。可那时她十三岁，没有力量，如今，她已是桃李之年，李家对她有再造之恩，她拼了命也要为李家挡下这场风雨。

"师娘，你放心。"黛秋声音郑重，"一切有我。"

曹氏一惊，抬头正对上黛秋坚定的目光，莫名心安，不由带了一丝苦笑："好孩子……"曹氏忽想到什么，推翠荷道，"快，去叫老周，叫他派人把贞儿找回来。"

翠荷应声向外跑，黛秋便唤了翠兰进房来伺候，自取了钱袋，又命人套车，直奔董家。

董家穷困，黛秋远远见破败的院落，小院门前挂了白布幡幔。车还没停稳，她便急急地跳下车，只身进门，董大爷正应酬亲友，一眼看见身穿素袄的黛秋。便推自己老婆去支应。

董嫂子脸色蜡黄，想是月子里没养好，她认得黛秋这个救命恩人，忙迎上来："萧大姑娘怎么来了？"

"给嫂子道恼！"黛秋深施一礼，"这是我家师傅一点子心意！"黛秋说着将钱袋塞进董嫂子手里，"还请节哀顺变。"

两人正说话，董大爷凑过来："正好萧姑娘来了，不然我也要寻你去，不是我们报的官，这是那姓巩出的错，不干李先生的事。"

黛秋感激地红了眼眶，勉强笑道："大爷这样说，我们感激不尽。是师傅自己报了案，因为没能教导好徒弟，师傅十分自责。"

董家夫妇皆不敢相信，惊得半晌方回过神来，董大爷急急地道："这……这也过愚了，我们不是那不知好歹的人。李家这些年治好了多少乡亲，大家伙儿可感激着呢。"

黛秋朝董大爷又是一礼，道："谢大爷的体谅，明儿我想法子去看师傅，向他道明大爷的心意。那日我说，必给大爷一个交代，如今巩怀恩拿了家里的细软，去向不知，怕是要失信于大爷了。"

董大爷长叹一声："都是命，我们家穷成这样，有一口气在都不敢不干活，不然老爹的病也不会一直拖着……"

黛秋微微思量道："按说，这里不是说话的地方，但大爷这样说起，我倒有个主意，先与你们说说。我们博源堂也有药园子，只是苦于地界不大，大爷若肯，可在自家田里代我们种药，待有收成，我们按药市价收买，必不叫大爷吃亏。"

董大爷苦笑："不瞒姑娘，这法子我们不是没想过，可药材不比粮食，一来种子、秧苗贵得很，二来那药材不易种成，万一折在地里，全家连口粮都没有了，我们实在不敢。"

黛秋忙道："待大爷忙完眼前事，只往我们铺子里去，我寻个妥当人教大爷种药，种子、秧苗一应由我们出，如何？"

董家夫妇皆大喜过望，黛秋又说几句，便往灵堂前添香，恭恭敬敬地磕了头。

等车行得远了，老吴方开口问道："姑娘特地赶来，不就是来求情的么？怎么来了又不提老爷的事？"

黛秋望着略略萧索的田野，半晌方道："白事都没完，我就上门开口，他答应了，会让旁人说是收了咱们家的好处，失了孝义。他不答应，又驳了李家的面子。有道是，伸手不打笑脸人，师傅送了那么重的奠仪，我又许了他们家开药圃，等办结了这堂白事，他们自会处置妥当。"

老吴扭头看看黛秋，只比他的孩子还小几岁，不想处事竟这样周全。她明明来李家没几年，巩怀恩可是打小养在老爷太太跟前，真是掏心掏肺养出个狼崽子。

夜里，黛秋独自在书房盘算白天的事，她想把这里的事写信告诉长风，或许他跑惯了江湖，还能出些主意给她。可信笺铺开，她又久久不能下笔，她要写什么呢？难道让长风赶一千五百里路来帮她么？他又做什么来？她又凭什么要他来？

黛秋咬着笔管，半晌，终于落笔："桥儿，见字如面……"

第 49 章
辨药容易识人难

博源堂冷冷清清，黛秋走出诊室，正见陶二柱无精打采地擦着柜台，见她出来，忙迎上去："萧姑娘，这两天都没什么人，要不……您先家去歇着吧。"

"开医馆药铺的可不能盼着兴旺。"黛秋含笑道，"你且去忙吧。"实在也无事可忙，陶二柱拾起抹布，继续擦。

宁六爷立于柜台内，仍站得身形挺拔，见黛秋也只是微微点头。"六爷，昨儿托您往警察局打听消息，怎么样了？"

六爷低头沉吟片刻，方实话实说："原指望再想想法子，有了出路再告诉姑娘。可姑娘问起，我不能瞒着。听说董家的人递了陈情书，说明此事与老爷无关。"

黛秋大喜："是么？我只以为不会这么快。"忽然又觉不对，"那为什么还不见师傅回来。"

宁六爷愁眉深锁："这正是我不敢回明姑娘的事。警察局就是扣着不放，我辗转方打听到，不知是谁使了坏，说老爷学艺不精，收徒不明，害死人命，还要转到开原法院去呢。"

"什么？"黛秋大惊，"这……师傅半生积德行善，与人从无过节，是谁这样害人？"

"谁是李霄云呀？"身后一个懒散的声音传来。黛秋与宁六爷齐齐看过去，见几个身穿短衬长裤的男人走进来。

宁六爷见多识广，一打眼便知对方绝非善类。果然，还不等人答话，另一个人故意嘲笑道："大哥，您怎么忘了？李大夫技艺不精，治死人命，被关局子了。"话音未落，来人已经笑成一片。

宁六爷不慌不忙从柜台里转出来，上前抱拳拱手："几位爷，抓药您出方子，不抓药您请便。"

来人斜眼打量着宁六爷："我们是汇丰商号的，李霄云说我们卖假药材，害我们损了生意。如今他被抓了，想来医术也不怎么样，我们东家想请你们出个人，跟我们走一趟开原药市，当着药王爷的面，给我们商号正名。"

"我师傅被抓是自责太深，与你们商号贩假药是两回事。"黛秋斥道，

"这位女大夫，还是跟我们走一趟吧。不然……"男人冷冷一笑，"我这些朋友也不是吃素的，一会子万一有个磕碰……"男人没再说下去，只是笑得阴冷。

"姑娘别理他们，这里只交与我。"宁六爷伸手护住黛秋。

黛秋眼波微转，轻拉宁六爷的袖子，压低声音道："那背地里给咱们使坏的，怕不是这伙子？"

宁六爷大悟，黛秋又道："那我就得去。不进丰都城，如何看得见小鬼？"

宁六爷不想黛秋一个姑娘家，竟有这样的肝胆，忙道："那我随姑娘一道去，是人是鬼，咱们总得见见！"

开原药市依旧热闹，只是买货卖货的人无不在谈论着李霄云的事，开原药市再没人主持辨药的事，却是几家欢喜几家愁。朱九也听了这事，可他无论如何不相信李霄云会治死人命，正烦闷，忽听有人高声报门："庆云堡博源堂萧大夫到！"

这声音响亮，听着是报门，实则是个下马威，博源堂本就背着官司，更何况根本无人识得初出茅庐的萧黛秋。

然而箭在弦上，黛秋躲无可躲，她挺一挺胸，从容走进供奉药王的正堂。众人迅速聚拢近前，她只作不见，接过线香，新漆的药王爷法身安坐法台之上，单手捻针，气定神闲，似看着芸芸众生，又似在嘲笑世人的一场忙碌。

黛秋将香高高举过头顶："药王爷在上，弟子萧黛秋诚心礼拜，师傅穷尽半生心力悬壶济世，弟子求药王爷主持公道，还师傅清白。"说着，她上香磕头，半点不怯场。

出了正堂，外面已摆好长桌案，案上一盘一盘的药材盖着红布，一个唇角长痣，痣上长毛的瘦削男人立于桌旁，他姓陆，是汇丰的掌柜，他满脸是笑，却是笑里藏刀。

见黛秋出来，陆掌柜不阴不阳地道："萧大夫，往日里，你师傅就在这儿为大家伙儿辨药，非说我们的药材有假，如今他进了局子……"最后这一句陆掌柜故意高声。黛秋面无表情地瞥他一眼，此时若怒，就中了人家的计。

"姑娘是贵人，还是我来吧。"宁六爷欲上前，黛秋一把拉住他的袖子。

"六爷，你手上的功夫我知道，可我要躲了这差事，他们也不会让博源堂好过。"黛秋至长桌前，也不掀红布，直接端起最前面的盘子轻轻一嗅，"乳香，治诸疮，调血气。"说着，另拿一盘，"巴豆，去恶肉，排脓消肿……"黛秋放下一样，宁六爷掀开一样，无一错处。

众人正好奇，忽然见黛秋将一盘药材丢在地上，"谁家的牛膝？以为洗过晒干，就没人知道这东西发过霉？"

有那好事的人凑近细看，惊叫道："可不是，你们看看，还有没洗净的霉点子！"

人群不由惊呼出声。朱九几日的郁闷被一扫而空，他抢先上前，挑了大拇指："我说什么来着，博源堂都不是凡人，李先生一代名医，这才是他的好徒弟！"

黛秋朝众人微施一礼，含笑道："家师为人正直，来此是想绝了假药材，并不为难为谁。"说着，她又看向陆掌柜，"您看这样行么？"

陆掌柜才从大惊中回过神来："你……你……"

宁六爷正色道："你们汇丰商号让咱们给个交代，如今咱们交代了。我们东家说过，医不可欺！回去告诉你们东家，少给我们博源堂使绊子，要打就明刀明枪，背后捅刀子，我们博源堂也不是好欺负的！"

宁六爷说着，拨开众人，让黛秋先行。朱九小跑着追上来："姑娘，那日你救了老孔，我就知道你医术不俗，如今，你看这事当如何？"

黛秋赔笑道："九爷，我师傅应的事，我们当晚辈的该管到底，可您也听说了我们家的事，容我们先把家里料理清楚再来这里主持，必不叫假药材再害人。"

朱九忙点头："姑娘……哦不，萧大夫，有您这句话，我一百个放心！"

黛秋不欲多说，急急地同宁六爷赶回庆云堡。人还没到家，庆云堡警察署已将李霄云放了，周管家亲自带人带车，将高烧昏迷的李霄云接回来。黛秋急急地跑进正房，却是多普勒拿着听诊器给李霄云看病，黛秋忙伸手摸脉，翠荷忙拦道："你急糊涂了，自家人不给自家人医病！"

"师傅最不喜那些没用的规矩。"黛秋说着，也不用垫枕，只用手托着摸脉，只觉肝风内沸，动逆不息，分明是一股急火。

"劳动多神父了，师傅这是心病。我先行针发汗。"黛秋道，"旁的药罢了吧。"

曹氏拉着李霄云的手，抹着眼泪，道："秋儿，这可怎么好？"

黛秋忙安慰道："师娘，您宽心，师傅吉人天相，必会平安无事。"

有黛秋在，曹氏定了神，先向多普勒道了谢，才向黛秋道："方才听老周说，是董家的人与堡子里的名绅联名保你师傅出来。他们说，闹霍乱时，是咱们李家筹钱筹药，救死扶伤，他们都愿意替老爷作保。"

黛秋红了眼眶："师傅半生济世，既有这样的福报，必定无恙。"

曹氏握了黛秋的手："我的儿，多亏了你。"一语泪下，嘴里却反反复复，"多亏了你，多亏了你……"

三更鼓响时，李霄云方退了高热，渐渐转醒。

"师傅！"趴在炕沿假寐的黛秋猛地起身。李霄云转了转眼睛，才确定自己人在家中。黛秋忙倒一盅温水，扶着他的头送进嘴里。

里间屋曹氏披着小袄，由翠荷搀扶着走来，见这情形又滴下泪："老爷！"

李霄云狠狠咳两声，曹氏忙上前又拍背又抚胸，李霄云推开妻子的手："不碍的，你快歇着去吧。"又向黛秋道，"你一个人也不成，快去叫……"说着又咳嗽起来。

黛秋忙接口道："已经着人找师姐回来，师傅只管安心养病。全堡子的人保您出来，师傅看在大家伙儿一片心意的分上，自该珍重才是。"

李霄云苦笑一声："自我行医，谨小慎微，不敢错用一味药，不想教导出这样的徒弟，是我的错，都是我的错……"说着，眉头猛地皱紧，黛秋情知不好，却也来不及，一口鲜血直喷了半张褥子，连带着黛秋的衣袄，斑斑点点，十分刺目。

第 50 章

德高医贵

两匹快马狂奔直入庆云堡，街上行人闻声纷纷躲避。城内跑不开马，隋鹰心如火烧，抽出腰间佩枪，朝天放了两枪，路人皆惊，远远地避开。两匹马直冲向吉盛街，李宅门前，隋鹰、贞实双双跳下马。

老吴一把拉住贞实："我的老天爷，姑娘怎么不早回来！"说话间，老吴满眼是泪，抬眼看向门口一对白灯笼。

"爹！"贞实直冲进院子，隋鹰皱紧双眉，接过老吴递上的孝带扎于腰间："多早晚的事？"

"就前晚……你们再早一点……"老吴跺着脚道。

隋鹰退后一步，对着李家门磕三个头。他实在没想到，第一次堂堂正正地迈进李家的门，竟然是因为丧事，李霄云还没受女婿的叩拜，便已驾鹤。

李霄云被抬回来的第二日，开原药市送来一块红漆金字的匾额，上面四个颜体大字"德高医贵"。曹氏本想代为收下，可李霄云非要亲自向大家伙儿道个谢，曹氏拗不过，与黛秋一边一个扶着颤颤巍巍的李霄云出了正房。

带头的朱九唬了一跳，才几日不见，李霄云已两颊塌陷，双眼泛青，实非吉兆。

李霄云用力挣脱曹氏和黛秋，挣扎着迎向众人拱手，笑容恬淡从容："给老少爷们儿添麻烦了，我不过尽了医家的本分，这却受不起。"

朱九借着说话，上前扶了李霄云，方觉他全身都在发抖，朱九道："李先生，自你坐镇咱们药市，连关里药铺医馆都来咱们这采买，大家伙既放了心，又赚了实惠，这点子心意，略表我们一点感激之意。"

抬匾的人也凑上前："李先生，劳您剪个彩。"

朱九才要拦，李霄云已上前一步，伸手缓缓去摘那匾上绑着的大红绸子，手哆嗦得厉害，怎么也摘解不开。众人方觉不对劲："李先生，您没事吧？"

李霄云微微一笑，再忍耐不住，一口血直喷在匾额上。眼前一黑，便直直地倒在地上。"德高医贵"字字滴血，仿佛是一位医者穷尽毕生的墓志铭。

此刻，李家院子里挤满了人，翠兰将麻衣孝帽与贞实穿戴整齐。李贞实几步冲进灵堂，当日爷儿俩玩笑说话的情景犹在眼前。李霄云半生行医，半生行善，贞实怎么都没想到，她一时的任性，竟是与父亲的天人永隔。一眼看见李霄云的灵位，贞实腿一软，几乎跌倒。

隋鹰忙上前扶住她。贞实发了疯一样甩开隋鹰，拼命捶打他："都怪你，都怪你……"

隋鹰不闪不躲，任她捶："都怪我，都怪我，你使劲打！"

黛秋和翠荷忙上来拉贞实："先给老爷磕头要紧。"

一语提醒了贞实，她与隋鹰两人双双跪在灵前，磕着响头。曹氏哭着指着他们，说不出话。黛秋和翠荷搀了两人起身。他们又向曹氏磕头。曹氏别过头，不看他们。

黛秋劝道："师娘，好歹让他们起来说话。"

贞实却不起来，甩开翠荷，道："当家的！"

隋鹰立刻回道："怎么着？掌柜的？"

"我要巩怀恩。"贞实咬牙切齿地道，"活要见人，死要见尸。"

"掌柜的放心，咱们商号打今儿起就算一笔买卖不做，也要逮着那个挨千刀的。"隋鹰说着，双颊青筋暴起。

曹氏看着跪在地上的贞实和隋鹰："贞儿，我和你爹是上辈子欠了你的，同着姑爷先歇歇去吧。"

隋鹰惊在原地，反是贞实推他一把，他方如梦初醒，向曹氏磕着响头："请岳母受小婿大礼！"

除了本城有头脸的人，尚阳堡、开原等地皆有人来吊唁，连山上的猎户都赶来了，黛秋忙里忙外，幸好有贞实和隋鹰在，白事一点不错。

好不容易得一刻工夫，黛秋扶了贞实，悄声道："我瞧着你脸色不好，别是路上累着了。"

"哪儿那么金贵？"贞实不在意地道，"自跟了他去，我才真算见识了这世上的辛苦。原来爹娘给我的，真是金枝玉叶的日子。隋鹰疼我，他吃的苦只比我多一千倍。我心疼他，却只能看着他去闯，如今好歹算有些成色，不然，哪有脸再进这个门？"

"成了人家媳妇果然就是大人了。"黛秋道。

二人正说着，翠荷匆匆跑进来，不等她开口，黛秋先起身："是师娘又犯病了么？"

翠荷道："看把你吓的，太太吃了药才睡下了，睡前千叮万嘱，请贞儿姑娘往太太屋里歇去。我是特意来送个宝贝给黛秋，白日里忙乱，有信来，吴伯也顾不上送进来，我才往门房叮嘱他们看好门户，吴伯把这个给我，你快看看。"

黛秋一见信封便是一惊："是桥儿！"

翠荷笑道："这小子可算知道给家里来信儿了，也不知什么心性，明明是自己愿意去的，偏像赌气一样，才知道来信。"

贞实起身道："蓝小子也是个大人了。"说着低头看看黛秋身上挂的铁镜，"你还不与他说？要么行礼，要么退婚，这么拖拖拉拉，可不是个法子，你都多大了？"

不等黛秋说话，翠荷先道："哪个能如贞儿姑娘一样，杀伐决断得爽利，自个儿就给自个儿定下了！"贞实抬手就要捶翠荷，却被她双手托住，"好姑娘，太太还等着你呢。"

"我这就去。"贞实起身便拉着翠荷走。

黛秋先就桌前拆了信，不想蓝桥人在国外，字却有进益。信上先说了课业繁忙，又说异乡思亲，问候李家夫妇的身体，又问候黛秋。厚厚几页信纸，最后一页才写几句小孩子的话："姐，我想你，每晚梦见我回了咱们的庆云堡。我梦见你穿了大红的嫁衣……"

然而黛秋不知道，蓝桥终不敢写的是，他梦见那跨马戴花的男人终不是自己，梦里，他莫名悲伤，每每有眼泪滑出眼角，他便醒来，身处异国他乡，少年焦灼的心微微发疼，他摸出枕边的书，翻身下床，披上外衣。

蓝桥坐在宿舍一楼的小活动室里，这里是唯一允许昼夜开灯的地方。他摊开书，黛秋那张白如梨蕊的脸莫名出现在书上。他掏出纸笔，认真写着："姐，我一定会努力完成学业，尽快回到你身边……"

黛秋收起信笺，呆坐半晌，蓝桥不过走了一阵子，却似离开很久很久。照病镜折射出灯台的微弱光芒，却似无论如何也照不亮这暗黑的夜。黛秋铺开信纸，提笔思量半响，终于还是放下笔，伏案而泣："桥儿，师傅走了……"

李霄云出殡的日子，庆云堡中雪白一片，路祭棚由吉盛街口一直排到城门口，连那最穷的人家也扎了最贵的白布搭棚路祭。贞实扛着白幡一棚一磕头。

"掌柜的，我替你磕。"眼见贞实额上密密的汗珠，隋鹰心疼了，"你放心，保证一家也落不下。"

贞实一把推开隋鹰，她要自己磕完这些头，她要自己送父亲最后一程。好容易队伍到了城门口，隋鹰高声道："到城门啦，本家上车，亲友回吧，给大家伙儿添麻烦啦，本家谢过啦！"

黛秋忙上前扶贞实："师姐，咱们上车。"说着就要接白幡，谁知那幡幔左摇右晃，她只是抓不住，这才发觉不对，才要去扶，贞实如一只断线的风筝，左摇右晃，缓缓坠地。

"掌柜的！掌柜的！"隋鹰扑上来一把抱住贞实，一眼看见雪白的粗布长袄下衣襟浸出暗红一片。

最后看着棺椁下葬的人竟然是黛秋。黄土飞扬，几欲迷了黛秋的眼睛，李霄云爽朗的笑声似又响在耳畔……

"我看你有些行医的慧根，不如来我们柜上做个学徒……"

"救人实为医之根本，不以心头好恶决人生死，是行医的操守，还望诸位见谅……"

"你方才问我，面对强人，为何不怕。我现下告诉你，是你父亲当年教我，医不可欺……"

黛秋的眼泪到底一双一对地流下来，她本该孤苦无依，与蓝桥难活一命，李霄云救命之恩在前，养育之恩在后，黛秋穷尽此生也难报答，只可惜"树欲静而风不止"，她尚未报恩，李霄云这位救人无数的关外神医，终治不了自己的心病。

冷风吹过，黛秋肃敛衣裙，五体投地郑重下拜，喊丧的司仪高亮的声音在空旷的天地间显得格外苍凉。"孝子贤孙磕头啦！"最后一锹土落下，黛秋以额触地，向恩师告别……

第 51 章

博源堂不能倒

　　李霄云入土那天，贞实小月了。黛秋赶回来时，已有堡子里的千金科大夫诊过，胎不足三月，又大悲大恸，木火不发，金水不藏，保是保不住了，大夫开了一剂桂枝地黄阿胶汤落胎。

　　曹氏心疼得直掉眼泪："一出一出，这是怎么了？秋丫头，明儿寻个萨满法师来好好瞧瞧吧，别是冲撞了什么。"

　　"师娘，你急糊涂了。"黛秋安慰道，"师姐身子强壮，胎儿月份又小，伤身也有限。况阿胶峻补，师姐必然无事。"

　　翠荷在一旁也道："贞儿姑娘也不便在太太屋里了，今儿晚上就让她在秋儿房里，有秋儿在，太太还愁什么？今日大伙儿都乏了，我扶太太回房吧。"翠荷又拦又劝，总算请走了曹氏。

　　隋鹰蹲在院子里一言不发地抽烟袋，孩子不孩子，他没想过，可贞实受了这样的罪，他那颗心如同火烧油煎一般。

　　翠兰悄悄行至他跟前，轻声道："姑爷！"

　　隋鹰抬起头，愣眉愣眼地看向她，半晌方回过神来，这声"姑爷"是在唤自己。翠兰又说道："夜里凉，秋姑娘打发我来请您进去，贞儿姑娘没大碍的，您进去了，秋姑娘自然与您讲明白。"隋鹰掸掸长裤短袄，随着翠兰进了西厢。

　　贞实双目紧闭，躺在里间暖炕上，隋鹰凑上前，忍不住拉起妻子的手。"大当家别着急，已经灌下药了，师姐今儿也累坏了，这药镇定安神，她才睡踏实。小月虽伤身，但师姐年轻，底子强壮，并无大碍。"

　　隋鹰松一口气，朝黛秋抱拳道："萧大姑娘于我夫妇的恩德，隋鹰铭记于心。"

　　黛秋与翠荷不约而同地笑出声。翠荷忍笑道："姑爷，这位是小姨，是我们贞儿姑娘的亲师妹，您这位姐夫大可不必如此多礼。"

　　隋鹰这才意识到自己有些犯傻，黛秋指着小炕几上两三个暖壶，道："夜里她醒了，必会口渴，这一壶是暖水，那一壶是红枣当归汤，你服侍她喝下。师姐不宜挪动，今晚你们便在这里安置，我明儿一早再来瞧她。"

　　见黛秋的素白长袄有些微微发颤，翠荷悄悄扶上来，又向隋鹰道："姑爷也早歇了吧，我们这就去了。"说着，她也不等隋鹰再说些客套话，便扶了黛秋出门。

　　才听见西厢的关门声，黛秋几乎跌坐在地。"就知道你累坏了！"翠荷悄声说着，用力扶起黛秋，"再有几步便可歇下了。"

黛秋只觉两条腿如同灌铅一样沉重，一步也抬不起来，她咬牙迈腿，一踏进东厢便仆倒在地，身上再没力气，索性就坐在地上，捶着腿。

翠荷满脸担心，黛秋看向翠荷，忽然一笑，然而唇角不过微翘，眼泪便滑下来，翠荷一步上前，将地上的黛秋抱在怀里："好丫头，我知道，你身子累，心里更苦。你是老爷最得意的徒弟。这个家不能垮，博源堂不能倒，这家里的事就是我的事，贞儿姑娘到底不能挂牌开诊，外头的事就都靠你了。"

翠荷越说，黛秋越哭，从抽泣到呜呜痛哭，她将脸深深埋进翠荷怀里，这样便不能发出声音。翠荷再无可劝，只默默地抱着她，一动不动。

曹氏对隋鹰也渐次有了笑脸。娘儿俩背地里说悄悄话时，曹氏道："看那小子虎头虎脑的，心还挺细，我来时，见他守着风炉子，不错眼珠地盯着药壶，真真是比谁都上心。"

彼时，贞实倚着软枕歪在床上，听着母亲的话，也只是淡淡一笑。"你只管好好养着，有隋鹰在，这院子里还不缺人。"曹氏拉起女儿的手，"你彻底养好，可千万不能留下病根。"

贞实满口答应，心里却仍放不下博源堂，也不知黛秋那丫头能不能应付，贞实胡思乱想着看向窗外，清风吹过，吹下一片落红，关外虽冷，到底也是春天了……

落花没来由地落进窗台，黛秋向手札上写着脉案，半晌又翻开父亲留下的那卷行军手札看看。陶二柱悄悄开门进来送茶，黛秋见二柱正满脸忧色地看向自己。"这是怎么了？教给你的字还没学会？"黛秋问道。

二柱摇头："今儿又有柜上的学徒走了，走时还告诉我，咱们铺子医死人命，谁还敢来，早晚要关门。与其到时被遣散，不如早寻高枝。"

黛秋歪头看他："那你怎么不走？"

"我不走，我识的字，我认的药材都是在咱们铺子里学的。"二柱果断道，忽又担心，"大姑娘，咱们铺子会关门么？已经几日了，一个来抓药看诊的都没有。"

黛秋点点头："得想个法子，这样不是办法。"

昨日，她与宁六爷核了账目，柜上的药卖不出去，流水钱都坐住了，没有人来看诊，铺子里冷清，可越冷清，越没人来抓药。不用宁六爷说，黛秋也明白，且不说以她的名号撑不起药铺，就是"医死人命"这四个字也足以让"博源堂"这块牌子消失在庆云堡。

黛秋思量了几日，总算拿定了主意。今日见二柱这样子，更让她定了决心，道："二柱，请六爷进来说话。"

二柱应声而去，不过片刻，宁六爷便进了门："萧姑娘找我？"

黛秋忙起身请宁六爷坐下，方开口道："我想了个法子。他们不来找我看诊，我可以去找他们。"

"找……谁？谁们？"宁六爷听得一头雾水。

黛秋笑道："六爷，我想去走方行医。"

宁六爷几乎以为自己听错了："啥？你……你……"

"您看您，再咬着舌头。"黛秋故意说得轻松，"六爷，若说做些旁的，咱们在这世上未必活不得命，可博源堂不能倒，我师傅毕生的心血放在里面，我绝不让这名号倒下。"

"那……那你……"宁六爷深觉这姑娘说的对，可一个姑娘家当铃医，走街串巷，实在不成体统。

"您放心，昨晚上，我寻了桥儿在家的衣裳出来，我扮个男装。"黛秋道，"走方郎中古来有之，别说李家，就是我们萧家的祖宗也是这样行医的，不丢人。"

"姑娘，世人都不是傻子，你就算穿上黄袍，那也是个娘娘，你别瞧戏折上那女扮男装，都是骗人的。我知道你有心气，可你一个姑娘家名声可不是玩的。"宁六爷郑重道，"贞儿姑娘不是回家么？她女婿到底是个男人，支撑家业这样的事，还是交给男人去做吧。"

"他是该支撑李家的门户，可我要撑住的是博源堂。"黛秋目光炯炯，看向宁六爷，"这可是师傅留下的博源堂。"

宁六爷对上黛秋的眸子，李霄云最得意的徒弟，谁想行事也如李霄云般出人意料。宁六爷无奈一笑："罢了，只你必得答应我不许远走，更不许往山上林子里去，你比不得你师傅，到底是姑娘家，不能进山看病！"

黛秋欣然一笑："六爷放心，您一定要帮我守着铺子，您可是我的定心丸。还有一件事……"黛秋忽然压低声音，"千万别让我师娘和师姐知道。"

身负药箱、手摇串铃，黛秋每日在药铺里换了蓝桥穿过的短衣长裤，两条辫子是怎么也盖不住的，她索性编在脑后。世人皆是俗胎凡骨，又食五谷，再强壮的人也少不得头疼脚疼。这医铃声声，响在穷人门口，便似救命的福音。

黛秋这样走了一阵子，也才知道，原来这世上的穷是没极限的。对于穷极了的人家来说，只要不死，都算不得病。难怪李霄云常往山里诊病，山里的猎户只有生和死，没有"病"。

黛秋虽答应了宁六爷不进山，却也时不时去收药材，这日才行至山脚下一个破落院子，就听哭天抢地的声音从里面传来，她也顾不得其他，推开篱笆院门冲进去。土坯房里，男人紧闭了眼睛躺在地上，半截小腿露在外面，腿上的伤口红肿，流出黑色的血液，身边一个女人哭号不止。

黛秋也不说话，蹲身查看伤口，见伤口齿痕明显，道："毒虫咬的？"说着扭回头查看男人是否神志尚在，这一看不由一惊："赵大叔！"

第 52 章
药草不及世间苦

赵猎户缓缓张开眼睛，右边小腿疼得厉害。"老头子！"赵婶子猛扑到丈夫身边，"老头子，你可吓死我了！我以为，我以为……"赵婶子捂嘴哭个不停。

赵猎户缓了缓神，确定自己躺在家里炕上，身边是自己的女人："我咋了？"

"赵大叔，还认得我么？"黛秋探过头，伸手翻一翻赵猎户的眼皮，又查看了伤口，用力搬起赵猎户的头，赵婶子忙将浓黑的药汁强灌进丈夫嘴里。

"婶子，过两个时辰再给赵大叔换一次药。"黛秋轻轻放下赵猎户的头。

赵猎户抽一抽鼻子，勉力开口道："老婆子，是咱家酱缸没盖好么？味都飘到这儿来了，你快去盖严，小心生蛆。"

听他这一句话，赵婶子也放了心，道："可不是有味儿，你那小腿上正敷着酱呢。多亏女大夫来得及时，不然这会子，你可就过奈何桥了。"

"啥大夫？用酱治病？"赵猎户不相信地又打量着黛秋，"哎？这个女娃娃……不是那年给人灌泥汤的……这娃娃咋净出怪方子？"

黛秋笑道："叔，你连我都想起来了，可见那蛇毒也不打紧了。"说着，她收拾起药箱。

"好闺女，我们……"赵婶子边说边摸着上衣的里怀，"我们的谢银不多……"

黛秋忙推辞道："婶子，这谢银七年前大叔给过了。他收留我们姐弟三人，还管了一顿饱饭。"想起那夜的情形，黛秋忽有所动，厉春那张狰狞的脸莫名出现在眼前。

她拿出个小瓷瓶递给赵婶子："这里缺医少药，方才我让你用水研开的白芷祛毒丸你留着，房前屋后多撒草灰，蛇虫不近。"

赵婶子感激得不知如何是好，忽想到什么，忙道："我老头子是挖参被蛇咬的，哦对，他运气好，挖到一棵成形的，姑娘拿去吧。"说着，她急急地去寻参，急得炕上的赵猎户直要起身拦下。

"别乱动，小心血行太快，余毒复起。赵大叔，你是采参被毒蛇咬的，您这腿脚可走不动深山了，近边儿的山包，还有成形的老参，也是难得。"黛秋故意道，"看齿痕该是蝮蛇一类，这东西久盘老参，惊了咬人也属常事，只是，蝮蛇天生凶狠，一旦咬住不留余地，怎地咬你，会有上齿没有下齿？"

黛秋越说，赵猎户越心虚。眼见赵婶子不在房内，黛秋忽然压低了声音："您是自己拔了蛇的毒牙，本以为只剩余毒不打紧，却没想那东西毒得很，我刚才处理伤口的时候还看到其他疤，您可不是头一回做这事了。"

赵猎户脸色惨白，直说不出话。黛秋忽放缓了声音，悄悄道："叔，您不会一直这么幸运，总有郎中经过你们家的门，再有一次，命就没了，您这是图什么呀？"

赵猎户垂目不敢看黛秋。赵婶子急急地走进来，双手托着一张厚厚的油布，那布上果然躺着一棵几乎成形的人参。

黛秋双手接过，细细端详，忽然笑向赵婶子："婶子，闻着你们家的酱怪香的，你能不能赏我一些？"

"哎呀，又不是什么好东西，你不嫌弃，我这就去开酱缸。"话音未落，人又出去了。

黛秋轻轻一嗅，道："叔，您这参怎么有股子肥料味儿？深山老林，谁给它施肥？这移山参有移山参的价，山参有山参的价，您想把移山参卖出山参的价，用蛇牙刺自己，好让人相信您是真进了深山，您这可是在拿性命开玩笑。"

"这……这不是移山参。"赵猎户终于开了口，"这是我种的参。"黛秋惊讶地盯着赵猎户。

"我这身子骨早不成了，我没儿子，闺女嫁了，就剩下我们老两口。"赵猎户缓缓道，"我们俩怎么吃苦都不要紧，可不能拖累闺女。种子是我采参时得的，就悄悄地种在山根儿下的小片荒地里。怕人瞧见，周围都种了苞米挡着，所以，连那婆子也不知道。"

"您竟然种成了？"黛秋看看参，又看看赵猎户，山参性烈，普通地方根本不生长，清末便有医者、边民种参的记载，只是从未见过谁真的种出参来。

"也种了几起子，都没活。"赵猎户实话实说，"好容易活了这一回，这是里面长得最好的一棵，我原打算卖了这一棵，得个好价钱，够我们老两口吃到入土，就再不干这骗人的勾当。"

"其实我早知道了。"赵婶子不知何时站在门口，手里抱了小酱坛，"我不想你骗人，才想让这闺女拿走。老头子，你本分了一辈子，咋能干这事儿？"

黛秋眼眶一红，善良人终究善良，她含笑接过赵婶子手中的小酱坛："叔，婶子，那地既能种活参，就是块参地，咱可不能拿它种苞米。"

老两口愣愣地看着黛秋，想不明白她的意思。"咱这参种出来能入药就值钱。"黛秋说着将身上所有的钱都掏出来放在炕沿上，"我今儿就带了这些，待我家去再筹些钱来，等您把伤养好就放心大胆地种参，你种的我们博源堂都收，将来咱再盖个参园子，咱可就成了辽沈道上头一份的参农大户。"

"参农？"赵猎户不敢相信，"还有这个？"

"您必得应我一样，采的就是采的，种的就是种的，咱可再不许骗人！"黛秋正色道。

赵猎户用力点头："都听你的！"

离了赵家，天色将晚，红霞满天，黛秋只觉那晚霞也是热烈的，之前她只想凭医术扛起博源堂，却原来还有更多法子，她不只能卖成药，还能卖药材。

心中敞亮，步子便轻快，一边走一边盘算，可直到天色黑透，她还没看见庆云堡。自摇铃行医，她也去过不少地方，只以为路走熟了，那不辨方向的毛病也就好了，谁知到底又迷路了。

月朗星稀，虽有月光，却着实照不亮路，黛秋不得不停下脚，前不着村，后不着店，哪个方向都像是回家的路，哪个方向又都不像。远处忽然传来鸣叫声，黛秋慌不择路，快步向前跑，谁知误打误撞，竟上了官路。只是方向不辨，长长的路，两边看不到头，她实在不知道该往哪里走。

黛秋有些泄气，眼前忽然一亮，一辆汽车的灯光由远及近，停在她身边。"我说什么来着？我说前面有个人吧！"南江晚一手握方向盘，一手推开车门，"瞧瞧，这是谁呀？"不等他说完，骆长风已跳下车，急急地行至黛秋身前。

"你怎么跑到这里来了？陶二柱说你往山里收药，急死我了！"长风说着，上下打量黛秋。

黛秋再不想长风会出现，终于松一口气，腿一软，几乎跌坐在地。长风一把捞起她，道："你受伤了？伤了哪里？"

黛秋不觉红了脸，低头道："走得太久，腿疼得动不得。"长风也松一口气，拦腰将黛秋抱起。

黛秋再不想他会这样，一时要抱住药箱，一时又要挣脱，只是手忙脚乱，脸红得几乎浸血。长风反笑道："你又迷路了吧，咱们第一次见面时，你就迷了路，果然，只有你迷了路，我才能见到你。"说话间，他便将黛秋抱上车。

南江晚假装没看见后排座眼睛里只有黛秋的长风，前排座眼睛里满是怒火的红萼，等发动了车，长风才嗔怪道："李先生到底是名医，我只不信落败成这样，你一个姑娘家摇铃行医，连身家性命也不顾了么？"

"看你把我们庆云堡说成什么了？"黛秋赔笑道，"今儿这样的事也是头一回。"

"庆云堡？"南江晚实在忍不住笑，"萧大姑娘，不是我们拦着，天亮前你就到尚阳堡了。"

黛秋不敢相信地回头望来时的路，长风只心疼地看着她："前几天才在报上看到你师傅的消息，我想你一定难过，不见到你，我总不放心。"

南江晚从后视镜看了看他们俩，想插嘴又不敢，只能笑着摇头，为了这一见，长风推掉了上海大戏院的邀约，还赔了人家的包银，福荣兴损失不小，"美人误国"，可真是一点都不错。坐在副驾的红萼轻轻一声冷哼，细若未闻，南江晚瞥一眼她，更笑得不露痕迹，故意狠打方向盘，车在直直的路上画了个半圆，红萼没有准备，一头栽到南江晚身上。

"怎么样？我这肩膀跟你们骆老板练得还成吧？"南江晚笑得前仰后合，红萼看也不看他，却从后视镜里，看见黛秋也撞进长风的怀里，又立刻挣脱开。红萼狠狠咬着唇，夜色如墨，南江晚将油门踩到底，汽车扬长而去……

第 53 章

姐妹同心其利断金

吉普车径直开进吉盛街，黛秋才想起身上还穿着蓝桥的衣裳。"我……不能……"黛秋急急地道，"我要先回铺子。"

长风点头道："我只说李家待你这样好，怎么舍得让你摇铃行医，原来你是瞒着家里的？今日这样迟，只怕穿帮了。"

"师姐一定会骂我。"黛秋愁道。说话间，车已稳稳地停在李家门口，李贞实叉着腰，歪着头，面无表情地站在台阶上。长风利落地下了车，回身去扶黛秋。

黛秋本就坐不惯军车，又只顾看贞实如冰霜般寒冷的一张脸，一步迈下车，几乎跌进长风怀里。"别怕！"长风强忍笑意，"我约莫着，你师姐不吃人。"说话间，他向贞实拱手道，"隋太太好，在下骆长风。"

贞实跟着隋鹰走南闯北，总算也见过些世面，却是头一回见到长风这样如"不食人间烟火"般的男人，又听他自报家门，不由睁大了眼睛："骆长风……金不换？你是福荣兴的金不换？"

"不过是大家捧场，您既是黛秋的师姐，那唤我长风便好。"长风说着微微躬身一礼。

隋鹰原怕贞实气坏了身子，已在一旁说了半日劝慰的话，贞实不为所动，却见长风不过短短两句，他的婆娘面上竟见喜色，不由醋意上心头："什么金，什么不换，没听说过……"

贞实暗暗掐他一把，疼得他闭了嘴。"师姐！"黛秋心虚地开口。

"你还知道我是你师姐？"贞实不由一脸怒气，"你这什么打扮？我们李家苛待你了么？短你的饭吃么？你竟然背着我走街串巷当铃医？若不是今天我逼问宁六爷，还不知道黛秋姑娘的胆子如今这么大了。"说着声音陡然提高，"吴伯！"

门房老吴早等在一边，听这一声吓得他一哆嗦："姑娘，我在呢，你吩咐！"

"把这丫头给我锁西厢里，没我的话，谁放她出门我辞了谁。"贞实咬牙道。老吴不敢相信地看看贞实，又看向黛秋，为难地抿了抿嘴。

长风忙打圆场："隋太太息怒，我特地从北平跑来，就为给黛秋道个恼，您若关禁了她，我这一趟就白来了，今儿也晚了，不如让黛秋早歇着，明儿一早我再来打扰。请大姑娘给我个面子，来日姑娘若得空，我请姑娘看戏，只拣姑娘爱听的唱，如何？"

美色当前，贞实也难说个"不"字。一旁隋鹰不乐意地说："谁要听你唱戏？我们堡子的小月仙唱得才叫好听……"话没说完，贞实一拳推开他。

长风只作不闻不见，拱手道："还请高抬贵手。"

"若不是骆老板开口，我今儿断不饶你！"贞实愤愤地瞪黛秋一眼，"母亲睡下了，为着你，我还骗她说有急症，你出诊去了，回头别说岔了！"说着，她转身进了门。隋鹰狠狠白一眼长风，也急急地跟进去了。黛秋匆匆道谢，也小跑着进了门。

长风怔怔地看着她的背影，直到老吴关了门。"也就这样了。"南江晚道，"长风，上车吧，我可乏了。"

红萼不言不语，自下了车，先给长风开了车门，待长风坐定，她又小跑到另一侧，坐到长风身边。

门里的黛秋听见隆隆车声，便要回房，忽见东厢的灯亮着，她犹豫片刻，转向东厢走去。

"师姐！"黛秋轻敲门板，倒是隋鹰出来开门，"大当家，师姐睡下了么？"

隋鹰笑道："你们姐儿俩倒是心有灵犀，她连外衣还没脱呢，就等你来，快进来。"

黛秋自进了里间，隋鹰知她们俩有体己话说，便自向外间睡去。李贞实盘坐在炕沿上，向灯下做着针线活，听见黛秋进来也不抬头。

"师姐果然是人家娘子了，早先师娘费了多少心思教你女红，你只不学。"黛秋说笑着，坐在炕桌下首。

贞实冷哼一声，也不理她，黛秋自知有错，心虚地拨一拨油灯，道："师姐，自师傅走后，博源堂处境艰难，我……"

"我知道博源堂艰难，可艰难你跟我说呀，就你一个人能支撑多久？"贞实放下针线，怒向黛秋道，"我给了宁六爷一笔银子，让他以后有什么需要，只管来找我。"

黛秋抿一抿唇，忽然抬头直视贞实："然后呢？"

贞实不想黛秋会这样顶嘴，更加生气："然后我管，我能管的都管，管不了我把博源堂关了，也用不着你个姑娘家摇铃行医，让别人看见，丢你的脸，丢博源堂的脸，更丢我爹的脸！"

"师姐，我知道你嘴上说得厉害，实则是担心我。"黛秋笑看贞实，"可是不成啊，师姐，你们俩的商号也才有起色，商号里那么多兄弟谁家不拖家带口？你把商号的钱拿来支撑药铺，那商号怎么办？那些跟着你们俩弃恶从善的人怎么办？他们的家人又怎么办？"

一语问得贞实也没了话，黛秋继续道："师傅不在，博源堂便少了一块招牌，更何况还背着'医死人命'的重石，师姐就算有的是银子钱，又能撑多久？这就好比一个人得了弱病，咱们只管给他吃人参续命，却不用些强根基、固本元的药，让他养好身子，那再多的人参也早晚会吃死人。"

贞实不由点头，叹气道："何尝不是这个道理？只是……再怎么艰难，你也不能当铃医，有个一差二错，我将来怎么跟我爹交代？"

黛秋嫣然一笑，歪头悄向贞实道："师姐别急，我已得了强根基、固本元的方子。"

贞实满脸不解地看向她，忽然打趣道："嫁给骆长风？我可听说，他一年的包银够药铺吃一年的。"

黛秋红了脸，低嗔道："人家跟你说正经事，你只管胡说！"说着，她便向贞实耳边说了两句。

贞实先是一惊，随即疑道："成么？"

黛秋点点头，又笑道："还不止这样，我想起有人当年为了带走你，可留了一张鹿趋的开山契，这下可有大用了。"

贞实不放心地道："你可别想得太好，这里面的未定之数可多着呢？到时你可别叫苦！"贞实说着，便回身要去开炕柜拿体己，被黛秋一把拉住。

"师姐。"黛秋道，"你们的钱也是辛苦跑生意赚来的，再说你给家里的也够多了，若再多，影响商号的生意，日子久了，两口子难免龃龉，到时拿这个说事儿，可就伤感情了。咱们李家的事，咱们自己想法子。"

贞实笃定道："隋鹰什么都听我的。"

黛秋劝道："他听你的，是因为他知道你为着他好，若他觉得你心里不向着他，反向着别人，他还会事事听你的么？"

贞实方收了笑意，抬手拉住黛秋的手："咱们打小在一处，说实话，我前些年是不大待见你，我厌的是你比我稳重，比我勤奋，更比我懂我爹的心意。可是……"贞实细细打量着黛秋，"我今儿也不得不说句实话，咱们三个人中，只有你行事、行医都像我爹。"

黛秋反握了贞实的手："师姐这样说，就是心里还厌着我，在我心里，一直当师姐是亲姐姐。"

贞实忽冷了脸，道："你若真心这样想，打今儿往后，但凡遇见难事，要先告诉我，你可要记得，这李家可是我家……也是你家。"

四目相对，二人皆红了眼眶，乱世难济，家宅蒙难，李家虽无男丁，可姐妹齐心，自能顶门立户，撑起家业。油灯一闪，爆出一个滚圆的灯花，二人不约而同地笑了……

第 54 章

参茸养医成大器

长风艰难地踩着杂草树根，每一步走得极不稳当，黛秋走在他身前，却似走惯了一般，也不顾脚下，只是左顾右盼。出了山海关往北，大小山头一个连一个。山丘之间，冬暖夏凉，植被丰盛，最宜放牧。因此，养鹿之人早传了好几代。

那日黛秋与赵猎户商定种参之事，忽想起隋鹰的开山契。那可是国民政府颁发的准许占山养鹿的证照。老爷岭山势略高些，趟子也大，之前隋鹰带着一众土匪盘踞在此，也干土匪的活，也干养鹿的活。如今既想定了以药材稳住博源堂，那参是药材，茸也是药材。黛秋特意向曹氏要了山契，往趟子里看地。

鹿舍气味重，长风用帕子捂了口鼻。"你们哪来的？"一个上了年纪的声音响在两人身后。黛秋转身去寻，见一位两鬓、胡楂皆花白的男人，穿着一身补丁的衣裳，"你们是来收鹿的么？"说话间男人走近。

黛秋笑道："我们就是堡子里的人，哦，对，是隋大当家着我来寻养鹿的邱家。"

"我就是老邱，大当家让你来的？"老邱有些激动。邱家前后四代人养鹿，他少不更事弃了本业，当了土匪。可惜还没来得及做几件惊天动地的坏事，人就老了。隋鹰走时，分钱给岭子上老弱病残的匪众，让他们自讨生活，老邱便做回本行，圈几只鹿，勉强维生。

老邱将黛秋和长风让到自家小院喝碗粗茶。"邱叔，我看您这鹿养得……"黛秋没说下去，缓缓喝了口茶。

老邱一声叹息，"我那圈里原没有几头鹿，圈舍也少，成鹿和幼鹿难分开，成鹿放养时难免有沾染，鹿成了年是极健壮，轻易不生病，可它不病，跟着它的幼鹿受不得，就难免染疾生病，这趟子里，人生病了都难医，更何况畜生。"

"多一个鹿舍有这么大使费？"长风有些信不及。

"幼鹿得喂细料才长得好，住的地界要干净，不湿、不燥才长得好。"老邱不好意思地回头看看自己那塌了半边的土坯房，"我们这儿，您也见了，人都住成这个样。"

黛秋会意，思量片刻，道："邱叔，我想在趟子里修鹿舍，多多地圈鹿、炸茸，您老看可使得么？"

老邱眸子一亮，随即又黯淡下去："有隋大当家在里面，我不敢瞒您，有道是'家有千万，带毛的不算'，先说病，圈里有一头鹿得了瘟病可就全没了。再说咱这趟子的鹿不好，鹿的成色差着一截。养鹿是为了炸茸，实不相瞒，咱们这技术也算是祖传的，可到底比不得吉林的马记，人家当年是给皇帝家炸茸的，这茸是既看手艺，又看名号。"

黛秋点头，老邱说的都是真的，没一句推诿，她也放心一半，笑道："邱叔，您说的这些全在理，有您这么掏心窝子，我有心气养一趟子好鹿，还得求您帮着盘算盘算，我再找下另几家，咱们人多办大事，养好了，老少爷们儿都得好处，养不好，我担着，请您老赏脸，给我当个大柜。"

老邱惊得睁大了眼睛看着黛秋，见她面如桃花，着实年少。老邱想不出，她如何有这么大胆子，行这样的大事。长风见老邱这神情，只当他不放心，忙帮腔道："必不亏了您老人家，若不信我们，这里带了一些……"

老邱忙摆手："既姑娘信得过我，也不必往那几家费唇舌，只交与我去说，必让姑娘称心。"

辞别老邱，黛秋一路低头默默盘算建鹿舍、吊圈，围趟子、圈种鹿的使费，既聚了好几家鹿农，总不能让人家没个盼头。

长风眼见黛秋这情形，心知不好打扰，只是跟在她身后，谁知地上荒草树根盘错，黛秋一个不当，直直地绊上去，长风眼疾手快，一把拉回她。

黛秋一个不稳，直直撞进长风的怀里。"你也当心些！"长风含笑低头看向这个不知看路的姑娘，"如今李家是这个情形，再怎么盘算钱也是不够的。"

黛秋忙忙地退后一步，方开口道："师姐给了些钱，支应家里是尽够的，总不至于让师娘吃苦。只是要种参、养鹿花费不小，我得好好算算。"

"何苦费这些心思？"长风快走一步，挡住她，道，"我的心意你已尽知，前次你不肯随我走，还说了那些理想抱负。我是真心敬你的，因此也不曾强求于你，可你看看现下，你师傅不在了，李家既有女儿女婿支撑，你也该为自己着想。那乌龙的婚约是再不必理的，你只该为自己好好打算。"

黛秋绕过长风，远眺山峦："李家对我们有再造之恩。博源堂是师傅一生的心血，师兄跑了，师姐嫁了人，如今我坐堂，必不能眼睁睁地看着师傅的心血尽散，拼了命也不要紧，我定是要保住师傅的医馆药铺。"

长风双眉微蹙，目光炯炯看向黛秋，直把人看得红了脸，方开口道："我不知姑娘是这样有情义的人，愧煞多少须眉。既是这样，我仍是那句话，你等得，我便等得，待姑娘得展宏图之志再来寻你。"

黛秋忙要开口，长风却抢先道："你种参也好，养茸也好，缺多少银子钱只管从我这里出。"

黛秋摇头道："虽然你如今领着福荣兴是好事，可也有那么多人指望着你吃饭。你那包银不少，要养活的人也不少，若为我而薄待了他们，必使人心生怨，怨则易散，那时班子败了，多少人的生计没了着落，你万不可行这样的事……"

黛秋说着，只觉长风望向她的眼神有不同的神采，那目光渐渐有了仰视之意。她不得不停下来，回望长风，道："是我哪里说错了么？"

长风忽叹道："我只当你还是当年模样，却原来早有了这样的肝胆心肠。"见黛秋满眼不解，长风继续道，"你必定成就一番事业。姑娘只管做想做的事，并不用回头顾我，遇事也别只管一个人扛下，且别忘了，你身后还有我。"

话说得暖心，黛秋不是不感动，她俯身向野地里掐一朵兰花，怯怯递与长风。长风喜不自禁，将那兰花簪于黛秋的发缝之间，二人相视而笑。

风花雪月终抵不了柴米油盐，福荣兴上百口人等着吃饭，长风不日便回了北平，此后常有鸿雁传书，却实在分身乏术。

种参、炸茸说起来容易，做起来却是一步一坎。一场倒春寒，赵猎户家后院的参苗全冻死了。黛秋蹲在地头看着发黑的参苗发呆，长白山终年积雪，参能活，怎么移到这向阳窝风的山脚下，倒冻死了？

北方春短冬长，一个春天试不出苗来，便只能等来年。这样反复又试种一二年，博源堂李记"山底参"到底摆上参茸行，李记的参细白均匀，虽比不了老山参的药力强劲，可入药也是上好的，一时间，李记人参便叫响了整个参茸行。

彼时，鹿趟的第一批幼鹿长成，头上生出三叉茸来，十分好看。老邱带着两三个壮小伙子，前哨后赶地将鹿推进吊圈，利索地切断鹿茸，一架完整的三叉茸稳稳地落下。

老邱乐不可支地举着茸给黛秋看："茸嫩，毛色和皮色也好，萧大姑娘，咱们这回可是个丰收年，亏得你当初花重金买下的好种，不然哪能出息这些好茸！"

黛秋就着老邱的手看茸，笑道："没有梧桐树，引不来金凤凰，当初您老人家还嫌种鹿贵。"

老邱憨笑两声，递给身边的人："快送去煮炸坊，这茸越快炸越好。"

黛秋忙向那人道："再拿一架炸好的给我瞧。"

不过片刻，已煮炸、阴干的茸便被捧来，黛秋一见，不由皱了眉。"这回参茸行开市，我细细地看了马记的茸，果然好，茸毛鲜亮，颜色亮红，怎么咱们的茸这样暗？"

老邱也愁道："说不好，要说那样亮红的，咱们也炸出来过，只是十架里也炸不出一架，姑娘如今也是内行人，瞒不得你，炸茸的技艺各家都是秘不外传的，马记的茸那可是当年进贡的好东西，他们家的技艺旁人怎么学得会？"

"炸不出好茸就卖不出好价钱。"黛秋说着咬了咬唇，"听闻马老爷子如今也来了开原，我想去访一访。"

"我劝姑娘别去。"老邱道，"咱们的炸茸师傅就是马家多年的学徒，我看手艺也就那么回事，想来他们家的技艺不会轻易让人知道。"

"诚心感动神与佛，不见真佛我不甘心。"黛秋说着，拔腿就走。

"萧大姑娘真是快人快语！"老邱拦回她，忽然压低声音道，"作坊里的鹿胎膏等您来下那最后两味药，您怎么倒给忘了。"

黛秋一跺脚："可是呢，我原为这个来的！"说着转身就跑，老邱本想提醒她留神脚下，话没出口，人就跑远了，老邱哑着嘴，从眼角唇边的皱纹里咧出开怀的笑容……

第 55 章
有心之人不用教

关外的节气格外晚，黑龙江、吉林、通辽一带更是大雪封路，极难行走。因此，吉林马记参茸到开原城的时日便比往年晚了些。向来"马记不来，行市不开"，因此整个开原参茸行开市也晚些。

马记如今仍是老太爷马泰当家。得知他来了开原的消息，远近商号药铺的当家人排着长队来问安求见。马老爷子命人一概挡驾，可他不见归他不见，挡不住那求见的人围在他的院子不肯走。黛秋隔着一条街便见长长的队伍，心里也明白了大概。

"六爷，别往前去了，咱们去宝宴丰。"黛秋轻挑车帘道。

宁六爷也看见了那长长的人流，不由蹙了眉，又听黛秋说话，忙掉转马头，心里想着，先吃饱了再说。

不过一顿饭的工夫，挂着宝宴丰饭馆旗号的骡车越过众人，稳稳地停在小院门前。"借过，仔细蹭油……"黛秋提着大食盒，目不斜视，越过众人，行至门前，看门的小子先见了饭馆的车，又见黛秋提了食盒，只当是内院叫了席面，忙为黛秋开了门，赔笑道："姑娘留神脚下！"

"多谢！"黛秋含笑回应，说话间人已进了院子。

门口两个药商老客直目送黛秋进门，一个才开口："好俊的姐儿，宝宴丰我去过几次，怎么不见？"

另一个似才回过神来："哎？这女的眼熟，她是不是……那谁……哎，谁来着……"

一旁的宁六爷强忍着笑，他以为黛秋是去饭馆吃饭，谁知这姑娘竟然在饭馆叫了一桌子好菜，让伙计用食盒装了，再用饭馆的骡车送她来。那一桌子菜少说也值十块大洋，别说送一程，就算送回庆云堡，那宝宴丰的掌柜也是愿意的。

马老爷子正在院子里练一套五形拳，先见下人引黛秋进来并不觉什么，挥了两拳方觉不对，午饭他才用过，晚饭也太早了些。

"谁叫送的！"马泰声如洪钟，黛秋不自觉地停了脚步，先将手上的食盒递给引路的人，方转回身，不慌不忙地行至马泰跟前，恭恭敬敬地行礼："给太爷请安！"

马泰微眯了眼，打量着黛秋，只觉眼熟，一时又想不起她是谁。这一身花青色长袄花裙穿在她身上倒是得体，那腋下盘扣子上挂着的照病镜，晃得马泰眼前一亮："敢是博源堂的女大夫，你怎么干了这送饭的差事？"

"太爷好眼力！"黛秋不好意思地笑笑，她已二十三岁了，这三四年的磨难到底将她磨出与同龄女子不同的沉稳，"什么都瞒不过太爷的法眼。"

那引路的下人忙要上前："你……你到底是谁呀？你想干什么？"

马泰摆了摆手："无用的杀才，人都进来了才说这些，有道是'伸手不打笑脸人'，萧大夫特地送席面来，谁容你这样没规矩？还不下去！"说着，又笑向黛秋："萧大夫寻我有事么？"

黛秋又是一礼："太爷再说'大夫'两个字，我便要愧死了。初出茅庐，并不得要领，还在习学中。"

"虽说你是个女娃娃，可这话说得也太谦了。"马泰笑道，"我虽住得远，你们这里的风多多少少也刮得到海龙府，博源堂单靠女先生坐堂，三四年的工夫，成为远近第一等的医馆药铺，去年，你们李记的参可卖得不错，原先我只不信，出了我们长白山还有好参，谁知家下人买回两棵，倒算中用，你是个有能耐的。"

"太爷这样抬举我，可让我说什么好呢。"黛秋笑应道。

"不如说说，你使这促狭法子跑进来见我，做什么呢？"马泰边说边在院中藤编大圈椅上坐了，喝口温茶，又道，"我一个苦出身的老头子，没什么规矩可讲，坐，快坐。"

黛秋转了转眼睛，从袖口抽出一截鹿茸，双手捧到马泰面前："我那趟子新出的茸，实在拿不出手，但太爷是咱关外炸茸第一高手，少不得我厚了脸皮，求太爷给指点指点。"

马泰并不接，只看一眼茸，又看看黛秋，道："炸茸极辛苦，是女娃娃做的事么？再说……"马泰呷一口茶，缓缓道，"你们博源堂的鹿趟拉走我那里一个学了多年的徒弟，怎么还来寻我呢？"

黛秋察言观色，确定这老人家并未生她的气，方赔笑道："太爷最是心明眼亮，我们可既吃了这口饭，就该吃个明白。我只可惜了我那些好鹿好茸，不知差错出在哪儿。马记是咱关外参茸的脸面，太爷的手艺更是一绝，若得太爷点拨一二，便是晚辈这一世的造化。"

马泰也不说话，只拿一双笑眼盯着黛秋，片刻方道："其实这炸茸实在没什么，我当学徒的时候，那皇城根儿来的炸茸师傅也没教过我什么，不过一年的工夫，我就撺掇东家把那师傅辞了，因为我比他炸得好。这手艺活啊，最难得'有心'二字罢了。"

黛秋恭恭敬敬地听教导，见老人笑向自己，方开口应道："太爷说的是，我这小辈的原不该在太爷跟前造次，我这就回去好好琢磨琢磨，"说着轻轻一礼，"愿太爷安康，晚辈再啰唆一句，太爷常服的归脾汤该停一停，我这里有新制的定神丸，入药的人参也是我们李记的，效用极好，不比老山参火燥，太爷不嫌弃，吃一程子试试。"

马泰心下一惊，却还是不露声色地道："我是个粗人，只知你们行医的人讲究望、闻、问、切，可你不曾问过我，更不曾切脉，单看面相怎知我用什么药？"

黛秋微微凑近，又退后道，"我方才就闻见了太爷身上有黄芪的味儿，这药虽不名贵，味道却绵长，再有……"黛秋忍着笑，指一指马泰的前襟，"药算得不干净，桂圆肉染了太爷的衣裳。我想着，太爷有千秋的人，服归脾汤养身，最是安心脾，清神志。"

马泰忙低头去看，果见一点点药渣沾在他身上，捻起细闻，真是桂圆肉，不由朗声笑道："好个伶俐的丫头，好个灵透的鼻子！罢了，既收了你的食盒，我也当有回礼，可我们马家的技艺再不传外人的，你若不嫌累得慌，午后我那两个小孙子往开原城外的鹿趟里出工炸茸，你打个下手，可有一节，你不许问一句，问了他们也不会说。能不能学会，就是你的造化了。"

黛秋喜得忙行礼道："谢太爷成全！"

马泰缓缓起身，神清气爽地朝正房走，那被黛秋骗过的下人凑上来，没好气地逐客："老爷子歇觉了，您也请吧！"

黛秋不好意思地向他道了歉，正说着，黛秋已被带至门前，马家两位炸茸的小师傅正准备起程，下人将马老爷子的意思简单交代几句。一个眉眼才长开的小师傅不敢相信地打量着黛秋："女人？炸……茸？"

另一个倒没有别话："废什么话，打紧的快些走，赶晚回不来才有饥荒呢……"

一趟开原之行，马家两位孙少爷一句没教，黛秋也一句没问，可转过年，李记鹿茸便在营口大参茸行占了一席之地。

黛秋将那日所见细细记于杂札之中："茸有纹理，分粗细，纹理不同，水温不同，粗细不同，煮炸火候不同，故宜小锅细炸……"

时光最勤奋，流转如雷电，早出晚归的种参人，烈日下哨鹿的养茸人，庆云堡里生老病死连绵不断。一转眼，博源堂的牌匾重新漆了三四回，黑底金字终成了庆云堡乃至整个辽沈道的金字招牌。黛秋自己都不敢相信，自己这一路千难万阻，几次绝处逢生，整整走了十年。

这十年中，她医术更精，治好的疑难杂症也多，自然也远近闻名，乡里乡亲的都叫她"女先生"。宁六爷总揽药铺、参园、鹿趟诸事，小学徒陶二柱终长成了博源堂的大柜，成为黛秋身边最得用的人。

李家院正房里始终挂着"德高医贵"的匾额。曹氏还是那样爱说话，许是怕陪她说话的人太少，贞实养下儿子便一直放在母亲身边，隋鹰无父无母，连隋家的坟头草都没见过，他自作主张，让儿子姓李，《神农本草经》里有一味"志远"，贞实便给儿子取名"李志远"。

李家本无后，如今白白地得了孙子，曹氏喜得逢人便夸姑爷好，倒把自己的亲闺女放一边。贞实倒不在意，反说那是隋鹰至今没抓到巩怀恩，便拿儿子作人情，讨好丈母娘，正应了"父债子偿"的老话。

柏林的冬天也下雪，医学院的学生们刚刚观摩了教授的手术，文蓝桥穿一袭厚厚的银狐领反毛裘大衣，浓眉大眼，乌黑的短发，走在一群金发碧眼的同学之中十分抢眼。

　　上午他又收到姐姐的汇票。尽管他每一封家信都叮嘱姐姐不再要汇钱来，他攒下的钱足够他在柏林再学十年，可姐姐的汇票还是会定期出现。

　　雪花落在汇票上，洇湿了一点，阴霾的天空落下鹅羽样的雪片，蓝桥抬头望着天空，久久不动。他似乎早习惯了背井离乡，可就在这一刻，他想家了，他想回家……

第 56 章

世间总有疑难杂症

民国十三年的冬天来得特别早，黛秋将手放在手炉上焐暖了，方伸指切脉，目光凝视窗外，半晌方松了手，向满面愁容的中年妇人笑道："嫂子年庚几何？"

"我都四十二了。"女人道。

黛秋笑道："有闭结之相，我写张方子，您先吃三剂，好不好的，您再来瞧。"说着便提笔向纸上写"桂枝三钱，芍药三钱，丹皮三钱，桃仁三钱，甘草二钱，茯苓三钱，丹参三钱，上热以干姜为引，煎服"。

女人有些急切，凑近了道："萧大夫，我可是从尚阳堡投奔您来的，听说您是千金科的圣手，您得救我。我还没生儿子呢，我得生儿子，不然，我们家那死鬼可就娶小的进门了，小的要进了门，我可活不了了。"女人说着哭起来。

自从李贞实生下胖儿子，庆云堡有传闻，说贞实是吃了黛秋的方子，养壮了身子，一举生男。这话的前半句是没错，那养身子的方子确实是黛秋写下的，可贞实生男生女与黛秋是一点关系都没有。黛秋一个未嫁之人，解释也不对，不解释也不对。

"嫂子别急。"黛秋劝慰道，"且放宽心，吃上三五剂调养，待信期准了，那添丁的福气在后头呢。"

"可真么？"女人满眼期待。

黛秋笑道："你且先抓药，吃过之后就知道了。"

女人道谢而去，陶二柱挡住下一个看诊的人，先一步挤进静室："大姑娘，周家大奶奶来了，哭得跟个泪人似的。我让到后院了，你快去瞧瞧吧！"

翠荷最是个爽利人，幼年的苦难反成全了她的心胸，要真像陶二柱说的，哭得厉害，那必是遇着大事了。黛秋快步跑向后院，就在她少年时习学的课堂，翠荷临窗而坐，果然在抹着眼泪，侍候她的小丫头立于门口，见黛秋赶来像见了救星一样。

"翠荷是怎么了？"不等丫头说话，黛秋先开了口。

小丫头眼里也满是泪："萧大姑娘别问了，快去看看吧。"

"好好的，这是怎么了？你也先给我透个底呀。"黛秋一拉抓住丫头，谁知丫头"哎哟"一声，黛秋忙撩起她的棉袄，雪白的胳膊上满是青紫的鞭痕，黛秋大惊失色，"这是谁打的？翠荷断不会下这样的黑手，那……"黛秋似乎明白了，"大爷打的？周荣成打你？"

一语问得丫头眼泪直流，只不肯说话，黛秋心知问不出什么，忙回身唤道："二柱，快带这丫头去上药。"说着，她人已进了课堂。

翠荷仍掩面而泣。黛秋行至近前，抬手拉开她的手，想问她到底何事，却被眼前情景惊得一个字也说不出。

翠荷眼眶乌黑，两颊掌掴印子高高肿起，嘴角破皮处结了黑痂。黛秋几乎以为是自己看错了，翠荷是从李家门里风风光光送出去的姑娘，自嫁入周家，人前无不是光鲜得体，身子也日渐丰腴，显见是夫妻和睦。联想起方才那丫头的样子，黛秋更难以置信："翠荷姐姐，你这是……"

翠荷原不过是抽抽噎噎，见黛秋满脸关切，竟再抑制不住，一头扑进黛秋怀里："秋儿，我可活不得了！"

黛秋轻拍着翠荷的背："姐姐，天没塌，地没陷，你就哭成这样？"可无论她怎么问，翠荷也不答，足哭了一顿饭的工夫。

黛秋命人打水，给翠荷净面，翠荷只不用，连声赶人出去，才向黛秋伸手，道："你给我瞧瞧，到底是个什么病症？"

黛秋又是一惊："姐姐病了？"

"你先瞧！"翠荷冷声道。黛秋无奈，只得安静切脉，半晌又换另一只手，只觉肝木指郁，脾土自困，是长年操持，思虑太甚之相。想想翠荷这些年操持着周家上下，又帮着曹氏打理李家，实属不易，如今肝郁更甚，想是家宅不睦，气恼所致。

"上次让你用舒肝益脾的汤药还是去年的事，如今我再写张方子给你。"黛秋含笑劝道，"想是你肝郁气躁，两口子难免龃龉。是我的不是了，早该为你调养身子。"

翠荷丝毫不为所动，直直地盯着黛秋："就是这样？并没有别的？"

一语问住了黛秋，她轻轻摇头："并无大碍，姐姐别多心，倒是这伤，我取药膏替你敷上。"说着她便起身，却被翠荷一把抓住。

"姐姐做什么？"黛秋关切地看向翠荷。

"我身上已经两个月没来了。"翠荷贴在黛秋耳边悄声道。

黛秋睁大了眼睛，喜脉并非疑难杂症，但凡有迹象，她必摸得出来才是。可翠荷的脉象毫无喜脉的沉浮，更无闭结之兆。

"这……"黛秋看着翠花一脸的伤，顿时全明白了，"周荣成不会以为你……"

"他往关里公干，一去半年，回来见我这样怎能不疑？且你摸。"翠荷说着，抓住黛秋的手伸进自己的棉衣内，牢牢贴在小腹上。黛秋惊得说不出话，翠荷的小腹微微隆起，虽然很不显，却着实摸得出来。

"秋儿，我的性命、名节可全在你身上了。"翠荷说着又哭，"你必得诊出我的病症，给周荣成一个交代，给我一个清白。"

黛秋用力闭一闭眼睛，强迫自己沉下心，再睁眼时，目光中已是坚定："姐姐，别怕，有我在，必还你清白。周荣成不分青红皂白便把人打成这样，真当李家都是女人，没人出头么？"

翠荷紧紧攥住黛秋的手："你可千万别同贞儿姑娘说，她那性子，当年因为隋大当家没拿住巩怀恩，几乎要自己立山头，放火杀人，若她知道荣成打我，还不把周家拆了！"

黛秋狠咬一咬牙，朝门外道："二柱，派人带着那丫头，往周管家家里，打点大奶奶的妆奁衣物送咱们家去，跟周管家说，太太想大奶奶了，接来家住几日。"

二柱应声跑走了，黛秋长舒一口气："姐姐，别难过，这十年我也见过不少稀奇古怪的病症，你只放宽心。"黛秋说着，紧紧握了翠荷的手。

翠荷抬头，正对上黛秋坚定的目光，心头不觉松了两分，不由笑叹一声："秋儿，还好有你。"忽又想到什么，"可不能叫太太瞧见我这个样，她还不得心疼？"

"那你倒是快擦药。"黛秋赔笑道。

眼看年关，宁六爷拿各种的账目来，与黛秋细细对过。如今博源堂也还罢了，参园和鹿趟两处的进益竟足以让李家成为关外数得着的人家。赵猎户当了参园的大柜，老邱头当了鹿趟的大柜。

黛秋看账目时晃了神，翠荷该是什么病症呢，脉象不显，该是胎里带的隐疾，年深日久，才能血脉不乱。可什么隐疾会让女人停信腹胀？

"参园的赵爷说了，今年给柜上的钱比去年再加两成，让姑娘不必拨扩建园子的钱，他已将置地、修建的钱留出来了。快年下了，鹿趟那边几个小伙计抓了狍子、野兔等活物，想作节礼孝敬太太和姑娘。"宁六爷絮絮说着，却不见回应，方察觉黛秋走了神。

"萧大姑娘？"宁六爷又唤了两声，黛秋方回神望他。

"什么？哦，六爷您说，我听着呢。"黛秋掩饰道，"明儿见了赵掌柜和邱掌柜，替我谢谢他们。"

六爷合了账本，道："冬日里病症最爱反复，听二柱说，这几日咱们博源堂门槛子都快被踩平了，姑娘又看不得人病痛，虽然这样，也该先顾着自己个儿，您若累着了，这一大摊子可指望谁呢？"

黛秋笑道："六爷如今也会劝人了，也罢，账本子就劳您慢慢对去，师姐遣人送信回来，说年下必到家，师娘乐得什么似的，我回去帮她拾掇拾掇。"

门外仍旧鹅毛大雪，黛秋一袭天水碧花缎斗篷将人裹了个严实，早有李家的骡车等在外面，二柱扶她上了车。

宁六爷立于门口，目送黛秋的车走远，从前，他只是同情这姑娘的遭遇，也替李霄云一生的事业惋惜，如今，他才是由衷敬重萧大夫。邮递员骑着脚踏车，哆哆嗦嗦地停在博源堂门前："萧黛秋，有信来！"

宁六爷忙取了黛秋的印信，替她接信，见上面满是不认得的洋字码，惊喜道："是蓝小子的信，二柱，快，快派人给姑娘送家去，姑娘见了准高兴……"

第 57 章

最难医治是人心

周荣成见到辽沈道的"名人"萧黛秋不免有些心虚。托赖着李家，周荣成自小过着衣食无忧的日子，这几年，因着黛秋在参茸两项赚了大钱，周家的日子比从前更风光。看在钱的分上，周荣成对黛秋毕恭毕敬。"萧姑娘可是大忙人，怎么今儿得了闲？"周荣成赔笑上前。

黛秋打量周荣成半晌，方道："几次差人传话请周大爷过府说话，都没请来，这不今儿特特设了席面请，想来大爷当给我个面子。"

周荣成这阵子过得也不好，因着打了翠荷，别人还可，周大娘狠狠将儿子数落一顿，断言翠荷不是失德之人，可眼见不为真么？信期停了，小腹微鼓，不是有孕又是什么？他半年未回家，那女人竟怀上了，这绿王八当得也太结实了。

周荣成一直躲着黛秋，今天却是被陶二柱在公署门口强拉来。永宝顺的包间不大，贵在干净，黛秋也不让人，自朝上首坐，看向周荣成："大爷坐，按说翠荷是姐姐，我当唤你一声姐夫，可我要唤了这声'姐夫'，就该先找人给你一顿板子，与我姐姐出气。"

周荣成冷了脸："娘家人向着自家姑娘也在理，可你那姐姐……"

"我姐姐嫁给你十年，不生不养，按说大爷没休我姐姐，我当谢你才是。"黛秋缓缓道。

周荣成脸一红，低头道："夫妻一场缘分，总是我们福薄，也不能只怨她。"

"不能只怨她？还是……"黛秋声音始终平静，面色却越来越沉，"怨不得她？"周荣成心虚地抬头，似不敢相信地看向黛秋。

"想来因着我姐姐的事，大爷气着了，我瞧着脸色不好，若信得过我，我给大爷瞧瞧。"黛秋含笑伸手。

周荣成狠狠盯着黛秋，不自觉地袖起双手："如今别说庆云堡，就是放眼关外，哪个不知庆云堡是块宝地，去了个李神医，又来了萧神医？我这草芥小民不劳你动手。"

黛秋唇角微微沁出一丝冷笑，道："那也罢了，我今日心思不定，也不宜瞧病，那就先说翠荷姐姐的事，她并未有孕，这几日我细细查看，应是体内痞块。可这痞块的个头大，贸然用药活血消痞，恐有损姐姐身体，所以我今日寻你，是要讨个主意，你若同意用药，须得也往我们家陪着她，咱们慢慢用药，三月五月下来，能消了这痞块就是造化。"

周荣成哼笑一声："萧大夫别当谁是傻子，哪有什么活血消瘀？你是要给那贱人堕胎，还当着我的面儿，我虽不懂医道，却也不是傻子。用医术骗人也是你师傅教你的？"

提起李霄云，黛秋重重放下茶盏，盏托碎裂的声音让周荣成闭了嘴。黛秋垂眸不看他，这十年，她在行医路上，遇见形形色色的人，比周荣成更可恨的人比比皆是，她早练成了喜怒不形于色，再说看在翠荷的分上，她不能把事做绝，翠荷往后还要过日子。

包厢里有片刻的寂静，黛秋再开口，声音依旧平静："周大爷不信我，也该信我师傅，信博源堂的名号，师傅说过，医不可欺。我今儿就把话放在这，我们博源堂愿出车马费，你可着关里关外，可着全国请大夫去，谁能断出喜脉，翠荷也好，我也好，听凭处置，决无二话。"

"甭费那个事了。"周荣成冷笑道，"我和翠荷的事，我们俩都明白，萧姑娘一个局外人，别在这里掺和，你一个三十岁还不嫁人的老姑娘，懂什么呀？"

黛秋被噎了个大红脸，三十岁尚未婚嫁，黛秋仗着是博源堂的主事人，旁人当着她的面还不好说什么，风言风语总有几句吹进她耳朵里。

可周荣成当着面说，她轻咬一咬唇，努力平静心绪，方开口道："周大爷，咱们两家是两代人的情分，我如今好言相劝，一是看在长辈们的交情，二是看在这十来年你对我翠荷姐姐不薄。你我心里都明白，翠荷姐姐但凡不是品性纯良的人，也不能在你周家十年，她这些年的情义还换不来一个'信'字么？姐姐如今有病，咱们先治好她的病，旁的事往后再说，如何？"

周荣成不屑地道："若不是看在长辈们的脸面，这不守妇德之人，我必让她难立于天地之间！今儿见了姑娘，直当见了娘家人，我也把话说明白，休书已写好，如今这世道连休妻也是个麻烦事，还要去县公署画个押，明儿就接了那贱人，将这事办结。"说着，周荣成起身就走。

"周大爷！"黛秋立身叫住他，"'佛有度人心，人无脱苦意'，你不叫我瞧病，就以为我不知道你的病么？这些年你形消肉减，其损伤早已非一脏一腑，这病本可治，只是你讳疾忌医，不肯说与人知，也是我姐姐傻，活活地守你十年，这十年可是她最好的年华，年少芳华她都守得住，如今你反疑她不忠。可怜她大病在身，你不思救人，还在这里胡说八道！"

"我姐姐到底做了什么孽，遇上你这一道死劫。也罢了，你要离婚，那就离，明儿我就派人同你往县公署离婚。我必穷尽医术治好她，给她寻好人家，到时三年抱俩，让这世上有眼睛的人都来看看，是你周荣成没有德行，十年都没让她怀上！"

周荣成转身怒向黛秋，气得嘴唇发白："那个贱人竟连闺闱之事也讲给你，你一个姑娘家，不知羞耻！"

黛秋分毫不让，反上前一步："博源堂的牌子可不是泥捏的，还用姐姐亲口说这烂事？我也算有辱师门！从前不说，是有亲戚的情分，如今没了情分，我还怕什么？

我一个大夫，懂医理，能识人，有什么羞不羞？你那脏了心的才该好好修一修！"黛秋言毕拔腿就走。

"大姑娘！"周荣成心虚地要上前拦，"大姑娘，你听我说！"

"还有什么可说的？"黛秋冷眼盯着周荣成，"要么你信我，同我回家陪着姐姐，我医好了她，再医子嗣的事，要么咱们明天公署见吧。"黛秋说着，狠狠甩下周荣成，快步离开。

人才下楼梯，一眼见陶二柱立于门口，正向楼上张望。黛秋快步下楼，陶二柱一见忙迎上来："大姑娘，周姑爷怎么说？"

"他认定姐姐是喜脉。"黛秋方才还理直气壮，此刻已愁容满面。若让翠荷知道要离婚，那分明是要了她的命。

"姑娘，咱先回，回去我再跟你说。"陶二柱自赶了骡车，并不回博源堂，反向堡外行去。

黛秋轻挑车帘，察觉路不对，忙问道："这是要去哪里？做什么去？"

"姑娘别问了，您到了就知道了。"陶二柱说着，又狠甩两下鞭子，不一时便行至一处小村落，村口独门独院，几间瓦房，显见得比旁人富贵。

陶二柱停住车，放下梯凳子，扶着黛秋下了车。"这是……什么地方？"一股浓浓的线香味飘来，黛秋动了动鼻子，不觉眉皱更深。

二柱小声道："姑娘有所不知，我幼时在家，听老人们嚼闲话，说有户男人不在家，女人大了肚子。婆家只当是媳妇红杏出墙，便将女人活活打死。为了给娘家一个交代，还寻仵作为女人开膛验尸，谁知女人肚子里还真多出一块血肉，上面还长了头发，只不像个人形，有那积年的仵作慌了，连连烧纸告罪，说那是鬼胎，是女人在睡梦中被色鬼……"二柱停了停继续道："所以我想，周大奶奶会不会也是……"

黛秋冷眼看着陶二柱，吓得他闭了嘴，但下巴却不自觉地往小院里指。黛秋心中了然："这是哪位'大仙'的府邸？"

二柱一听，又来了精神："这可是辽沈道最有名的萨满法师，家里供着四梁八栋，一堂口的地仙，无论哪位大仙出来给瞧瞧，准能把咱周大奶奶的病给治了，我好不容易找到这里呢。"

黛秋抬手要打，陶二柱伶俐地抱住头。"二柱，你可真出息！咱们是什么样的人家？'子不语，怪力乱神'，我没教过你么？还鬼胎？你叫那鬼出来，我倒要问问它，我翠荷姐姐年轻貌美的时候怎么不惦记？"

"就是如今，周大奶奶也是咱堡子里的美人。"陶二柱赔着笑。

"你……"黛秋只觉似有一道灵光闪在脑中，她定定地立于原地，思来想去，面上有了笑意，一把拉住二柱，"你别说，二柱，你提醒了我，我定是在哪本医书上见过这'鬼胎'。快！"黛秋说着，也不用人扶，麻利地跳上车，"快回家！"

陶二柱忙地跳上车，扬起鞭子就走。车走出一射之地，他仍心中不服，嘀咕着："我说'鬼胎'就不对，医书上写的就对，那医书还不是人写的……"

第 58 章

归尾红花苗翠荷

将归尾、红花、丹皮、附子、大黄、桃仁、官桂、莪术各五钱放入碾内，磨成细粉，用白醋和了，团成丸，一次服三钱，黛秋心里盘算着，以翠荷的状况来看，这些药丸不待服完，便可打下"鬼胎"。

这几日，她翻遍古籍医典，果见《本草真诠》有"鬼胎"的记载，然而这种极少见的病症又实在没有脉案可依。这样日夜不眠地又思量几日，黛秋下了决心，翠荷是宫体内病变，少不得先清宫去瘀，再图其他。

黛秋可以确定，这病灶是娘胎里带来的，有人终生不发，一世无恙，有人不幸发病，若不及时医治也是要命的。昨日，黛秋好不容易才向翠荷说清了这病症的根源和治病的法子。。

"我若真吃了这药，那怀胎之事岂不是坐实了？"因着气恼，翠荷已几日水米不进，如今歪在床上，人瘦了一圈，面色蜡黄。

"姐姐，先保命才是正经，只要病能好，其他慢慢说清。"黛秋劝道。

"傻子，他若信，你与他说时，他就该信。"翠荷抹一把眼泪，道，"他不是不信你，他是不信我。我再吃这堕胎的药，他若知道一点风声，越发以为抓了实证。你没嫁人，不知两口子的事。他若真心待我，即便我行不轨事，他也会自认薄待于我，如今这病倒试出他的心，只可惜我这十年，不过一场痴想。"

黛秋紧紧握着翠荷的手，眼中不觉也含了泪："姐姐，你看看我，我是你妹妹，还有桥儿，咱们仨死里逃生到了这里，姓周的要如何也罢了，姐姐这样灰心，是连我和桥儿也不顾了么？"

一语戳在翠荷心头，她再忍不住，揽过黛秋，"呜呜"地哭起来。黛秋以为自己劝动了翠荷，便着手备药。

翠荷还不曾生养，万不能伤了宫体。黛秋亲自配料和药，眼见一颗颗亮黑的药丸滚在药碗中，似看见了希望。一阵脚步急响，黛秋心头一惊，一颗药丸滚落在地。

"姑娘！"翠兰急急地跑进来，"姑娘不好了，周大奶奶不见了！"

黛秋惊得起身："好好的怎么不见了？什么时候的事？"

翠兰跺着脚，急道："我早起听房里没动静，只当大奶奶还没起身，因要服侍大奶奶用龙胆舒肝丸，我进了屋，谁知床上是空的，被子也是冷的，大奶奶的棉衣斗篷都不见了！"

"坏了！"黛秋说着拔腿就跑。

晨光清冷，周家那算不得体面的院门"吱吱呀呀"地打开，老门房哈欠打了一半，生生咽了回去，因为他看见家中主母竟直挺挺地立于门前。翠荷一袭大毛领天青色水墨纹锦缎面的斗篷，一张鸭蛋脸上薄施粉黛，头上发髻整整齐齐，三对素银扁方压发，清清净净地立于白雪之上，格外清冷动人。

　　"大奶奶怎么在这里？仔细冻着！"老门房说着，敞开了门。

　　"叫大爷出来！"翠荷冷冷开口。

　　"您这是……"门房站着没动，却眼睁睁看见翠荷从斗篷里伸出手，手上竟紧紧握了一把匕首，"让周荣成出来！"

　　门房再不敢耽搁，小跑着进去叫人，不过片刻，周荣成一边系着棉袄的盘扣，一边急急走出来，翠荷站在雪地上仍举着匕首，手冻得通红。

　　"你……你这是做什么？"周荣成不由退了一步。

　　周家的小院夹在几个大杂院之间，左邻右舍大多是早起的穷苦人，见这情形也都渐渐聚在一处观望。

　　"周荣成！"翠荷竟还是第一次这样称呼自己的丈夫，"我苗翠荷，虽然是流放到此，却是受人牵累，从大清朝到如今，我没干过一件有违天理、有违良心的事。"

　　周荣成结巴地道："你……你先把刀放下！"

　　男人竟这样懦弱，翠荷只觉好笑又好哭："周荣成，你不能行人伦之事，我从没怨过，原想着夫妻一场，恩情比什么都要紧。"

　　围观众人皆是一惊，周荣成满脸通红："你胡说什么？"

　　"十年！"翠荷忽地提高声音，"我一个清白身子，守了你十年，一心一意，不曾有一点外心，我就算焐块石头，也该焐熟了，焐化了，不想你身子不硬，心倒是硬，是非不分，皂白不辨，不顾我生死，只怨我不忠。"翠荷冷笑一声，"我告诉你，不是我不忠，是你心虚！"

　　"贱人！"周荣成怒道，"行下无耻之事，还有脸在这里叫骂，来人，给我轰走！"

　　"我看谁敢？"翠荷怒斥一声，一来她是主母，二来她手上有刀，并无人敢靠近。

　　"姐姐！"黛秋拼死推开人群，翠荷闻声见她，忽然掉转刀锋，将锋刃贴于颈上。

　　"都别过来！"翠荷尖叫一声，黛秋刹住脚步。

　　"姐姐，你别做傻事，就算离了周家，你还有我，你还有桥儿，师娘当你是亲女儿一样，你有个好歹，她可怎么办？"黛秋急道。

　　翠荷忽然一笑："我今儿来，就是要给太太一个交代，不然他们会说太太教养得不好，我是从李家门里抬出来的，断不能背了这污名，再被他们踢回李家去！李家门里门外都是干净的，我苗翠荷这个人，这颗心都是干净的！"

　　"我知道，姐姐，我都知道！"黛秋咬着牙道，"咱们回家好不好？自有太太为咱们做主。桥儿就要回来了，他都长大了，你还没见过他长大的样子，咱们不是约好，等桥儿大了，咱们就回京城去。"

翠荷缓缓摇摇头，两行清泪顺颊而下："秋儿，我这一世，原就是个不受待见的，可我从不曾怪过老天爷，咱们姐妹这些年，太太又养我一场，贞儿姑娘、蓝小子，还有去了的老爷，我回回想起，都觉得这一世活得不冤。我原以为，周荣成与你们是一样的，还想着后半辈子我都踏踏实实地跟着他，有没有子孙后代有什么要紧，他有我，我有他就够了。谁知老天爷终不肯把好的给我！"

黛秋顿时看向周荣成，眼下只有周荣成才能救翠荷。周荣成的目光也不自觉地瞥向黛秋，他似乎也意识到，此刻他该说些什么，可他动了动嘴唇，一个字都没说出来。

"周荣成！"翠荷凄厉的声音叫住男人，"我苗翠荷对天发誓，永生永誓再不进你们周家的门，即便我成了野鬼，无坟可入，也决不入你们周家的坟。姑奶奶我这就让你看看，我肚子里到底有什么！"

黛秋惊得飞奔上前，却已来不及，只见翠荷将匕首高高举起，毫不犹豫，狠狠刺进腹中。暗红的血浆直喷在黛秋的脸上，她不管不顾，扑上去接住摇摇欲坠的翠荷。

"姐姐，你不要秋儿了么？你答应过我，要一同回京城去！"黛秋按住伤口，生怕翠荷发狠拔出匕首来。

"好妹子……"疼痛太过剧烈，翠荷只觉这一刀似刺在心上，"我不能……陪你了。求你……"翠荷用被血染红了的手一把抓住黛秋衣襟，"求你……剖开我的肚子……还我一个清白。"翠荷气息渐弱。

"姐姐，你别说话，我一定会救你。"黛秋紧紧裹住她，"咱们回家！"

血染红了天青色的斗篷，在雪地里洇出一个大大的血圈。翠荷目光渐渐涣散，近在眼前的黛秋也渐渐变得模糊。

"千万别……千万别……"翠荷再说不出什么话，口里涌出鲜血，可她仍努力要说些什么。

黛秋死死将她抱住，哭道："千万别把你埋进周家的坟茔。"

翠荷瞬间松开黛秋的衣襟，面上是如常的笑容，她双眸一亮，似突然有了精神，双手握紧刀柄，声音陡然提高："周荣成，你给姑奶奶看……"话音未落，她奋力一拔，没入腹中的刀刃生生被她拔出来。

"姐姐！"黛秋惊叫一声。翠荷的目光就停在黛秋身上，仿佛她是自己在这世间唯一的牵挂。

第 59 章
零落成泥碾作尘

突然两声枪响，震开了围观的人群，两匹快马飞奔而来，李贞实不等马停稳，便飞身跳下来，她手里一把盒子枪，枪管还冒着白烟。地上一片血红，她自然知道发生了什么，她不去看翠荷，抬手将枪口直指向周荣成。

"掌柜的，掌柜的！"隋鹰丢下马，一把抱住贞实，"掌柜的，他一条狗命不值一个枪子，可翠荷已经出了事，这就是要了丈母娘的半条命，你再要了他的命，万一周大娘跟着有什么好歹，你才真是要了咱丈母娘的命。"

"那是你丈母娘！"贞实甩开隋鹰，"当家的，你枪法准，不许他死，给我打他个十枪八枪。"

"他……他这小身板，怕一枪也顶不住。"隋鹰看都不看周荣成，只恐媳妇开枪。

贞实举着枪，死死盯着周荣成。"师姐！"黛秋忽然开口，声音不大，"不能让他死！"黛秋轻轻放平翠荷，像是生怕她冷，脱下自己的斗篷盖在她身上，伸手抓起那把匕首。

隋鹰以为她也要寻短，欲上前夺下，却被贞实推开。黛秋缓缓起身，用匕首指着周荣成："你来！"

周荣成早被贞实的枪管吓软了，哆嗦着不敢动。"叫你呢！"隋鹰没好气地几步上前，像拖小鸡一样将周荣成拖到黛秋跟前。

"你给我睁大眼睛看着。"黛秋的声音仿佛是从胸腔里喷出的一股怒火，黛秋左顾右看，似在找什么，又像是什么都找不到。

贞实将身上的皮袄脱下来，披在黛秋身上："大冷的天，你别再给我出什么事。"说着就要去拿黛秋手上的匕首。谁知原本她说什么，做什么，黛秋似元神出窍，不闻不问，只是才碰到她手上的匕首，黛秋便似通了神一样，猛地将匕首背在身后。

"好好好，我不动，你也别乱动，小心伤了自己！"贞实拉住她，忽然压低了声音，"死丫头，我知道你要干什么，可你想好了，人都没了，还要死不安宁，值得么？"

"翠荷姐姐说，她要清白！"黛秋的声音始终不像从嘴里发出来的。

"行！"贞实咬牙道，"就让那姓周的也死个明白。"

不过片刻，隋鹰从周家拉出一条长案桌并几条棉被，翠荷被安置在上面。周荣成和他亲爹周管家，还有周家的两个舅舅，被强迫围在案台旁。

黛秋缓缓举起匕首直直向翠荷的腹部切下去。中医外科，古来有之，只是黛秋从没想过，有一天自己会亲手切开谁的身体。

黏腻的血浆缓缓漫出翠荷的身体，黛秋双手通红，缓缓从腹中撤出，一块拳头大小的血肉被她托在手上。如瘤如瘕。

周家人早躲的躲，避的避，不敢看黛秋一眼，唯有周荣成被隋鹰强按住头，提着头皮，不让他闭眼。见黛秋这情形，周荣成再坚持不住，瘫坐在地上吐得七荤八素。

黛秋托着那坨血肉，径直送到周荣成面前："这是从翠荷姐姐的宫体内取出来的。此前我只以为是疹块，原来是瘕痕，这是上一代母体有孕时，五行不畅，身体受损，导致婴孩儿天生有痕，初时很小，因它自来就有，脉象上摸不出来，待病发时，瘕痕胀大，吸收宫体养分，便会出现停信或是崩漏的症状，民间叫作'鬼胎'。"周荣成尽力扭曲着身子，企图躲避。

"我有法子除了它的，我本有法子治好姐姐的！"黛秋疯了一样将血肉怼到周荣成眼前，"你看看，这不是胎儿，你睁开眼睛看看！翠荷姐姐没有身孕！你逼死了我姐姐！你还我姐姐！"

周荣成只哆嗦成一团，根本不敢看一眼。

"黛秋！"贞实一步上前抱住她，"剩下的只交与我！"

黛秋狠狠将那血肉朝周荣成劈头盖脸砸下去，周荣成吓得一声号叫，人直直地栽倒，晕死过去。

隋鹰有些担心地对上贞实的目光。"死不了！"贞实说话间，黛秋早挣脱了贞实的手，一步一步走回案台前，拿起一旁的针线，一点一点缝起翠荷的肚子。

黛秋缝得极仔细，仿佛在缝补翠荷最漂亮的一件衣裳，她脸上泛着异样的红光，唇角始终含着一丝笑意，这世间终有"清白"二字。

缝了肚皮，又要缝衣裳，手上因为干涸的血渍太多，让她的动作笨拙。"行了，我来吧！"贞实立于她身边，悄声道，"让我也尽尽心。"贞实说着，去接黛秋手上的针，可黛秋不动，针沾了血浆粘在她的手上，拿也拿不下来。

"黛秋，你能做的都做了。"贞实的语气不觉重了几分，"翠荷已经死了，难道你想自己也赔进去？"

"我的错！"黛秋讷讷地道。

"你说什么？"贞实以为自己听错了。

"都是我的错……"黛秋的声音越来越小，她如同一只断了线的风筝，缓缓飘落在地。

"黛秋，黛秋……"贞实伸手去拉她，只拉不住，忽然一双大手稳稳接住了黛秋的身子，男人的声音低沉浑厚且带了暖阳的温度："姐！"

黛秋似心死了一般，不知昏睡多久。"姐，姐……"蓝桥的声音轻轻响在耳边，黛秋缓缓睁开眼睛，只觉手脚僵硬，只能转转眼珠，一张熟悉又陌生的脸现于眼前。

"桥儿？"黛秋艰难地动了动嘴，她不敢相信地盯着眼前人。

"姐！"蓝桥分明在笑，眼中却盈了泪。

真的是蓝桥，黛秋想笑，嘴唇微微一动，那干裂的口子又浸出血来。"别动！"贞实的声音响在蓝桥身后，她用力胡噜一把蓝桥的头发，"这小子也不给家来个信就跑回来。谁知一回来就见你晕死在街头。你没死，差点吓死他。"

贞实说着，端过药碗，向蓝桥道："把她弄起来，这个喝下去，哎，对了，你刚才给她打了针，万一她有个好歹，错可在你，不在我。"

黛秋的身子软得如一团棉絮，蓝桥干脆让她靠在自己怀里，用小银勺将药汁一点一点喂进去。"我可好几年没下方子了。"贞实假作认真地道，"万一你姐姐真有个什么可别怪我。"

蓝桥听说，忙要亲自尝药，贞实一把拉住他："人都长这么大了，脑子怎么一点不长？我早尝过了，放心啊，吃不死你那宝贝姐姐。"说着，又向黛秋道，"你整躺了两天，你那傻弟弟不眠不休，守了你两天，你喝了药别睡，一会子你们俩都喝碗粥，再都给我好好歇着，再出幺蛾子，你看我饶了你们哪个？"贞实说着挽起袖子走了。

黛秋抬头，正对上蓝桥一双笑眼。"姐，你别怪贞姑娘说话厉害，这两天全靠她，太太知道……翠荷姐姐的事，立时就病倒了。我赶回来只说给你个惊喜，谁知你倒吓得我魂都没了。多亏贞姑娘又要给你和太太瞧病，又要处置翠荷姐姐的后事。"

"翠荷！"黛秋猛地坐起，只觉天旋地转，一头瘫倒，蓝桥接她在怀里："不过两三日，哪里就到了出殡发丧的日子？你且好好养着，一切有我！"蓝桥放下药碗，拉起黛秋的手，摸向自己的脸，"姐，你摸摸，我真的是大人了，打今儿起，我时时都挡在你前面，你只放心。"

黛秋含笑摸着蓝桥的眉眼，果然棱角分明，端正是个男人了，心头一喜，两颗泪珠不由缓缓滑下……

翠荷头七的日子，黛秋在蓝桥的搀扶下，为她的棺椁淋满桐油。尽管周管家和周大娘跪着求曹氏，想将翠荷葬入周家的坟茔，黛秋只咬死不答应。

不入周家的坟是翠荷的心愿，黛秋做主，将翠荷的尸身炼化成灰。火光熊熊，城外洗尘寺的住持带着一众沙弥绕行诵经。黛秋欲跪，蓝桥忙扶住她。

"姐，你身子没好，桥儿来吧。"说着蓝桥双膝跪下，朝那噼啪作响的炼火郑重地磕了三个头，方道，"翠荷姐姐，你待我姐弟如手足，救我们于危难，桥儿铭感于心，此后阳间三节，阴间三节，自有桥儿灵前祭拜，愿翠荷姐姐善有善果，早登极乐。"说毕起身。

贞实与隋鹰陪在一旁，见这情形，贞实冷冷开口："周荣成从那日到如今还躺着，下不得地，我昨儿打听了给他瞧病的大夫，只怕……"

黛秋似未听见，半晌才长长一声叹息："桥儿，把翠荷姐姐的骨灰供在这里，立个牌位，受些香火，来日，咱们还要送她归乡。"

第 60 章
一对铁镜一双人

黛秋与蓝桥回北平的事在翠荷头七那天便定下了。黛秋重金请了开原县有名的大夫来博源堂挂牌开诊，宁六爷总揽，赵猎户和老邱因着养鹿种参，着实积攒下家业，他们对黛秋感激不尽，自然不敢不尽心。药铺里，陶二柱已十分顶用。

除夕夜，黛秋给曹氏磕头拜年，又给志远封了厚厚的红包。趁着贞实和隋鹰带众人放炮仗的工夫，黛秋将自己的主意向曹氏说明。

黛秋也以为自己学有所成，实则差得太远，医道博大精深，她不过是微占一角。若她能像李霄云那样医道高深，胸有正气，手段肃杀，周荣成就不会不信她，翠荷也不会枉死。回北平访名家，深学医道，是黛秋看着焚炼的烈火时便下定的主意。

因着蓝桥归来，曹氏才宽心几日，再不想黛秋要走，她是怎么也不肯放人的。倒是贞实劝母亲道："博源堂是爹的心血，当初爹没了，娘为怕这心血也跟着没了，流了多少眼泪？如今秋丫头争气，想将爹的博源堂开到北平城去，娘怎地倒不愿意了？"

曹氏叹道："北平城那么远，她一个未出阁的姑娘家，跑去做甚？如今桥儿也回来了，你们几个都在我跟前，厮守几日倒好，我这把年纪，谁知过了今年，还有没有明年？"

一句话倒把贞实气笑了："娘过了年还不足五旬，哪里就说上这种话了？再说，我说走么？如今商号也着实安稳了，我同隋鹰说了，打今年起，我要留在庆云堡陪着你和远儿。"

"当真？"曹氏将信将疑地看向女儿。

贞实笑道："远儿说话也该上洋学了，我若再不安分地守着你们俩，你还不得天天教远儿打马吊？"

"我啥时……"曹氏才要反驳，忽想前几回玩牌，一时内急，便唤远儿替她摸两把，思及于此，曹氏不免心虚，半晌长长一声叹息，算是点了头。

贞实便替母亲拿了主意，让蓝桥陪着黛秋一同回北平，姐弟俩相互照应。因此自过了年关，曹氏便日日整理他姐儿俩的行李，只差把李家的院子一同搬走。

起程在即，曹氏反复叮嘱黛秋："你师傅常说'学无止境'，你往那皇城根儿下学一程，也就回来吧，这里是你的家。"

临别时，黛秋与蓝桥站在院子里，如亲子离家，两人向曹氏行了跪拜大礼。"太太放心，我必照顾好姐姐！"

曹氏见了他这笑，原还在抹泪，也不觉跟着笑出来，跪着的分明就是一对璧人。曹氏心思转动，这一去他姐弟若能成就好事，倒不枉黛秋错过了大好的年华，这样想着，心胸便透亮起来，朗声道："快起来，都去吧，平平安安的，早去早回。"

火车长长地鸣笛，车身渐行渐远。看着窗外连连后退的山川草木，黛秋忽想起，他们一步一步走出山海关，已经是十七年前的事了。

黛秋单手托头看风景，蓝桥单手托头看黛秋。蓝桥早已不是当年因为骆长风对黛秋有情，便难受得彻夜难睡的少年，他偷偷摸出怀里那块小铁镜，他有一块，黛秋有一块，这是不是别有意思？他心里这样想着，便想起那年黛秋离家出走，时隔多年仍惊得一抖。

"你是冷么？"黛秋忽然看向蓝桥，"虽是春日里了，关外的倒春寒极厉害，还是穿厚实些的好。"贞实特特订了包厢，二人相对，倒是安静。

蓝桥似被窥破心事一般，红了脸："我不冷！"两个人四目相对，蓝桥心虚地别过头。

"如今桥儿果然是大人了。"黛秋只含笑看着他，"给我说说，你在柏林的趣事，听说那边的女孩子金发碧眼……"

"跟妖怪似的。"蓝桥以为自己在顺着姐姐的话茬说，却不想一语噎回了黛秋的话，他轻搓着衣角，"姐，你以后还是叫我蓝桥吧。"

黛秋这才细细地打量着蓝桥，眉如泼墨，一双眼，炯炯且温和。虽然说笑间仍是少年时的样子，可真真是个大人了："好，依你！蓝桥！"

蓝桥笑着张了张嘴，他也想唤黛秋的名字，试了几次，到底还是放弃了："姐，你饿么？你冷么？你乏了吧？那你歪着吧，我也歪着，咱们歪着说话……"

火轮车一摇一摆，蓝桥到底年轻贪睡，一个关于柏林的故事还没讲完，他便沉沉地睡着了。

或许是近乡情怯，黛秋的思绪千回百转，当年九死一生的情形好像就在昨天。

"无论将来如何，你要记得，你父亲是冤枉的。"黛秋记起那个晚上，母亲的声音似还在耳边。

光亮中，她仿佛看见母亲仍穿着得体的织花锦长袄逆光而立，黛秋越想凑近看清，母亲的身影便离得越远。

"妈，妈……"黛秋急了，拼命想追上去，脚下一晃，直直地仆倒在地，"妈！"声音才从喉咙里跳出来，人就醒了。

"姐，你怎么了？"蓝桥一步跳到黛秋的榻边，轻轻摇醒她。

黛秋揉了揉眼睛，没有母亲的身影，只有蓝桥焦急地拉着她的手。黛秋苦笑一声，忽想起刚到庆云堡时，她几乎夜夜梦见母亲，夜夜从梦中哭醒。这一二年中，竟没怎么梦到过，也有好多年没哭醒了。

她反握着蓝桥的手："桥儿乖，姐没事。"蓝桥歪着头，含笑向她，半晌，黛秋方想起自己才答应了他，不觉也笑了："蓝桥，我方才梦见母亲了。"

蓝桥点头："我听见了。"他神色忽然一黯，"姐，其实……我不太记得大娘的样子了。"

黛秋伸出手指，抹平了蓝桥皱起的眉纹："你那时只有六七岁，怪不得你，如今你学成归来，文家叔叔、婶婶，还有我父母都会欣慰。"

蓝桥捉住黛秋的手，一眼看见她放在枕边的铁镜，幼时觉得那铁镜很大，如今看来，也不过一个幼子手掌大小。他从怀里掏出自己的那面，将两面铁镜比在一起。

黛秋倒觉奇怪："你怎么把它放怀里，睡着多不舒服？"

"我习惯了。"蓝桥似在说一件极平常的事，他的目光久久地凝视着两面铁镜，"当年我走时，姐姐让我不要弄丢了这镜子，我怕丢，就一直揣在怀里，日夜不离身。"

"傻子，你睡着了不稳当，这东西又硬，硌着自己可怎么好？"黛秋上下打量着蓝桥，仿佛他刚刚被硌到一样。

"我答应了姐的，都要做到。"蓝桥看向黛秋，他很想问问这对镜子到底意味着什么，"姐。"话已出口，他才改了主意，"你饿不饿？餐车在前面，我可饿了！"

"你饿了？"黛秋忙起身，"怎么不早说？"说着抓起梳子，"你且先去，我就来。"

蓝桥一把抢过梳子："姐，我帮你梳头。"

黛秋笑叹一声："好，那有劳你啦！"说着，她背过身。

蓝桥索性拆了黛秋的辫子，一下一下地梳起来。"你这样梳，要梳到什么时候？不是饿了么？"黛秋意外地微微转头。

蓝桥任性地扶正她的头，梳顺了发丝。黛秋面向窗外，阳光并不刺眼，齿梳划过她的头皮，有些轻微的酥麻，方才梦里的情形复现眼前，当年的事，萧济川的冤枉，萧家的无妄之灾到底因何而起？如母亲当年所说，有人暗害了萧家，那些人到底是谁？又为了什么？回了北平，她必是要弄个明白！

见黛秋晃神，蓝桥只当她乏了，又怕她再睡下去挨饿，故意道："姐，我梳得好吗？"

黛秋方回了神，笑道："再不想你会这个。柏林的姑娘也梳辫子么？蓝桥这样好的人，柏林的姑娘应该很喜欢吧？我见多普勒神父带过一个黄头发的姑娘来家，长得像画上画的一样，真好看。"

"柏林没姑娘。"蓝桥的声音没有任何起伏。

"瞎说，没姑娘他们国家不是要没人了？"黛秋以为蓝桥故意逗她，就像他骗曹氏说柏林人都大头朝下走一样。

"真的没有。"望着黛秋的背，蓝桥的脸上终于显出一抹苦笑，或许柏林有西洋画上那样金发碧眼的姑娘，可是这十来年，他心里满满装着一个人，就连缝隙里也填满了。既然心是满的，那身边的人是男是女就没什么区别了……

第 61 章
密使灭恶消祸殃

火车停停走走，不过两日的工夫就进了山海关。因着是春日里，一入关便是满眼嫩黄翠绿，与关外景色截然不同。

旅途漫长，两个人细细地研究翠荷的病症，黛秋的诊治其实大致没错，中医说"痞瘕"，西医叫"肿瘤"，翠荷宫体里长的是一颗自她出生就带在宫体里的妇科肿瘤，这种瘤会因病变增大，西医的做法是实施外科手术，剖腹取瘤。黛秋含泪点头，早知此法，翠荷不用死，也可以自证清白。

"姐，翠荷姐姐不是为了自证清白才死的。"蓝桥缓声劝道，"十年的掏心掏肺，周荣成是她准备厮守一生的男人，谁知这男人并不信她，连信都没有，又何来的爱？翠荷姐姐这十年，不就成了一个笑话？翠荷姐姐是心灰意冷才会选这条绝路。"

正说着，火车陡然停下。未进站台，就停在荒郊野外。透过车窗，他们看见一队扛着枪的人，他们身穿军装，排列整齐。一个长官拿着铁皮喇叭喊着："火车被征用，所有人下车。"

蓝桥倒不见慌张，他反身往行李架上抽出皮箱："姐，别怕，咱们先下车。"蓝桥猛地停下手，转身向黛秋，"别与他们争执，看都别看他们。"言毕，他开始收拾行李。

蓝桥拉着黛秋在一片哀怨声中挤下了车，万幸贞实拿走了曹氏非要他们带上的行李，不然眼下寸步难行。

前不着村，后不着店，被赶下车的乘客里，老人骂，孩子哭，乱作一团。"姐，你拉紧我，别走丢了！"蓝桥一手提箱子，一手拉住黛秋，"这里虽然荒，可附近没高山密林，那必有村落人家，咱们往前找找。"

蓝桥掌心温热，让黛秋莫名安心，两个人打算穿过前面的小山丘，寻一处村子落脚，再想法子找车马离开。这山丘也不高，倒难为那长在丘上的树十分粗壮。

进了山，黛秋不觉微微抽一抽鼻子："是纸灰味，附近有坟茔，那必有人家。"

蓝桥打趣道："姐，按说你有这样的鼻子不该常常迷路才是，怎么总是找不到路？"

"是呀，是呀。"黛秋笑回道，"天有一赏，必有一罚，老天爷给了我这鼻子，便不给我辨别方向的能力，可是呀，又怕我迷路。老天爷就说，再给你个弟弟吧，迷路的时候让他来救你！"

蓝桥朗声大笑，山路难行，行李沉重，可只要与黛秋在一处，便是天蓝山青，仿佛什么难处都变成乐事。

正说笑间，忽听隐隐有啜泣声传来。"快找找，荒山野岭，别是谁受伤了！"黛秋说着。两人紧走几步至高处，四下张望，果见西坡一棵老树的树杈上挂着一条腰带，一个身穿破棉袄的老妇站在大石头上，正将腰带打结。

"姐，在那里！"蓝桥说着，丢下行李，疾步跑过去，一把抱住准备投环自缢的老妇，"大娘，可不能想不开！"说话间，老妇已被蓝桥稳稳地放在地上。

"大娘，您这是……"黛秋话没说完，几个穿破旧衣裳的男女从树林里走出来。

"你们俩是干什么的？"带头的男人嚷道，"你们打哪跑来的？管什么闲事……"

蓝桥上前将黛秋和老妇挡在身后，不慌不忙地笑道："这位大哥，我们打关外来，要去北平，路过这里，既撞见了，总不能见死不救吧。"

"你们！"男人急道，"你们坏了我们的大事！我妈被恶鬼讨债，她不死，我们全家都活不了，我妈她是为了保住全家……"男人说不下去，眼里也见了泪。

蓝桥回头看向黛秋，她正扶着老妇，老妇却连连哭道："这都是我的孽，让我去还。"说着，她便挣扎着要抓腰带。

"这样混账的话是谁说的？"蓝桥生怕老妇把黛秋拽倒，忙扶住她。

"是神医说的。"老妇哭道，"我的病是恶鬼讨债，我不能害我儿子媳妇，我那小孙子才五岁！"说着她又往回挣。

蓝桥一把拉过老妇，笑道："这可巧了，我姐姐也是神医，不如让她给您老瞧瞧，看是什么鬼非得让人生病。"

老妇果然停了挣扎，上下打量着黛秋，道："胡说，哪有女郎中？"

"你们俩别在这充善人，连累了我们一家子性命！"男人说着便上前要拉开黛秋，蓝桥抬腿一脚将他踢出丈许。男人重重跌倒在地。

老妇见儿子挨打，狠命捶着蓝桥："你凭什么打我儿子，你这个坏人！"才捶了两下，老妇忽然两眼一翻，晕死过去。

二人忙将她轻轻放平在地，黛秋顺势切脉，半晌方道："蓝桥，让开，我倒要让他们看看本座的能耐。"说着揖手于胸前，另一只手指向老人额头，"药师如来琉璃光，誓愿宏深世莫量，显令生善集福庆，密使灭恶消祸殃。"话音未落，老人重重一声咳嗽，竟真的转醒了。

蓝桥猜不出黛秋用了什么手段，先忙着帮她圆谎："你们看，我姐……我们神医也通晓仙法，你等不敬，必遭祸殃，现把病人扶回去，神医自有相救之法。"

男人信以为真，忙忙地跑上去，一把抱住老妇，激动地道："妈，妈，咱们有救了！"

蓝桥也扶起黛秋，悄声道："姐，你可真神了，连咒语法术都会了。"

"药师功德经，师娘比我背得还熟呢。"黛秋偷偷将一枚针灸用的短针塞到蓝桥手里，"这个给你，热黄酒烫过再还我。"

蓝桥强忍着笑，悄悄藏起短针。一家人引着姐儿俩向山下走，果如蓝桥所料，过了山丘有个小村落，村口的界碑上刻着"平安村"三个字。

这一家人便住在村西头，姓曲，因老爹早亡，家中有长子曲常德供养母亲，曲家人口不少，曲大嫂养了三个儿子，年长的十七，最小的才五岁，还养了一个女儿，今年十四岁，乳名"冬儿"。

黛秋从行李中掏出纸笔，写下"生脉四君汤"的方子，请曲大嫂去抓药。曲大嫂看着那方子只不敢接。倒是曲常德接过来，揣在口袋里。

"实不相瞒，离这里最近的镇子也得赶小半天的路。"曲常德红着脸解释。

"远就不去了么？"蓝桥瞪着他。

黛秋一把拉回蓝桥，他并不知乱世难济，穷苦人最是难活命。"曲大哥，我们俩在这里也着实打扰。"说着黛秋掏出一块银圆，"这个权当我们的使费，你拿着抓药去吧。"

曲常德接过钱才想起不该接，脸又红了一层："这……那个……"他犹豫半晌，到底还是问出了口，"神医既有仙法，干脆施舍些仙药灵丹，我妈这病普通药石怕不管用。"

姐儿俩听了俱是一愣，蓝桥先想通了因由，忙问道："你们这里的神医不给人出药方么？"

曲常德点头道："都是现成的药粉药末，也有丸药，灵验得很。"

"灵验还让人去死？"蓝桥有些气恼。

"神医说了，前世因，今世果，这不是病，是债！"曲常德振振有词。

蓝桥还要再说，黛秋拦道："曲大哥说的也有理，但我在途中少带药石，你且按这方子抓药，一切我自有主张。你放心，我最能除邪祟。"

曲常德听说母亲有救，便忙忙地出门抓药。曲嫂子千恩万谢，将黛秋和蓝桥安置在最干净的一间屋子，南北两张炕上也铺着半新的被褥。黛秋知道，这些已是曲家最好的东西。

眼见房内无人，蓝桥才悄向黛秋道："姐，曲大娘到底是什么病？"

黛秋面色忽然一沉："带病延年。"

"真治不好么？"蓝桥方才也见老人面色发青，实非吉兆。

黛秋叹气道："蓝桥，这一路咱们眼见的，国家破败成这个样，有道是'覆巢之下无完卵'，就说咱们医馆药铺，这些年税是一层叠着一层，更何况这些靠天吃饭的老百姓？收成不好，全家挨饿，收成好也抵不过税捐，那些年我摇铃行医，比曲家穷的，比曲家苦的人家多的是，你不知道，对于穷人来说，除死无病，曲大娘是积劳成疾，已是油尽灯枯之相。"

蓝桥皱眉低头，他不敢想李霄云离世那一两年，黛秋是这样辛苦供他留学。黛秋是不是也如曲大娘一般，病痛不敢与人说，也不敢让自己倒下。蓝桥蹲在黛秋腿边，忍不住去握她的手，果然粗糙有茧，他心疼地摩挲着："姐。"蓝桥鼻子发酸。

"傻子，世人都是来吃苦的。"黛秋只当他因救不了人而难过，安慰道，"用了我的方子，老人家好歹能缓过这一阵子，等我再出个便宜又有效用的方子，今年总是无碍的。"

　　蓝桥心中苦笑，也不解释，忽听窗外传来细细的哭泣声。二人对视一眼，忙起身出去看，却是曲家的冬儿姑娘，蹲在窗根下，哭得梨花带雨。

第 62 章

治病驱恶鬼

蓝桥远远地坐在北炕上，冬儿局促地坐在南炕上，黛秋道："你叫冬儿，我叫秋儿，哎？咱们倒是有缘。"

冬儿伸手抹了泪，小声道："姐姐真是神医么？"黛秋只笑向她，果然，这家里还是有明白人。

"姐姐，求你救救小凤姐。"冬儿说着又哭了。

黛秋拉了她的手，道："你不说清楚，我可怎么救呢？"

"你肯救她？"冬儿来不及欢喜，便愁道，"她家比我家还穷，一点也给不了供奉。"

"供……奉？"黛秋第一个想到父亲，"你们这里还有供奉？"

冬儿见黛秋的神情，自己也有些奇怪："你不要供奉么？山上的神医说，皇帝家不使挨饿的兵，如来佛不授穷苦的经，必得有银钱供奉，我们求的药才得用。"

"好丫头，不如你与我说说，那神医怎么治病，小凤又是什么情形。没准我真能救了她。"黛秋的笑温和可近，冬儿见了安心，索性将"神医"的来历一并道出。

原来，就在几年前，距平安村不远的兴隆县有间医馆，坐堂大夫本事不小，治好了几个重病，大家口口相传，寻他看病的人也越来越多。谁知一二年前，又来了一伙子人，见到那位大夫就磕头，非说他是菩提祖师转世。他们还翻修了仙人观，一步一磕头地迎了"神医"入观。

那些被医好的人深信不疑，常常去捐香火，渐次地，远近村县的人生病都不医，只去仙人观。神医看诊所需的供奉银钱也越来越多，有人看不起病，或有吃了神医给的药，也并不见效用的，神医便说，是那些人上一世有孽罪未还清，这一世恶鬼索命，若不死，必会累及家人。

陈小凤是冬儿同村的小姐妹，往仙人观求诊后病势愈重，近日连起身的力气都没有了，家人又往观中求医，谁知神医说小凤恶鬼索命，救不得，若死在家里，必罪及家人。

陈家人舍不得女儿，只将她安置在柴房，由她自生自灭。冬儿偷偷去看过小凤两次，人已有出气没进气。

黛秋与蓝桥对视一眼，这是什么神医？分明是神棍！黛秋先道："你既能去看她，必有躲过她家里人的法子了，能不能带我们去？"冬儿两眼放光，奋力点头。

夜里，蓝桥盯着手表，指针好不容易转到夜里十一点。三个人悄悄摸到陈家后门，挨着后门便是柴房。冬儿站在柴房的小木栅栏窗下，唤了两声，里面没有任何动静。

黛秋顿感不祥，看向蓝桥，蓝桥会意，纵身跳起抓住木栅栏，借势向上一蹿，靠着栅栏和双腿撑起身子朝里面看。柴房里漆黑一片，他闭了闭眼睛，努力适应黑漆漆的光线，半晌方看到，地上直挺挺地躺着个人形。

蓝桥麻利地跳下，道："还在里面。"说着，指指后门："在这里等我。"

陈家破败，土坯院墙斑驳不堪，蓝桥找了一个落脚点，翻身跳进院子，悄悄地开了后门，柴房门虚掩着，三个人悄悄推门进去，果见地铺上躺着一个年纪与冬儿相差无几的女孩儿。

黛秋忙上前一步查看，女孩儿已瘦成一副骨架，摸着硌手，黛秋切住她的脉门，只觉虚浮无力，比曲大娘还不如，忽然，她眼睛不由自主地睁大，几乎不敢相信地又抓起另一只手。

蓝桥立在门口放风，夜色掩住了他深深拧成疙瘩的双眉。到底是什么样的愚昧，什么样的爹娘，才能把亲骨肉丢在这里不顾生死。蓝桥只觉自己这十余年的校园苦读，不过是学些医理，真正能悬壶济世的人是黛秋这样看过人间疾苦的"神医"。

"蓝桥！"黛秋轻声道，"我要给她施针，咱们得把她带走。"

蓝桥对黛秋向来言听计从，此刻却没动："姐，带去哪里？咱们还在客中，难道把她带回曲家，这不是给曲家惹麻烦么？"

"我有去处！"冬儿立刻道。

蓝桥背起小凤，冬儿带路，几个人跑进一处荒败的院子。冬儿说这院子里闹鬼，轻易没人来。蓝桥拢柴生火，冬儿也跟着忙活。黛秋抽出随身的针包，向小凤的气海、大墩、阴谷、太冲、然谷、三阴交、中极，长针缓缓捻动，小凤却一动不动。

冬儿怕得哭起来："秋姐姐，她……"

"你放心。"看着冬儿哀哀哭泣，黛秋心有不忍，扭头向窗外，忽觉夜幕中的院落竟有些熟悉。

蓝桥抱了干树枝进来："夜里还是凉，我再添些柴火。"说着，他将树枝投进篝火里，见黛秋只是不语，分明在思量着什么。

微弱的轻咳声传来，黛秋急忙去看，蓝桥也不敢相信地看过去，床上的小凤微微动了动唇，眼睛虽还没睁开，头却微微晃动。黛秋不由喜上眉梢，忙收起长针。

"他们躲在这里！"院子里突然传来人声，三人俱是一惊，不等黛秋开口，蓝桥拔腿向外走。院子里，几个男人举着火把直扑过来，带头的男人还指着蓝桥，向众人道："怎么样？我说他们把人偷到这里来了吧！"

蓝桥面无表情，双手环抱胸前，在许多张陌生面孔中一眼看见曲常德，含笑道："曲大哥，怎么带了这些人来吓我们？"

曲常德憋红了脸，道："你们这些外乡人竟三更半夜的绑人？现在小凤家人来找，快把孩子还给人家！"

"家人？"蓝桥咬着这两个字，"哪儿来的家人？家人会把亲生骨肉丢进仓房等死？我姐姐师承关外神医李霄云，行医十几年，一定能救这丫头。"

"不能救！"小凤爹急道，"那丫头怨鬼缠身，若不舍了她，怨鬼必会缠上她那没出世的弟弟。我们家闺女的生死，不用旁人操心，你快把孩子还我，否则我便当你是拐子，咱们警察署说话！"

小凤爹言毕，身边众人纷纷附和着："哪里来的小子，还要拐带人家闺女不成……"

众人叫嚷半天，再不见蓝桥说话，小凤爹先忍不住了，举着火把就要闯进去。蓝桥不慌不忙，伸手拦下："我姐在给孩子看病，你不能进。"

"我说了不能救！"小凤爹大怒，"我的孩子，我要带走！"说着便要推开蓝桥的胳膊，谁知竟推不动。

"我看你是找打。"小凤爹说着，举着火把朝蓝桥扑过去。蓝桥到了李家后习武多年，为了能保护黛秋不受欺负，他冬练三九，夏练三伏，就算留学柏林，一丝一毫不敢松懈。眼下几个村汉还不在他眼里。

仿佛一道光闪过，小凤爹手里的火把似魔术般落在蓝桥手里，他只觉手前微微发疼，却着实没看见蓝桥是踢了他一脚，还是打了他一拳。"拳脚无眼，伤了诸位可别怪。"蓝桥抬手便要将火把砸向众人。

"蓝桥！"黛秋走出屋子，见众人气势汹汹，大有不达目的不肯停手的架势。

"姐，你怎么出来了！"蓝桥一步挡在黛秋身前，"你别怕，有我在！"

黛秋先朝众人道："小凤姑娘病势不轻，且不宜移动。儿是父母精血所化，她再怎么不祥，你们也不该看着她去死。"

小凤爹微红了脸，道："你懂什么，是神医说的，她阴气太重，招惹怨鬼，若救她一人，必然全家遭殃。"

"你这找的到底是神医还是神棍？"蓝桥实在忍不住，还要再说，却被黛秋拦下。

"你信神医自有你信的道理。"黛秋缓声道，"可小凤年纪幼，禁不起揉搓，才落到这个田地，不如这样，明儿你带上我，我带上小凤，咱们往神医那里去，你让神医将缠着小凤的怨鬼缠到我身上，我一个外乡人，并不在此停留，你们家闺女又治好了病，我又带走了怨鬼，如何？"

小凤爹不敢相信，眼前这女人肯拿自己的命，换女儿的命，思来想去，又不放心，道："我那苦命的孩子阴气重，才招来怨鬼，你一个行善的人，鬼怎么肯上你的身？"

黛秋淡笑："我们行医之人，谁手上没有百八十余人命？若说怨，有谁比我们招更多抱怨？孩子今晚就放在这，劳曲大哥帮我们把行李带来，明天一早，咱们一同去见神医。哦对了，听闻神医收的供奉不少，我愿出十块钱作诊费。"

众人听了皆惊，小凤爹咬一咬牙，道："我明日一早来接你们，这一带全是山，夜路难行，可别想着能带着我闺女逃跑。"

黛秋看着眼前这一心盼着自己闺女死的亲爹，不由心生恨意，冷声道："这会子挪动她，才是要了她的命！"

第 63 章
仙人观中问神医

篝火舔着干树枝，发出声声"噼啪"，似能驱走世间所有黑暗。黛秋单手支头，撑在床沿上，终熬不过困，合了双目。蓝桥蹑手蹑脚向她身边坐下。伸手将黛秋拉进自己的怀里，让她睡得舒服一些，怀里的铁镜硌得有些疼，蓝桥只不动，他很想问问，这双铁镜到底意味着什么？

忽然传来一声细小的呻吟："爸，我渴……"

蓝桥一惊，身边的黛秋几乎是弹起，扑向小凤。女孩儿的眼睛微微睁开。

"姐，她醒啦！"蓝桥低声叫道。

"快拿水来！"黛秋起身查看小凤的情形，果然有好转之势，"好丫头，你觉得好些么？有力气么？跟我说说，你近日可吃了什么……"小凤的眼珠微微转动，似根本不相信自己还活着，心头一松，唇角微微向上，一滴清泪滑出眼角。

仙人观因常有信徒修剪打扫，绿树成荫，花香四溢，似不与别处同。黛秋拾级而上，因着一夜的揉搓，她的长袄有些褶皱，却丝毫不影响脚下每一步的坚决。蓝桥背着昏迷中的小凤跟在她身后。他恨不能立刻见一见"神医"的真容，到底修的什么神，行的哪路医，竟然让无辜的人去死？

村民们聚在仙人观外，看向黛秋姐弟的目光有些惊，又有些惧，黛秋目不斜视地迈步入观，小凤爹陪着一个身穿道袍，却梳着分头的男人立于正殿外。这男人看上去不足五旬，满面油光，身宽体壮，与身边瘦脱了相的小凤爹极不相称。黛秋知他必是观中住持，可穿得这样不伦不类，又贼眉鼠眼，实非善类。

因着逆光，男人只待黛秋走近了才看清她的模样，他从未见过黛秋，却觉分外熟悉，不仅熟悉，对上黛秋逼视的目光，男人竟有些惧怕地避开。

小凤爹先看一眼蓝桥背上的小凤，才向黛秋道："这位是贵宝贵大爷。神医轻易不得见，贵大爷是神医驾前的管事。"

贵宝仍想不起到底在哪里见过黛秋，勉强笑道："听说你也是神医？"说着又瞧一眼小凤，冷笑道，"怎么？你也没医好那姑娘的病么？都说了，那不是病，怨鬼缠身，她若不死，死的可是陈家满门。"

小凤爹听着就是一哆嗦，眼睛不由自主地看向黛秋，却见这位"女神医"面不变色。"听说他是菩提老祖转世，正好，我是梨山老母转世，也算是故人，既然大家都是仙友，还是见个面吧。"黛秋冷声道。

"梨山老母？"贵宝根本不信，可他若现下说不信，那菩提老祖也会引人怀疑，只得道，"神医在正殿看诊，请随我来。"说着，才一转身，他的面色便阴沉下来。

贵宝认定他不曾见过黛秋，可为什么似曾相识？若他们真见过，黛秋必然知道他的底细，当众揭穿，此后骗不了钱还在其次，这帮村民可是不会饶过他。

正殿内，三清真人高高在上，殿内香火缭绕，神医盘坐于紫檀罗汉榻上，正闭目与人切脉，只是那被诊治的人是跪在地上受诊。

"原是你前一世有未了之债，今世该受其苦，本座念你虔诚向善，便赐你神药，为你消灾解难。"神医说着，缓缓睁开眼，朝那人微微一笑，"与你五剂神药，吃了自然平安，去……"

神医的话没能说完，便愣住了。那信徒以为自己又有什么不好，忙抬头道："弟子愿供奉两块大洋！"

可神医还是不动，惊恐地看向门口，正与黛秋一双怒目相对。蓝桥从黛秋身后转出来："姐，你这嘴也是沾了仙气的，还真是故人。"

姐儿俩怎么都没想到，那罗汉榻上装神弄鬼的神医竟然是巩怀恩。"蓝桥，再不能让他跑了。"黛秋狠狠咬牙。

"放心吧，姐。"蓝桥盯着巩怀恩，面上不由带了一丝嘲笑，"他是菩提老祖，我就还他一出钟馗捉鬼。"

巩怀恩也万没想到，会在千里之外遇见黛秋。当年他逃出李家，入了关才知道李霄云的死讯，心中更是惧怕，生怕隋鹰活活剥了自己的皮。有道是"大隐隐于市"，他便凭着从李家学来的医术在兴隆县一间小药铺当起了坐堂先生。

到底在李家习学医道十几年，就算学到两三分也足够他医好几个人。兴隆县不大，接连着医好几个疑难之症，巩大夫的好本事便在坊间流传，十里八村的病人寻他看诊。怀恩渐次有了名声。

谁知贵宝因家道中落，京城混不下去，也在兴隆县附近游手好闲，正没个过活的本事，得了这个信，便心生一计。贵宝舍了全部家当去结交怀恩，二人先还只谈天说地，不过是酒肉朋友。混熟之后，贵宝便知怀恩的德性，便与他说了自己的赚钱大计，二人一拍即合，对外谎称怀恩是菩提老祖转世，有仙丹灵药，最能治世间不治之症。

世上愚夫愚妇何其多？也因着怀恩确医好过几个难症，一来二去，迷信神医的人越来越多，竟将他请入观中，生生"供奉"起来。

二人将大把的真金白银揣装在怀里，还管什么医不医，药不药。遇到不会医治的病症，便由贵宝巧舌如簧，要么说还前世的债，要么说怨鬼索命，不是"神医"救不得，只是天命难违。

黛秋再不想能在这里见到仇人，她缓步上前，师傅死前那一口鲜血似就喷在她眼前，而巩怀恩仗着从师傅那里学来的医术招摇撞骗，她断不能忍。

"师兄，有礼了！"黛秋声如寒冰。

"谁……谁是你师兄！"怀恩心虚地道，"本座是……"

"菩提老祖么?"黛秋冷冷道,"我是梨山老母,都不是外人。"黛秋说着,几步行至方才看诊那人身边,一把掐住他的脉门,片刻扶起那人,问:"时常半侧头痛?伴有冷泪?"

那人一惊,点头不止。黛秋又道:"不过是有年纪的人,阴中阳虚,还少丹不贵,吃上几日,必有效用。回去吧,平日里不可太劳累,要时常疏散筋骨,这点子病不值两块钱。"

殿中原有十来个排队看诊的村民,一听这话,不由窃窃议论。怀恩满脸涨红,然而事已至此,他万不能让人知道他是假神医,于是指着黛秋道:"不得在本座驾前胡言乱语。"

黛秋两眼几乎冒火:"师兄,你当年误诊人命,该知悔改才是,不想你弃师而逃,师傅被你活活气死,你竟然还拿着他老人家教你的医术在这里招摇撞骗?"

"你……你胡说八道,你们萧家才医死人命!"怀恩嘴上这么说,眼睛却不自觉地瞥向贵宝。

一个"萧"字惊了贵宝,他再细看一眼,这女人的眉眼不似萧济川又似哪个?如今再看,竟连神情都有些像。他几步上前,指着黛秋道:"你怎么敢亵渎神医?"说着又煽动众人道,"神医受天命,赐福于你们,你们怎么能看着这女人胡言乱语?"

村民被骗已久,听了贵宝的煽动,渐渐围了上来,蓝桥见状,便要护住黛秋,手臂忽然一暖,却是背上的小凤醒了。

黛秋拉着已能站立的小凤,向怀恩道:"神医为何医不好她?"

怀恩也是一惊,说不出话。"她怨鬼缠身,本该命绝,竟然在你手里变成个活人,你分明就是怨鬼所化!"贵宝怒指着黛秋。

黛秋冷声道:"何来鬼怪?倒是一场冤孽。师傅待你如同亲子,从不曾薄待,你哪知道穷苦人的艰难?想来你听都没听说过树上菌,这毒菌毒性不足以害命,却能致人麻痹,小凤是中毒。"

黛秋说着,从小凤手里接过一小朵蘑菇:"陈大哥,你看看,之前小凤采野菜时,是不是带回过这种蘑菇?"

小凤爹颤颤地接过毒菌,一眼认出:"对,对,有这种,哎?不对呀,蘑菇我都晒起来了。"

"爸,我太饿了,偷吃了几块。"小凤终于开口,惊了在场所有人。

小凤爹一把抱过女儿:"我的儿,你可算有救了!"

眼看着爷儿俩抱头痛哭,众人看向怀恩的目光渐渐有了变化。"巩怀恩,几粒解毒丸就能医好的病,你差点害得人家破人亡,你学不用心,医不博源,难怪师傅说你难成大器!可惜了他老人家十几年的教导!"黛秋咬着牙,怒指怀恩,"蓝桥,捉住他!"

蓝桥才要上前,只听"砰"的一声,蓝桥反身护住黛秋,再回头却见贵宝手里拿着一把盒子枪,黑洞洞的枪管还冒着黑烟。

枪声一响，众人皆惊得四下逃窜，贵宝直指黛秋和蓝桥："咱们的债还是了了吧！"说着，他又要开枪，蓝桥心知躲不过，死死护住黛秋在怀里。

突然，门口又是几声枪响。"统统不许动！"一队兴隆县警察局的巡警冲进来，十几个枪口齐刷刷地指向殿内。

"有人报案，说有巫医开堂！"带头的警长大步走进来，神医不神医的事，与他们又没什么干系，若不是因为报案的人来头太大，他们也懒得大老远跑来，"谁是神医，给老子站出来！"

怀恩大惊，身不由己往后退，谁知这一退更引人在意，警长用枪口指着他："那个谁，你，对，就是你，过来！"

第 64 章

神仙难救作恶之人

贵宝见警察叫怀恩，心知不好，怀恩若被捕，自己也难逃罪责。索性一不做，二不休，悄悄朝怀恩移了几步，将平时用来唬人的硫黄、砒霜和各类粉石猛地掀进大铜香炉里，反身就跑。

一声巨响，那香炉腾起一团火球，离香炉最近的怀恩被气浪高高掀起，撞在三清真人的泥塑上。那泥塑并不牢固，其中最小的一尊上清灵宝天尊晃了两晃，直直砸下来。

一时间，大人哭，孩子叫，黛秋忙去查看伤者，所幸怀恩方才还是"神医"，众人与他相距甚远，不曾受波及，踩踏跌倒的倒有三四个。

"姐，巩怀恩在那里！"蓝桥指着供台下，那被撞倒的泥像实实地压住了怀恩。姐儿俩越众逆行，好不容易挤到怀恩身边，只见他满脸是血，下半身掩于泥像之下。

"贵宝这个……王八蛋！"怀恩喃喃地道，脸上似笑非笑，似哭非哭，"连修神像的钱也贪！"

黛秋俯身查看，方才那一响威力有限，虽然炸得他脸上破皮，却不甚严重。

"姐！"蓝桥指着泥像下面。黛秋仔细看过去，却是一只如婴儿小臂粗的泥塑手指，直直地插进怀恩腹中，暗红色的血已洇成一片。

怀恩因迅速失血而抽搐着："师妹……"怀恩目光涣散，却似在极力寻找黛秋。

黛秋凑上前，怀恩忽然不再抽搐，反而苦笑一声："我到底不如你！我见报纸上说你是关外神医……我恨极了……师傅不疼我，贞实不爱我，倒是你，你……"

怀恩咳嗽两声，从嘴里喷出血来，忽又抽搐得厉害："师妹……救我，我不想死……我不敢……见师……"说着，他双眼暴起，再不动了。

蓝桥抽过一截桌围盖住怀恩的脸，扶起黛秋，道："我去买副棺材，送骨还乡他不配，就近埋了吧。"

黛秋缓缓点头，心中一直堵着的那口气却没有半点消解。这么多年，李霄云的仇是报了吧，可师傅死前那一口鲜血，李家破败时师娘的眼泪，还有这些年中她苦苦的支撑……一幕一幕从眼前闪过，眼泪一对一双地涌出眼眶。"姐！"蓝桥慌了神。

突然，黛秋"哇"的一声痛哭。蓝桥奋力将黛秋拥进怀里，这世上再没人比他更懂黛秋心里的痛、恨和悲伤……

且说贵宝从后门一条小路狠命地跑下山。一来他有些年纪，二来方才又受了大惊吓，一个山丘未翻过，人已筋疲力尽。他双手撑膝，大口大口地喘着气。

忽然一声异响，他面前一小撮土被炸开。是子弹，贵宝惊慌地抬起头，离他丈许之外，站着一男一女。

南江晚戏谑道："我说你瞄得不准，你只不信，还跟我争，打偏了吧！"

红尊冷声道："我故意的！"贵宝不识得南江晚，可红尊他却再识得不过。红尊笑盈盈地道："我本就没想打他的脑袋……"说着，红尊将枪口下移。当年，贵宝曾想对她不轨，若不是长风及时赶到，她早就羞愤而死。

"红……红姑娘。"贵宝不自觉地举起双手。"咔嚓"一声子弹上膛。

贵宝涕泪横流，狠狠给自己两嘴巴："我错了，我该死，我混蛋，咱们的恩怨都是前朝的事了，你看在我一把年纪……"

"跑。"红尊冷冷一声。

贵宝以为自己听错了，不敢相信地看向红尊，谁知这女人端正了枪："打得着，是你的命，打不着，是我的命。"

贵宝像得了活命的符咒，转身就跑，南江晚乐得直拍手，还吆喝着："快跑，绕到树后面……"

转眼的工夫，贵宝跑远了，南江晚接过枪，原本嬉笑的脸上忽然闪过肃杀之气，微一瞄准，子弹飞出，远处传来贵宝一声哀号。他得意地与红尊对视一眼。"你打死了他，骆老板恼了，你自去请罪，别带累我。"红尊冷声道。

"他是你老板，又不是我老板。"南江晚无所谓地笑着，"再说，就咱这准头，爷要不想让他死，阎王都别想带走他。"

南江晚那一枪正打中贵宝的大腿，他艰难地拖着伤腿向前走，奢望能有一丝生机。他与巩怀恩的筹划可说天衣无缝，谁知竟败在萧家人的手里，出了门又遇见骆家的死敌，就如同当年萧家、骆家先后败在他手里。

一个趔趄，贵宝直扑在地上了，身后留下长长的血痕。一双穿着马靴的脚踩着他的血迹一步一步走来。贵宝闻声惊恐地回头。骆长风明眸皓齿，卫玠宋玉般的样貌，眼中的凶光竟如林中的虎豹般瘆人。

贵宝再无生念，干脆趴在地上，哼一声，道："爷就知道是你小子。"

长风面无表情地看向他："舅舅别来无恙。"

"我早该知道是你。"贵宝心有所悟，"兴隆县警察署那帮废物怎么就找来仙人观？他们就是知道这有事，也懒得翻山越岭。"

长风不慌不忙地道："前几日，往兴隆县公署专员家唱了个堂会，临别时提了一句。"

明知是个死，心下也不那么怕了："要杀要剐你随便吧。"

"看舅舅说的。"长风缓缓行至贵宝身边，一脚踩在他的腿伤上，直疼得贵宝眼冒金星，几乎晕死过去。他行至贵宝前面，居高临下，冷眼看下去，"好歹一家子，舅舅要活命也不难，自小，我有几件疑惑，你给我说个明白，我饶你。"

贵宝吃力地抬头，看长风似一座高山，随时能压死他，长风道："当年，是谁在我的药里下了赤铜屑？舅舅还是惠格格？"

贵宝咬着牙，冷笑道："老子今儿这条命是保不住了，我凭什么告诉你，让你痛快了？我还非不告诉你，你呀，这辈子糊涂去吧。"

长风微微点头，似一点都不意外："还真是没想到，舅舅也有点子脾气。只是，我中毒是多久以前的事儿了？我也这么大个人了，糊涂或是不糊涂还重么？舅舅大约不知道身上长疮的滋味吧，又痒又疼，还有一股子烂肉味。"

长风说着摇了摇头，似不堪回想："我原打算让你也尝尝那滋味，可是找你好久也找不着，你是天南地北地招摇撞骗……"长风的声音陡然又冷了几分，"惠格格就不同了，积福巷的院子可是日日有人在，我那两个妹子都是在那个院子发嫁的。我虽人没到，礼却到了。"

贵宝大惊，这才想起他有一年多没见到姐姐了，从前即便不见，姐姐也总打发人送些银钱与他，这一年多他不缺钱，竟也没察觉，惠春已经很久没派人来寻他了。

眼前这情形，贵宝几乎能猜到发生了什么："你……她是你母亲，你这不怕雷打的……"贵宝没能说完，因为长风一脚踩住他的肩膀，将他狠狠压在地上。

"现在可以说了么？"长风似乎嫌吵，连自己的声音都放轻了。

"是我，是我在你的药里放赤铜屑，跟我姐没关系，也是我撺掇我姐非要治萧济川的罪，都是我干的。"贵宝一侧脸夹紧贴在地上，被树根石子磨得生疼，"从头到尾跟我姐没关系，你把她怎么样了？"

长风也不答，却问道："我亲娘是怎么死的？是你还是惠格格？"

贵宝有一瞬的茫然，长风的亲妈死得太久了，他几乎忘了这件事："她……她是病死的。她真是病死的，是我不叫我姐找大夫，谁知道姨娘身子弱，几天人就没了。"

长风对亲生母亲也并没有什么印象，这一句不过验证了他多年来心中所疑。他唇角微翘，仿佛在欣赏林间的春光："舅舅方才说到萧济川，他是怎么死的？"

贵宝又是一惊："他，他……吊死的。"长风狠狠拧着靴底，贵宝鬼号般叫嚷着。

"萧供奉的医术我信得过，舅舅想想惠格格和两个外甥女，想明白了再说。"长风道。

"她，她们是你的亲妹妹。"贵宝急道。

"她们俩与我亲或不亲，舅舅说了不算。"长风道，"舅舅不如说说自己吧。"

"是，是，都是我，是我故意结交乔家的男人，给乔春蕊的补药里掺了大发之物，让她旧疮复发。那姓乔的外室生了儿子，我又劝他舍了那烂了脸的女儿，是我给了他银子，撺掇他告萧济川。"

贵宝的脸上已经见血："还有，是我设局让吴仲友输钱欠债，又逼他在萧济川的药方上加了藜芦，是我买通沈从兴认定药渣里有十八反。"

长风恍然大悟，他终于明白，当年自己去乔家威逼着撤状之后，乔家何以第二日就全家死光。乔家主母段氏知道了她男人为着外室的儿子，谋害女儿的真相，她才会干脆连丈夫和自己一同毒死。

贵宝肩头一松，长风终于放下脚，蹲身凑近了贵宝的脸："舅舅，为什么呀？萧济川碍着你什么了？"

贵宝试了几次，才艰难地抬起头，失血过多让他的眼睛都有些模糊，明知眼前人是骆长风，但看上去莫名地变成骆麟。

贵宝顿时痛哭流涕："姐夫，我错了，你看在姐姐的分上饶我一次吧。我只想要萧家的秘方，有了那方子制药，能多赚银钱。谁知萧济川是个硬骨头，说什么也不给，姐夫，我错了……"

第 65 章

银枪摆动龙戏水

长风冷冷地看着贵宝狼狈的样子，声音从他牙缝里一点一点挤出来："这样看来，萧家抄家、流放也是你弄的鬼！为了钱，你害得他们家破人亡；为了钱，你生生气死我父亲；为了钱，你让我父亲暴尸街头！"长风说着，起身抽出一只手枪，朝贵宝的那条好腿就是一枪。

贵宝叫得撕心裂肺。"我说过，你给我讲明白，就放你一条生路。"长风退下弹夹给贵宝看，"还有五发子弹，我每隔三分钟开一枪，舅舅，你可得走快点！"

与死亡相比，濒死才最让人恐惧。贵宝死死地抓着前方的草根，求生的假想让他努力拖动着肥硕的身体向前爬。

长风盯着怀表，忽然看也不看地开了一枪。子弹打在贵宝身侧的树根上。贵宝再顾不得许多，继续向前爬，长风便又低头看怀表。反复两次，他仍是没打到贵宝。这让贵宝似乎看到了生的希望，他爬得越来越快，两条腿拖出血红一片。

几个三分钟之后，贵宝忽觉扑面而来的山风竟带着水汽，他不敢相信地向前伸长了脖子，前面是一片断崖，山泉汇聚的瀑布破崖而下。

贵宝再不能坚持，趴在地上失声痛哭，他早该看出骆长风这一招杀人诛心，贵宝狠狠捶着地，他多希望自己在挨第一枪时就已经死在树林里。

带着温度的枪管顶着他的后脑勺，长风的声音如同酆都城里勾魂的鬼差："舅舅，你倒是爬呀，我这儿可就剩一分钟了。"贵宝如一团烂泥瘫软在地上，任长风怎样用枪管戳他，一动不动。

长风起身，举枪向贵宝："我真想在你身上开十几二十个洞，让你流干最后一滴血再死。"

"求求你，杀了我，杀了我……"贵宝哭得只剩下这一句。

山风扑来，吹动长风的头发和风衣。"舅舅。"长风冷声道，"你就在这里吧，我的子弹用完了，我放过你，可老天爷若不放过你，我也没法子，听说这里常有野兽出没。"

长风说着，将最后一颗子弹打向断崖，转身想走，却被一双满是血的手死死抱住："求求你，放过我姐，放过你两个妹子……"贵宝的声音有气无力。

长风一滞，他怎么都没想到，贵宝临死前想到的是惠春。早知道该把惠春带来，看这对姐弟是想自己活，还是想对方活。听着贵宝的哀求心里腻烦，长风欲甩开他，可甩了一下才发觉贵宝竟用整个身子死死拖住他的腿。

长风顿感不祥，低头去看，却见贵宝满是鲜血的脸上露出一丝诡异的笑，他咧开血淋淋的嘴，似变成了厉鬼："小子，你舅爷的命可贵，你来给我垫一垫。"声音未落，贵宝狠狠滚向断崖。

长风猝不及防，整个人便要随着贵宝倒下去，一直悄悄跟在他身后的南江晚和红蓴不约而同地奋力扑出，一人一只手，将他死死扣住。长风这才定了神，反身下死力就是一脚，将贵宝直直踹进山崖。

南江晚与红蓴直将长风向后狠拖了丈余才松手，三人都松一口气。"这老头有点意思，死了还要折腾，好玩！"南江晚拍着胸口，安抚着自己。

红蓴先起身去抚长风，谁知竟被甩开，长风从地上爬起来，自顾地走了。人已经于树林之中，才有声声念白传来："束发金冠显少年，气吐虹霓贯九天。银枪摆动龙戏水，战马驰驱似火烟。"紧接着，一阵长长的笑声传来……

离开平安村前，黛秋托曲常德雇几个村民，用一副薄板棺材将巩怀恩埋了。人死如灯灭，他欠下的恩，做下的孽，见了李霄云，便由他自去请罪。

薄棺入土，新坟潦草，黛秋无悲无喜地看着村民扬下最后一锹土。下山的路不好走，蓝桥忙上前扶着她："姐，这地界我们是不是来过？连同昨儿那破院子，我好像在哪儿见过。"

"瞎说！"黛秋低声嗔道，"出京时你才多大，就算真的来过，哪里就……"黛秋说不下去，猛地回头，朝山上望去，又转头望向山下，那破落的院子便静静地立于山脚下。

"平安驿！"黛秋腿一软，几乎跌坐在地。这是流放时，他们经过的第一个驿站，是杜氏身死的地方，黛秋一把拉过身边的冬儿，急问道："我问你，这山是不是叫作'大孤山'？"

冬儿摇摇头："这是小孤山，大孤山在那儿！"冬儿说着，指向不远处的一个山丘，正是黛秋和蓝桥救下曲家大娘的山丘。

曲常德也走来道："别小瞧那破院子，平安驿早年是出京城后的第一驿，当年我往驿站里送过柴，着实算得上气派。"

黛秋与蓝桥互视一眼。"那大娘不就在……"蓝桥说不下去，眼睛望向大孤山。黛秋苦笑一声，眼泪不觉滚滚而下。

"蓝桥，咱们走！"黛秋抓着蓝桥的胳膊，拔腿就走。

冬儿跟上来："这不是下山的路，姐姐走错了。"

"我们要去大孤山，劳冬儿姑娘带个路吧。"蓝桥道。

"带路不值什么，只是今儿这顿闹腾，姐姐也该累了，那山包子是会跑的，看着近，真走过去也该天黑了。"冬儿说着，也上来扶黛秋。

黛秋才要再说什么，只听冬儿一声尖叫："爸，爸，你快看！"

曲常德听着女儿的声音不对，急走几步，跟上来，朝女儿手指的方向看过去。山涧里分明躺着一个人，看了半天，才道："是……贵宝！"

贵宝掉进山崖，顺着瀑布冲出的一条水路，直滑进山涧。大家伙儿相互搀扶着，行至山底洞水边，只见贵宝的尸身如同一只破灯笼，脸上、手上全是硌破的伤口，两条腿上各有一个血窟窿，几乎被水泡白了。

曲常德抬头朝山上看看："从仙人观方向滑过来的，上面常年有水，滑得很，想是他急于奔命，失足滑下。哼，也算是恶有恶报。"说着又嘱咐同来的村民，"报官吧。"

蓝桥始终将黛秋挡在身后，眼前忽然一闪，不知哪里来的光。他不觉走近了两步，俯身见贵宝右手半握，露出半朵"金花"。

"你要做什么？"见蓝桥伸手去摸尸体，黛秋忙拦他。

"姐，你看他手里。"蓝桥说着，掰开贵宝的右手，一颗金花状的靴扣已半嵌进手掌的皮肉里，只露出小半。

黛秋悄声道："村民必没有这样的东西，难道除了巩怀恩和贵宝，还有旁人在这里装神弄鬼？"

蓝桥思量半晌，也想不出头绪，道："罢了，总是他作恶的果。咱们回吧。"蓝桥说着立于黛秋面前，半蹲下。

"做什么？"黛秋不解。

"你这一日也乏得狠了，上山难行，我背你回去。"蓝桥理所当然地道。

"傻子，你背着我，怎么上山？"黛秋轻嗔道。

一旁的冬儿听他姐儿俩这话，忙道："蓝桥哥哥不必忙，这里有条小路，可绕回村里，咱们不必再爬山。"说着，她拉起黛秋就走。独余半蹲在地的蓝桥讪讪地抓抓头发，拔腿就追："姐，你等等我……"

平安村口，两个军用帐篷支在村口，南江晚早换下沾了泥的军服，穿一身雁灰底格子西装，戴着金丝边的墨镜，半卧在躺椅上，荒腔走板地唱了两句，向长风道："怎么样？骆老板，我这《截江夺斗》快能上台了吧。"

"不能。"长风立刻回道。

红萼没忍住，"噗"的一声笑出来。南江晚却摘下眼镜，望向远处："哎，今儿是什么出门的好日子？"

长风和红萼顺着他的目光望过去，见两驾老牛拉的平板车缓缓走来，前面一驾上可不就是黛秋和蓝桥。红萼来不及恼火，长风早已迎了出去。南江晚笑吟吟地继续哼着西皮二黄。红萼狠狠瞪一眼，反身坐回去。

黛秋也不想会在这里遇见长风，一见面，便将这几日的遭遇一五一十地讲给长风，长风只笑眯眯地听着，两个人说了半晌，蓝桥才插一句嘴："你们怎么来了这里？"

"原是今儿歇戏，江晚便约了我来打猎。"长风含笑道，"这就要回去的，你往北平来，怎么不告诉我？我可以去接你，万一有贼人伤着你可怎么好？"

蓝桥听他这样说，便冷冷地道："有我在，不会让他们伤了我姐。"

长风一滞，曲常德倒有了说话的机会，他笑道："各位都是贵人，没有站在村口说话的理，咱们家去说吧。"

按长风的意思，即刻便要拉黛秋姐弟回北平，可黛秋执意要等明天上大孤山。长风便打发南江晚与红萼先回去，自己留下同黛秋一同回程。

"那怎么成？"红萼先恼了，"这荒山野岭的，爷有个闪失，全班子都没饭吃了！"

红萼从来对长风言听计从，少有这样顶撞，眼见长风眸中闪了寒光，南江晚忙打圆场："要是我们先走，你们明儿回程也不方便，咱们都不走。这里被折腾得鸡飞狗跳，不如咱们同往兴隆县投宿，明日一早上山，既不扰村民，又成全了萧大姑娘的孝心，也让咱们红姑娘放心，如何？"

南江晚的嘴，唱戏不着调，哄人却是一等一的好用。斜阳余晖下，南江晚便开着军车，将众人送进县城，蓝桥故意坐在黛秋与长风中间，红萼与南江晚并排，却气鼓鼓地看向车外，南江晚明知自己拉了一车"火药桶"，知趣地笑而不语。

残阳褪尽，这一日太长，黛秋实在乏得受不住，悄悄伸手去揉脚踝。"我来！"蓝桥挡开黛秋的手，三人同坐一排，已经很拥挤，蓝桥人高马大，伸手也不方便，黛秋忙笑道："罢了，不碍的。"

长风这才察觉黛秋脸色极差，因着蓝桥夹在中间，他不得近看，只得将身子尽量挪至一边，好腾出地方让蓝桥照顾黛秋。

"还说没事？脚肿成这样怎么不说？"蓝桥心疼地道。

"都说了不碍的，之前摇铃行医，比这更远的路还走过呢。"黛秋含笑拉起蓝桥。

蓝桥一面气自己太不小心，黛秋伤了也没发现，一面又气黛秋仍当自己是小孩子，心头有一万句话，只是说不出口，于是低了头，只管去揉黛秋的脚踝。"当年咱们一处逛灯会时，桥儿可不就是个小孩子，还差点被拐了去。"长风难得能插一句嘴。

一听这话，蓝桥心里更气，只以为骆长风这些年又不论婚嫁，又纠缠不休，平白地拖了黛秋许多年华，不知是个什么主意。心里恼着，蓝桥暗暗朝长风白一眼，忽然看见他脚上那双精致的马靴，靴扣竟与贵宝插在掌心里那颗一模一样，只是数目并不少。

蓝桥心下一沉，不由抬头看向长风，见他言语如常，实在看不出什么端倪……

第66章
广渠门下北平城

黛秋几人足足在兴隆县住了五六日，他们日日上山，几乎走遍了大孤山，无主荒坟倒是见了不少，却终寻不见黛秋当年在树上做的记号。当年黛秋只以为三年便归，谁知这一去十几年。当年立在母亲坟前的那棵树早该参天，或成了材被人砍了去。

长风与蓝桥陪黛秋上山，毫无怨言，倒是南江晚逛得腻了，不耐烦地道："萧大姑娘，十几年无人看顾的坟头，就算有碑也该倒了。这风吹日晒的，令堂的坟头怕是早平了。你看那些坟包，多不过三五年，你要不信，我挖开一个给你看看。"

"胡说什么！"长风轻斥一声，南江晚立刻闭了嘴。

黛秋也知道南江晚说得对，可明知母亲葬身于此，就是找不到，心头的焦急愤懑难对人言。蓝桥不忍见她难过，便开解道："商号的人再接不到我们，怕是要连贞儿姑娘也要赶来，不如我们先往北平安顿下来，再往兴隆县公署办张开山契来，赁下大孤山，连同山下那驿馆旧宅一并买下，索性在这里修祠祭奠，为伯伯、大娘供奉香火，如何？"

南江晚听闻不用再找了，高兴得抢先一步道："这个法子好，寻坟我帮不上忙，向公署里要张开山契极容易，什么赁不赁的，我保证咱们还没进北平城，那盖了县公署官印的山契便送到大姑娘手里。"

见黛秋不说话，南江晚便笑道："趁着太阳没落山，咱们赶快下山吧，好好歇一晚，明儿就进城去。"说着，他明仗着山势平缓，乐颠颠地朝山下跑。

长风先一步扶了黛秋下山，蓝桥跟在身后，不觉又看向长风的靴子，他早已换过另外一双短靴。半晌蓝桥方抬头看向骆长风的背影，不由深深皱了眉。

北平城繁华如昔，黛秋抬头看向广渠门，一切恍若隔世。长风却想起那日城楼相送的事，仿佛不过是昨日，他们仍是小儿女，一点子藏不住的心思里皆是情爱无边。蓝桥眯着眼睛看着城门，他对这里几乎没有任何印象，望之却莫名地哀伤，不觉伸手拉住黛秋。

黛秋只以为蓝桥也想起流放时的苦楚，忙双手合住他的大手："别怕，有姐在。"

"姐。"蓝桥握紧了黛秋的手，"从今往后，我必会护住你，再不叫你受一点苦。"眼前的男人生得浓眉大眼，诗书气中自带武将世家的威严，黛秋不由欣喜而笑。

长风似没见到姐弟俩说悄悄话，一旁的红萼亦不说话，只唇嘴抿出一点冷笑。隋鹰的商号在北平城也有外庄，外掌柜姓严，年近五十，也是老爷岭上的人，身高体长，膀大腰圆，看着有些恶相，却极是稳当可靠，远远见黛秋进城，忙迎出来：

"我的天爷，总算等到大姑娘来，再等不来，我可要给隋爷拍电报了，弄丢了人，隋爷还不要了我的脑袋。"

"严爷辛苦。"黛秋也曾在庆云堡见过对方一回，忙行礼请安。

"可不敢受了姑娘的礼，按隋爷的吩咐，我已在东四牌楼那置了宅院，虽然窄巴了些，也是尽够住的，又雇了个老妈子做饭浆洗，本来还要买俩丫头伺候，隋爷说姑娘好静，不要那些人。"严掌柜边说，边同着伙计将姐弟俩的行李搬上了骡车，"待姑娘住下了，看缺什么一定同我说明，我可不敢有半点怠慢。"

"隋鹰又不是老虎，哪里就一口吃了严爷？"黛秋笑嗔道，"我只不信，一千多里地他能特地赶来打杀人。"

蓝桥抿嘴笑道："姐，不是严爷怕隋大当家打人，是隋大当家怕贞儿姑娘打人。"

严掌柜假作没听见，黛秋也不理他，忍了笑转身向长风道乏。

长风眉眼带笑地道："咱们就别说客套话，你也乏了，早些回去，且好好歇几日，如今你到了北平，咱们说话的机会尽有，待你歇过乏来，我另有好东西送你。"

几人城门道别，蓝桥便扶了黛秋上车。严掌柜同着车把式才放好车帘子，却又被黛秋挑起来："严爷，能不能……走学部街？"

"绕着走？学部街甚远，怕姑娘乏了。"严掌柜皱眉道。

"严爷，北平城好热闹，就算带我们去逛逛，如何？"蓝桥赔笑道。

"姑娘和小爷的吩咐，我遵命就是。"

学部街比之当年热闹许多，有吆喝的小买卖人，又有鳞次栉比的大杂院，也有那黑漆大门的人家夹杂其中。

骡车太宽，在胡同里走不快，黛秋挑了车帘向外看，街上一幕幕让她似重回幼年。忽然，两扇再熟悉不过的黑漆院门映在黛秋眼里。"停车！"黛秋的声音不大，掀帘子的手微微发抖。

"姐，这是咱们家！"蓝桥终于记起。黛秋唇角含笑，眼泪已一双一对地流下来。离开时，她十三岁，而今已是而立之年，命运多舛，她终归还是回到了这里。

两个人才要下车，紧闭的黑漆大门忽然开了，一个年轻媳妇身穿织花缎旗袍，皱着眉看向严掌柜："哪有把车停在人家大门口的？挡着我们的道，还不快走！"

严掌柜忙赔笑，才要说些好话，黛秋已落了帘子："严爷，走吧。"那小媳妇直盯着骡车走远，才翻了个白眼："什么人哪！"

"姐，别难过，等咱们安顿好了，找那家商量商量，咱们宁可多花钱，把宅子买回来。"蓝桥安慰道。

"傻子，人家住得好好的，哪里肯卖宅子？"黛秋笑说着，忽想起什么，又道，"可说呢，前几日便想问你这件事，我不叫你跟来，你非不肯，可跟来做什么呢？过几日，药铺医馆便开张了，你一个西医，难道要去铺子里开诊坐堂么？"

见黛秋笑，蓝桥也不觉笑了："我怎么敢砸了姐姐的金字招牌？多普勒神父推荐我往城关医院应聘。"

"城关医院?"黛秋不由更喜,"你要去医院里工作?这可是件大好事,中西医虽说殊途,归根结底,治病救人是一理,你定要好好习学,得空也给我讲讲。"

蓝桥笑道:"姐,我这还没去呢,你连差事都安排下了。"话音未落,只听车外哀号不断,黛秋一惊,忙掀了帘子去看,只见许多人挤在一处二层小楼门前,个个神情痛苦。

"大姑娘别怕,这是救济署开的义诊所,世上自来穷人多,越穷越瞧不起病,越瞧不起病就越穷。这里长年累月都这样。遇到三九天,捡尸首的车哪天不推出两车去?"严掌柜似见熟了,看也不看,催着车把式快走。

直到骡车转过街角,黛秋方放下帘子,不觉皱了眉,蓝桥知她心中所想,故意要分黛秋的心思,笑道:"姐,我教你做菜吧,在柏林时,我吃不惯他们的东西,倒是常自己做些吃食,起先做得别提多难吃,同学都以为我在宿舍里偷偷炼毒药,后来真让我练成了几道拿手菜,改天做给你尝尝。"

黛秋明知蓝桥故意在哄自己,配合地笑笑:"好,姐就等着你的好手艺。"

严掌柜寻了一处不算热闹,也并不冷清的铺面,黛秋便忙碌着粉刷店面,招伙计、学徒,黑漆金字的"博源堂"挂上门槛,北平分号择了吉期开张。

谁知贞实到底将陶二柱派来了北平,新号开张,诸事杂乱,一个月下来,柜上收入尚且支应不了各项使费,陶二柱愁得牙疼,黛秋却只是偶尔来坐诊,账目看也不看。另有南江晚着人送来了大孤山的开山契,并平安驿那空院子的地契。

来人带了南江晚的话,说这办事使费的一千块大洋是骆长风出的。黛秋求着来人,将一张银行的本票带回去交与南江晚,那人却说什么也不敢收,放下本票就跑。

开山置地又是一通忙乱。黛秋终归没能找到母亲的坟头,便将大孤山改作"念慈山",又请一众僧尼做七七四十九日水路道场,超度山上所有亡灵。又将山围起,以作长途运送活鹿的中转之用,山上鹿舍吊圈一应俱全。

山下院中的房舍推倒重建,正当中修建一座白墙灰瓦的药王祠。萧济川与夫人杜氏的长生牌位供奉在祠堂东耳房里。等一切安置停当,北平城初雪落下,街头巷尾卖起了冰糖葫芦。蓝桥在城关医院门口买了两串,跨上脚踏车飞快地蹬着。入职城关医院小半年,他终于成为正式的外科医生,这个消息他要第一个告诉黛秋。

"文医生!"一个清脆的声音传来,他长腿支地,扭头正见一辆三轮黄包车停在身边,一个身穿狐狸领毛呢大衣,卷发垂肩的年轻姑娘从车包里探出头来朝他笑。

这女人蓝桥认识,是城关医院的护士张连翘。她瓜子脸,大眼睛,是医院里一等一的美人,又受过新式教育,北平城里追求她的公子哥比守军还多。

"文医生竟然爱吃这个?"张连翘看了看糖葫芦,"这点小雪配上红山楂,看着还怪馋人的。"

"哦,就在医院门口买的,想来现下还有,你要爱吃,快去买吧,晚了人家就走了。"蓝桥说着,一脚蹬起车子就走。连翘抿着嘴,她想不明白,这人是真听不懂,还是装听不懂,半晌想不明白,气得一跺脚向车夫道:"走吧!"

第 67 章

那年冬日此门中

门房的伙计看着黛秋，青黛色妆花缎长棉袄，一根乌墨般的辫子又粗又长，从头到脚没有一点配饰，只在腋下盘扣上别了帕子，并一块镜子样的饰物。天上飘着雪花，她于门前恭敬地立着，并没有一件避雪的斗篷。

门房接了她两三回帖子，也知她是新开的萧记博源堂的东家，只是没想到这位东家姑娘这样沉得住气，两三回闭门羹吃得她不急不恼，虽然主人家早吩咐了不见客，伙计也不敢十分怠慢，赔着笑道："实在不巧，早饭之后太爷就去药行了，走得急，又没交代回不回来。"

黛秋含笑道："既然张老太爷这样忙，我今儿就不打扰了，劳您驾，代给太爷请安，向一家子问好。"

距张宅几步之外，陶二柱拉着大骡车正等着，见黛秋走来，便知又吃了闭门羹，赔笑道："我说不中用，东家不信，这张家哪是寻常人家，我听说前儿一个什么旅长的太太要请老太爷看诊还不能呢。东家别灰心，他家不行，再试试别家。"

北平城是住过皇帝的地界，最不缺的就是名医。行医世家自视甚高，自然不把关外游医放在眼里，黛秋几处吃了闭门羹。单是这御医张家，黛秋又送人参养荣丸，又送阿胶鹿胎膏，却连张家的大门都没迈进去。

张家在宋朝时就出过御医，且在几百年的传承中，还出过几代女医，于千金科自成一派，北平城里的贵妇名媛无不对张家的驻颜秘方趋之若鹜。

黛秋咬唇沉思，结交京城名医，自然可以多习学医理，更重要的，是那些曾在太医院供过职的行医世家，也许会知道些萧济川当年的事。

"东家，趁这会子我同你说件事。"陶二柱隔着帘子，向车内道，"昨儿合了账目，从开张到现在，竟生生赔了好几百块。虽说咱吃医馆药铺这碗饭的，就不兴说个买卖兴隆，可这么赔下去，咱也受不住。"

黛秋听了，便掀了一角车帘，含笑道："这一阵子盘铺面，进药材，又教伙计们规矩，都是大宗的开销，看大夫讲究个知根知底，这左邻右舍的不知咱们底细，不敢上门求医也是常事。待时日长了，大家伙儿都熟了便好了。"

陶二柱皱了眉，急道："时日长了谁受得了？虽然咱们有药圃、参园和鹿趟撑着，可这白花花的大洋就扔到水里，咱也得听个响嘛！"

北平城四季繁华，黛秋依着车窗，看着街边的买卖人家，半晌方长长叹一口气："你说的没错，不是这么个扔法。我也想着，他们不来瞧病，我可以出门问诊。"

"东家再不能行那摇铃行医的事了!"二柱立刻拦道,"如今关外李家在医药行也是有名有号的。"

黛秋淡笑道:"再不能摇铃行医,我想往救济署去义诊,一来是件行好的事,二来那里的病患多,我也多见识些病症,博极医源是行医的根本。"

二柱听了前半句才松一口气,听了后半句又急起来:"还是不妥,那里人多,或有疫症染及东家,如何是好?贞儿姑娘千叮万嘱叫我看着东家。"

黛秋被气笑了:"你拿着我的份子钱,不说听我吩咐,反听这些人的调遣,真真该叫师姐出了你那份例钱才好。"

二柱憨憨地笑了两声,道:"那我同东家去,我虽不懂医道,也能帮着打个下手,抓个药,守个药炉子。遇事也能护着东家。"

"傻二柱,你同我去,柜上靠哪个?"黛秋轻敲了二柱的后脑勺,道,"咱们博源堂既开了这分号,再没有关门大吉的理,你只管帮我盯住柜上,我才好放心干我的事去。"

"东家放心。"二柱挺了挺腰杆,"自小是东家教我认字,我若连这点子事也办不好,那就白瞎了东家的心思。"

二人说笑一阵,二柱远远地看见自家铺子前,骆长风一身雪白的西装,戴着墨镜,若不是熟人,再认不出他。"骆老板来了!"二柱笑道。说话间,骡车已停在药铺前面,不等二柱跳下车,长风先上前一步,伸手去扶黛秋:"等了一阵子,我只当你不回来了,正要往家里找。小伙计你去拜访张家老太爷,这回可见了?"

黛秋摇摇头,面上难免有些失落。"别担心,张老太爷下个月做寿唱堂会,待我散了戏,找老爷子说说,上一回,他老人家可夸我扮的赵子龙好来着。"长风安慰道。

黛秋摇头,道:"这法子可万不能行,老人家是前辈,他不见我这个晚辈有他的道理,可我若是不知好歹地找人请托,老人家不见,便伤了请托人的脸面,见了,又下了自家的脸面,好事也办拧巴了。"

长风想了想,道:"你说得很对,是我没想到这一层,且另寻别的法子。我今天特地来寻你,是有件礼物送你。"

黛秋忙道:"自我来了这里,你今儿送摆件,明儿送玩意儿,白白花钱。全城都传说,骆老板唱一出戏,就能在北平城里买下个三进三出的大宅子,可你要养活整个戏班子,也不容易。"

"你这是替我心疼么?"长风言语温柔,眉眼含情地看着黛秋。

黛秋别过头,稍稍退后一步,道:"礼物便罢了,你早些回去准备扮戏吧,误了戏可不好。"

"早着呢,你还是先看我的礼物吧。"长风说着,拉起黛秋就走。

"做什么去?"黛秋急急地道。

"去看礼物,你必喜欢!"二人说话间已出了博源堂。

陶二柱立于药铺门前，目送骡车走远，才要看着小伙计关门上板，一回身，却见蓝桥坐在脚踏车上，看着骡车走远的方向。

"少爷怎么也不吱个声，倒吓我一跳。"陶二柱一眼看见蓝桥手里的糖葫芦，"哟，这事闹的，东家才走，要不你……"二柱没能把话说完，怀里多了两串糖葫芦。

"给你吃。"蓝桥脸色难看，狠狠蹬脚踏板，那车子快速滑走。

"你去哪儿？"二柱高声道，"回不回家吃饭？那我让钱妈给你留饭。"没得到任何回应，他无奈地摇摇头。这位小爷什么都好，只是一阵一阵地犯犟，这又不知是谁摸了他的逆鳞。

骡车果然停在萧家旧宅门前，黛秋不敢相信地看着长风。长风等了半天，不见黛秋下车，抬头见这女人只是呆呆地看着院门，那门斗上黑漆金字，颜体正书"萧宅"。

"下来看吧！"长风捉住黛秋的手，强拉她下车。

"这……"人已经摸到了萧家的大门，黛秋还是不敢相信。长风笑推大门。

连门轴都新注了油，不闻一声便开了门。黛秋用衣襟擦了擦手，方去摸那门板。可手才触到门板，眼泪便簌簌滑下。这是她的家，冬日里的雪，春日里的花，连那棵老桃树还在院子里，虽然只有光秃的枝干，从影壁墙上面探出高大的树冠也是才修剪过的。

"宅子有些老旧，我着人略略翻修，也好住人。"长风笑道。自那年流放之后，这宅院倒了几手，虽然最后住的那家人有些富贵，宅院也整修一新，可那不是萧家的样子，长风凭着少年时的记忆，将院子里的一切恢复成萧家原来的样子。

黛秋细细地打量着一草一木，一砖一瓦，闪着泪光的眸子左顾右盼，背后忽然被轻轻一捶，黛秋回身，一个雪团砸碎在脚下，长风手里仍托了个雪团，正笑盈盈地看向她，黛秋不明其意，只呆呆地回看他。

"下个月上元灯会你可来吗？"话一出口，长风眼中也有了泪意，他立于雪中，笑盈盈地看着黛秋。

黛秋忽然想起往事，她朝长风轻轻一伏，唇角向上微微翘起，两个人只顾相视而笑，谁都没看到，那影壁墙旁，身影颀长的蓝桥。

蓝桥再不想，长风会将萧家老宅买回来，姐姐必定又高兴又难过，他想上前帮姐姐擦眼泪，他想拉姐姐的手软语安慰，然而，他抬头看看那光秃的桃树，不是桃花盛开的季节，再高大，再强壮，再想要繁花似锦，也只能忍过寒冬。蓝桥低下头，转身离开……

第 68 章
文医生的心事

红萼有一下没一下地拨着算盘珠子，这一阵子，福荣兴的支出巨大，她得好好算算。可惜大半天下来，她总是不能集中神，银钱都是小事，她只觉有一把钝刀子在心上来回地蹭。

萧家的破宅院年深日久，并不值几个钱，可她几次找人上门拉纤谈买卖，那家人铁了心地不卖。思来也有道理，老话说"搬家穷三年"，人家好好地住着，轻易不会搬家腾房子。

一边是死活不卖，可另一边，她那位爷又死活要买。自来长风说什么，红萼做什么，不管是非，无论对错。买房不成，红萼便雇人三不五时地往那家院子里丢只死猫，扔只死老鼠，再或者逢初一、十五装神弄鬼。好在那家人丁不旺，虽然家中富足，却没什么硬腰杆子，便是有，满北平城又有几个人能硬得过南家的枪杆子。个把月折腾下来，那家便吃不消了，主动来寻红萼卖院子。

买下院子，骆长风非要将院子修葺成萧家以前的样子，还不厌其烦地画园子图，可画来画去，便只画了正院前厅，其他各房各处陈设布置一概不知。红萼便着工匠照着图一处一处地修改，各房也按萧家当年的门第、富贵和行医的行当着意布置。长风看过几次，有夸改得好的，不合他心意的非要拆了重修，来来回回又是几个月，好容易完了工，红萼算下来，单花在修缮上的使费竟比买院子多出一倍。

本以为他们是青梅竹马，两小无猜的情谊，可骆长风显然连萧家的正堂主屋都没进去过，这算个什么？红萼心中一声冷笑，回过神就看见有个十二三岁的班中弟子正往屋里探头，见红萼有所察觉，缩了脖子回去。

"是谁鬼鬼祟祟的？"红萼厉声道。

那孩子被师兄弟们生生推进来，怯声道："姑娘好，跟姑娘回，今儿已是二十五了。"

虽说班子收徒是包吃，包住，包教戏，师傅不收徒弟钱，也不给徒弟钱。可长风也是从徒弟苦过来的，福荣兴也算是北平城里叫得响的大班，弟子们太苦也不像样，因此，自他主事以来，便命红萼每月二十日，给每人发一块钱。

这一块钱于长风，连喝口茶都不够，却是那些穷弟子家里半个月的嚼裹儿，每到日子，徒弟们便盼望起来。

"是等着衔口垫被么？就这样急？"红萼皱了皱眉，忽想起长风那些师兄师弟和司弦司鼓的师傅月银也还未发，不由也气笑了，"瞧我这记性！"红萼瞥一眼那个手足无措的孩子，"你那一块钱跑不了，又是那些大的推你出来当个讨债鬼。"

孩子被说中心事，不好意思地抓抓光头。红萼也不为难他："叫你那一科的师兄弟都进来吧。"

"得嘞！"小孩子的心事藏不住，听说要发月钱，蹦跳着出门叫人去了。

红萼才要笑，忽想起方才账目还没对完，不由深深换一口气，戏班子虽说赚了钱，却不由着长风一个人花销，众位角儿各自有包银和分红，司弦司鼓半分不敢怠慢，又养着一院子的徒弟。红萼咬一咬唇，又唤回方才那孩子进来，给他五毛钱："往新开的那家博源堂去，给我买三钱赤铜屑，剩下的归你！"

小孩子一听有好处，忙接了钱，欢天喜地地去了。红萼眸子渐渐闪出冷到刺骨的寒光。

黛秋站在城关医院一楼，庆云堡没有西医诊所，多普勒顶多算个赤脚西医。她新奇地看着来来往往的医生、护士。几个人推着病床在走廊里飞跑，黛秋急急躲在一边，那床上的人满身是血，黛秋倒不怕，只是很想跟过去看看，这里的大夫用什么止血。眼看着那些人跑到走廊尽头，黛秋才想起自己是来找蓝桥的。自从搬回萧家旧宅，蓝桥已经有十来天没回家了，只说医院太忙，为节省时间，这几日住在医院。今日不开诊，黛秋亲手做了两样蓝桥爱吃的点心，打算来看看他，再催着他早点回家。

医院是新式楼房，黛秋找了两层都不曾找见，只得拦了路过的护士打听："姑娘，请问文蓝桥在哪？"

这护士生的一对笑眼，眉如新月，听得"文蓝桥"这三个字，她脸上笑意更浓，答道："文大夫在楼上开诊，您是哪里不舒服？"

黛秋笑道："我是他姐姐，来看看他。"

护士睁圆了眼睛，双手不自觉地整理着自己的头发："原来是文家姐姐！我叫张连翘，是蓝桥的同事，我带您去找他。"

"那劳烦你。"眼看连翘的小脸瞬间红成个苹果，黛秋欣然笑了。

"不劳烦，您跟我来！"连翘尽量温柔了声音，举止得体地引着黛秋上楼。"蓝桥，你姐姐来瞧你了！"连翘话已说出口，才发现蓝桥的诊室空着，因着病人不多，走廊里连一个候诊的都没有。

"这人，去哪了？"连翘噘了嘴，站在走廊左顾右盼，走廊的尽头伸出一段露台，虽然隔得远，可有人影一闪，黛秋便立刻看出是蓝桥，也不等连翘，自顾地走过去。

"大冷天的，你在这里做什么？"黛秋的声音先于人挤进露台，蓝桥再不想黛秋这时会来，忙转身背过手。

"姐，你怎么来了？"蓝桥有些慌张，黛秋假作不见。

"你都多少日子不回家了？"黛秋笑嗔道，"你不回去，还不许我来看你？我做了白糖馅的凉糕和牛肉馅的卷酥，想着你爱吃。说起来，我还没见过你们医院，顺路来看看。"

"我那个……就……"蓝桥语塞。

"原来你在这儿呀！"连翘不自然地从黛秋身边挤过，与蓝桥并排而立，"文家姐姐找了你半天，多亏遇上我。"说话间，她从背后悄悄接过蓝桥的"小秘密"。

"我姐姓萧。"蓝桥强调，好容易腾出手接黛秋手上的东西，手指相碰，只觉异常冰冷，不由握上去，"这大冷天的，你是走来的么？手这样冷，我上次送你的手套怎么不戴？"说话间，他忙拉黛秋进了走廊。

黛秋笑向蓝桥："还知道我冷，那必不是在生我气，家里就咱们俩，既不生我气，做什么不回家？"

"医院很忙。"蓝桥并不惯说谎，脸直红到耳根。

"忙着在这里望风景？"黛秋也不恼，打趣他道，"是搬回老宅，住得不舒服么？先时还不觉得那院子大，现如今只住咱们俩，倒觉得空落落的。"

蓝桥听得"咱们俩"，心头不由一紧，他赌气离家，只留黛秋一个人在那两进的宅院里，伺候的人也不过是两个有年纪的老妈子，真有什么事，这三个女人怎么应付？蓝桥心里不由狠狠责怪自己不该闹气。

"姐，我今晚就回去，你略等等，下了班，我们一同走。"蓝桥笑向黛秋，那笑里带着讨好。

连翘仍站在露台上，目送着两个人走了半条走廊才确定，蓝桥是把自己忘了，忽然手上吃痛，她慌忙抽回手，一颗烟头掉在地上。蓝桥是躲在露台上偷偷抽烟，还差点被姐姐抓到。连翘不由笑出声来，才要追上去，忽然走廊的另一头冲出一个护士："文医生，有急诊，连翘，快来帮忙！"

第 69 章

治病痛乐生死

手术室外，一个中年女人死死扯着蓝桥的衣襟不肯松手："你们算什么医生？什么大夫？我儿子才十八岁，他可是我们家的独苗！"蓝桥神色凝重。"你还我儿子，你还我儿子！"女人直哭得声哽气噎。

连翘实在看不下去，朝另一个护士使了个眼色，二人一步上前，用力分开女人，连翘道："医生们光手术就做了七八个钟头，令郎身中两枪，全中要害，没当场断气就是命大，就是大罗神仙也拉不回他，你要怪就只该怪那开枪的人，怎么倒怪起医生？"

"你走开！"女人狠狠推了连翘一把，推得她一个趔趄。

蓝桥忙伸手接住她，小声道："由她闹一闹，之后她还要料理那孩子的后事。"

连翘来不及脸红，先急道："怎么能由着她闹？"

"你们还我儿子！"女人怒不可遏地扑上来，"你们这群庸医，我儿子是长命百岁的命格，都是你们没有用！"

跟女人同来的家属实在看不过去，生拉硬拽地拉她到一旁宽慰，连翘叹了口气，忽然推了推蓝桥："你姐姐在等你？"

蓝桥顺着连翘的目光看过去，黛秋立于楼梯口，远远地看向他们。他才要跑过去，忽想起自己身上带血的工作服，狠狠扯下来，团成个团，塞给连翘，跑向黛秋。

蓝桥强打精神，黛秋心疼地抬手替他捋顺了头发。"你再等我一下，我上去换件衣服，送你回家。"蓝桥说着上了楼。可直到家属哭着领走了年轻人的遗体，所有医护也都各自回家，黛秋仍没等到蓝桥。

连翘最后一个离开，她热心地想帮黛秋去催催蓝桥，却被黛秋拦下，又细细叮嘱连翘，夜里回家一定要小心。谁知连翘毫不在意，因为家里专门派了用人接她上下班。黛秋这才知道，眼前这个活泼明艳的姑娘也是富贵人家的小姐。北平城的姑娘似乎都能活得随心所欲，黛秋有些羡慕她们的随心所欲。

属于蓝桥的诊室黑着灯，黛秋缓缓走到小露台上。蓝桥这回来不及藏好烟头，黛秋已经站在他身边。他慌张地要扔掉，却被黛秋拦住："爷们家抽烟不是事儿。"黛秋声音轻缓温柔，似寒夜中的一阵东风。

白日里，她就闻到了蓝桥身后的烟味，萧济川和李霄云都爱抽烟袋，相比之下，倒是现在的卷烟方便些。黛秋幼时也见过父亲躲在书房抽烟袋，那时的萧济川脸上也是化不开的愁云。

黛秋用手肘撑着扶栏，看着淹没在漆黑夜中的北平城，半晌方道："你有心事？"

蓝桥不好意思地掐熄了烟头，长长的一个呼吸，冰冷的空气冲进他的肺里，带着一点雪花的清新。

"姐，你遇到过救不活的病人么？"蓝桥轻声道，"前天有个人脾脏破裂，可惜送来得太晚了，上了手术台就没下来，他家里人哭得死去活来，今天又一个，看家属哭成那样，我觉得是我没有用，学医若不能救人，那我学医为了什么？"

"那年闹霍乱，师傅带着师姐和我几天几夜不得合眼，可我们救的人远没有死的人多。"黛秋缓缓开口，"师姐气得要发疯，你这个问题，我当年也问过师傅。"

蓝桥眼前一亮，转向黛秋："老爷怎么说？"

黛秋含笑看向蓝桥："你还记得我父亲的手札么？那上面说，愿得……"

"愿得一方济世，治病痛，乐生死。"萧济川的行医手札是蓝桥幼年的启蒙课本，每一句他都熟记于心，"萧伯伯说的那种方子真的有么？"

黛秋郑重地点点头，抬手拍拍蓝桥的心窝，道："师傅说，那方子就是尽力救治病人的医者之心，有一丝生机也不放弃的坚定和救护所有人的慈悲。"

暗夜中，黛秋双眸闪亮，这十几年的行医之路，她见过太多的生死，经历过数不尽的无奈，连同萧家、李家的生死无常，一点一点磨砺着她的心，然而无论如何，她仍要行医道，救苦痛。

看着黛秋的眼睛，蓝桥内心的翻涌渐渐平静下来，留学这些年，以为自己学有所成，谁知他的"所成"竟连一点打击都承受不住，而当年面对肆意的霍乱，黛秋才十九岁。

蓝桥释然一笑，双手拉起黛秋的手，才察觉黛秋被冻得微微发抖："你冷怎么不说？"蓝桥急着将黛秋拉进走廊，狠狠搓着她的手，干脆解了外套，将黛秋的手夹到腋下。

黛秋却伸长手，摸到蓝桥的头："蓝桥，你要记得，学医不过是行医之基，行医才是你毕生习学的开始。一时困顿作不得数，若为这些事气馁，你也大可不必行医了。"

黛秋坚定的目光中带了笑意，蓝桥心头振奋，郑重地点点头，一把捉住黛秋的手，几乎有些冲动想要放在唇边，单是压抑这冲动，蓝桥便觉自己快要发疯，他不觉深深皱眉。

"这是怎么了？"黛秋道，"是心里还不舒坦？"

果然又会错了意，蓝桥苦笑一声，故意耍赖道："姐，我累了，咱们回家吧。"

"瞧我，只管说，都这时候了。"黛秋方回过神来，"哎？我带来的糕呢？"

"什么点心都明儿再说。"蓝桥说着，拉起黛秋就走。

萧家的宅院不大，可只住黛秋和蓝桥并两三个老妈子，一个车把式，一个门房，便显得空落。黛秋住了父母当年的正房，蓝桥住在后院黛秋当年的屋子里，房里一设一物，都被他改回当年的样子。

黛秋到底报名去了救济署的义诊所。她来得晚，诊室被安排在最里面的破旧屋子，每逢下雨，诊室西南角便漏个不停。

自黛秋来了这里，找她看诊的女眷居多，有些暗门子里得的病，羞于启齿，黛秋不问出身，不问家世，凡进门者普同一等，且她的方子既便宜又有效用，因此来了没几日，她的病患便越来越多。

穷人们的苦难永远不碍着富人们的喜乐。张家大花厅上新搭的戏台，鼓乐铿锵，唱腔高亢，一派花团锦簇。骆长风的《截江夺斗》惹得台下一片叫好声，连张老太爷也连连叫好。

连翘替爷爷捶着腿，一脸天真烂漫地抬头看向老人："爷爷，满北平也就您老人家的面子，能请下这样的堂会。"

张老太爷眯着眼睛朝台上看，又低头看自己心尖上的"小美人"："都拿了我的红包，嘴还这么甜，是嫌红包不够大么？"

"瞧爷爷说的，就不许孙女说两句真话？"连翘故意逗趣，"上次我要看金不换的戏，让人排十天队，愣是没买着。今儿托爷爷的福，我总算过了瘾。"

张老太爷朗声大笑："好丫头，只要你喜欢就好，多早晚，你让爷爷也喜欢喜欢才好。"

连翘一脸不解地看向爷爷："爷爷喜欢什么？再难的物件，孙女也去找来。"

"多早晚，我那乖孙女婿进门，爷爷才是喜欢呢！"张老太爷说着又笑起来，他虽有年纪，却身康体健，声音洪亮，孙男弟女围坐身边，听他这样说，也都笑起来。

连翘红了脸，丢开手："不捶了，爷爷笑话我。"众人见状，更笑得开怀。连翘趁人不防，起身朝张老太爷耳旁悄悄低语几句，老人眼前一亮："真的？"

连翘嘟起嘴："谁还哄您不成？"

张老太爷连声道："好，好，多早晚带回来，给爷爷看看，西医里面的事，我爱听着呢。"

忽听人来回："骆老板要给太爷拜寿。"

张老太爷更高兴，眼角笑出几条褶皱："何必这样客气？快，快请他入席！"

第 70 章
巫是巫，医是医

"施大夫，您这是做什么？"夜幕四合，义诊所总算能关门闭诊。在这里行医最久的施大夫将诊室内所有的东西全部丢在街上，背起自家的药箱便走。黛秋自来了这里，便十分钦佩施大夫的医术和人品，见状便上前拦他。

"此处不留爷，自有留爷处。"施大夫五十岁上下，走起路来龙行虎步。

"这话怎么说？"黛秋赔笑道，"我还指望跟您多学学，前儿您教我的方子，我调换了两味药，正想找您瞧瞧，您怎么就走了？"

说话间，其他大夫也围了上来，其中只有闫大夫与施大夫年岁相仿，他先开口道："这破差事不做也罢，原是他们求着我们来的，如今又这样赶人，想想也是憋气。"

见黛秋一脸不解，施大夫倒有些奇怪："丫头，你没看到公告么？"

"下午一直在看诊……"黛秋以为自己错过了什么要紧的事。

闫大夫掏出一张布告纸递给她，黛秋忙接过展开瞧，那是一张卫生署的公告，要求城中所有中医于某月某日参加全国医师考试，考试及格，颁发执照，方可行医，无照行医者视为黑医处理。

"我行医一辈子，徒弟也教出了一二百，如今竟要考我？还要给我发执照？"施大夫愤愤地道，"我呸！那发执照的人懂中医么？让我考执照，西医的执照怎么不用考？"

一个大夫小声道："人家西医要么新学毕业，要么是留洋的，咱们之中谁读过新学？"

施大夫怒向那人，那人立刻知趣地闭了嘴，施大夫甩开黛秋，拔腿就走。众人劝也劝不住，有人甚至想跟他一同走，黛秋咬一咬唇，急走几步拦在施大夫面前："施大夫，您老消消气，听我说一句。"

黛秋是整个义诊所里唯一的女大夫，又是个未出嫁的姑娘家，施大夫不好直接驳了她的面子，便停下脚。黛秋环视众人，道："我知道诸位前辈都是岐黄圣手，能来义诊所吃这份辛苦，也都有份古道热肠。"

黛秋眸光坚定地看向施大夫："针邪密要记有针十三鬼穴的说法，一针鬼宫，二针鬼信，三针鬼垒，四针鬼心，又说，以朱砂书太乙灵符二道，一道烧灰酒调病人喝，一道贴于病人房内，可除邪祟。"

众人不解地看着黛秋，施大夫皱眉道："萧大夫到底要说什么？"

"从学时，我不必师傅教导也知鬼神之术难医世间之病。可师傅教导我说，行医不可信神鬼之说，但定要信天地间浩然正气。自古神医神婆不断，神神鬼鬼地曲解前人医书，书上说的明明是天理，他们非说成鬼神作怪。世人多有被蒙蔽，也久厌巫医，可旁人又怎知行正道岐黄与巫术通神的区别？若能考取执照，而使巫、医分明，那黛秋愿意第一个提笔作答。"

众人面面相觑，似心有所动。闫大夫沉吟半晌，道："能干咱们这一行的，谁不是一路苦学过来的？就为赌这口气，日后要偷偷摸摸与巫医为伍，那不干也罢，老施，我看你也别犯糊涂，多大点子事？卫生署要考，由他们考去！"

施大夫明显有些被说动了，嘴上却仍不松："我……想想再说吧。"说着甩开众人便走。

黛秋还要再劝，闫大夫行至她身边道："萧大夫的话有理，只是这帮官老爷们正事不使力，有考咱们的工夫，还不如将这破房子修修。"说着，他拱手而去。

眼看众人走远，黛秋反身关门，忽见门垛子旁边黑黑的一大团，似有人蜷在那里。黛秋吓得不由倒退两步，趁着半黑的天色，努力看向那团黑影，果然是个人！

黛秋凑上前几步，只见那是个蓬头垢面的女人，身上补丁叠着补丁，十分破旧。女人将自己蜷曲成团，脸深深埋在膝盖上。

黛秋又走近几步，道："这位姐姐，是来看诊的么？"

对方一动不动，家里的车来了，黛秋唤车把式提灯照亮。"你怎么了？"借着灯笼的亮光，黛秋伸手摸了摸女人，察觉她衣衫单薄，浑身滚烫。黛秋伸手去拉那人的手腕，谁知她这一拉，那人便斜斜地倒在地上，似一个泄了气的破皮球。

"快来搭把手，把人抬进去！"黛秋向车把式道。

"大姑娘，您别碰她，您倒是先看看！"车把式急道。

女人倒下时扯开了衣襟，露出一截皮囊，灯火下，那肚皮上分明有密密的红点子。

"必不是什么规矩良善的。"车把式冷声道，"大姑娘，咱别管这事了，家去吧。"

黛秋狠狠瞪他一眼："她是什么人与我有什么关系？她在生病就与我有关系。"说着，她伸手就要去拉女人。

"您别动手。"车把式忙将地上的女人抱起，送进义诊所。黛秋又打发他往后院灶房里烧热水，自己为女人切脉，眉头不由微微皱起，半晌又诊另一只手，只觉不祥。一时热水打来，黛秋打发了车把式出去，亲自为女人清理污浊，又梳了头发。换了几次热巾帕，才将女人的脸揩拭干净。待看清这女人的眉眼五官，黛秋惊得几乎掉落手上的帕子。

虽然事隔久远，但自幼相伴的情谊再不会忘记，黛秋双眼盈泪，用力拉了女人的手，轻声唤道："百花姐姐！"

病床上的女人毫无反应，黛秋又唤了两声，仍旧没有任何回应。黛秋泪如雨下，当年萧济川身死，萧家旧仆无辜牵连，不知被卖去哪里，黛秋想及于此，心如刀绞。

"姐，你怎么了？"许是黛秋太过伤心，竟没发觉蓝桥走进来。黛秋没能按时回家，蓝桥不放心，便来接人。

蓝桥也常见黛秋诊脉，也有悲天悯人的同情，却从没见过她为一个病人哭成这样。他心疼地蹲在黛秋身边："姐……"说话间又回头看看病床上的女人，看上去足有五旬，十分苍老憔悴。

"这是……"蓝桥早不记得百花的样子，即便记得，当年那个爱说爱笑、活泼可人的百花与病床上的垂垂老妪也无从比较。

"蓝桥，她是百花，与我一同长大的百花，她还为你补过衣裳，为咱们俩扎过毽子。"黛秋哭道。

蓝桥隐约能记起"百花"这个名字，可实在记不起她的样子，按年纪，百花比黛秋大不了两岁，竟被磋磨成这个样子。

"姐，别难过，如今故人相见，是好事，咱们把百花姐姐的病治好，让她搬回咱们家住。"蓝桥安慰着黛秋，起身察看百花时，忽闻到一股并不浓重的臭味，眼下人又高烧不退，蓝桥大约猜到了百花的病情，不由伸手掀开她的衣裳看看，果如他所料，也难怪黛秋这样伤心。

"姐，你在这里等等，我去医院取药，这个病，有一种西药最管用。"蓝桥说着起身便走。

黛秋一把拉住他："你先回家，叫钱妈派个人来伺候她，再往我书房屉子里取万宝代针膏，再多带些换洗衣物，让钱妈开我的柜子拿，不论好歹，只捡布料软和服帖的。"

蓝桥低头看了看黛秋微微发颤的手，不由将她的手合在掌心："姐，别怕，你是大夫，她是病人。"蓝桥一双眸子坚定地看向黛秋。

四目相对，黛秋点点头，再开口时，声音已平静许多："你快去吧，这里有我！"

百花退烧睁眼时，已是次日午后，黛秋一直守在床边，单手支头，困倦得几乎睁不开眼睛，蓝桥端了热水，才要叫醒黛秋盥洗，就见木板床上的百花醒了。

"姐，她醒了！"蓝桥喜道。

黛秋猛地起身："百花姐姐！"说话间，人已扑到百花身边，先抬手摸摸她的额头颈项，果然退了烧，再开口，眼中早盈了泪，"姐姐，我是黛秋，你还记得我么？"

百花似没有半点意外，握紧了黛秋的手，两行浑浊的泪从眼角滑下："傻子，我就是来找你的！"一语惊得黛秋和蓝桥面面相觑，"我有要紧的事要告诉你。"说话间，百花气喘连连，"水，快给我倒水！我像渴了一百年。"

痛饮饱了水，百花干枯的手死死攥着黛秋的衣襟："姑娘总算回来了，福妈过世前叮嘱我，无论如何好好活着，说老爷一生行善，积下的福泽既没报在他身上，那必是要保佑太太和姑娘平安回来。"

蓝桥见百花已有了这许多力气说话，心里亦放下大半，忙往灶房里取粥碗。

"姐姐，你快歇歇吧。"黛秋急道，"既在一处，咱们有说话的时候，不在于一时。"

百花原本哀伤的眸子猛地睁大，无限恨意似闪电从她眼中喷射出来："那可不行，我寻你有急事。"百花说着，狠狠咬牙，强撑着身体，"我找着当年害咱们家的人了，姑娘，你快去抓他，为老爷报仇！"

第 71 章

前朝冤今世仇

当年萧家被查抄，所有奴仆全数没收发卖，百花死活要与福妈在一处，结果她们同被卖进一个旗人府上。大清朝没了，府也倒了。百花便要北上寻黛秋，谁知一场病要了福妈的命，百花没钱安葬，便自卖自身。

说来也奇了，那是萧家败落三年之后的事，三年中，百花再没见过曾在萧家药铺坐堂的吴大夫，偏卖身那日在集上见了。吴仲友花银子给福妈下了葬，又赁了间小院子，三间正房，纳百花当外室。

起先，两个人也是郎情妾意，百花只以为终身有靠，可吴仲友除吃酒赌钱外，又极爱眠花宿柳，渐渐地，一年之中也没有几日回来，家里要钱没钱，要米没米，百花便帮人浆洗缝补，艰难度日。

谁知自去年冬日里，吴仲友来寻她，在她这里住了一阵子，洗澡时百花惊觉吴仲友染了脏病，还连累了自己，十来年积怨喷发而出，百花从厨房里抽出切菜刀，吓得吴仲友连滚带爬地跑了。

这一年的工夫，百花的病越来越重，连做活的力气都没有了。那日强忍着身上的疼痛来义诊所求医，谁知正看见黛秋，百花既欣喜又惭愧，只悄悄地离去了。

谁知三日前，吴仲友酒醉闯来，还躲在角落里哭。断断续续地反复说着，贵宝死了，惠春也失踪了，当年与萧家案子有牵连的人或死、或失踪，因此他怕得要命，想来萧家没什么人了，必是鬼魅作祟。否则他身上的病如何会久治不愈，反而一日重似一日。

百花这才发觉，眼前的吴仲友瘦得如一架骷髅。百花病糊涂的脑子猛然清醒，当年是骆国公府害了萧济川。他们遭到"报应"，那吴仲友在怕什么？

她假作关心，旁敲侧击地说起当年事。当年吴仲友欠下赌债，他深知萧济川为人，若知道他好赌又欠债，必不会借钱，更不会用他坐堂。正为难之际，贵宝寻上门来。

赌坊本就有贵宝的本钱，他已将吴仲友的赌债一笔勾销，另有一百两银票递在吴仲友面前，也不用他出借据，也不用他还，只给他看一张方子，若有官衙的人来问话，必得说明，萧济川的方子合了十八反。财迷人心窍，吴仲友一双摇骰子、摸牌九的手，再摸不着良心，往大理院做了假证供之后，便带着贵宝给的银子逃离京城。

百花恨得几乎咬碎牙根，她竟然委身于仇人这许多年，她两眼冒火，立刻便要用绳子勒死他，与萧家报仇。可一来，她也病得没有力气，二来，她已知事情的来龙去脉，必得为黛秋讲个明白。

"姐，仙人观的管事是不是叫贵宝？"蓝桥看向黛秋，四目相对，二人懊悔不已，早知他是凶手，只该抓他与萧济川平反。可眼下早已改朝换代，前朝的是非，如今哪还有人管？黛秋默默垂下头。

"总算，还是恶有恶报。"蓝桥安慰道，"你等我去拿了那个姓吴的，念慈山下要了他的狗命，替大伯、大娘报仇！"

黛秋一把拉住蓝桥："他做前朝的恶，你眼下杀他犯的是民国的法。"黛秋咬一咬唇，向蓝桥耳边小声几句，命他找人盯着吴仲友，一切只等治好了百花再说。

黛秋将百花挪回萧家老宅悉心照料，然而病势难返，百花也自知不祥，反劝黛秋道："各有各命，我大约也就到这里了，只是见了老爷、太太和福妈，可怎么有脸相认呢？"说着，她又哭。

黛秋好言安慰道："姐姐自卖自身，最是侠肝义胆，遇人不淑也不是姐姐的错，老天爷必不会辜负姐姐的义举。你只管放心，无论如何，我都会治好你。"

黛秋这几日翻看了萧济川的手札，又翻找典籍，拟了几道方子，可总不敢下猛药，思来想去，唯有再请高人。

张老太爷越发爱看戏，黛秋在张宅门外等到太阳快落山，老太爷方笑吟吟地出门，张连翘扶着爷爷。今日长安大戏院有金不换的《截江夺斗》，张家在戏院里订了长年的包厢。

"给太爷请安！"黛秋恭敬一礼。

张老太爷鹤发童颜，目光锐利，打量黛秋一眼，语气便带着疏远的客套："恕老头子我眼拙，这位大姑娘是……"

不等黛秋说话，连翘先笑道："是文家姐姐！爷爷，她就是……"连翘向老人耳边低声两句。

张老太爷缓和了神色："若我没看错，这该是博源堂的萧大夫才是，博极医源，萧大夫也是蛤蟆打哈欠，好大的口气。"

见爷爷没给好话，连翘急得直拉老人的袖子，黛秋只笑道："博源堂是家师的字号，弟子只有遵从，今儿特来求太爷救命。"说着双手托着脉案，"病人已危在旦夕，听闻张家善医疳癣，还求太爷救命！"说着，黛秋双膝跪下，将脉案高举过头顶。

连翘急得忙上前扶："萧大夫，万不能这样，让蓝桥看见，我们还怎么相处？"见黛秋只是跪着不动，不由跺脚向张老太爷道，"爷爷，你快救人呀！你常说行医这一行，救死扶伤是根本，如今见死不救。我……我……"连翘咬一咬牙，"我把咱家秘方都拿给萧大夫看，她爱用哪张就拿去！"

"女生外向！"张老太爷笑嗔一句，又向黛秋道，"起来吧！"说话间，接过黛秋的脉案，见那整齐的簪花小楷，心头先是一喜，又见脉案清晰明白，显见得诊脉人医理深厚，再细看案脉，眉头不由深皱，抬眼看看黛秋。

"我听闻，义诊所里有位女大夫，无论花子、娼妓，只要找到她，她全数医治。这病……怕不干净吧？"

黛秋正色道："自幼背医书，书上说'若有疾厄来求救者，不得问其贵贱贫富，长幼妍蚩，怨亲善友，华夷愚智，普同一等，皆如至亲之想'。家师在世时，因救治土匪，几欲被乡众破门，却半步不退，我虽学医不精，再不敢违背父训师承，无论救治谁，都该普同一等。"

张老太爷唇角含笑，道："萧大夫，你这脉案和方子我瞧了，按说没错，三五剂之内必有效用，可你又来求我，想来是拿不准，病患现在何处，老头子我倒想见一见。"

黛秋既惊且喜，忙躬身道："多谢太爷救命！"

张老太爷便命人道："来人，往大房头请大奶奶来，让她带她闺女去听戏。"说着，他便要上车。

"爷爷！"连翘忙笑道，"什么戏也没有爷爷重要，孙女陪爷爷去。"

张老太爷明知连翘的心意，不由笑弹她的脑门儿："你个小机灵鬼……"

张老太爷亲为百花诊了脉，又与黛秋商讨方子下药，黛秋只觉张家近千年的岐黄传承博大精深，于药理独辟蹊径，张老太爷也觉以黛秋的年纪阅历，能有如此高深造诣实在是难得的女医，爷儿俩顿觉相见恨晚，仔细斟酌，直至午夜竟丝毫不觉疲累。

一样不觉疲累的还有连翘。她再想不到自己这么快就进了蓝桥的家，见了文家的"家长"，自往蓝桥的后院瞧，房内摆设竟有些前朝样式。连翘见蓝桥枕边有一面小小的古纹花样的铁镜，不由拿起细瞧："这个……"

蓝桥道："这是我父亲留给我和姐姐的，据说是唐朝的照病镜。"

连翘笑道："照病镜于你们这样的人家倒是应景。"连翘动了动心思，笑问道，"蓝桥，你还没告诉我，为什么你姓文，你姐姐姓萧？"

文、萧两家的世交，中间又经历那些磨难，无论怎样细说，旁人亦是不能明白其中伤痛。蓝桥便寥寥数语，将过往一带而过，连翘听了仍唏嘘不已。她红着眼睛看向蓝桥："我不知你竟这样苦。"说着，她一把握了蓝桥的大手。

蓝桥抽回手，假作倒茶："我有什么苦？一路都是姐姐带着我，她才是真的苦，流放路上苦，学医也苦，支撑博源堂更苦，大好的年华白白填陷在里面。"

连翘感叹道："可是呢，哎，对了，药行商会有好些行内才俊，明儿我托我爷爷为萧大姐姐寻一个年纪、德行相匹配的。"

蓝桥脸色一沉，也不接话，直接将杯子杵在连翘面前："喝水！"

第72章

中西药并用见奇效

天色将明时，厨房里飘出淡淡药香。黛秋用篦子篦净药渣，将浓黑的药汁倒在碗中，端起碗便要喝。张老太爷也是一夜没睡，却精神矍铄，他拉住黛秋的胳膊："丫头，这药毒性重，你个女儿家，婚嫁未定，不好亲试。"

黛秋看向张太爷，那张饱经世事的脸上带了一抹慈爱，不由笑道："昨晚太爷也说，下此方者必先尝过，方可给病人服用，这方子是我写的，自然我来尝。"

张老太爷含笑道："我昨儿说这话时，并不知你是萧济川的女儿，当年你父亲为我瞧病，也亲尝过药，如今这碗，算是我还了那一碗汤药的恩情，我替你尝吧。"说着，张太爷就要接碗。

黛秋忙挡下："我父亲当年是张家请去的大夫，既是他的方子，必要他尝，就如同这一碗，是我写的方子，我心中有数，太爷只管放心。"说着，她抬碗一口气喝下半碗，咂了咂嘴。

张老太爷笑道："如何？"

"有点苦！"黛秋实话实说。

张老太爷朗声大笑："养女当如萧黛秋！"

有张老太爷的点拨，黛秋对自己下的药方便有了十足的信心，三五剂药喝下去，百花竟真的一日强似一日，且再无反复。黛秋将脉案、方子录在自己的行医手札上，又仔细比对之前西药的药量，方确定西药于这病的效用，于是，往手札上郑重写下："当以中西药并用，方见奇效……"

钱妈日日熬了精细米粥并清淡小菜与百花，见她有了胃口，钱妈含笑看向黛秋："大姑娘果然是岐黄圣手，百花脸色也好了，我看用不了几天，就能下地了。"

百花急急地喝下半碗粥，向钱妈笑道："老天爷，不，是我们姑娘不叫我死，我必得好好活下去。"黛秋欣然而笑，忽见钱妈笑向自己，分明有话说，便吩咐伺候的人多上心才出了门。

黛秋才出门，钱妈便在她身后悄声笑道："大姑娘，咱们这院子怕是又有喜事了。"见黛秋一脸不解，钱妈继续道，"前次张老太爷来咱家，与姑娘彻夜长谈，张家的孙小姐便在蓝少爷房里说话，我送茶果的时候，正听见那姑娘说，蓝桥啊，我喜欢你，打从头一面就喜欢上了，你喜不喜欢我呀？"钱妈学着连翘的声音。

黛秋笑道："您老人家怕是夜里困乏了，尽胡说，我只不信张家姑娘会这样说话。"

钱妈忙道："虽不是一字不差，但也差不多就是这个意思，我还听咱蓝少爷说，他心里一直有人，再装不下旁人，如今那人若愿意，他便一辈子长相厮守，若那个人不乐意，他宁愿一辈子不娶。姑娘想想，少爷这哪是心里有人？这分明是把命给了人。依我的主意，大姑娘该问问少爷的心思，咱们这样的人家，还有什么亲攀不上？"

"我知道了，亏了你细心。"黛秋笑道，"等我问他，看这小人家到底是什么心思。"二人说笑几句也便各忙各的。

博源堂里人不多，也实不算少，伙计有模有样地帮人抓药。自关外李记的鹿胎膏、养荣丸上了柜，那些贵妇名媛争相购买。

陶二柱的算盘珠子打得"噼啪"作响，他再想不到，张家老太爷亲自引荐黛秋往药行商会拜馆，关外女大夫在北平城总算站稳了脚跟。

见黛秋来，陶二柱悄拉她进了静室。"东家，那人回了自己家。"二柱悄声道，"来回话的人说，他病得不轻。"

黛秋点头，平静的眸子里闪过一丝恨意："如今百花姐姐也大安了，咱们该办的事也要办起来了。"

二柱应承着，又道："有件事跟东家回，自咱们这药铺开业有一年多，我留意着，有个十来岁的半大孩子，每两个月来买一次赤铜屑。这玩意儿有毒，老百姓常用来毒虫鼠，可他做什么总来，每次买的分量又不少，按说，就算捅了耗子祖宗的窝，也该药绝了。"

听到"赤铜屑"这三个字，黛秋不由心头一紧，微微蹙眉，那东西除了能治虫鼠，还能用来做什么，她再清楚不过。陶二柱当了几年大柜，颇有些眼力，黛秋抬眼瞧他："你瞧着，怎么说？"

二柱实话实说："看那孩子举手投足都带着范儿，有一回来，脸上的油彩还没擦净，想是哪个戏班子的弟子。"

黛秋咬一咬唇，道："你盯着些，若再来，你套套话，探探底。"

二柱忙点头，才要说话，一个小伙计敲门进来："东家，骆先生来寻您。"

黛秋才起身，骆长风已一身白西装立于门口。"这早晚怎么来了？"黛秋含笑道。

"听闻萧先生往北平药行拜了馆，特来恭喜！"长风的笑与他冷峻的五官极不相称。

"是特意来笑话我的。"黛秋笑向长风，向二柱摆了摆手。二柱会意，点头出了门。

"萧先生果然不同。"长风笑道，"只是不知道还记不记得咱们的约定？"

黛秋一愣，再想不出这话的前因后果，长风笑着摇头："之前在庆云堡，你说蓝桥未成人，你们的婚约推不得，你又有这许多事业抱负，我说我愿等。如今眼看着你们家那位小爷别说成人，早已是娶妻生子的年纪，关内关外，你这番事业也有了，如此，萧先生的终身大事是否也当细细思量？"

黛秋不由红了脸，这些年长风的心意，她就是个呆人，也当一清二楚。这男人对她不可谓不用心。可黛秋再不是当年那个十九岁的姑娘，这些年执掌博源堂，行医救人，问病卖药，看尽人间冷暖，再回头，反觉看不懂骆长风。

最近这几年，黛秋每次见他，心中都莫名怯怯，他看黛秋的目光如水般温柔，可一转眼看别人便如寒潭般冷冽。黛秋时常会想起那个站在雪地里的少年，他的笑容清秀干净，如同画里的仙童，他与眼前的骆长风似乎从来不是一个人。

见黛秋不说话，长风淡淡一声叹息，他就是喜欢与这女人在一处，哪怕她心门不开，他也愿意长立门外。"明儿有我的《群英会》，你可得来，你要不来，我便不唱，我可留了好位置给你。"长风言语温存，看向黛秋的目光似春日的晨光。

"骆老板来了。"蓝桥的声音没来由地挤进来，倒吓了两人一跳。因着节气渐暖，蓝桥身上宝蓝色毛呢风衣没有系扣子，里面是浅一色的西装。长风一眼就认出这打扮出自黛秋的手，明知他们不是普通姐弟，心头不免蹿出一团火来，看向蓝桥的目光便似带了冰霜。

"如今桥儿竟大长进了。"长风的语气像极了长辈对晚辈的肯定。

蓝桥长眉微挑，分明听出这话的言外之意，他在黛秋和长风面前，仍旧是个孩子。蓝桥不由上前几步，立于黛秋身边，他比黛秋高出一个头。

"姐，骆老板的票可是难得呢，人家一番好意，明儿我陪你去看戏。"蓝桥笑向黛秋。

"瞧你前几日早出晚归，医院里忙成这样，还能腾出工夫陪我看戏？"黛秋看向他，又看向长风，"上次实在腾不出手来，百花姐姐病重，命悬一线，我求到张家门前，老太爷发善心，帮着我研究出一张救命的方子，好容易病情好转，我不守在她身边总不放心。"

长风欲告辞而去。黛秋忙留下蓝桥，亲自将他送出门外，蓝桥看着两个人的背影，没来由地想起那枚靴扣。现如今知道贵宝是惠春的弟弟，是长风的嫡舅，贵宝的死是不是与长风有关？

长风的双骡大厢车在北平城里也算数一数二的华贵，红萼坐在车把式身边。长风自上了车便一声不闻，红萼很知道骆长风是个喜怒不形于色的脾气，能让他把情绪挂在脸上的人，只有一个。只要与萧黛秋有关，她那位爷都压不住气性。

车并未走正门，骆长风命车把式将骡车停在后院，红萼面无表情地服侍他下了车，从腰间取了钥匙开了小角门。长风快步走进去，红萼仍是面无表情，向车把式道："这里没有你的事。"车把式也不多话，只点头赶着车从另一侧的角门进了院子。红萼看看左右没人，也反身进了角门，"哗啦"一声，落闩上锁。

第 73 章

是非对错自有分明

长风推开门，一股飞尘伴着霉烂的臭味扑面而来，他倒退一步，用帕子掩了口鼻。红蕚忙上前："大爷，屋子里腌臜，您不要进去了，我带她出来。"

长风鲜少来这院子，一切自有红蕚主持，可他今日心绪不佳，径自迈步进屋子。所有的窗全被砌死，屋子里十分昏暗，借着门口的一点光，长风皱眉看了半晌，才看见破败的木板上蜷曲着一个人形。红蕚忙点了烛台照亮，又用帕子擦干净墩椅，长风坐了，那床板上的人形似听见了声音，身体艰难地动了动。

长风冷笑："母亲近日可安康？"

床上的人形颤颤巍巍地直立起来，连滚带爬地下了床，一双惊恐的眼睛直直盯着长风。她披头散发，灰白的头发、破旧得看不出颜色的衣袄，让她整个人都带着难以言表的腐朽气息。她满是褶皱的脸上，几块没结痂的毒疮看上去十分可怖。任谁也想不到，这又脏又臭，行迹疯癫的老妇竟是当年京城有名的美人，贵不可言的惠春格格。

"你……你是来给我送药的么？"惠春嗓子沙哑。

长风只抬头看一眼红蕚。"没到时辰。"红蕚冷声道。

长风微点点头："母亲明知那药里有毒，还这样上心，是想早些去见父亲么？"

惠春一双带血的眼睛直直盯着长风："你……你戕害嫡母，你迟早会有报应。"

"这话您说过几百遍了，我可没有逼您做什么啊。"长风朝开着的房门看一眼，"要走，您随时可以走，我没拦着您。哦对了，怕母亲惦记，前几日我又去给两位妹妹送些节礼，大妹妹家尚可，妹夫人老实，又小有家业，母亲果然会挑女婿。可妹夫年纪不小，妹妹又不大生养，所以我买了两个貌美的丫头送过去，总是子嗣重要，旁人养下多少，都是妹妹的孩子。"

"你！"惠春两眼冒火，两只干枯的手便要扑向长风，才走两步，便绊在红蕚伸出的脚尖上，结结实实地扑倒在地，身上的几块毒疮瞬间裂开，血染了她的破袄子。

长风唇角含了一丝冷笑："果然母女连心，母亲听见这样好事，是急着要去恭喜大妹妹么？不过……我劝您有那力气先看看二妹妹去，去送节礼的人回来说，看见他两口子正对抽大烟泡，连说话的工夫都没有，那福寿膏可贵得很，二妹妹家境不好，少不得我这当哥哥的送去些。"

尖利的号叫似从十八层地狱之下蹿上来，直刺人心，长风微皱了皱眉，抬眼看看红蕚："她竟然还有这些力气？"

红蕚微微躬身一礼："大爷放心，我会加大药量。惠格格尽管叫，叫来人救你才好，你也好去看看你的女儿们。"

惠春的声音戛然而止，她死死咬着自己的胳膊，硬生生咬出血来，再不敢出一点声。"母亲可不能怪我。"长风笑容恬淡，似在聊闲天，"大妹夫若是个好的，我便是送了嫦娥给他，与妹妹也是无碍的，二妹妹第一口烟可不是我送的，犯瘾的滋味您可比谁都清楚。"

"你杀了我，我求求你，杀了我，杀了我……"惠春挣扎着起来，跪在地上，磕着响头。

长风淡淡一声叹息："当年我也是这样求母亲的。求母亲不要丢下病重的父亲，求母亲救父亲的命。我还说，母亲若不待见我，便杀了我。可您没杀我，也没救父亲。前世因，今世果，母亲当初把事做绝，就没想到会报应在自己和女儿身上？"

惠春停止了磕头，瘫坐在地上，口中喃喃道："我……我是要救你父亲，可……可他死命拦着，他说救不得……"忽然，她似触电了一般，一头栽倒，全身抽搐着。

红蕚冷冷看一眼，便出了门。长风看也不看，冷声道："我知道，是贵宝不让您救，他怕父亲活过来，再计较萧家的事。"

惠春只是抽搐，一句话也说不出，全身似有千百只蚁虫在咬食，她想抓，又不知该抓哪里，直将头狠狠撞向地面，撞起一层尘土。

"母亲可保重身子。"长风用帕子掩口，"要知道，有您活一日，两位妹妹才有一日安稳。舅舅已经没了，母亲若不在，她们可依靠谁？"

惠春的身体猛然僵直，不敢再动一下。"贵宝，贵宝他……"惠春惊恐地抬头，正对上长风一双好看的眼睛，如同当年他父亲一样，可目光却如两条毒蛇，将她死死缠住。正僵持着，红蕚端着木碗进来，惠春见了，如同见了天神赐药，双手高高举起："快给我，快给我！"

红蕚递上碗，惠春如逢甘露，捧起一气喝干，木碗掉在地上，惠春也一头栽在地上。"大烟壳煎水炖上赤铜屑，母亲就这般爱，红蕚，明儿再多加一遍。"长风不屑地道。

红蕚答应着，看一眼惠春："怕她禁不住。"

"那可看她造化了。"长风冷笑，"我想着，母亲惦记女儿，必会坚持下去。"言毕长风起身就走，红蕚端了灯台出去，反手锁了门。屋子里顿时漆黑一片，惠春仍旧一动不动，两行泪缓缓涌出。

有一丝笑意终于漫上长风唇角，红蕚看了心底欢喜，于她而言，这世间万事万物毫无错对之分。骆长风喜欢便对，他不喜欢，那么再好的人和事都不该存在于这世上。

然而是非对错，于多数人眼里总要分个明白。吴仲友的院子竟已破到极限，两间土房只用破牛皮纸糊在框上作窗，房门都没了。黛秋与蓝桥相携进了屋。屋子里也如土洞一般，只有半铺土炕，再无一物。男人匍匐在炕上，又是哭，又喘着粗气。

蓝桥戴了手套才掀男人的衣裳，果然遍布疮痕。

蓝桥厌恶地脱下手套，扭头向黛秋点点头。"是吴大夫么？"黛秋轻声开口。

吴仲友闻声费力地抬头，一脸疑惑看向黛秋："你是……"

黛秋也不答话，只盯着他，他曾是萧济川的挚友，是萧家的常客，所以黛秋自小便认他是个好人。杜氏至死没有将萧家的冤屈明白地说与女儿，大约也是怕黛秋接受不了吴仲友构陷萧家的事实。

蓝桥鄙夷地看向吴仲友："怎么？吴大夫亏心事做得太多了，害过谁自己都不记得了？"

吴仲友只当又是债主，惊恐地看看蓝桥，又看看黛秋，只觉眼熟，又实在想不起是谁。

"你们……"吴仲友恨声道，"我这里要钱没有，要命一条。"

黛秋唇角划出一丝冷笑："你的命也不剩几天了，并不值钱。先生家里的大奶奶呢？也不管你病重么？"

"那女人早跑了！"吴仲友哼笑一声，"我是回家拿银子钱救命的，谁知这女人将家里所有物件都带走了，还欠了一屁股的债。我钱没拿着，反抢着跳火坑，家里东西都被抢走了。"

"吴先生是有本事在身的。"黛秋缓缓开口，"当年在萧家药铺坐堂，每月五两银子。满京城的医馆药铺都给不了坐堂先生这么多月钱。萧大夫待你如兄弟，如同窗，同你一道研究方子配药，从不曾有半点隐瞒。吴先生为了蝇头小利，陷害人命，又害得萧家被抄没流放。怎么？黑心钱一个子也没留住吗？"

黛秋说一句，吴仲友惊讶一句，直至她说完，吴仲友忽然脑中透亮："你……你是黛秋姑娘！"吴仲友忙跪在炕上，"原来是贵人来了，大姑娘救命，我这病也再拖不得了……"

"当年……当年我家中有事。"吴仲友顺口胡编，"回来之后才知道你们家的事，那时你与你母亲已经被流放。我……我是要去寻你们的，可家中实在……脱离不开。"吴仲友说着，上下打量着黛秋，单看她与蓝桥的穿着打扮，必是富贵人家，又忙磕了个头道，"如今我落难，你看在你父亲的分上……"

"你还有脸提我父亲！"黛秋怒喝一声，惊得吴仲友立刻闭了嘴，"吴仲友，'人之将死，其言也善'。你统共剩不下几天的命，竟还巧舌如簧地骗我，就不怕死了下那拔舌头的地狱么？"

吴仲友结巴道："济川兄待我极好，是谁对大姑娘说了什么……"

"是我说的！"百花的声音先至，人才进了屋。虽然脸色仍旧有些苍白，却已经是个病愈之人，"吴仲友，你是个行医之人，可以凭本事过安稳日子，可你行止背伦，无情无义，我陪你这些年，你竟对我见死不救。"

"这病……本来就没得救。"吴仲友忽然两眼冒光，"萧大姑娘治好你的？萧家果然有秘方。大姑娘，大姑娘……求你救我一命！"

黛秋唇角始终带着一丝冷笑。父亲当年悲愤而死，是不是也自悔识人不明，黛秋厌恶地看着他，半晌从袖口抽出一个小瓷瓶："救你，也不是不成。可是……"

吴仲友激动地对上黛秋那双冰冷的眸子，她目光无恨无恶，就只是盯着他，盯得他心虚。只听黛秋冷声道："你必得把当年事一五一十说个明白。"

第 74 章

治病救人医者根本

　　吴仲友当年犯下的恶事，黛秋大多在百花的讲述中得知，她不知道的是，吴仲友接过贵宝手中银票时，心中也打鼓，他疑惑贵宝为什么非要闹腾萧家。

　　贵宝便将萧济川的秘方讲给吴仲友。传说萧家有世代传下来的秘方，专治不治之症，当年在军前救人无数，单是萧家秘制的生肌止血丸在市面上便价格不菲，若得了那些方子，制药卖钱，那惠家二爷在药行也算有一号。

　　吴仲友也听过关于萧家秘方传闻，可若真有秘方，那萧家的药铺医馆也不会那样小。再则，吴仲友不过一个白衣郎中，他说方子有错，那大理院的老院们如何肯信？

　　贵宝倒不在乎，大理院他早打点下，太医院正堂沈从兴为讨好老太后，对惠家极尽巴结，别说贵宝让他验出药渣里有十八反，就算让他验出那药渣里有牛黄狗宝，他也一应从命，绝不敢违命。有沈太医验药，吴仲友不过是个旁证。

　　"匹夫无罪，怀璧其罪。"黛秋几乎咬断银牙，她再想不到，萧家一场灭顶之灾竟是因为父亲医术太好，遭人觊觎。思及于此，黛秋不由一声冷笑，又从怀中掏出一个小瓷瓶，"吴先生也是行医之人，须知制出秘方不易，这方子是张家老太爷指点我的，极有效用。"

　　百花怒得向前一步，欲抢回药瓶，却被蓝桥拦下："做什么要救他？"百花急了，推搡着蓝桥，"姑娘做什么要救他？他害死老爷，害死太太，害得咱们家破人亡……"

　　谁知吴仲友先是一把抓过两瓶药，才要打开瓶塞，忽然住了手："萧大姑娘，我知道的都告你了，这……这哪一瓶是……"

　　黛秋冷笑看向他，再不发一言，反是蓝桥道："吴仲友，你不是大夫么？你自己看看呀！我还告诉你，这一瓶里是毒药，吃了立马没命，另一瓶是治病的药，解不了毒。你自己病到什么田地，心里最清楚，你要不吃这药，也就几天的命数，吃了这药，或生或死，路是你自己挑的，怨不得旁人。"

　　听了蓝桥这话，别说吴仲友，连百花都愣住了，不过一瞬，她便想明白了黛秋的用意，恨恨地指着炕上托着两瓶药发抖的吴仲友："姓吴的，你也有今天，当年老爷被你们一步一步逼死，如今你且尝尝被逼死的滋味。你不是常自夸医术好么？吃了毒药可别怪旁人。"百花说着，心头畅快，不由笑起来，"你，败德损寿，与人无尤！"

　　吴仲友忽地朝百花磕了两个头："百花，'一日夫妻百日恩'，我虽不好，咱俩也是这些年的情分，求你告诉我，哪一瓶才是救命的药……"

"你闭嘴！"百花紧紧捂住双耳，"与你共枕是我此生至耻！"

黛秋上前扶过百花："咱们走，别理他。"说着，她拉上百花迈步出门，再不回头，只留下瘫倒在炕上的吴仲友。

蓝桥亲自赶车，车上的百花仍有些愤愤，咬着牙道："姑娘也忒好心，只该给他两瓶毒药才对。"

黛秋摇了摇头："那两瓶都是救命的药。"

百花大惊，便要起身跳车回去抢药。黛秋一把将她按住。"你怎么能都给他真药？"百花急道。

"我说是真药，姐姐便信是真药，那你猜，那个人会信我么？"黛秋声音平和，听不出喜怒。

百花微一思量，恍然大悟："他一瓶都不敢吃，他做贼心虚，必以为姑娘要报仇，又怎会给他真药？所以他哪一瓶都不敢吃，守着两瓶救命的药，活活熬死！"百花想想就痛快，随即又踌躇起来，"他到底是行医之人，分辨不出么？"

黛秋含笑看向百花，抬手替她拢一拢凌乱细发。百花只想不明白，帘外赶车的蓝桥面上带笑，那两瓶药气味一样，吴仲友他心里有鬼，必认定两瓶都是毒药。

"百花姐姐，这些年苦了你。都是我不好，我早该回来寻你的。"黛秋双手合住百花干枯的手，忍了泪笑道，"咱们今后还在一处，就像小时候一样，你帮我打络子，我帮你描花样子，好不好？"

百花反握了黛秋的手："姑娘安好，我吃再多苦都不碍的，那些年我和福妈每每想到你和太太，我们娘儿俩就对哭一阵。如今福妈在天有灵，也是高兴的。"两个人泪眼相望，脸上俱是劫后余生的欢喜。

三日后，陶二柱特意往萧家送消息，吴仲友没了，不知为什么竟是死在街上了，身无一物，唯有两个药瓶被他死死攥在手里。陶二柱眼看着拉尸首的车将他抬走。

黛秋听着，始终面无表情，倒是百花痛哭半日。蓝桥生怕黛秋悲苦不泄，闷在心里反伤身子，正欲寻些话哄她，却见钱妈举着个帖子跑着进来："大姑娘，药行会馆派人送来的，请姑娘快些过去呢。"

彼时，药行会馆已满是北平城里各家各号的东家掌柜。张老太爷被让在最上首，会长乐家大爷坐在下首，其余人只在地上两排圈椅上坐了。黛秋从容入内，与众人见过礼，张老太爷便朝她招手，指着离自己最近的一张圈椅，黛秋会意坐过去。

乐会长还没开口，议事厅众人便"嗡嗡"地议论起来。张老太爷嫌吵，重重地咳了一声，众人只当他有话说，瞬间静下来，谁知他却扭头看向乐会长。

乐会长已是知天命的年纪，头发乌黑浓密，不见一丝白发，比之同龄人更显得精神气派，他严肃地环视众人，道："召集大家伙来，有个事由，想必老少爷们儿也都知道了，将中医纳入大学学系的提案又被教育部推拒了，自辛亥以来，单废止中医就折腾了两回，前次又叫咱们考什么执照。中医不入学系，咱们只能靠师承，可没学历，政府又不认，就说咱们是巫医……"

"都是那帮子西医闹的！"不等乐会长说完，座下早有人挺身叫道，"数典忘祖！这就是数典忘祖！他们往教育部请愿，说中医是什么哲学而非医学，简直是放屁！"

乐会长不悦地瞥他一眼，勉强抿出一点笑意，道："你如今再气，那胳膊也拧不过大腿，如今上海、广州的药行和中医协会已经奋起反击，各岐黄翘楚纷纷在报纸上撰写檄文，驳斥中医无用论，咱们北平自来是中医人才会集之地，因此，今日召集大家来，都出出主意，想个法子，与西医这一仗咱们必得打赢，不是为了各家各户，而是为了祖宗传下来的救世之术。"

黛秋微皱了眉，忽想起翠荷的死，百花的病，这些年她救得、救不得的一条条生命，眉头不由越皱越紧。乐会长用铜烟袋重重敲在痰盂沿上，"哐哐"的声音止住了众人的声音。

他长长一声叹息，转向张老太爷："老祖宗，您见多识广，给拿个主意吧。"

张老太爷微摇了摇头，看向离他最近的黛秋："别说现下那些新思想，就是我那小孙女所思所想，我都跟不上，依我说，不如让年轻人说说，萧大夫，你说两句。"

黛秋惊慌地睁大了眼睛看向张老太爷，只见老人双眼含笑，慈爱地看着她。黛秋长吸一口气，定了定心神，起身先向众人一礼，才开口道："中医不进大学，不立学系，便不入正统，保不齐哪一天又要被当成巫医取缔，咱们各家子弟也要面临如今窘境，这是全国中医界的大事，我虽才德不够，也少不得把自己的心里话说出来。我来北平学医前，在关外已经开诊行医十年有余，抛下一切，来了这里，只为精进医术。因为我有一个姐姐……"

翠荷剖腹自证清白的故事似就在眼前，她那样刚烈直爽，却被迫自戕，可悲可叹。黛秋努力平复情绪，道："别说中医、西医，那时若有巫医神婆能救翠荷的命，我也是要试试的，可是万般走不通，她就死在我怀里。各位前辈，家师教我岐黄之术，为的是救人，师傅常说，治病救人是行医的根本，不必拘泥小节。这十几年，中西医打得热火朝天，总没个定论，可中医、西医不都为救人么？能救人性命的都是好医术，相争则能力抵消，相帮则互补不足，咱们都是行医之人，难道就不能想个法子一起治病救人么？"

一言既出，四座皆惊，乐会长愣眉愣眼地看向张老太爷，许是经历过太多世上的纷争，老人含笑不语，神色淡然，半响，方开口道："如今国民政府的说法比三伏的天还善变，一会子说中医不能行，一会子又说考个试就能行，说咱们不行的那些官老爷，还不是带着家眷往我们家来求着我医病。依我说，这丫头说的有些道理，管他是中是西，治病救人是咱们的老本行，丢了本业，为争这些，本末倒置，虚耗人力。"

乐会长思量片刻，又环视众人，狠下了决心，道："好，就依老祖宗的意思，明天以北平中医协会的名义遍邀各大医院的院长来协商，不是说咱们陈旧么，咱就给他们来点新花样，成立北平中西医联合会！"

厅堂中顿时一片叫好声……

第 75 章

唯有相思不可医

念慈山下药王祠，烟火袅袅，因是黛秋出资供奉，一年四季香火不断。百花素衣草履，诚心跪于药王爷法座之下。药王爷长眉入鬓，半阖双眼，似对生死的慈悲，又似对人世的嘲弄，百花抬头，直直地看着神像，这些日子的死里逃生，这十几年的浑浑噩噩，在她虔诚磕下的头里，似都渐渐变得清明。

东耳房里，百花于萧家夫妇的灵位前行三跪九叩的大礼。"前儿姑娘问我日后的打算，如今我已打算好了。"一时礼毕，百花脸上终于见了笑容。

黛秋心头一块重石落地，笑着拉起百花的手："你快说说！"

百花看向黛秋："一病新生，之前种种就当是前世吧。如今我重活一回，发愿出家为尼，学佛悟禅，不是了此残生，只为来世修些福气。"

黛秋一惊："你若要学佛悟禅，家里那么大，我辟一处静室与你，你自学你的佛，修你的禅。"

百花摇头："于我，红尘事了，留恋只是徒生牵绊，方才我给药王爷磕头，只觉神清目明，是药王爷在点化我。"

黛秋心下微一思量，便道："你执意如此也罢了，只是你既在这里发愿出家，便是与这里有缘，佛家也讲个缘法，我也当结些善缘，出资在这里修药王庵，再往香山请老师太与你授业，今后这里便是你的栖身之所，药王爷由你供奉，我父母的灵位也由你看顾，好不好？"

百花有些为难，这样做黛秋又要花钱，又要兴师动众，绝非她所愿，黛秋笑道："我也不是单为你，这后面的念慈山葬了母亲、福妈和翠荷姐姐，关外的活鹿到此中转，去年我已买下附近的田地，以作供奉之用，既你在这里，这山，这地便都交与你，每日香火使费便在这里了。"

百花停下脚步，看向黛秋，岁月磋磨，然而她们之间却是不变的。百花欣然，笑向黛秋点头。

春日里破土动工并非难事，黛秋亲往香山，请得道女僧圆智师太亲往药王庵与百花讲经说法，剃度授业，并为她取法号"明觉"，自明佛理，自觉缘法。

眼看寸寸青丝落地，黛秋悄悄退出庵堂，蓝桥陪在她身侧，小声道："姐，百花姐姐不过是一时困顿，你这样费心安排，他日，她若反悔要还俗，又怕辜负你这一番心思，岂不两难？"

黛秋摇了摇头："百花……明觉不会反悔，若不让她走这一步，她此生再不会出门半步，她委身于仇人，又得过那样的病，这事若缠住她的余生，她到死都会恨自己，与其这样折磨，不如让她做自己喜欢的事。我已命看山的庄户多多看顾她，她在这里种花种草，救助贫苦伤疾。有事做，余生也就没空闲难过了。"

二人说着，身后传来钟板声声，他们不约而同地回过身，庵堂花草葱郁，伴着佛音声声，似另一番天地。

陶二柱等在庵堂门前，见他俩出来，忙凑上前，蓝桥知他是来寻黛秋回事的，可这些日子，黛秋的事太多了，北平中西医联合会即将成立，为表诚意，大家共同推举平大医院的徐祥明院长为会长，副会长便由中医担任，张老太爷是不管这些的，以乐会长的资历又不能屈居人下，中医协会里有资历的前辈不愿出头，晚辈又都怕压不住事，倒是张老太爷开口，推举黛秋为副会长。为表敬重之意，除张老太爷爱叫她"丫头"，其余人都称她为"萧先生"。

二柱凑到黛秋耳边说了两句。

黛秋一惊："可真么？"

二柱点点头："有两三回，我派人跟着，确定就是那里。"

黛秋脚下一晃，几乎跌倒，蓝桥眼疾手快，一步上前拦腰将她扶起："二柱哥你有什么事自己做主吧，别来烦我姐！"

黛秋咬一咬牙，推开蓝桥："你只管忙你的去，我还有事情。"

"我不去医院，姐也别跟二柱哥走，咱们一同家去，我做菜给姐吃，咱们歇半日，诸事不理，不好么？"蓝桥急道。

黛秋缓过一口气，无奈地笑道："好，咱们蓝少爷乏了，今儿就都歇了。"

嘴上虽这样说，黛秋的心里却十分不安，二柱告诉她，总来买赤铜屑的孩子竟住在一间三进三出的大宅子里，二柱向周围邻居打听了才知道，那宅子里住的是福荣兴。

福荣兴，骆长风，赤铜屑，过往种种串在一起，让黛秋心中莫名地不安。蓝桥已经向她说过那靴扣的事，贵宝的死与长风有关，吴仲友又说过，惠春踪迹不知，他怕是萧家的人在报复当年的事，可黛秋没做，那是谁在做？黛秋越想心头越乱，理不出头绪，不觉抬手揉着额角。

"姐，头疼么？"蓝桥与黛秋并坐在大骡厢车里，伸手替她揉着太阳穴，"你这些日子总睡不好，什么联合会，我看也是白费，你趁早别操那个心。"

黛秋笑着斜蓝桥一眼，又安然闭目："你说的也是，可那日在药行会馆，我不知怎么的，就觉得翠荷姐在看着我。蓝桥，这一回能救回百花，你拿给我的西药功不可没，张老太爷指点我的那张方子拔出她的病根子，咱们是合力救人，才事半功倍。中医、西医还是要互补才对，我见报纸上，西医都说中医的五行阴阳之术不是医学，是哲学，我倒觉得，能医病的都是医学……"黛秋的声音渐低，她太累了，蓝桥指法绵软，力道适中，按得她心头一松，便睡着了。

"姐！"蓝桥低声轻唤，见她并不应，忙停了手，身体微微侧过，伸出胳膊。黛秋便顺势枕在蓝桥怀里。

蓝桥僵在原地，两只手不知放哪里才好。山路难行，骡车微一颠簸，蓝桥生怕震醒了黛秋，双手抱住她。淡淡的药香味扑面而来，蓝桥满脸绛红，双臂微微用力，将黛秋稳稳地揽在怀里。

这是他从懵懂知情事的年纪至今一直想做的事，他在柏林时，常常梦见自己这样抱着黛秋，他一回国就想明明白白地向黛秋说清楚自己的心意，可那一年黛秋的离家出走到底让他有些心病。再相处这些日子，蓝桥只觉黛秋如爬上山巅之人，而自己却无论如何追不上。

少时读书，见书上写"人有生死三千疾，唯有相思不可医"。蓝桥只觉姐姐是神医，这世上再没有她医不了的病，如今他们二人都是医生，他却早已无药可医……

长风端坐于红木大太师椅上，身旁大几上，摆放两只前朝样式的茶盏，淡淡茶香溢出。下首坐着福荣兴的教习樊晓风，他四十岁上下，光头，正宫花脸，因着不用再日日练功，身体有些发福。

他端起茶盏，轻抿一口，又细看盏上花纹，白胖的脸上笑出几道皱纹："真真是个好物件。骆老板，现如今咱们福荣兴可是'大户人家'了。"

立于长风身边的红萼狠狠瞪他一眼，长风不动声色地道："樊先生，自师傅在时，您就辛苦教导孩子们，是咱福荣兴的顶梁，我当重谢您才是。"

樊晓风眉毛都不抬一下，又抿一口香茶，才笑道："你掌管这么大班子，又是登台的红角，也实属不易。不是我这当师叔的要提点你，你放眼看看这北平城，谁家的大角自己当班主？人家呀，上台唱戏，下台吃饭，白日里活自己，黑夜里扮旁人，那日子才自在。"

一丝冷笑漫上红萼的唇角。"樊先生有话不妨直说。"长风淡淡道。

"我是心疼你。"樊晓风摆出一副推心置腹的样子，"全班子的人不及你一个人重要，你呀，趁早歇歇，找个清静的院子，下人老妈子伺候着，又有……"樊晓风别有深意地看一眼红萼，"可心人陪着，除了登台，一点操心事没有才好，只管将这一院子的孩子们交给我，我替你经管，保管没几年又出一个'金不换'。"

长风假作端茶，微微抬头，与红萼对视一眼，这一番话的意思二人俱已明白，他想架空长风，自己当"摄政王"。长风眸中现了杀气，然而再看向樊晓风，却仍是淡然的神色："多谢体恤，只这一大家子，也得安排妥当，容我想想，回头咱们再商量。"

"那骆老板可得快点想。"樊晓风面露得意，"孩子们的功课可耽误不得，我这儿还有事，今日的课业就先停了吧。"说着，他也不等长风说话，起身就走。

红萼咬牙切齿，几乎要冲出去与他对骂几句，长风抬手挡下她。"拿头一份的包银，还想当班主，不照照自己的样子，穿上龙袍也不是太子！"红萼怒道。

长风轻轻一挥，原本放在樊晓风面前的茶盏被扫在地上，摔得粉碎。红萼心疼道："大爷生气归生气，这盏子是一套的，如今少了一件，其他的也废了！"说着，她便去收拾。

长风面上喜怒不辨，只淡淡道："养狗不成反伤主，我还要这畜生何用？"

红萼拾瓷片的手微微一滞，随即如常道："大爷是贵人，向来心想事成，不必为这样的杀才动一点肝火。"

长风起身，掸一掸身上金银缂丝织锦的莲子白长衫，慢悠悠地向堂外走，边走边道："受人挟制如鱼刺在喉，我宁可出血，也不要这样鲠得人难受。"

红萼唇角微翘，拾干净碎瓷才起身道："知道了，大爷。"

第76章
一生一世一双人

再见到贞实，黛秋才惊觉自己离开庆云堡快两年了。贞实面色蜡黄，挺着肚子，双手掐腰，走路的步子格外沉重。她们相对而坐，倒把隋鹰丢在一边。"师姐大老远地来，是有什么要紧事么？"黛秋先开口道。

"哟，没事就不能来看你。"贞实白了她一眼，"萧大夫是大忙人，早知这样，我就不来了。"

明知贞实是玩笑话，隋鹰竟然没有笑，黛秋更觉不对："师姐，咱们还有什么不能说？怎么跟着隋大当家走南闯北这些年，倒不如咱们在一处时爽利？难道……"黛秋故意道，"是姐夫太凶，把你管住了？"话没说完，黛秋先笑起来，贞实撑不住也笑了。

半晌，贞实方正色道："我这情形，你也看见了，我只怕是不好。"

见贞实神色郑重，黛秋忙拉过贞实的手，切住脉门，只觉胎在冲脉，热邪不发而内陷，实非安相。黛秋不由皱了眉。

"小姨子有什么只管明说。"隋鹰声音有些发颤。

黛秋抬眼对上贞实的眼睛。"你别打量能骗了我去，这一胎什么样，我心中有数。"贞实坦然道，"我来寻你只一件事，无论如何，你替我保住这个孩子。"

"师姐……"黛秋话没说完，手被贞实死死攥住。

贞实道："我知道你心里怎么想，可你没成家，没儿女，并不知道，子女是父母精血所化，天底下的父母都愿意为了自己的骨肉去死，你答应我，无论怎样，替我保住他。"

"师姐，你也想想远儿。"黛秋劝道，"远儿还小，前儿才接了师娘的信，说他读书上进。为了远儿，师姐当先保自身。我先帮你开一剂养神的汤药，明儿陪你去医院。胎儿月份大了，未必不可活，若西医有法，何不取子救母？"

"可行么？"贞实疑惑道，"我是听说过他们那个剖宫取子的手术，庆云堡也没医院，我实没见过。"

"尚可一试。只一样！"黛秋握着贞实的手忽然加了力气，她盯着贞实，"你再不许生舍己保子的念头。有我在，不许你有事！"

贞实一愣，她几乎不认得眼前人，这是萧黛秋，她那温柔的一双眼几时有过这笃定坚利的目光，这让贞实莫名地想起李霄云。

贞实用力点一点头，脸上有了安心的笑意。黛秋松了眉心，唇角带笑："我把蓝桥挪出来，他的屋子安静，你们早歇下，明儿一早咱们就去医院。"

蓝桥到家才知隋鹰两口子来了。与李家人多年的默契让他也立刻警觉起来，小跑着往后院寻人。才绕过正房，便见隋鹰陪着黛秋从他的屋子里走出来，二人嘀咕着什么，神色肃然。蓝桥忙迎上去："姐，大当家，这是……"

黛秋朝他做了个噤声的手势："师姐一路旅途辛苦，才歇下，你别去吵她。"

黛秋满眼的心事瞒不住蓝桥，他心疼地看一眼她，又看看一旁假作无事的隋鹰："是贞儿姑娘不好么？她那性子，高烧都不会白日里卧着。"

眼见瞒不住，隋鹰先开了口，指着蓝桥，道："贞儿疼他也疼得什么似的，他就是我亲小舅子，况蓝小子是西医，咱们明儿去医院也要托他照应，我这就一同求二位吧。"隋鹰说着，抱拳躬身。

蓝桥忙拦下他："你一个土匪，哪儿来这么扭捏？到底什么事？"

"大姑娘，咱们明儿往医院去，无论什么结果，我求你保贞儿无事。"对于隋鹰来说，哪怕怀的是个哪吒，也不及他的女人重要，"贞儿的性子，你们比我清楚，为了我们的孩子，她是一定会豁出命去的。可我不行，我只要贞儿平安。所以，你们能不能想个法子……"隋鹰咬了咬牙道，"去了她肚子里那块肉。"

蓝桥狠狠咽了口唾沫，忙开口道："大当家，事情也未必那么糟，我帮你们找最好的妇科大夫，要是能母子平安，岂不是皆大欢喜？贞姑娘是个懂医的，真弃小保大，我们姐儿俩的命就不用要了，大当家你还不被碎尸万段？"

隋鹰本能地缩了缩脖子，犹豫半晌，又恳切地道："无论如何，只要贞儿安然无恙，旁的我都不在乎。"

黛秋含笑向隋鹰："姐夫，你只管安心顾着师姐。有你这样疼着她，她必然无恙。"黛秋目光坚定从容。隋鹰望过去，不觉安心，重重点头，忙反身回去看顾贞实。

蓝桥拉黛秋向前院走："姐，大当家是真疼贞姑娘。小时候读纳兰词，上面说'一生一世一双人'，只觉得纳兰公子太多愁善感，如今才知道，这样的情谊令人可敬可叹。"黛秋满脑子里想的是贞实的脉象，并未听蓝桥讲话。

"姐，这世上的情缘真的很难说。"蓝桥也未察觉黛秋晃了神，仍自顾道，"谁能想到神医家的小姐能看上活土匪。其实吧……"话没出口，蓝桥只觉心头一突一突地跳，比他在柏林第一次上解剖课时心跳还快，"自从留学那年，我就知道，我喜……"

低低一声惊呼，黛秋整个人向前扑倒，蓝桥眼疾手快，展长臂将她拦腰扶起："怎么了？"

黛秋忙低头看去，原来那铺路的石子翘起一块，她只顾想事，一脚绊上去。"你没事吧？"蓝桥以为是自己的话又说造次，姐姐恼了他。心里打定主意，任黛秋打骂，今日也要说明白。

不想黛秋先道："蓝桥，我方才摸了师姐的肚子，胎儿脐带绕颈之相已经十分明显，明天你要请医生好好诊治，若不得已时要做好手术的准备，那这几日，我的方子不该是保小，而是养大，且要防着术后失血，当以固本培元为要，我想到一个好方子。"言毕，黛秋甩开蓝桥，跑向书房。

原来方才她一句也没听见，蓝桥懊恼地直抓头发，他的这颗心该掏出来给黛秋做个药引，也比天天受揉搓强。

城关医院的妇科大夫姓林，虽是个男人，却生得细皮嫩肉，几乎看不见胡茬，他说话轻声细语，时常让病患忘记他的性别。

众人搀扶着贞实做了半天检查，林医生便安排贞实住院观察。贞实十分不放心地向黛秋道："你可应了我，要保这孩子，别想在我眼皮子底下搞鬼，我虽不是大夫，十来年的医书也不是白背的。"

"是是是……"黛秋满口应承，"林医生也说了，必能保你母子平安，师姐放心！"

"那个假洋大夫不会给掌柜的动刀吧？"隋鹰担心地问。

"姐夫放心，那是最后的法子。"黛秋安慰道，"既来了这里，咱们就听医生的吧。"

"我宁愿被生生豁开肚子，也要保住这个孩子。"贞实坚定道。

"我不愿意！"隋鹰忙拦道。

"当年你答应过我。"贞实狠狠瞪隋鹰一眼。

"掌柜的，我就是听你的，也得你人在，人没了我听谁的？"隋鹰在贞实面前少有的硬气，"我不愿意你有事！我不愿意你被豁开肚子！"

眼看两个人又要吵，蓝桥忙上前一步，穿了医生的白衣，他似连说话都有了分量："在医院听医生的，你们这样吵，会影响其他病人！"说着，他转身吩咐身边的小护士，"你多帮我盯着他们，再吵就不许家属在这里。"

"蓝小子你要造反！"贞实咬牙道。

蓝桥伶俐地躲到黛秋身后，却还固执地伸出头："这是医院，你……你们对医生要尊重！"说着，他拉起黛秋就走。

病房里虽有说有笑，可出了病房，姐弟俩不约而同地沉了面色。林医生正在楼梯口等着他们。

"情况不乐观。"三个人才进办公室，林医生便实话实说，"最好尽快安排手术。但胎儿不满八个月，生存概率很低，而且，家属对手术很抵触，你们要尽快拿主意。"

黛秋今早为贞实瞧了脉，对于林医生的说辞毫不意外，反镇定道："林医生，病人服用了固本培元的汤药，还有三剂，吃完了就能吊住病人的一条命，母体强壮，胎儿活命的机会也大些，您能不能再容我七日，待这药服完再行手术取子。"

"萧大夫的博源堂我早有耳闻。"林医生实话实说，"不是我不信您的医术，只是这七日变数太多，万一病人有个什么谁来负责？"

"我！"黛秋毫不犹豫，"只是……要麻烦您，我想给病人施针。"

林医生惊得张大了嘴，才要说什么，只听黛秋道："我知道，不该在你们医院诊治病人，可事从权宜，病人住了独立病房，我会小心不让人瞧见，她是我师姐，我一定要保住她。"

黛秋言虽安静，可林医生对上她那漆黑的眸子，似能看到医者的从容，医道不同，仁心相同，林医生不由叹了口气，抬眼看向蓝桥："可千万别让院里知道，不然别说你，我这差事也没了。"

蓝桥笑道："没了正好，赶明我姐办医院，花重金请你。"林医生笑着摇了摇头，算是默认了。

第 77 章
医者最懂含灵之苦

"我不同意,我不签字!"贞实住院已经七日,黛秋日日以针灸之法养护,又煎汤药与她养身,贞实的气色明显见好,可隋鹰就是不同意签字手术。

贞实白了他一眼,向黛秋道:"别理他,拿文书来我自签,缺了张屠户,也不能吃带毛的猪。"

"在肚子上开口子!"隋鹰起身向黛秋道,"我们老爷岭当年撕票也没做过这样狠绝的事!小姨子,我听说,你们萧家世代行医,我那丈人爹又是关外名医,把所有医术都传给你了,你就不能想别的法子?"

"姐夫,手术是有风险,可你就算要弃小保大,以胎儿现下的月份大小,强行落胎,母体也受不了。"黛秋正色道。

"姓隋的,你要弃小保大!"贞实惊得猛地坐起身,随手抄起床头柜上的茶杯朝着隋鹰掷过去,隋鹰忙伸手接杯。

"掌柜的,掌柜的,你别冲动……"隋鹰一步跨到床前,熟练地跪下,双手拉着贞实,"你先躺下。"

贞实冷眼瞥过来,隋鹰马上改口:"不是,那什么……小姨子误会了,我是说,不能弃小保大,要大小平安,必须要大小平安。"

"等孩子一出生,我就抱着他回庆云堡,不吃你一粒米,不穿你一丝布,你也别指望这孩子管你叫爹。"贞实气道。

"是是是……"隋鹰忙应承,"只要你平安,等他一落地,我管他叫爹。"

贞实没忍住,"扑哧"一声笑出来。隋鹰忙讨好地道:"掌柜的,你别生气了吧。"

"你签字么?"贞实冷声道。

"能……不签么?"隋鹰心虚地问道,见贞实眼里又喷出两道冷剑,忙改口道,"掌柜的,我这辈子有远儿就知足了,除了你,我什么都可以不要。"

"当家的。"贞实用力握紧隋鹰的手,"你放心,我不仅要你,还要咱们的远儿,要我娘,还有这姐儿俩。我对黛秋有信心,对我们李家的医术有信心。"说着,贞实直直盯着隋鹰,"你签字,我也对你有信心。"

夫妻多年,他们的默契和恩情都在彼此的眼睛里。隋鹰忽想起当年那个什么都不顾,与他翻墙私奔的丫头,那晚月光下两个人的誓言,他狠狠抿起的嘴唇露出一点笑意。

"当家的。"贞实一双笑眼中渐渐盈了泪,"咱们的孩子必然平安。若是女儿便唤作紫菀,味苦温,生于山谷,去蛊毒,安五脏。若是儿子就叫他玉泉,《本草经》上品,味甘平,治百病。"

"掌柜的,你说啥是啥,都听你的!"隋鹰说着,狠狠将贞实抱进怀里。

门外听墙根儿的黛秋和蓝桥皆舒一口气。蓝桥心疼地看向黛秋:"姐,你脸色不好,昨儿晚上,我见你小书房的灯一直亮着,这样熬着不是法子,明日开完会,你就辞了那副会长的差事,何苦来,费力不讨好。"

"傻话。"黛秋小声道,"那是北平药行老少同仁对我的信任,中西医争执这些年,如今好不容易大家能坐在一处,互通有无,这可是大好事。"

黛秋说起行医就两眼放光,蓝桥知道拦不住,只好道:"既这样,你回去休息,只准备好明天开会的发言,这里有我。你花大把银子钱,供我留学这些年,总该信得过我吧。"

黛秋欣然含笑,忽想起什么,伸手掏出一个小瓷瓶。"你又要干什么?"蓝桥警惕地用身体挡住走廊里过往的人,"这又是什么药?"

黛秋微踮脚,朝蓝桥耳边轻语几句,又不放心地嘱咐道:"我明儿必是要守着师姐的,好在会期是下午。万一我赶去会场之前,师姐这里还没结束,你一定要抓着这个别放手,待人一清醒就压一丸在她舌下。"

二人离得近,蓝桥清楚地看见黛秋眼中的血丝,心像被谁狠狠弹了一指甲,蓝桥用力抓着黛秋的手,只道:"姐,你只管放心,一切有我。"

北平城里少有这样的景象,几家医院的院长西装革履,几家知名医馆药铺的东家长袍马褂,齐齐坐在北平药行会馆的会堂里,平大医院的徐祥明院长被让在最前排,身边一个同行在他耳边轻声道:"听说他们北平药行推举个女的出来任副会长,这是什么诚意?一群靠五行八卦治病的人,还非说自己是医生,开玩笑呢!"

徐祥明四旬上下,中等身材,不胖不瘦,鼻梁上一架金丝边眼镜,不动声色地看那人一眼,淡笑着开口:"我听说,你家太太前儿往同仁堂订了一百盒乌鸡白凤丸,家里是有什么事么?"

那人一愣,随即尴尬地笑笑:"那婆娘没什么文化,见天弄那些七个馒头上供,神三鬼四的事。过些日子要返乡探亲,那是送亲戚的礼。"话没说完,自己也觉尴尬。

徐祥明淡淡一笑,不再说话。会场却渐渐骚动起来,时辰已到,身为副会长的萧黛秋却仍不见身影。众人纷纷低语议论,女人家做事就是不靠谱,又有人抱怨,当初就不该选个女医出来,若在古代,女医根本上不得台面,大户人家拿女医当歌舞伎养。

张老太爷坐在最前面,听了一耳朵,不由哼笑一声,那声音略大,离他近的人,连着徐祥明和乐会长都听见了。那几个嚼舌头的人忙住了口,在张家面前说"女医不行",就是在下张家的面子,张家打北宋年间就有人行医。他们家那独门的养颜秘方，传说就是一位御封女医留下的。

微微静声之后是更大声的议论。乐会长也有些坐不住，他本就不赞成萧黛秋出任副会长，生怕女人家压不住事，如今又在这个节骨眼上出纰漏，他压了压心头怒气，扭头才要请张老太爷出面镇镇场子，只听报门：“萧先生来了！”

众人齐齐回头，黛秋一袭衣久蓝的布旗袍，乌黑的辫子垂在脑后，从头到脚并无饰品，只在腋下盘扣上别了帕子和一面小小的照病镜。她从容地走上台，面含笑意扫视全场。

会场里出奇安静，似都想听听这位女大夫到底要说些什么。“让诸位前辈、同仁久等了。”黛秋的声音掩不住欣喜，“承蒙诸位谬爱，容我一个女人家在这里说话。可我站在这里，要说什么呢？在座无论中医、西医，都是前辈贤达，我一个无名小辈，虽行医道，却着实根基浅薄，少不得觍了脸，说几句白话。”

“幼时，父亲日日要我抄写《急备千金方》，抄到《大医精诚》一节，‘凡大医治病，必当安神定志，无欲无求，先发大慈恻隐之心，誓愿普救含灵之苦。若有疾厄来求救者，不得问其贵贱贫富，长幼妍蚩，怨亲善友，华夷愚智，普同一等，皆如至亲之想。亦不得瞻前顾后，自虑吉凶，护惜身命。见彼苦恼，若己有之，深心凄怆。勿避险巇、昼夜、寒暑、饥渴、疲劳，一心赴救，无作功夫形迹之心。如此可为苍生大医，反此则是含灵巨贼’。”

黛秋说着，台下有人窃窃私语，不明白她为什么在这里掉书袋，这一段“诚心救人”是每个中医弟子的第一课，大家早烂熟于胸。

黛秋面上笑容依旧，道：“中医行的前辈不耐烦我背书，西医的诸位又不知我何意，那我干脆还是白话白说。辛亥以来，中西医争辩不断，各说各话，都觉着对方不是正统医道。”

“西医素来头痛医头，脚痛医脚，不寻病根，浅薄得很！”台下，一个离乐会长最近的老中医不耐烦地叫嚷一句。

他身边的人也附和着：“可不是，咱们的本事可是祖宗传下来的，比不得那些数典忘祖的……”

“你们阴阳怪气地说谁？”一个年轻医生怒道，“巫术行医，害人性命，等你们捋清了什么七经八脉，病人都过了奈何桥。”

张老爷子瞥一眼身边的徐祥明，见他仍是含笑不语，似并不想约束旁人，自己也不好开口，不由皱了眉，望向台上的黛秋。

黛秋却毫无怒色，只望向门口，一声婴儿的啼哭再次安静了会场。蓝桥生疏地抱着襁褓，有些不知所措，快步行至台口。黛秋弯腰接过，熟练地轻晃一晃，不过片刻，哭声渐止。黛秋本就眉眼柔和，笑带春风，此刻抱着孩子，迎着从会场的天窗铺下来的阳光，让人莫名敬慕。她不好意思地凑近方才的话筒，因着怀里有襁褓，声音多了一缕温存：“对不住大家伙儿，还带了个孩子来。我今儿来晚了，是从医院赶过来的。”

贞实的手术超出预期时间，隋鹰在手术室门前急得乱转。好不容易等到手术结束，小护士抱着雪白的褓褓走出来，笑道："恭喜了，是个漂亮丫头！"

隋鹰一屁股跌坐在地，开口时已经带了哭腔："我的活爹呀，可算落了地了。"

护士被逗笑了："是个女孩子！"

"女活爹！"隋鹰抹一把头上的汗，起身就要进手术室。

蓝桥一把拉住他："大当家，不能进，你别急！"

然而产妇的情形并不容乐观，林医生到底用上了黛秋的"小瓷瓶"，淡淡的菖蒲味，一颗小小的药丸，压在舌下，贞实的出血量明显减少。可病人处于半昏迷状态，口中有异物，能随时要了她的命，黛秋取长针，以针灸之法死死吊住贞实的精神，让她保持清醒，直至口中药丸融化，下身血止，贞实才松了那一口，安然睡去。林医生惊得说不出话，都说中医治病不救急，可他的病人一只脚进了鬼门关，竟然生生被拉回来。

台下中医皆知，黛秋与病人服用的必是还魂保命丹，面上不觉得意。只听黛秋继续道："若不是西医，这小娃娃就没命了，可若不是老祖宗留下这救命药方子，这娃娃就没有娘了。西医、中医都是治病的，若互相排斥，耽误了救人，是哪位医生大夫都不愿意见的。医者必有恻隐之心，医者最懂含灵之苦，既是大家初衷一样，何不共同以救人为己任？"

台下一片寂静，张老太爷最先抬起手轻拍两声，紧接着，徐祥明也拍起手，不过一瞬，全场掌声雷鸣。黛秋忙退后两步，护住褓褓。然而掌声久久不断，黛秋朝台下深深一躬，受邀而来的各报社记者对着台上这位抱着褓褓的女人拼命拍照。怀中婴儿被惊醒又是一声啼哭，洪亮的哭声似都带了欢快的节奏，唯有方才坐在乐会长身侧的那位老中医面色阴沉……

第 78 章
酒醉沉酣道情深

　　紫菀的满月礼办得简单，贞实的身体恢复了大半。这一个月来，隋鹰日日照顾在妻子身边，女儿紫菀只能交给黛秋和蓝桥照顾，倒是难为了这对姐弟手忙脚乱地看顾。如今一切都向好，隋鹰才想起他还有一个未足月就"着急"落草的女儿，倒是日日抱着不松手。

　　"姑爷，小孩子家可不兴这样抱的。"钱妈带着人摆饭，见状忙劝道，"抱惯了放不下，待孩子大一大，便沉得压手，可不要累倒了亲娘。"

　　"是么？"隋鹰忙将褓褓放下，紫菀乍一落在炕上，十分不满地哼叽两声，贞实咬着唇，来不及恨骂丈夫，先哄女儿："菀儿乖，娘在这儿。"

　　黛秋给紫菀戴上了一挂白线，又放两个大金锭子在褓褓里。

　　"你这是做什么？"贞实忙拦道。

　　"早给早长。"黛秋拨开贞实的手，将"长命百岁钱"放好，"师姐九死一生，得了这么个好闺女，你不知道，把我馋得呀……"说着自己也绷不住笑了，用手指轻戳婴儿那吐着泡泡的小嘴。

　　贞实朝黛秋额上狠狠戳一指："瞧你那点儿出息！"说着伸头朝外屋张望一眼，并不见蓝桥，方悄声道，"你到底怎么个打算？我这些日子看得一清二楚，蓝小子把你当凤凰一样捧着，当成命一样疼着，可不是弟弟对姐姐的样子，你俩的婚约，要不就遵了两家老人的意。"

　　黛秋眸子一沉，看向紫菀的目光仍旧柔和，却带着不易被察觉的情绪："师姐，你不知道，蓝桥……有喜欢的姑娘。"可这一阵子事务不断，她也顾不上问蓝桥的心事。

　　"啥？"原本半靠在床上的贞实猛地坐起，提高了声音，外间屋的隋鹰忙跑进来。

　　"掌柜的，有什么吩咐？"隋鹰赔着笑。

　　"滚！"贞实白了他一眼。

　　"得嘞！"隋鹰小跑着退出去。

　　贞实忙转向黛秋，低声道："什么时候的事？"

　　黛秋舒展了眉眼，笑看紫菀："这些日子我也想了，北平城什么样的好姑娘没有？我这般年纪，与蓝桥一处也不堪配。"

　　"你怎么不配？论模样，论人品，论才学……你耽搁至此，还不都是为了他！"贞实急道。

"文家是我们萧家的恩人，这些年我们又相依为命。"黛秋缓声道，"他成家立业我也是欢喜的。"

贞实一把抓住黛秋的手："死丫头，你跟我说实话，你心里到底当蓝桥是兄弟还是男人？若只是兄弟，我不管他娶谁，今年必把你嫁出去，你这年岁可耽误不起了！若在你心里眼里，看他有一点男爷们儿的样子，别说他有喜欢的人，就算拜了天地祖宗，我也给你抢回来！"

黛秋躲不开贞实逼视的目光，好在贞实才出了月子，力气不足，黛秋用力抽出手："师姐！"

单为贞实这份诚心，她也只能实话实说："现下，我怎么想还要紧么？蓝桥有了心上人，我当初就说过，若他成年之后，心有所属，我必成全他的。我已经想好了，等完了菀儿的满月礼，我便把镜子还给他。好让他给了那姑娘，这是他文家的物件，原也是一对，给了……也算个信物。"

贞实还要再说，钱妈已经摆好了酒馔，隋鹰拉着蓝桥走进来："这饭香都飘到院外去了，掌柜的，你这素了一个月，今儿可要好好开斋。"

蓝桥笑道："隋大当家，也没见你这样的，贞姑娘坐月子，你也不碰荤腥，不喝酒，连烟袋子也不抽了，非要陪着。"

"嘻，掌柜的为我吃这么多苦，我怎好意思抛下她，独个享受？"隋鹰憨笑着看向贞实。

"吃你的！"贞实忍了笑，将一大块酱肘子夹在他碗里，道，"蓝桥还小，你还只管胡说，他都被你带坏了。"

"他还小？"隋鹰不服气，"我像他这般大的时候，远儿都会叫爹了。我说小舅子……"

蓝桥知道隋鹰今日是乐得不分东南西北，也不欲与他计较，只白他一眼，道："贞姑娘与我是主仆，大当家哪来的小舅子？"

"我那丈母娘疼你疼得像得了龙蛋似的。"隋鹰"嘿嘿"笑着，斟满酒，也不用人劝，自饮一杯，笑道，"你就不是我小舅子，早晚也是我妹……哎哟！"贞实知道丈夫要说什么，手在桌下狠狠掐他一把。

"蓝小子没良心！"贞实忙掩饰道，"谁当你是仆？我娘疼你胜过疼我，那你是说我不疼你？"

"贞姑娘一直疼我！"蓝桥忙赔笑，"是蓝桥说错了，自罚一杯。"

黛秋才要拦，蓝桥已一饮而尽。"你……你多早晚学会喝酒的？"黛秋问道。

"会喝酒才是老爷们儿！"隋鹰笑道，忙忙地又给蓝桥斟满……

四人推杯换盏，庆祝小生命的平安，也庆祝贞实的劫后余生，酒是话佐料，有酒陪着，大家的话不觉都多了，小时的趣事，后来的磨难，借着酒劲说起来便有滋有味。

话一多便更要频频举杯，不知不觉，几个人便都有了些酒气。一时饭毕，蓝桥面上红晕渐浓，贞实笑道："果然还是小孩子，只会逞能，看他醉的。"说着又推隋鹰道，"都是你，做什么灌他酒，明儿手颤拿不得手术刀可怎么好？"

隋鹰先是土匪，后又走南闯北，酒量惊人，见蓝桥有些醉意，便嘲笑道："谁知他是这样的酒量？"到底又不放心，向黛秋道，"小姨子，你快扶他歇歇吧。"

"不用！"蓝桥一挥手，"我没事，我还能保护我姐！"

隋鹰见他真有些醉了，忽正色向黛秋悄声道："你托我的事有眉目了。"

黛秋一听这话，酒气不觉散了些："如何？"

"当年在老爷岭掳人越货的事我也是做过的。"隋鹰眸色深沉，"以我的经验看，那院子必是藏了人。"

"我前次也去过，那院子并无不妥。"黛秋忙道。

"你们这些人向来行走在人间，知道多少阴司里见不得人的事？"隋鹰冷笑一声，似想起了占山为王时的岁月，"想来你们也不知什么是格子院，那是大宅子里的暗狱，外面看是整院整房，实则是两层墙，中间单辟出隔层小院，旧时大户人家犯了大错的媳妇子或是那些会影响家族声誉的不肖子，就关在这种夹层院里，关到死都没有人察觉。"经隋鹰这样一说，黛秋猛然想起蓝桥幼时被拐，可不就是关在这样的院子里。

"我派人打扮了，几次路过福荣兴后院门，东角门不用说，时常开着，西角门常落锁，锁上却不积尘。"隋鹰笃定道，"我的人盯了几天，每日下午，有个穿红袄的姑娘独自开锁进门，前后半个时辰又出来，她出来进去，并不显眼，只提个小食盒。"隋鹰不再说话，贞实与黛秋对视一眼，心中俱已了然。

"好好的福荣兴，能关谁？"贞实想不出。

黛秋又有一层想头，福荣兴三番五次买赤铜屑，又往夹层院里关人，红萼一向唯长风是命，若她有什么勾当，必是长风的意思。千头万绪涌上心头，黛秋深蹙了眉。

"姐，不生气。"酒醉让蓝桥像一个听不懂大人说话的孩子，他用手慢慢蹭开黛秋的眉心。

"我看你还是先顾这件急事吧！"隋鹰无奈地指指蓝桥，"都是我不好，把这小子灌多了，我同你拉他回去。"

黛秋心中有许多不明白，嘴上不欲多说，便向隋鹰道："你看顾着师姐和菀儿，我同着钱妈将蓝桥安置了再说。"说着，她回头唤人，钱妈应声进来，同着黛秋将蓝桥架出屋子。

隋鹰不放心地看着他们的背影，贞实虽出了月子，到底是挨了一刀，身子虚，便要趁女儿睡着，自己也歪一会儿。

隋鹰帮她安枕，又盖了薄被，便就着床边坐下，一会子看着女儿笑，一会子又看着媳妇笑。贞实低声打趣他："这会子看我们菀儿好了，当初还说弃小保大，待闺女长成了，我必告状。"

隋鹰不好意思地笑笑："她是你闺女，是我那活爹，小丫头片子，吓死我了!"隋鹰心疼地伸嘴要亲女儿，被贞实一把拦下。

"才睡实了，你别把她吵醒了。"贞实嗔怪着，手上一热，隋鹰早握紧了她的手，紧紧贴在自己脸上，微微的胡茬刺得发痒，贞实强忍着笑，隋鹰却郑重了神色。

"掌柜的，咱有一子一女刚刚好，你也学过医道，能不能想个招，咱以后不再生了，我隋鹰被五六支汉阳造指着头都没怕过，可站在手术室外面等你，我是真怕了!"隋鹰盯着贞实的脸，似仍怕她会有不测一般，"咱再也不要孩子了，等他们俩长大了，也都轰出去，由着他们自己讨生活，家里还是咱们俩，就咱俩在一处，长长久久地，好不好?"

贞实眼眶一红，忘了笑……

东厢房里，蓝桥被黛秋扶着坐在炕沿上，烈酒的燥热让他狠命地扯开衣领。"小心勒着自己。"黛秋忙伸手帮他解扣子。

钱妈见他真的有些醉意，便笑嗔道："今儿虽是好日子，可也没见喝这些酒做什么? 看把少爷喝的，我去端热水来给他擦擦，散了酒气便好了。"

黛秋笑道："只怕不中用，你去厨房，叫灶上做一碗酸笋醒酒汤，要熬得浓浓的，熬好了快快端来。"

钱妈答应着转身出去。蓝桥重重换几口气，歪着头看着黛秋。"你别犯懒，仔细睡着了，酒气存于五脏最伤人。一会子喝了醒酒汤，散了酒气才好睡。"

"我不困。"蓝桥看着黛秋，越看越委屈，几乎红了眼眶。

黛秋只当他醉劲涌上来难受，忙道："这是怎么了? 哪里不舒服? 手给我!"说着，她伸手去拉蓝桥的手，反被蓝桥用力拉住。

"别闹!"黛秋嗔道，"你听话，把手给我。"话没说完，便觉一股蛮力将她一头吸进蓝桥的怀里。

黛秋本能地要推开，蓝桥却双臂用力，紧紧箍住她，像是要把她揉碎在自己怀里。

"蓝桥!"黛秋低唤一声，却只觉那一双手臂越发用力，她努力地换着气，却仍感到窒息。

"我要怎么做，才能让你知道我喜欢你!"蓝桥的声音伴着粗重的呼吸，仿佛在时刻提醒着黛秋，他是个男人。

黛秋不觉停下手，连呼吸都忘记了，他喜欢谁? 他说的是谁? 他与张家姑娘说起的，那个让他甘心情愿搭进一辈子的女人到底是谁?

"我不敢告诉你!"蓝桥委屈地道，"我不敢说。我怕你生气，我怕你不理我……"蓝桥说着抱得更紧。

黛秋再不能呼吸，她用尽全力，朝蓝桥手臂上狠咬一口。蓝桥自幼习武，身上的肉坚如铁石，这一口咬得黛秋牙疼，蓝桥总算回过神，松了手，看着满脸通红的黛秋，似做错事的孩子般喃喃道："你别不理我，我可以继续装着不喜欢你……"

黛秋心疼地看看自己咬过的地方，好在并不严重，她托起蓝桥深深垂下的头："傻子，蓝桥这么好，谁会不喜欢？你喜欢人家就要跟人家说，不然，人家姑娘怎么能知道？这事儿也怪我，师姐的事，联合会的事，还有那些杂七杂八的事太多了，我忘了跟你说，不管你喜欢谁，只管告诉我，我帮你张罗。"

　　"不是……我……"蓝桥脑子一片混乱，他很想跟黛秋解释这个误会，可嘴里的舌头就是不听使唤。

　　黛秋咬一咬唇，摘下那面铁镜，双手合进蓝桥的大手里："这个是你们文家的东西，跟你那块是一对的。回头，你把这个送给你喜欢的姑娘，她自然明白你的意思。"

　　蓝桥低头看着铁镜，心里只觉堵得难受，眼泪便一滴一滴地滴在镜子上。

　　"这是怎么说？"黛秋勉强笑道，"放心，我们蓝桥是好的，亲事准保一说就成。"

　　"大姑娘，汤来了。"钱妈端着醒酒汤进来，"哟，这是怎么了？敢是少爷说了酒话，惹着姑娘了？"

　　"没有的事。"黛秋笑着接过汤，一勺一勺地喂给蓝桥，蓝桥两眼发呆，一口一口地喝下去。

　　钱妈早铺好了被褥，同着黛秋扶蓝桥躺下。又怕蓝桥硌着，黛秋从他身上解下铁镜，两块镜子并排放在枕边，黛秋注视良久，只待蓝桥的呼吸声渐渐均匀，方起身离开……

第 79 章

动人的爱情

黛秋亲配的醒酒方子最有效用，蓝桥沉酣一梦，醒时头不痛不晕，仿佛昨天根本没喝过酒。可若没喝过酒，那他昨天抱住黛秋是不是真的？蓝桥怀疑地盯着顶棚，这样的梦，他自去柏林之后不知做过几百回，有时，梦真切到他只以为黛秋就在怀里，他们结婚、生子，甚至白头。

半晌想不明白，蓝桥长长一声叹息，只听钱妈在窗外唤他："少爷，起了么？再不起可要迟了，大姑娘让你快些起身。"

蓝桥忙应一声，起身便要穿衣，忽觉有些硌手，低头一看，两面小铁镜整齐地摆在一处，成双成对。蓝桥大惊，这铁镜黛秋从不离身，怎么会都在他这里？难道不是梦？是他借着酒劲做错了什么？

蓝桥不管不顾地跳下床："姐！"声音还在房里，人已经到了院子，"姐！姐……"

钱妈闻声忙跑过来："少爷，怎么了？敢是梦魇着了？"只见蓝桥光着脚，只穿睡衣，慌张地站在院子里，四顾张望。

"钱妈，我姐呢？"蓝桥看向院门口，门房才开了大门，蓝桥慌道，"我姐又走了么？"说着，他便要去追。钱妈一把抱住他的胳膊："少爷，少爷，这是怎么了？大姑娘在后院，才看了姑奶奶和孩子。她让我叫你起床。"

蓝桥重重松了口气，这才觉得有些天旋地转，身不由己地往后退了两步。一双手臂用力搀住他："蓝桥，你怎么鞋也不穿就跑出来了？酒劲还没散么？钱妈，打发人给少爷请假，今儿别去医院了。"黛秋的声音响在耳边，蓝桥方才还上下翻滚的心立时安稳地落了地，他几乎盈了泪，反身一把将黛秋裹在怀里。

"姐，你别离开我，别不理我！你答应过我，不管我做错什么，你都不会丢下我。我昨晚做了什么惹你生气，你不能离开我！"蓝桥越说越委屈。

黛秋也顾不上人在院子里，先拍着蓝桥的背，安抚道："睡梦魇了？"又向钱妈道，"快去房里拿他的衣裳和鞋，这热身子着了风可怎么好？"

钱妈早被蓝桥这一出给吓傻了，忙答应着跑走了。"我不是在这里，姐哪舍得丢下你？"黛秋继续安抚蓝桥，说话间，接过钱妈递上来的衣服，为蓝桥披上。

"快穿好！"黛秋推开蓝桥，帮他穿好衣服，又亲为他提了鞋。蓝桥也才缓过神来，不好意思地红了脸，忽又想起那两面铁镜，蹙眉盯着黛秋："你为什么把铁镜都放我那？"

黛秋神色一滞，想来昨日醉酒的话，蓝桥全忘了，昨夜她也思量过了，这样的结果她十九岁那年就有准备，他们俩虽有一同长大的情分，却总躲不过"君生我已老"的结果。黛秋含了一丝苦笑，道："我知道你的心思。"

蓝桥惊得说不出话，只直直地盯着黛秋，只听她道："连翘姑娘是这北平城里数得上的好姑娘，她尚不在你眼里，想来你心心念念的姑娘必是个天上有，地上无的，蓝桥大了，有这心思是好事。那铁镜是你们文家的东西，你拿了去，给你心仪的姑娘，告诉她，你喜欢她，那镜子你们俩一人一个，配成一对。"

"我心仪的姑娘？"蓝桥想不出这话是怎么来的，"谁说的？"

"看你，总说自己是大人，这会子倒扭捏起来。"黛秋笑道，"你只管放心，只要你们两个如意，那姑娘的家世皆不重要，小门户里的，咱不嫌着人家，高门大户，姐也保管不让你在岳家低人一等。"

蓝桥的脸色一点一点冷下来："你……要给我做亲事？"

黛秋垂下头，假作查看蓝桥的扣子："我是你姐，家里没有长辈，你的事自然我操心。"

蓝桥看不见黛秋神色黯然，黛秋也看不到蓝桥脸色铁青。半晌，蓝桥从黛秋手里抽出衣襟："姐，我知道了，我今儿就跟她说去。"声音犹在，人已经回房去了。

"你……"黛秋追寻着他的背影，"今儿晚上华北戏院……"

"我不去！"蓝桥的声音伴着重重的关门声，便再也听不见了。独留黛秋神情落寞地立于院中，一旁的钱妈半晌不敢说话，她从没见过蓝桥对黛秋使脾气，要不怎么说男人心狠呢？之前两人好得像一个人似的，蓝桥整天围着黛秋，姐姐长，姐姐短，如今有了心上人，姐姐就不亲了。

"大姑娘，姑奶奶等着您吃早饭呢。"钱妈有些心疼地上前拉了拉黛秋。

黛秋似才回过神来，面上一凉，她伸手去摸，竟是泪水，她才知道自己哭了。"姑娘别伤心，少爷不过是一时失了分寸，并不是故意使性子。"钱妈安慰她道。

黛秋狠抹一把脸，勉强挤出一丝笑容："嗐，风扑了眼睛，进了沙。咱们吃饭去，我都饿了。"

蓝桥也饿了，早上赌气从家里出来，一路蹬着单车到医院，到底忍不住在医院门口的早点摊子上买了两个焦圈，一路吃，一路走地进了医院。

"文医生！"连翘的声音如朝阳般带着欢喜，先闻其声，人才跑过来，略带惊色地打量蓝桥，"哟，萧家姐姐是怎么准你不吃饭就跑出来的？哦，对了，今日萧家姐姐有空么？我爷爷昨儿得了好点心，托我带给她，问她好，请她闲时往我们家去，我爷爷又寻到一本医书古籍，里面有两张方子他见萧家姐姐用过，所以想和她仔细研究。"

蓝桥猛地扭头盯着连翘，这姑娘不可谓不漂亮，睫毛如羽，衬着一双水汪汪的大眼睛，家学深厚，教养出的好品格，让她无论站在多少人中，都显得气质出众。她自幼富养，却同情苦人，实在是难得的好女孩子。

"是你跟我姐说，你喜欢我？"蓝桥问，"也是你告诉她，我心里有喜欢的人？"连翘莫名地抬头看向他。

蓝桥长叹一声："你跟我来，我有话说。"不等连翘回过神，蓝桥已经上了楼，连翘一喜，拔腿追上去。

走进医生办公室时，连翘的脸上还烧得通红，眼神里闪着雀跃。蓝桥关紧了门，从口袋里掏出两块铁镜，在手中比在一起，半晌才将其中一只递至连翘面前："这是我们文家唯一传下来的，我姐说它叫'照病镜'，是一对，原本是姐姐一块，我一块。现下，姐姐让我把她的那块给我心仪的姑娘。"

连翘不敢相信地抬头看看蓝桥，小心翼翼地要去接那块镜子。虽是铁质，却温润似玉，并不冰冷。

还不等连翘接过镜子，蓝桥突然收了回去，连翘不解地抬头，正对上蓝桥一双黑亮的眸子。

"我姐让我给，我得给，可我给了，她不要怎么办？"蓝桥面露难色。

"什么？"连翘不明白蓝桥要说什么。

蓝桥向连翘深深一躬，方道："之前你说喜欢我，我也告诉过你，我有喜欢的人……"

"所以，你以为是我向你姐姐通风报信？"连翘睁大了眼睛，"文医生，我像是出卖朋友的叛徒么？但你到底喜欢的是谁呀？满北平可是没有比我更好的姑娘啦。"

"你是大家小姐，金尊玉贵，我自幼孤苦，幸得姐姐护着我，才有命活到今日。我……"蓝桥语塞，只紧紧握着两块铁镜。

"你……"连翘恍然大悟，"你喜欢你姐姐？"

蓝桥摇头，坚定地道："不是喜欢，我爱她！我说我心里一直有人，再装不下旁人，那人若愿意，我便一辈子长相厮守，若她不乐意，我宁愿一辈子不娶，那个人就是我姐。"

"可是你们……"连翘脑子有些转不过弯，"哦对，你们不是亲姐弟，那，那……你早干吗去了？"

蓝桥不语，他远赴柏林那年就少年心动，可那时他不敢表明，只能先完成姐姐的托付，学好西医。这些年兜兜转转，他几百次、几千次地想告诉黛秋，他不想当姐弟，他想成为她的爱人。可他怕自己的莽撞再伤了姐姐的心。

十年，蓝桥确定自己爱慕黛秋至今整整十年。就算不能诉之于口，他也愿意一路陪黛秋，她要精进医术，他陪着，她要治病救人，他陪着，无论她要做什么，他都愿意陪着，哪怕此生便只能这样陪着。

"连翘，对不起，我满心满眼只有她，再容不下其他。"蓝桥诚恳道。

连翘猛地上前一步，吓得蓝桥连连后退。"文医生，你比我想象的更可爱。"连翘一双大眼睛心疼地盯着蓝桥，"我没想到，你爱得这样苦。如今是民国了，你又是留学生，大可不必因循守旧，你该大胆一点！"

蓝桥机械地点点头，想不明白对方到底什么意思，连翘一把拉住他："文蓝桥，答应我，要坚守你的心，坚持你的爱！至于萧家姐姐……你放心，我会帮你，我一定会帮你跟她说明白……"

"不不不……"蓝桥费力地抽出自己的胳膊，"你不怪我拒绝过你，还听我说这些，我就拜谢你的大恩大德了，你可千万别在我姐面前说什么。"

连翘撇撇嘴，有些着急地道："那你要等到什么时候？"

"我……那什么……"蓝桥被连翘逼退到墙角，"我会跟她说，一定会说。"

连翘怀疑地打量着蓝桥："真的？"

蓝桥郑重地点头。连翘放心地退后一步，面上忽然带了淡淡的哀伤："文医生，我真羡慕你，也羡慕萧家姐姐，那话本子上说，青梅竹马，两小无猜，说的就是你们这样的爱情。遵从本心，这才是最新式、最动人的爱情。"

蓝桥微怔，他再想不到连翘会说这样的话，进医院之前，他奋力吃下两个焦圈，就已经做好了挨巴掌的准备，现下放了心，才觉出干渴，他蹭着墙，将自己移到诊台旁，伸手抓起暖壶，可惜壶里没水。

连翘一把接过暖壶："文医生准备开诊吧，这种小事，我去做。"

"其实也不……"蓝桥话没说完，连翘已经快步走出办公室，蓝桥重重松一口气，一屁股跌坐在椅子上。

第 80 章

肝气横逆 克犯脾土

红萼左右打量无人，方掏出钥匙开了锁。自从上次她听吩咐加大药量，惠春的身子是一日不如一日，眼看着寿数将尽。

红萼麻利地进了门，反身才要上闩，一只大手"砰"地抵住了门，隋鹰一步跨进来，凶神恶煞地盯着她。

"你是什么人！"红萼的声音陡然提高。

隋鹰做了个噤声的手势，指一指墙外，似在提醒她，别让外面的人听见，趁她没缓过神来，一把抢过她手中的小食盒。门轴微动，萧黛秋一步迈进来。红萼并不十分吃惊："果然是你！"

黛秋也不说话，伸手打开隋鹰手中的食盒，里面一小碟带着酸馊味的干粮，一碗乌黑的浓汤。

"你们要干什么？"红萼说着，便要抢回食盒，隋鹰单手拦她，却不想红萼是有功夫的，抬腿直踹向食盒，吓得隋鹰连连后退，险些失手掉了食盒。

"好辣的闺女！"隋鹰笑道，抬手欲再上前过招，谁知红萼不知从哪"变"出一支勃朗宁，黑洞洞的枪口直顶上隋鹰的头。

"红萼姑娘。"黛秋忙拦道。

隋鹰面上丝毫不见惧色，反笑叹一声："你这闺女也忒烈，难怪找不着婆家，见天儿跟着骆长风，主不主，仆不仆的，什么意思？"

"还敢说我的爷，那就留下命吧。"红萼的声音毫无起伏。

"红萼姑娘，是你打发人往我铺子里买药的吧？"虽然猜不出红萼的目的，但黛秋确定，红萼是故意让她发现这里的秘密。

红萼举枪的手臂纹丝不动，显然是练过很久的，她轻蔑地看向黛秋："都说萧大夫是神医，我看这脑袋瓜也没多灵。你再晚些来，收尸正合适。我虽是想让你知道这屋里的事，见见这屋里的人，可若经了我的手，我们爷不饶我。"话音未落，只觉手上一麻，那勃朗宁已到了隋鹰的手里。

"举着多累，我们这是强逼你透了底，你那位爷要不信，我再给你开个洞。"隋鹰无所谓地揣起枪，将食盒递到黛秋面前。

黛秋端起药碗轻轻一嗅，秀眉紧蹙，狐疑地看向红萼："罂粟壳，除了赤铜屑，你还加了人参煎药，这是做什么？"话音未落，只听屋子里"扑通"一声，似有重物坠地。

隋鹰直将枪口对准红萼："开门！"

红萼一脸戏谑的笑意："萧大夫可端好药，晚一时半刻可是会出人命的。"说着，她只向破木门上摘了锁头，门里黑得阴森，腐败的气息扑面而来。

隋鹰忙拉黛秋退后一步："小心她使诈。"

红萼不屑地瞥他一眼，自顾进了门。黛秋与隋鹰也跟着进去。惠春趴在地上颤颤巍巍，不像个人，她吃力地抬起头，祈求地向红萼道："药，我的药……快给我……"

红萼环抱双手，只笑看着黛秋。黛秋心中早有准备，见状不自觉地后退一步。隋鹰倒不怕，从黛秋手中接过碗，两步行至惠春跟前，还不等他蹲下，惠春几乎跳着跪立于地，双手抢过碗，大口大口地喝下去。

喝得太急，墨黑的汤汁从她嘴角流下来，她舔净碗，便用手抹着嘴角的汁液送进嘴里，完全不顾手上的脏污。隋鹰盯着她，半晌方道："疯子？"

一声惊醒了惠春，她这才发现眼前的男人竟是陌生人，想到自己的样子，她猛地丢下碗，捂着脸尖叫起来。

红萼不耐烦地朝她狠踢一脚，狠狠将她踹倒，声音戛然而止。黛秋忙上前察看，见惠春大睁着眼睛，只有出气，没有进气。

黛秋伸手切住脉门，垂目半晌，忽松了手，起身向红萼道："你们到底在做什么？把一个大活人圈在这里喂毒药……"黛秋说不下去。

红萼摇头笑叹："我说萧大夫，她为什么会在这里，你想不到？须知，世有因果，报应不爽，她如今不过是自食恶果。"

"她是……惠春？国公夫人？"黛秋难以置信地看着惠春，"她是长风的嫡母？"红萼不语。"囚禁毒害嫡母。"黛秋不敢相信地看向红萼，"你们……长风到底知不知道自己在做什么？"

"我可没说是爷做的。"红萼笑道，"萧大夫要怪，只管怪我。药是我打发人买的，我亲手煎的，人是我绑来的，连这封窗的木板子都是我一块一块亲手钉上去的。你要报官，只管让警察来抓我。可是呀……"红萼瞥一眼地上的惠春，笑道，"若她是自愿留在这里，那我们也是没法子的。方才萧大夫也见了，门没上锁，她随时可以走。"

许是那碗药有了效用，惠春有了些知觉，双手用力撑起上半身，慌张地看向黛秋，又害怕地看向红萼，沙哑着嗓子道："是是是，是我自己留在这儿。"

黛秋看一眼惠春，又冷冷地看向红萼，道："之前就听说国公府有两位小格格。按年纪，只怕早已成家立业。"

红萼笑而不语，黛秋心头了然，也不欲再理她，向隋鹰道："大当家，想个法子，把她抬出去。"

隋鹰才要上前，红萼一步拦住："你们这就把人带走，让我如何向爷交代？"

隋鹰没好气地抽出枪："怎么着？还真要我给你开两个洞？"

谁知红萼并不害怕，黛秋拉住隋鹰，向她道："红萼姑娘，你特地引了我来，不就是为让我把人带走么？"

红萼冷笑一声："我哪有那么好心？我让你进这个门，就是为了告诉你，你和我们爷不是一路人，你做不成这院里的主母。"

"这小妮子，敢是要跟我小姨子抢男人？"隋鹰抢白道。

"我只配伺候爷，再无其他想头。"提起长风，即便站在这样腌臜的屋子里，红萼也笑得明媚，"只是我劝萧大夫一句，你是个有心气、有志向的。女人堆里，你是这个！"红萼高高挑起拇指，"只是，凡人各有各路，你一路走的是光亮的大路，不似我和我们爷，黑暗里拼命闯出来的，睚眦必报也是为了活着。说起来，这老东西也是你们萧家的仇人，若看在我们爷为你报了这仇的分上，你直当没这回事，以后萧大夫成为红萼的主母，红萼甘心服侍。可你若把人带走，此后便离我们爷远些，大家路不同，以后互不相干。"

隋鹰听出些门道，向黛秋道："这老货是你们萧家的仇人？"

"她是贵宝的姐姐。"黛秋忽然心中一动，抬眼再看向红萼，"贵宝是怎么……"

红萼面上笑颜如花，一语不闻，只看向黛秋。有些话不说，比说出来更让人笃定，黛秋咬一咬唇，道："大当家，抬人！"

隋鹰见地上的惠春实在腌臜难以下手，直将手枪丢回给红萼，脱去外裳裹上惠春，扛上肩头便走。"我不走，我不离开这里……"惠春奋力惊声叫着。

眼见两人扛走了惠春，红萼轻轻呼出一口气，那女人的气数将尽，大可不必死在这院子里。此前，长风与她在黑暗中一路闯来，可此后，她要让骆长风永远行走在烈阳之下，为此，她永不见天日也心甘情愿。

"堂客下楼，老少爷们儿回避啦！"戏院里，提铜壶的小伙计高声喊客。台上的生旦净末光鲜无比，台下的人不断地将银圆、金银首饰往台上扔，长风立于台心，如被众星捧月。他笑容得体，一次又一次返场谢座。

傍晚时，下起淅淅沥沥的小雨，不大也不停，直下到半夜，黛秋撑着油伞立于华北戏院的门前。

"怎么顶着雨等在这里？"长风快步走来。他没有什么避雨的家伙，便挤进黛秋的伞下。他一身鹤灰色西装，一派年轻绅士的风度，黛秋一袭粉青色新式旗袍如梨花染露一般清净端秀。

长风不由眉眼含笑，开口言语便似含了春风："这雨、这伞倒衬了你，只是做什么等在雨地里？小心着凉。"

黛秋抬头看向长风，晶亮的眸子里似含了深深的不忍。"这是怎么了？"长风似有察觉。

"一起走走吧。"黛秋轻声道。

红萼没来，只有福荣兴的骡车停在路边。长风接过黛秋手中的伞，将她遮严了，道："也好，我才下了戏，身上也紧得很。"

黛秋与长风并肩而行，他们上一次这样同行是什么时候的事了？黛秋莫名想起那年元宵灯会，两人并头看见漫天烟花。

长风扭头看她："黛秋，你有事找我吧？"

黛秋掩住了叹息，道："长风，咱们相识多久了？"

长风认真地想了想："那年，你十三，我快十五了，如今……"

"原来这样久了。"黛秋不由感叹，"现下想起来仿佛是昨日的事。你救了我父亲，救了蓝桥，也救了我……"

"我没能救下你！"长风沉声道。

"我是说，在庆云堡。"回想起在庆云堡的日子，黛秋竟有些想念，"你虽遭逢巨变，却也自立自强，自创基业。"

"这是在夸我？"长风不由笑意更浓，"怎么听着像在说你自己？黛秋姑娘才是创下一番大事业。满北平城谁不称你一句'萧先生'。"

黛秋沉默半晌，方道："原来我们是一样的人，所以这么多年来，我心里一直敬着你。"

长风不由停了脚步："就只是敬么？"

黛秋笑嗔他一眼，自顾向前走，长风怕她淋雨，少不得跟上。"当年，我盼着你的病早日好，这些年，我又盼着你在胡器京鼓里得些慰藉。毕竟，咱们都是苦过的人，知道这世上的不容易。"

"所以，我才想着，咱们俩若在一处，必是最懂彼此的人。"长风笑道。

"可是，如今我越发看不懂你。"黛秋话锋一转，却假作不见长风惊讶的神色。

"平安村时，我向你提起仙人观主事贵宝，你为何不告诉我，他是你舅舅。"黛秋语气平静。

"他也配？"长风冷哼一声，"那些乱事，我不想让你知道，当年他变着法儿地害我，还不是为了夺取我们骆家的家业。你还不知道吧，你们家的冤案就是他一手捏造的。所以我不能让他好死，一枪一枪打在他身上，就是不让他死。"

虽然心里早有准备，黛秋心头仍是一紧，长风说起这些事，竟像在讲一件乐事。

"我们在山涧子里看到了贵宝的尸首。"黛秋坦然道，"他手里狠狠握了一枚靴扣，与你靴子上的一模一样。那日，你又出现在平安村。"

长风恍然大悟："哦，原来那扣子让那老小子抓了去，真是死不知悔改。"

"吴仲友也死了。"黛秋轻声道。

长风又是一滞，黛秋既提起，那必是知道当初的事，长风顿生心疼："这样的人死不足以还孽报。你别难过，萧叔叔是良善君子，不识小人伎俩，才会遭亲近人陷害。"

黛秋不由又一声叹息："若说我不恨，那是假的。我们好好的人家，竟平白地被那群恶人扯碎撕烂。如鹿入狼群，再温良可亲都不过是别人嘴边的肉。"

"你放心。"长风深沉的眸中忽闪出两道凶光，"若不是他们，你我必不是今日

280

形状，就冲这个，我也不会饶过他们任何一个。"

这一次轮到黛秋停下脚步，她直直地盯着长风的眼睛，直到再看不到凶光，心头不忍之情愈甚，不由微蹙了眉，郑重拜下。

长风眼疾手快，一把拉起她："你这是做什么？"

"长风，我当谢你。自回北平，我一直想找到当年的真相，贵宝、惠春、吴仲友，还有当年太医院的沈从兴，无一不是我的仇人。"黛秋温和了声音，"可是长风，'肝气横逆，克犯脾土'，人心里满是仇恨愤懑，必损肝气，肝为血之源，血为命之本，你这样，不是不饶过他们，是不饶过你自己。"

第 81 章

秘方之秘

夜雨渐重，长风独自坐在骡车里。黛秋的声音似还在耳畔："长风，你困住的，折磨的，不是当年国公府的主母，也不是你的仇人，是你自己。"

"对仇人，就该'寝苦枕干不仕，弗与共天下也'。"长风恨声道。

黛秋接口道："你这样的手段，待人如蛊，她再怎么苦痛，你心里也并不会安乐，她是身受折磨，你是心受折磨。"

长风浓眉紧蹙，重重凝望黛秋："她当年如何待我，你是尽知的，即便这样，在你看来，也是我错？"

"不是谁的错。"黛秋看向长风的目光有些心疼，"长风，你凭一己之力，有今日实属不易，可若心不平安，表面再光鲜也仍旧困苦，我只想求你，放过你自己吧。"

长风缓缓舒了眉，唇角向上，抿出一丝凉薄的笑意："咱们是自小的情分，又同经历过家破人亡，我只道这世上，你是最懂我的，却不知我们原就不同路。萧大夫悬壶济世，悲天悯人，我没有你那样的好心肠。"长风说着，回身招了招手，一直跟在身后的骡车赶上来，长风背身上车，再不看黛秋。

黛秋欲再劝，明知他现下必听不进去，便在他背后道："我带走了惠春，你别怪红尊姑娘，有隋鹰在，她是抵不过的。但愿我能带走你的心魔，你心中有气、有怨，只管对我。"黛秋言毕，撑伞而去，长风人已站在车上，到底还是回头看她，却见浓雨中，女人身影挺拔，一步一步走得无比坚定……

车停在福荣兴的后门，红尊早等在那里，她一手撑伞，一手放了梯凳子。

长风下车后先看见那去了锁的角门，冷眼瞥向红尊。红尊忙低头，却仍高举着油伞，不叫长风淋雨。长风伸手拉回红尊的胳膊，将伞遮回她头上，转身进了后门。

红尊不敢相信地看看油伞，忙要跟上去，长风忽地转回身，面色平和，并不见一点气恼，向红尊道："沈家三姑娘有没有来找过我？"

红尊并不知黛秋与长风如何说辞，生怕长风发难，她不知如何应对，却不想他平白问起这个，先是一滞，随即回道："怎么不来？一个姑娘家，天天来堵门，我说爷不得闲，她只不信。"

长风唇边含笑，道："赶明儿她再来，告诉她，我谢她捧场，过两天歇了戏想请她吃饭。"说毕，他转身进了门。

红尊一愣，长风没因为惠春的事责怪她，那必是黛秋说了什么，可长风最厌烦那些听迷了戏、死缠着他不放的夫人小姐们，其中沈家的三小姐尤甚，平日里长风从不正眼看她，做什么平白地想起她来？红萼想不明白，只得答应着也进了门。

木鱼声声，供香淡淡，惠春睁开眼睛时，几乎不敢相信，自己竟活着离开了福荣兴，只是四壁雪白，不知身在何处。她身上的脏污已被简单地清理了，灰白的头发被洗成全白，原来她一根乌发也没有了。惠春动了动眼珠，还来不及细想，便又昏睡过去。

"姐，她……这是醒了吗？"蓝桥昨晚便听黛秋说了来龙去脉。

黛秋不用诊脉，单看惠春面红面白目，显是十日大限之相。想来红萼让她带走惠春，不过是不想这女人死在福荣兴，脏了院子。

同为医者，蓝桥自能明白黛秋所为，可眼看着这个萧家的仇人，心头到底不平："姐，咱们做什么要救她？"

黛秋又为惠春诊了脉，苦笑一声，方道："现下咱们做什么也救不了她了。蓝桥，我救的不是她。"

黛秋随手翻起父亲留下的行军手札。"医者见死不救与行凶者无异，不得起一念芥蒂之心……"若现下仍是前朝，萧济川也必会先医治惠春，再计较自身冤屈。

然而时移事异，国民政府的法度管不了前朝的冤案，黛秋也不是父亲那样的德高大医，她没宽厚到要医治仇人，她想要救的不是惠春的命，而是骆长风那颗饱浸仇恨的心。

药王庵正殿，明觉虔诚跪于药王脚下，念珠一颗一颗滑过掌心，口中念诵不断……

这样不过三五日，惠春倒有了些精神，只是她身已成瘾，每日就算不再被喂食赤铜屑，也身如骨裂般剧痛，又似百蚁蚀心般求死不能。黛秋只用药麻痹她的痛感，其他药石再不多用一味。

惠春颤颤巍巍地倚坐在床上，眼睛直直盯着黛秋，半晌方道："你……你是……"

黛秋双手捧过萧济川的行军手札，惠春不解地垂眼看看手札，又看看黛秋，满是不解。

"这就是你们当年，处心积虑想要的'秘方'，家父萧济川留下的。"黛秋声音平静，"是害我们萧家家破人亡的'秘方'，家父当年军前效力，为救苦痛，潜心研究医治金疮、续人性命的良药，这上面记录方子一共六十二张，有四十三张是传世的现成方子，父亲不过稍作调剂，那十几张自创的，也多借鉴了医书古籍，不足为奇，他能救人无数，是因为他医术高明，对症下药，能视众人为一等，能无分贵贱先后，能医必医，能救必救，不言放弃，方子都在这里，你要看看么？"

黛秋说一句，惠春的眼睛便睁大一分，及至说完，惠春早已双手颤抖，满眼是泪，她涨红了脸，再不敢看黛秋，只嗫嚅着："你……你是萧家……"

"我是萧黛秋，萧济川的女儿，我父亲含冤死在狱中，母亲死在流放的路上。惠春格格，你还记得他们么？"黛秋声音含悲，却无愤恨。

"我……我……"惠春越发说不出话。

"是我把你从福荣兴抬出来。"黛秋继续道，"你时日无多，还有什么未了之愿么？先前听闻国公府还有两位小格格，算年岁，比我还小几岁，你要见见她们么？"

"不要，不要找她们！"惠春惊恐地道，"我没有女儿，不要找她们。我死了也……"惠春说着忽然跌下床，她不顾疼痛，跪于黛秋面前，哭道，"萧大夫，你能救我便是慈悲之人，一切罪过都是我的错，你要我的命，这就拿去。"

"能说这些话，想是药有起色。"黛秋淡淡道，心里实在明白，要问什么也不过在此刻，之后再没机会。她朝一旁的蓝桥使个眼色，蓝桥将惠春架起，放在床上，并不多看她一眼，自退回黛秋身边。

"这些年我心中总有不明白。"黛秋声音始终平静，她看着惠春那苍老得不成样子的脸，缓声道，"趁今日你就说与我明白，说得明白，我自料理了你的后事，丧仪葬礼就免了，我只能帮你一把火了去尘怨旧恶。"

"我说。"惠春忙不迭地道，"你想知道什么，只管问我。"

蓝桥斟一盏薄荷清茶用木碗盛了，递给惠春。惠春双手捧着，清凉之味未入口先入鼻，不觉振奋些精神。

"骆长风的亲娘是你害死的么？"黛秋此话一出口，蓝桥也是一惊，不由扭头看向她。

惠春也没想到，眼前这个与她有血海深仇的女人，竟先问了这个问题。想来萧家的冤，黛秋已知晓，自己又时日无多，只能先问要紧的。惠春不由苦笑一声，万事皆因果，从她当年遥遥望向骆麟那一眼起，一切便都是错的。

在惠春还是京城里数一数二的贵重小姐时，以皇亲国戚之威强迫骆麟娶了她，可老话说得真对，"强扭的瓜不甜"，骆麟打从心里厌烦这段姻缘，他喜欢过丫头，喜欢过粉头，甚至包养过戏子，只没喜欢过她这位贵女。

骆长风的亲娘是骆麟街上买来的，不知根不知底，却着实让骆麟着迷，才怀了孕便抬为庶妻。骆麟的正妻可是老佛爷的贴心人，这一举动几乎震动了京城。可惜那女人产后失调，恹恹地病了几年，贵宝为惠春带来宫里的教导，明里百般照顾，暗里饮食不济，药石敷衍，骆麟再关怀体贴也看不出内院的手段，倒难为了那女人足熬过三年，只熬得皮瘦骨削，含恨而亡。

虽然这样，惠春究竟不敢对年幼的长风明着动手。许是自幼丧母，长风行事十分周密，他主动接近两个妹妹，同吃同住，一同坐卧，就算再有人想害他，却也要顾忌着两位小格格。

那年萧济川诊出长风中毒，惠春当真是委屈的，她是家中主母，若不狠狠惩治萧济川，岂不是认了那下毒的手段？却不曾想到是她那亲弟弟贵宝所为。

冤枉萧济川治死人命的事，自是贵宝主使，惠春被贵宝缠不过，请了太医院正堂沈从兴来府上密谈。

那沈从兴自来便替老佛爷诊脉，也知老主子时日无多，本不用受惠家人的挟制，却不知为什么，痛快地应了惠春的差事。他是国医圣手，用他来验方子，那自是他说什么，大理院的老爷们信什么。

当年，为着避忌，多是沈从兴的正妻以请安为名，来国公府传递消息，惠春虽眼高于顶，却也少不得笑脸相迎。连吴仲友她也见过一两次。

苦主乔家，惠春是听贵宝提起的，乔家的男人为着外室母子竟白白地害死亲闺女，惠春只觉这世上的恶并无尽头。原只是闺女死了，却不知怎么，乔家主母段氏察觉缘由，一包老鼠药下去，一家子全死了，萧济川又是个不肯服软的硬骨头，一脖子吊死在狱中。

贵宝没拿到秘方，便撺掇着乔春蕊未婚的夫家给萧家母女判了流刑，抄了家。谁知这一番折腾却连一张正经的药方也没抄出来，打骂了萧家的旧仆才知道，是萧济川的夫人杜氏一把火烧了书房里所有的东西。

白白忙活一场，贵宝又恨又恼，除了白白搭出一二千两银子，什么也没落下，可他也来不及懊恼，转过年老佛爷和光绪爷竟前后脚地宾天，新皇登基，惠家的时运便一落千丈，反是骆麟受了重用。

这瘦死的骆驼没熬上三年，大清朝也没了，八旗子弟全没了庇护。惠家败落，便寻上骆家的产业。因着萧济川和文籍相继离世，骆麟心头似插了一把刀，之前想办贵宝又不得手段，因此落下大病，三四年不好。那时京城混乱，他便要趁这机会收拾了贵宝。

谁知骆麟本不惯龌龊手段，一时不密，被贵宝抢了先手，惠春只当骆麟不念夫妻之情，连自己也要算计了去，便由着贵宝将病重的骆麟和少年长风赶出府。没过几天，惠春就听说骆麟没了，她原想寻回尸骨，待百年之后，二人仍能同穴而眠，谁知长风像是淹没在偌大的京城里，与骆麟的遗骨一起，再寻不到了。

一二十年的往事，也不过寥寥几句，其中悲欢非旁人能体会。黛秋久久不语，蓝桥气红了眼睛。萧济川一代大医，冤屈至死，杜氏兰心蕙质，也解不开旁人的暗害，惠春姐弟到底是什么样的心肠，这又是什么样的世道？

房门被轻轻推开，明觉端一盏药走进来："姑娘，药煎好了。"说着，药被递至惠春面前。

惠春低头看着药碗，似心有余悸，明觉淡淡道："施主放心，不是毒药，方子倒不是市面上常见的，是萧家老爷军前效力时，自创的续命灵药，便是你们苦苦寻找的……'秘方'。"

惠春发抖的双手再端不起那碗药，手指才碰到药碗，便似触了电一般，猛地收回手，往事种种如潮涌上心头，她再难自抑，放声痛哭，那哭声尖厉，如同恶兽垂死，撕心裂肺。

黛秋起身，缓缓走出禅房，蓝桥见状忙跟了出去，只留明觉平静地看着惠春，沉静的眸子无波无澜。

黛秋行跪拜大礼，祭拜父母亡灵。这许多年，她终于能够明白父亲自缢时的心情，医者，必心正，必气正，必心存良善，必目不容恶，必不畏困苦，必不惧生死，做到这些，方知父亲和师傅教导的那句"医不可欺"。黛秋举目看向父母灵位，两行清泪顺颊而下，俯身磕头……

第 82 章
一念妄心才苦

　　惠春没能挺过十日，向黛秋讲明当年事的第二日清早，便死于禅房之中。黛秋赶来时，明觉已将尸首停放妥当，对死因只字未提，想来她重病难医，死也不意外。黛秋却分明看见惠春脖子上青紫的缢痕，事事轮回，"始作俑者，其无后乎？"加害者与受害者同一个死法，所有仇怨只留在阴司里评说对错。

　　明觉请了附近村民架柴堆淋桐油，将惠春炼化。她只在一旁默默诵经。一时诵毕，明觉方取出一个信封，递与黛秋："这是惠施主留下的。"

　　黛秋接过才看见那信封上写了长风的名字，原来不是给自己的。黛秋略略思量，便抽出信纸来，因着手抖，惠春的字迹十分凌乱。黛秋勉强看出字句。

　　信上，惠春求长风将所有怨恨放在她身上，她希望长风因她的死而放下过往，好好活着。

　　黛秋将信收起，看向明觉："如今你是修行之人，若在以往，别说打理后事，只怕对着尸首也要踩上几脚，只是我不明白，修行了便真的不恨么？"

　　明觉淡笑道："一念妄心才动，即具世间诸苦。如人在荆棘林，不动，即刺不伤，妄心不起，恒处寂灭之乐。故云，有心皆苦，无心乃乐。当知妄心不起，始合法身寂灭乐也。"

　　黛秋不语，心中细嚼这些字句，却觉字字珠玑。

　　一时法事毕，明觉亲送黛秋出庵，二柱拉了骡车早等在门口，见黛秋出来，便放了梯凳子，才要伸手扶人，只听远处车鸣，循声看过去，一路尘烟，几辆军用车由远及近。

　　二柱吓了一跳："这……敢是当兵的也来烧香？"话未说完，第一辆车已到了近前，南江晚从车上跳下来。

　　"你，跟我走！"南江晚上前一步，拉起黛秋就走，二柱大惊，忙上前去拦，被南江晚用力挡开。

　　"光天化日，你们这是做什么？"二柱急了。

　　明觉伸手抓住南江晚的胳膊，看向他的目光却并无怒意："清净之地，即便红尘有扰，也请施主言明来意。"

　　看着明觉一身灰白佛衣，面沉眸净，南江晚松了手，向明觉行礼道："师太，佛门慈悲为怀，我是请萧大夫去救人！"

　　"是长风怎么了？"黛秋忙道。

"你跟我来就知道了，病得不轻，怕是耽误不得。"南江晚面色阴沉。

黛秋忙命二柱先回家。

见二柱不动，南江晚不耐烦地道："放心，骆长风没事，你家萧大夫就没事。"说着狠狠推开他。黛秋匆匆与明觉对视一眼，便忙忙地上了车。一阵烟尘滚滚，明觉双手合十，立于门前……

原来那日长风淋了雨，加上心头有火，夜里便不舒坦，第二日早起，嗓子便有些嘶哑。伶人的嗓子就是饭碗，红尊慌得请大夫，又煎两剂浓浓的清咽去火的汤药，以往喝上便好，谁知这三剂药喝下去，长风竟说不出话来。

按红尊的想法，立时就要去请黛秋来看，可长风说什么都不让，只得求了南江晚，寻几个有名的大夫来瞧，只瞧不好，又去医院从头到脚地检查，只查不出什么大病，长风便有些灰心，已经两日饮食不进。南江晚急得发疯，才不管不顾地来寻黛秋。

进了正房，黛秋便闻见浓浓的药味，地上还有没扫净的碎瓷，红尊正抹泪，见是她来，一时两眼冒火，冲上来，指着黛秋，又不敢高声，只恨恨道："你同我们爷说了什么？他一股急火伤了嗓子，这不是要他的命么？"

黛秋抽一抽鼻子，不由皱了眉，也不理红尊，只看向南江晚："不是说他药石无效么？这又是什么？"

南江晚无奈一声叹息："嗐，红姑娘哪是人说得动的？他们戏班子有几辈子传下来的方子，专门养嗓子的，红姑娘天天煎了送到长风床前，你还别说，仗着她天天以泪洗面的情分，长风好歹还能喝两口，只不见效用。"

黛秋松了眉头，转向红尊道："姑娘别急，让我瞧瞧，再说可治不可治。"

红尊怒而不语，可毕竟黛秋的医术满北平也是数得上的，又不得不让出路，掀了里间的门帘子，悄悄地请她进去。

里间屋有些昏暗，厚厚的窗帘挡了光亮，梨花木精雕大架子床上挂着水墨画的床帐子，长风紧闭双眼躺在里面，胡子拉碴，头发凌乱，人瘦了一圈。黛秋悄悄走近，眼见他形容憔悴萎靡，想起他往日意气风发的样子，不由心疼。他气息时重时轻，想是人入梦中，黛秋平稳了自己的气息，伸手诊脉，半晌又换另一只手。

诊毕，黛秋不由蹙眉，方才一进门就闻了药味，如今又有这脉象，心头便有了几分计较，才要收回手，一只大手猛地攥住了她的手腕，黛秋吃惊地看向长风，原来不知何时他已经睁了眼睛。

长风猛地甩开黛秋的手，翻身向里。黛秋一个趔趄几乎跌倒，她立起身，看着长风的背，却也不恼，缓声道："我知道你恼着我，可恼我也只该恼我，作践自己的身子是什么意思？就算你不当自己是个角儿，不计较名声和赔给戏院的钱，从今儿起再不吃开口的饭，可福荣兴怎么办？这一班子的老少怎么办？我才从前院来，又多了几个孩子，我见那练功的衣裤都是补丁叠着补丁，想是苦人家里来讨个活路的。长风，咱们都苦过，你既挑了这大梁，庇护戏班，就该撑去，半路撂挑子，可是会砸死无辜的人。"

长风皱了眉，只静静听着，不肯翻身。黛秋继续道："方才与你瞧了脉，你的病症我已了解，这病是因着与我一同淋雨而起，说起来竟是我的罪过，'解铃还须系铃人'，你若还想挑起这戏班子，且让我试试。若执意不医，我也无法，少不得打今儿起，日日往城外药王庵随着明觉念经去，以赎我的罪孽。"言毕，黛秋只立于床前不动，静静等着。

良久，长风缓缓回过身，见黛秋面带笑意，望向自己，再想转回身又不好不理她，欲起身又不欲这样被劝动，正不知当如何，只见黛秋伸手扶他，他再不好甩开，只得就势起身。黛秋朝他笑了笑，忽提高声音，向外间道："红姑娘，劳你给烧些热水，多多放些艾草老姜，让你家爷沐浴更衣，洗去污浊，人也清净些。"

趁着烧水的工夫，南江晚亲手为长风刮脸："满北平城能劳动我这样伺候的，也就是你骆大爷。真是'朋友有厚薄'，我只道咱们俩这些年的交情，该亲如兄弟，可无论我说什么，你只不听。到底与萧大夫情分两样，唉，你是那赵子龙，我终归做不了刘关张，咱们哪，当不成兄弟。"

长风知他故意这样说，只闭着眼，也不理他。"那什么……"南江晚心里装不住话，犹豫着还是开了口，"惠格格已经炼化了，就在平安村药王庵里，是明觉师太亲自主持的。这事……就过去吧。"

长风微睁了眼睛，不过一瞬，又闭目不语。南江晚擅长看人脸色，现下却再看不懂骆长风。他闭嘴，小心地刮净长风脸上的泡沫。

红荨伺候长风沐浴，黛秋悄拉南江晚于院中说话。她声音极低，短短几句，语不传六耳，南江晚睁圆了眼睛，看向黛秋："可真么？"

黛秋点头："我才去厨房瞧了，也看了那药壶，断不会错，长风这嗓子怕就是因此药石才不见好转。"

南江晚槽牙咬得"咯咯"作响，半晌方道："多谢萧大夫指点，我知道该怎么做。"说着转身要走，黛秋忙拦下他。

"这事千万别让长风知道。"黛秋急急地压低了声音，"他的身世，先生是尽知的，若再让他知道这事，我怕又是一场急火攻心。"

南江晚再不想黛秋心思这样细，忙点头道："多谢萧大夫，我竟少虑了。"

正说着，一个半大孩子跑过来："南先生，门口有位文先生，说是来寻萧大夫。"

"还不快请进来。"南江晚忙道，黛秋再不想蓝桥竟这么快就来了，只见他满头大汗从前院跑过来，一把拉住黛秋。

"姐，二柱哥说，一队当兵的抓了你来这儿。"蓝桥说话间，看一眼表情尴尬的南江晚，先放下半颗心。

黛秋见他一头的汗，抿嘴笑道："二柱越发会办差了，这样的话说出来吓谁？长风病了，坏了嗓子，我来瞧瞧，正好你来，我有个法子，想与你商量一下。"

蓝桥长长喘匀一口气，方松开黛秋的手："这个二柱哥，回头我也吓吓他。"

南江晚冷眼看着两个人，他虽没正经扛过一日枪，却正经是军营里长大的，蓝桥浓眉大眼，五官温和，眉宇却透出一股肃杀的正气，那是杀场上将军才有的，能用来震慑敌人的正气，与黛秋身上浩然之气又有不同，倒难为他一个留洋的公子哥有这样的气度。

一时屋里收拾停当，黛秋复又进去，从随身的针包里取长针灸合谷、少商两穴，又取三棱针刺手指背，头节上甲根下，排刺三针。足折腾了半个时辰，黛秋头上也见了汗，收了针又叫长风张嘴看看，瞧了半天，只说看不清，取出细笔管来压舌，谁知红蕚眼尖，一眼看见那笔管前端插着针刺，只当她要谋害长风，忙上前："你要做什么……"话未说完，便被蓝桥一手挡开，黛秋眼疾手快，直刺破长风喉头肿痹处，又迅速收了针。

长风实耐不住，干呕了两口，竟吐出两口脓血，嘴里只觉腥咸，连声要水漱口。红蕚也顾不得黛秋的行径，忙端水上前服侍。

黛秋将那带针刺的笔管交与蓝桥，染了脓血的针必要用热酒烫过，再往火上烤了才能再用。"我方才若说明，怕患者恐惧闪躲，反不便。"黛秋解释道，"得罪了。"

长风苦笑，这女人行医从来不按章法。黛秋又写了贝母升麻鳖甲汤的方子，命红蕚着人抓药。此时，蓝桥也从家中取了药箱来，用听诊器前后心地听了半天，向黛秋道："所幸两肺无事，不过是一时的炎症，若是我的病人，当消炎为治。"

"慢说你们医院那药吧。"红蕚不耐烦，"我们爷住了几日院竟耽搁了，没半点用。"

蓝桥才要解释，却见黛秋垂头思索，半晌方道："我有一个想法，如今晚了，先让长风安置了，夜里若饿，也可以吃些细粥，只是不能多用。"

红蕚忙应了，黛秋便告辞而去，看着这对姐弟的背影，长风心头百感交集，不由深蹙了眉头。一旁的南江晚上前一步，挡住长风的视线，嬉皮笑脸地道："骆大爷，旁的事放放吧，如今你的病才最重要。"

长风知他是故意的，也不去看他，反身面朝里躺下去。红蕚忙服侍盖被，垫枕。南江晚忽冷了神色："红姑娘，你在这里守着他，不许他下床，若他再不听话，就给我捆起来。我去厨房交代孩子们煎药。"

"哪里用得到你这么尊贵的人？"红蕚忙道，"我打发人去煎药就是了。"

"怎么？信不过我？"南江晚故意道，"我偏去，总归你们是中用的，我是不中用的。我不能自己煎药，总能找个好人来煎，我就去！"说着，他快步出去了。红蕚无奈摇头，只守着长风，寸步不离。

厨房里大灶压了火，一个十二三岁的孩子守着小灶上的药壶，片刻不敢懈怠。忽听门响，扭头看去，竟是樊晓风笑着走进来。

"樊先生！"孩子忙起身，规矩地站好。

樊晓风笑道："原来是你在这里。"

孩子忙回道：“骆大爷的药，红姑娘千叮万嘱，让我看着药壶。”

“你是个细心的，所以派你在这里。”樊晓风笑着看了看药壶，又看了看那熬得眼红的孩子，“倒难为了你，也罢了，你去吧，我替你在这里看着，打紧的明儿还要早起练功，可不能迟了。”

“可是……”孩子的眼睛不自觉地看向药壶。

“嘻，这不是我在这里么！你有什么不放心？就是一会子端药上去，红姑娘问起来，有我说给她。快去安置吧，明早起跑山吊嗓子，你再躲懒，小心我真捶你。”樊晓风假意怒道。

“是，是，多谢樊先生……”孩子连声答应着，小跑出去。

眼见孩子走远，樊晓风方关上门，从角落里寻出一个二两酒壶大小的瓷罐，掀开药壶，想也不想，将罐里的东西全倒了进去。

“樊师傅，你可真是好手段。”声音从里间仓房里传出来，紧接着，几个端着长枪的兵士齐齐围住樊晓风，南江晚不慌不忙地走出来，手里一支勃朗宁直直顶在樊晓风额头上，“给班主下毒，谁借给你的胆子？”

第 83 章

人心险恶药难医

老天爷若赏饭，必予人异常的本事，便如萧黛秋的鼻子，十分灵敏，她白日里一进长风的正房，便闻出那药汁的苦涩中掺了水禽特有的土腥味。长风少时被"亲人"下毒，才会耿耿至今。黛秋不敢再让他知道这样的龌龊事，便悄悄知会了南江晚。

南江晚视长风如师如友，他亦是妾室之子，母亲早亡，同样的经历让他与长风格外亲厚，断不能忍害他的人，于是一早带人埋伏，再不想是樊晓风做下手脚。

南江晚面上仍是一抹戏谑的笑意，直直地盯着樊晓风，枪口不离他额头："论说京城的大班子，我多多少少都有些走动，各家的教习再没有樊先生这样摆谱儿的。班子里除了长风，您可是头一份的例钱，又事事敬着您，樊老板，您可是长风的师叔啊。"

樊晓风额头冒汗，勉强挤出一点难看的笑意："南爷，误会，真是误会。您说我……我怎么会害我的亲师侄，那他好，我们班子才能好不是？我这罐子里不是毒药，您要不信，我喝给您看。"说着就要伸手去掀药壶盖。

"别动！"南江晚虽没真正上过战场，世道诡变，小人的下作伎俩他见得多了，药壶正热，樊晓风起了杀心，给自己一壶，他可受不了。

南江晚笑吟吟地将枪口向下滑，直滑到樊晓风的胸口，他一点一点地顶着心脏的位置，樊晓风吓得不自觉往后退："我虽不学无术，樊先生也别把人当傻子，你那一罐子是不打紧，却有个典故在里面，你想不想听？"

"传说当年朱元璋当皇帝时，为除掉功高震主的徐达，赐了他一碟子蒸鹅，正值徐达身上背疽复发，吃下那一碟子鹅肉，当晚伤口爆血而死。"南江晚说得绘声绘色，似真的在讲故事，"只是一碟子鹅肉，就害死一条人命。萧大夫告诉我，民间还有个害人的法子，将老鹅蒸上一天一夜，直蒸得骨酥肉烂，骨肉不要，只取蒸盘中盘底那一点汤水，听说比鹅肉还有效用，身上但凡有一点疮口，也能直烂到骨头里。你明知道长风着凉闹嗓子，还往他药里下这个，什么意思？"

眼见败露，樊晓风慌忙跪倒在地："南爷饶命，南爷饶命，我为福荣兴尽心尽力，没有功劳也有苦劳，我是一时猪油蒙了心……"

南江晚一句不听，只朝身边的军士瞥一眼，两个当兵的收起长枪，用布条勒了樊晓风的嘴，又将他五花大绑地捆起来。

"樊先生，传说只能是传说，萧大夫说，靠这法子吃不死人。只是你那汤最是热性发物，好人吃下去都会热火上头，那汤里的油花又坏了药性，长风才会严重至此。看在你没直接下砒霜的分上，我容你多活几日。拉走，找个没人的地方……"南江晚不耐烦地挥挥手，"动静小点。"

军士们应声下去，南江晚环视周遭，有心砸了那药壶，却怕有了动静。正不知气往何处发，忽见方才被樊晓风打发走的孩子又跑回来，手里提了一个小食盒："南先生，门房送进来的，说是萧大夫命人送过来的，叫我给你。"

南江晚知道那是黛秋煎好的药汤，不由泄了气，接过食盒，向孩子道："压了火，收拾了这里。那药壶丢掉！"说着，他便出了厨房，忽又转回身叮嘱，"今晚的事，对谁也不许说。"

彼时，黛秋与蓝桥正对坐书房，桌上已经有三五个鸡蛋壳。蓝桥鼓着嘴，一动不动，黛秋盯着他的手表，足足三分钟。

蓝桥欲咽下，却胸中作呕，再忍耐不住，朝桌边的痰盂里吐出一大口生蛋清，他一边朝黛秋摆手，一边漱口，半晌才开口问："多久？"

黛秋不语，伸出三根手指。"姐，这不行。"蓝桥皱眉道，"你的想法是好，将药直接送到病灶处，可是不行，坚持不住。咱们打小吃过苦，我什么味道都能忍，骆长……"蓝桥顿了顿，改口道，"骆老板从小可是金尊玉贵，能受得了这生鸡卵的味道么？"

黛秋抿唇，只看着桌上的蛋壳发呆。蓝桥舍不得她这样熬着，看了看漆黑的窗外，道："今儿也晚了，你早歇息吧，咱们明日再想，你明儿还要去福荣兴施针，也是耗精神的。"

黛秋忽地眼前一亮，向蓝桥道："我又想到一个法子，你在这里等我。"说着，她起身就向外跑。

"不是，还来……"蓝桥话没说完，已经听到了关门声，他长长一声叹息，忍不住伸手拿起半只蛋壳闻了闻，不由撇了嘴，将蛋壳远远丢掉。

不过片刻，黛秋提了一铜壶热水进来，蓝桥只当她又要折腾自己，谁知这一次，黛秋要亲试。她先将用麝香、冰片、牛黄、珍珠、蟾酥、雄黄制成的小米粒大的水丸合进一半蛋清里，想也不想含于口中，麻利平躺在书房的罗汉榻上，只用眼睛看着蓝桥，又看看那大铜壶。

蓝桥会意，忙向壶中取水，往铜盆里投了热巾帕，先用自己的脖子试了试，微烫，方叠整齐了热敷在黛秋颈项之上。

黛秋微皱了皱眉，蓝桥忙道："会太烫么？"

黛秋微摇一摇头，抓着蓝桥的手腕，蓝桥会意，忙看手表，记下时间。热敷之下，蛋清刚好卡在喉头，浓浓的药味盖住了蛋腥。黛秋缓缓闭眼睛，想象自己是病人，努力放松嘴巴。

蓝桥换了一次巾帕，见黛秋眉头略略舒展，便知道她并不很难受，自己也放了心，看看手表，竟过了将近十分钟。药物直接作用在病灶，加之热敷会使梢血管更好地吸收药性，治疗咽喉肿痹必有效用。

蓝桥的心头一宽，心思便再不能集中。灯光昏暗，黛秋肤如瓷釉，被笼上一层好看的微光。蓝桥很想抬手去抚那张脸，可他不敢，许是等得太久了，他心中所有的爱慕便只有等。犹豫再三，他到底收回了手，从怀中取出一面小铁镜。这不是黛秋那只，是他自幼带着，一刻不曾离身的。他悄悄将铁镜放在黛秋枕边，又将黛秋原来的那块贴身带着。

他单手撑头，就坐在榻前的脚踏上看着，看得久了，几乎忘了时间，等想起时已过去半个钟头，一铜壶的水都冷了。蓝桥这才发现，黛秋不是在考量药性，而是真的睡着了。她嘴里还有药，蓝桥生怕她呛到，忙轻轻拍醒她："姐，姐……"

已时过午夜，黛秋着实乏得狠了，勉强睁开眼睛，努力咂巴了嘴，迷迷糊糊地道："我……什么时候咽下去的？"她扒着蓝桥的手腕看了看时间，又清了清嗓子，面上不由带了笑意，"真有效用。蓝桥，你说要用消炎药，或许也可以用这个法子直入病灶！"黛秋说着，一头扎回枕上，"我太乏了，明儿再试吧……"话音未落，人已经翻身睡去。

"你也漱漱口再……"蓝桥话未说完，见黛秋已睡实了，再不忍扰她，悄向正房里取了被褥，将黛秋盖严了，又怕她夜里睡迷了，环境不知，被绊倒，便在罗汉榻下打了地铺。连翘的话又响在耳边："文蓝桥，答应我，要坚守你的心，坚持你的爱……"

黛秋日日为长风行针，又以热敷法施药，再配合汤剂。眼见喉间肿痹渐消，长风却始终说不出话来。红萼急得日日围着黛秋问原因，可黛秋也很想知道原因，只是长风并不理她，每日除了看诊和吃药，他就只在床上躺着，五六日之中，蓝桥也来过两次看诊，停了西药，与黛秋商量着，只用中药调养。

趁着阳光和煦，黛秋陪着长风在院子里散步。因长风病着，上不了戏，樊晓风又不在，红萼便做主放了孩子们的假，家在北平的，都回家去，剩下几个无家无业的，帮着干些闲活，也不练功了。

长风看着前院散落的道具，不觉皱了眉。黛秋会意，道："饭要一口一口吃，事要一件一件办，如今你病着，且不必管这些事，待你好了，孩子们有了依仗，自然就回来了。"话音未落，便见长风扭回身望她，面无表情，悲喜不辨。

黛秋这才想起，自那晚之后，他们之间早已不是从前，不觉低了头。长风皱了皱眉，试着张嘴，却什么都没说出来。

"你别担心，我一定会想出法子。"黛秋再抬头时，长风的神色已恢复如常，仍不喜不悲。

黛秋才要再劝两句，忽听门房嘈杂，似有人来。二人看过去，只着门房的伙计倒退着，伸手拦几个军士，却实在拦不住。一队穿着军服的人整齐列队进来，又有许多人簇拥着一个五旬左右、身穿将军服制的男人走进来。

"军爷，您，您这是要做什么？"门房吓得嘴发抖。

长风下意识地将黛秋拉在身后，谁知黛秋却硬生生将他向后拉。那将军身后立着一个光头的胖子，不是樊晓风还是哪个？

黛秋心头一惊，长风这些日子总没见樊晓风，红萼只说弟子们散了学，索性连教习、琴师一干人等全放了假，再不想樊晓风这时出现，还是这样的阵势。

"你们做什么？"黛秋冷声道，她一袭丁香色长旗袍，从头到脚并无多余配饰，立于人前，却是一派不怒自威的气势。

"你谁呀？"将军不耐烦地掀一掀头上的大檐帽，两撇胡子下，一张肥厚的嘴唇上似挂了一层油。

"以客问主，什么道理？"黛秋不卑不亢地看着将军，目光瞥向樊晓风时，忽然一凛，樊晓风心虚地低下头。

将军目光一闪，女人他见得多，家里十来个姨太太养着，可眼前这女人，说不上妖媚，也说不上水嫩，通身的气度做派着实是他没见过的，上下打量了半晌，他倒乐了，和缓了眼神看向黛秋："你是主人么？"

黛秋一语噎住，将军冷笑道："我是来找骆老板的。金不换，好大的名号，却是这样欺师灭道。我今儿来主持个公道。"说着从身后揪出樊晓风，"他可是你师叔，福荣兴有今日，他没有功劳，也有苦劳，怎么说赶出去就给赶出去了，什么规矩？"

长风有些发蒙，不知所以地看看樊晓风，又看看黛秋，只没看那位将军。

"如今可是国民政府，前朝亲贵放在眼下，哪来那么大的派头？"将军冷笑着说，"你们梨园行的规矩，你不遵，我也无法，可强取豪夺可就犯了国法，那我就不能不管。"

"陷害同门是什么罪过？"黛秋替长风问道，"梨园行的规矩咱们不讲，他给人下毒该归国民政府管吧？"

"妮子牙尖嘴利，倒难得一副好相貌。只是这么烈的性子，可怎么寻婆家？"将军笑容愈浓，那笑容让人莫名熟悉。长风挑一挑眉，他忽然明白眼前这男人是谁，只听对方继续道，"满北平城里，敢跟我南山虎这样说话的，横着数也没几个。"

这下黛秋也明白了，满北平传说南江晚是南山虎的私生子，原来眼前人是南江晚的父亲。长风行事乖张，无论行内行外，无人敢褒贬，皆因南江晚与他交情甚笃。没有军权的儿子尚且如此，老子大权在握，就难怪这样目中无人。

黛秋与长风对视，眼下这情势她真有些不知所措。这乱世之中，向来拿枪杆子的是大爷，平头百姓惹不起。

眼见黛秋满脸焦急，长风被冷冻多日的心忽然有了一丝松动，他微微一声笑叹，将黛秋拉回身后，直视着南山虎，片刻又看向他身后的樊晓风，转而将目光投向一旁的道具架。

樊晓风狠咽了口唾沫，向南山虎道："将军，骆老板的意思是，既然大家都吃这口饭，还是得按规来，骆老板想与我比试比试，输了的人，再不踏进福荣兴。"

南山虎再不想骆长风一个大病之人敢行这样的事，他饶有兴味地看看长风，又看看樊晓风，忽笑道："多少年没看见樊老板的戏，今儿可要开眼了。"

黛秋有些着急："这怎么行？你才好些。"

长风朝她淡淡微笑，他无论如何也不会在这女人面前露出一丝怯意，这条命，这名声，这戏班……这世上本就没什么他在意的东西，便如红萼于他，不分对错一般，他看这世上一切也无善恶可分。

这世上又何曾有善？原来他病重至此，是同门戕害。从小到大，无不如此。长风心头冷笑，面上却仍如含了春风，他缓缓行至道具架旁，伸手操起一柄长枪，转头看向樊晓风。

戏班的比试并不是分出胜负生死，是比谁的功夫扎实，谁的体力扛得住大戏。樊晓风眼见长风面白如纸，心知占了上风，不由面露喜色，也往道具架上抽出一对铜锤，双手一挥，反身挺立，瞪圆了双眼亮相，便如在戏台上般……

第 84 章
生在阳间有散场

长枪上下翻飞，铜锤忽前忽后，忽而被抛起，二人错身，又被稳稳接住。长风与樊晓风并不似在比武，更似一场双人表演，一招一式尽显身段气势。腿子功更是行云流水，仿佛一早排练好了。

黛秋深深蹙眉，长风这几日才退了高热，体力消耗怕他承受不起。南山虎本看着两人枪来锤往，目光却不自觉地撇向黛秋。

萧黛秋，他听过这个名字，马记的茸、李记的参，山海关内外无人不知，而他眼前的人就是李记的当家人。

正思量间，长风忽然倒退两步，单膝跪地，显是体力不支，樊晓风反身亮相，面上带了得意。南山虎才要开口，忽听声声鼓响，先是缓缓而响，紧接着越响越密。众人闻声看过去，不知什么时候，南江晚坐于正堂前，身前一面花盆鼓，他一手司鼓，一手打着檀板，声声如雷，急急如雨，真似阵前催将一般。

长风不抬头也知是谁在打鼓，不由苦笑，狠一咬牙，一个翻身跃起，长枪飞出，直朝樊晓风的面门而去。樊晓风熟练地躲过，一枪双锤又打在一处。一时枪压双锤，樊晓风随着枪的力道缓缓下腰。可惜他虽是教习，却也久疏舞台，加上身体发福，筋骨便不似从前那般柔软，一时腰腿不稳，直直倒在地上。

长风收了枪，反身绕着他跑了个圆场，方停以台口亮相。按规矩，樊晓风该在长风为他的掩护中一挺而起，可岁月到底不饶人，当年他台上再威风也不过是当年。他欲用力，又怕起不来更丢人，几下犹豫，长风这一圈的掩护也做完了，樊晓风再没有机会了，一声叹息，丢下了双锤。

鼓停收势，长风单手举枪指天，便如戏中将军战胜一般，仰天大笑。可惜没笑两声，他眼前一黑，直将长枪撑地，死死咬牙，不让自己晕倒。这一笑惊了黛秋和南江晚，骆长风终于发出声音了，这简直是因祸得福。

南江晚几步跑至近前，看也不看从地上爬起来的樊晓风，一把扶住长风，仍是嬉皮笑脸的样子，看向南山虎："胜负已分，这人是你带走，还是我丢他出去？"

南山虎一见儿子，不由怒起："一天到晚，票戏包戏子，你多早晚能长进一些？"
"我包戏子？"南江晚嘲笑着看看长风，又看看樊晓风，"那您老包的这位……"
"你……"南山虎怒视儿子。

南江晚也不理他，向樊晓风道："胜负已分，你乘人之危，却艺不如人，还有什么可说的？今后福荣兴再没有你这号人物，前次我看在长风的分上，没要你的命，你还真不知死，出了这个门，可得小心些，你就算扮过孙猴子，命可只有一条。"

"我能带他来，你就该知轻重。"南山虎冷笑道，"樊老板当年也是北平城的红角，他……"

"好汉不提当年勇。"南江晚看着父亲，面上毫无恭敬，"老了就该认输。"他说着樊晓风，眼睛却看着父亲，意有所指，南山虎太知道这个儿子的疯性，不欲与他细掰扯，没好气地丢下一句："我接了你妹子来北平一起住，你得空也回家看看。"

南江晚一愣，却见父亲带着樊晓风要走。想起妹妹，他不由一声叹息，母亲便是生妹妹时难产而死，所以他不大待见这个妹妹，然而眼前这人，他是无论如何不能再放过。南江晚抬手轻轻一挥。

一声枪响，樊晓风应声跪倒，小腿上一个血洞冒出汩汩的鲜血。"保护将军！"军士们麻利地将南山虎围在中心，外一圈的军士将枪口向外，齐齐地寻找枪声来源。护卫长一把短枪直指南江晚的额头。

"杀我？"南江晚毫不在意，甚至有些好笑，"你不用问过南将军的意思么？你问问他手上还有几个儿子可杀？"

"都给老子退下！"南山虎气得脸色绛紫，踹开挡在他面前的军士，"枪都收起来！"

军士们才重新列队，只见正房屋顶上，一个身披灰色斗篷的人端着枪站了起来。等人下了房，黛秋才看清，竟是红萼。

"做错事哪能没点子惩罚？"南江晚翻了翻白眼，"南将军，捧角儿得挑好角儿。没用的就随他去吧。"

南山虎额角绷着青筋，直盯盯地看着南江晚："别忘了你这嚣张是依仗谁？你小子有命在这儿跟老子叫板，是谁给你的命？"

"你拿去！"南江晚眉头都不皱一下，"后悔给了我条命，拿回去呀！你以为当南山虎的儿子有多光荣？"

"你个逆子！"南山虎说着拔出枪，直对南江晚，"别以为老子舍不得你的命！"护卫长忙上前去拦。南江晚却满脸嘲笑，虽然自幼父亲就没亲近过他，但这些年争战，南山虎连着战死了几个儿子，因此对南江晚这个儿子也不似从前那样不管不顾。南江晚深恨这些以百姓为食的军阀，可他身上是抽不干、榨不尽的军阀血统。

黛秋几步走到父子俩中间，正对上南山虎那黑洞洞的枪口。长风和南江晚又是一惊，不约而同地要上前拉她，却听黛秋正色向南山虎道："我的病人要休息，你们闹够了，请离开！"声音不大，语气却不容置疑。

南山虎这才想起，还有这位掌门人在，不由收起枪，笑向黛秋："家务事，让姑娘见笑了。"

黛秋也不理他，看向樊晓风道："止血治伤要紧，赶快去医院。樊先生面红唇黑，绝非福相，想来你的心疾颇重，该细细调养，名利事容后再说吧。"

樊晓风一惊，他那心脏病也不是一两日，中西医也看过不少，然而眼前这女人连脉也没搭过就能说出七八，小腿上阵阵疼痛传来，也再不容他细想。两个军士扶着他向外走，南山虎深深看黛秋一眼，亦转身离开。

众人皆松一口气，黛秋忙看向长风："你的嗓子能说话了？太好了，让我瞧瞧。"

长风惨白的脸上汗流如注，他苦笑一声："其实……早就……"话没说完，人一头栽倒，南江晚眼疾手快，抢上一步，紧紧抱住。黛秋便就着他怀里给长风看诊。

南江晚焦急地盯着黛秋，只见她半晌方松了手，呼出一口气："虽然险，但容易调养，快抬进去吧。"

骆长风一早就发现自己能发出声音了，起先还有些粗哑，渐次痊愈，他始终未与黛秋说话，并不是假装未愈，只是实在没想好要说些什么。自那日他上车，她行路，他们走的便再不是一条路了。

黛秋劝他的话自然有理，只是他根本不想听。就像当初，他曾埋怨过萧济川，既然有机会给惠春开方子，为什么不一剂"好药"结果了那女人，后来种种便都不会发生，他与黛秋也早成一对璧人。

可黛秋便如同她那古板的父亲一样，医是医，事是事，不肯以医扰事，不肯以药害人，哪怕那人是他们的仇人。对于长风来说，这世上本没有什么可珍惜，再不能尽情复仇，那活着还有什么快意？

然而他终究舍不得黛秋，这女人如同一道暖阳，照进长风的苦寒之地，他总想握紧那段温暖，攥紧了拳头，却什么都没抓住。长风心下明白，他们再不能同路，可他仍旧贪恋她的光芒。

"生在阳间有散场，死归地府又何妨，阳间地府俱相似……"

"长风，长风，醒醒，你在说什么呢？敢是梦魇了？"南江晚的声音叫醒了黑暗中的长风。

长风艰难地睁开眼睛。南江晚仍旧一脸嬉笑："哎，我说，明儿咱别叫萧大夫了，她敢是活菩萨，城北的王半仙也没有这样灵，她说你五个时辰之内必醒，还真是一点儿都不差。"

长风转了转眼睛，才要说话，南江晚抢着道："别找了，人走了。"说着一声叹息，"说你这病得慢养，她回去配药了，明日会派人送来。"

见长风有气无力地看着他，南江晚犹豫着道："不是我故意瞒着樊晓风的事，是萧大夫说怕你伤心。樊晓风是你师叔，自然对你有些不服气，没想到他有那歹毒心思。"

眼见长风双眼黯淡，南江晚苦笑一声："咱们相识就如知己，因为咱们俩是一样的人，我呢，自来就当在这世间玩一场，乐到多早晚，就多早晚。就像那大戏里的龙套，多我一个不多，少我一个不少，我自乐我的也就完了。"

"你呢，你一个前朝贵公子能吃唱戏这份苦，那就是干大事的人。就像长坂坡的赵子龙，虎牢关的吕布，走到哪都是大角，就算不是英雄，也当是枭雄。"南江晚犹豫着，话锋终于转到他不想转的方向，"萧大夫她……不在你这出戏里。能用自己的身子顶南山虎的枪，你问问北平市府的各位官员敢不敢？就凭这，说明她与咱们活得就不一样。"

"长风，你还没看出来么？她，或者说她这样的人，生来不是为了谁的戏，他们来这世上是为了改变什么。就像当年的六君子，他们不知道变法维新会有杀身之祸么？他们知道，可知道还是要做，丢了命也不退，我觉着，萧大夫就有那么点意思，金麟不是池中物，你这戏台困不住她。"

南江晚说着，将一封信递到长风面前："萧大夫给你的，说是……惠格格留下的。那女人没了，我亲眼看见明觉师太把人炼化了。萧大夫说，骨灰先放在药王庵，多早晚你想明白了，再来处置。"

长风扭头看看南江晚，伸手接过信，上面字迹凌乱，却是一封忏悔书。人之将死，惠春为她毕生做过的恶事，或因她而起，贵宝做过的恶事，向长风道歉。她没想到弥留之际竟是仇家后人照料她。当年秘方冤案皆是一时贪念，惠春乞求长风不要再执着于仇恨，快意地活着，所有冤、所有孽她都愿承受，哪怕身死之后永不超生也无怨言。

长风丢下信，直直地盯着床帐顶棚，半晌方一声长长的叹息："你不知道，她与旁人不一样。"

"不一样的人多了。"南江晚无所谓地笑笑，"我看红姑娘也不一样，那模样真是天上有地上无……"南江晚话没说完，就见长风一双冷眼射来，他伶俐地闭了嘴。

屋子里静默一片，红萼捧着青花双肩瓶进来，瓶里几株鲜花，才洒了水，鲜艳欲滴，红萼一身艳红越发显得人比花娇。

"沈小姐听说爷病了，特意送了花来。"红萼语带不屑，放好花瓶。

长风毫无反应，似没听见，南江晚扭过头看花，笑道："骆老板是真招人待见……"

月上中天，黛秋一个人轻推小石磨，细细的粉末从石缝中流出来，药粉过筛，和药，团成珍珠大小的丸药……所用药材大多经过九蒸九晒，十分费工夫。黛秋做得精细，神色专注，似与这静夜混成一体。蓝桥倚着房门看了半晌，她竟毫无知觉。

"少爷怎么在这儿？"钱妈的声音远远传来，"大姑娘怕少爷这么晚回来饿肚子，特意让我在小灶煨了一碗鸡汤，你去洗洗，我这就下碗鸡汤面。"

钱妈的声音惊动了姐弟俩，黛秋忙回头，正对上蓝桥示意钱妈不要高声。"回来了怎么也不吱个声？"黛秋放下手中的药。

蓝桥只得走进来："什么了不得的药，劳你亲自做？怎么不拿到铺子里，让伙计们做去？"说话间，他已走到近前。

黛秋看着桌上大大小小的瓶瓶罐罐，自己也撑不住笑了："长风的病好了大半，我做这些是给他养嗓子的，今儿看了脉，再有个把月，怕就能登台了。"

费这些心思，原来还是为了那个男人，蓝桥暗自叹息，开口却含了笑意："明儿我就告诉二柱哥，说你不放心他做事，精细的药都不放心他手下的伙计做。"

黛秋知道他故意这样说，便也笑道："是了是了，我最是个小心眼儿的，用着人家还不信人家，这样的东家可是要不得了。"

蓝桥也笑了，眼见两缕额发从黛秋头上垂下来，黛秋手上有药，只就着手背抹了一把，却抹不上去。蓝桥伸手将黛秋的头发捋于耳后："姐，我饿了，你陪我吃面好不好？"说着，他拿了巾帕替黛秋擦手，也不等她问，便说到今日晚归是因为有大手术，他足足在手术室站了一天，幸好手术顺利……医院里的事他一件一件说给黛秋听。

修长的手指划过黛秋的掌心，没来由地让人心头一紧。黛秋抿起嘴唇，能让蓝桥这样细腻的男子倾尽所有去爱慕的姑娘到底会是什么样？黛秋莫名有些羡慕，她犹豫着抽回手，从怀里又拿出那面铁镜："你呀，怎么越大越像孩子？丢三落四的，这个丢在我书房里，好些日子也不见你找，倒难为你国外那些年，没把它丢了。"

蓝桥一怔，看着黛秋手里的铁镜，又抬头去看黛秋的脸："姐，我能不能把它……"

"送给谁都行。"黛秋淡笑道，"这是你们文家的东西。文家长辈们不在了，也没什么留给你，如今你有了心上人，正该拿这个去，是你的心意，也是文家长辈的心意。"

"长辈的心意？"蓝桥细品这话，总觉得哪里不对，长辈们把铁镜给黛秋又是什么心意？他思来想去，想不明白，干脆不去想，猛地起身，向黛秋郑重道："姐，我想把这物件送给……"

"大姑娘，快去看看，三更半夜的，隋大爷来了。"钱妈的声音从院子里传过来。

二人对视一眼，贞实两口子才走没几天，隋鹰又返回来，还是三更半夜的，实非吉兆。黛秋与蓝桥急步跑出去。只见隋鹰就着院子掸着身上的尘土，一头一脸的灰十分狼狈。

"什么事？"黛秋急步跑向隋鹰，"是师姐？还是菀儿？"

"是……"隋鹰面有难色，"是丈母娘……"

第85章

慈爱无边缘有尽

　　岁月无欺，曹氏寡居多年，虽然有小孙子志远在跟前，每每想起李霄云仍不免伤心。去年春天她便生了场大病。贞实赶回去看顾，曹氏说什么也不让她告诉黛秋。北平的博源堂声名鹊起，曹氏心中欢喜，一个女儿家撑起这样的事业，种种艰难可想而知。她不愿意让黛秋姐弟俩再为自己奔波。

　　大病之后，曹氏竟哩哩啦啦地添了几场小病，虽说身子大不如前，却也慢慢地调养起来。谁知前日接志远下学，原本好好地走路，平白绊了个跤，倒在地上再起不来了。好在志远机灵，跑去找宁六爷，博源堂的大夫赶来诊治，只说不好。

　　正巧贞实一家三口赶回庆云堡，贞实亲为母亲诊脉，竟有血痹之相，立刻要送曹氏往北平医治，又命隋鹰先赶到北平通知黛秋姐弟路上接应，安排曹氏进医院治疗，配合黛秋针灸通络，或能医治也未定。

　　黛秋姐弟皆是一惊，连夜备好曹氏安置的下处，天将明时，蓝桥往医院安排入院的事，黛秋与隋鹰便往车站接人。

　　曹氏仍旧昏迷不醒，医院诊断为急性脑血管栓塞，也用了通栓的药，才安置妥当，贞实便收到了病危通知。蓝桥假做讨论病情拉主治医生离开病房，隋鹰干脆守在门口。黛秋早备下长针，上身取肩髃、曲池、外关、合谷、手三里、阳溪穴，下肢取环跳、阳陵泉足、足三里、解溪、昆仑、风市、承山穴，以刺针法下针。

　　前后一个时辰，曹氏仍旧毫无反应，贞实焦急不已，却见黛秋又取短针延取风府、大椎、命门、天柱、心俞、肝俞、脾俞、肾俞、关元施针。

　　汗珠一滴一滴顺着黛秋的额角滑下，贞实也顾不上其他，自拿了帕子为黛秋擦了。"丫头，我娘的病我心里有数，你也别太急。"

　　黛秋咬了咬唇，伸手掐住曹氏的脉门，半晌又换另一只手。"你轻着些，我疼……"曹氏的声音几乎低不可闻。

　　贞实一头扑上去："娘！娘，我是贞儿！"

　　曹氏不知何时睁开了眼睛，她哆嗦着嘴："我还能不认得你？"说着转向黛秋，"这个姑娘……"

　　"师娘，我是秋儿！"黛秋才一开口，眼泪顺颊而下，"都是我不好，我不该来北平，我该守着您！"

　　"秋儿……"曹氏缓缓开口，并不看黛秋，"我的秋儿是个好的……只可怜她一个女儿家……"曹氏忽睁大眼睛，"桥儿，我的桥儿呢？"

贞实一把抹了眼泪："我这就去叫。"人还没起身，却见曹氏目光涣散，渐渐闭上了眼睛。

"娘！"贞实颤抖着手去试母亲的颈脉，尚有跳动，她大大地松了口气，抬头与黛秋对视。

只见黛秋微微摇头，行医多年，她早见惯了生死，可那生与死若与自己血肉相连，仍旧难以自持。眼泪断断续续地滑下来，黛秋紧紧抓着曹氏的手。

老天爷给萧黛秋所有的磨难都由曹氏补偿了。她那么慈爱，那么乐观，身上自有一股关外女子才有的倔强和坚强。在黛秋看来，她之后的岁月能一个人撑住，那是曹氏教给她的勇气。

"师姐，你还有许多事要准备。"黛秋深深换气，方能开口道，"快派妥当人回去接远儿和菀儿，师娘……怕还想再看一眼孩子们。"

贞实也拭了泪，突然一把扯住黛秋的手腕："我虽不行医，也很知道你们有的是法子能吊住人的性命。你必须答应我，不许让我娘再吃一点苦，若她身受百痛才能残喘一时，我宁愿……"

黛秋缓缓点头："你放心，一切有我。"

因在关内，一应后事需重新筹办，贞实事事亲力亲为。好在隋鹰的商号是走熟了关内外的路，急急地命人带信给宁六爷，接两个孩子来北平，医院里便留黛秋姐弟轮流日夜守着。

曹氏整日昏迷，只偶尔睁开眼睛，且即便睁开眼睛，也是一时明白一时糊涂。一时记起她有一个孙子叫李志远，一时又想起桥儿还小，她该时时带在身边。

黛秋连续几日行针，血痹的症状却有重无轻。太晚了，黛秋深深自责，若她一直在曹氏身边，一发病便用针灸，或能及时送医，即便不能痊愈，也能留住性命。

"姐，这不能怪你。"蓝桥看向黛秋，这几日，黛秋连鞋都没脱过，人瘦了一圈，"别说庆云堡，连着开原城，也没有一家像样的医院，之前多普勒神父很想建一所教会医院，只是一直没筹到钱，老爷在时，也一直盼着咱们辽沈道上能有一家像样的医院，能救乡里，这不才送我去学西医。"

见黛秋面色忧愁，蓝桥继续道："自大清国没了，虽然过了这些年，可哪有一日的太平日子。几位大帅打来打去，国民政府天天说新社会，可国家却日渐贫瘠，别说建医院，我看，连正经的医馆也少了，穷人向来是小病不治，大病……"蓝桥一声叹息，没再说下去。

黛秋深蹙秀眉，看着床上的曹氏，久久不语。蓝桥故意岔开话，道："姐，你去歇歇吧，今儿我守前半夜。到后半夜乏了，你来换我。"

"又要骗我。"黛秋苦笑一声，"昨夜你就没叫醒我。你一个人能有多少精神。"

"我知道。"蓝桥哄她道，"我也就这点精神头，撑不住会叫你的。"

好不容易哄走了黛秋，蓝桥才面露忧色，曹氏之于他便如养母，甚至亲过生母。他早已想不起亲生母亲的样子，后来的几年里，他即便梦见母亲，也是曹氏的脸。

幼年的颠沛流离，是黛秋拉他走过苦难，是曹氏给予他亲长的庇护。

蓝桥握着曹氏的手，就像幼年时，曹氏握着他一样，他悄悄地道："太太，您常笑我读教会学校却不信教，又说我不信神佛，不懂因果。现下我什么都可以信，满天神佛，或是耶稣基督，我愿意诚心祈祷，求他们显显神通，别带您走。"蓝桥说着，揉搓着曹氏的手指，缓缓讲起幼年那些日子。

他在李家吃的第一顿饭，曹氏与他做的第一件衣裳，李家并没有多富贵，曹氏总偷偷留着肉果子给他……

"树欲静而风不止，子欲养而亲不待。"人世间最大的遗憾莫过于此，蓝桥说着说着，红了眼睛，他将曹氏的手贴在脸上，感受着母亲般的温度，心头再忍不住，伏身在床边抽泣起来，这几天，他一直跟院里研究开颅手术，可几个方案都行不通，蓝桥终于明白黛秋教给他"医者治病，救不得命"的道理。再高明的医术，都没办法改变人的命数。

忽觉有什么滑过头发，蓝桥猛地抬头，正见戴着氧气面罩的曹氏已经睁了眼睛，瞧着他笑。

"太太！"蓝桥一把抓住曹氏的胳膊。

"桥儿……"曹氏动了动嘴，才艰难地发出声音。

"我……我去叫姐过来。"蓝桥才要起身，却被曹氏拉住手，只看着他笑。

"太太。"蓝桥反握住曹氏，"太太，我在这里。"

曹氏微微动了动，只觉浑身酸疼，她苦笑着皱了皱眉："傻小子，守在这里做什么？还不睡去？"

蓝桥立刻起身查看曹氏的情况，见曹氏面色正常，并无异样。蓝桥不由喜上眉梢："太太，您好了？"

曹氏环视周遭："这是哪？我怎么了？远儿呢？"

"说来话长，太太无事便好了，咱们有的是工夫慢慢说话。"蓝桥笑道。

曹氏也看着他笑："傻小子，快给我倒水来，渴着呢。"曹氏说着总觉得不舒服，垂眼方看到自己的面上不知扣了个什么东西，便缓缓伸手要摘。

"太太，戴着吧。"蓝桥道。

"我……我想跟你说话。"曹氏的目光离不开蓝桥的脸。

蓝桥忙摘了氧气罩："太太只管说，我也想跟太太说话。"蓝桥说着，朝水壶里倒了水，又微微扶起曹氏的头，缓缓喂她喝了。

曹氏的目光呆呆地盯着蓝桥，半晌皱了眉："我才梦见老爷了。他问我，桥儿几岁了。我这一想，哎？桥儿几岁来着？"

"二十六岁。"蓝桥忙回道。

"都二十六啦！"曹氏有些意外，"你来那年，也就六七岁。"曹氏似连神志也渐清醒了。

蓝桥轻笑道："太太好记性。"

曹氏笑道："那年的桥儿像个粉团捏的娃娃，把我爱得呀……"曹氏说着，乐出声来。

蓝桥也不好意思地笑笑。"小小的人儿呀。"曹氏的眼睛渐渐离了蓝桥的脸，似在看顶棚，又似什么都没在看，"天天黏着他那个小姐姐。姐姐长，姐姐短。我就想着，这俩娃娃倒是一对好姻缘。大媳妇疼人，小丈夫听话，将来日子必定和美。"

蓝桥原来也笑听着，忽然面色一怔："太太……"

曹氏根本没听蓝桥说话，仍自顾道："都说当年是文家和萧家订错了亲，可我看着呀，秋儿那么好的姑娘，桥儿也俊，正相配，可知这天底下的姻缘都是配好了的。我说我替你们家老人做了主吧，秋儿非不干，说桥儿长大了，就有自个儿的心上人，她不能骗桥儿认这门亲。秋儿可是个有主意的，你说不嫁就另寻婆家吧，她又不寻，非说桥儿小，他们俩有婚约，得等桥儿长大了，说分明了再想自己的事。"

"太太，您……您在说什么……"蓝桥几乎没感觉到自己在说话。

"你别看秋儿柔柔弱弱的，可比我的贞儿有主意。贞儿是个直性子，自个儿挑女婿，结果嫁了个土匪……"曹氏的声音渐弱，却仍是说个不停，"秋儿没有贞儿泼辣，骨子里却是个九头牛拉不回的，就这么等着呀，耗着呀，你说……女儿家有多少年岁能经得起这么耗？我就盼着呀，桥儿快回来，柏林那地方有什么好待的？你倒是快回来，把媳妇娶回去呀……"

"秋儿……是我媳妇？"蓝桥猛然想起当年巩怀恩说给他的话，一时间电光石火，那一对照病镜的意思，黛秋何以蹉跎年华，迟迟未嫁……太多或明或暗的事件串在一起，挤在蓝桥的脑子里，让他有些反应不及。

"我得等桥儿回来，亲口嘱咐了他。"曹氏言语渐渐不清，嘟囔着道，"虽然我疼桥儿，可他也不能辜负了秋儿，得一辈子好好待她，两家老人，还有老爷都在天上看着呢，我……我得把他们俩的事办妥了，我才能闭上眼去见老爷……"曹氏终于没了声音。

蓝桥这才惊觉情况不对："姐，姐，你快来!"说着伸手拉回氧气罩为曹氏戴好。

黛秋匆匆跑回病房："怎么了？"

"太太……"蓝桥急急地道，"太太才醒了，可……可又……"

黛秋不待他说完，伸手掐住曹氏的脉门，半晌方反身抽出针包，取长针于人中、中冲、合谷施针，待曹氏气息平稳，再针哑门、大敦两穴，只听曹氏缓缓一声"哎哟"，似梦中轻叹，却只一声，再没了声息。

黛秋松一口气："蓝桥，天亮就通知大当家和师姐，打眼下起，都得守着师娘……要不，接师娘家去住吧，家里方便大家陪着。"黛秋说着，看了看输液器和氧气罐，"这个和这个，可以带走吗？"

蓝桥才缓过神来，他盯着黛秋，半晌方道："我，我来想办法……姐，你是说，太太……"黛秋咬了咬唇，抬手拍了拍蓝桥胳膊："师娘最疼你，我知道你很难过，可是蓝桥，生离死别是这世上最无奈的事，生离或许可免，死别……我们都要做好准备。"

蓝桥再忍不住，长臂将黛秋直拥进怀里："姐……"他心头有万语千言，却一句也说不出来，直将脸埋进黛秋肩头。

"傻子！"黛秋轻轻拍着蓝桥的背，"师娘最看不得你伤心难过，小时候你但凡掉个泪花，师姐和我都要被骂一顿。如今走到这一步，咱们都要好好的，才能让师娘放心。"

之后的日子，曹氏的病时好时坏，志远是她自小带大的，有他在跟前时，曹氏的神志都似清明了些，可说不了几句话，又昏睡过去。贞实白日里陪着母亲，夜里往灯下赶做寿衣孝服。

隋鹰忙着筹务扶灵返乡的事，好在他经营商号多年，无论陆路、水路都是蹚熟了的。

蓝桥暗暗备下了强心针应急，黛秋日日施针，即便知道收效甚微，也半点不敢懈怠。这日施针时，曹氏的精神竟好，还能明白地告诉黛秋，哪里疼，哪里不疼。

"师娘只管放心。"黛秋一面收针，一面笑道，"这几日着实见好，再养养就能下地了。"

"那是！"曹氏含笑看着黛秋，"我们秋儿是谁？关外神医，北平中西医联合会的副会长。"

"师娘，全堡子您都传过一遍了吧。"说话间，黛秋将几个软枕垫在曹氏背后，让她起身靠一靠解乏。

曹氏笑拉黛秋的手："好丫头，当年你师傅是撞了大运，才收了你这样的徒弟，别说庆云堡，就是到奉天，提起博源堂，提起咱李家，也没有不知道的。我享了这些年的富贵，就是那县太爷的老娘过得也不如我舒坦。"

黛秋双手握了曹氏的手："师娘高兴，正该硬硬朗朗地多活几年。待远儿大了，娶一房孙媳妇，让您抱上个重孙子，那才叫四世同堂。"

曹氏似真抱到重孙子一般，乐得合不拢嘴，忽想到什么，道："桥儿是个好的，你也老大不小了，你们的事就办了吧。我看到你有人顾着，有人疼着，也能放心地闭眼了，那世界里见了你师傅也好说话。"

"师娘！"黛秋娇嗔道，"您病着还操心这许多，这要是医不好您的病，可不赖我。"

曹氏知道她在故意逗笑，便亲昵地拉着她……

第 86 章

声声叮嘱不忍别

曹氏才要再说，志远端着冰碗进来："奶，舅舅给了我这个吃，冰凉的，还甜，您也尝尝。"说着，志远用小勺送到曹氏唇边。贞实两口子抱着紫菀，也跟着来了，身后还跟着端了药碗的蓝桥。

曹氏抿了一口，笑向志远："真好吃。"又指着黛秋道，"我的儿，你可得给奶奶争气，学学你黛秋姨的好本事，不能再贪玩了。"

志远十一二岁的年岁，理着平头，隋鹰一样的浓眉大眼，贞实一样的团脸红唇，虽然未长成，却有些北方汉子的模样。他憨笑两声："《脉经》《本草经》我俱已背会了，奶，您只管放心，我是咱老李家的孙子，不会像我爹那样没出息。"

"哎，小兔崽子，我招你了？"隋鹰照儿子后背就是一巴掌。

众人皆笑，曹氏深深看一眼隋鹰，不由欣慰地笑笑："你爹是个好的，比我还疼你娘。"说着，向贞实道，"这些年，我过足了抱孙子的瘾，待我身后，远儿还是改回姓隋吧，到底是隋家的孩子。"

"娘，看您说的。"隋鹰忙道，"我们老隋家又不是世袭的王爵，有没有儿子都一样，我不是还有菀儿么，您要稀罕，菀儿也姓李，您要不嫌弃，我也能姓李。"

一语说得众人又笑了。曹氏颤颤地抬双手，贞实忙将怀中襁褓送到曹氏跟前。"这丫头可真俊。"曹氏摸着紫菀的小脸，"比远儿更像亲娘。"

紫菀似乎知道自己被众人喜欢，咧开小嘴，笑得看不见眼睛。"咱们家的孩子，当好生教养，无论男女，必得读书明理。"曹氏继续道。

贞实隐隐感到不祥，她抬头看着母亲，勉强笑道："那得娘亲自教养，指望隋鹰是不成了。"

"我识得几个字？"曹氏嗔道，"还是交给她黛秋姨吧。"

眼见曹氏有些乏了，面红耳赤，蓝桥忙上前："太太，药正温，您先喝了歇下吧。"

曹氏也不接碗，只朝蓝桥脸上拧了把："我的蓝小子，见了你，我还吃什么药，病早都好了。"

蓝桥忙赔笑道："太太，您还是……"

"这也快二十年了。"曹氏眷眷地看着蓝桥，"咱娘儿俩是有缘的，我就想着，我这一辈子没儿子，隋鹰那是我半个儿，你说我能不能听到有个儿子叫我一声'娘'。"

蓝桥一怔，随即将药碗递给隋鹰，就着炕沿跪下，双手拉着曹氏的手，道："娘！"说着，他一头扑进曹氏怀里。

曹氏满面欢喜，眼中却盈了泪，便犹如当年护着蓝桥一般，将他揽进怀里拍着："我的儿，有你这一声，我到了那世界，见了你亲娘，也好说话了。"说着她一手拉着黛秋，一手拉着蓝桥，眼睛又望向贞实、隋鹰、志远和褓褓中的紫菀，"你们要好好的，都给我记得，要好好的。"说着，两滴泪缓缓而下，"我乏了，要睡了，你们去吧。"说着，将黛秋的手交在蓝桥的手里，"好孩子们，都去吧。"

蓝桥忙起身撤了软枕，曹氏又拉住他："我的药。"

隋鹰忙上前："娘，我喂您。"话音未落，却见曹氏自端了碗，一口喝下，她咂着嘴，"还是秋儿的药好，不苦。"说着便缓缓躺下，"我昨儿又梦见了老爷，老爷说，孩子们都出息了，他知道了，老爷说，蓝小子要好好照顾秋丫头，我们去了，你便是秋丫头的依靠，老爷还说……"

声音渐弱，曹氏似真睡着了，只是呼吸微弱，这一回连隋鹰都看出不好来，才要说什么，却见蓝桥从小铁盒里拿出一个针管来，单手掰开一支玻璃瓶药剂。黛秋抬手拦下他，缓缓地摇头。

蓝桥一怔，扭头看向贞实，却见贞实将紫菀放在炕梢，拉着志远缓缓退后两步。蓝桥会意，终于还是放下了针。炕上的曹氏的呼吸渐弱，渐渐没了呼吸。五个人齐齐跪倒，志远再小也知发生了什么，先撑不住哭出来。四个大人齐齐伏身，以额触地，为曹氏送行……

民国十四年九月，曹氏逝于北平，享年六十一岁。萧家老宅开正堂设灵祭奠。北平药行会馆、北平中西医联合会，张家等一众与黛秋交好的人家皆送祭礼，设路祭，即便在繁华的北平城里，这样的礼遇也是头一份的。

谁也不识得这一个平平无奇的关外女子。她自幼识字不多，连个正经官名也没有，十八岁嫁进李家门，毕生只得一女，却用慈爱抚育了三个孩子。蓝桥行孝子礼，碎盆打幡，捧灵出殡。隋鹰早安排妥当一切，以商号的名义包下一节车厢，众人扶灵返乡。

三间软榻包厢，贞实带两个孩子一间，黛秋一间，隋鹰实在没脸逼着儿子带妹妹一间，他好抢回自己媳妇，只得与蓝桥一间，剩下的包厢便挤着跟来抬灵的伙计。

连续几日乏累，加上火车晃来晃去，隋鹰斜睨着眼，几欲睡着，眼锋瞥见蓝桥正直直地盯着他。"你……你干吗？"隋鹰瞬间警惕起来，"我欠你钱么？"想了半晌又道，"没有呀，不是，小子，你这眼神是啥意思？"

蓝桥的目光带着怒气："你早知道？"

"啥？"隋鹰莫名其妙。

蓝桥从怀里掏出两块小铁镜在隋鹰面前晃了晃："你早知道这个是么？"

隋鹰重重地咽了口唾沫："那什么……小舅子，不是我不说……我们掌柜的脾气你知道，她不叫我说，我怎么敢说？你可千万别告诉她，我说了这件事，要不然……”隋鹰有些手足无措，“要不然，这到了庆云堡，我就得给我丈母娘陪葬。”

蓝桥揣起铁镜：“我不说，但你要明明白白地告诉我。娘临去跟我提起，这是我和……黛秋的定亲信物，到底怎么回事？”

隋鹰大大地松了口气：“丈母娘先说的呀，嗐，那我就告诉你吧，其实我也是听掌柜的说这事，你和小姨子是有婚约的……”

隋鹰也曾好奇，以黛秋的人物品格何以迟迟不嫁。贞实便把从父母那里听来的，文、萧两家的恩情，萧家报恩嫁女，两个喝醉的男人算错了岁数，错把小郎君配给了黛秋。再后来文家殉国，萧家遭难，这错配的姻缘便没机会更改。黛秋不愿以大欺小，擅自悔婚，才把岁月蹉跎至今。只待蓝桥另觅良人，还了铁镜，以完此约。

“小舅子，不是我说。”想想黛秋的行事，隋鹰不由心生佩服，高挑大拇指道，“我那小姨子是这个！当年若不是她，李家也就败了，她要远嫁别乡，不管李家，也不管你，那真是无可厚非，可她撑住了。当年我老丈人在时，李家也不过是个行医之家，你现往关外瞧瞧，她动动手，那参茸行的行市上下都随她的心情。关里向来不待见关外游医，你再瞧瞧我小姨子这番事业，这也罢了。”

隋鹰说着，凑至近前，向蓝桥推心置腹道：“单就她能把你们俩的事做到这个程度，我隋鹰心里眼里就认她是个有情有义的奇女子，那放在前朝，我愿意尊她一声侠女。”

见蓝桥仍盯着自己，眼眶几乎充血，隋鹰有些心虚，犹豫着拍了拍蓝桥的肩，“小舅子，小姨子这女人真挺好，你要也有心，就娶了她，你要有别的心，我们也明白，毕竟岁数……强扭的瓜不甜，要不……你就干脆挑明了，这婚约就算了，以后男婚女嫁各不相干……”隋鹰话音未落，蓝桥豁地起身，吓得隋鹰一跳。

“你，你，你别仗着我不敢打你，就欺负……”隋鹰话没说完，眼见蓝桥拉开门出去，“你，你可别跟李贞实闹去，哎！”门“砰”的一声重重关上，隋鹰十分无奈地咂着嘴，扭回头看向窗外。

他们已经出了山海关，关外山高林密，他也曾驰骋林间，是让人闻风丧胆的悍匪，不知何时，竟混成这样。虽说没什么不好，他也自得其乐，可掰着手指数数，李家这一门里，他是谁也惹不起。

车厢的尽头，蓝桥努力为自己点烟，可点了半天，那洋火就是划不着，他似赌气一样，将烟和洋火一股脑儿地摔在地上，身体无力地靠着车厢。萧黛秋是他媳妇，所有人都知道，只有他不知道。

他六岁到萧家时就该有人告诉他，那个护着他、疼着他、告诉他不要害怕的小姐姐就是他媳妇，他一辈子要守着的女人。他这些年的相思之苦都像一个大大的笑话，而他自己更像一个蠢到家的傻瓜。

地上的烟被轻轻拾起，递回蓝桥的手中，黛秋缓缓划着了洋火，抬头看着蓝桥。蓝桥怔在原地，一时分辨不出眼前的女人只是他的幻想，还是真实的存在。

一根火柴即将燃尽，黛秋无奈地熄了火，再划着一根，向蓝桥道：“心里难受就抽吧，爷们儿家，抽烟不是事儿，别抽闷烟，闷坏了自己。师娘走得安稳，咱们也没有遗憾了。"

眼看又一根火柴将燃尽，蓝桥一口吹熄了火，伸手将黛秋紧紧揽进怀里。黛秋大惊，掉落手中的火柴梗。"对不起。"蓝桥的声音伴着重重的呼吸响在她耳边，"对不起。"

黛秋实在想不出这句道歉从何而来，只以为曹氏去世，蓝桥一时缓不过劲来，忙用力推开他，温声安慰道："你别难过，这些日子我也想了，这样下去不成，庆云堡、尚阳堡、连同附近六七个堡子，加上开原县、海龙府，这么大块地界，竟没个医院，这不成，奉天有医院，可太远了，老百姓怎么去得了？师娘就是耽搁在这上头。我思量了几日，心里有了些计较，又拿不准，等咱们回了庆云堡料理好师娘的后事，再细细计较。"

又是个误会，蓝桥几乎气笑，可萧黛秋就是萧黛秋，她想做的事太多了。她能重情义，守承诺，守约至今，蓝桥觉得自己也能等，等黛秋看见自己。自知晓婚约之事，蓝桥的心思便再藏不住，黛秋能将照病镜送还给自己，那是不是代表她不喜欢自己，在她眼里，文蓝桥是弟弟还是男人？

蓝桥从口袋里掏出照病镜挂在黛秋菊白的旗袍盘扣上。"你……"黛秋低头看去，竟不是自己自小戴的那块，而是蓝桥的，她日前才用黑线捻进细银钱，打了梅花络子，络好的镜子。

"这个！"黛秋欲取下，却被蓝桥一把按住。

"戴着！"蓝桥的口气陡然变得生硬，"当年我去德国，你说不许丢了，那我现在也告诉你，不许丢了，也不许给人！"

这大约是蓝桥从小到大第一次对黛秋这样说话。二人皆是一愣，蓝桥忙掩饰道："这……这不是我们文家的东西么？我们文家连上我，就剩下这两样，都别弄丢了！"嘴里还在嘟囔着，人已经朝包厢走去，背过黛秋，才重重地换了口气。

曹氏与李霄云并骨合葬，生同衾，死同穴，如这世间所有夫妇心中所愿。五七之内，黛秋和蓝桥都不能回北平。庆云堡乡音如旧，只是物是人非，多普勒神父也故去了，按他的遗愿，化骨成灰，不送回国，也葬在庆云堡东边的冈子上。教会学校无人接管，渐次也散了。好在国民政府主张办新学，各省市县必得有学校，庆云堡由当地士绅捐款，在原来的教会学校旧址建了新学。只是百姓贫穷，所以并没有几个孩子上学。

因为奉军一直控制着东北，并不会如中原鏖战不断，庆云堡便如其他东北小城一般，虽然不繁华，却也不萧条。

隋鹰和蓝桥雇工匠将李家老宅翻新，"德高医贵"的牌匾又被高高悬于正堂。小书房里，志远临窗写字。十月里吹冷风，枯败的树叶吹进窗口，志远停下手中的笔，扭头看向窗外，正见黛秋立于正堂门前，朝里面郑重下拜。

对于黛秋的故事，志远听得太多了，只是他没想到，那个人人口中传说的关外女神医看起来也不过是个普通人，相比他亲娘，虽白净些，却远不及她娘爽利。

黛秋似有所感，扭回头看向小书房。志远像是做错事被抓到，忙扭回头，又要写字，才发现方才写了一半的字迹已经干了。

黛秋几步行至小书房窗前："我要往铺子里去，你不上学，一同去逛逛可好？"

"可以么？"志远问道，"我娘说了，不叫我吵你。"

黛秋含笑向他伸出手，志远高兴地丢下笔跑出书房……

第 87 章
百草百香护正气

　　博源堂还是旧时模样，知道黛秋回来了，药圃掌柜老董，参园掌柜小何，鹿趟掌柜小邱早早地带了账册等在铺子里。

　　老董是三位老掌柜里年岁最小的，如今已是花白头发，好在精神矍铄。前年冬天和去年冬天，赵猎户和老邱掌柜相继离世，黛秋始终记得当年恩情，参园便交由赵猎户的女婿小何打理，老邱掌柜的儿子也是个老实的，又有手艺，鹿趟便交与他。

　　宁六爷倒不见老，打发伙计们给几位掌柜上茶，看着半人高的账册，黛秋长长一声叹气："六爷，您看过也罢了，又来难为我。"

　　宁六爷笑道："大姑娘如今越发长进，这里虽是乡下，那报纸我们也是见了的，全堡上下没有不竖大拇指的。这点子账册，大姑娘心里最有数，不过白翻翻，我只不信，这世上，谁还能骗过你去？"一语说得在座众人都笑了。

　　黛秋转了转眼睛，看向一旁的志远："你认得账么？"

　　志远点点头："我爹让我看过商号的账。学校里教了数学，这账册子也不难懂。"

　　黛秋眼前一亮，将账册推到志远面前，笑眯眯地看向他："远儿，那你看看这些账合得对不对，你若挑出一个错处，我便送你一支湘管银毫作谢，如何？"

　　志远不敢相信地看看账册，又看向黛秋："二姨，这……行么？"

　　"怎么不行？你是商号的少东家，这点子账都看不明白还成？"黛秋忍笑道，"我拜师那年比你也大不了两岁。放心，有我呢，你有看不懂的先问宁六爷，后来问我。"志远便真拿起账册翻着。

　　黛秋又与几位掌柜闲聊庶务，鹿趟扩大了一倍有余，除原材不算，只成药一项少数供应本地，大多都卖进了关里。其中尤以鹿胎膏、角帽粉最为畅销。因着乱世不好活命，进山采参的人也渐多，长白山外围周边已经采不到像样的好参，深山老林里又不是人人得进，因此李记的山下参在参茸行卖得格外好。

　　听着其他人说话，董掌柜只低头不语。"董大爷，药圃出什么事了么？"黛秋问道。

　　老董方回过神来，向黛秋道："按说家里出这样的事，我原不该在这时添乱，只是东家既然回来了，我也少不得直说了。"

　　原来当年黛秋为谢董家不追究巩怀恩的错，还保出李霄云来，便一直将药圃的差事交由董家来办。那药圃原不过是李霄云种来自用的，自家用不完的，便当闲趣往开原药材市场上卖去。董掌柜接了药圃之后，连年买地扩圃，药材产量更是几十倍地增加，俨然已经成了庆云堡一等一的种药大户。

谁知两三年前，开原药市再现假药材，药材本是原料，得蒸，得晒，得烘，得焙才能入药，那有良心的药材商连次等药材尚不肯进，更何况是假药材。可世人落草并不都带了良心。假药材买的人越多，卖的人越多，生生拉下药价，真药材卖不上价，卖的人渐少，买的人也渐少，真真是假药挤占了真药。

气得董掌柜命人运回了博源堂的药材，再不肯去药市卖。兼之去年雨水大，连着十几天不见晴天，仓房的药材都见了白毛，被董掌柜一把火烧个干净，反生一场病。

"董大爷做得对，保全了博源堂的名声，是好事，怎么倒气病了？"黛秋安慰道，"六爷，正赶上账期，各掌柜份子钱除外，每人一个大红包，董大爷双份。"

宁六爷忙应道："那我替大家伙谢谢东家。"

董掌柜忙道："可不敢要东家的赏，这些年因着药圃，我们家的日子着实好过了，闺女嫁得好，儿子也上了新学。我感激还来不及，东家，无论如何得绝了这一门，假药害人毒过刀杀人哪。"

黛秋看向众人，眼中含了感激，起身道："这几年我不在，各家掌柜辛苦维持，博源堂方有今日之荣。假药害人，从我师傅起便不许这样的事，弟子当遵从师命，这事容我想想，必给大家伙儿一个明白。"

几位掌柜面上都见了笑意，却听见前面铺子里人声嘈杂。宁六爷皱了眉头，高声一句："什么事？"

一个伙计跑进来回道："六爷，乡亲们听说萧大夫回来了，瞧病的人直排到街口，方才来了一位小爷，说是咱们这儿的大夫，他拿着西医的家伙事要给人看病，我们没敢让他看。"

"这小爷怎么来了？"宁六爷说着，看向黛秋。

黛秋忙道："我去瞧！"

药铺大堂，两个伙计拉着蓝桥："我们在这干了两三年，只没见过您这位大夫，我们东家今儿也在店里，您别在这裏乱了成么？"

"你们也看看，这么多人，萧大夫就是三头六臂的哪吒，哪看得完呀？"蓝桥手里提着医药箱，解释道。

"你一个西医，就算瞧出病来，怎么治？我只不信你这小小的药箱，什么药都能装。"黛秋的声音叫停了伙计们。

蓝桥凑在黛秋身边道："我虽然没带药，可天下的病是一理，我知道他是什么病，给中成药便可。咱们柜上的药都是自制的，再好没有的。"

黛秋笑看他一眼："这个倒是正经，有些病症没准真需要你的听诊器。"

蓝桥略带得意地笑，黛秋对身边的伙计道："准备静室，发号牌！"

两个伙计早被乡民折腾得够呛，听了这话如同得了救命灵符，忙将静室擦扫一新。黛秋稳坐梨花木大长几后面，这是当年李霄云坐诊地方，蓝桥便陪坐在另一侧，博源堂里瞬间秩序井然。

天将黑，最后一个号牌也看完了。黛秋艰难地活动着筋骨，只觉每动一下，骨缝里就抽痛一下。

"我帮你按按。"蓝桥伸手为黛秋舒筋，"明日要准备'三七'的祭品。贞儿姑娘一个人照料家里，还要照顾菀儿，只怕顾不过来。"

黛秋似在听，又似不在听，手里的脉案一张一张分类摆好。蓝桥见她脸色不对，便凑到她面前："很累么？"

黛秋捧起那一叠脉案："蓝桥，这些都是带病延年的症候，这些在你们西医外科看来，是可治的。只是外科手术条件苛刻，这里根本做不了。"

蓝桥太理解黛秋的心思："姐，你是想开医院？"

"这是师傅生前之愿，也是我当下之愿。"黛秋看向蓝桥，面上却是苦笑。要经营一家医院，钱财先不说，那西医的设备、医护人员都是问题。更重要的是，黛秋是中医，虽然有执照，但卫生署早有规定，不许中医在医院里公开坐诊。然而就算这样，黛秋也很想在这个养她成人的地方建一所正规的医院。

蓝桥将所有劝说的话咽了回去，看向黛秋时是笃定的微笑："你要做什么，我都陪你。设备我会找德国洋行或是日本商社商量，人嘛……我去找现在医院的同事和以前留学的同学，看看他们会不会来，只是……关外条件艰苦，没有高于北平、上海那些大医院的薪酬，他们是不会来的。"

这一点黛秋倒是想过："我是想，咱们刚开办，科系不必过于全面，先办要紧的几科，待医院壮大起来，自然是家有梧桐引凤凰。"

"你都要想全了，这是跟我商量么？"蓝桥故意道。

"当然是。"黛秋正色道，"你在城关医院也算小有名气，北平又是繁华之地，那里的大夫才容易让人记得，就像徐院长，若不在北平，他就成了国内西医界的翘楚了？"

蓝桥转着眼珠，自从知道眼前人就是自己的女人，他的那颗心虽在不知如何挑明这件事中熬煎着，却偶尔会因为想到他们的婚约而翻滚着快活的浪花，即便有五指山压在身上，也不觉得是件难事。

他假作正色地看着黛秋："我好不容易才在城关医院站住脚，现下让我丢下一切，跟你在这里平地起高楼……是得有些补偿。"

"补偿……"黛秋认真思量着，"你来当院长？"

蓝桥几乎背过气去："你饶过我吧，我比不得你，十几岁开始执掌门户。这些年我除了学医，连家务事都没管过。"

"那还能有什么补偿？"黛秋犯了难，"赚下的钱归你？"

"萧大夫兴办医院是为赚钱？我得叮嘱几位掌柜，把钱匣子攥紧了，别把咱们家底赔进去就是万幸。"蓝桥打趣她。

黛秋欲再想，门忽然被推开了，志远看账册看得一双眼睛通红，看着静室的两个人，面无表情地道："伙计们上板打烊了，六爷爷让他们散了。六爷爷说，今儿萧大夫才坐一天诊，柜上生生赔进三十块钱，让我跟您说一声，以后别来了。还有，娘才打发人来问，两位大夫成仙了没？还没成仙就回家吃饭。"

小小的人说得口齿清晰，大有贞实的神态，黛秋与蓝桥相视而笑。贞实特意派了大骡车来接三人回家。志远夹坐在蓝桥与黛秋中间，一条一框地说着今天看账册的情形，竟说得头头是道。蓝桥有些意外："远儿能这样聪明，贞儿姑娘最不喜习学，大当家又是个弄武的，这是随了谁？"

黛秋欣喜地揽过志远，故意瞥蓝桥一眼，道："你既叫了娘，还不叫姐姐、姐夫，你小心师姐挑你的眼。"

"自然要改。"蓝桥抿着嘴笑道，"来日还要慢慢改。"

黛秋深深看他一眼，只觉他说话奇怪，往日总是姐姐长，姐姐短的，细细想来，这几日他都没再叫过"姐姐"。

志远到底是个孩子，不能察言观色，只向黛秋道："之前奶奶都让我用《脉经》《本草经》《黄帝内经》作字帖临字，我已临熟了，只是有好些不懂，二姨得空讲给我听。"

见黛秋点头，蓝桥插嘴道："那我也要听。"

黛秋与志远不约而同地望向他。蓝桥有些心虚，假作理直气壮地道："你们……中医不许西医学么？"

相比附近的县城，开原县因有关外数得着的药材市场，便显得比别处繁华，酒肆店铺林立。蓝桥赶着大走骡拉的蓝呢围轿厢车，黛秋半挑车帘，闲看街市。蓝桥不免心头惴惴，虽说假药材是必除去的，可黛秋只一人，加上自己也才两个人，要怎么除去？

隋鹰本要派人来保护他们，却被黛秋拒绝了。仗势难得人信服，她十九岁就敢一个人坐在药王祠前辨真假，赶走卖假药材的商号，这些年经历风雨无数，难道会怕那些谋恶利的小人？

"哎？那有卖干果蜜饯，我买些咱们吃。"蓝桥说着便要收紧缰绳。

黛秋拦他道："先办要紧事，回来多少吃不得？"

蓝桥看向黛秋，她面色沉静，并看不出什么："你不怕？"

"行恶事的人都不怕，我除恶事的怕什么？"黛秋淡淡地笑，蓝桥只觉如微风抚面。

"萧大夫放心，有我在，我会保护你！"蓝桥正色道。

黛秋歪头直直盯着他，直看得蓝桥心虚。"这一路暴土扬尘的，是不干净。"蓝桥说着，擦了擦自己的脸，以为有脏污在脸上，黛秋却只是浅笑不语。

开原的药市能追溯到同治年间，每年秋收后直到上冻之前，各路药商云集于此，十分热闹。黛秋与蓝桥来得晚了几天，并没赶上开市的庆典，却眼见着药市的热闹大不如前。

时隔经年，朱九爷老当益壮，他的商号也是关外首屈一指的药商。眼见萧黛秋进了药市，朱九只以为自己眼花了，猛地从大晒阳椅上跳下来，吓了两个小伙计一跳。"太爷，这是怎么了？"一个伶俐的伙计上前听吩咐。

朱九看也不看他们，拨开众人，直向黛秋走去，还没说话，已闻笑音："我说今年开市拜药王的香怎么烧得那么好，敢情来了大菩萨。"

黛秋也忙见礼："给九爷请安。"

"可不敢！"朱九"嘿嘿"地笑，"都说萧大夫回来了，我只不信，谁知竟在这里见了。"朱九说着，沉了脸色，"李家嫂子的事，我听说了，你们也节哀。李家一门子都是好人，功德满了，如今位列仙班也是有的。"

黛秋淡笑："多谢九爷惦着。"说话间凑近一步，"九爷，您在这里最好，我有话说。"

朱九会意，回头嘱咐伙计照顾摊位，便带了黛秋和蓝桥往小茶馆里说话。

假药材的事，这药市的人尽知，朱九当年就对这一种假货深恶痛绝。他一口喝干大碗茶，又自斟了一碗，方开口道："这事说起来没得让人生气。萧大夫，你知道我，当年为着假药，差点弄出人命，这一路不绝，好好的生意都没法做。你看看这行市，关内的老客好些都不来贩药了，买的人少，卖的人就更少。"朱九说着，指着街边商铺，"瞧瞧，连供药商吃的小饭铺、大车店都不知关了多少。"

黛秋点头道："九爷是老江湖，您怎么说？"

朱九沉了面色，道："这小半年我也没闲着，那伙子人虽行事缜密，我多少也看出些端倪。假药材多的时候，有一家山西的广源商号必来开原县。以前山西客买药材的多，几乎不来卖药材，可广源号一来，这开原县恨不能遍地是假药。前些日子我辗转托人打听，可打听得不清不楚，只说他们不是从山西来的，蹲旗的外掌柜也是个女的，而且……"朱九忽然压低了声音，伸出一只手，比出一个烟杆的手势，"他们还倒腾这个。"

第 88 章
萧大夫与文医生

那鸦片烟国民政府年年说禁止，可哪个省也没真的绝了这一门。东北苦寒，罂粟成活极难，多从外地贩入，这种不要命的买卖，要么与奉天督军府沾着关系，要么便是本地根深的胡匪，小鱼小虾来贩这个，黑白两道绝容不下。明知山有虎，还特地跑到东北来掺和的人，非官即匪，是轻易招惹不得的。

黛秋与蓝桥对视一眼，深知其中利害。黛秋轻轻搓着茶碗，细细思量，蓝桥轻拉黛秋的手："这种事，奉天督军都管不了，咱们不过是平头百姓。"

黛秋很知道蓝桥是在担心自己，不由朝他一笑："再平头百姓也得吃饭。药市若倒了牌子，多少人的饭碗就砸在这儿了。"说着，她转向朱九，"九爷，这件事往小了说，我们博源堂也有药圃，也买卖药材，这里的行市若败了，与我们也有影响，往大了说，家师在世时就容不得这些事，我上承师命，必不会坐视不理。"

朱九由衷笑道："萧大夫，真有霄云兄当年的风采，我这里旁的没有，要人要物，还是要家伙，你只管开口。"

三人用完茶，返回药市。黛秋与蓝桥细细查看各摊位的药品，略觉不妥的，便以买药材为名，交了定金，往库房验货。不过半日的工夫，倒看出三四家的药材或掺假，或作假。

夕阳西下，各家商号忙着收摊，朱九带来的所有伙计团团围住药行的门口。

朱九自己立于药王祠前，大声道："老少爷们儿别慌着走，咱们开原药市自来接应关里关外的药材生意，不敢说是全国独一份，也是数得着的行市。我朱九贩药材几十年，是这开原药市里头一份的老资格，今儿我说一句，各家各户把库房里的药包都搬出来。咱们这行市被假药材折腾得够呛，再不能这样下去了。这里有博源堂的萧大夫亲自验货，谁家搞鬼，我在药王爷面前起个誓，绝容不下那败坏行市的人。"

众人有高声叫好的，也有心虚低头的，甚至有几个掌柜面露不屑。朱家的两三个伙计将自家大包的药材扛出来，放在当中。"便从我们朱记开始！"朱九朗声一句。

谁知陈记的掌柜上前一步："九爷，按您在药行的辈分，咱们都敬着您。可是……"他打量一眼萧黛秋，"这是哪来的婆娘？买卖生意是老爷们儿的事，老娘们儿掺和啥？"

朱九怒道："你胡说啥……"朱九才要上前，反被黛秋拦下，她不急不恼走向陈记的摊子，两大盘来不及收的柴胡仍端正地摆着。黛秋随手抄起一把，不过略看一

317

眼，便将药材举到陈掌柜当面。

"柴胡，性味苦、微寒，归肝胆经。有和解表里、疏肝升阳的效用。"黛秋平心静气地道，"这位掌柜，您这柴胡怎么有一股子杨树枝子的味儿？"

"你胡说什么！"陈掌柜怒向黛秋，欲抬手打落她手上的药，可那抬起的手却落不下去，一直跟在黛秋身后的蓝桥紧紧攥着他的手腕，目光似能直将对方刺穿。

黛秋从一把柴胡中随便捡出一颗："你敢说这不是杨树枝？你好好看看，诸位也好好看看。"黛秋将手中的一小颗木头粒举向众人，"药是给人吃的，病人才吃药，半点掺不得假！这样的东西明晃晃地摆在咱们开原药市，那不只是毁了各家的生意，更是草菅人命！我不是要寻诸位的晦气，是要保开原药市的名声，劣药不除，医道难行！"

黛秋说着，反身直盯向陈掌柜："你连摆在台面上的药材都是这个成色，你库房里的货敢拿出来让大家伙瞧瞧么？"

陈掌柜欲再分辩，动了几下嘴，到底泄了气。有几家掌柜被说动了，吩咐自家伙计往库房搬药包。又有几家凑上来，问着博源堂定的药材装哪辆车。

蓝桥冷笑道："咱们的货不必在这里，直抬到外面的空场上。"听蓝桥这样说，那几家掌柜面上竟露出一丝得意，忙着人去抬。

不过一盏茶的工夫，一条街的药市中间堆满了各家装药材的大麻袋。黛秋在各家掌柜的监督下逐一验看。有掺了烂姜的黄芪，掺了树枝的牛蒡，不知是什么杂草充作天南星……经了黛秋手无一漏网。

"萧大夫真是火眼金睛！"一个老掌柜不由挑大拇指。

朱九面带得意，似自家闺女得了褒奖一般："那是，李霄云的徒弟。当年，李大夫在时，哪允许咱们药市乱成这样。"

又一个掌柜道："很该狠狠整治，再这么下去，我明年宁可走远，也要去安国，再不来这里。"

一时验看完毕，黛秋退后一步，向众人道："各家掌柜可还有不服？"

那没掺假的商户自然解了气，心中有鬼的也都低了头。陈掌柜倒冷笑："我们的货自是入不了博源堂的眼，只是我想问，那些被萧大夫买走了的药包怎么算？"

黛秋似早有准备，看也不看他，反朝众人笑道："诸位请随我来。"众人直走出药市，至街口东侧一处极平整的空场上，各家装卸货物均在这里。黛秋定下的药包高高地码在正中间，蓝桥手提大油桶，一气淋了上去。众人皆惊，黛秋面沉如水，向那三四家掌柜道："旁人是掺了假的，你们当真是一点真药都没有。这种东西拿去喂牛，牛也是不吃的，你们只当切了，晒了，蒸了，晾了，旁人便再看不出是什么，便可充当药材。你们这是黑了心，拿人命赚钱。咱们药市绝容不下。"

黛秋言毕，蓝桥已划着了一根洋火，毫不犹豫地丢在药包上，那淋了油的药包猛地蹿起火来。众人皆惊，不由退后一步，黛秋直视那三四家掌柜："回去告诉你们东家，以后就不要来这里了，否则开原药市的老少必不容你们！"黛秋神色平静，众人一片叫好声，那几个掌柜灰溜溜地挤出人群。

有人这才恍然大悟，这位女大夫在药市里摆了那样大的阵仗，不是为了显摆自己的能耐，她是为了让人信服，才有眼下顺利逼退奸商。朱九只觉心胸透亮，他仿佛又看到了当年那个心怀坦荡、自有威严的李霄云。

忽有一个掌柜小声道："哎？这是不是……就报上那个……联合会……"

身边便有人小声附和："哎哟，可不是，我说眼熟呢，她不是报上说的咱关外神医么……"

众人三三两两地看着火势，说着闲话，一个满头大汗的小伙计连滚带爬地跑过来，一把攥住陈掌柜的手："掌柜的，有……有警察……抄了……库房！"

陈掌柜面色大变，竟不去看库房，反身就跑。蓝桥早有准备，伸腿将他绊倒，拧住胳膊将人死死按在地上。

"你一个掌柜的，出了事不说疏通关系，救回自己的货，跑什么呀？"蓝桥冷声道。

陈掌柜狠命挣扎，只挣扎不动，几番折腾终于没了力气，只斜着眼睛，怒向黛秋的方向："萧黛秋，你这个毒妇！你调虎离山，把警察引来抓我。"

黛秋淡笑向他："我是毒妇，那陈掌柜敢不敢告诉老少爷们儿，你为什么怕警察？你利用药市库房存放烟土！这是什么罪过？出了事，你打算嫁祸给谁？清清白白的开原药市不是你能藏污纳垢的地方。"

一语既出，不但陈掌柜没了话，在场所有人，除了朱九，也都没了话。黛秋这大半日的折腾，竟然是为了摘清众人，大家的药包都在一个库房里，真抄出烟土，别说警察署，奉天督军府也不会轻易放过。为着翻捡药材，众人搬出了药包，只有陈记私藏的被警察抄出来，与众人无干。

一时几个黑衣巡警将陈掌柜并他所有的货物带走，那烧假药的火焰也岌岌熄灭。蓝桥缓缓至黛秋身边："抓私贩烟土的差事警察最高兴，咱们这么做，怕也只是将狗嘴里的肉送到狼嘴里。"

黛秋隐隐一声叹息："咱们也只能做到这了，肃清药市是当务之急，至于那些烟土，让那些恶人与警察去磨吧。"

"萧大夫，文少爷，今儿大快人心，我做东，我请客，咱们大鱼大肉地庆祝庆祝！"朱九爽朗的笑声从身后传来。

黛秋反身笑道："九爷的兴致我们原该从命，只是今日大伙儿都累了，明日咱们药市重新放炮，大家伙儿都早早地来，一起拜过药王爷，老少爷们儿定要作兴起来！"

一语说得众人叫好，又说了半晌话才各自散去。朱九向黛秋道："也这早晚了，你们姐弟俩往我赁的院子里歇脚吧。"

蓝桥一听"姐弟"二字，不由面带不悦，黛秋含笑道："不敢打扰九爷，我们在城中客栈号了客房，连车马都卸在那里了。"

朱九久混江湖，也不是拘泥之人，见他俩有下处，蓝桥又是个有功夫的爷们儿，便告辞而去。

蓝桥又雇人将地上的烧灰掩了，方与黛秋相携而去。夕阳余晖，二人身影渐长，街市熙攘，仿佛白日里的一切嘈杂都不是真的。

"你乏了吧？早知道车马不该卸在客栈。"蓝桥伸手扶了黛秋，"要不……我背你？"

黛秋瞥他一眼，笑道："哪里就那样金贵？师傅在世时常说，能扛得住累的才是好大夫，他在时，我只当这话是个玩笑，可这些年我总是不敢忘的。"

说起李霄云，蓝桥怕她又难过，忙道："正好这个空，有件事与萧大夫说说。"

黛秋见他正色，不免好奇："眼下又有什么要紧事么？"

蓝桥下决心道："我在柏林时，见西方人无论平辈还是长辈，大家都互叫名字，以示亲切之意。我想……以后只叫你名字！"

"谁？叫我名字么？"黛秋有些意外地看向蓝桥的脸，却见蓝桥心虚地不敢看自己，不觉好笑，"成，文医生想怎么叫都成。"

"你要不愿意……我叫你'萧大夫'也成。"蓝桥涨红了脸。

"你这些日子不都叫我'萧大夫'么？"黛秋故意道，"文医生，你到底想要做什么？"

蓝桥大口换了气，向黛秋道："反正，我以后再不叫你'姐姐'！"这句话到底说出口，心头反是一松，不觉镇定了些，"在我眼里，你也不是萧大夫。秋儿，我要叫你秋儿！"

黛秋一惊，她不想蓝桥说的名字竟是她的乳名。"你！"黛秋羞恼地红了脸，"你跟谁这样没大没……"话没说完，却见蓝桥已经跑向街对面。

"秋儿，我去买蜜饯。"蓝桥边跑边嚷。黛秋欲训斥他，又不能在街上大声，急得跺脚。蓝桥终于说出了想说的话，心情舒畅，连买蜜饯时都忍不住笑出了声，反把干果铺里站柜台的丫头闹了个大红脸。

五样蜜饯，三种干果，蓝桥捧着油纸大包，跑向街对面的黛秋，忽觉有什么不对，忙抬眼去看，只见街对面二层新式楼房顶上，一个黑影缓缓探出窗口……

"秋儿！"蓝桥丢下一切，拼命跑向黛秋。

黛秋才扭过头，只见蓝桥直直扑向她，与此同时，两声枪响似炸裂在耳畔一般，剧烈的响声震动了整个街市。众人惊声尖叫，四处逃窜。

蓝桥人高马大，用力将黛秋扑倒，顺势一滚，直滚到墙根下。"有人打黑枪。"蓝桥急急地起身拉起黛秋，将她塞进街边一个铺面里："在这等我，千万别动！"话音未落，人已经跑出去。黛秋才要说什么，不由惊得捂了嘴。蓝桥背后殷红一片。

杀手两枪不成就得"收摊"。男人麻利地卸了长枪，装进箱子里，一身油布衣裤的打扮，匆匆走出小楼，才要混进满街乱窜的人流里，背上狠狠一疼，竟是一个锤子飞过来。还不等他反应，手上又是一疼，箱子被狠狠踢掉。蓝桥本欲用手臂狠狠扼住男人的咽喉，可背上太疼，他一时失了力气，被男人反身踢开。

　　蓝桥八岁练武，精通百家拳，就是为了不让任何人伤害黛秋，竟然有人敢对黛秋开黑枪。蓝桥恨得紧咬齿根，也顾不上疼，直朝那人扑过去，二人扭打在一起，几个回合之后，蓝桥看准机会，操起方才掉落的箱子，朝那人狠狠砸下去，一下，两下……直砸得那人再不能反抗。

　　"说，谁派你来的？"蓝桥满头大汗，只觉那声音并不像自己的，"说！"又一箱子砸下去，男人直直地昏死过去。蓝桥丢下箱子，咬牙起身，忽觉眼前一黑，他用力甩了甩头，他不能倒下，黛秋还在等他。

　　一双熟悉的手臂从身后环住他，隔着被血染透的衣裳，他能感觉到来人的体温。"蓝桥，蓝桥……"是黛秋的声音带了哭腔。蓝桥很想告诉她，自己没事，还打赢了坏人，可才一转身，便如断线的木偶，瘫倒在黛秋臂弯里，他艰难地抿出笑意："我叫你秋儿，你就别生气了吧……"

第 89 章
正己正人正心

"疼！"浓重的石菖蒲味灌满口鼻，激醒了蓝桥的一点意识，他很不清楚地吐出一个字。

"疼是好事，疼还有救。"是黛秋的声音，蓝桥努力要睁开眼睛，却怎么都睁不开。

"萧大夫，这样成么？我已经派人雇车往海龙府寻西医诊所。"男人的声音不是很清楚，蓝桥疼得皱了眉，又一颗药丸被强行灌进他嘴里，这一颗是真的苦，蓝桥用力咽下去。

"就算有西医，现在从海龙府赶过来，也得明天早上才到，蓝桥等不得，我要的东西都准备好了么？准备好就开始吧……"

蓝桥很想再听黛秋说话，可他仅有的一点意识也开始涣散，方才那一颗药似乎开始起作用，让他觉得浑身乏累，终于支撑不住，一头睡过去……

中医外科可以追溯到东周列国，可黛秋怎么也想不到，自己行医多年，有一天会亲手割开蓝桥的皮肉。虽然有长针镇住血脉，可医刀割开伤口，仍有大量的鲜血涌出来，子弹被埋得很深，所幸没有扎进骨头里。

用胆南星、血竭、当归、南红花、马钱子磨粉制成的散剂和了酒敷在缝合的伤口上。萧济川当年自制的医治金疮重伤的药剂最有效用，黛秋为蓝桥绑上最后一层绷带时，几乎有些庆幸，是父亲毕生的心血救了蓝桥的命。她大大地松了口气，往铜盆里净了手。

朱九忙打发人将一屋子的血腥擦去，待一切收拾停当，窗外的天色早已见白。说话还是昨日傍晚时，有人急急地寻到朱家赁的小院子，说有位姓萧的女人花十块钱找他带话，他们在宝宴丰东街口遇伏，有人受重伤。朱九也顾不上其他，忙带了人赶去，远远便见街市上团团围着人，好不容易拨开人群，就见黛秋死死抱着昏死过去的蓝桥，神情有些呆滞。

朱九原以为她是被吓傻了，忙命跟来的人上前帮忙，搬起蓝桥时发现，他背后的枪伤被一些碎药渣满满敷住，那药并没有很碎，显见是情急之下用嘴咬碎的成药，而黛秋一动不动，是用全身的力量，为伤口止血。

"真是万幸！"眼见黛秋处置停当，自己还是一身血衣，朱九不知该笑还是该恼，"萧大夫，我派人往成衣铺子给你备了衣裳，你……"

黛秋缓缓低头，似才发现自己这身的血，回想昨日种种，心有余悸，是她莽撞了，她该想到更稳妥的法子，而不是激怒那些人。

然而自责也不过一瞬，她这条命活到当下，多少次绝地求生她都蹚过来了。眼下谁想要她的命，是轻易不能的，她就算把自己做成肉包子，也是混了七步穿肠散的毒饵，谁咬一口必得送命，若谁还想要文蓝桥的命，那么她就算粉身碎骨，也不会让恶人得逞。

黛秋狠咬牙根，垂眉思量，片刻方松了眉头，向朱九躬身一礼："九爷，我谢您仗义相救，现下，还有几件事，您得帮着我办。蓝桥这样，我不能离了这里，我这就写封信，您务必尽快送出去。"

朱九看向黛秋，女人平和的面容露出一丝隐隐的肃杀。"萧大夫。"朱九沉声道，"你一个姑娘家，行事不便。我朱九受李家两代人的恩惠，肝脑涂地在所不惜，若有什么用得上我这膀子力气，你必得如实相告。"

黛秋眸光坚定："九爷能如此看顾我们，已是感激不尽，师傅教我医不可欺，他们把事做到这个份上，黛秋自当拼力还击。"

蓝桥只觉浑身酸乏，倒渐渐不那么痛了。只是他不知身在何地，周围药香浓郁，他只以为回到幼时，第一次踏进萧家的门……

"你是文家的孩子吗？文籍叔叔可安好？你的哥哥们呢……"

"你别怕。这里是京城，那些坏人再不能来的，我叫萧黛秋，你呢……"

"这里并没有别人，这里是咱们家。我是你姐姐，定是要护着你的……"

蓝桥原本混沌的脑中忽然一闪，她不是姐姐，她是他未过门的妻子，她是他满心里装着的女人，她是他愿意一辈子守着的人。"秋儿……"蓝桥恨不能使出全身力气，才缓缓说出这两个字。

"蓝桥！"黛秋原本坐在脚踏上，枕着床沿假寐，蓝桥的声音几乎低不可闻，她却如弹簧般跳起，见蓝桥仍闭目趴在床上，她只以为是自己听错了，伸手掀开被角，又撤了止血包，轻触伤口，确定不再流血了，不由松口气。

"疼！"这一声叫停了黛秋放置止血包的手。

"蓝桥，蓝桥……"黛秋看着蓝桥惨白的脸，不由咬一咬唇，起身抓过针包，欲取长针刺人中，忽然，一只大手无力地搭在她的胳膊上。

"别扎了……也疼。"蓝桥不知何时已睁开眼睛。

黛秋不由面露喜色，唇角上翘，眼泪便滑下来："傻子，你只管护着我，文家只你一人，你若有个好歹，我怎么向文家长辈们交代？"

蓝桥此刻侧脸趴在床上，本就没什么知觉，嘴也压住一半，他狠命动了动，只觉牵得背上生疼，他抽着凉气，终是一丝苦笑："萧家也只有你一个……不是？"

黛秋还流着眼泪，就被蓝桥的话逗笑了。眼看黛秋两眼通红，窗外又是夕阳，蓝桥不用问也知道躺了多久，身体又酸又疼，极不舒服，他很想翻个身，可才一动，后背的剧痛瞬间蔓延至全身，他忍不住"哎哟"一声。

黛秋忙按下他："你好好躺着，别乱动。"

"我这是……趴着。"蓝桥无奈一声叹息，"太难受了。"

黛秋微一思量："那……那你等我拿靠枕来。"说着，她小跑着开柜子取靠枕，又小心地垫在蓝桥身下，用力又不敢十分用力地拉他歪侧在床上。

待一番折腾之后，蓝桥才踏实地侧倚在枕上，然后立刻惊觉自己没穿衣服，忙要拉上被子，手才一动，背后又是一阵疼痛，直疼得他额头冒汗。

黛秋又好气又好笑，忙为他披了被子："你别乱动，在我面前，你还有什么秘密？"

蓝桥红了脸，再不敢乱动，直到背后的疼痛略略减轻，他才一点一点挪过手，拉住黛秋的手，声音极轻地道："还好你没事。如今开原不安全，该让大当家来接应你，尽早离开。"

蓝桥到底年轻，又自幼习武，身体强壮于常人。见他这样，黛秋一颗心终于落回肚子里，欲开口，又不觉红了眼眶："你这样子，怎么能乱动？"

"所以我让你先走！"蓝桥说话略急，背后又是一阵疼痛。

"我丢下你？"黛秋狠瞪他一眼，"我要真丢下你，就算老天爷不罚我，天上文萧两家的长辈也不会放过我。"

蓝桥不觉红了脸，明仗着自己有伤，黛秋必定什么都依着他，便也不松手，只悄悄地搓着黛秋纤细的手指，嗫嚅道："那……咱们还是得听萧伯伯和我父亲的话才是。"

黛秋深深点头，又觉得这话哪里不对，眼下这情形她也无暇去想，只哄他道："你也该饿了，厨房灶上温着粥，我端些给你。"

蓝桥强忍着疼，却不肯松手，故意道："秋儿别去，让钱妈去。"

黛秋也无心与他计较乳名的事，先笑道："哪有钱妈？咱们在开原，这是朱九爷的院子，你乏了也别睡，好歹吃些东西。"说着，她拨开蓝桥的手，起身便走。

蓝桥无奈地搓着自己的手指，长长一声叹息……

萧家治疗金疮一路可算绝技，不过几日的工夫，蓝桥已能自己下床行走，黛秋每日与他换药，伤口愈合得很好，既无发炎也无溃烂，黛秋连同朱九也都放了心。

这一日，开原药市所有买卖家都被堵在药市街口，一队短衫油裤的男人严严地堵在街口。众人皆不明所以，黛秋缓缓行至正中，因仍在孝中，她一件鸦青净色右衽短袄，牙色绲边上绣着细碎拆技菊花，下面同一色百褶裙，绀青色绣花拼边，腋下盘扣别了素帕和照病镜。她腰背挺直，目光炯炯环视众人。

"萧大夫，您这是什么意思？我们要开市做生意。"一个伙计不耐烦地道，他说得有气势，然而黛秋不过轻瞥他一眼，他便不自觉地别过头。

黛秋只不说话，倒是隋鹰从人群中挤出来："跟大家伙说一声。"说着，他抖开一张文书，"这是开原县公署的批文，李记博源堂赁下了整条街，以后开原药市归咱们萧大夫说了算。"

众人俱是一惊，先不说公署如何会给批文，便是这么长一条街，要赁下也是一笔旁人拿不出的巨款。众人正窃窃言论间，只听"噼里啪啦"的爆竹声，似要庆贺这里有了主人。

"萧大夫，您……您这么一行，那我们怎么办？"爆竹声才落，一个掌柜先急道，"前几日您才肃清药市，这老少爷们儿也才有个盼头，这……这是要赶我们走么？"

黛秋轻笑："是时候了，请诸位先随我给药王爷上香，旁的事咱们容后再说。"

众人面面相觑，不明白这女人葫芦里卖什么药，便只得随她进了药王祠。早有执事高声唱喝："成己成人功能再造，寿身寿世德及万方。药王爷驾前，众弟子敬香，跪！"

黛秋当仁不让，手捧高香，立于众人之前，稳稳跪在拜垫之上："药王爷在上，弟子萧黛秋，行医道，施草药，半点不敢违背良心，今愿以一己之力，除邪祟，匡正义，恳请药王爷睁法眼，明辨忠奸善恶，弟子万死不悔。"说着，她深深拜下，执事忙接过高香立于铜鼎正中。众人也都纷纷拜下上香。

一时礼毕，黛秋转身向众人道："新行市便该有个新样子，我已命人收拾了议事厅，老少爷们儿先将新规矩议定了，再开市不迟。"

这一番敬香磕头下来，众人也是云里雾里，独朱九爷笑而不语。议事厅便设在祠堂后身，长桌大椅，并不华丽。隋鹰不是药市的人，只往后面的椅子上坐了，其他各家掌柜自觉地按辈分资历坐定。

黛秋并不让人，自坐了上首，向众人道："今儿这事是我擅专了，各位前辈都是买卖家的老人，论理，我一个行医的原无基本事坐在这里，可大把的银子钱花出去，我就是买个座位也当说上两句。今后开原药市货品买卖一切如常，但我有几条规矩，依了我的规矩，咱们万事好说，这药市的公用使费，修祠堂，修路修桥皆由博源堂担着，诸位入市买卖并无其他不同，若不依我，我情愿关了药市，改换铺面，如今这世道，卖米、卖油、卖布，卖什么不照样赚钱？"

谁财大，谁气粗，众人坐了人家的地盘，自然要低声些，便一声不闻地听她说。

"第一，今后开原药市不许见假药，掺假的不许，以次充好的不许，以廉充贵的通通不许。第二，今后药市只准买卖药材，甭说贩烟土，就是货郎针头线脑，粉饼子胭红也不许出现在药市里。第三，不许囤积居奇，不许哄抬药价，前一日的成交均价皆写在下一日的水牌上，卖药就只卖药，谁要是连良心一同卖了，就别怪药市容不下他。"

言毕黛秋环视众人，有窃窃私语的，有面露赞成的，也有面色难看的，更有几个掌柜看向黛秋的眼神露了凶光。黛秋冷笑，抬手狠拍桌子，"砰"的一声，腕上一只翠生生的玉镯应声而断，众人皆静，待她缓缓抬手，桌面上赫然摆着两颗带血的子弹头。

"我萧黛秋十九岁开堂问诊，走街串巷摇铃行医，吃过这世道的苦，见过这世上的恶，谁要是以为这两颗东西就能吓住我，只管招呼，我宁为玉碎，不为瓦全。大当家！"

隋鹰应声而起，朝门外道："带进来！"

两个短衫油裤的男人拎着五花大绑的男人进了议事厅，将他狠狠摔在地上。想起蓝桥被血染红的背，黛秋恨得咬紧牙："我一个女人家，有什么不能明刀明枪地招呼？背后打黑枪，你们也太高看我了！"

男人早被隋鹰的手下打得鼻青脸肿，"呜呜"地说不出话来。他便是那日打黑枪的杀手，黛秋又一声冷笑："我知道你背后有硬主子撑腰，你只管让他来找我，这世道乱，我没办法绝了你们这一伙子人，但你们要作妖，要闹事，旁的地界我管不得，搅乱了药市万万不能。大当家，警察已经在外面等着了，把他交出去。"

隋鹰不甘心："交出去，万一他主子又赎回去，咱们不是白费功夫，依我的主意，打死算完。"

"谁会为一个弃子费事？"黛秋笃定地笑道，"他主子但凡有这点子义气，也做不下这样败德的事，进了局子，是死是活就看他的命数了。"

隋鹰听这话，方心头一亮，上到县公署，下到巡警队，黛秋简直就是他们眼中的财神奶奶，谁敢动她，还不是自寻死路？于是他笑向几个伙计抬一抬眼。两个伙计拎着人便走，男人吓得拼命挣扎，哪里能逃出两个彪形大汉的手？只眼睁睁地看着一队黑衣警察背着长枪，硬拖着将他拖走。议事厅众人再不敢言语，互相看看，又齐齐看向黛秋。

"世上的买卖，总是先有信誉，才有行市，行市好了，大家伙儿才挣钱。大家都挣钱，少不得我们博源堂也跟着沾光。咱们是一荣俱荣，一损俱损，各位掌柜可得想明白了。"黛秋说着起身向朱九道，"九爷，我看时辰差不多了。"

"行嘞！"朱九朝自家伙计挥挥手，那小伙计极伶俐地跑去找执事先生，只听门外高声道："药王爷驾前，诸邪退散，各家必得谨守行规，公平交易，吉时到，开市！"

不知是谁拍了巴掌，紧接着，又一个人拍手，不过瞬间，不大的议事厅里响起如雷的掌声……

第90章
蒙眼看诊隔屏看心

开原药市重新开市的第二日，黛秋便接到一张请帖，请她宝宴丰相见，没有落款。送帖的人是个半大孩子，一问三不知。按朱九的意思，这种没有落款的帖子不理也罢，隋鹰却不以为然，人家既然下帖子，那是牛是马都得见见。何况他还在，他商号里最能打的伙计们都在，满开原县，他还不信谁敢再出幺蛾子。

宝宴丰算得全县城里最好的馆子，二楼包间更是装饰雅致，关外少有。隋鹰知趣地在门口驻足："小姨子，有事就弄出点动静，一有动静我就进去。"

黛秋含笑向他："青天白日，我不信里头还有两支枪等着我。"说着，她推开包间的门，只见里面的人一身火红，只衬得人比花娇，美艳绝伦。

"红姑娘。"黛秋进门之前想过许多种可能，却怎么都没想到，是红萼坐在里面。

红萼嫣然一笑，大有惊鸿之色。"萧大夫，你可真能折腾。我们经营这么久，不及你这一手，果然这世道，有钱就是好办事。"红萼闲闲地用杯盖轻拨着茶沫，"我只当我们福荣兴是有钱的，没想到你竟然能赁下一条街，县公署那几头蒜收了你多少好处？是不是再多撒些金银，整个开原县都能租下来，萧大夫也当个县太爷玩玩。"

黛秋缓了缓神，也不等人让，径自坐下，问道："这事长风知道么？"

"我们爷是大角儿。"红萼笑意盈盈，抬眼看向黛秋，"这点子芝麻绿豆的小事，何劳他费心？"

"人命是芝麻绿豆的小事？"黛秋不由深蹙秀眉，瞪向红萼。

红萼毫不在意，轻啜一口茶，方道："实不相瞒，这天下虽大，可放在红萼眼里，除了我们爷，其他什么都是芝麻绿豆的事。"

"你们爷一出戏就能置一所宅子。"黛秋是真有些费解，"福荣兴何至于此？"

"我们爷扮戏只能因为我们爷高兴，若为一所宅子，红萼自有法子。"红萼不在意地道，"萧大夫，你是悲天悯人的菩萨，可你睁开眼睛看看这世道可有一时一刻的安宁？若哪天这世道乱得唱不得戏，或者乱得无人听戏，抑或是我们爷不愿再粉墨登场，有钱有金条，爷就能做自己个乐见之事，经历山水，游历欧洲，想去哪就去哪，想做什么就做什么。"

"就算打今儿起，金不换再不上台，你们的钱也够了。何必行这些阴鸷的事？"黛秋怒气上涌。

红萼一阵清脆的笑声："世上谁嫌钱咬手？"红萼伸出一只手，继续道，"萧大夫，放眼全国，能久盛不衰的大角儿五根手指都数得过来，你当我们爷如何能红到如今？那得有人捧着，得走动人情关系，应酬各路财神。自来戏子是玩意儿，他们表面上恭维奉承，其实打心里也不过当个玩意儿。"

红萼说着，不由咬紧牙根："爷是金玉一样的人物，白白让人轻贱，也算红萼无能。所以我要赚钱，赚很多很多的钱，有了很多钱，我就可以一个、一个地砸死他们。"红萼说着，面露凶色，但只是一瞬，转而笑得明媚，"钱的好处萧大夫比谁都清楚不是？没有钱，你能在开原药市唱这一出大戏？"

黛秋的怒气不由化成一声叹息："红姑娘，我知道你与长风能走到今天殊为不易，可假药材害人，烟土更是世间大患。"

"哎？萧大夫，你可别弄错了。"红萼浅笑，"利用广源商号倒腾药材的是我，烟土那么金贵的玩意儿可不是谁都能拿来赚钱，警察生生抄走那几大麻袋，那若贩到黑市上，可是价值连城。这就难怪人家恨得要买凶杀你。"

黛秋一愣，她只道烟土和假药材是一路的，竟不知背后各有各主。"萧大夫，念在你治好我们爷的嗓子，我劝你一句。"红萼忽然冷下脸，声音似从齿缝中挤出来的一般，"少管闲事！你修你的善，我做我的恶，咱们井水不犯河水，不然的话……我是不敢动你，可你那好兄弟也只有一条命来救你。"

"知恶作恶，与恶为伍，你真是不可救药！"黛秋拍案而起，包厢的门"哐"的一声被生生踢开。

"小姨子……"隋鹰跳进来，"哎？又是那倔丫头……"隋鹰说着，忽然意识到了什么，"该不是你大老远地跑到关外来给我们捣乱吧？你这丫头咋这么会作妖呢？"

红萼看都不看隋鹰，只向黛秋道："萧大夫，话我说了，听不听，在你。你的命，你兄弟的命要不要……也在你。"

"死丫头你威胁谁？"隋鹰麻利地拔枪指向红萼。

"大当家！"黛秋抬手拦下。

红萼面上一丝不屑的笑意："瞧瞧，这世道，什么阿猫阿狗都能掏支枪出来，萧大夫，我劝你呀，还是小心为上。"

"不是，你这丫头嘴咋这么损呢？"隋鹰气道。

"大当家，咱们走。"黛秋深深看一眼红萼，心中唯一一点念想，是长风没有参与其中，而是蒙在鼓里。

眼见二人走出宝宴丰，墙上一个暗门忽然开了，一身长袍马褂的南山虎缓步走出来。"红萼姑娘好一张巧嘴。"南山虎笑眯眯地看向楼下街市，又扭头看看红萼，"骆老板有你这样一个得力干将，难怪福荣兴久盛不衰。"

"将军客气了。"红萼并不看他，"将军的话我带到了，这里也没有红萼的事了，恕我不能相陪，先走一步。"说着，她便要走。

"你们广源号贩那些枯枝败叶能赚几个钱？"南山虎叫住她，"姑娘这样能干，我愿分你一杯羹，烟土才是大买卖。"

红萼驻足转身，将南山虎上下打量一番，单看他的穿着打扮，笑容可掬，像极了一位乡绅，谁又能看出他皮囊下的嗜血？与这样的人物谋事，无异于与虎谋皮，红萼笑靥如花，朝南山虎行了个福礼，道："将军的事业，我等草芥怎么敢沾染？将军不肯亲自出面威逼萧黛秋，不就是怕她狗急跳墙，惊动奉军么？您老人家这样的身份在别人的地盘上尚且小心翼翼，我们这样的人落在奉军手里，还能活命么？"言毕，再不等南山虎说话，红萼转身就走。心计被戳穿，南山虎倒也不恼，他似笑非笑地看着红萼的背影，一双混浊的眸子深不见底……

蓝桥的伤恢复得很快，只是黛秋不让他下地乱走，憋得人冒火。黛秋少不得寻些事由困住他。两个人一时看庆云堡全域图，找能建医院的地界，一时又筹划向德国洋行购医疗设备，蓝桥留学多年，一点本事总算用上了，将各种设备逐一讲给黛秋，倒也算有趣。天气渐冷，关外的第一场冬雪落下时，开原药市闭市了，黛秋与蓝桥便启程回北平。

北平城尚存秋日一点残阳，竟是一年中最好的时节。黛秋特地缝了一件薄棉坎肩给蓝桥："这一变天，伤口胀得不舒服，给你穿这个保暖些，也舒服些。"

"并没有不舒服。"蓝桥接过坎肩，却不见欣喜，"自回了北京，你见天忙，又是联合会，又是药行开会，柜上又一堆事，何苦还来操心我？我早就好了，萧家医治金疮可是京中一绝，怎么你反不放心？"

知道蓝桥是故意哄自己，黛秋也笑了，才要说话，只见钱妈走进来："大姑娘，门上两个女人来找，说家里有急诊，求姑娘出诊。"

蓝桥先不耐烦："钱妈，让门房同她们说，萧大夫不出诊，明儿往铺子里看诊去。"

钱妈有些为难："这我能不说么？我还告诉她们，大姑娘这两日累狠了，也没有精神头儿瞧病。可她俩死活不走，说请不到萧大夫，回去没法交代，又说有重谢，连那铁壳子的小汽车都堵在咱们家门口了。"

"我去瞧瞧。"黛秋起身，"钱妈，叫人往书房里，将我的诊箱送到门房，说我这就来。"钱妈答应着去了。

"那我也去。"蓝桥也起身道。

黛秋假作不悦："我去看诊，你做什么去？不许胡闹！正经的，你该往医院去，虽说辞了职，到底共事一场，将主任、同事，哦对了，还有张家姑娘请一桌道别宴，也是道别的意思。"说到这，黛秋忽然黯淡了神色，"蓝桥，你会怪我么？这些日子我总在想，城关医院在北平城是数一数二的，设备又好，英才云集，正该是你学习行医的好地方。可你为了我就这样辞了工作，陪我往关外办医院。"

黛秋少有愁容，蓝桥见了不免好笑："既然萧大夫如此自责……我想，那鹿趟呀参园呀，每年出息那些钱也够养活我吧？"

黛秋又被逗笑了，蓝桥自小便喜欢看她这样的笑容，不觉有些发痴地看着，道："秋儿，其实我想跟你说……"

"大姑娘!"钱妈的声音从院子里传来。

蓝桥方才还上下乱跳的一颗心瞬间沉下去,他丧气地道:"钱妈越发会追命!你快去吧,回来再说。"

黑色轿车停在萧家门前,两个穿着华丽,五旬上下的女人忍不住朝门里探头探脑,直到看见黛秋快步出门,门房麻利地递上医箱。一个女人笑道:"萧大夫可来了,快上车。"

她说话间,另一个女人竟先上了车,两个人有意将黛秋夹在中间。汽车绝尘而去,三拐两绕,停在一个僻静的路口。两个女人面有难色地看向黛秋,其中一个咬了咬唇,方开口道:"萧大夫,这病人极要紧,老太爷吩咐我们,大夫必得蒙眼送过去。"

黛秋左看看,右看看,只见两个妇人面色赤红,想来她们也知这要求太无礼。可她们越是这样,黛秋越是好奇,到底是什么样的病人,才能这样行事?"既是问诊,自然以病人为重。"黛秋说着,闭了眼睛,一个女人松了口气,抬手用黑布蒙了她的眼睛。汽车这才重新启动,又行了半晌。黛秋心知方才那些路不过是迷惑人的,如今才真是去寻病人。

一顿饭的工夫,车停下了。两个女人搀扶着黛秋下了车,又走了一射之地,方在一个极偏僻的院门前停了脚。一个女人开门,另一个女人小心地扶着黛秋进门。两人直将黛秋送进正房,才去了蒙眼布。好在房间内光线昏暗,黛秋缓一缓,便看清了室内陈设,竟是一间极清静雅致的套房,单看摆设便知是姑娘家住的。

"萧大夫这边请。"一个女人领着黛秋进了东里间。里间十分宽敞,一架芙蓉沐雨的床帐下,锦被堆叠,裹着一个娇弱的身体。床上人长发布散,面似白纸,黛秋还未到近前,便闻见一股淡淡的血腥味。

女人向黛秋道:"这是我们家小姐,您给瞧瞧。"

黛秋行至床前才发现床上人并未睡着,眼睛直勾勾地盯着床顶。黛秋向床边的小杌子上坐了,才要伸手,床上的姑娘猛地缩回手:"我没病!"

两个女人急道:"小姐,好不容易请了萧大夫来,您就瞧瞧吧,为着您的身子,老太爷都急病了。"

听见"老太爷"这三个字,床上的姑娘明显动容,犹豫着又伸出手。黛秋不知是什么大病,伸指掐住脉门,半晌又换另一只手,可另外一只手上缠着绷带,还浸出一点鲜红,难怪有血腥味。

本以为是什么疑难杂症,却不想……黛秋回头看看引她来的那两个女人,又看看病人眍瞜着眼睛,心中已猜出几分。一时松了手,才要说话,两个女人忙拦道:"我们小姐身子一直不好,让她歇着吧,萧大夫请往西屋说话。"

听她们这样说,黛秋心中越发明白,也不再说话,起身出了东里间。西里间比东里间略小,陈设也不多。一架八扇的厚纱围屏将屋子隔开一半,围屏里分明有人影。围屏前一桌一椅,桌上文房四宝俱全。两个女人送了茶来,便知趣地退出去,黛秋坦然坐了，也不开口，也不动笔，只端着盖碗，轻啜着热茶。

半晌，围屏里的人耐不住，沉声道："萧大夫，病人病势如何？"声音深沉，且略带沙哑，听着有些年纪。

黛秋也不抬头，道："府上行事这样机密，又遮又蒙地把我带了来，不就是因为对病势心中有数么？眼下却来问我？我倒是要问问府上的意思。"

里面的人再不想黛秋说得这样直接，微怔半晌，方道："人命关天，名节事大，萧大夫，我希望你能保名节。"

这个回答黛秋毫不意外，她放下茶碗，无奈摇头："隔屏相见，说明尊驾并不信我。连人都不信，难道会信我的方子？此是一节，另有一节，身子是病人自己的，医生还是要听病人的意思。"

"她不谙世事，才做下这样的糊涂事。"里面的人怒道，"一切只依我的主意行事便可。"

黛秋放下茶碗，抬头正色道："我方才一进门就闻见一股药香，那是久惯行医之人身上特有的味道，所以恕我大胆一猜，尊驾也是行医之人。既是行医之人还特地寻了我来，那想来是清楚病人的病势，尊驾要保名节，只是'名节'两个字，值两条人命么？"

第 91 章
世上唯有情误人

良久的静默，围屏里一声长长的叹息，忽然传来高声："来人，将围屏撤了。"

方才那两个女人忙进来将围屏撤下，又一声不闻地退出去。围屏后面是一个年过六旬的老者，夹棉锦缎的长袍马褂尽显身份。黛秋微微蹙眉，这人她竟然识得，中西医联合会成立那日，她在台上讲话，台下一直用深沉的目光看她的老中医便是眼前人，只是那时她并不知这位前辈的姓名。虽然之后辗转打听到了，可这人竟像消失了一般，黛秋也正满北平城寻他。

沈从兴，北平城里少有的能与张家老太爷平辈而坐的老中医，前朝太医院的正堂，服侍过老佛爷的大夫。

沈从兴头发花白，面色蜡黄，原该修剪整齐的胡子有些潦草，显然也被揉搓了好些日子。

"原来是沈老太爷。"黛秋起身行礼。

沈从兴面有愧色："家门不幸，让萧大夫看笑话了。这样的事本不该劳您费心，可您是数一数二的女医，我们三丫头是未嫁之女，她又是这样一个病症，也只能劳动您了。"沈从兴说着朝黛秋拱一拱手。

黛秋几乎想笑，她很想立即告诉沈从兴，自己是谁，父亲是谁，若他知道她是萧济川的女儿，还敢不敢请她来救治自己的孙女？萧家家破人亡，仇人儿孙满堂，这一刻的黛秋似乎能理解长风发狠、发疯、毁天灭地要报仇的心情。可她终归不是骆长风。

见黛秋不说话，沈从兴赔笑道："萧大夫还不知道，当年我与你父亲曾一同供职太医院，你们萧家的医术医德，我是敬服的。我们三丫头年少无知，做下荒唐事。这事若传扬出去，她的名节完了，我们沈家在京城也再无立锥之地，所以还请萧大夫费心。"说着，沈从兴将一张一千块的银行本票放在黛秋面前的桌子上。

黛秋恨极反笑，唇角抿出一丝若有似无的笑意。沈从兴一早就知道她的底细，所以那日他才会始终目光阴沉地盯着自己。可眼下，他还敢用与萧济川的交情说话，必是他笃定萧家出事时，黛秋年纪小，并不知内情，所以才这样肆无忌惮。

李霄云当年曾说过，这世上最可怕的是有医术、无医德的大夫。黛秋行医十几年所见，巩怀恩算是无德无术之人，这一回，黛秋真遇见了有术无德之人。方才她还以为沈从兴这样大费周章，是出于爷爷对孙女的疼爱，原来他要的名节，是沈家的名节。

真是"物老成精"，黛秋瞬间领悟，沈从兴把病人藏起来，把大夫蒙眼带来，也全是为了沈家的名节。万一大夫嘴不严，说出去，沈家有一百个法子抵赖，反正大夫也说不出病人所在，连病人都找不到，大夫说的话怎么会有人信？

"沈老太爷，在您面前用药，我可是班门弄斧。"黛秋不卑不亢，直视着沈从兴的眼睛，因为年纪的原因，那双眼睛周围满是皱纹，看上去带了些许慈祥，可黛秋看过去，那双混浊的瞳仁，似淬了毒药一般。

"自家人不医自家人。再说……"沈从兴面露无奈，"实不相瞒，我沈家世代行医，谁知到了儿女辈，竟大不成体统，并没有如萧大夫这般成事的，我是疼孙女，可她这个症候，我又不好亲自……"

黛秋缓缓点头："沈老太爷的意思，黛秋实在明白，请容我与病人单独说两句。"

沈从兴才要说话，只听东里间哭声、叫声闹成一片。两人不约而同地跑过去，只见方才还在床上病弱不堪的姑娘，现下手里攥了剪子，两个女人死命抱住她，欲抢夺取，谁知竟夺不下。

"你这是做什么？"沈从兴几步冲上，一把抢过剪刀丢在地上。

沈家的小姐蓬头垢面，推搡着两个女人："你们别管我，让我死，我要去死……"

"小姐，您可不能想不开！"

"您不看旁的，也看在太爷疼您一场……"两个女人劝来劝去并无新意。黛秋拾起剪刀，扭头看看气得胡子乱颤的沈从兴，再看看那人不人、鬼不鬼的沈姑娘。

"放开她！"黛秋声音狠厉，令三人同时住了手，黛秋掂一掂手中的剪子，又看看沈姑娘，"想死不用这么麻烦。一口不吃，一口不喝，七八天人就没了。"

两个女人不敢相信地盯着黛秋，从来大夫救人命，从没见过教人死的。"用剪子太疼，且你力气也不够，这可不是在手腕上割一刀那么简单。你要扎肚子，死不了。扎胸口，以你的力气根本扎不进去。抹脖子比较稳妥，但你爷爷不会眼看着你死，脖子上经脉甚多，救你的过程有多疼，你想清楚了么？哪怕救不得了，也必让你疼上四五天才断了那口气。"

黛秋说着，一步一步行到沈家姑娘面前，拉起她的手，将剪子塞回她手里："我是博源堂的萧黛秋，你爷爷请来的，你要寻死，我一定不拦着，但我保证，一定会用最疼的法子救你。"

沈姑娘两眼通红，恶狠狠地看着黛秋，黛秋不急不恼，只平视于她，片刻，剪子又被丢在地上，沈姑娘一跺脚，又跑回床上，用棉被盖了头。

沈从兴并那两个女人都松了口气。黛秋思量片刻，道："沈老太爷，这情形若让我来医治，必得病人配合，能不能让我跟小姐单独说两句。"

沈从兴一辈子行医，算得上国内顶尖的中医，然而自己的刀终归削不着自己的刀把，他双目微合，长长一声叹息，起身向外走，两个女人也极有眼色，跟着出去了。

黛秋自向暖榻上坐了，闲闲地朝炕几上的暖壶里倒了盏茶。那茶盏不是普通的盖碗，是仿了前朝样式的盏子，做工极精细。人都到这步田地，还知道用着这样好的玩意儿，黛秋笃定，这姑娘没有必死的决心。

良久的静默，许是被子里太闷，沈家姑娘缓缓伸出头。"叫什么名字？"黛秋缓声问。

姑娘被吓了一跳，扭头看见黛秋在暖榻上喝茶，不由沉了面色，翻身向里，再不看她。

"我听说沈家三小姐样貌可人，又读洋书，说的不是你吧。"床上的人仍不动，黛秋也不在意，"你想死也不是不行，只是当着你爷爷我不能说，如今只剩咱们俩，你说给我听听，你给我一个必得死的理由，我可以保你不疼不痒，悄悄地死。旁人看了体面，也全了你的心意。"

这一句果然奏效，床上的人缓缓转回上半身："你……你不是大夫么？你会帮我死？"

"我虽然是大夫，可'天要下雨，娘要嫁人'，我有什么法子？再说，你死你活，沈家这样的门第总不会欠我车马费吧？"黛秋面无表情地继续喝茶。

沈姑娘想了想，又伸头朝门口看看，才自撑起身子，朝黛秋招招手："那……你坐近些。"

黛秋便起身行至床边，神色平和地看向床上的姑娘。

"我……我叫沈兰佳……"

沈兰佳在沈家孙辈里行三，外人都称一声"三小姐"。沈兰佳自小就是个美人坯子，极得沈从兴的喜爱，虽然儿孙众多，却只有她始终被养在爷爷膝下。因为爷爷溺爱，沈兰佳自小便十分任性。不喜读书便不读，不喜中医草药便不学，亏得她自小富养，又略通琴棋，加上沈家的家境，也颇得北平公子哥儿们追捧，身边从来不缺仰慕者。

沈从兴本欲等她大学毕业，便寻一个殷实可靠的人家聘嫁。可人要撞墙，十头牛也拉不回，一出《截江夺斗》，沈兰佳一眼看中了白盔白甲的赵云，又因着赵云，爱上卸了妆更美的骆长风。

沈兰佳的人生中第一次遇到必须用"美"来形容的男子。唇红齿白，秀眉妙目，仿佛一举一动都带着不食人间烟火的仙气。少女情丝最缠人，从那天开始，金不换的每出戏她都不落，银钱首饰更不知扔到台上多少。

可惜，流星逐月，终被月光掩埋。北平城里愿意为金不换倾家荡产的女人太多了，另有那些专门捧角儿的富商公子围前围后，台上的骆长风根本看不见台下的沈兰佳。

沈兰佳原本也不抱什么希望，可看着那张脸，她总还忍不住幻想。直到有一日，她照常送花到后台，接花的小伙计竟送出一张金不换的照片，说是骆老板送的。沈兰佳几乎不敢相信，那是一张照相馆里摆拍的全妆照。赵子龙的扮相，英武异常，飘逸俊秀。

自那日起，在沈兰佳眼中，那个高不可攀的金不换似乎对她有些不一样，让她所有的幻想变成炙热的火焰，烧得她整个人神魂颠倒。他们一起喝过东郊民巷的咖啡，一起吃全聚德的烤鸭，甚至一起去应酬专为长风而办的酒局宴会。长风言谈沉稳，举止绅士，沈兰佳心花怒放，认定他们俩必定终成眷属。

三个月前，吕次长家的公子宴请，到场的非富即贵，长风被团团围在中间，脱身不得。沈兰佳再柔弱，也必要挺身而出，保护她的"爱人"。她以长风不能饮酒为名，替他挡下所有敬酒，宴饮才到半场，她便已经醉得人事不省。

那一日，她做了一个很美的梦，梦见与骆长风缠绵悱恻，巫山云雨，梦见红装加身，嫁进福荣兴的大门，梦见他们两人恩爱非常，子女绕膝……直到第二日清早，她从头痛欲裂中醒来，身旁躺着呼呼大睡的竟是吕次长家那个浪荡的小公子。

沈兰佳的天从那刻便全部坍塌，她跑到福荣兴，欲质问长风，却反被长风问及那晚的去向，长风自说是被众人拉去教了两句戏，回来便不见了沈兰佳。

沈兰佳无颜再述那日之事，便哭着跑走了。她到底一个未出阁的姑娘，只顾害怕，并不敢大肆声张，谁知两个月月信不至，她才惊觉事情严重。沈兰佳羞愧万分，欲割腕寻死，幸被沈从兴救下，才有了今日这一出。

"萧大夫，我对不起骆老板。"沈兰佳双手抓着黛秋的手，"我如今这样，怎么有脸再见他？他待我那样好，我却……"沈兰佳再说不下去，"呜呜"地哭起来。

黛秋无语，她早该知道，以长风那些不留余地的手段，怎么会放过当年为他诊脉，却瞒下他中毒的沈从兴？何况贵宝一个纨绔子弟，如何知道以赤铜屑入药，缓缓害人性命的阴毒法子，那必是有高人指点。

"萧大夫，求求你，让我死吧。"沈兰佳的声音打断黛秋的思绪，"我只有一死才能赎罪……"

"要不……"黛秋犹豫着，"我偷偷请他来看看你。"

"不行！"沈兰佳斩钉截铁，"千万不能让骆老板知道，他那样的人物品格不能被我这污泥沾染。"说着，她又哭。

黛秋垂下眼睑，再不忍心看沈兰佳。"城门失火，殃及池鱼"，沈从兴有多可恨，眼前这姑娘便有多可怜。黛秋起身从医箱里抽出一个小瓷瓶，倒出一颗黄豆大小的水丸，又亲自倒了水，递至沈兰佳面前："你先把这个吃了，容我慢慢想办法。"

沈兰佳抬头看看黛秋，又低头看看她手中的药丸。"不是毒药，不过是为你暂挡烦恼的药。你必得听我的，我才能达成你的意愿不是？"

一听这话，沈兰佳毫不犹豫地将药丸吞下，又被黛秋扶着躺下。"你一定会帮我死掉么？"沈兰佳问。

黛秋难以相信这是一个读过洋学的人问出口的话，果然，世上唯有情误人。黛秋缓缓点头，掐住沈兰佳的脉门："你信我，我才能帮你。"

或许是哭得狠了，沈兰佳只觉眼眶发酸，眼皮沉得抬不起，这才想起："你给我吃的是什么……"话没说完，人便睡着了。

黛秋深深看她一眼，一副娇生惯养的皮囊被折磨得不成样子，忽想起曹氏教导她和蓝桥的话，人生下来就是要锤打的，幼时不经锤打，长成了便再经不住半点锤打，自古如此……

第 92 章
风雪迫人各自珍重

骆长风没想到，黛秋会主动来寻他，还是在这样大风大雪的日子。巷子里稀稀疏疏的爆竹声似在提示着年关将近。戏班封了箱，所有人都领了年例红包回家过年。偌大的宅子空落寂寥，全无半点喜庆之色。

红荨亲自引黛秋进了厅堂，长风正闲逸地于书案前细心描摹一幅丹青，见她走来，倒不意外，将大号排笔丢进三足笔洗里，笑道："多早晚从关外回来的？我听闻博源堂才从关外运进一批补药，什么鹿胎膏、参茸片的，在各铺子里卖得十分抢手，等闲的铺子还拿不到货，忙成这样，萧大夫还有心思来寻我说话。"说着，他伸手接过黛秋避雪的栌黄色绣缠枝花纹的斗篷，又递上裹了薄棉套的手炉。

红荨知趣地离了厅堂，准备茶水，黛秋似笑非笑地看着长风，开原药市的事，她不确定长风是否知情，可沈家的事必是他精心筹谋、步步算计的。她很知道长风心中的恨，但她猜不出这男人的恨究竟要绵延多久，还要杀伐到谁身上。

"你身子好些了？"黛秋含笑问好，"我带了红参交与门上，红参不似老山参那样燥热，熬了汤水，与你补身最相宜。"

长风知道黛秋寻他必有事故，见她只提补品，倒有些摸不着头脑："几个月不见，如今巴巴地送年礼？是年下要请堂会么？"

长风故意这样说，黛秋也配合地笑笑："再怎么样也请不起福荣兴的堂会。"说着黛秋面色渐变，"我听闻骆老板上个月才去沈家唱过堂会，沈家三小姐是北平城里有名的美人，又对骆老板仰慕已久。"

长风眉心微动，直直地盯着黛秋，半晌方有一声冷笑："你见过三小姐？沈从兴那老东西还有脸请你去见？"长风哼声冷笑，"是了，全北平的女医谁能比得过你，只是……他也真够绝的，以你们两家的仇怨，他竟不怕你一剂砒霜要了他宝贝孙女的命。"

话已经说到这个份儿上，黛秋便不再转弯抹角："长风，你到底还有多少仇要报？纵然沈从兴可恨，又与一个姑娘什么相干？你中毒时，她还不会说话。"

话已说开，长风倒更自在，往红漆雕花大太师椅上坐了，看向黛秋，仍旧一副悦心的笑意："萧大夫敢是来说教的么？沈从兴当初怎么对你们萧家，你从吴仲友嘴里，从惠春嘴里就一点没听过？咱们俩的仇人始终是一样的，许他害咱们，怎么就不许咱们害他？"

看着理直气壮的长风，黛秋心头百感交集，便也实话实说："长风，见到沈从兴那日我也心头恨极，恨不能在他身上扎几个窟窿，再问着他为什么害我父亲。可我足足思量一夜，能想到的最好的法子是在全国各大报纸上刊登他曾经陷害同僚的那些龌龊事。沈从兴视沈家的名誉高于一切，伤人伤其痛处，但无论如何，沈兰佳是无辜的，我们不能平白地加害她。"

"我可没有加害沈兰佳。"长风坦然道，"爬上她床榻的人又不是我，真没想到，吕家那个瘟鸡看着不中用，办事可不含糊，我该恭喜他才是。"长风说着，不免笑出声。

黛秋几乎不敢相信，眼前的人就是那个温文尔雅的骆长风。他谈吐依旧轻声细语，举手投足风度翩翩，却似一个陌生人。"许他害人性命，害人妻离子散，沈从兴凭什么不能尝尝痛失至亲的滋味？三小姐是他心尖上的肉，我不挖下来，他怎么知道疼？"长风说得云淡风轻，唇角含笑，仿佛在讲一个极有趣的故事。

黛秋无语垂头，类似的话她说过太多，今日拜访，她也不是来说教的，再抬头时，黛秋眼中重新含了指望："长风，我今日来是有事相求，沈从兴想让我为他孙女落胎，可病人脉象虚浮，身体屡弱，若强行落胎怕会出事，你能不能……去看看她，温言一句顶得上灵丹千颗。"

黛秋说一句，长风的目光便冷一分，不待她说完，长风已经眸如寒潭，似能冰封住所有。

"萧黛秋，咱们十几岁相识。上一次你求我，还是求我救你父亲，可惜我没做到。这十几二十年你再没求过我，哪怕要苦到摇铃行医也再没向我开过口。我只当你为着当年的事，心里一直怨着我救不得萧家，可如今，你要为仇人求我？"

"人命关天，以沈兰佳现下的状况，无论是强行落胎，还是保其生产，最后都会一尸两命！"黛秋急道，"我是大夫，不能眼看着病人去死。"

见黛秋着急，骆长风忽然轻轻一笑："行，我去，我去劝劝她，生米都煮成熟饭了，不如……就嫁给姓吕的。哎？可惜了，那姓吕的有家室，不然做个外室吧，好歹让孩子有个爹。"

"你……"黛秋怒向长风，忽然门口传来清脆的笑声。

"我的爷，这个想头可不成了。"红尊端着金描红漆小茶盘，托着两盖碗茶，笑盈盈地走进来，不慌不忙地奉上茶，又从茶碗下变出一张报纸，"萧大夫还不知道吧，瞧瞧这报纸上写的，'次长爱子暴尸街头，青年才俊惨遭枪杀'。"红尊说着又忍不住笑，"听说那姓吕的身中十几枪，专会包娼窝赌的杂碎竟然算青年才俊？真是笑死人！"

黛秋不敢相信，一把扯过报纸，大标题十分醒目，黛秋缓缓抬头向长风。"你不会怀疑是我找人做的吧？"长风端起茶碗冷声道。

"真看不出，沈老太爷一把年纪，竟用这样火爆的手段。"红尊边说边退到长风身后，"买凶杀人能杀到次长公子头上，这算是……为民除害吧？爷，咱们该送块匾感谢人家，这位吕公子几次三番地纠缠您，狗皮膏药似的，甩都甩不掉，如今可清静了。哎？萧大夫，这下你知道了，沈从兴那老家伙从来不是什么善男信女。"

黛秋看着两个人，只觉背后发凉，一石二鸟，骆长风打从送给沈兰佳照片时，就计算好了一石二鸟。沈从兴视名誉如命，这样被践踏自然不会放过姓吕的，可贵为国府次长，也不会让儿子白白断命，必然追查到底，就算一时查不到沈家，沈从兴从此也是惶惶不可终日，更何况他那心头肉还生生被挖掉一块，一条老命大约也撑不了多久……

"长风。"黛秋再开口，眼眶不争气地浸了泪，"你到底要怎样才肯放过你自己？"

"恶有恶报，我做得有什么错？"长风目光笃定地看着黛秋，没有丝毫心虚，"当年是谁告诉贵宝用赤铜屑下毒的法子？你猜是谁？"

沉默良久，黛秋无话可说，她缓缓起身，朝长风轻轻一伏："骆老板年下事忙，我先告辞了。"

长风心头一抽，今日之后，他们就变成"萧大夫"和"骆老板"了吧。

红萼伶俐地取了斗篷替黛秋披了："外头大风大雪，萧大夫小心冻着。"

"我送你出去。"长风从角落里取了油伞。院中鹅毛大雪片片落下，油伞下两个人并肩而行，雪路泥泞，黛秋心神不定，脚下发滑，几乎跌倒，长风忙伸手将她拉住："小心些，雪路难行，我扶你走。"

"长风，咱们这一路从来都是难行的。虽然你从来不说，可十几岁的贵公子入了戏班，吃苦受罪，受人欺凌，我想也想得到。"黛秋一步一步向前，眼前没来由地看见那年往萧家院里丢雪球的少年，送文籍走时天也下雪，那个藏在兜帽里偷偷看她的少年……他们一同经历过太多风雪，相互扶持，却生生走成了两条路。

"再难行，只要留得性命在，总有来日可图。"长风的声音打断了黛秋眼前的画面，"你是大夫，治病救人便好，旁的事别牵扯。有些事你做不来，反惹杀身之祸。"

黛秋猛地抬头，直直地盯着长风。"你都差点被黑枪打死，红萼回来还能不说么？"长风一声苦笑，停下脚步，抬手掸去黛秋斗篷上落的雪，"你肃清药市挡了旁人的财路，抄大烟膏子，那是搬了人家的金山，断人财路如杀人父母，你这可是在刨人家的祖坟，那几枪没要了你的命，是你命大，可你不会次次命大。"

"红萼做的事，一早就知道？"黛秋心中最后一丝念想也断了。

"她是我的人，说什么，做什么，自然不能瞒着我。"长风笑道。

黛秋不由后退一步，她很想看清眼前人，可风大雪大，她无论如何也看不清，心头万般言语，却一句也说不出来，只能深深一拜："风雪迫人，请自珍重！"言毕，她快步出门而去。

长风举着油伞，目送她上车，直至骡车消失在风雪中。

"爷，都是红萼做事不当心。"红萼不知何时立于长风身后，"谁知道萧大夫这样的可人也有雷霆手段，三两下肃清药市，断了咱们的买卖。我听说，南山虎花了大价钱赎回那批福寿膏，他那样睚眦必报的人，一定不会善罢甘休。"

长风的目光仍向远处，红萼思量着又道："爷方才怎么不将事情都推到红萼身上，爷只作不知。与萧大夫还有转圜的余地。"

"这一项出息的银钱都上了福荣兴的账，我既得好处，自然不能不知。"长风忽然一声冷笑，"红萼，贩假药材赚钱，你觉得是错么？"

红萼摇头笑道："红萼从不知这世上什么是对错，赚下银钱，买得自在，我乐还来不及，旁人的死活，与我何干？"

长风扭头看向红萼，忽笑得眉眼舒展，连声音也变得动听："我也是，既不是错，我如何不敢认？"说着，他反身向回走，红萼呆愣片刻，转而笑追上去。

风雪不住，药王庵里木鱼声声，黛秋跪在父母和师傅、师娘的灵位前。杜氏的灵位后，明觉也为李氏夫妇请了灵位，香火日夜不熄，以感谢他们对黛秋和蓝桥这些年的爱护。

黛秋心头纷乱，看着父母的灵位，想起当年祸事，想起父亲的自缢，想起母亲过世的那个破窝棚……她顶风冒雪到灵前跪拜，只想问个明白。

她与长风明明在相近的年纪，有着相近的经历，又同样吃尽辛苦拼下一番事业，何以如今背道而行？她总以为是长风错了，可白日里，长风质问她，恶有恶报有什么错时，她竟答不上来。难道是她错了么？看到仇人安享晚年，子孙昌茂，她亦恨极，可她就是不能像长风一样快意复仇……

一时木鱼声住，明觉上前扶她："姑娘，你在这跪了一个时辰，心中多少大事都该向长辈们说完了，起来歇歇吧。"

黛秋一声叹息，却仍跪着不动，口中喃喃自语："是我错了么？"

"一切境界，唯心所感，唯念所现。"明觉也跪到黛秋身边的拜垫上，双手合十，一串佛珠绕在手上，颗颗晶莹，显是被她摩挲过无数遍。她抬头虔诚地看着四个灵位，五体投地磕下头，起身方道："姑娘与骆施主虽然同行，却未有一念相同。姑娘的念源于李神医夫妇，受善念如沐春风，姑娘自然心向慈悲，骆施主少年失亲，如人行地狱，一路恶鬼阻行，他以恶治恶，虽保全自身，奈何执念太深。"

"我要怎样才能拉他出来？"黛秋扭头看向明觉，"他那样好的人不当如此。"

"药医不死病，佛度有缘人，一切自有缘法天意，姑娘不要陷进执念，不能度人，反失自身。"明觉说着，又磕了个头。起身时，忽然院中有声响，她含笑道："蓝桥来接你了，雪夜难行，倒难为他辛苦。"

黛秋痴痴看向明觉，不知从何时起，明觉双眸纯净，似直能看见她干净的心，黛秋就这样看着，忽然想通了什么，微微一笑，却有两颗清泪顺颊而下，她转向灵位深深拜下。

还不等她起身，一股带了寒气的风涌来，蓝桥已经跪在她身边："萧伯伯，萧大娘，老爷，太太，劳您老几位今晚走动走动，托个梦给秋儿，让她顾着些自己，别让我担心，蓝桥拜谢。"说着，他重重磕头。

黛秋先撑不住，嗔道："不看看什么地界，你胡说什么？"

蓝桥也不答，先起身扶她，谁知跪得久了，黛秋双膝酸麻，才起身便一个趔趄，几乎摔倒，蓝桥揽腰将她提起："让长辈们瞧瞧，你大冷的天这样作践自己的身子，明儿病了，让我服侍你还罢了，你那些病人可要干等着了。"

　　因着蓝桥揽住她的腰，二人便靠在一处，黛秋欲推开，蓝桥却一把捉了她的手，放在自己的小臂上："扶好了，咱们起驾吧。"

　　一旁的明觉笑而不语，直将他两个送出庵门，目送骡车走远，方掩门而回……

第 93 章

连翘味苦抚人心

黛秋到底病了几日，低烧不退，蓝桥强迫她卧床，不许她起来。一时钱妈煎了药进来："大姑娘，张家小姐来了，因少爷说您病了，一概不见客，我没敢直接领进来，可张小姐是来过的，与您和少爷又相熟，所以我来回一声。"

"她哪算客？快，快请她进来。"黛秋撑起身，蓝桥忙用软枕垫在她身后。"你还在这里做什么？去迎迎她。"黛秋推着蓝桥。

"她……她都来过多少回了，还能不认路？"蓝桥只顾着黛秋。

"瞧你说的，连翘姑娘是尊贵人。"黛秋嗔道。

"哪来的尊贵人？"连翘人没到，说笑声先到了，她也不等钱妈，自掀了帘子进来，见黛秋卧在床上，惊道，"姐姐这是怎么了？我只说替爷爷来送年礼，敢是来探病的。"说着，她脱下风衣塞给蓝桥，又推走他，坐了他方才坐的小凳子，先将手搓热，才去拉黛秋的手，"今儿都二十几了，你们两个可怎么过年？"

"看你说的，她不过是着了凉，几日便好，哪里就起不来了？"蓝桥原在外间挂衣裳，听连翘的话便探进头来。

连翘半回身白了他一眼，道："大冷天的，我巴巴送礼来，也不好好招待。文医生，你必得亲自煮一碗杏仁糊给我，哦对了，我带来的节礼放在门上，你快带人收了去，要仔细些，那是我爷爷精挑细选送给萧大姐姐的。"

蓝桥微微挑眉，知她们俩有私密话说，便缩回头，带着钱妈出了正房。听到关门声，连翘方从口袋里掏出一沓雪白宣纸，一张一张递给黛秋，口内道："这是那日你送来的脉案并方子，我爷爷说了，你用药稳，若他下方子，怕是会烈一些，可也说不得，单看脉案，病人身子实在不济，我爷爷说，你的方子好，可……要保无虞，一面看医缘，一面也要看病人的造化，即便顺利落胎，那病人以后怕也难再生养，因此叫我劝你要慎之又慎。这几张是我爷爷按你给的脉案写的方子，爷爷让你参详着，不必以他的为准，毕竟看脉的人是你。"

连翘一壁厢说，黛秋一壁厢点头，双手接过那些纸张："让老太爷费心了。"

连翘不再说话，只笑盈盈地看着黛秋。黛秋被看得有些不自在，想是自己躺得久了，蓬头垢面，难以见人，再瞧连翘，头发是新烫的时下最流行的螺旋卷，齐齐束在脑后扎成一个马尾。张家到底以驻颜传家，连翘皮肤雪白透红，五官小巧精致，明眸皓齿，纯然天成的美貌十分动人。

黛秋不好意思地抿了抿鬓发，才要说什么，连翘却突然扑上来，一把抱住她。

黛秋不知何意，惊住不动，半晌，才听连翘道："大姐姐，虽然咱们相处有限，但听蓝桥说起你的过往，我真心敬服，这世上如你一般的好女人竟再找不出。"

听到这没头没脑的一句，黛秋一头雾水，只好哄她道："好妹子，你才是个好的，门第又好，品性又好，模样更别说了，是北平数一数二的漂亮姑娘。你今儿来是不是有事？"

连翘不好意思地松了手，人虽坐下了，却不松开黛秋的手："姐姐，我是来跟你道别的。"

黛秋一惊："好好的，这是怎么说？"

连翘含笑看向黛秋，那笑容里分明有不舍，但更多的是羡慕。张家是世代大家，即便生逢乱世，也丝毫不影响连翘自出生起的富贵荣华，虽然张老太爷对这个孙女教导极严，可她人生的二十年，终究没吃过半点苦。

一路都有人为她铺好路，架好桥，让她活得顺心适意。所以她格外羡慕黛秋这样的人，拼尽全力做一番成就自己亦福泽他人的事业。那是什么样的历程？又是什么样的心境？

连翘与爷爷长谈之后，决定去日本留学，学习真正的西医。她父母自是心疼不愿，可拗不过连翘自己愿意和张老太爷的支持。张老太爷还亲自修书托旧友为连翘办理入学的一切手续。这大约是爷爷能给小孙女搭的最后一座桥，往后的路，她便要一个人走了。

"你自小尊贵，如何能吃那样的苦？"黛秋有些发急，"国内不是有好几所大学开办了西医专业么？"

"姐姐，人不经事总天真。"连翘笑道，"我这么大个人，自当历些风雨的，总不能一辈子活在爷爷的保护之下。比起你与蓝桥小小年纪被生生流放到关外，九死一生地活下来，我不过是留学，并没有什么。我只盼能学有所成，便如你，如蓝桥，做一个有用的人。"

黛秋含笑，反握了连翘的手："好丫头，你是个好的。虽是这样说，出了国便要一切靠自己，你必得顾好自己才是，别叫你爷爷和父母担心，时常来信。"

连翘连连点头，便真如小妹妹在听亲姐姐的叮嘱。连翘细细端详黛秋，许是因为救了太多的人，看了太多的苦，黛秋的容貌中掺了旁人少有的平和恬淡，便如霜后的蒲叶，带了一股清冷却十分吸引人的味道。

"姐姐。"连翘感受着黛秋掌心的温度，她终于明白，蓝桥何以如此着迷这个女人，"之前，我跟你说过，我喜欢蓝桥，这可是我的小秘密。"

黛秋忍笑，这算什么秘密，连张老太爷在内，早已无人不知。连翘仍自顾地道："你看，我都要走了，咱俩再交换个小秘密吧。"

"交换？"黛秋一脸莫名。

连翘忽然压低声音："姐姐，你知不知道，在文医生心里，一直有一个女人，从他不知道什么是情什么是爱开始，就傻乎乎地满心满眼装着人家。这些年那真是针插不进，水泼不进的，只有这一个人是他的命。"

黛秋一早知道有这样一个人，却不知这个人是谁。见黛秋神色有变，连翘有些得意地道："我如今就悄悄告诉你。你必得寻到这女人，告诉她，我们文医生这样好，千万别错过了。"

黛秋点头，却见连翘神秘一笑，几乎贴到黛秋耳边，小声道："傻姐姐，那个人就是你呀！蓝桥从小心里眼里只有你，这可是他亲口告诉我的。"

黛秋惊住，自蓝桥六岁那年，她第一次牵过他的手，这么多年点点滴滴如泉涌一般堆在眼前，果然是当局者迷，难怪每每说起给蓝桥寻亲，他都莫名其妙地发脾气。想起蓝桥气得满脸通红的样子，黛秋不觉唇角上扬，眼里却含了泪。

见黛秋这个情形，连翘已是心知肚明，却故意要问："姐姐，你的小秘密呢？咱们是交换，你可欠着我的呢。姐姐心里眼里……是谁呀？"

黛秋笑叹一声，从枕下摸出那面小小的铁镜，花纹古朴，望之凝重："好妹妹，这个秘密也只告诉你，这个是一对，是当初文、萧两家长辈约定儿女婚事的信物。"

连翘惊得睁大眼睛，低头看看铁镜，又抬头看看黛秋，惊喜得几乎说不出话，她两只手紧紧将黛秋的手并那面铁镜合进手里，半晌方笑道："姐姐，原来你们俩本来就是一对，天生的一对。"

黛秋怕她又说出许多让人尴尬的话，忙岔开话："多早晚走？我和蓝桥去送你。"

连翘俏皮地眨眨眼睛："姐姐，这可又是一个秘密，你可拿什么与我交换呢？"

黛秋笑看这个精灵古怪的姑娘，一双灵动的眸子熠熠闪光，这样好的女孩子配有一程美好和一番事业。

蓝桥的杏仁糊才熬好，连翘便起身告辞。蓝桥将她送至门口，说了些道谢的话。连翘一步迈出门口，似又后悔了一样，反身直扑进蓝桥怀里，惊得蓝桥张开两只手，却不知该放在哪。

"文医生，你要好好的，你们俩都要好好的。"连翘面上是笑容，却红了眼眶。

"你这是怎么了？就是关内关外的事，你得空可以往庆云堡找我玩，我带你逛鹿趟，你不是说没见过活的梅花鹿么？"蓝桥说着，轻轻拍拍连翘的后背。他是真心觉得这姑娘好，可除了黛秋，任何人，有多好，都与他没关系。

这一次竟是连翘先推开蓝桥，她笑望向他，英武的男人难免粗糙，俊秀的男人又欠缺刚强，在她识得的男子里，蓝桥是唯一一个能两者兼具的。书上说，那些簪缨世家的男人，打落草便带了武将的血脉，大约便是眼前的样子。

连翘歪头笑道："文蓝桥，再会啦！"说着，她转身就走，毫不迟疑，倒让蓝桥有些莫名其妙，看着连翘的背影，半晌也想不明白……

腊月二十七，沈家的车又来接黛秋。按蓝桥的意思，大夫都病了，还如何给旁人瞧病，况每次都神神秘秘的，这样的病患不看也罢了。然而黛秋坚持要去，这几日虽躺在床上，她却心思明白，想清楚了许多事，沈兰佳的身子也拖不得了，萧、沈两家的仇怨也当有个结果。

仍旧是黑布蒙眼，黛秋再次被拉到那个小院子。沈兰佳披着厚实的貂裘，从开了一缝的窗户内巴望着她。这几日，她一直吃着黛秋下的方子，身子虽无大好，却着实强过前几日。

黛秋诊脉时，沈兰佳目不转睛地盯着她的脸，黛秋莫名地想起连翘，原来世人的际遇都是殊途。同样是中医世家之后，又都是祖父辈的掌上明珠，不同的是，张家教女如教弟子，沈家溺爱犹如杀子。

"萧大夫。"沈兰佳借故打发了房里伺候的两个女人，才悄悄开口，"你想到法子了么？"

黛秋抬眼看向她，姑娘的一双眸子里闪着灼灼火光，满是期待。

"你当真想好了？"黛秋缓了声音。

沈兰佳一双好看的眼睛不由盈了泪："这事不容我想，就算不死，我还有什么脸再见骆老板？见不到他，那死活与我又有什么区别？"

黛秋缓缓点头，收回手，伸手抽出针袋："那就现下吧。用针灸法封住你七经八脉，血脉不通，要命也不过是一盏茶的时间，让你死得无知无痛。"

沈兰佳目光中闪出一丝惊恐，随即苦笑道："是个好法子！"说话间，眼泪到底滚下来。

黛秋起身，请她床上躺好。沈兰佳特意换了一身崭新的衣裙，对着镜子梳好头发，方缓缓行至床边，眼睛不自觉地看向黛秋，像有话说，谁知黛秋低头准备长针，并不看她。

沈兰佳惴惴地躺下，理正衣裙，双手交叠放在身前。黛秋倒不客气，将她的手摆回两侧。"这样不优雅。"沈兰佳强调。

"但方便施针。"黛秋立刻回道。

沈兰佳无语，只得闭上眼睛，可才闭上又立刻睁开："萧大夫，会疼么？"

黛秋摇摇头："你还有什么话让我带给你爷爷么？"

沈兰佳摇摇头："麻烦你，帮我带句话给骆老板，就说我对不起他，让他忘了我。"说着，她又要流泪。

"知道了！"黛秋干脆地打断姑娘的情绪，取宁神穴先灸下去……

"萧大夫！"沈兰佳的声音有些发抖，"我……我……"

"不舒服么？"黛秋冷声道，"不要紧，很快就无知无觉了。"

"不是，我……"沈兰佳的眼泪夺眶而出，"我不想死了，我……"她很想叫停针灸，甚至想抬手扯下长针，可这才发觉手已经动不了了，沈兰佳意识渐渐涣散，最后连舌头也不中用了，她声轻如蚊，"爷爷……快……快救……"黛秋冷眼看着她，并不收针，待她不再挣扎，方转身离开。

两个女人正在外屋听差，见黛秋走出来，忙迎上来："萧大夫辛苦，用些茶水果子再写方子吧。"

"沈老太爷在哪里？"黛秋冷声问道。

女人只以为她要汇报小姐的病情，忙笑道："太爷在西里间，萧大夫请。"

谁知黛秋不动，向女人道："你们帮我通传一声，请沈老太爷院子里说话。之后你们俩守在这里，小姐在休息，你们不许进去打扰。"不等两个女人答应，黛秋自顾出了房门……

第 94 章

人在乱世难清白

　　沈家临时租赁的院子不大，立于院中，能清楚听见外面巷口的鞭炮声。黛秋抬头望天，因着连日下雪，天色暗沉。身后脚步轻响，黛秋缓缓回头，沈从兴已行至跟前："萧大夫，今日可以下药了么？这都二十七了，除夕前最好利索了这事，一家子还要好好过年。"

　　黛秋唇角牵出一丝笑意："沈老太爷，小姐的病症我已有了法子，但这之前，我还有要事请教。"

　　"萧大夫但讲无妨。"沈老太爷的笑容里略带了一丝不耐烦。

　　黛秋目光炯炯，直射向沈从兴："二十年前，您真的在药渣里验出十八反了么？我父亲自缢狱中，到底是真下错了药，还是被人算计？"

　　沈从兴大惊，回想那年的事，他从头到尾不曾亲自出面，连去国公府拿银子，都是打发家里女人去做的。"这……这话从何说起？"沈从兴狡辩道，"我与你父亲同僚一场……"

　　"贵宝亲自往府上寻您，逼着您认定家父的方子里有十八反，以佐证他治死人命，惠春格格许了沈夫人五百两银子的银票，另一只翠玉镯子，据说是宫里赏下来的贡品，价值不菲。"这些都是惠春临死前亲口说的，黛秋自然清楚，沈从兴不敢相信地看着眼前人。

　　萧黛秋一早就知道当年的来龙去脉，却隐忍不发，还为他疼爱的孙女医病，居心难测！

　　"你……你把兰儿怎么了……"沈从兴忽然意识到，自萧黛秋进了沈兰佳的房间，他那个日作夜作的宝贝孙女再没了声音。

　　黛秋清冷一笑："沈老太爷，是我先问的您。"

　　沈从兴把心一横："冤有头，债有主，萧大夫只管朝我要命，不干兰儿的事。"见黛秋不语，只是死死地盯着自己，沈从兴心虚地别过头，干脆再不理她，反身欲进屋去看孙女。

　　"余禄巷六十五号。"黛秋的声音不大，却定住了沈从兴的脚步，"咱们这地界可不好找，我的人在贵府门口守了几天几夜，眼见后半夜，从贵府送东西来的骡车进了这个门。"

　　沈从兴猛地回身看向黛秋，她分明是一个柔弱的女人，挺立院中却有一派人不可近的威严，他们明明是平视对方，黛秋的神色却居高临下。

"沈老太爷。"黛秋缓道，"要说沈家当年也不缺银钱，您是太后驾前服侍的人，也不缺权势，为什么要害家父？父亲半生淡泊名利，并不与人结怨……"

"他凭什么可以淡泊名利？"沈从兴打断黛秋的话，"身在太医院，那就是名利场，谁的医术高，谁能得主子重用，难道不重要？萧济川身处其中，凭什么可以闲云野鹤地过日子？西太后那老婆子垂死病中，太医院人人都在想退路，他凭什么可以独善其身？我最见不得他那个假清高、假道学的样子！"沈从兴越说越气愤。

"原来是这样！"黛秋苦笑，"群鸦不容凤凰，不与你们同流合污，你们便要铲除异己！"

"萧济川！"沈从兴突然大声叫出这个名字，然而才一出口，气焰便卸去大半，"你父亲的医术确是我们不能及的。我于这世间独活这些年，再没见过如他那般纯粹的医者，萧济川没有治死人命，他是清白的！"

"当年的事是贵宝来找我，我亲手往药渣里添了藜芦，一切全是我做的，你可以放过兰儿么？"沈从兴方才还冒火的双眸此刻已成一潭死水，再开口已语带恳求，"咱们的仇，咱们的怨，都只在咱们之间了结吧。"

黛秋终于等到"清白"两个字，只可惜世上早已没了"萧济川"。她抽出一笺药方递与沈从兴："我只是用针灸之法让三小姐昏睡，一个把时辰也就醒了。这方子我研究多日，服过之后三个时辰生效。可是……"黛秋沉吟片刻，到底实话实说，"小姐的身体你也清楚，这服药下去，与命无碍，可她日后若再想子嗣……怕不能了。"

沈从兴细细看了方子，用药精妙是用了心思的，有几味连他都没想到的，这药吃下去的结果也是可预见的，沈从兴深深皱了眉头。

"她是您的亲孙女，为长远计，我还有另一个法子。"黛秋平静地道，"沈老太爷，送三小姐去医院吧，以西医外科之术或能保小姐无虞，日后她还要结婚生子。"

沈从兴略带吃惊地看向黛秋。"只是，小姐进了医院，这事就包不住了。要孙女还是要名声，沈老太爷，您可得仔仔细细想清楚。"黛秋言毕，转身朝门口走去。

沈从兴原本垂头丧气，就在萧黛秋转身之际，他猛地抬头，目露凶光。黛秋似有所感，猛地转回身，四目相对，黛秋眼光平静，即便对上沈从兴那起了杀心的凶光，也无半点惧色。

"我要是您，为着给三小姐积些功德也必不再作恶。"黛秋不屑地上下打量了沈从兴，"别以为您能买凶杀了侵犯小姐的登徒子，便也能封住我的嘴。我一介女流，执掌家业殊为不易，怎么能没有自保的本事？论狠，我舍得出自己，您却连虚名也舍不出。您可想仔细了，我若不虞，三小姐的事还盖得住么？再者，一心想害人，您就一定平安吗？您若不虞，三小姐娇弱，又要靠哪一个？"

沈从兴又惊又惧，黛秋却气定神闲，一对眸子清亮，似根本没把他放在眼里。

沈从兴眼中的凶狠一点一点褪去，只余浑浊的一对眸子。黛秋冷笑一声："要孙女还是要名声，病不等人，得快些决断。"话音犹在，人已经出了院子。

身后的院子，黛秋再不会来，对于沈从兴这种人，要他的命反不如将他最为看中的东西踩在脚下，更让他痛苦。他若选名声，沈兰佳终身不孕便是他至死不能直视的痛处，他若有一丝人性，送孙女去医院，那沈家以后在北平城里就只剩一个笑柄，那他活一日，便有一日的心痛。

青骡厢车从胡同口缓缓走来，陶二柱驾着车，远远见黛秋走出来，忙跳下车，放下梯凳子，小心地扶黛秋上车。

"蓝少爷千叮万嘱，说你病没好就出来了，又不叫他跟着，让我快快护着你回去。"说话间，陶二柱已跳上车。

"二柱，来家里过年吧。"黛秋掀一点车门帘，向二柱道。

"成，我明儿拾掇拾掇柜上的事，后儿一大早往家里帮忙，咱们一起过个消停年。"

黛秋点头："这几年你一直住着柜上给你赁的房子，过了年就搬过来住，把家里人也接过来，费用算柜上的，又帮我看了房子，又能一家子团聚。"黛秋说着，不由面色一沉，"二柱，当初你为帮衬我才来北平，如今我倒要丢下你，自己回去。北平的铺子没你，我实在不放心。"

"东家，千万别说这话。"二柱闲逸地靠在车框上，骡车缓行，"我一个穷苦人家的孩子，当年若不是咱铺子里收了我当学徒，只怕早就饿死了。若不是你教我认字，又当我是个人，教我柜上这些本事，我哪有今天？你看我穿的，吃的，我那老婆孩子的吃穿，关外我老娘的嚼裹儿，这一大家子半点没亏着，这全是你的恩典。"

许是离得近，黛秋一眼看见了二柱下巴上的胡茬，她几乎想不起，那年夏天，那个怯生生寻她认字的男孩。

说话间，骡车与几个戴棉套子、骑单车的男人交错而过，几个人骑得急，路又窄，他们擦着骡子过去，那骡子便有些受惊，尥了两个蹶子，黛秋直被甩进车厢里。二柱嘴里吆喝着，死死拉住缰绳，半晌才勉强稳住牲口："东家，你没事吧？"

"没事！"黛秋磕了头，正使劲揉着。

二柱心中发恨，伸头看单车消失的方向："大节下的，也不看着些，敢是投胎去呢！"

"别生气了。"黛秋笑劝道，"咱们快家去……"话没说完，远远几声响，紧接着有女人尖叫的声音。二柱本能地挡住车门，紧接着又是几声响。

二人四目相对，几乎同时意识到，那不是临近新年的爆竹声，而是枪声。"会不会……"黛秋犹豫着开口。倒是陶二柱先反应过来，反身坐正，高高一扬鞭，骡子飞快地跑起来。

黛秋挑了车帘，道："二柱，咱们……"

"东家，咱们什么都别管，快回家！"二柱阴沉了脸，"真有什么事，或者明天，或者后天见了报也就知道了。你要有个闪失，我就得撞墙。这是什么世道？都说天子脚下，首善之地，几百年的皇城根儿都乱成这个样子，这个国家算没救了……"

直至除夕夜，北平城里再没了沈从兴和沈家三小姐的消息。陶二柱打发人偷偷回那院子看过，什么都没有，仿佛从来没住过人。沈府大门紧闭，既没白事，也没官司，去查看的人回来说，沈家没有换桃符，仍用旧的。别说黛秋，连陶二柱也猜出大抵是出事了，可活不见人，死不见尸，几个大活人就这样消失了。

萧家院里张灯结彩，因着生病，蓝桥非把黛秋拘在暖炕上，倒是他同着下人和陶二柱一起张罗年夜饭。众人齐坐一席，推杯换盏。蓝桥酒量不济，黛秋拦着挡着不让他喝，可话匣子一打开，酒便自然倒进嘴里。一时都有了酒兴，钱妈唱了两句凤阳小曲，二柱又凑趣一个单出头，自来了北平，这大约是萧家院里最热闹的一夜，便如同北平城里的千家万户。

相形之下，福荣兴便显得十分冷清，长风是惯了的，并不在意，他与红萼甚至连年夜饭都没准备。谁知起更时，南江晚来了，身上带着浓浓的酒气。

红萼隐隐觉得有事，先扶他进了长风的屋子。屋子里地龙正暖，水仙花开得肆意，南江晚一个趔趄坐在长风常坐的那张铺了厚锦褥的太师椅上。

"这日子口寻我讲戏么？"彼时长风已经换了睡衣，披着薄毯，抱着手炉，嘲笑地看他一眼，转身向红萼道，"让厨房捅开小灶，做碗汤来。"

红萼也看一眼南江晚，答应着去了。长风向大花梨木圆桌上取了暖壶茶碗，倒了一碗才要喝，又见南江晚正直直地盯着他，少不得将茶碗递过去："这个时辰……你又和老爷子吵架了？"

南江晚接过茶碗一饮而尽，微红的脸上渐渐泛了白，开口时声音压得极低："长风，你们跑江湖的人什么牛鬼蛇神都结交，能不能……帮我找些人手？"

长风以为他醉了，细细打量一眼，到底是酒池肉林里泡大的纨绔公子，旁的没有，酒量还是有的，长风确定他没醉到说胡话，于是笑道："你们南家缺人手？大少爷，年夜饭吃拧了吧？"

南江晚原本低着头，听他这样说才缓缓抬起，眼神中没有半点嬉笑，反而是从来没有过的狠厉："一般二般的不成，得找中用的。要与咱们八竿子打不着的，真响了雷，炸不到咱们身上。"

长风见他并未玩笑，也正了神色，盯着他的眼睛："你到底要做什么？"

"杀人！"这两个字几乎是从南江晚牙缝里挤出来的，他两颊青筋暴起，可才说出这两个字，忽然一声苦笑，"我说他怎么好端端地想起我妹子。当年我娘死的时候，他都没想起过江琴尚在襁褓，需要人照抚，若不是头几年，他死了几个儿子，大约连我也想不起来。我应名点卯地在他身边这些年，他一次都没问起过琴儿。"

长风知道他在说南山虎，他父子一直吵吵闹闹，长风少不得劝道："令堂的照片我也见过，大约是你那妹子长得太像令堂，南将军见女思妻，所以不如不见吧。"

南江晚失笑出声："骆老板，你对我的安慰可是越来越敷衍了，这话你自己信么？南山虎就像头配种的叫驴，走到哪，配到哪，小老婆无数，儿女怕是他自己都没认全过。"

长风无言再劝，忽问道："你要杀他？"

因为母亲不得善终，南江晚与父亲的关系始终不好。可他这几年的狐假虎威也全来自南山虎的地位，因此两个人尚算相安无事，加上南山虎突然接了南江琴来北平，让南江晚一度打算与父亲冰释前嫌。

可就在年夜饭的席面上，南山虎将一套赤金缠枝细作的头面首饰送给南江琴，引得在座一众儿女嫉妒的嫉妒，眼红的眼红。饭吃到一半，南山虎才说出那套头面是给南江琴的嫁妆。过了年，他便要将南江琴嫁与内务部次长做填房。

"才死了儿子的那个？"骆长风不敢相信。

南江晚冷笑一声："儿子是老娘的命，你还不知道，姓吕那小子死了之后，他老娘也一病不起，前儿没了，我陪着南山虎去送祭礼。丧仪风光无限，可'头七'还没过，吕次长连新媳妇都订好了。他都快六十了，琴儿还不到十六岁！"南江晚说着，再难压抑，将手上的茶碗狠狠拍在大几上，瓷碗细碎，两泪鲜血从掌心流在碎瓷片上。

"红萼，拿药箱来！"长风话音未落，红萼已经捧着药箱进来，先看长风，见他好好地站在地上，便又看向南江晚，不由一声叹息。

"南爷，咱们说话归说话，我们这里的家什也是钱买来的。"红萼说着，麻利地替南江晚包扎。

长风冷眼看着两人，半晌方道："过了年，福荣兴要去汉口，戏院的合同都签了，不如……你想个法子把琴儿带出来，夹在班子里，我带她走，离了直隶的地界，还怕他们寻来不成？"

南江晚抬眼看向长风，苦笑一声："南山虎是谁？你又是谁？他想踩死你，都不必抬脚。你还敢在他面前弄鬼，小心把福荣兴都折进去。再说，他说出了正月，吕家就来放定。所以……"南江晚一双好看的眼睛又露出凶恶的神色，"我想让老家伙出不了正月！"

第 95 章

伤寒伤身恶虎伤人

正月里不谈买卖，黛秋与蓝桥也没闲着。外国人不过春节，也没有正月，德意志洋行照常营业。蓝桥十年留学的本事终能发挥得淋漓尽致。他与德国买办详细地讨论每一台机器的细节，又将买办的话解释给黛秋听，再把黛秋的要求翻译成德文讲给买办听。

一时又有捷克设计师送来医院楼体的设计方案，蓝桥根据实际医疗需要提出修改，黛秋又按照中医看诊的要求，在设计图上画出中医诊室的位置、朝向和大小。

"有件事我得提醒你。"蓝桥这几天里说了一年的话，声音有些沙哑，"中医公开行医的提案又没通过国府投票，你在医院里设中医科，当心卫生署不发许可。"

黛秋转了转眼珠，含笑道："医院不许有中医，那许有院长室么？"

蓝桥点头。"那我就在院长室里看诊。"黛秋斩钉截铁地道，说完见蓝桥歪头看着她不说话，自己也有些心虚，"这也……不许么？"

蓝桥忍不住打趣她道："萧大夫，你还记不记得，你已经把院长的位置补偿给我了。"

黛秋故作恍然大悟："哦对呀，这可怎么好？那我可以在文院长的院长室开诊么？"说着，两个人相视而笑。

彼时，两个人闲坐茶馆里，相约去看晚场的电影。庆云堡并周围县城都没有电影院，所以蓝桥提议离开北平前，一定要去看一场电影。这大约是他们俩过得最安逸的正月，蓝桥不知道黛秋已经知道了他的心意，而黛秋也不知道蓝桥已经知道了铁镜的"秘密"。

两个人便如青涩且笨拙的初恋男女，既想离对方近一些，又怕突然的改变吓着对方。看见黛秋眉眼含情的样子，蓝桥总怀疑自己的眼睛出了问题，而黛秋看着蓝桥的小心试探，又每每不忍戳穿。

"这医院建就得一年半载，趁这工夫，咱们该办一个临时的教学所，医生可以请，护士、护理工又怎么办？"黛秋手剥着干果，边想边说，随手将干果放进蓝桥的手里，"我想就近招募，上过新学的最好，只怕太少。若没上过新学，读过私塾也成，好歹得认字"

蓝桥看着黛秋细细筹谋的样子，虽然好看，却让人心疼。他将果仁一股脑儿地塞回黛秋手里："萧大夫是要把一辈子的事都安排好么？"

黛秋忙笑道："看我，只顾说这些，你也该烦了。"

蓝桥耍赖般摇头："不烦，就是……"他忽然凑到黛秋耳边，"我饿了。"

黛秋忍笑："好，咱们先吃饭。"说着，她招呼茶馆的伙计结账。

"那你得请我吃顿好的。"蓝桥继续耍赖，"我现在无工无酬，萧大夫，你可不能不管我。"

黛秋被他逗笑，还要努力装出认真的样子，道："那是，那是，文医生青年才俊，再怎么说，也不能饿死在北平城。"二人相视而笑，看着蓝桥眉眼舒展，笑意盈盈，黛秋十分欣喜，岁月常如斯，当是人间美景。

两个人才出了茶馆，忽见两辆军车急驰而来，横拦在他们面前。蓝桥立刻将黛秋挡于身后。军车上跳下几个带枪的军官，领头的人面无表情地看着他们："是萧黛秋萧大夫么？"

"你们做什么？"蓝桥警惕地道。

"你是萧大夫？"军官不屑地道。

黛秋从蓝桥身后撤出一步，道："我是，你们是……"

"跟我们走一趟。"军官根本不听她说话，伸手拉开车门，"南将军有请。"

黛秋与蓝桥对视一眼，忙道："你家去等我。"

蓝桥朝她和暖一笑："傻子，我会丢下你么？一起去吧。"说着转向军官，"你的车这么大，不在乎多拉上我吧，我是城关医院的文蓝桥，将军若是请人看病，我多少也能帮点忙。"

军官打量蓝桥一眼，并不答话，退了一步，让出车门。

来者不善，坐在后排的黛秋看一眼认真开车的军官，又看看身边的蓝桥。南山虎自然不好对付，可她只是个大夫，大约是有女眷病了。若南江晚在，一切便好说了，只怕不在……

黛秋紧咬嘴唇，左思右想，心中惴惴。手上忽然一热，她低头见是蓝桥用力握着自己的手。黛秋抬头，正对上蓝桥一双笑眼，他缓缓凑到她耳边："别怕，有我在。"黛秋欣然而笑，方才还七上八下的心莫名地安稳下来。

南家住着前朝王公的府邸，十分气派。车停在门口，军官引着两个人向门房交代两句，便另有一个下人打扮的孩子引他俩进去。孩子没把他们引向前堂正厅主人的房里，而是直接去了西跨院。

西跨院单有三进，最北边三间显是才翻新过，连墙皮也比别处新。一个身穿花布短襟小袄的丫头迎上来，笑向黛秋道："是位女大夫就太好了，我们姑娘小，怕见生人，可这病拖不得，您快给瞧瞧。"说着，那丫头掀了门帘子。黛秋与蓝桥相视一眼，才要往里走，却被丫头拦下。

"姑娘小孩子家，爷们儿进去不方便。"丫头笑说着，口气却不容置疑。

黛秋用眼神示意蓝桥停下，蓝桥却不放心地盯着她。黛秋淡淡一笑，转身进了屋子。

屋子想是重新修葺过，桌椅都是新漆过的，散发着浓重的油漆味。黛秋不觉皱

353

了皱眉。一个更小的丫头挑开了里间的门帘，黛秋快步走进去。总算不那么刺鼻，房间里摆设简单，一张不大的架子床上，躺着一个面带稚气的女孩子。

听见有人进来，女孩儿努力起身。"琴姑娘躺着吧，是大夫来了。老爷想得细，请了位女大夫来，姑娘别怕。"

女孩儿惨白的脸，一双带了惊恐的眼睛望向黛秋。原来真是病人，黛秋心头一松，不由也向女孩儿一笑。

黛秋微微施礼，方行至床前。女孩儿直直地看着她，半晌伸出手："我叫南江琴。"声音有气无力，显是病得不轻。

"琴姑娘好，我叫萧黛秋。"黛秋缓了神色，柔声道。

南江琴勉强一笑，道："我知道你，我在报纸上见过你的照片。你比报纸上好看。"

黛秋先搓热了手，才搭上病人的手腕。"报上说你是个很厉害的人，医术高，还有自己的产业，很有钱，你是怎么做到的？"南江琴羡慕地问道。

"并没有姑娘说得那样好。"黛秋心思全在女孩儿的脉象上，便有一句没一句地答话。

"你是关外来的？"南江琴又问，"听说那里山高林密，多有胡匪，又藏百兽，我也想去看看。"

"姑娘养养吧，别说话了，打扰大夫诊脉。"地上的丫头插嘴道。

黛秋冷瞥那丫头一眼，单看神色便知她对主人并不尊重，于是冷声道："去准备文房四宝，当街拉人来看诊，我这儿什么准备都没有。"黛秋语气平静，那丫头却似受到震慑，忙退了出去。

见黛秋斥责丫头，南江琴不由笑了，唇角显出一个好看的梨窝，配上她那弯眼细眉，当真是一副好皮囊。黛秋不由心生怜悯，笑让她伸出舌头看看，又让换另一只手，只觉脉浮而缓，掌心温热，是邪风入太阴之相。

"春寒蚀人，姑娘自当保养。这是着了风，虽不重，却也算是个小伤寒，该细细调养。"黛秋笑向她道，"你怕苦么？"

见南江琴在枕上点头，黛秋便笑哄她道："那桂枝汤里就不加大黄，加白芍也是一样的，只是要按时服用，不可含凉，少食生辛之物。"

"你……能让我慢点好么？"南江琴满眼忧色，悄声问道，"最好拖两个月。"

黛秋有些好奇，道："虽然不重，可伤寒拖久了，恐生大病，姑娘年纪还小，当保重自身才是。"

"我哥好不容易让我病了。"南江琴看着黛秋言行，只觉莫名亲近，她年纪又小，心里藏不住事，"哥说，我病好了，就要出嫁，他不想让我出嫁。"

黛秋蹙眉，眼前的姑娘十五六岁，或者更小。虽说国民政府有规定的结婚年岁，可民间嫁娶多有不遵从，也无甚大碍。况南山虎的女儿，必是早谋佳婿，大约南江琴还小，并不知人事，所以害怕。

"男婚女嫁，人之大伦。"黛秋安慰道，"世人都是这么过来的。你兄长疼你，恐你过门之后吃亏，只是贵府不比别家，等闲谁敢欺负南家的小姐？"

南江琴双眸昏暗，半晌方道："哥说那个男人比我爸还大十几岁……"南江琴转着眼珠，"那算起来，也得六十了。"

黛秋以为自己听错了，直直盯着南江琴。女孩儿垂下眼睑不看她："听说他老婆才死。我想着，其实也不是不行，嫁谁还不是一辈子。可我哥说不行，他怕我同我娘一个下场，我娘到死都在等着我爸，可等死了也没等到。"

看着女孩儿面露哀伤，黛秋收回手，只不说话。她行医十几年，这世上的恶人恶事也见得多了，那些恶事永无尽头。她方才还以为这女孩儿是将军的女儿，金尊玉贵，现下才明白，她的父亲根本不配为一个将军，不过是个无赖的兵痞，而她只是这个兵痞的庶女。国民政府天天说着"人人平等"，而今不但男女不能平等，嫡庶更没能平等。

一时丫头端了文房四宝进来，黛秋随手写了桂枝汤的方子，另加白芍入药，可才写到一半，忽觉事有不对。

这样简单的病症，若是南江晚来找她还情有可原，毕竟有些交情，可南山虎拦路抢人，弄了她来是为什么？以南江琴的脉象，是个中医都得开出桂枝汤，不用大费周章地找她来。思量间，黛秋写毕了方子，交给丫头："煎药时要仔细些。"

丫头答应着，也不上茶上果子，只是道："萧大夫，我家老爷这几日也着实不舒服，方才使人传话来，请你往正院看诊。"

黛秋神情中带着嘲笑："你家老爷大正月里瞧病？真是不怕忌讳。"

丫头被问住了，缓了口气才道："治病最重要，总不好拖着，萧大夫且去看看。"

黛秋抿唇不再说话，出门时，不由住了脚，回望南江琴，只见她单肘撑着，挺起半个身子，恋恋地看着自己。黛秋朝她一笑，转身出门了。

蓝桥迎上来："怎么样？"

"竟是个小伤寒。"黛秋实话实说，"小姐身子弱，也算个大症候。"黛秋说着朝蓝桥使个眼色，那眼锋直扫向身边的丫头。蓝桥会意，伸手扶了黛秋，二人似亲密地走在一处，黛秋悄声道："普通病症，大正月里着急看病，我怕另有别情。"

"秋儿，你别怕，有我在。"蓝桥悄声道，"就算这院子住了一个连的兵，我只擒了南山虎一个，咱们也能全身而退。"

"你别乱来，若要咱们的命，也不会在青天白日。"黛秋坦然道。

说话间，二人被带到前堂正厅，进门就看到一幅高山图，下面一张枣红漆的大方几，南山虎一身长袍马褂，闲闲地坐在上首喝茶，见他俩进来先看向蓝桥，只觉他相貌气度也当是簪缨之家出身，只一时想不出是哪家的少爷，再看黛秋正不卑不亢地平视自己。

南山虎起身笑道："大正月里，还没给萧大夫拜年，倒劳烦萧大夫跑这一趟。"

"方才听说南将军身有微恙，来看看也应该的。"黛秋说着客气的话，面上却无半点和颜悦色。

南山虎赔笑道："萧大夫，我知道，为着上次的事，咱们之间有些误会，我南山虎不是小气的人，咱们翻过篇就忘了吧，重打鼓，另起头。哎，对了，你还没帮我看病呢。"

"将军说话中气十足，满面红光，我看也没什么病。"黛秋回道。

"哎，你们中医讲究个望、闻、问、切，你这不是还没切脉么。"南山虎说着，竟上前拉黛秋的手。

"你做什么？"一旁的蓝桥抬手挡开两人，"南将军，我是西医，你的病还是交给我吧。"

"会动武的西医？"南山虎瞪一眼蓝桥，"可惜了，你若扛枪，必是个好兵。"

蓝桥面带不屑地看着南山虎："将军说笑了，现下哪有好兵？贵部每次摊派军饷，我们博源堂一个子儿都没少捐，南将军，不看人的面子，也看钱的面子，你若无事，大正月里的，我们就不在这儿用饭了。"说着，他拉起黛秋就走。

"萧大夫，慢行一步吧，我还没送客，你们怎么出得去？"南山虎冷冷一声，二人不约而同地回头望他。

第 96 章
事出反常必有妖

南江晚还没走到家门，先看见了门口停着南山虎的专车。有车在，人一定也在，南江晚不由挑了挑眉，每年正月，南山虎通常要去给国府各位长官拜年，又要给几位大帅拜年，又要摆酒请客，请堂会，忙得不可开交，少有在家的时候。他也是因为这个原因，才早早地回家。骆长风已经把得用的人手找到了，他要安排好府里的一切，最好神不知鬼不觉地带走妹妹，若没能成事……南江晚摸了摸口袋里的勃朗宁。

"晚少爷。"门房行了礼。

"老爷才回来？"南江晚随口一句。

"哪呀，老爷就没出去，琴姑娘病了，老爷请了位女大夫来。"门房一壁厢说，南江晚一壁厢走，并不在意，忽然"女大夫"三个字落入耳中，他猛地停住脚。

"女大夫？"南江晚立刻想到，"是博源堂的萧大夫？"

"嗐，我哪知道。"门房笑应着，"我连正脸都没见，再说我也不认得少爷说的那个什么……"

"老爷呢？"南江晚打断他。

"哦，我才见送茶水的去了正堂客厅。"门房话音未落，南江晚人已经过了影壁墙。

正堂客厅里，南山虎不慌不忙地坐在上首喝着茶，黛秋与蓝桥对视一眼，蓝桥才要发作，黛秋缓缓朝他摇头。

"南将军。"黛秋勉强抿出一丝笑意，"我没听错吧？您要一万块大洋买下博源堂的鹿趟、参园？"

"一万块大洋是不多。"南山虎闲闲地说，"可老话说'家有千万，带毛的不算'。你那一趟子鹿也敌不过一次鹿瘟，真发了瘟病，毛都不剩。那园子里的参或旱或涝也就没了。"

蓝桥怒气上涌，几乎在拍案而起，黛秋死死压住他的手，向南山虎道："那……炸鹿茸的作坊呢？"

"嗐，那不是与趟子在一处的么？自然不能分开。"南山虎理直气壮地道。

黛秋冷笑一声："南将军，漫说鹿趟到底值多少钱，单是每年出成药的收益也不止一万块大洋，您这与明抢有什么区别？再说，趟子也好，园子也好，都在关外，直奉素有恩怨，我就是白给您，您敢去收么？您往东北赚大钱，要不要知会张督军？"黛秋说着，冷下脸来。

谁知南山虎竟不恼，"嘿嘿"地笑道："萧大夫虑得在理。要不然这样……"南山虎说着，眯起色眼，上上下下地打量黛秋，"萧大夫年岁也不小了，不如……我娶了你，那趟子呀，园子呀，就当作你的嫁妆……"

"你放屁！"蓝桥拍案而起，"南山虎，国民政府再熊，这世道再乱，也容不得你这样胡作非为。秋儿，咱们走！"说着，他拉起黛秋就走。

两人还没走出两步，只听身后一声枪响，一队穿直系军服的军士端枪跑进来，齐齐对准黛秋和蓝桥。

"萧大夫，我们南家的大门不是你想进来就进来，想出去就出去的。"南山虎丢下手中的盒子枪，冷冷地看向他们。

门外的南江晚便是被这一声枪响惊住了脚步，他麻利地躲进墙角，竖起耳朵，听着里面的声音。

黛秋缓缓回身，怒向南山虎："南将军，你做好强拘我在这里的准备了么？不怕北平药行找你要人么？后日是中西医联合会的会期，我若不出现，你的行径全北平就都知道了。"

"所以萧大夫你要早点答应呀。"南山虎皮笑肉不笑地道，"你答应了，那就是'天要下雨，娘要嫁人'的事，谁也管不着。你放心，我不会把你娶进来做小，站规矩伺候正房太太，我听说萧家的老宅也不小，只住着你多寂寞，咱们就在你那里办事，以后你就是我的外室，独门独院，独自当家，可好不好？"

"寡廉鲜耻！"蓝桥说着便一步扑过去，面前两支长枪被他一腿扫掉，才要再扑，两声子弹上膛的声音，两支长枪直直地指向他的后脑。

"别动手！"黛秋厉声道，军士们知道轻重，自觉地退后一步，黛秋死死拉住蓝桥，向南山虎道，"小妾也好，外室也好，将军都已经晚了。"说着一把扯下盘扣上的铁镜，举给南山虎看，"我与文蓝桥早有婚约，这是文、萧两家的定信，说起来也二十年了，我们俩已经准备回关外完婚了，以还父母长辈的心愿。"竟然是在这种情形下说出婚约，黛秋自己也没想到，蓝桥也顾不上欣喜，握紧黛秋的手，双眼怒视南山虎，几乎喷出火来。

谁知南山虎只是"嘿嘿"地笑，仿佛听见一个天大的笑话，半晌方止了笑，道："实不相瞒，婚不婚，约不约的，我不在乎。那是……谁来着？是我从人家的喜床上扯下来的。萧黛秋，你最好想清楚，我可不是在同你商量。你在开原药市抄了我的烟土，你知不知道，我花了多少大洋赎回来的？"南山虎不欲再言，冷声吩咐道，"来人，把他俩'请'到后院，找间结实的屋子关好了。这位文医生像是有点子功夫，给我捆结实了。"

门外的南江晚忙退至房角边躲起来，微微伸头，见军士将蓝桥五花大绑，对黛秋倒算客气，只是十几条长枪指着，但凡多动一下，都会立时被打成筛子。事已至此，南江晚缓缓后退，以房角树荫为掩护，悄悄地走了。

逼仄的仓房被清得空无一物，黛秋四下寻找，连一截硬实的木棍都没找到，她用力地拍着门，周围竟连狗都不叫，必是极隐蔽、偏僻的处所。几番折腾无果，黛秋终于卸了力气，一屁股跌坐在地上。身上没了力气，脑子却异常清醒，从街上到南家，一幕一幕细细回想，总觉得哪里不对。

"秋儿，秋儿！"蓝桥的声音似叫醒了黛秋，她愣愣地四下看看，努力分辨方向，原来她与蓝桥只相隔一堵墙，且那墙是草灰和泥筑的，年深日久，已经斑驳得不成样子，也不隔音。

"蓝桥，你别怕，我在这里。"黛秋提高了声音。

蓝桥被反绑着，听到黛秋的声音，不由松一口气："我才想说让你别怕，你反来劝我。"

黛秋蹭到墙边，抱膝而坐："蓝桥，你那边……"

蓝桥会意："只我一个人。这屋子里什么都没有，想跑是不太可能了。"

黛秋也松一口气，再三思量，方开口道："这件事不对。"

蓝桥本在挣扎，想用蛮力扯断绳子，听黛秋这话，忽停了动作。黛秋忽然高声："来人啊，着火啦，来人啊……"

"你怎么了？"蓝桥惊道。十几声之后，黛秋的声音陡然停了。蓝桥急道："秋儿，你怎么了？"

"别担心，我没事！"黛秋的声音忽然沉下来，"我只是想试试门口有没有看守。"

蓝桥快要吐出来的心才缓缓落了回去："看起来没有。"

"蓝桥，你听我说，这件事不对。"黛秋也是才想出头绪。论样貌，黛秋实在是个美人，可北平城缺美人么？再怎么好看，黛秋已经韶华不在了，那十七八岁能掐出水的洋学生不更惹眼么？南山虎做什么不计手段地闹这一出？

回想当初开原药市抄出的鸦片，现在又逼着黛秋交出家底，这诸多事汇在一处，竟都指向同一件事：钱！

向来军饷摊派数额不菲，南山虎大可以体面地咬食民脂民膏，可他一点体面也不要了，送女儿给老头子做填房，因为吕家有钱，拘禁黛秋，是因为黛秋有钱。南山虎撕掉最后的遮羞布，只能说明，他已经缺钱缺到要发疯了。可是什么让他这样缺钱呢？

"打仗！"多年的默契让蓝桥立刻明白了黛秋所想，"这些年，各位大帅就没消停过，南山虎疯成这样，说明前线吃紧。秋儿，他就快撑不住了。一定是这样，北洋政府都快扛不住了，树倒猢狲散，他在给自己找退路。"

"所以蓝桥，咱们拖着，必要时，假意应承，他越急，咱们越不急。"黛秋眼前一亮，"北平博源堂的一切都可以给他，横竖不值什么，咱们的钱在关外，他不敢明着去抢，若要我出面让庆云堡汇钱入关，他就不能让我死。"

"虽然性命无虞，可我怕他欺负你。"蓝桥急道。

"兔子急了还咬人。"黛秋眯了眼睛，恨声道，"我不怕死，可他怕我死。"心中定了主意，一直紧绷的神经终于松下来。冬夜寒冷，土墙又不严实，似有冷风挤过千疮百孔吹进来，黛秋抱紧双臂，忽想起隔壁的蓝桥还被绑着。

"蓝桥，你冷么？"黛秋的声音不大，这是最无力的一句话，因为就算蓝桥很冷，她也再没办法庇护他。

"秋儿，我太没用了。"蓝桥终于放弃了挣扎，"我不能保护你。"

"傻子，你不是一直都在保护我。"黛秋唇角抿出一丝笑意，"咱们生在这乱世，遇什么事都不奇怪。我也对不住你，那对镜子的事，我一直没告诉你。"

"其实我知道。"蓝桥怅然，"太太临终前告诉我了，这么多年委屈你了。其实我……"蓝桥语塞，他一直爱着黛秋，把她放在心里，不是心尖，不是心室，是一整颗心，只能放得下她一个人，可眼下这情形，实在不是说情话的时候。

天色已晚，门缝里透进月光，蓝桥不由苦笑："明天是十五吧？又是十五，我大概与上元节犯冲，两次，两次被绑都是十五。"说着，他苦笑起来。

黛秋倚着土墙，也不由笑起来。当年的烟花如在眼前，可那是多久远的事了……

两个门锁不约而同地打开了，有下人各捧一套被褥进来，放于两人身侧便匆匆出去，只是黛秋这边的门立刻锁上了，可蓝桥那边的门却又走进一人。

"南江晚？"蓝桥有些惊讶。

"我妹子吃了萧大夫的药，果有效用，这些铺盖就当是萧大夫的车马费吧。"南江晚一身制服斗篷严严地裹了自己，居高临下，面带鄙夷地开口。

"你是来探监，还是来叙旧？"蓝桥冷声道。

南江晚一脚重重踢在蓝桥身上，似不解恨，俯身一把揪起他的领子："你是什么人？跟你叙旧？我告诉你，如果不是因为萧黛秋还有些用，你们的命早没了。"

蓝桥恨恨地瞪他一眼。"怎么？不服？"南江晚睁圆了眼睛瞪着蓝桥，"当初你们抄我们南家烟土的时候就该想到有今天。我告诉你，至多两天，你最好让萧黛秋顺顺溜溜地答应下来，不然你们的命怕就留在这儿了。"

南江晚说着，丢下蓝桥，起身就走。身后两个军士有些奇怪地看着他们那位任性的少爷，平日里他几乎不管家里的事，待人也少有这样恶毒。这是哪根筋搭错了呢？两个人想不明白，只得跟着走了。

房门重新落锁，蓝桥那一脚被踢得不轻，好不容易缓过气，不由咳了两声。"蓝桥，你怎么样？"黛秋急道，等了半晌，再未听到声音，心头不由一紧，"蓝桥！"

"别怕，我没事。"蓝桥的声音极沉极低，"南江晚是来救咱们的，他方才假借打我，给了我一把匕首。等我割了绳子，过去救你。"

"你别动。"黛秋立刻道，"别割绳子，什么都别动。"蓝桥停了手中的动作，只听黛秋继续道，"他们父子向来不和，南江晚天天票戏逛园子，从没听说他帮南山虎做过什么，突然这样反常，南山虎不会怀疑？你若割了绳子出来，不但咱们逃不出去，还会连累南江晚。真到生死关头，越发没人帮咱们了。"

蓝桥心里虽然明白，却也十分不解，老子和儿子也会算计到这个程度么？他用手指摩挲着锋利的刀刃，然后小心地将匕首藏在身后。

彼时，南山虎仍在书房看地图，面色焦虑，完全没有白日里的气势。副官悄悄走进来，往南山虎耳边说了几句。

南山虎眉头一紧："仓房那边有什么动静？"

副官摇头："卑职也怕其中有鬼，派人远远地守着，并无异常。卑职私心想着，晚少爷最疼琴姑娘，听说琴姑娘吃了萧大夫的药，连咳嗽都轻了，少爷不过是念在琴姑娘的分上，给了他们些御寒的东西。这也罢了，他不送，卑职也是要送的，那姓文的死活没大要紧，萧大夫与将军还有大事要办，病了总是不好。"

南山虎冷哼一声，想想自己那个天天票戏捧角儿，就是不干正事的逆子，不屑地道："我谅他也没那么大胆子……"

第 97 章

荒唐公子一出戏

天光大亮，福荣兴的院子忙忙碌碌，这是开箱的第一场戏，"开门唱堂会，金银装满柜"。今日便是北平城里首屈一指的富贵人家，内务部次长吕家送南家上元节堂会。堂会的包银不少，且都是年例外另算的，因此班中老少皆面带喜色。

骆长风也早早起身，红萼亲奉了漱口水并早茶。她今天穿了一身簇新的红色团襟绲边长袄，同一色石榴裙，两支红宝石珠花簪了头发，十分耀眼。

长风在镜中与红萼对视，不由一笑："这一身好看。"

红萼也是一笑："今儿是上元节，爷的大日子，自当隆重些。"

长风才要说话，便听院子里的孩子叫嚷："南爷来了。"话音未落，只见南江晚挑了帘子进来，仍是往日的嬉笑面孔，眼下却是一片乌青。

"南爷来得倒早。"红萼今日才觉得南江晚那张玩世不恭的脸也没那么讨厌。

"我是来给你们爷扛包的。"南江晚笑道，"今儿这样的日子自当有一醉，就劳红姑娘操持，准备下好酒好菜，散了戏，我与长风一醉方休。"

红萼知道他们今天要做什么。昨晚三更之后，南江晚才灰头土脸地跑来，他怕惊动了人，竟是翻墙跳出自家院子，又翻墙进了福荣兴，害得红萼差点将他当贼拿了。南江晚原本就预备趁堂会人多杂乱，将长风找来的江湖帮手带进南家，将南江琴救走，若他们的父亲没察觉也就罢了，若事有不周，他已下定决心，遇神杀神，遇佛杀佛。

长风倒无所谓，只说一句"以子弑父，有违天伦，总有旁的办法"。可昨晚听了南江晚带来的消息，他恨不能立刻闯进南家。

然而南家里里外外的护院并不比正规军差，即便闯进去也是救不出人来，南江晚叮嘱长风，明天无论遇见什么，只需老老实实唱戏，其他皆不必管，也不要招惹南山虎，不要引起旁人注意。若他失败了，求长风无论如何带走南江琴。

"今天有大事，咱们喝一杯壮行酒吧。"南江晚笑嘻嘻地掏出他随身的一只美制酒壶，就着桌上的茶杯，倒出三杯来，一杯递与长风，又一杯递与红萼。

红萼冷眼看着他，伸手一把抢过那酒壶，里外仔细地察看，确定酒壶上没有巧簧机关。"我知道爷和南爷都不想让我去。"红萼放心地将酒壶递回去，"可是红萼必得跟着爷，爷在哪，我在哪，你们俩别想蒙过我去。"

"你一副水晶心肝，谁能骗得过你？"南江晚笑着凑近红萼，"其实我也是这个意思，红姑娘在哪，我在哪。"

红蕚忙退一步，狠狠白了他一眼。南江晚倒不在乎，举起茶杯："来，干了这个，咱们走。"

三人一饮而尽，红蕚便转身去拿包袱。长风与南江晚对了个眼色，南江晚心领神会，从口袋里掏出一方帕子，从背后直捂了红蕚的口鼻。浓重的乙醚味冲进红蕚的鼻腔，她还来不及挣扎，便软软地倒进南江晚怀里。长风和南江晚不约而同地将嘴里的酒吐在地上。乙醚可以保证红蕚晕倒，酒里的药可以保证她不会提前醒过来。

南江晚小心地将红蕚抱到床上："好丫头，你乖乖等着，若大难不死，爷来接你。"说着，他回身看向长风。长风仍旧一脸云淡风轻，仿佛只是赴一场普通的堂会。

南家的花园子里张灯结彩，新搭的戏台裹了各色彩带，显见主人家是用了心的。各家戏班的角儿皆聚在抱厦里装扮。骆长风是攒底的大角，那穴头算识趣，单用布帘为他隔开一个单间。

穴头对着手中的戏单点着人头，点来点去，竟生生少了一折戏。"哎？老几位，'战马超'哪儿去了？"穴头五十岁上下的年纪，唇边的胡子修剪得整齐，显是极干净的人，可此刻也顾不上擦那一脑门儿的汗，见众人皆摇头，他急道，"这话怎么说的？长喜班的人呢？这是南将军家的堂会，误了戏，这谁担待得起？"

一个正旦对镜描着细眉，冷声道："这么大的堂会，你也敢找长喜这种小班子，真误了戏……"说着他又是两声冷笑，"我才见吕次长的专车也来了，这个鱼头你就拆去吧。"

冷汗如注而下，穴头忙吆喝人："快，快来人，去长喜班找人，要不是骆老板攒底，这出戏我会用他们？"

"吵什么呀？"南江晚挑开布帘，从长风的隔间探出头，"懂不懂规矩呀？这是高声的地界么？"

穴头忙点头哈腰："不知道少爷在这，长喜班没来，我这就着人去找。"

"找什么呀？"南江晚不耐烦地道，"什么东西，不识抬举，我告诉你，别找，以后我们南家永远不用长喜班唱堂会。"

"那，那这戏……"穴头有些着急，"这戏单子可是贵府管家给我的，说是南将军看过了的。"

"没了张屠户，咱也不能吃带毛的猪。"南江晚白了穴头一眼，"瞧你找这角儿找的？净添乱。这么着吧，这些天，老爷子要纳新，我家妹子要出阁，双喜临门的事。我这又当儿子又当哥的，怎么也得表示表示，那我就勉为其难献一出吧。"

一听这话，穴头脸上笑出了褶子，南江晚票戏是梨园行有名的，关键不在他唱的好坏，这个节骨眼儿上，旁人就算能串戏，也难免落下褒贬，南江晚是将军的亲儿子，唱得好是人家的本事，唱得不好也不过是主家图一乐，怎么都怪不到他头上。

"少爷，你……你可真是救场如救火。"穴头恨不能当众给南江晚磕个头。

"别跟这儿废话了，给我寻行头去。"南江晚不耐烦地道。

"成成，快来人……"穴头话说到一半，忽又蹙紧了眉头，"哟，这，这不还缺着张飞呢。"

"说什么呢？"南江晚睁圆了眼睛，"我就是那个莽撞人，骆老板现成的马超，他反正攒底的，《长坂坡》他来得及。"

众人不再说话，就算骆长风不给南江晚搭戏，旁人也不愿意傍着眼前这少爷羔子扮戏，万一这少爷不顶事，准埋怨旁人，骆长风这些年受南家的捧场，出点力也是应该的。

穴头连连向帘子里面道谢，南江晚不耐烦地缩回头，狠狠拉上帘子。外间的诸位角儿面面相觑。

长风铺好妆奁盒子，静静地看向南江晚。"骆老板，相识这些年，您可没给别人扮过戏。"南江晚眨着眼睛，一脸期待地看向长风。长风含笑，伸手将薄粉拍在掌心，然后抬头看向南江晚。

"我还能再有个要求么？"南江晚得寸进尺地盯着长风，长风只看着他，笑而不语。

门锁轻响，黛秋警惕地坐起来。南家今日有大事，早起送饭的人已经告诉过她了，来人还传了南山虎的话，让她快些想清楚，过了今日，南将军要亲自来问话。

黛秋猜想今日不会再有人来问话，或是送饭，谁知这会子锁响。"哗啦"一声，门上的锁链开了，黛秋不自觉地退后，只见一个蒙面大汉提着一把尖刀走进来。

"你是谁？你要做什么？"黛秋几步退到墙角，屋子里什么都没有，她随手将地上的铺盖扬了过去。那人轻轻一躲，才要上前，只觉身后有风，忙又缩头，蓝桥一把锋利的匕首贴着他的头发划过去。那人大惊，反身双手按住蓝桥的刀。

以蓝桥的功夫，与这样的人单打独斗还不成问题，他轻松甩开男人的手，才要再刺，身后不知何时站了两个大汉，也蒙着面，他们一人一个胳膊，没死没活地拉住蓝桥，倒腾出方才那人来，他急忙转向黛秋："萧黛秋？"

黛秋机械地点头。那人忙道："有人花钱请我们来救你，快跟我走。"他像是这几人的头目，朝另外两人一挥手："快处理掉他。"

"不行！"黛秋忙道，"我们是一起的。"

"文蓝桥？"领头人看看蓝桥，见对方点头，"嘻，有人出钱找兄弟们救你们俩，你怎么自己出来了？这不是白耽搁工夫么？"领头人不耐烦地一摆手，"算了，跟我们走吧。"说着，直将两个人拉出仓房，蓝桥这才发现，门外还有两个人。几人十分默契，瞬间将黛秋和蓝桥围在中心，一壁厢警惕四周，一壁厢朝西走。

领头人轻车熟路，仿佛对南家大宅院很熟，专挑隐蔽的房后树影走，整个宅子都在忙着摆席迎客，无人偷闲，因此角落里也少见人。"你们要去西跨院？"黛秋终于认出了路，"你们……"

"还有一个人，接上一起走。"领头人压低声音。

是南江晚！黛秋几乎可以确定，他拖延着南江琴的病原来是想把她救走，可南江琴明明说个把月，为什么南江晚的行动提前了？黛秋来不及细想，蓝桥死死拉着她，事到如今，只得走一步，算一步。

"这么些人目标太大！"领头人指着其中三个人道，"你们护送他俩，西角门有半间倒斜房，你们在那里躲着，我去接那个，咱们那里会合。"

"那是个孩子。"黛秋忙道，"你们这样吓着她，若喊起来不是惊动了人，我同你们去，我是她的大夫，那孩子信我。"

领头人再没想到眼前这女人不想着逃命，倒想着救人，于是点点头。蓝桥忙道："那我也去，我……我是她男人，我得保护她。"

"我们会保护她。"领头人再不听蓝桥说，拉着黛秋就走。蓝桥要跟上，却被三个大汉拦下。

戏台下，看客们连连叫好，南山虎与吕次长说着虚伪的客套话。吕次长意兴阑珊，这些玩意儿实在提不起他的兴趣，笑向南山虎道："琴小姐怎么不见？"

南山虎没想到吕老头能不要脸地问出这句话，想来他对南江琴必定十分中意，于是笑道："前儿着了风，身子不爽快。"眼见吕老头的笑容渐冷，南山虎忙改口，"也不是什么大病。"说着扭头向身边的下人道，"去，请琴姑娘来。"下人应声而去。

后台诸人均已扮妥了戏，白袍白甲，背了大靠的马超十分精神，那张飞是大花脸，怒目圆睁，似真能喝退百万大军。

"南少爷真当吃这口饭。"正旦笑盈盈地看着他，"瞧瞧，你这戏骆老板是用心教了，这一举一动竟与骆老板是一个模子的，你当心一会子散戏，那些公子少爷把你当成骆老板围着。"

大花脸笑而不语，抬手抓起一杆枪，翻手挽了个枪花，喜得穴头直拍手："南少爷，您……您不下海真是咱们的损失，您……您要下海，可一定来找我，我保您大红大紫！"大花脸笑得露出一排整齐的白牙，扭头看向身后的"马超"。

西跨院里，两三个小丫头在院中戏耍，因是正月里没什么活计，只管尽兴地玩。那领头人抽出手枪。黛秋忙道："这边响了枪，不就惊了花园子？我有办法。"说着，她自己走出去。

丫头们见是生人，忙围上来，其中一个正是昨天服侍南江琴的："萧大夫，您怎么来了？那起子听差的又偷去听戏了，连个支应的人都没有。"

"我识得路。你们琴姑娘昨夜好睡么？将军接了我来再瞧瞧她。"黛秋笑道。

"顶数昨儿晚上睡得好。"南家宅院极大，各屋各院的消息并不相通，尤其是家主逼娶外室这种事，除了南山虎身边亲近的人，旁人并不知道。

小丫头笑道："这大过节的，又劳您驾了，快随我……"话没说完，围着黛秋的两三个丫头一翻白眼，晕了过去，与黛秋说话的丫头，只觉后颈一疼，不知发生什么事，才要回头的，又是一疼，她白眼一翻，也晕过去。

领头人笑道："这丫头扛揍嘿！"黛秋也不顾他们，直朝南江琴的屋子跑去。

南江琴原本也做好了哥哥会来救她的准备，按照南江晚教给她的，什么都不带，只有一小包金条并几块大洋贴身带着日夜不离。可即便这样，见黛秋带了几个彪形大汉来，她仍旧害怕。好在昨日黛秋在丫头面前维护她，又说了那些推心置腹的话，南江琴便认她作好人，忙忙套上外衣便走。

领头人略带疑惑地看看黛秋："你……是什么人？看着是一把柴火，还怪好用的。"

"大当家别说笑了。南家的护院都有枪，咱们又带着孩子，如何全身而退？"黛秋急道。

谁知领头人不慌不忙，掏出怀表看了看："我们兄弟既应了差事，自当办好，你只管放心。是时候了，咱们快走。"

几人匆匆出门，可才到院中，便见来请南江琴入席的下人赶来，那人一见院子里七倒八歪的丫头先惊住了，再抬头，正见黛秋拉着南江琴，并几个蒙面大汉。

"这个是找死了。"领头人抽出手枪，还来不及扣扳机，却见那人也翻了个白眼，堆躺倒地，露出了身后的文蓝桥。

"有点意思。"领头人直将众人都拉到西跨院月亮门旁的墙根儿下躲着，向蓝桥道，"小子，有两下子，不如跟我们干吧，包你赚大钱。"

蓝桥冷哼一声："昨天还有人找我当兵呢，这位当家，我可是个红人。"

黛秋不明白这几个人为什么不直接将他们带走，心里着急，却又怕南江琴急，只拉她道："好丫头，别怕。"声音未落，只听领头人长长一声口哨，紧接着，宅院四周，此起彼伏地响起鞭炮声，还有二踢脚，双响炮，噼里啪啦乱响。领头人一笑，直嚷了句："走！"

花园子里，众宾客也被炮声扰了听戏的兴致，只不知谁家围着南府放炮，这不是大过年的找死么？南山虎也怒气上涌，当着吕老头，他又必得收敛些，忙扭头对身边的副官道："去看看，怎么回事！"

台上锣鼓胡琴不停，戏码便不能停，台上两个人的长靠已经换成短打，一白一黑，两下里打得正欢，一时马超占了上风，台前亮相，正见台下人左顾右看，寻找放炮的方位，马超迅速从腰中抽出一支黑亮的勃朗宁，直指南山虎，然而他狠咬牙根，到底没能开枪，将枪口转向吕次长。

长年作战，南山虎对危险有着动物一样的警觉，他猛地扭头看向台上，正见马超端枪，吓得他狠踹一脚吕老头，随即拔枪。两声枪响，吕老头肩头开花，台上的白衣小将胸前缓缓洇出红色……

第 98 章

只当漂流在异乡

　　骆长风抽出短枪，对着南山虎就是两枪，飞身扑倒中了枪的南江晚。原来方才扮戏时，南江晚要求扮一次马超。马超是三国里的大英雄，他这辈子都想当一回英雄。为不让旁人看出来，长风亲自给他画了脸，画成自己日常习惯的画法，他两个身高、身材本就相似，再穿上戏服，旁人再看不出来。

　　台上台下枪响，众宾客直吓得四下逃窜，连台上鼓乐弦师也跑了。南山虎还要开枪，却被一个宾客撞了一头，气得他直将那人踹飞。吕次长躺在地上一动不动，晕死过去。南山虎怒向台上又是几枪，骆长风裹着南江晚躲进戏台衬板后面。

　　"我说你下不了手。"骆长风嘲笑道，"你只管不信。"可惜他没能笑到最后，肩头不知何时也中了枪，剧烈的疼痛让他闭了嘴。

　　南江晚胸口中弹，疼得直哆嗦，听着南山虎打光了弹夹，才道："这边一响枪，所有护院都得来，江琴他们就好逃了。"

　　护院的两队近卫兵急急地赶来，对着台上便要开枪。"都住手！"南山虎怒喝一声，"老子的种，老子自己收。南江晚，你别以为我舍不得要你的命，勾结外人来杀老子，你不怕雷打了的逆子！"

　　声音越来越近，南山虎已经站上戏台，骆长风看着血流如注的南江晚，不由一声苦笑："知道英雄不好当了吧，我掩护你走。"他狠咬了咬牙，再开口却已是京韵道白，"阳间地府俱相似，只当漂流在异乡！"说着，他几步走上台，台下一阵子弹上膛的声音，只因南山虎也在台上，众人不敢开枪。

　　长风一袭黑色戏衣，张飞的脸谱遮住了他原本的面目。南山虎不屑地冷笑："这么快就投降了？我说你小子一辈子就是个孬种，跟你那没脸的娘一样。老子是造了什么孽，生下你这么个畜生……"

　　长风只不说话，只要他不发出声音，南山虎根本看不出他是谁，他缓缓举起双手，笑着走向南山虎。

　　见儿子这怂样，南山虎直被气笑了，不由缓缓放下手中枪："披上龙袍，你也不是太子，烂泥扶不上墙的东西，明天老老实实给我滚回乡下待着，我留你一条狗命。"可他不知道，长风的枪别在身后。

　　台板后面的南江晚知道长风要做什么，可台下那几十支长枪不会放过他，这个英雄他不能让长风当，他南江晚才是今天的大英雄。他狠咬牙根，从怀里抽出一只美式手雷，毫不犹豫地咬掉引信，聚集身上所有的力量猛地起身，一步跳出来，飞扑向南山虎："长风，快跑!"话没说完，两个人已滚落下台。

南山虎也惊住了，他这才发现，刚才击中的是自己的亲儿子，然而他再没有时间想其他事，他看见死死抱着他的儿子和夹在他们父子俩中间的手雷，南江晚朗声大笑，紧接着一声巨响，所有人都惊呆了。

长风最先回过神来，飞身跳下，直朝东跨院跑去，身后子弹横飞，他不管不顾，只拼命地跑。南江晚给了那些人西角门的钥匙，他拖延的时间越久，那个女人逃生的机会就越大。

胸口忽然一疼，一颗子弹后进前出，长风一个趔趄，几乎摔倒，紧接着又是一颗子弹穿胸而过。长风终于站住了脚，卫兵见状也停止了射击，以为能落个活口，对上也好有个交代。长风缓缓回过身，看着眼前陌生的众生相，他忽然很想念他识得的那些人，萧黛秋，南江晚，红萼，还有父亲，大约是他这一生中能想念的人不多，他竟然想起了父亲。剧烈的疼痛让他异常清醒，过往点点滴滴又重回眼前。

他这一生都在复仇，心冷手冷，这世上的一切于他，都是错的，唯有那年上元节的烟火，最暖，最灿烂。"生在人间有散场，死归地府又何妨。阳间地府俱相似，只当漂流在……"长风重重仰倒在地，副官扒开卫兵挤上来，不知说了什么，众人再不理他，转身跑走了，天空蔚蓝，长风唇角微微翘起，缓缓闭上眼睛。

且说几个大汉趁乱护着黛秋、南江琴和蓝桥出了西角门，才转出巷口，却见一身乔装改扮的陶二柱带着三辆大骡车等在那里。一见众人出来，也不多话，直接掀了车帘。众人慌忙上车。三个车把式熟练地落了帘子，高高扬鞭，大骡车一颠一颠地跑走了。

黛秋带着南江琴，与二柱一辆车，她惊魂未定地看向二柱："你怎么来了？你怎么知道我们在这里？"

"别提了，药王爷保佑，昨晚上南少爷跳到我院子里，把我吓个半死，他告诉我，你被南山虎那狗东西抓了，他说他会救你，让我这个时辰，在这儿等着接应。"二柱忽然又想起一事，忙从怀里抽出一封信，"哦对，这是他给你的信。"

黛秋一把接过，抽出来细看。南江晚的信是情急之下写的，只有寥寥几句。他要救妹妹，因为妹妹是他此生最重要的人，长风要救黛秋，因为黛秋是他此生最重要的人。二人一拍即合，抱了赴死的决心往南家救人。南江晚请求黛秋，若他不幸命殒，请黛秋善待江琴，若妹妹能得黛秋教导，他南江晚做了鬼也元天在阎王爷驾前，为黛秋求一个长命百岁。

"长风呢？南先生呢？"黛秋死死抓住二柱，"你看到他们逃出来了么？"

二柱摇头，黛秋猛地挑开车帘："掉头回去！快回去！"

"东家!"二柱拉回黛秋，"南少爷和骆老板拼着命救你们出来，你可不能再回去送死!"

"南山虎是什么人？他不会放过长风！快回去救他!"黛秋急道。

"他也不会放过我哥哥。"南江琴几乎哭出声，也拉二柱道，"求求你，快送我回去，我可以嫁到吕家去，六十还是八十我都不在乎，让我去救我哥……"

正哭着，骡车忽地停下了，三人皆惊，二柱探出头，才发现骡车停在一个僻静的胡同里。"什么事？"二柱心慌地问。

车把式倒算老成，沉声道："不知道，街面上到处是兵，不知是个什么意思？我怕有什么不妥，停在这里避一避。"

二柱松一口气，自跳下车，壮着胆子蹭到街边，见街市上一片混乱，大队大队的兵跑得丢盔卸甲。若说来抓他们，这兵也太多了，街上行人都躲着走，摆摊卖杂货的人也缩到墙根儿下。

"发生什么事了？"二柱问着离他最近的一个货郎。

"王八蛋才知道，这帮兵发什么疯，你瞅瞅把我这货踩的！"那人怨声道。

二柱少不得又强拉住路上一个穿长衫的行人："先生，先生，问您一声，这出什么事了？"

那男人急着走，不愿理他，可二柱就是不撒手。男人不得不回答："嗐，奉军入关打过来了，吴大帅南边又吃了败仗，这南北一夹，冯大帅带兵跑了。你也快回家吧，咱老百姓不让枪子扫着就算万幸。"

二柱来不及道谢，那人已经走了。他忙跑回车边，将问出来的话回了。黛秋也跳下车，向二柱道："你一定护好琴姑娘往咱们家去，再去铺子里，让伙计们上板守铺子，别乱跑，若有事，宁可什么都不要，保命要紧。我去南家看看，街上都乱成这样，长风他们或有机会逃出来也未可知。"

"东家，你不能回去！"二柱死拉着黛秋不撒手，"好容易逃出来的，我连行李都准备好了，咱们直接往火车站，我送你上车出关。"

"二柱哥！"蓝桥也挤到黛秋身边，所有人都没料到街上会突然乱成这样，那几个江湖人眼见骡车走不动，便隐在市井中各自散了。蓝桥也从他们口中得知，是位出手阔绰的富家公子放花红，按那些人的形容，蓝桥也猜到是南江晚。方才离开南家时，分明听见花园子的方向有打枪的声音，他深觉不祥。

"还是我回去看看。"蓝桥沉声道，"现下乱成这样，南山虎未必有心思处置他俩，万一能逃出命来，我去接应他们。"

不知从哪里又传来两声枪响，二柱和蓝桥都被吓了一跳。"我的爷，您也瞧见这街面上乱的，可不能再出事了。您也好，东家也好，快走吧。"二柱苦劝道。

蓝桥也犹豫了，现下南家的情形不知，城中情形也不知，万一黛秋再有闪失，他就算搭上自己的命也无济于事。

"萧大夫呢？"南江琴从车里探出半个头，左右没有瞧见黛秋。

蓝桥和二柱这才发现，黛秋早已不在身边。"糟了！"蓝桥才要跑，先一把抓住二柱，"你想法子带这丫头回去，再不许出来！"说着，他拔腿就跑。

树倒猢狲散，临难各自飞。南家宅院里已乱作一团，几个姨娘带着幼子抢夺财物，忙着逃跑，下人们又想从姨娘们身上捞好处，又想夹带私逃。这个藏了那个的金子，那个拿了这个的银子。黛秋躲着他们，一路朝花园子跑去。

花园子里，南山虎父子被炸烂了的尸首早不知去向，连中了枪的吕次长也被人拉走了，只余狼藉这片，新搭的戏台几乎粉碎。

黛秋忽然感到一阵尖利的耳鸣，她环望四周，目光所及，没一处是完整的，极不真实，连她自己，她的声音也若有若无。"长风，骆长风！"黛秋踉跄着寻找，别说骆长风，连南家的人也没看到……

背后一只大手猛地抓住她的肩膀，黛秋如惊弓之鸟，猛地转身欲甩开。"秋儿，是我！"蓝桥用力抓紧黛秋的双肩，"你镇定些，跟我来！"

四处凌乱，蓝桥拉着黛秋跟着地上密集的脚印寻找，在往东跨院去的甬道里，一个再熟悉不过的人，身穿黑色戏服，舒展四脚，躺在地上。

黛秋腿一软，几乎跌倒，蓝桥忙扶住她，却不想被她用力推开。每上前一步，黛秋的泪水便多涌出两行。二十年前，那个少年公子，如从画中走下的仙童……

"我还不知道你叫什么名字……"

"下个月上元灯会你可来吗……"

"生死有命，这许是他们前世的恩情，今世的缘法，他们情愿生死一处……"

到底行至长风身边，黛秋"扑通"一声跪倒在地，颤颤巍巍地伸手摸向长风的脖子。虽然心里早猜到结果，可确认这个结果着实让人心碎成齑粉。

身上的弹孔已经不再流血，只留血黑的窟窿。明知道长风再也不会疼了，黛秋还伸手按住弹孔，她再抑制不住，眼泪扑簌而下，她张大了嘴，却半点发不出声音，悲伤犹如天火，疯狂地焚噬着世间所有，良久，一声凄厉的哭声响在这座阴暗大宅的上空，久久盘桓不去……

上元节的圆月已挂梢头，蓝桥默默立于黛秋身后，长风的脸上油彩尚在，像是一个面具，让世上的人皆看不清他的本来面目，蓝桥低下头，悲愤汹涌而出，指节握得"咯咯"作响，只恨不能一拳一拳打碎这个混沌的世界。

不知过了多久，哭声渐止，黛秋眼前一黑，身体便如一只断了线的纸鸢，摇摇晃晃，一头倒在长风的胸前，相识二十年，这是他们俩最后一个拥抱……

四周洁白一片，黛秋穿了少女时的短袄长裙，一双小辫子扎了花绫子，少年长身玉立，穿一身雪白长衫立于她面前，笑如春风，温暖和煦，一双好看的眼睛清澈明亮。黛秋欲上前与他说话，谁知少年却总在离丈许的地方站着，她无论如何也追不到。

"长风！"黛秋欲哭，却见少年朝她深深作了个揖。"长风，你别走！"黛秋再上前，却仍拉不到少年的衣襟。

"眼底风光留不住，和暖和香，又上雕鞍去。欲倩烟丝遮别路，垂杨那是相思树。惆怅玉颜成间阻，何事东风，不作繁华主。断带依然留乞句，斑骓一系无寻处……"不知哪里传来悠扬的曲子，女子清丽婉转的声音，响在耳边。少年朝黛秋一笑，随着曲调转身离开。

"长风，骆长风！"黛秋猛地睁开眼睛，只见熟悉的房顶，她努力转了转眼睛，终于认出，自己躺在药王庵的禅房里。

"长风。"黛秋的神思还在梦里，只想快些追回那个少年。

"秋儿！"蓝桥一把拉住她的手，"秋儿，你醒了。"蓝桥双眼乌青，黛秋昏迷了三天，蓝桥要照顾黛秋和伤寒未愈的南江琴，又要料理长风的后事。倒是二柱心眼儿多，不叫他们回萧家老宅住，又遣散了家里的用人和铺子里的伙计，恐南山虎的其他儿子来寻仇。

北平城里乱了两三日，北洋政府又一次易主，准备迎张督军进城，南家从戎的男丁都没再出现过。

黛秋神志渐渐清楚，却仍听见琵琶声声，方才在梦里的小曲仍响在耳边，女声清婉："欲倩烟丝遮别路，垂杨那是相思树。惆怅玉颜成间阻……"

"谁？"黛秋想要坐起来，动了动才察觉浑身用不上劲，她稳了稳心神，右手掐住左手脉门。

蓝桥拦下她："张老太爷来给你看过了，也看了琴儿。药已经煎好了，我拿给你。"

黛秋无力地抬手拉住蓝桥："谁在唱？"

蓝桥不语，黛秋皱了皱眉，似也明白了："红姑娘……扶我去看看。"

"你躺着吧。"蓝桥急道，"红姑娘在……骆老板灵前一直唱，人劝也不听，明觉师太说由她唱，有发泄的去处也是件好事。"

黛秋咬着牙，奋力起身，只觉眼前发黑，缓了缓精神，蓝桥忙将她扶在怀里："你去看，她也是这样，这三日不吃不睡，着了魔一样。"

黛秋双手不觉握紧了拳头，似在抵抗要打倒她的一切，蓝桥疼在心里，嘴上却只能劝道："你只放心，我已将一切安排妥当。红姑娘说，长风为不让惠格格与国公爷并骨，一早选了他爷俩的下处，这两年连祭祀用的田亩庄子都置好了，至于……南先生……"蓝桥犹豫着探头向禅房门口看了看，确定无人，方低声道，"二柱哥打听了好多人，有那天在场的人说，南先生抱着南山虎，不知用了什么炸药，威力巨大，半个身子都炸没了。想是分不开他俩，所以南家把他们都收殓了。"

黛秋皱眉不语。只听蓝桥继续道："这些日子一直瞒着琴姑娘，只说没找见，许还活着，等风声过了，能来找她也未可知。"

蓝桥正说着，忽听窗外一片马蹄急驰的声音，必是有马匹进了庵门，只听一个熟悉的声音大喝："那两个祖宗在哪呢！"

第 99 章

历尽风雨自当归

　　骆长风下葬那天，连日阴霾的北平城终于拨云见日。黛秋、蓝桥、南江琴，还有日夜兼程赶来的隋鹰皆通身鸦青，明觉率一众僧尼绕棺，诵四十九遍经文。唯有红萼仍是一身火红。一时焚白马，化纸钱，红萼将怀中的琵琶也丢进火里，火舌舔得琴身"噼啪"作响。

　　待绕棺毕，十六人抬杠的大棺椁缓缓沉下，蓝桥接过铁锹便要扬这第一锹土，谁知黛秋伸手接过。"秋儿，我来吧，这不是女人的活。"蓝桥沉声道。

　　黛秋忽然一笑："他是骆长风，他什么时候讲过规矩？"说着，接过铁锹，使尽全身力气，掀起一锹土，缓缓撒在棺椁上。红萼再忍不住，五体投地，跪于棺前重重磕头："爷，上路啦！"话音犹在，捶地痛哭。

　　黛秋瞬间眼前模糊，她一锹一锹地扬着土，直到再没有力气。蓝桥一把抢过铁锹，南江琴上前扶住黛秋，隋鹰、蓝桥带着众人垒起坟头。

　　僧尼立于两旁，仍旧诵着经文，红萼的哭声渐渐掩于经文之中。明觉行至红萼身边："死者已矣，施主当珍重自身。"

　　红萼缓缓抬头，对上明觉那双清透的眸子，心中莫名安定："师太，我们爷在那世里会受苦么？所有坏事都是我做的，不关我们爷的事，要受苦让我去，不要让我们爷受苦。"

　　"阿弥陀佛，无上大涅槃，圆明常寂照，凡愚谓之死，外道执为断。"明觉沉声道，"人非人，物非物，如是红尘，骆施主早已自度，还请女施主不必苦苦挂怀。"

　　红萼直直地看着明觉的眼睛，她这一世里见过的，哪怕是长风那样好看的眼睛，也满是算计、阴沉，眸子里藏刀，随时取人性命。而明觉的眼中似有一泓清泉，仿佛经了她的眼，所有污浊都烟消云散。

　　明觉笑向红萼，伸手扶她起来。彼时丧事已毕，父子二人相伴长眠。黛秋拉着南江琴走向红萼："红姑娘，这几日你也累着了，该好好休养，今后，你可有什么打算？"

　　一语问住了红萼，自从那年骆长风买下她，她命里便只有骆长风，如今那人不在了，她似乎也并没有存在的必要。她有些呆愣地看看黛秋，又看看南江琴，又不自觉地扭头看向明觉，原本浑浑噩噩的脑子忽然清明了。

　　"我要回福荣兴，散了班子，大家也得活命。"红萼道，"我该替爷把班子里老少爷们儿安置了。然后……"红萼忽然退后下，向明觉深深一躬，"我愿跟随师太，削发为尼，自度今生，重修来世。"

这个回答让黛秋有些意外，她看着红萼，这些天来，她那双流泪的眼睛忽然有了光。可空门难守，红萼还这样年轻。黛秋看向明觉，却见她并不说话，似眼前的一切都与她无关。

"你能想着戏班老少，是你的好处。"黛秋缓声道，"你在北平无依无靠，往药王庵住着也成，只是出家一事不能玩笑，须得从长计议，你不妨在庵里住一程，明觉也能与你做伴，待你想明白了，一切随你。若有什么，拍个电报给我。这头七纸烧完了，我便要回关外去了。"黛秋说着，忽心头一动，"不然……你跟我们一处吧，我能照顾琴儿，自然也能照顾你。"

红萼摇头，扭头看向那崭新的墓碑："爷在这里，我得在这里。"

一个有情有义的奇女子，黛秋不由心头感叹，再开口时，犹然生出几分敬意："无论何时何事，你若有所求，我必有所应。"

红萼对上黛秋真诚的目光，她忽然有些明白长风的感受，这世上的一切于长风、于红萼都是冷的，唯有黛秋似身披朝阳，有着煦暖的温度，让人不自觉地想要靠近。相识有些年头，红萼竟是第一次对黛秋露出笑容。

车笛轰轰，火车冒着白烟缓缓启动。隋鹰坐在包厢里有些泄气，他率商号里枪法最准、拳头最硬的一众兄弟，千里奔袭来救人，结果一枪没放，只接了黛秋、蓝桥，并一个至今记不太清名字的小丫头就回去了。

那日接到二柱的电报，李贞实好几年没炸过的脾气几乎炸平了李家，连夜就要点齐"人马"入关救人。隋鹰好歹拦下妻子，自己"点兵"入关。谁知张大帅也一路南下，铁路尽着奉军用，他们被丢在半路。隋鹰上次这样几百里地骑马飞奔时，志远还不会说话。

蓝桥也累得很了，火车才行出没多远，他人已蜷在卧榻上打着瞌睡。隋鹰还没工夫听他细细讲说这些日子的事，哪肯放过他。于是拈了干果，直丢在他脸上。

蓝桥一个激灵坐起："秋儿！"睁开眼睛才看见隋鹰在朝他笑。

"秋儿不在这儿，你春儿哥哥在，哎我说，小舅子，你跟我那小姨子是不是……"隋鹰挑着眉毛，不再说下去。

"是不是什么？"蓝桥神思不清地看着隋鹰，"嗯，对，秋儿要兴办医院，是福泽乡里的好事，我必得陪着，对了，地不是你找的么？还说待冻土化了就开工。"

"谁问你这个？"隋鹰转着眼睛，"没想到那个老癞皮狗要跟你抢媳妇，那么危急的关头，你俩就没点……互诉衷肠，相约来世？"

一提这话，蓝桥更恼了，一手撑头，无奈地看向窗外，半响方道："大当家，你是不知道，真遇上事，我这点道行也就聊胜于无。人家被关起来了，还能分析利害，你还别说，就直军溃败这事，你那小姨子在牢房里都猜得八九不离十。"

"是不是？"隋鹰来了精神，"哎，你得给我讲讲……"

隔壁车厢里，南江琴严严地裹了被子睡在榻上。黛秋仍是一身鸦青色银线绣菊花瓣的棉长袄，下着同色长棉裙，厚实的棉衣盖在腿上。她以手支头，呆呆地看着窗外。上一次出关的狼狈仍历历在目。

然而上一次目送她离京的男人如今已身埋黄土。离开北平时，红蓼来送她，告诉她不必为长风的事耿耿于怀。于红蓼，长风便是命中那一点光亮，若那一点光也熄了，余生便活在无尽黑暗之中。于长风，黛秋也是，所以长风是在救黛秋，也是在救自己。

看着虽未剃度，却已身穿素衣的红蓼，黛秋郑重伸出手，两个女人站在这冰冷的世间，给了彼此拥抱的温暖。

黛秋缓缓垂眸，只听一阵鸣笛，再抬眼，才发现车已出了山海关。

"出关啦！都回头看一眼，成了孤魂野鬼也别忘了入关的门……"刘三那苍凉的声音似又响在耳边。那时黛秋回望，是想记得回家的路，可此刻，她就是要回家，回到那个养她长大、育她成人的地方，回到她最初行医的地方。

许是笛声太吵，南江琴揉着眼睛起身，她睡得暖和，小脸蛋红扑扑的惹人爱："秋姐姐。"

黛秋忙回过神，笑向南江琴："渴不渴？饿不饿？"又掏出怀表看看，"可是你睡得沉了，竟睡到这会子，也该饿了，你在这里等着，我往餐车买些东西给你吃。"

南江琴忙摇头："我不饿。"话音未落，肚子先叫起来，她不好意思地低下头。

"你别怕，大当家和桥哥哥在隔壁，你大声一喊，他们就听得到。"黛秋安慰她道，"我很快就回来。"

见南江琴点头，黛秋才起身离了包厢。出来就见站在窗边抽烟的蓝桥，原来方才隋鹰兴致勃勃地问前问后，可蓝桥还没讲几句，隋鹰便困乏地闭了眼睛，还打起呼噜，呼噜太响，蓝桥被吵得头疼，只得躲出来。

听见包厢门响，蓝桥忙转身，正与黛秋四目相对。女人的脸色仍旧不好，蓝桥很心疼。自逃出南家，他们忙着善后，忙着为逝者下葬，忙着安顿北平博源堂诸多事务，黛秋又要向中西医联合会话辞，又与张老太爷等一众交好的中医前辈告别，更是忙上加忙。回想她初回北平时，各位前辈同行皆不待见她这个关外游医，却不想她离开时，几乎每个人都问一句："萧大夫，你还回来么？多早晚，咱们再一处研究方子。"一直忙到上火车，黛秋和蓝桥终没有好好在一处说些体己话。

蓝桥有许多话想说，他想道歉，他没能保护好黛秋，他想安慰，想劝黛秋不要自苦伤了身子，他想说那对铁镜，他们该当生死在一处的。可千言万语如鲠在喉，只一句也说不出口。

"这里冷，正好琴儿一个人也害怕，你往我们包厢陪她去，我买些吃的来。"黛秋说着便要走，却没能走出去，蓝桥一把拉回她，直直裹进怀里。

这个拥抱无关男女，仿佛对方是一座最坚实的靠山，他们紧紧靠在一处。黛秋枕在蓝桥的胸口，闭了眼睛，静静地听着那颗心剧烈跳动的声音，感受着他的喉结划过她的头发。

蓝桥将脸埋进她的乌发里："秋儿。"他只觉这女人一路走来太苦，太累，他奢望此后所有风雨，都打在自己身上，再不要让他怀中的女人沾染半分。可是不行，这女人有太多事要去做，她做不了安逸的金丝雀，她注定是凌云而上的青鸾。蓝桥越是想得明白，便越心疼到无以复加。

开门声打断了两个人的依靠，他们慌忙松开手，正见隋鹰扒着门缝往外看，见他俩这样，只得开门出来："我那个……怕小丫头饿，我这有肉干，那……那个都是好肉做的。"说着，隋鹰将手里一个布袋塞进蓝桥怀里，还不忘强调一句，"我真是要送吃的。"说着便要关门，才关了一半，又打开，"那什么……我还有泡尿。"说着，他心虚地挤过狭长的走廊。蓝桥、黛秋皆红了脸，两个人对视一眼，不觉都抿唇而笑。

关外的春天来得格外晚。在大地回暖之前，黛秋和蓝桥便开始忙碌筹备。蓝桥几乎每天往北平、青岛、沈阳发电报，联系德意志洋行、日本各株式会社……国内能生产的医疗设备有限，医院大部分的设备需要依靠进口。

黛秋亲自起草，在北平、上海、广州的报纸刊登招聘广告，高薪聘请各专科医生。可广告连着发了半个月，收到的应聘信不过寥寥几封，其中还有几封冒充者，黛秋虽对西医不甚了解，到底行医多年，是不是这行里人，字里行间便能看个明白。

在博源堂后院，黛秋少时习学的课堂又被粉刷一新，一群年轻女孩子坐在黛秋坐过的位置上，护士教习所的第一堂课由黛秋来上。她是不愿的，她一个中医，医院以西医为主。可蓝桥非逼着她给新学员讲课，习学第一课，必得明志，黛秋不懂西医，可行医卫道她能说的太多了。

年轻的女孩子们满脸朝气，看着她们，便似看见当年在这里研究方子、应对李霄云考问的三人。黛秋有一时的晃神，女孩子们见萧大夫迟迟不说话，也有些面面相觑。

窗外一对喜鹊枝头高唱，黛秋才回过神来，不由笑向众人："凡大医治病，必当安神定志，无欲无求，先发大慈恻隐之心，誓愿普救含灵之苦……"话没说完，黛秋就闭了嘴，因为在座的人皆满脸不解。当年，她抄写《大医精诚》时也是不解。这么多年医道难行，她也是一步一步"走"懂了这些话。

黛秋不好意思地向众人笑笑："《大医精诚》是每个从医者的第一课。医者救死扶伤，必得拼尽全力。你们将来也当如此，但在那之前，我想让你们仔细想想，血肉横飞的伤口，需得你们包扎处置，头脚生癞的病人需得你们去脓上药，死过人的病房、病床需得你们收拾整齐。"

听了这话，座下面有人窃窃私语。黛秋不慌不忙地道："进了医院，这就是你们的活计，你们做这份工，吃这口饭，就得遵这一行的规矩。现如今世道不好，东北算是好活人的地界，两块钱也能买个大丫头。你们做了这份工，医院管吃管住，每个月两块钱的工钱，做得好年底另有份子。"

这话一出，有几个小姑娘脸上已见了笑意。黛秋看在眼里，也含笑道："今儿这课就是跟大家伙儿把话挑明了，若能干这活计，就踏踏实实在这里学，等咱们的医院建成了，便踏踏实实地做工，若吃不了这份苦，也是人之常情，我也劝一句，大可尽早离开，关外的黑土地里种什么都长果子，吃什么都活人。"

课堂里传出低低的议论声，课堂外，志远和江琴躲在墙根儿下偷听，听黛秋把一堂课讲得这样粗浅，江琴捂嘴忍笑。志远也想笑，但见江琴这样，自己反忍住了，低声道："我二姨就这样，什么话到她嘴里都能给人讲得明明白白。"

他俩相识也才一个月。李贞实与黛秋劫后重逢，相拥而泣的时候，李志远先看见了立于黛秋身边的南江琴。北平城里走出来的学生，与庆云堡里那些与李志远一同疯玩疯闹长大的丫头小子十分不同。李家自来人丁稀薄，忽然来了个斯斯文文的白净姑娘，他是又新奇又高兴。

可谁知一转眼，李志远就被大人告知，眼前这个与他年岁相仿的女孩子不是妹妹，更不是姐姐，是他的小姨，贞实按着儿子的头，让志远叫"小琴姨"，志远死都不开口，若不是黛秋拦着，他又要挨亲娘的巴掌。

黛秋替志远说话，孩子们还小，又不是什么远亲近属，一处玩耍随意些倒好。谁知志远得寸进尺，并不以姐姐妹妹称呼，直叫江琴的名字，也非逼着江琴只准叫自己名字。

年龄相仿的孩子最容易相处，志远又如隋鹰一般，外表大大咧咧，心里细致入微，他同情江琴的遭遇，处处让着她，护着她，一来二去，两个人倒成了无话不说的玩伴。

"我爱听秋姐姐说话，她讲的是实话，护士不是份工么，做工赚钱可不得守规矩。"江琴浅笑道。

志远挑一挑眉："我叫二姨，你叫姐姐，你这不是占我便宜么？咱们不是说好了，不论那些辈分么？"

江琴有些为难："就算咱俩不论那些，我总不能也叫秋姐姐名字，你敢叫？"

"我当然……"志远泄了气，"不敢。"

眼看志远理直气壮地说着怂话，江琴"咯咯"地笑出声，志远生怕里面的人听见，也伸手捂她的嘴。忽然铺子里传来叫嚷的人声，宁六爷小跑着朝课堂赶来。志远和江琴不由起身，课堂里的黛秋犹自不觉，只听一个女孩子大胆开口问道："萧先生，那咱们的规矩到底是什么？"

黛秋笑道："这就是今天的作业，每个人工工整整抄一遍《大医精诚》，抄好了，挂在天天能见的地方，这就是咱们的第一条规矩。"

"东家！"宁六爷喘着粗气，手撑门框，"不好了，咱铺子叫人围了！"

第 100 章

护士不是使唤丫头

博源堂门前乡民聚集，几个情绪激动的男人手里提着锄头、锹镐，女人们则是声声咒骂，骂萧黛秋拐骗良家女孩儿。黛秋安抚了课堂里的女孩子们，忙不迭地跟宁六爷出去，才转出课堂，一眼瞧见志远和江琴。

"你们两个在这里做什么？"黛秋无心细问，"待在这儿，不许出去！"说着，她匆匆走了。

江琴似犯了错一样，立于墙边不动，志远伸长了脖子看向黛秋的背影，一见她进了铺子，反身便跑。"你做什么去？"江琴怕他再惹祸，急得跺脚问。

"搬救兵啊，难道看着二姨挨欺负！"志远急道，"你还站着干吗？走啊！"江琴咬一咬唇，拔腿跟上志远。

眼见伙计们艰难地挡着乡民，黛秋且出不去，皱眉问道："六爷，这是为什么？咱们招工告示上写得清楚，她们也是自己来的，怎么闹成这样？"

宁六爷不由叹息一声："怪我没跟东家说清楚，您以为当年老神父没了，教会学校怎么就散了？其实后来有一个新的神父接管了几个月，后来被人告发他拐骗了学校的年轻女孩儿，听说都给运到国外去了。洋人的事，县公署不敢管，堡子里老少就一顿家伙，把人打死。公署当看不见，大伙儿也找不回孩子，教会学校也就散了。"

黛秋一惊，她只道教会学校散了只是因为多普勒的去世。宁六爷又道："东家，这事儿在堡子里就是个心结，如今你再招女工，那些姑娘自是愿意的，可她们哪里自己做得主？依我的主意……咱们别惹这份麻烦。"

"医院的砖瓦都垒上了，依你说，就罢了么？"黛秋思量片刻，快步走出铺子，宁六爷见拦不住，只得跟上。

一见黛秋走出来，乡民眼中更是冒火。"萧黛秋，你也是咱堡子的人，怎么能做这样的事？快把闺女还给我！"一个女人说话就要冲上来，宁六爷伸手拦下。

众人纷纷道："我就说女人家抛头露面就不是什么正经大夫……"

"这么大岁数不婚不嫁，谁知背地里是怎么回事……"

"敢拉我们家闺女去做那下作的事，我跟你拼命……"

黛秋面无惧色，目光坦然地扫过众人，那不怒自威的气势竟缓缓压下了众人的七嘴八舌。"诸位说了这么多，容我说一句。"黛秋的声音不高，乡民安静下来。

"兴办医院的好处我就不说了，医院用的房子下个月便破土动工，这事无人不知。等医院建成，姑娘们自然在医院里上工，下了工也要回家，并不会背井离乡，难道你们是把姑娘卖到博源堂了不成？”

距黛秋最近的一个男人，手里抓着镐把子，怒向黛秋道：“你说得好听，我来问你，你那医院接不接男病人，我们家黄花大闺女，伺候爷们儿，以后还怎么嫁人？”听他这样一说，才安静些的几个女人又跟着质问起来。

“护士不是使唤丫头！”黛秋正色道，“护士是辅助医生救人的。一个医生能救治一人，加一个护士，就能同时救治三五人。医生的职责是救死扶伤，护士的职责也是救死扶伤，难道大叔以为，进了医院的病人就可以拿我的护士当家里服侍的下人么？”

一语问得男人说不上话。黛秋抬头看向众人，朗声道：“人生天地间，当以信字立世，博源堂由家师创办，在咱们堡子里行医制药几十年，上对得起天地良心、药王祖师，下对得起看诊的病人、邻亲乡里。我只不信，凭这几十年的信誉，乡亲父老仍将博源堂与那起子黑了心的恶人相比。”

众人皆不再言语，博源堂行医几十年，庆云堡几乎各家各户都受过李霄云、萧黛秋的诊治。见众人有退意，黛秋也不欲将话说绝，便侧头对向宁六爷道：“把孩子们带过来。”说着又转向众人，“大伙儿若不信我，也当信自家的孩子，咱们就当面锣，对面鼓，谁愿意领回去，便领回去，但有言在先，我们博源堂开的是医院，不是大车店，去了便不必再来，不是恼了大家伙儿，只是吃这碗饭的人，必得神志坚定，不坚定的，现下不走，早晚也要走。”

说话间，一阵马蹄声响，蓝桥跳下马，也不拴马，也不顾人，先挤过众人，径直行到黛秋身边。

“你没事吧？”蓝桥眼里只有黛秋，周遭所有皆为无物。

“你怎么来了？”黛秋有些意外，蓝桥今日在工地，怎么会知道这里有事？

“远儿告诉我，说有人欺负你。”蓝桥说着冷眼看看近前几个操家伙的男人，不由将黛秋挡在身后，“动手我可没怕过，小爷练武就是因为咱们家上次被围，这回不就用上了。”

蓝桥一双好看的眼睛，平日里总是温存柔和，如今突然有了狠厉的凶光，几个男人不由向后退了两步。

黛秋忙拦道：“都是街坊，哪有谁欺负谁？大家不过是来问问。说明白了也就好了。”说着，十来个年轻女孩子已经整整齐齐立于黛秋身后，黛秋向她们温言道：“今天的课就算上完了，家里人不放心，你们便先回去，仍愿来的，明日卯正开课，不愿来的，也不必为难，我在名册上勾掉一笔也不麻烦，都去吧。”

几个女孩子犹豫着出了博源堂的门，又有那家里人等不及，赶着上来领的。蓝桥生怕碰着黛秋，便将她拦在臂弯中。一阵纷乱之后，众人散去，却仍有三个女孩子站在原地。

黛秋有些意外地看着她们：“你们怎么还不走？”

其中一个身量最高的女孩子腼腆地低下头："萧大夫，我不走，我家里穷，弟妹又多，一个月两块钱，加上我爹妈种地打下的粮食，我全家人就能活命。再紧巴点儿，我弟弟妹妹还能读书识字。"

黛秋心头动容，不由看向另外两个。一个小个子的抿了抿嘴，低声道："我想做工，哥哥嫂子想给我相婆家，我不想找婆家，我想做工。"

黛秋与蓝桥对视一眼，乱世难济，老百姓的日子最难过。黛秋转向她们，面上带了欣慰："到底是穷人家的孩子能吃这份苦，六爷，给红包，每人五块钱。"

三人眼中皆是惊喜，一直未说话的女孩子像被呛到一样，忽然剧烈地咳嗽起来。众人皆以为她是情绪激动，气息不匀所致，却不想她越咳越重，狠狠干呕两声，竟喷出一口血来。小姑娘自己也被吓着了，腿一软跌坐在地。原本立于她身边的两个女孩不由退后几步，黛秋却一步上前，伸手就要摸脉，蓝桥眼疾手快，一把攥住黛秋的手。

"秋儿，你看！"蓝桥指着姑娘的左手，一处很小的伤口，黛秋惊得睁大眼睛。那是一处咬伤，这种伤口应是鼠兔之类所咬，现下穷人多，各家门户不严，虫鼠横行，所以小孩子们常有被咬，穷苦人家活命都难，自然也不在乎这点小伤。

二人对视一眼，心中所忧俱写在脸上。"你们散开！"黛秋声音陡然提高，另外两个女孩儿吓了一跳，又往后退了几步。黛秋伸手摸向小姑娘的脉门，只觉她手腕烫人，已然是高热："你别怕，叫什么名字？"

"二梅，徐二梅。"二梅的声音发颤。黛秋又问了徐家住址，家中人口，二梅生病的时间。

"六爷，派两个妥当人去徐家看看。若平安，让他们留在那里别动，等我过去，若不平安……"黛秋语塞，这个病绝不可能只有一两个，要如何安置？

"这样不行。"多年的默契让蓝桥从黛秋的神色中便能确定她心中所想，"六爷，让伙计开灶多烧热酒，先把咱们铺子里外喷洒。把……她们身上也都喷洒一遍。"蓝桥指着黛秋并三个女孩子。

黛秋松了手："二梅，别怕，病得不重，但这病传染，你不能家去了，我派人去看看你的家人。"

正说着，门外一个男人背着花白头发的女人跑来："萧大夫，萧大夫，您快给看看，我娘不行了……"

小伙计伶俐地跳出门挡住那人。蓝桥皱眉道："秋儿，既有了这病大约不是一两家的事。接不接诊都不是办法，如今才开春，地还冻着，药圃空着，那里地界大，离堡子又不近不远，你看……"

"到底你是明白的。"黛秋直如醍醐灌顶，先跑出去查看了那老妇人状况，果然与小姑娘的病症一般无二，忙扭头向宁六爷道："六爷，快找大车将病人送到老董掌柜的药圃去，那里有看圃子的粗使屋子，腾空了安置她们。再派人往公署去，告诉他们，堡子里出了鼠疫，这么大的事，公署必得派员处置。再有，找说话伶俐的伙计，着他往堡子里的大户人家说一声，以博源堂的名义求他们派人手出来，往各家各户传话，凡有家中人口无名高热的，必送到药圃去，不可留在堡子里。"

一听"鼠疫"二字，在场众人皆惊。连门外那背老娘来的儿子也放下了亲娘。

蓝桥急道："怕什么，快去拉车!"伙计们方跑去准备大车，蓝桥往柜上取一包"雄黄散"抖开，抹在黛秋额头、人中和耳门，又抹了自己的，将剩余的塞给两个女孩子，让她们依样涂抹，他自己伸手抱起吐血的病人："秋儿，咱们走，要做的事还多着呢!"

然而事情远远超出黛秋与蓝桥的预料，不过一天时间，堡子里送来二十几个病患。药圃里几间房子很快就装满了。大家的病症大致相同，这次的疫病走肺经，有人咳喘不止，有人呼吸困难，竟是疫病中最难医治的肺鼠疫。

这病传染得极厉害，黛秋与蓝桥不敢懈怠，一面派人往奉天、长春购买药物，一面着铺子全力制作银翘散分发给病患。黛秋连夜写信，命人急送朱九爷，请他联络相熟的药商，采购药材，又亲自写帖子，送尚阳、懿路、丞宁、中固、镇北等附近十几个堡子的药铺、西医诊所，重金聘坐堂先生和西医大夫前往庆云堡救急。

这病发起来，绝不可能是十几二十个人的事，且肺鼠疫的潜伏期长，初期症状又与伤风着寒差不多，也许已经有许多人感染了，只是他们自己不知道。

时过午夜，黛秋和蓝桥终于能喘口气。东北的天气远在节气之后，初春时节，雪不化，地不暖，且有蚀人的冷风。蓝桥和黛秋看着大灶上煎煮的汤药，兼作取暖。他们白日急匆匆从铺子里赶来，并不曾备下厚实的衣物，虽守着大灶，也是"火烤胸前暖，风吹背后寒"。

黛秋用力搓着手，身上仍微微发抖。蓝桥也顾不上其他，伸手将她揽进怀里，紧紧裹着，双手用力搓着她的背。

"不如你回去吧，这样冷，你再冻坏了，越发没人了。"蓝桥心疼得直咬牙。

感受着蓝桥的体温，黛秋终于不再发抖了，脑子也可以缓缓转起来："傻子，你是冻不坏的孙猴子么? 蓝桥，这样不成。咱们这地方太小了。白日里宁六爷派人来说，县公署只命卫生股的人想办法灭鼠。对已发病的人只字不提。那就是说，无论多少人发病，公署也不能救治，更别指望他们给房舍药品，这么冷的天，病人没处安置，要么回家，一人染及一家，要么活活冻死在外面。"

"别急，你越急越想不出法子。"蓝桥紧了紧双臂，"咱们的麻烦还多着呢。整个辽沈道有多少行医的人，其实咱们心里也大概有数，咱们这里起病，别处未必安稳，到时谁也顾不上谁，人手在哪里? 真要那样，药材也难接济。哎? 秋儿，你到底是中西医联合会第一任副会长，能不能给徐会长拍个电报，或者给张老太爷去封信，请他们在北平想想法子。"

黛秋心头一动，不由抬头，谁知额头正顶在蓝桥的下巴上，微微的胡茬划得额头又痒又麻，她伸手搓搓额头，蓝桥似有察觉，稍稍松了手，低头看她。

黛秋笑向他："这些年倒把你练出个样子来，你说的是个法子，可现下不能用，这是个万不得已的法子，眼前，咱们能靠自己的先靠自己。"

"你们的'自己'里包括我们么？"贞实冷冷的声音惊得两个人瞬间松了手，贞实不打算饶过他们，"眼下火烧眉毛了，你们俩兴致倒好。"

两人起身看过去，贞实怀里抱着手炉，隋鹰扛着大包袱正笑盈盈地看着他们。见黛秋又在微微发抖，贞实横一眼隋鹰："还不拿大毛的出来？真打算冻死她？"

隋鹰原是没想到蓝桥和黛秋能守着炉子抱在一起，只想调笑一番，他本不畏寒，兼扛重物赶来，已是见了汗，倒把衣服的事给忘了。听贞实这话，忙打开包袱，拣出两件最厚的大毛衣裳递给二人。

蓝桥先裹紧了黛秋，又自穿好才觉暖和些。贞实看着灶上的大锅，又看看黛秋："如何？"

黛秋摇了摇头："今晚怕是最好过的一夜了。"

贞实将手炉塞进黛秋怀里，道："我们商号的伙计也才回来，我和当家的想着，让伙计们都来帮忙，多搭窝棚，好歹能住人就行。"

"这么冷的天，怕是不成。"黛秋蹙眉道，"病人本就伤了肺，再冷着些，越发治不得了。"

隋鹰愣愣地看着他们，这样的事他是半点忙也帮不上："掌柜的，我要真是个猴儿就好了，孙大圣一口仙气，一排一排的房子就起来了，咱还怕什么？"

贞实没好气地狠白他一眼："现下哪是说笑的时候？不能帮忙别添乱。"

"我怎么是添乱呢？"隋鹰急道，"下午听志远说了这里的事，我立刻派人发电报给各外庄掌柜，让他们按你开的单子收药、买药，不论贵贱，让他们速速发回来。"

有了大毛皮袄和手炉，黛秋总算暖和过来，方才听了隋鹰的话，不由触动心思，一排一排的房子……黛秋转了转眼睛："我有一个办法，只是不知可不可行……"

第 101 章

不教性命属乾坤

曾经的悍匪隋鹰花掉半生积蓄，买下四十节火车皮，并煤料烧柴，按照黛秋的想法，在博源堂药圃的十几亩地上，用火车厢围成一座临时医院。周围十几个堡子的坐堂郎中、西医诊所的大夫，连同游医纷纷赶来，各家学徒弟子也来帮手。一来是应了黛秋的帖子，二来除去这里，别处更缺医少药，难以实施救治。

临时医院由黛秋主理，统一调配人手，下方制药。短短半月收治病人数百，每日仍有病患被送来。有送来的，也有逃走的。

"你别跑！"两个学徒追着一个半老妇人，在她即将跑出医院外的深沟时，学徒扑上来将人按住，"你跑什么呀？"

"我不在这里，在这里只有等死。"妇人发疯一样叫嚷，引得周围人探头。黛秋正交代所有参与救治的大夫、学徒，每日必得服用辟瘟散，并以热酒净手，覆面巾方可入院开诊。这些日子，她日夜不息，人瘦了一圈，脸色蜡黄无光。蓝桥又向学徒们讲了一遍西药的用法，话没说完，便听见叫嚷声。

"什么事？"黛秋问道。

这十几日，所有大夫、各家学徒弟子都以黛秋为主心骨，见是她来了，两个学徒手抓得更紧："萧大夫，她是昨晚被送进来的，已经逃过一次，这又要逃。"

黛秋不解地看向妇人："你精神尚好，应该病发不重，怎么不肯就医？"

"呸！"妇人朝着黛秋啐了一口，蓝桥眼疾手快将黛秋向后拉一大步。

"你知不知道这个病传染？"蓝桥怒道，"你还敢啐人？"

"你们少装神弄鬼，我都知道！"一阵风吹开女人散乱的头发，她脸上的麻子越发清楚，"我来这里只有等死，当年我得了天花，就是被锁在破屋子里等死，若不是我命大，早活不到今日了。"妇人愤愤道，"我才不在这儿等死！"

"你什么意思？"蓝桥怒道，"让你在这里是等死，那……那我们这些人在做什么？"

"谁管你做什么？"妇人咆哮着，"你们放我出去！"

"出去传染给你的家人？"黛秋冷冷一声，反叫停了妇人，"这病传染得很厉害，你看看徐家，一口都没活下来！你要回去等死？还是要害死亲人？我记得你，昨儿送你来时，还有一个小孙子来磕头，你忍心让他也得了这病，也在阎王爷案前画一笔？"

妇人一屁股跌坐在地，正见一辆运尸车出了门，妇人再忍不住，拍着大腿哭道：

"我不想死，我不想等死。"

黛秋便要上前，蓝桥忙为她系了面巾。黛秋伸手切住妇人的脉门，不过片刻松了手，怀疑地看向妇人："难怪你有这般力气，肺经无伤，你在家时可是自己服了什么药么？"

妇人听说病不重，忙抹了一把泪，带了怨气道："我们穷苦人家，哪儿来的钱吃药？不过有旧年存下的防风、金银花，拿出一点子煮些水喝。"

黛秋抬头看向众人，一个大夫忙道："清热解毒，倒也有效用。"

"咱们之前的方子用黄芪、炒白术益气固本，又有桑叶、炙甘草清热解毒。"黛秋缓缓道。

另一个大夫接口道："再加了这两味，另以连翘、芦根辅助，比辟瘟散得用。可以用于轻症和未症。"

黛秋面露喜色，扭头向妇人道："你掐着手指算日子，从今日起，到第十日，我保你离了这里。"

妇人怀疑地看向黛秋："真的？"

"这可是我们关外神医萧大夫，你当她是哪个？"一个有年纪的大夫不耐烦地道。

妇人嗫嚅地不敢再说话。黛秋向她身边的学徒道："扶她回去。"黛秋说着起身，忽觉眼前一黑，身子不由自主地晃了两下。

"秋儿！"蓝桥伸手揽住，"你歇歇吧，再这么熬下去，病人没倒，你先倒了。"

黛秋勉强笑笑，才要说些"不碍事"的话，志远跑来，自建了这临时医院，他自告奋勇来帮手，江琴原也要来，志远却要她留下帮着贞实照顾紫菀，家中男人，连隋鹰都来了，江琴只能留下照料家务。

"二姨，成药已经接济不上了，六爷爷说，柜上的伙计连着熬了两夜，今儿这新药是死也出不来的。我才点过，咱们其他的药材也就能支应一两天，九爷爷和我爹商号的运药车都没到。"

黛秋蹙眉道："好孩子，你经管药房最中用，我知道了，这就想法子。"说着，她用力撑住身子，"这些日子大家伙都累得很了，可越是这个时候，咱们行医的越不能倒下，都去忙吧。"

看着面上血色全无的萧黛秋，大夫们都把抱怨的话咽了回去，他们好歹是爷们儿，萧黛秋这个女人都能撑得住，他们自然也能。唯有蓝桥不走，直直地盯着黛秋。

"你做什么还不去？"黛秋假作生气，"西药还得你处置，还有一件，你从德意志洋行定的消毒水很有用，用它烫洗床单被褥很有效用，艾草食醋接济不上，也可用它喷洒病区，我很知道这些东西不好买，你还得往青岛德意志洋行发电报订货，催促他们快着些。"

"你放心，我来处理。"蓝桥无奈地开口，"秋儿，你真的不能再撑下去了，你这是拿你自己的阳寿换旁人的阳寿！"

黛秋笑看蓝桥："瞎说，我是大夫，治病救人，哪来的阳寿阴寿？你一个西医还这么迷信！"说着，她向病房走去。蓝桥也知劝不服她，少不得要跟上去。

车厢改建的病房仍然有些冷，但比窝棚强百倍。黛秋也如当年李霄云的方法，将重症、中症、轻症分开安置，各处所用大夫、学徒也不混用，避免交叉感染。她自己便与几个医术口碑皆好的老大夫主治重症。

病房里日日有人吐血，有人喘不过气，有人喘着喘着便没了呼吸，气氛压抑沉重。两个少年学徒每日单擦地上的血渍都忙个不停，春风最蚀人，他们手上起了冻疮。黛秋将两小瓶专治冻疮的药膏分给他们，萧家治疮，全国上下也无人出其右。两个孩子感激地接过。

黛秋忙着为方才吐血的人施针，与她一同的大夫有些年纪，见状不由皱了眉："萧大夫的针法颇有些怪，不像出自同一家的针法，难为你使得这样娴熟。"

黛秋只得实话实说："家师李霄云在世时，教我针灸之法，往北平走了一趟，御医张家老太爷也教了我几招，还有北平药行的各位前辈也不吝赐教，我又翻遍父亲的手札，也略略揣摩了些。如今也说不上是谁家的针法，我在救济署时哪天不用十几遍，早惯了的。"

一时收针，那病人的气息顺畅不少，也不咳血了。"采众家之长，才是中医精进的根本。"大夫叹道，"可惜古来师门之争愈演愈烈，有些师门断了香火，好东西也失传了。"说着，他伸手为另一个病人切脉，神色忽然一沉，那病人面上泛着异样的光彩，还笑道："大夫，你们的药顶用，我这舒坦多了。"

"舒坦就好，回头我再调调你的方子，保管你老吃了我的药，三剂就好了。"大夫笑向病人，病人也跟着笑，嘴里不住说些感激的话。然而那大夫才一转身，目光对上黛秋的眼睛，便不由摇摇头，黛秋会意，悄悄记下名字。

"萧黛秋，你给我出来！"一个男人的声音响在院中，众人皆惊，为阻隔传染，临时医院不让普通乡民进出，隋鹰特意带人将医院周围掘出两尺深沟，又于沟下铺毒饵和捕鼠夹，以防止虫鼠进入，对外的大门有人值守，按说不会有旁人进来。

黛秋忙反身出去，却见是一个满脸胡茬的男人，他眼丝血红，衣着邋遢，一见黛秋出来，便扑上去，举拳就打。只是粗壮的胳膊还没落下，就被另一只大手死死钳在半空。蓝桥愤恨地盯着他："你们家老人年迈，脏器本就有损，这次疫病霸道，且伤心肺，救不回的人多了，个个都来打一拳，我们医生大夫还活不活了？"

"你放开我！"男人狠甩胳膊，欲甩开蓝桥，可蓝桥的手却像钳子一样，无论如何也甩不开，看这人情绪激动，蓝桥唯恐他伤到黛秋，抬脚轻踢他膝弯，男人一个不稳，单膝跪地。

自知挣脱不掉，男人依旧恶狠狠地抬头盯着黛秋："你算什么大夫？这个病治不好是咱们的命，可你凭什么扣住尸身不放？我娘病丧，我这当儿子的，理应摔盆打幡，将她迎入祖坟。你扣下一个死人的身子不给到底要做什么？你是大夫还是巫女？"

黛秋心头一松，终于明白了来人的目的。原来前些天，有病人不治而亡，尸体由家属带回安置，却不想没过两天，家属也被送来。大夫们才知这疫病凶猛，死人还能传染给活人。于是黛秋急命将这几日病死的尸体都转移至隐蔽的地方，待医院与家属交涉分明，再行烧炼装殓。

这几日，已有两三家人被说通了，愿炼化亡人。然而死无全尸始终被视为不祥。因此，不愿炼化的人家更多。

黛秋只觉说话底气不足，像是有人抽走了她的脊梁骨，她咬咬牙，积蓄些力量，方开口道："方家四哥吧？我记得你，你们隔壁住着施家，前儿施家老爷子被送了来，老人年岁大了，没救活，施家人才将老爷子入殓，家里孩子又染病。幼子何辜？他不过是往爷爷灵前磕个头。如今那孩子已是重症，方四哥要不要去看看他？"

见男人不说话，黛秋缓了缓精神，继续道："你们家方大娘活着的时候，时时念叨家中小孙女如何乖巧，方四哥，大娘在天有灵必护着孙女，请你也顾及家中妻儿，早做决断。"

方四软了身子，跌坐在地上。蓝桥松了手，冷冷地看着他。"我娘年轻守寡，吃尽了苦才养大我们弟兄几个，这几年又没一天安生日子，好容易我们能给娘一口饱饭吃……"方四说不下去，一个大男人"呜呜"地哭起来。

黛秋不敢再蹲下，只是看着他："逝者已矣，活着的人还要活下去，如今你是家中顶梁，还请你快做决断。"

"我，我……"方四完全没有方才的气势，像少时犯了错，在娘面前唯唯诺诺，半晌方镇定下来，朝黛秋恭恭敬敬地磕了头，"萧大夫，都是我不好，我娘没了，我心里难受才来闹这一场。求您大人不计小人过。这病太害人了，咱们不能帮忙，也不该再生事。我，我对不住您！"说着，他又磕了两个头，不等他磕完，蓝桥便拉他起来。

"萧大夫放心，乡亲们那里我会去说。"方四道，"无论如何，咱们不能一直病下去，死下去。"蓝桥与黛秋对视一眼，二人面上皆有欣然之色。

蓝桥每日看诊的人数颇多，西医很少，病疫伤肺，听诊器的作用便明显好于中医的听背。他用手焐热了听诊器才放进一个五六岁小姑娘的襟怀里。"吸气！呼气！再用力吸。"蓝桥收回听诊器，摸着小姑娘的头，"真乖！既然你这样乖，叔叔就让他们不要给你打针，好不好？"

"谢谢哥哥！"小姑娘已经不再咳喘，笑起来露出米白的牙齿。

一旁跟着的别家医馆的弟子，听这话不由笑出声。蓝桥白了他一眼，叮嘱道："虽还有些肺泡音，已不碍了，再服两日赤散。"

那弟子面有难色："志远昨日就说，赤散已经没有了，今日送成药的车还没来。"

"那就……煎桔梗汤。"蓝桥无奈。

"桔梗已经没了两三日。"弟子低声道，"不瞒您说，西药也没有了。"

"甘草还有么？"蓝桥不由轻叹。

"这个有。"弟子忙回道。

"独用甘草汤，一日一剂，分三次服下，服三日。"因着黛秋的缘故，蓝桥颇知道些中成药，草药也略懂一些，如今疫情严峻，他也是被迫开出中药药方，若不是懂这些草药，蓝桥还不知道，这座临时医院几乎已经到了弹尽粮绝的地步。

每日开诊直如战场冲锋陷阵，救治的人筋疲力尽，被救治的人却越来越多。运尸车每日两趟，离此不远的兴龙寺终日诵经不断，寺后山两座焚炉日夜不息，青烟冲天而上，如不愿离开人世的魂魄。蓝桥每每环视这些，直如身处人间炼狱，他学医十年，第一次感受到医生的渺小和灾祸的可怕。

时近午夜，黛秋才就着灶火的亮光，写下脉案笔记。忽闻见淡淡饭香，不用抬头也知道，蓝桥又送吃食给她。因着病人数量太多，医院能提供的饭食便十分简陋，杂粮的饼子，有时有口热汤喝，有时没有，有时甚至腾不出灶火烧热水。

蓝桥将一块冰凉的贴饼子向灶火上烤热，掰下半块，递与黛秋。黛秋头也不抬，一手接了饼子，一手继续写。年前，贞实送了她一支西洋的墨水笔，十分好用，黛秋只嫌它不如毛笔写字好看，如今却是再方便也没有了。

蓝桥看了看她，忍不住伸手收走了她的笔和本册："先吃东西。"

黛秋细细地吃着饼子，完全看不出那饼子粗糙得难以下咽。蓝桥一眼看出她有心事，可她没想好，所以她不说。

她不说，蓝桥便不问，只陪在她身边。黛秋想得入了神，连饼子吃完了也没发觉，蓝桥便把另半块塞进她手里，黛秋仍无知无觉，继续吃着，许是吃得不专心，直噎得胸口疼，黛秋方缓过神来，用力捶两下，蓝桥忙递上水壶，黛秋双手捧着壶"咕咚咕咚"地痛饮几口。

"吃饭就专心些。"蓝桥急道。

黛秋扭头看向蓝桥："要不……咱们的医院先不开了吧。"

蓝桥瞬间明白："你想动那笔钱？"

黛秋有些为难，却又不得不狠下决心："事有轻重缓急，这么多人要治病，要吃饭，旁的事先放一放吧。县公署至今也没派个人来，他们是指望不上了。"

"可你有没有想过，你与那些聘来的医生怎么交代？就算交代了，以后你再想办医院，还有人来么？"蓝桥皱了皱眉，"人家来，是奔着'萧黛秋'这三个字来的。你反悔，毁的是你自己。"

"这也是迫不得已。"黛秋咬了咬嘴唇，"再这么下去，不光药材接济不上，粮食接济不上会出大乱子的。前儿志远拿报纸给我看，察哈尔、吉林、黑龙江的疫病都很严重，已病死过万人。马老太爷从海龙府拍电报来，问我治疫的方子，想来他们那里也不好过。人命关天，咱们得先顾人命。"

蓝桥苦笑一声："自来你要做的事，有什么做不成的？那就不办医院，先挺过这一关再说。"

看着蓝桥满脸的疼惜，黛秋心头发暖，身上似也没那么冷了，她缓缓将头枕上蓝桥的肩，这世上的事再难，也总有这个可靠的肩膀给她歇一歇。

"原本请来的医生中有三四个是你的同学，是看了你的面子才来的，你怎么交代？"黛秋低声问。

　　蓝桥伸手抱住她的肩，只觉她身上被灶火烤得暖暖的，不由笑道："那就跟他们说……我……媳妇的事，我管不了。"后半句蓝桥故意说得含糊。黛秋心头事多，并未细听，反点了点头。

　　"倒是个法子，都怨到我身上，下次你再找他们也好说话。"黛秋喃喃地道，忽然觉得有什么不对，猛地起身，"你方才说什么？"

第 102 章
山河不及情义重

　　蓝桥红着脸，朝黛秋"嘿嘿"地笑，正不知怎样开解，忽听院门处有人声，两个人只当又有乡民连夜送病患来，忙跑去瞧。才走几步便觉察不对，十几只火把照亮了黑夜，一大队人浩浩荡荡地走来，及至走近了，他们才看清，领头的是位老人，鹤发童颜，胸前是半截雪白的胡子，走起路来龙行虎步。

　　"张老太爷？"黛秋不敢相信地张大嘴巴，急跑几步迎上去，"太爷怎么来了？"说话间众人已行至跟前，皆是北平药行商会见过的前辈同行，还有几位中西医联合会的西医。

　　"你这丫头，忒不听话！"张老太爷假怒道，"离开北平时，我是怎么嘱咐你的？叫你有事千万来找我。你都狼狈成这样了，太爷我还能在家闲坐喝茶么！"一语说得众人皆笑，黛秋只觉眼前的一切如神兵天降，极不真切。

　　"我……"她一语哽住。

　　张老太爷狠瞪她一眼，只见她面色极差，显是气血亏得狠了，不由心疼，又瞪蓝桥："她不说，她脸皮薄，你个爷们儿家要什么脸皮？怎么不早来让我知道？我还是在报纸上看到这里的事，还说咱们萧先生是什么一代侠医，侠什么侠，我看是逞能罢了！"

　　蓝桥做委屈状："太爷说得极对，萧大夫最是个不听话的，还总管着我，可凶了，她不叫我说，我也不敢说。"听得众人又笑。

　　张老太爷一把拉过黛秋的手，忽然压低声音道："好丫头，我知道你是好的，可老头子我一辈子也没遇见过几回这样的大事，我这把老骨头必得来给你帮帮场子。乐会长和徐院长叫我留在北平了，募捐筹钱这样的活得让他们去做，他们都是有钱的主儿。"

　　原来北平药行从报纸上看到关外的病疫，便由乐会长主持业界同仁捐赠钱款药材，谁知张老太爷说关外缺医少药，恐萧先生难以独立支撑，他自愿往关外救助，他是药行老前辈，他尚且如此，别家医馆药铺纷纷响应，北平中西医联合会原只有募集善款，见中医如此行事，也组织西医往关外施救。

　　黛秋忍了笑，随即又踌躇起来："可是这病传染得厉害，这里住没住样，又吃得不好……"话没说完，张老太爷已经停下了脚步，环视周遭，良久，笑指那一节一节车厢："能想出这样法子的也只有我们萧大夫喽，倒是个好主意。关外天寒，这地冻着，就是现起房子也不能够的。有了这铁皮子能抵挡一阵。"

说着，张老太爷又看向黛秋："丫头，你别怕，我老头子不是来了么，我们北平药行紧急筹备了些治疗时疫的成药和药材，我们走之前，北平各界也都有些捐赠，我自做主换了粮食和盐，另余一些补你不时之需，乐会长说了，他那边再筹到款子就汇过来给你。"

　　张老太爷说着，将一张详单递给黛秋，只见上面有北平各商会的捐款数目，念慈山药王庵也有一份，连福荣兴也写在上面，黛秋知道，那是红荨，单看数目，她该是把福荣兴所剩不多的钱款都捐了。最底下一行写着"悦女阁"，且捐赠数目巨大。"这个是……"黛秋一时想不出来。

　　张老太爷低头看一眼，笑道："萧大夫在北平这几年多行好事，遇事自然有人周济，这是八大胡同里各家凑的，她们说当年萧大夫不嫌弃她们脏，救了她们的命，如今也请萧大夫不嫌弃这钱的来路，收了这一份子。"

　　黛秋眼眶泛红，道："太爷，这……"话没说完，便见详单上张家也占一份，且份额不比各行会商馆少，"太爷能来坐镇，我们就有了主心骨，千里奔波的恩情已是还不起，这钱还是……"

　　张老太爷朗声笑道："怎么？嫌我们张家出的比你们博源堂少？丫头，钱财这玩意儿用在刀刃上，那才是钱财，用到旁处，多少大洋不过是废铁。老头子我这把年纪，哪儿还有用钱的地方？再说张家有世代的积累，多少也有一些家底，这点子不算什么。我很知道你是个手上散漫的。你把你那银子钱留好喽，办大事用！我可听说了，你要办大事！旁的我帮不了，若银钱短了，你只管跟我说。"

　　黛秋强忍着眼泪，引众人往大夫学徒们休息的车厢。一见来了"救兵"，众人几乎喜极而泣，连夜便将医院里的疫病和病人的情况一一讲明。因着有了新生力量，张老太爷提议大家轮换着休息和开诊。眼看清明将至，关外的天气会转暖，虫鼠只怕闹得越发厉害，这场疫病不会很快过去，在遏制住病情之前，医生大夫和学徒弟子都不能倒下。

　　待众人诸事安排妥当，天色已渐渐发白，黛秋忙安排众人休息。车厢里虽冷，却因着人多，挤在一处倒也过得去。黛秋再次谢过众人，方起身离去，因着只有她一位女大夫，便在药圃原来那几间粗使房子里辟出一个小隔间单给她住。

　　蓝桥心头莫名惴惴，便随着黛秋出门，想送她回去。"你也快歇着吧。"黛秋边走边推他回去，"不过个把时辰天也就亮了。今儿重症病房怕是要忙起来，按昨日情况看，有两三个不过是在熬时辰，怕是熬不过今日……"

　　黛秋的声音越来越小，最后一句连她自己也听不清，仿佛根本不是她说的，眼前越发模糊，她用牙齿咬破舌尖，想用疼痛强迫自己打起精神，然而收效甚微，她像一只破了洞的灯笼，再也提不起气来，开口也只剩下气声："蓝桥，我，我怕是……"话没说完，她一头仰倒。

　　蓝桥眼疾手快直将她接在怀里："秋儿，秋儿……"这一接才发觉，黛秋浑身滚烫，牙关紧咬，唇无血色。原来方才不是因为灶火烤暖了身体，而是她通身高热。

"无论如何你不许再吃行医这碗饭！你父亲半辈子岐黄济世，救过多少人的命，他落下什么好？咱们家落得这步田地，若说有错，那就是你父亲不该行医。秋儿，不许学医，安安生生地过这辈子……"

母亲当年的话又响在耳边，黛秋仿佛回到了平安驿那破窝棚里，窝棚四下漏风，冻得她浑身哆嗦。她想告诉母亲，不是这样的，行医是父亲毕生的事业，她终于能体会父亲战场救人时的心情，父亲临终前的绝望，正是因为他对医术的热爱和对救死扶伤的执着。

然而牙齿打战，她用尽全力，却一个字也说不出口。她脑中混乱，忽而想起蓝桥还小，大人尚且冷成这样，小小的蓝桥怎么受得了？她用力抱住怀中的"蓝桥"，却感受不到他的温度，黛秋想告诉蓝桥别怕，可只是冷得说不出话。她会被冻死么？她若死了，母亲会伤心吧。蓝桥怎么办？她若冻死，蓝桥也活不成了。黛秋紧紧咬着牙，抵抗着周身的寒气。

忽然唇齿间涌进腥苦的味道，有人掰开她的嘴，将浓稠的药汁灌进她嘴里，呛得她连咳几声。"秋儿，秋儿……"是蓝桥的声音，有那么一瞬间，黛秋忽然不糊涂了，她记起蓝桥已经长大成人，就算没有她，也可以平平安安地活着。

虽然舍不得，但她也实在坚持不住了，蓝桥安好便好，这样想着，心头一松，疲累喷涌至全身，她头一歪，倒进那个温暖的怀抱里。

长针捻入风池、少海、鱼际、少冲、合谷、复溜、临泣、太白，张老太爷连胡子都不动一下，缓缓施针，指用力而手不抖，前后半个时辰，黛秋便不再发抖，昏睡得沉了。蓝桥将她轻轻放倒，严严地盖了被子，两三个火盆围在床边，屋子仍是冷。

蓝桥才听了黛秋心肺，听不到肺和气管的杂音，并不似得了肺鼠疫。张老太爷收了针，皱眉道："是伤寒，很重。脉象浮而紧，重按却有中空的芤象，这是正气虚衰，伤损根本之相，所以她才会寒战不止，高热不退，一会子怕是会出重汗，出了汗便会退热，可惜难解病表，汗一退又会寒战，如此寒热交替反复，反复一次就重一次，她这身子只怕受不住。"

"可以静脉输盐水，以防她因为脱水而脏器衰竭。"蓝桥急道。

张老太爷点头："也是个法子，药还得按时辰吃，傍晚时我再来施针。"看着一脸焦急的蓝桥，张老太爷犹豫着，到底又开了口，"好孩子，我知你们俩情分深重，可行医之人早看淡生死，若她有片刻清醒，有些事还是要有交代。"

蓝桥惊得一把握了黛秋的手，仿佛她此刻便要离去一般。张老太爷拍了拍蓝桥的肩："老头子我定会用毕生医术治这丫头，可是医者治病救不得命，人病到这个份上，一半人为，一半还要看天意。"

一时又有学徒来找张老太爷，重症病房有一个窒息昏厥的，张老太爷忙赶过去。不大的隔间里，只余蓝桥拉着黛秋。

黛秋掌心已见了汗，体热也跟着稍稍退去，连呼吸也不似方才沉重。然而想起这不过是暂时，她的病只会越来越重，蓝桥只觉五内绞痛。他抓着黛秋的手，不敢放开，心头莫名火起，这些年他到底在做什么？他该护着她，顾着她，他该早早娶她进门，好好地疼惜她，用丈夫的身份管着她，不叫她做一点操心的事，不许她伤着自己……

蓝桥一双温和的眼睛此刻几乎冒火。他从怀里解下那块铁镜，又拿过黛秋的那块，将两块镜子全合进黛秋手里。他暗暗祈求文、萧两家的长辈能在天上看到，他愿意承担一切伤痛，只求他们护佑黛秋平安。

"你们给了这对镜子，不就是要让我们在一起么？"蓝桥低声念叨着，腿一软，直坐在脚踏上，用脸贴着黛秋的手，"都是我的错，都是我的错，你们要怪就怪我，要罚就罚我。她是萧家唯一的血脉，你们一定要保佑……"

"你不是……不信这些……"黛秋的声音几乎低不可闻，蓝桥猛地抬头，正对上黛秋那带了淡淡笑意的眼睛，汗湿的头发黏腻地贴在她的额头上。她已经虚弱至极，却还努力对着蓝桥笑。

"秋儿，你醒了！"蓝桥既惊且喜地看着她，仿佛在确定眼前看到的是真实的。

"我……怎么……"黛秋努力回想，依稀记得自己还在感激张老太爷千里施救，之后便什么都不记得了，身上酸乏，她想动一动，只觉浑身上下毫无力气，连抬手都抬不动。十数年行医的经验让她心中透亮，再见蓝桥的情形，仿佛是印证了她心中猜想。

这一次，她连给自己切脉都省了，她想把一切力气都存下来，再与蓝桥多说几句话："傻子，抹了眼泪，我就看不出你哭了？"

蓝桥只是抓着她的手，半晌说不出话。黛秋闭了闭眼睛，仿佛在积蓄力气，声音轻得若有若无："身上酸得很，你扶我起来靠一靠。"

蓝桥忙起身坐到床边，将黛秋扶起，让她靠在自己怀里："秋儿，张老太爷说，你只是太累了，歇一歇就好了。"

明知道这是个谎话，黛秋却不揭穿，她低头看见自己手里两块铁镜，他们究竟未能完成父辈的心愿："蓝桥，我才梦见你了。"黛秋说着，使了力气将两块铁镜塞回蓝桥手里，两只手无力地握着蓝桥的大手，"梦里忘记你是大人了，只是怕没了我，你也难活命，把我吓醒了。"说着，她自嘲地笑了一声。

"没有你，我活不了。"蓝桥用力揽住黛秋，只觉她像是骨头也软了，随时会滑倒，"无论我是六岁，还是二十六岁，没了你，我都活不了。"

黛秋苦笑一声："傻子，大人都要自己活下去的。"说着，她低头看着那一对铁镜，眼中满是不舍，"这个……还是还给你吧，终归……不是我的，你要找一个……"

"你是不要我了么？"眼泪顺颊而下，蓝桥微微张了嘴，不敢让呼吸发出鼻音，"你们萧家应了我们文家的婚事，就这么作罢了么？我还没娶你，秋儿，咱们还没拜过天地祖宗，我要娶你的，你愿意嫁给我么？"

黛秋面上露出一丝娇羞的笑意，然而时间于她，于蓝桥都不够了："蓝桥，若有万一……"

"没有万一！"蓝桥胳膊用力，几乎想把黛秋揉碎在自己怀里。

"万一……博源堂的一切交还给师姐，你去做你想做的事，不必困在这里。"黛秋的气息越来越弱，"我想……回念慈山，与我父母一处。"

"萧黛秋，我告诉你。"蓝桥的声音沉得像闷雷，"你不必将这些事交代给我。你有万一，我就有万一，你活着，我才能活，我不管你撑得多辛苦，只要你敢撒手，我就撒手。"

黛秋深知蓝桥不是恼她，她也舍不得蓝桥一个人孤苦于世，可行医多年，她太知道，人的命不是医生大夫说了算，也不是多精妙的药方说了算，而是老天爷说了算。

"文家只有你，萧家只有我。"黛秋身上的汗湿透了衣裳，她也再没力气，只蜷在蓝桥怀里，"来日，文、萧两家也只有你了……"说着间，手上脱了力，眼睛缓缓闭上，整个人似睡去，又似晕厥，只有微弱的呼吸能证明她还活着。

蓝桥终于可以肆意地流泪，他久久地抱着黛秋不肯松手，两块照病镜落在床上，乌亮的镜面隐隐约约映出他们年轻且苦涩的容颜……

第 103 章
劫后余生叹数奇

　　小满时节，关外的野花遍地，暖阳刺破阴霾，照亮了世间的灰暗。一场肆虐关外的肺鼠疫历经四个月，夺走六万条鲜活的生命，终于得到遏制。临时医院被拆除那天，隋鹰带人放了一把大火，除了那些烧不毁的车厢，其他物件无论大小皆烧成灰烬。

　　李志远和南江琴坐在难得平静的李家小院里，逗着紫菀说笑。紫菀已能走得很稳了，不知是不是因为出生在这样的家庭里，她很喜欢药味，所以也很喜欢卧在榻上晒太阳的黛秋，指着她"咿咿呀呀"地说着旁人听不懂的话，自顾自地走过来。

　　黛秋喜得便欲起身抱她，忽然听见志远故意清嗓子的声音。一眼看过去，志远正朝她使眼色，黛秋会意，忙躺回去，还来不及把薄毯盖好，李贞实端着药碗，恶狠狠地走出来。

　　"又要偷偷下地？"听见贞实的声音，院子里连大带小四个人不由都是一哆嗦。紫菀也放弃黛秋，讨好地朝亲娘走去。

　　贞实没好气地将药碗放在黛秋面前："下回你要死就死在外头，别半死不活地回来吓我。"黛秋自知理亏，心虚地接过碗。

　　不知是黛秋积了福泽，命不该绝，还是蓝桥的威逼起了作用，无论是清醒还是昏迷，黛秋始终撑着一口气。病人肯求生，医者自然不会放弃。张家不愧是从宋朝便开始行医的大家，老太爷亲自调配秘方，配合针灸，竟生生拉着黛秋缓过这一口气来。

　　然而损伤根本究竟不是一时半刻便能痊愈的，蓝桥便将她送回贞实身边将养，张老太爷用了补中当归汤的方子，以当归、续断、桂心、麦门冬、吴茱萸等入药，补气养血，固本培元。足养了两三个月，黛秋才略有康复之相。

　　"娘说得狠，当初舅舅把二姨送回来时，不知是谁哭得像咱们家又要办丧事一样。"志远说着，向江琴眨眨眼。

　　"多话！"贞实狠狠瞪儿子一眼，"你在这里做什么？不去临字，也不温书，是要造反么？"

　　"娘，我二姨可说了，您当年就不爱读书，'己所不欲，勿施于人'！"志远说着起身就跑，直跑进书房，才确定他那暴脾气的娘没有追来。江琴捂着嘴偷笑，见贞实看她，便不好意思地要去抱紫菀。

　　"菀儿不用你。"贞实忙道，"你也读书去，我已经让当家的给你办了入学，前一阵疫病耽误了，往后你得跟远儿一同上学读书，有不懂不会的，只管问他，只别学他那么皮才好。女孩子家只该多读书，才能明道理。"

江琴像是挨了训斥，面上却带了感激之色，这些日子住在李家，她只觉比在南家时好上一百倍，贞实极疼她，志远又是个有趣且肯处处让着她的，她心里只把这里当成家，听贞实这样说，越发欢喜，半晌方笑向书房跑去。

眼见她进了书房，贞实的神色有一丝黯淡："是个小可人儿，只是命数不好，可怜了。"

"遇见师姐，再不好的命也变好了，我不就是个例子？"黛秋喝完了药，奉承道。

"少跟我油嘴滑舌。"贞实瞪她一眼，接过药碗，"再不好好养着，小心我把你绑在榻上。"说着俯身抱起紫菀，亲昵地蹭蹭女儿的小脸，"紫菀乖，最听话，比你二姨强多了。"

黛秋理亏于人，不敢还嘴。病疫终于结束了，博源医院重又破土动工，她这些日子的忧心也一扫而光。阳光煦暖，晒得人发晕，黛秋半合了眼睛，模模糊糊中见蓝桥绕过影壁墙，小跑着进来。黛秋不由含笑，只当自己是在梦中，欣然闭了眼睛。

"到底还是虚弱。"贞实压低了声音，向蓝桥道，"刚才还在说话，这就睡着了。"

蓝桥今日往车站送了张老太爷并诸位北平的医生。为表谢意，博源堂送每位一提鹿胎膏，一提鹿茸片，又一提山参。张老太爷再三嘱咐他照顾黛秋，张家的方子只管拿去用，久贯行医之人，不要拘泥小节。

蓝桥本欲从车站往工地看看，可心里怎么也放不下，便急急地赶回来。见黛秋睡得踏实，他的一颗心便也跟着踏实下来，俯身缓缓将她抱起，朝东厢房去。谁知黛秋方才不过神弱假寐，被他这样抱起，便无端地醒了，微微睁眼便见自己枕着蓝桥宽厚的胸膛，顿时红了脸，此刻睁眼也不是，闭眼也不是，她急得皱了皱眉，只得装睡，心中暗念，最好蓝桥放下她就走，省去一场尴尬。

贞实将东厢房的炕铺得又暖又软，蓝桥轻轻地将黛秋放在炕上，似自言自语，又似与她说话："张家滋养补身的方子实算一绝，我瞧着面色大见好，身上也重了些。"

"还不是师姐每天让吃不让动，猪也不是这个喂法。"黛秋脱口而出，睁眼对上蓝桥一双笑眼，仿佛一早洞穿她在装睡。黛秋顿时满面绯红，干脆反身向里，再不看他。

蓝桥便坐在炕沿上，拍着黛秋的肩，轻声道："是我吵醒你了么？"

黛秋老实地摇摇头，想笑又不敢让蓝桥看见自己笑。蓝桥伸手揽住黛秋："有件事咱们得商量起来了。"

黛秋心头一紧，不由闭了眼睛："我乏了，有事以后再说吧。"

蓝桥会意，不由笑笑："你乏了就歇着，也不是什么大事，我说你听着就成。洋行把设备运来了，咱们的医院还没建好，我在车站租了仓库存放，待医院建好，他们会派人来调试。"

"调试的时候，光医生在场可不成。"黛秋立刻反身看向蓝桥，"最好……让电工也跟着，配合医生操作的护士也要跟着，咱们得让技师教会了再走，哎？技师说德文么？那你也得跟着当翻……"话没说完，就见蓝桥闪着一双无辜的眼睛，静静地看着她。

黛秋像做错事的孩子，垂了眸子，搓着手指。蓝桥自小见惯了她与人诊脉治病的端庄样子，只觉她是无所不能的铁娘子，却少见她这样羞怯的神情，忍不住低下头吻上她的额发。

黛秋只觉一颗心快要跳出嗓子，不敢看蓝桥，只听他低沉的声音缓缓贴近她的耳畔："萧大夫精神这么好，不如我们说说……什么时候成亲。"

"我……那个……"黛秋又想反身向里，才发现自己被困在蓝桥的长臂之中，怎么转也转不出去，她咬了咬唇，有些话还是要讲明的，她大大换一口气，方正色看向蓝桥，"你是留学德国的青年才俊，正是风华正茂的年岁，可我……我整整比你大了六岁，老话说，'女大……'"

"萧大夫是想反悔么？"蓝桥眉头深蹙，目光凝重地盯着她，"我告诉你，萧、文两家有婚约也好，没有婚约也好，我都一定要娶你。"蓝桥说得郑重，仿佛在说一件关乎身家性命的事，"我从十五岁就想娶你，发疯似的只想娶你。"

黛秋惊讶地看着蓝桥。"你要嫁给我么？"蓝桥死死盯着黛秋的眼睛，仿佛想从那乌黑的瞳仁里看到答案，于是他看见了自己的倒影。

"我……我要是……"黛秋从没见过蓝桥这样的神色，惊得有些结巴。

"你要是不嫁，我就去五台山出家当和尚。"蓝桥毫不迟疑地回答。

"那就嫁！"黛秋立刻道。

两个人再忍不住，双双笑出声来。黛秋本就肤白，面上染了红晕，如在片片梨花上点了胭脂，娇美动人，蓝桥缓缓低了头，嘴唇温热，覆在黛秋带了药香的唇上。这些年漫长的等待，仿佛就是为了这一刻的温存，蓝桥小心翼翼地亲吻，生怕一用力就惊醒了眼前的美梦。黛秋原本紧张到握拳的手也缓缓松开，慢慢攀上蓝桥的双肩。

然而他们再小心，也总有人来惊扰美梦，李贞实不合时宜的咳嗽声，让两个人如偷偷谈情的小儿女被抓包，慌张地松开彼此。

贞实强忍了笑："那个……不是故意打扰你们，我是来送饭的。"贞实说着，提了提手上的食盒，"还有……你俩的事不能操之过急，黛秋的身体怕吃不住折腾。我……是说婚事！"她不说还好，特意强调这一句，听得两个人脸红得直如浸出血。

贞实只作不见，放下食盒转身就走，挑起帘子，到底又停了一步："那个……想着插门，孩子们都在呢。"说着，她放下帘子就走，只余房里满脸通红的两个人。

有些窗户纸，不捅破就永远隔着一层，捅破了便如蚁穴决堤，一发不可收。蓝桥像一头精力旺盛的狮子，白日里看工地，在博源堂的后院为重新招募的女孩子上护士课。因着病疫，许多得到博源堂救治的人家不再阻拦家中女孩子来学习。药圃错过了播种的节气，蓝桥便让老董掌柜带领照管圃子的村民随便种些什么，只当休养土地，无论种出什么都归村民自取。

总之，一切事务皆由他打理，再不让黛秋操一点心。

晚上掌了灯，蓝桥便腻在黛秋身边，讲白日的事，讲堡子里的事，又讲以后医院的事，似有没完没了的话，直说到黛秋乏得枕着他的肩膀睡着了，他才小心地将黛秋安置在枕上，吻过她的额发，才自己退到外间休息。

门板轻响，志远探进半个头来："舅，睡了么？"因着得了贞实的嘱咐，志远和江琴极少来东厢，蓝桥忙起身："什么事？又让我帮你临帖么？"

志远不好意思："嗐，哪能回回找您救命呀，是我娘找您，我才从她屋里出来，我娘生着气呢，您可小心些。"说完，志远就走。

蓝桥用力朝志远背上拍一下："好的没见你学，怎么越大越像你爹？"

"看您说的。"志远笑起来和隋鹰一个模子，"我不随他，他愿意么？"说话间，志远自回了西厢，为让黛秋安心静养，江琴被贞实安置在正屋的西里间，隋鹰两口子在东里间。

"贞儿姐找我？"蓝桥挑了帘子进来，正见隋鹰朝贞实小声嘀咕什么，贞实黑了脸，蓝桥小心地退后一步。

"蓝小子如今也这个岁数了，要不是之前你们俩都抻着，这会子娃都会叫爹了。"贞实口气不好，说出来的话蓝桥倒爱听，不由朝她笑笑。

"我夸你呢？"贞实越发没好气，"我问你，好好的教课就教课，你做什么把人家大姑娘给辞了？害得人家姑娘哭得泪人儿一样。你不看僧面看佛面，你让你姐夫出去怎么跟人说？"

隋鹰反劝贞实道："有什么说不说的？我不说，他还能吃了我？"

蓝桥有些明白贞实在气什么。今天上课时，他开除了一个十七岁的女孩子，也没给什么理由，只是那姑娘不适合做这份工。这姑娘的父亲从老爷岭就跟着隋鹰，这些年鞍前马后，没少出力，对商号、对隋鹰更是忠心。所以托了隋鹰的关系，才送女儿往博源堂上课。

蓝桥抿了抿嘴唇："就……那个她……"他思来想去，到底放弃了狡辩，"我不能要这样的人，她就不是来当护士的！"

留学生的经历让蓝桥气质脱俗，在庆云堡这样的小地方显得格外惹眼，好看的相貌配上武将世家特有的英气，再加上他每天教课，在那些不谙世事的小姑娘眼里更是才华出众，于是渐渐地，他察觉有些姑娘就不是来当护士的。

前几日，他就陆续清退几个。因着这个姑娘是老爷岭的人，他忍了几天，可姑娘却每每得寸进尺，蓝桥干脆明确向姑娘说明，他有婚约在身，不日便要完婚。没想到姑娘倒大方，问他愿不愿意娶二房，外室也行。

这前因后果隋鹰两口子实属没想到，恨得贞实狠拍炕几。隋鹰立刻抱住了熟睡的紫菀，生怕惊着女儿。"我说呢。"贞实咬着牙，"家里吃穿不愁的，还非要出来挣这份辛苦钱，敢是在这儿跟我抢男人呢！"

"人家可没抢我！"隋鹰先摘自己。

"你闭嘴！"贞实方才对隋鹰的一点抱歉立时散尽，"你找来的什么人？"

"你说的对，我明儿就说他去，让他管好自己的闺女。"隋鹰附和着。

"说什么说？"贞实恨声道，"你说了人家姑娘还抬得起头么？我去说！"

"你……"隋鹰心虚地道，"你不会把人姑娘说死吧？"

"我给她说一婆家，保证让姑娘家满意。"贞实咬着槽牙，"还没怎么着呢，跑我们家找男人，不行，我要给那姑娘找个外县的，最好是察哈尔再往北。"

"好一个釜底抽薪呀，掌柜的。"隋鹰忙道。

"姐夫，你这溜须拍马可越来越过分了。"蓝桥实在看不下去。

隋鹰狠瞪他一眼："还不是因为你小子，哎，对了，赶明儿我是叫你小舅子，还是妹夫？咱俩处的是姻亲，还是连襟？"

一语又把蓝桥说红了脸，再开口便有点扭捏："我吧，倒不在乎，这个我得听秋儿的。"

隋鹰用舌尖舔着后槽牙："我说小子，你这不要脸的劲儿也越来越过分了。"

两个人你一言我一语，到底把贞实逗笑了，她笑向蓝桥："虽说两家亲长不在了，可你们在我们李家门里办事，也不能太简素了，这事我已筹备着了，我看那丫头一天好似一天，你们的事也就快办吧。"

蓝桥越发红了脸："贞儿姐，我琢磨着，等医院揭牌，双喜临门的……"

贞实与隋鹰对视一眼，隋鹰道："我说什么来着，你还说蓝小子小，怕心里没成算，娶媳妇他才算得明白呢。"说着二人皆笑了。

第 104 章
今夜玉清眠不眠

博源医院的挂牌惊动了山海关南北，这是辽沈道第一家民办医院，规模不比奉天医院小，新式楼房前面的小广场上，一块大石，正面刻四个颜体大字"博极医源"，背面工笔楷书整齐地刻着全篇《大医精诚》："凡大医治病，必当安神定志，无欲无求，先发大慈恻隐之心，誓愿普救含灵之苦……"

黛秋抬手去摸每一个字，直如回到那年她盘坐临帖的时光，然而那是多久以前的事了？现在想想直如隔世，这上面的每一个字早已不知不觉地刻进她的血脉之中。

从县卫生署到四邻八乡的药铺医馆皆送来花篮花牌以示庆贺。北平中西医联合会、北平药行会馆皆派人前来祝贺。众人推黛秋上前揭牌，可黛秋站在医院匾额前，手拉红绳，半晌不动。她十三岁被流放此地，十九岁开堂坐诊，她经过太多磨难，也得到更多扶持。李霄云、曹氏、贞实、翠荷、百花，北平的张家太爷和连翘，各位医道前辈，还有为她赴死的骆长风……

开这医院，她是为了父亲、为了师傅，为了这些人，也为了她自己，更是为了她拼尽全力上下求索的行医之道。黛秋热了眼眶，用力拉下红绳，金丝红绒顺势而下，黑漆金字"博源医院"的匾额稳挂正中。蓝桥伸手拉过黛秋的手，趁着热闹，凑在她耳边低声道："萧院长，恭喜你！不能祝你财源广进，那我祝你药到病除。"黛秋扭头看着满面春风的蓝桥，不由笑红了脸。

博源医院揭牌的第二天也是个黄道吉日，庆云堡已经很久没有这样的热闹。黛秋有生以来，第一次盘了头发，堡子里最会梳头的福寿奶奶将她的长发细细盘起，盖上凤点头的花钿，黛秋一身红色织金缎接石青色寸蟒妆花缎夹裙，同一色彩云龙凤的长袄。她鲜少穿这样鲜艳的衣裙，火红的颜色直衬得她笑靥如花。

"大奶奶好福气！"福寿奶奶笑着与黛秋镜中相对，"这样好的样貌，姑爷又是那样好的人物品格，你们当恩爱百年，子孙满堂。"

一旁的贞实忙摸出装了十块钱的红包递上来："托您老人家的福，若真应了您老人家话，他俩必登门道谢。"

不大的李家院里挤满了人，受过博源堂救助的百姓有外堡子来的，也有本地的，李家的院子装不下，他们干脆堵在门口，把蓝桥这个正经娶亲的人堵得半天挤不进来。

"嘉礼初成，良缘遂缔。情敦鹣鲽，愿相敬之如宾；祥叶螽麟，定克昌于厥后。同心同德，宜室宜家。永结鸳俦，共盟鸳蝶，此证。"大红的婚书，蓝桥和黛秋各自写了名字。看惯了蓝桥衬衫西装，乍一见这长袍马褂、披红挂彩的样子，黛秋实在忍不住笑出声。

蓝桥凑上近前，悄声道："我说我不穿，贞儿姐非让我穿。"软软的呼气吹到黛秋耳朵里，他越说，黛秋越笑，黛秋越笑，他越觉得自己穿成这样有些别扭，两个人对望，对笑，只停不下来。

一旁的贞实咬了咬唇，白蓝桥一眼，阴阳怪气地道："我说新姑爷，知道是你的大喜事，笑两声就行了，再笑，那后脑勺可要出褶子了。"

蓝桥忙正了神色，只听门前司仪高声："拜别亲长！"

黛秋与蓝桥双双理正衣衫，朝贞实和隋鹰躬身拜下。"我们这就……"贞实倒不好意思起来，"不必了吧。"

黛秋抬头看向贞实："师姐和姐夫处处护着我们，这一拜还是要的。"说着，两人又拜了两拜。

贞实眼中见了泪，想起与黛秋的初相识，这个处处胜她、处处招人喜欢的丫头，她当初是讨厌的，谁知竟作了这一世的姐妹。她们相互扶持，共行至今，缺了谁，李家也好，她们自己也好，都撑不到今日。

"傻子！"贞实才把这两个字出口，眼泪就流下来，"别拜了，都把我拜老了。"

隋鹰倒乐，难得蓝桥对他恭敬一回，从怀中掏出早准备好的一对"笔定如意"金锞子塞到他俩手上："你俩和和美美的，小姨子，你可不能欺负我这……妹夫。"说得众人都笑。

一旁的喜娘笑道："吉时到啦！"于是有男宾、女宾将两个新人扶出院子，院子里仍旧挤满了人，一见黛秋出来，便一拥而上："萧大夫，恭喜你呀！"

"萧大夫，你是咱堡子的恩人，观音菩萨也保佑你们恩爱长久……"

众人说着吉祥话，好不容易将新人送出院子。高头大马早等得不耐烦，打着呼哨，摇着头，八人抬大红满绣龙凤呈祥纹样的花轿等在马后。女儿不带娘家的土，按规矩该有娘家兄弟背上轿的，可黛秋和蓝桥都只一人一身，黛秋并不在意这些，蓝桥却一把拉住她，伸手将她打横抱起，众人一阵哄笑，黛秋吓得扳住了蓝桥的肩，低嗔道："你要干什么？可不许闹！"

"姐！"黛秋不敢相信地看着蓝桥，只见他边走边道，"从这里到轿前，你是我姐，我谢你这些年的照抚庇护，上了花轿，你就是我的女人，我这条命，这一辈子都用来护着你。"

话说得窝心，黛秋红了眼眶，却与蓝桥相视而笑，由着他将自己抱进花轿。锣鼓开路，蓝桥跳上马，仍不住回望花轿，黛秋却也正掀一角轿帘望他，四目相对，二人俱是欢喜。

关外娶亲讲究"大曲大绕"，锣鼓领着新人将整个庆云堡转了一圈，才回到他们的新房。其实，新房就是李家隔壁，是贞实和隋鹰送的新婚礼物，他们买下隔壁与李家一般大的小院，翻修一新，给两个新人住。正好腾出李家的东厢房给江琴。贞实做主，不叫江琴跟着搬过去，一来也不过是隔壁，总是在一处的，不用来回折腾，二来小两口新婚宴尔，总要留些空间给他们才好。于是志远和江琴也不去送亲，只扒着院墙，等着送亲的队伍把两个人送回来。

"明明住得这么近，还这么麻烦？"江琴踩着梯子，双手垫在墙瓦上托着头。

志远干脆骑在墙头上："嘻，折腾呗，娶个媳妇费上姥姥劲，也就没劲再娶第二个了。你看我娘和我爹，听我奶说，他们俩当年是翻墙头跑出去才在一起的，多费劲！你看他们俩现下过得多好。"

"你别胡说！"江琴瞪他一眼，远远地看见送亲队伍过来，不由开口道，"秋姐姐今天好美，以后桥哥哥就是我姐夫了。"

这称呼到底没改过来，志远有些泄气，偏故意逗她道："他也可以还是你的桥哥哥，你管我二姨叫嫂子不就完了。"

明知道志远故意这样说，江琴也不生气，反气他道："那你叫什么，叫舅母还是姨丈？"

志远果然被噎住，半晌方道："什么姨丈呢？我还三藏呢！我不改口，一个是我姨，一个是我舅，看他们俩将来谁对我好，我顺着谁叫。"江琴没忍住，笑出来。

两院里开席，流水席从上午直吃到傍晚，隋鹰拼了老命帮蓝桥挡酒，结果两个人双双大醉。李贞实恨铁不成钢地踢了隋鹰一脚："真没用！"

李志远的个头比贞实还高一点，他架着醉得不分东西的亲爹，不满意地看向贞实："娘，你这不公平，我爹好歹冲锋陷阵了，你一个观阵的人怎么能怪出力的人呢？"

贞实狠狠地瞪儿子一眼，自顾自地回房了。隋鹰拍着儿子的肩："好样的，够义气！"说着推开志远，"老子就喜欢你这样的，来，咱俩拜个把子！"说着就要拉着儿子跪下。

"爹，爹！"志远一把拉起亲爹，"我也很想跟你拜，可谁让你当年先跟她拜了！"说着他用下巴指了指正房，"快回去休息，我和江琴白天煎了醒酒汤，这就端给你。"说着，他死拖活拽地将隋鹰拉进正房。

这里正乱着，隔壁院倒先安静了。黛秋早脱去喜服，只穿一身火红的中衣，自向铜盆里洗了巾帕递给蓝桥："快擦擦，别急着睡，琴丫头才送了醒酒汤来，我端给你。"黛秋说着要走，却被蓝桥一把拉回来，她一个不稳，直扑进他怀里。

"别闹！"黛秋轻嗔一声。

"你是谁？"蓝桥粗重的呼吸带着酒气，喷进黛秋耳朵里。

"怎么喝成这样？连我是谁也不知道了？"黛秋笑道。

蓝桥忽然直了身子，呆呆地看向她，半晌方道："你是我文蓝桥的妻子。"

黛秋不好意思地垂下头："原来是说这个。"

蓝桥伸手勾起她的下巴，眼睛炯炯地盯着她，似想把她融化在自己眼里。黛秋只当他醉得厉害，忙用巾帕给他擦脸，蓝桥挡下她的手，仍旧看着她。

"你到底要做什么？"黛秋有些猜不出，却见蓝桥忽然抬起手，照着自己手背狠咬一口。

　　"蓝桥你干什么？"黛秋忙拉下他的手，只见两排齿印，几乎见了血，"你……"黛秋又是心疼，又有些恼，她也顾不上去猜蓝桥的心思，只要去寻些药粉。

　　"疼！"蓝桥的眼里见了泪花。

　　"你这么咬，能不疼么？"黛秋又着急又挣不脱蓝桥的手，"这喝的什么酒？你是不是喝傻了？"

　　谁知蓝桥突然一声大笑："原来不是梦！"说着一把将黛秋裹进怀里。这个梦他做得太久了，在德国学医的时候，回到庆云堡的时候，去北平当医生的时候，他几乎每天都在做能迎娶黛秋的梦，每一次在梦中惊喜，每一次在梦醒后失落，渐渐地，他在梦中都知道自己在做梦，于是便会在梦中狠咬自己，梦总是不疼的，他的失落却已经等不到梦醒。

　　听了这一句，黛秋的眼泪再忍不住，她紧紧抱住蓝桥，隔着中衣，她摸到了男人背上的枪疤。二十年，他们几次死里逃生，兜兜转转，用了整整二十年完成婚约。幸好是眼前这个人，幸好是这副臂膀，那二十年也不算漫长。

　　"秋儿……"蓝桥的声音渐渐粗重，黛秋的手指一节一缩紧，男人抬起她的头，室内红烛帐暖，女人眼眉如画，蓝桥缓缓低头，吻上黛秋的额头、鼻尖、耳垂、嘴唇，轻轻地，细细地吻着。吻得黛秋气短，笨拙地回应着，然而她的回应直如勾动地火的天雷，蓝桥再忍耐不住，打横将她抱起，却轻轻地放在床上，那大红的喜被绣鸳鸯戏水，绣麒麟送子，绣花好月圆，那许多美好覆盖了无边的缠绵。红烛台下，一双花纹古朴的铁镜交叠而放……

　　婚后第一次相携回医院，蓝桥又蹬起他的脚踏车，后座上的黛秋，一袭朱槿色半袖旗袍，头发用一对和田玉的扁方简单地绾在脑后。新婚的滋润让她皮肤粉白有光，比之从前，又别有美韵。微风抚面，黛秋轻轻抓着蓝桥的雪白衬衫，看着街市熙攘，仿佛世间美好尽在于此。

　　"你小心些，抓牢了。"蓝桥的声音伴着暖风格外好听。

　　"抓牢了，你放心。"黛秋笑道。

　　蓝桥见她根本没明白自己的心思，便故意狠晃一晃车把，惊得黛秋低呼一声，两条手臂紧紧环住蓝桥的腰，身体便不能控制地贴在他的背上。蓝桥偷笑，稳稳地握紧了车把，朝着医院的方向奋力蹬去。

　　"萧院长，文医生……"眼见脚踏车进院，小护士几乎不敢相信自己的眼睛。

　　黛秋面上一红，轻捶蓝桥的背："快放我下来。"等停稳了车子，蓝桥却朝黛秋伸出手。

　　"你又做什么？"黛秋低声道。

　　"夫人，作为你的丈夫，我不能在外人面前牵你的手么？"蓝桥理直气壮。

　　"可这是医院！"黛秋强调。

"那你问问他们，谁还不知道你是我文蓝桥的媳妇？"蓝桥再不多说，一把抓住黛秋的手，拔腿就走。

"那也不用……"黛秋再没有说话的机会，一路被拉进门。

"大夫，快救命！"二人忙停下脚步，回头却见一辆三轮车拉着一男一女飞快地骑至近前，只见男人紧紧捂着肚子，血从他指缝中流出来。"快，平车！"蓝桥说着，先跑去看病人，黛秋忙向身边的护士道："去通知急救室准备。"说着，她与推着平车跑过来的护士一同将车推出去，几人合力将病人放在车上。

"是刀伤。"蓝桥沉声道。

一旁始终在哭的女人道："我们……我们在去尚阳堡的路上遇了土匪，人家要钱，他不肯给，就……"说着，女人又哭。

平车一路被推至急救室门口，蓝桥拦下黛秋和女人："放心吧，有我在。"他像是说给女人听，眼睛却看向黛秋。

黛秋点头，蓝桥转身进去，黛秋扶女人坐下，才要说两句安慰的话，另一个小护士哭跑过来："萧院长，你，你快去看看，楼上病房……"小护士哭得说不出话。

黛秋也不顾她，快步朝楼梯跑去。二楼东侧是外科病房，住院的大多是动过手术的人，却有一个身穿制服衬衫的男人四平八稳地靠在病床上，一手夹着烟卷，一手拉着护士，笑嘻嘻地不松手。黛秋几步上前，挡开男人的手，护士趁机退后，抹着脸上的眼泪。

黛秋见男人不过三十岁上下，剃着平头，加上制服衬衫和军裤，应该是奉军的军官。"谁收你入院的？什么病？"黛秋冷声道。

男人眼见来了一个比护士还好看的美人，便要拉黛秋的手，却被黛秋狠狠一巴掌打开。

男人不想眼前这女人不怕他，反打他的手，不由怒道："你们不就是干这个的么，拉大旗，做虎皮，别以为穿这一身'孝'就有多尊贵。"

黛秋面无惧色，冷眼看向他："你不是不舒服么？夜里常心悸吧？多久没参加步操了？应该不是不参加，是没办法参加吧？跑一圈上得来气么？你怎么才来？你这不舒服不该是一天两天的事。"

黛秋说一句，男人的脸色难看一分，他不敢相信地盯着黛秋："你是谁？你怎么知道？"

黛秋也不答，只冷眼盯着他，抬手打掉他手里的烟头："病房不许抽烟。"说着，伸手掐住他的脉门，"家里还有什么人么？你这情形需要家属陪同。"方才看男人唇色酱紫，黛秋便知道他病在心脏，果然脉象与她的判断一致。

男人强掩心虚："你……你少吓唬人。"

"是不是吓唬你，试试不就知道了。"黛秋说着，叫小护士取她的针包来。见男人面带怀疑，黛秋冷笑，"怎么？不敢？方才不是说我们拉大旗，做虎皮么？"

男人被将一军，强撑着道："谁说不敢？我就看看你们怎么骗人！"

一时取来针包，黛秋只抽一根，温过针头，往男人胳膊上的曲池穴以平针法针下去，稍稍捻动。男人起先还有些紧张，可针入皮肤却并不疼，他也松了神色："你们就是在糊弄……"话没说完，他只觉心窝如被人攥紧了一样，疼得喘不过气。他缓缓倒在病床上，张着大嘴，他想自拔了针，手根本不听使唤，他只能盯着黛秋，目光露出祈求的神色。

黛秋也不收针，拿过针包，一根一根抽出来，沿小海、少海、间使、阳溪，直针到肺俞。男人心窝一松，终于呼出最畅快的一口气，心脏已经很久没有这样通畅的感觉。他不敢相信地看向黛秋。

"这回知道了吧？你是真有病，只是不用住院。"黛秋声音始终平静，"你在这里躺一个时辰别动，我去开个方子，你往中药房抓药，哦对，记得交钱，还有你住院的钱。拿到药就可以走了，回去吃上五剂再来找我。"

黛秋说着，忽然目光一凛："我不管你是谁，请你记得，医不可欺。"黛秋说完转身就走，边走边向身边的小护士嘱咐道，"到了时间让胡大夫来撤针，你嘱咐胡大夫，一定要用热黄酒烫过，再把针还我。"

说话间，两人已经出了病房，护士以为自己听错了，忙问："叫胡大夫？他，他成么？"

黛秋忽然朝她一笑："不成才得多多练习呀。"说着，她快步走了，只留护士站在原地偷笑。

第 105 章

国破山河在

民国二十年深秋。

随着一声炮响，手术室的顶棚掉下几块白皮。跟台的护士尖叫一声，蓝桥镇定地接过止血钳："别慌，快好了。"

"听说小鬼子已经占了沈阳和长春，会不会打过来？"护士颤声道。

蓝桥心头一沉，手上却毫不迟疑："咱们是医院，按国际惯例，他们不能打医院。"

众人都知道蓝桥留洋的经历，听他这么说还安心一些，然而蓝桥更知道，那些狗屁惯例都是说给强者的，弱者不过羔羊，虎狼想怎么咬就怎么咬。

好不容易完成了手术，炮声越来越近，蓝桥急急地将病人交代给辅助医生。为保安全，院里已将能出院的病人都送出院，无法离开医院的几床病人都转移到一楼。

"萧院长在哪儿？"蓝桥扯下身上的手术衣，问身边的护士。

"药房，院长说以防万一，把不急用的药都打包送走。"护士话音未落，蓝桥已跑向药房，远远看见黛秋手里提着几个装药的大包，正与药房管事说话："这些是急用药，必得放好了，关键时候能救人的命。"

药房管事忙点头："院长，那些贵重药材已经装好了，那些东西值钱，得放在稳妥地方。"话音犹在，又一声炮响，直震得地动山摇，蓝桥快步上前，替黛秋挡住棚顶落下的灰。黛秋再不想他这时赶过来，不由朝他一笑。

"哪还有稳妥地方。"黛秋接着向管事道，"上次一个黑市的货商不是问咱们买不买药，你去联系他，咱们用这些东西跟他换。"

"这……这不可惜了……"管事舍不得。

"这都什么时候了？哪有可惜不可惜！"蓝桥急道，"今晚就去。"说着，他伸手扶过黛秋，"不是不叫你出来么？"

没了手里的东西，黛秋总算腾出手来撑着腰，滚圆的肚皮似要被撑破一般。这是他们第一个孩子，婚后因着黛秋气血两亏，蓝桥一直不肯让她再辛苦，小心地调理这几年，才有了肚子里这个。"我心里有数。"黛秋安慰他道，"现在乱成这样，我怎么能不来？"

"萧院长，不好了！"一个医生快步跑来，"鬼子打过来了，街上已经开始逃难了！"

黛秋腿一软，蓝桥忙把她扶在怀里。"不行，蓝桥。"黛秋强作镇定，"快把所有病人都送走。连哈尔滨都赤地千里，咱们这里撑不住的，肉在砧板上，怎么切还不是看鬼子的刀。"

蓝桥用力抓住黛秋的肩："你镇定些，我来处理，你只在这里不要动，我处理好了就来找你。"

黛秋还要再说，只觉腹中隐隐坠痛，她咬咬牙，努力稳住心神。

蓝桥转身要走，忽然想起一事，抓住药房管事："成药里的保命丹还有么？"

"有。"管事忙从药架上拿下一瓶，蓝桥接过塞在一个医生的手里。

"这个给才下手术台的病人家属。"蓝桥不由一声叹息，"强心针给他他也不会用，不及这个顶事，能不能活命，就看他造化了。"医生急急地跑走了。蓝桥不放心地看看黛秋，只见黛秋朝他点点头，蓝桥定了定神，跑去找人。

药房管事有些为难地看着黛秋："院长，我……"他见黛秋挺着肚子，又实在不好开口。

"你想走？"黛秋轻声道。

"萧院长，这……我家人全在堡子里，我，我实在放心不下他们。"管事说得自己都脸红。

黛秋点点头："走吧，这里的事我来。"

"可我……"共事几年，黛秋与蓝桥的人品，全院上下敬服，博源医院也成了辽沈道上知名的医院，这管事当初多方托人，才进了医院，如今这样，他只低头不敢看黛秋。

"去吧，这里还有我们，你家里孩子小，媳妇又胆小，先顾他们吧。"黛秋缓了声音，管事头也不抬地拔腿就跑。

黛秋长长换一口气，她不能强迫所有人顾全大局，只能强迫自己打起精神。才要继续将药品装箱，忽然听见门口有尖叫声。黛秋忙丢下药瓶，快步走过去。

两个衣衫破碎的女孩子正疯了一样跑进来，身后跟着四五个穿日军军服的男人，这几个男人身后，是十来个穿皇协军军服的男人。

众人惊得四处逃窜，那两个女孩子躲在角落里瑟瑟发抖，黛秋怒从心头起，一步上前喝道："你们干什么！"

十几支长枪齐齐指过来，黛秋不由自主地退了两步，她用力咬着舌尖，让自己镇定下来，眼下这形势，退已经没有用了。

自去年，多有日本浪人来医院捣乱，院里便养了十几个枪手的保卫队，黛秋在心里默默点算人数，若那些枪手突然发难，眼前的形势也不是没有胜算，可鬼子是绝不会善罢甘休的。黛秋心头发冷，之后的事她来不及细想。要让这些畜生在博源医院里做下禽兽之事，她情愿现在就与他们同归于尽。

"萧院长，这里没有你的事，没看见太君在抓人么？"皇协军的头目手里提着盒子枪，狐假虎威地盯着黛秋。

这些年悬壶行医，萧黛秋早已闻名关内外，整个辽沈道更是没有不认识她的。

黛秋冷眼看着帮侵略者欺压同胞的二鬼子："她们是军人么？她们有武器么？她们抵抗了么？凭什么抓人？"

"她们还没抵抗？"二鬼子将手背举到黛秋面前，"你看看，你看看，看她们把我咬的！"

他俩还没说完，一旁的鬼子不耐烦了，用枪管挡开二鬼子，直要顶在黛秋身上。

"太君，这……这是我们……不是，这是你们说的……社会名人，就是……不能杀的那种。"二鬼子不会日语，小鬼子不懂中国话，两个人对视片刻，鬼子一巴掌把二鬼子打倒在地，"咔嚓"一声子弹上膛，才要端起枪，只觉扑面一阵风，手上随之剧痛。众人还没反应过来，那鬼子的枪已经在地上，一把锋利的手术刀抵在他的脖颈上。

蓝桥一手反捆住那日本兵，一手捏着手术刀："动一下就割断你的动脉。"这一句鬼子听懂了，他惊得不敢动，可在场的其他人都没听懂。

蓝桥在德国留学时，同寝室有位日本留学生，会说中国话，对中国文化也十分了解，那时的蓝桥只有十五岁，他只是负气地觉得自己也要会说日本话，了解日本文化，这样才公平，却没想到今天会用到。

其他日本兵还没回神，二鬼子先怕了，领头的一声惨叫："可不敢动手，杀日本人，这医院都得炸平了，大家伙都得陪葬。"

"嘿，你长骨头了么？"蓝桥冷声向二鬼子道，"你还知道你祖宗姓什么吗？"

"我……我可是为了大家好。"二鬼子狡辩道。

"秋儿，你带着大家从后门走。"蓝桥的声音坚定，"让保卫队护送你们出去，现在闹成这样，是没办法全身而退了。"

"蓝桥！"黛秋咬着牙，覆巢之下无完卵，她行医这么多年，从未像眼下这般束手无策。

"走！"蓝桥说着，垂眼瞥见日本兵腰上挂着的德式手雷，这种东西威力巨大，只待大家撤走，他可以与这些畜生同归于尽，"咱们还有家人，还有孩子，你得回去！快，带萧院长走！"

在场的医护有拉黛秋的，有拉角落里那两个姑娘的，正忙乱间，只听有人拍手的声音，极不标准的中国话响在门口："没想到这样的地方有这么好的医院，还有这么厉害的医生。"

日本兵和皇协军齐齐让开了路，一个身穿佐官军服的男人缓缓走进来，他戴着金丝边的眼镜，却仍挡不住身上嗜血的戾气。

黛秋很知道恶狗不会朝人笑，眼前的人绝非善类，于是甩开身边的人，两步行至蓝桥的身边。"我是博源医院的院长萧黛秋。"黛秋不卑不亢地平视军官，"我希望你们能马上离开我的医院。就算你们占领了这里，难道你们不生病么？不受伤，不需要医生么？"说着，她抬手缓缓拿过蓝桥手里的刀，收在手里。

被挟持的日本兵一步跳出来，反身就要朝蓝桥开枪，却被军官两只手指拦住：

"蠢货！他们可是在东北，乃至全中国很有号召力的人，他们得活着，活着才能证明我们亲善的本意。"日本兵忙退后两步。

军官却更进一步，蓝桥本能地挡在黛秋前面。"忘了自我介绍，鄙姓香椎，我叫香椎藤，这里暂时军管，我的办公地点就在你们县公署，萧院长有事可以随时来找我，我对中医可是很有兴趣的。"

黛秋蹙眉，不过是一个佐官，一个今天才出现的侵略者，却对他们的底细一清二楚，原来这场侵略是早就计划好的。"你要亲善，你的兵就不能祸害无辜百姓。"黛秋说着，看一眼身后两个瑟瑟发抖的姑娘。

香椎藤摆出一副笑容："当然，至少……"他的笑容有些戏谑，"不能在您的医院里。"说着，他转身就走，日本兵也退了出去，那领头的二鬼子上上下下打量了蓝桥。

"你小子可真是命大。"二鬼子咬着槽牙，"得罪太君还能活下来的，你是第一个。"说着，他也跟着走了。

眼见所有鬼子退出医院，黛秋大大松了一口气，这才感到肚子绞痛，"哎哟"一声，整个人瘫倒下去。

"秋儿！"蓝桥一把抱住她，"快来人！"

"别……别慌！"黛秋大口大口地喘着气，"这孩子可真会选时候……"

因着产期将至，黛秋早准备好了催产、止血的药。蓝桥急得在分娩室外来回踱步，只听不见孩子的哭声，更听不见女人的叫声。"文医生，你别怕，院长是大夫，她比谁都明白，一定会母子平安。"一个医生安慰道。

"可她也是头一回生养……不行，先准备手术室吧。"蓝桥很想让自己定下心，安排一切，可心里乱跳，连手也跟着抖，"万一有什么，赶快剖宫手术。"

"也不……至于。"医生想安慰两句，可他自己还是个光棍，实在不能体会即将当爹的心情。

"哎呀，你快去吧，让手术室做好准备。"蓝桥说着，又两声炮响传来，蓝桥狠咬钢牙，恨不能一口一口咬碎鬼子。

这是漫长的一天，附近几十户人家躲进医院避难。蓝桥组织全院医护安置大家，又让医院的伙房做些三合面的饼子分发给众人。最后一缕血红的残阳被黑暗吞噬，外面的枪炮声渐弱，婴儿的啼哭却格外洪亮。

蓝桥红了眼眶，他难以置信地愣在原地。"文大夫，恭喜你，是个男孩，七斤六两。"护士用棉被严严地裹了个小粉团走出来，"快看看你儿子！"

谁知蓝桥只看一眼孩子，反身跑进分娩室。黛秋满头大汗，虚弱地躺在病床上，神志昏沉地看向门口："傻子，我就知道你要来。"说着，她无力地朝蓝桥笑笑。

蓝桥一步扑到床边："你疼不疼？"

黛秋缓缓摇头，抬手摸摸蓝桥的脸："你害怕了吧？"

蓝桥忙抹了眼角的泪："我不怕。"说着，他拉过黛秋的手放在唇边。

黛秋缓了口气，积攒些力量，方开口道："'关东有义士，兴兵讨群凶。'这句诗倒应了景。蓝桥，咱们的孩子叫'东义'好不好？等他长大了，若国家还这样，就让他去收复山河。"

蓝桥拼命点头："真好。你歇歇，我送你回病房。"

黛秋抓住蓝桥的手："不成，咱们得马上回家。旁的还罢了，你以为姐夫会怎么对鬼子？"

蓝桥一惊，不觉背后发凉。隋鹰和贞实都是宁折不弯的性子，若真起冲突，他们和孩子们就都没命了。香椎藤说过不会杀黛秋，那黛秋在，或许可以保护他们。

庆云堡已满目疮痍，哭号之声不绝于耳，像是哀悼这噩梦般的一天。很多民房被炸毁，有人在庆云堡北面的冈子上清洗亡故亲人的遗体。蓝桥实在找不到骡马车，只得将黛秋和孩子严严裹了棉被，用平板车拉回家。

一路所见如同炼狱，蓝桥不忍去看，一路拉着平板车往家的方向跑。李家的老宅被炸毁多半，倒是蓝桥和黛秋的院子还剩下两三间没倒的房子。可两个院子竟一个人也没有。蓝桥慌了，他放稳车，急步跑到瓦砾堆里拼命地扒，直扒到手指冒血，也不见有人埋在下面。蓝桥缓了口气，才要再扒，却见那仅有的几间房忽然闪出烛光。

隋鹰缓缓开了门，探出半个头，正与蓝桥警惕的目光相对。"大当家！"蓝桥忙跑过去，忽想起黛秋，便转向平板车，"快来帮忙。"

原来，白日里听到炮声，隋鹰便知事要不好，他曾久居山野，最知道哪里安全，于是收拾细软，带着贞实，并三个孩子躲进山涧子里，为着能多躲些日子，还特意找了个靠泉眼的位置。原本他想安顿好娘儿几个就去医院接蓝桥和黛秋，不想日本兵进了堡子，他根本回不去。

直到太阳落山，日本兵占了附近所有县城，许是他们也要休整，停了扫荡，兵也不知哪儿去了。隋鹰和贞实不放心蓝桥两口子，便又带着孩子们悄悄潜回来。

才一日不见，竟如隔世。黛秋虚弱地躺在炕上，隋鹰和蓝桥寻些木料作柴火，引炉子烧炕。小粉团一样的娃娃饿得直哭，黛秋这才想起来没来得及给孩子喂奶。

贞实打发志远和江琴去外间照顾紫菀，自己先教黛秋如何哺乳，如何催奶。可眼下这样，滋补是不用想了，这孩子若没有奶水也难活。"师姐，你放心。"黛秋反安慰她道，"我这大夫也不是白当的，孕中我已经做了准备，这身板子好，就能奶孩子。你瞧他吃得多香。"一句话说下了贞实的眼泪。

"你这丫头也是命苦，这好几年的荣华富贵也不见你生养，怎么孩子一落草竟变成这样！"贞实哭道。

"师姐，他叫东义，文东义。"看着儿子，黛秋眼中有光。

贞实虽不喜读书，也是李霄云细心教养的，曹操的《蒿里行》她自然知道。"关东有义士，兴兵讨群凶。"

"师姐，我今天见到鬼子了。"白日里的事，黛秋不过简单几句，并未将真正的凶险说出来，"长得还没有我高，一副先天不足的样子，他们呀，长不了。就是长了也不怕，咱们赶不走他们，等志远和东义赶走他们，再不行，还有下一代，我就不信，弹丸小国，它能恶到几时？"

贞实的眼泪还没干，先笑出来："你呀……"说着又叹气，"这往后的日子可怎么过？"贞实说着，忽然想到什么，从包袱里抽出萧济川的手札和黛秋的手札，"我知道旁的东西不金贵，上山时，我把这个带出去了。"

黛秋感激地接过："师姐，你可是保了我的命！"

第 106 章
关东有义士

炕上渐渐有了热乎气，屋子里似也不那么冷了。这一夜，贞实一家子挤在外间炕上，黛秋一家子和江琴挤在里间炕上。

人人神疲，却人人无眠，唯有小东义睡得踏实。黛秋握了江琴的手："你别怕，有我在。"

黑暗中，听见蓝桥的轻笑："琴儿别怕，你秋姐姐当年就是这么对我说的，你看我不是长了这么大。"

江琴原是怕的，可白日里，志远也对她说了这句话："你别怕，有我在。"想起志远坚定的目光，江琴的一颗心便真的安定下来。她握了黛秋的手："秋姐姐，生小宝宝很疼吧？你快养养精神。我娘……就是生我的时候……"江琴说不下去。

黛秋抚着她的手背："小人儿不大，也会关心人了。好，咱们都养养精神……"

外间炕上，隋鹰一双眼睛通亮地瞪着顶棚。"你不睡，又熬什么鹰？"贞实小声道。

"掌柜的，有件事跟你商量。"隋鹰的声音很低沉，"我想明天联络老爷岭的弟兄……拉一支队伍。"

贞实惊讶地抬头，虽然屋子里一片漆黑，她却能看到隋鹰此刻脸上的决绝："这帮小鬼子在咱们的地盘上肆无忌惮，得有人给他们个教训。"

"当家的，国民政府都拿鬼子没办法，你一个人能拉多少人？那还不是香头上的一点火星子？人家吹口气，就把你们吹灭了。"

"吹灭了，他不是也费一口气么？指不定哪口气上不来，就噎死这帮小鬼子。"隋鹰恨声道。

"你都打算好了？"贞实的声音听不出悲喜。

"掌柜的，自从那年你随我翻墙出去，我说过，一辈子都听你的。"隋鹰为难地道，"爷们儿不能失言，你要不叫我去，我就不去。"

"去！"贞实几乎不敢相信这个字是从自己嘴里说出来的，她摸索着抓住隋鹰的手，"当家的，我当初跟你，就因为你是咱堡子最爷们儿的人，你这一去可就把你头二十年土匪的名声洗净了，你是我们李家的好姑爷。我李贞实就没看错人。你去，我也跟你去！"

"那不行，行军打仗不比跑买卖，你一个女人家……"隋鹰闭了嘴，李贞实从来不会因为"女人家"而困住自己，"连你也走了，里面那两口子，这一屋的孩子怎么办？小姨子还坐着月子呢。"

"不是还有我么？"李志远这一声儿乎吓得他亲爹亲妈吐血。

"你……你啥时候醒的？"隋鹰极力压着声音。

志远不慌不忙地点了个小蜡头："白天闹成这样，谁能睡得着？我怕菀儿惊着，夜里发热，这不一直看着么。"

贞实披着被坐起来："远儿，你是大孩子了……"

"我是小孩儿的时候，你们也没管过我。"志远挑挑眉，道，"我奶活着的时候说了，旁人是月老牵的红绳，你们俩是老天爷降下捆仙索，捆住的一对活龙，必要在一处，才能飞能跳，要分开，就一个也活不了。"

贞实与隋鹰对视一眼，倒被儿子逗笑了。隋鹰随即沉了脸："李志远，你小子是条汉子。我跟你娘这一走，你对谁也不许说，对外只说我们俩死了，咬死我们俩被鬼子炸死了，听到没有！"

志远年少的面庞忽然露出一丝哀伤，他起身拱进贞实怀里："娘，你们得活着，我会照顾好菀儿，照顾好二姨和琴儿，对，还有那个小肉团子。要是你们……好歹托个梦给我，我扛枪去打小鬼子，去接你们。二姨说得对，小鬼子长不了。"

贞实紧紧抱着儿子，曹氏一手带大的孩子，便如曹氏一般善良坚韧，且永远怀抱希望。

"等天亮了，跟你二姨说，我对不住她，这个家又要靠她撑着了。你告诉她，我们李家的医术不是什么秘密，她必得传道授业，将她的好本事传下去，不要拘泥于师承，咱中医的根不能断。"贞实摸着儿子细软的头发，他还不到十五岁，贞实心疼地搂紧那副单薄的肩膀，"你若爱岐黄，就跟着你二姨好好学，若不爱，也不大要紧，做你想做的事，你做什么，都是娘的骄傲。"隋鹰原本只是静静听着，听了贞实这话，也伸长臂紧紧裹住他们娘儿俩。

民国二十一年春天，那个六岁就退位了的清朝皇帝，被日本关东军再次扶上皇位，国民政府似乎忘记了东三省被日本占领了，丝毫没有要收回的意思，于是东三省在侵略者嘴里就变成了"满洲国"。

紫菀已经到了开蒙的年岁，东义也很能说几句话。黛秋少往医院去，她要照顾两个小孩子，还要看顾两个大孩子。堡子里的人都以为李贞实夫妇被炸死了，每每看见李家的孤儿，不免唏嘘。

博源医院被关东军强占了，却又不许医生辞职。黛秋仍是院长，主理医院的事，可医院多了一个监察科，专门用来监视医院的所有事务。蓝桥带领全院医护消极怠工几个月，逼得监察科不得不准许医院接诊普通百姓。好歹能救治国人，医护们心中略略宽慰。

帮着黛秋做饭、照顾孩子的老妈子姓孔，山东人，逃荒到此原想找条活路，谁知他们的两个孩子都死在了日本人的炮弹下，她和男人一病不起，是黛秋救了他们，两个人就留在李家院里帮工。孔妈做得一手鲁菜，孩子们都爱吃。

"太太，吃饭了。"孔妈将碗盘摆上桌。

黛秋一手拉着紫菀，一手拉着小东义："走，咱们吃饭去!"院子里，江琴"叽里呱啦"地不知在说些什么。小书房的窗开着，志远临窗写字，写得极稳。

"志远，你怎么还在这里?"黛秋意外地看看江琴，又看看志远，"你……你们不用上学么?"

"秋姐姐。"江琴停下背书，俯身抱起走得歪歪扭扭的东义，悄声道，"志远给我们俩请了假，他模仿姐姐的笔迹，说我们俩吃坏了东西住了院。这几天我们俩都不用上学了。"

"这却是为什么?"黛秋更不解。

江琴抿了抿嘴唇，犹豫着道："就是……不想去。"

自从伪满洲国成立，日本人在三省境内建了很多学校，分小学、中学和大学，中国的孩子都要上学。学校教日文课，学习日本历史，每天早上有升旗仪式，旗杆位于校园东方，旗也不是满洲的黄龙旗，竟然是日本陆军御国旗，学校老师还教学生唱称颂天皇的歌。

小学生好糊弄，可志远、江琴和许多同龄孩子都接受过新学教育，对学校的做法十分抵触，有些学生干脆不参加升旗仪式，结果被教务老师打得鼻青脸肿，还要被罚跪在校园里。

学生们又想其他办法，比如唱颂歌时只张嘴不出声，比如升旗时假装去厕所，可每每被教务老师抓到，又是一顿暴打。学校还解散了学生会，禁止学生课外聚集。

志远告诉江琴，这种伤不着敌人、自损一千的法子不能用，模仿家长的笔迹写请假条算是他最新想到的办法，只是不能常用，可用一天是一天，江琴也乐得不上学。

"你刚才是在背书? 日文书?"黛秋明白了。江琴点头。黛秋不由蹙眉，当了亡国奴，后代就要接受"洗脑"式教育："他们这是想把中国的孩子变成他们的帮凶。琴儿，你们学日语是对的，这样才能知己知彼，可你不学中国自己的文化，就会忘了自己是谁。"

黛秋略略思量，又道："我有个法子，或许可以让你们更久一些不去上课，但你们不能荒废学业。来，咱们先吃饭，再细细说这件事。"

之后的三日，志远和江琴每日上学，不迟到，不早退，只是到了第四天，他们被学校赶出校门，原因是他们身上都长了不同程度的皮疹和水疱，学校怀疑是传染病，便有教务老师强行将他们俩赶出校门，志远还配合地表现了自己想要上学的强烈意愿，结果被教务老师狠狠打了一拳。

"让你多话!"江琴手捧着药碗，笑看志远"哎哟哎哟"地被黛秋用药酒揉着淤青。

"我……哎哟，二姨，您这手也太黑了!"志远不服气，"我这不是为了更像嘛。二姨，我这疹子什么时候能下去? 真的很痒!"

"这药喝下去，也就三个时辰，身上的疹子就好了，这脸上嘛……"黛秋故意拉长了声音，"难说！"

"哎？你当初可不是这么说的？"志远急了，"我……我的脸怎么办呀？我这脸可是我们老李家的门面。"

江琴一口药儿几乎呛出口，黛秋忍着笑，手上不觉用了力。"哎哟！"志远又一声哀号。

黛秋终于松了手，边整理药箱，边道："如今世道成这样，我想把你们俩送出去读书。"

"二姨，我不走。"志远斩钉截铁，"我想……跟你学医。我娘说了，中医的根不能断，菀儿和东义还小，等他们长起来，中国又不知是个什么样，所以我想成为像你一样的大医，小鬼子就是想开枪，都得绕着你这样的人开。"

江琴抿一抿唇："秋姐姐，我也想跟你学，想像你一样治病救人。"

地下跑来跑去的紫菀也一头扑到黛秋腿上，虽然不知道哥哥姐姐在说什么，但她学话的能力很强："菀儿也要学，菀儿也要学。"

黛秋含笑，轻捏着紫菀粉嫩的小脸："好，都学，都学……"

傍晚时，蓝桥方从医院回来，他神情有些低落，下巴的胡茬显得邋遢。黛秋先照料孩子们吃晚饭，给紫菀和东义讲故事，等孩子们睡着了，才托孔妈看顾着，自向主屋内端了热水、毛巾和肥皂，然后将一晚上没怎么说话的蓝桥拉在躺椅上。她先用热毛巾敷过，才细细地帮他刮脸。

热毛巾敷得人舒心，蓝桥方长长一声叹息："宁为太平犬，不做离乱人。"

黛秋大约也猜到几分，缓声道："监察科又找麻烦了？"

蓝桥又是一声叹息，有片刻的沉默，忽然睁开眼睛："今天香椎让宪兵送来三个人，都是外伤，皮开肉绽的，肋骨折了两三根，有一个腿折了。宪兵让我给他们大剂量注射强心针，我说他们撑不住，可宪兵说这是军部的命令。我让护士故意拖延取药的时间，那三个人就……他们是活活被打死的。"

黛秋想到了监察科的各种刁难，却实在没想到发生了这样的事。"秋儿，我……我想去找姐夫他们。"蓝桥抬眼望着黛秋的脸，"这样活着太憋屈，我想跟这帮鬼子真刀真枪地干一场。"

黛秋细细地擦净蓝桥脸上的泡沫，又用热毛巾给他擦了脸，等做完这一切，才缓声道："我明白你的心情。可师姐他们行踪不定，你要去哪里找他们？再有一节，你一个大活人，突然不见了，香椎会放着不管么？更重要的是，有你在，医院这些人便有了主心骨，之前你们与监察科周旋了那么久，才逼使日方同意医院向平民开放，你这一走，谁能接替你的位置继续跟他们周旋？我回医院也成，只是……"

"不成！"蓝桥忙道，"你虽是个女人家，可真遇到事，你会比男人更不管不顾，坚持医生的操守，这不是跟鬼子周旋的办法。"蓝桥沉声道。

"不是这个，人在屋檐下，我再坚持，也得权衡轻重。"黛秋勉强笑向蓝桥，"只

413

是我白日里才答应孩子们，在家里开课，教他们中医草药。"

"这个是正经！"蓝桥猛地起身，回身拉过黛秋，面色却郑重，"你身上背着李家的医术、萧家的医术，这些都是好东西，一定得有人继承。之前你日夜不息，著写萧氏针灸法，那是你的心血，不能失传。"

"正是这个。"黛秋忙道，"这些日子我也想了，什么萧氏，什么李氏，这些门第最不中用，这针灸法不是我自创，是李家、萧家，还有张家，另外好几家前辈教给我的，我按照救治的经验加以改良，又反复调整，到如今，也说不上是哪一家，不如就叫……经络辨证针灸法。"

蓝桥终于露了笑容："真好！"

黛秋趁势道："所以，蓝桥，你不必急于找师姐他们，咱们……有咱们的作用。"黛秋说着，目光炯炯看着蓝桥。蓝桥心领神会，一颗被揉搓得七零八落的心也渐渐平复下来，他伸手将黛秋紧紧拥在怀里。

第 107 章
取义成仁今日事

"凡大医治病，必当安神定志，无欲无求，先发大慈恻隐之心，誓愿普救含灵之苦……"

博源堂药铺后院的课堂里，志远、江琴坐在当年黛秋和贞实的位置上，后面坐着还握不住笔的紫菀和睡在摇篮里的东义。

医道要从哪里讲起？《脉经》《本草经》《伤寒杂病论》《黄帝内经》……黛秋思量了几日，到底重又翻开《大医精诚》，若无恻隐之心，无普救之愿，实在不必浪费精力在医道上。

比之当年，志远如当年的贞实一样聪明，却比她用功，江琴并不具慧根，却比当年的黛秋还刻苦。或许当年的他们在李霄云的庇护下，日子不富足，却可肆意一些，而眼下山河破碎，志远和江琴都早早地告别了少年的天真。

前后不过三五个月，两个孩子已经能背熟各个穴位，连《肘后备急方》中的常用药方也能背出几十张。黛秋欢喜，拿了《千金方》，细讲给他们听。

"东家！"宁六爷年岁大了，急走几步就气喘，他立在课堂门口，给黛秋递了个别有深意的眼神，"有位贵客要见您。"

黛秋眸子一沉，向孩子们道："你们且自己看看，我去去就来。"说着，她便跟随宁六爷出门。

"什么事？"黛秋悄声问。

"是海龙府天增顺商号的云掌柜。"其实宁六爷也不知是什么事，天增顺商号可算是三省之内首屈一指的大商号，而博源堂不过是个药铺，既买不了他们的货，亦无货卖给他们，他猜不出云掌柜的来意。

黛秋急步进了铺子，只见花梨木小圆几边，坐着一个身形挺拔，身穿烟灰色长袍，头戴一顶薄呢礼帽的男人。

听见脚步声，男人忙起身转向黛秋，他浓眉大眼，鼻直口阔，五官自带正气，黛秋忙上前问好："云掌柜好。"

"萧大夫好。"云掌柜言毕只朝黛秋笑，再不说话。

"六爷，叫个孩子给我们上茶，您去忙，我同云掌柜说两句话。"黛秋说着，请云掌柜坐了上首，自己朝下首坐。

"三宝殿上无闲人，贵号事多，云掌柜既来寻我，大可以开门见山。"黛秋的声音不大，满面含笑，旁人见了，只觉是两个老友在闲话。

云掌柜将一只手按在圆几上："萧大夫，有位故人托我问候您。"说着，他将手向前一推，缓缓撤下，圆几上多了个小纸条。黛秋忙抓起，见上面只有三个字："死丫头"。她自小替贞实临帖，这字迹再熟悉不过。黛秋不由眼眶一热，狠狠将纸条攥在手里："她……他们还好么？"

"都好，萧大夫不必担心。"云掌柜的声音也低下来，"是她引荐我来找您。"

"什么事？"黛秋努力不让眉头皱起来，表现得云淡风轻。

一时小伙计端了茶来，云掌柜含笑谢过，只待伙计走远，方道："您是博源医院的院长，能不能以医院的名义，帮我买一些药。队伍上缺药缺得紧。"

黛秋心头一紧，又上下打量了云掌柜，才低声道："实不相瞒，鬼子在医院设了监察科，药品查得很严，别说一些，就是一支都要登记。"一听这话，云掌柜再稳重，面上也不免露了焦急之色。

"是……伤口发炎么？"黛秋忍不住问，见对方缓缓点头，她又问，"枪伤？"

云掌柜深深看她一眼："枪伤居多，也有旁的。再有衣食不周，人难免生病。"

黛秋用手指搓着茶杯，半晌方开口道："云掌柜，你能不能容我几天？西药查得太紧，我就算给了你，你也运不出去，不如这样，我让伙计日夜赶工，制一批对枪伤、金疮有消炎作用的中药，并一些常用药，装在乌鸡白凤丸、人参养荣丸、鹿胎膏的盒子里，你们天增顺往年也来我这里进这些补品，这样不引人注意，就算被查，那药丸子的模样都差不多，若无内行人指点，鬼子必分辨不出，如何？"

云掌柜难掩感激之色："萧大夫，太谢谢您了！您报个价，我带了本票来。"

黛秋微微一笑，俯身凑近他，道："云掌柜，我问你，你们真打鬼么？"

云掌柜郑重点头："萧大夫，我们就是打鬼的。"

黛秋面上的笑意渐浓："咱们头一回做这事，结果未知，若这条路走得通，今后你只管来。"黛秋说着抬起握了那纸团的手，"至于钱嘛，等你们打跑了鬼，我找她要。"

云掌柜起身，朝黛秋微微躬身："萧大夫心怀大义，云某感激不尽。我……"

"哟，香椎先生来了！"宁六爷忽然高声一句，黛秋和云掌柜皆是一惊。

"我找萧院长，有要紧事。"香椎藤西装革履，鼻子上一副金丝边的眼镜，显得斯文又绅士，然而只要与他对视一眼，就能看出那镜片后是一双恶狼的眼睛。

黛秋不慌不忙地起身，声音也恢复了正常的音量："博源堂货真价实，童叟无欺，价格不能再降了，买卖不成仁义在，您也别为难。"

云掌柜会意，忙道："这个价格与我们预想的相差太多，我要拍电报回去问东家，打扰了，在下告辞。"说着，他戴好礼帽，面上带着没谈成生意的沮丧，看都不看香椎藤，抬腿就走。

香椎藤本也不看他，忽然又觉有什么不对，于是回过头，望向云掌柜的背影。"香椎先生找我有事？"黛秋的声音不轻不重，却足以调回香椎的注意力。

"哦，对，你上次为我写的方子十分有效，我吃了三剂，你瞧，人都精神多了。"

香椎含笑道，"还有你制给美沙子的养容膏，她高兴得不得了，我找人鉴定过了，那真是精妙的好药。"

"你把我的方子给人看了？"黛秋早知会这样，故意面露不悦，"香椎先生，你知不知道什么是秘方？你把我的秘方给旁人看，旁人不就学会了么？我以后还怎么做生意赚钱？"黛秋心如明镜，香椎藤只是怕自己在药里下毒，才会找人看，但她必须这么说。

"你看，是我疏忽了，请萧院长原谅！"香椎藤皮笑肉不笑，微微行了个礼，"这次除了特意来感谢萧院长，还有一件事要拜托。我们抓到一个反日分子，他背后一定还有许多人，他们专门搞破坏活动，破坏大东亚共荣，影响社会治安。他现在伤得很重，已经送往博源医院，我要他活着，他必须活着，直到他供出他的同伙。"

黛秋心头一惊，这些日子，每每听说鬼子抓到抗日队伍的人，黛秋的心都揪着，她怕是隋鹰，怕是贞实，怕是那些心怀家国的正义之士。前几天，鬼子不知在哪遭遇了抗日队伍，竟将十几具尸体倒挂在城墙上。蓝桥偷偷去看了几次，才确定其中没有隋鹰和贞实。

黛秋努力不让自己的惊惧表露出来，淡淡道："我这手上还有事儿呢，晚一会子不会死吧？"

"一刻也晚不得，请萧院长即刻出发。"说着香椎藤做了一个"请"的手势，黛秋看到铺子外面是日本宪兵的车。

她定了定神，朝宁六爷道："把我的医箱拿来，您费心，看好铺子。"说着，她与宁六爷深深对视一眼。

六爷会意，忙取了医箱递过去。黛秋从容地接过，也不等香椎藤，径自走出去。眼看着车走远了，宁六爷忙跑向课堂："远儿，快，带着琴儿和你弟弟妹妹快回家去，告诉老孔和孔妈，东家和蓝爷今天怕是回不了家，你们不必惦着，早些关门闭户，你是家里的男人，要照顾好他们。"

志远的脸上露出怒色："六爷爷，我二姨是不是有危险？"

"你放心，东家只是回医院，有蓝爷照顾她。你们老老实实在家，千万别出来！"宁六爷越是这样说，志远那双明亮的眸子越暗沉下去。

博源医院内外皆是站岗的宪兵。香椎亲自为黛秋开了车门，一股淡淡的药香扑面而来，香椎动了动鼻子，笑向黛秋："萧院长，您的医术一直被皇军认可，您可千万别让我失望。"

"香椎先生，你们关东军不是有军医么？"黛秋看也不看他，自顾自地进了医院，"若信不过我，可以换你们自己的医生。"

"这是个好提议。"香椎跟在黛秋身后，"我会给关东军总部发电报，请他们派军医来。以后军医也可以在博源医院，帮助你工作。"

黛秋猛地停下脚步，回头看一眼满脸得意的香椎藤，半晌方道："我想您记错了，这医院早就是你们的了。"说着，她转身就走。

人还没进病房，血腥味已经兜头盖脸地扑过来。黛秋皱了皱眉，两个小护士像受了大惊吓一样跑出来。黛秋心头更觉不祥。她扭头看看仍跟在身后的香椎藤："都是看守，您是怕我跑了，还是怕里面的病人跑了？我要给病人做检查，请您等在这里。"

香椎无所谓地挑挑眉，随意地走到楼梯边，给自己点了一支烟，悠闲地吸着。黛秋狠狠瞪他一眼，转身进了病房。

尽管做了最充分的准备，床上的病人仍让她僵了半刻。她几乎不确定那是个人，浑身上下找不到一块完整的皮肉。蓝桥正在察看情况，一见黛秋进来，也吓了一跳："你怎么来了？"

黛秋朝他摇了摇头："香椎说无论如何，要保住他的命。"

蓝桥面上带了怒色："不想要他的命，他们就不要下这种狠手。不能用强心针，他受不住。"

黛秋也不顾其他，取长针沿百会、上星、神庭、通天……一路针到风池、颊车，那床上原本无声无息的人忽然重重缓了一口气。

蓝桥见状忙道："醒了，快，准备手术！"身边一个医生和一个护士应声跑了出去。

床上的人缓缓睁开眼睛。"你别乱动！"黛秋低声道，"我们是来救你的。"

"中……国人？"病人艰难地开口，见二人点头，病人痛苦的眉头竟松了一分，"你们让我……死吧。"说着，他缓缓闭上眼睛。

黛秋学医、行医二十年，每个经她手的病人都在求生，哪怕是沈家那位三小姐，口口声声说死，骨子里也是想活的，这是她遇见的，第一个真心求死的病人。

一直为病人擦洗伤口的护士再忍不住，眼泪簌簌地流下来，以极低的声音道："大哥，要不，投降吧，他们……他们不是不杀投降的人么？"

半响无声，众人只以为病人又昏死过去了，却见他突然睁大了眼睛："都投降了……那以后……还有……中国人么？"黛秋捻针的手不由一抖，目光对上蓝桥那双充血的眸子，默契让他们立刻明白了对方想什么。

手术进行得极其艰难，病人有两处骨折，脾脏破裂，一节肠子穿孔。血浆袋被一盘一盘地送进手术室，黛秋立于手术室门前，耳边再听不见其他声音，唯有那句"都投降了……那以后……还有……中国人么？"她狠狠咬着槽牙，拼命克制自己的情绪。

"萧院长果然杏林魁手。"香椎不知何时站在她身边，"我就说，有你在，一定救得活他。"

"难说。"黛秋实话实说，"你们用这么重的刑，就该知道后果，即便他能活着下手术台，也难脱离危险期，是死是活，也得看三天之后他能不能挺过来。"

"我相信你们的医术，这个人对我们很重要。"香椎说着，又吸了吸鼻了，"萧院长，我不得不说，世界上最昂贵的香水，也不及你身上的药香好闻。"

黛秋朝他微微一笑，本欲退后的脚步忽然停下："那我明天再配一料给美沙子小姐，让她身上自带药香。"

香椎目光一凛。美沙子算得上辽沈道的名媛，父辈一直在东北做生意，谁知生意失败，父亲自绝，美沙子便凭着一张漂亮的脸蛋游走于关东军各高阶军官之间。现下委身于香椎，然而世事一理，家花没有野花香，野花放在家里，看不了几天也就腻了，香椎早失了兴趣。

黛秋转身缓缓离开，香椎的目光始终牢牢钉在她的背影上，一丝玩味的微笑漫上他的唇角。

手术直到午夜才结束，蓝桥几乎虚脱在手术台上。众人合力将病人送进病房。病人未醒，所有医护也不敢走，黛秋便让伙房准备饭，自拉了蓝桥往院长室说话。

院长室里，黛秋确定门外无人，方将蓝桥拉至窗边："咱们不能让他死，也不能再把他交给日本人。"

这话正中了蓝桥的内心，可医院内外宪兵把守，病人自己不能走，他们是无论如何也无法把人运出去。

黛秋凑近蓝桥耳边："你听我说，师姐派人来找我了。"蓝桥睁大了眼睛，黛秋便凑在蓝桥耳边低语几句，蓝桥眼睛晶亮："这事可行！"

"所以这三天，咱们一定要拉回这条命。"黛秋正色道，"等他醒了，我得回铺子里带伙计们制药，这里就要你照应了。"

蓝桥抓住黛秋的双肩："你一定要小心，如今街面上天天在抓什么反日分子。万一被他们发现……"蓝桥眉头拧紧，说不下去。

"你才要小心，这些宪兵不好对付，还有那个香椎藤。"黛秋眸子忽然一暗，"他可是只老狐狸。"

第 108 章

大医之道吾之志也

天快亮时，那个受尽折磨的病人终于醒了。黛秋与蓝桥亲自为他做检查，因是重要人犯，蓝桥便要求所有医护皆不得靠近。

"我们把你医好，你就又要被宪兵拉走。"黛秋看着床上的病人，因为脸上没了血污，黛秋才发觉他很年轻，看上去与志远差不多的年纪，"你当真不投降么？"

"我叫戚文星。"病人艰难地开口，"赴水火兮……敢迟留？"

戚继光的诗，黛秋握紧手指，是戚家的后人！她恨不能立时救他于水火，国人如斯，何惧外侮？"文星，你听我说。"黛秋压低了声音，看一眼立于门口的蓝桥，见他微微摇头，示意安全，便继续道，"请你一定要配合治疗，我们会救你出去。"

戚文星不敢相信地眍了眍眼睛。"之后几天我不在，文医生你可以信任。"黛秋低声道，"他会想尽一切办法医治你。我请求你，一定要活下去！"

戚文星定定地看着黛秋的眼睛，半晌他艰难地笑了一下，随即泪如泉涌，鬼子的严刑拷打都不曾让他落一滴泪，而此刻，他终于哭得像个孩子。

离开病房时，黛秋没有迟疑，她与蓝桥相顾无语，这些年的默契让他们之间无须太多的言语。

黛秋一步一步行走在医院的走廊，那些面目狰狞的日本兵，那被吓得唯唯诺诺的年轻护士，东北沦陷后的一幕一幕不断重现眼前。

这些年关内关外，各大报纸都说她是一代大医，可她不能医及国家，又算什么大医。"上医医国，其次疾人，固医官也。"如戚文星、隋鹰、李贞实，还有那些她不识得的人才是国之大医。

黛秋狠狠抿起嘴唇，她是行医之人，哪怕粉身碎骨也要保住这些救国的"大医"。走出医院，黛秋缓缓回头，"博源医院"四个大字格外刺目，主意既定，她那颗被揪紧的心缓缓定下来。

接下来的几日，黛秋几乎日夜不息，药材配料只经主人家一手，非入室弟子不可知。这是药铺的规矩。伙计们只负责切、蒸、晒、焙、碾、熬……所以，他们也不知道自己到底做的是什么药。

志远和江琴也来帮忙，黛秋便趁机将方子和配料一一教给他们。志远很知道这些没一样是补药，却偏偏封了蜜蜡，包进各种补品的盒子里。"远儿，你一定要记住这些方子。"黛秋悄声嘱咐道，"以后若我不在，天增顺的货也不能断。"

志远猛地抬头："二姨，你要去哪？"

"我是说……我要是在医院，忙不过来，哦对，咱们的药圃不是重新开了么，我也不能不管。"黛秋说着，低头包药。志远与江琴对视一眼，他们都听出黛秋在说谎，可他们都没再追问。

几日后，云掌柜果然又来了，还带了拉货的骡车。黛秋便请他进静室："云掌柜，药都制好了，这是方子。"黛秋说着，将一沓宣纸递至云掌柜面前。

云掌柜略看了看，方子写得很细，连制作过程，熬药的时辰都标注了。"我已向柜上交代了，以后这几样货是常年不断的，万一……你们照这个方子也可制药。"黛秋平静地道。

云掌柜不解地抬头看向黛秋："萧大夫，出什么事了么？"

黛秋咬了咬唇，便将戚文星的事说了："我不知道他是不是你们的人，可他是爱国志士，他还那么年轻，你们能不能救他，带他走？"

云掌柜难忍心中激动："戚文星果然还活着，他是我们的战士！我们一直在找他！"

黛秋又惊又喜，方才她还担心，云掌柜会因为不必要的伤亡而拒绝救人。"萧大夫，您是爱国大医，我这得谢谢您！"

"现下不是谢的时候。"黛秋急道，"救人这种事我不懂，可我有个法子，不知道能不能配合你们救人。"黛秋便朝云掌柜耳边说了几句。

"这……太危险了！"云掌柜皱紧了眉头，"我们不能让您去冒险，您能提供这么重要的消息，我们已经很感谢了。"

黛秋微微摇了摇头："云掌柜，我行医多年，世间的苦见得多了，可再苦也不及当亡国奴痛苦，你们要真能把鬼子打跑，什么都值得，我只有一个要求。万一……我求你们想办法保护我的四个孩子，将他们送到我师姐和姐夫身边。"

云掌柜终于明白黛秋何以将那么重要的方子交给他，原来她已经做好成仁的准备。"萧大夫，我们是战士。"云掌柜目光炯炯盯着黛秋，"一定会保护你和孩子们的安全。也一定会救出我们的同志。"云掌柜坚定地伸出手

"同德则同心，同心则同志。""同志"这两个字黛秋只在书上见过，如今听起来是这样心怀激动。她看看云掌柜伸出的手，用力握了上去……

之后的五日，戚文星的身体日渐好转，每日清醒的时间也渐长，香椎便要将他带走。

"现在带走，他活不过十日。"黛秋只身挡在香椎前面，似完全没看到他身后那些背着长枪的宪兵。

"萧院长，我让你救下他的命，你救下了，就没有你的事了。"香椎冷声道。

"可是你们带走他，就等于要了他这条命。"黛秋沉声道，"你把他交给我就是我的病人，我绝不允许我的病人被这样拉走。"

"萧院长，你这样做，我有理由怀疑你同情反日分子。"香椎的眼中射出两道寒光，透过镜片，射在黛秋身上。

"我们萧院长只是尽医生的本分。"蓝桥的声音先于他的人出现在黛秋身后，"香椎先生不用这么大的火气。人是你们的，你们想带走就带走，但我建议带走之前，先让医院再做一次检查，至少保证他到了你们手里还能喘气不是？"

"要多久？"香椎显然对蓝桥的提议更感兴趣。

"嗐，一天的事儿。"蓝桥胸有成竹地道，"等我出一份检查报告，你们也就知道能下多重的手。"

香椎笑着点头，忽觉鼻子有些堵，又见黛秋和蓝桥用异样的眼光看着自己，香椎伸手摸了摸，是血，他流鼻血了。不等他说话，黛秋先道："哟，这真是天干物燥，香椎先生随我来，我帮您处理一下。"

蓝桥才要说什么，香椎已经解散了他的兵，自随着黛秋走了。蓝桥微眯了眼睛，反身与他们相背而行。

医院库房的管事见蓝桥来了，忙迎上去："文大夫，您要的东西我准备好了，您看看。"说着，管事开了一间最小的仓库，几十个两尺高、厚玻璃外套铁网的氧气瓶整齐地码在仓库的一角。

"这些是旧的瓶子，性能都不太好了。"管事道，"我觉着这么放着不安全，您……您要这么多做什么？"

蓝桥在心里点数着氧气瓶，数完才接话："啊？哦，这不是便宜？眼下医院这样子，哪有钱买新的？哦对，这件事别说出去，让旁人知道咱们都快混成叫花子，还不笑话咱们。"

"那是，那是。"管事附和着。

"你这的钥匙还有么？"蓝桥假作不经意地问。

"我只有一套钥匙，还有一套在萧院长那。"管事忙道。

蓝桥伸出手："那先把你这套借我使使，我今晚夜班，正好过来修修这些瓶瓶罐罐，就这么放着，回来炸了，咱爷们儿全玩完。"

管事起先还不想给，一听是修这些罐子，忙将一串钥匙全交在蓝桥手上，毕竟这些玩意儿实在不安全，真有什么，第一个遭殃的就是他。

"你还有什么事么？"蓝桥忽然压低声音。

管事摇摇头，蓝桥一把拉过他，小声道："那你替我去制衣铺子瞧瞧，我给萧院长定的料子到了没，若到了让他们按之前量身的尺寸快把旗袍赶出来。"

"这……"管事犹豫着看向蓝桥，"要是有人来领物品……"

蓝桥摇一摇手上的钥匙："不是还有我么，然后你就不用回来了，放你半天假。"

管事乐得偷闲，忙答应着走了。蓝桥目光一沉，转身又进了库房。

彼时，黛秋帮香椎止了血，另煮了一壶下火的花茶，亲自为香椎斟了一杯。"这是什么茶？"香椎看着黛秋品茶的样子，只觉那茶更清香无比。

"是芫花。"黛秋浅浅抿了一口，"败火润燥，与香椎先生最相宜。"

香椎眯起眼睛看了看黛秋，直待她喝下大半杯，才将自己的一杯端至嘴边："真的很香。"说着，他也喝下一口，果然香气直浸肺腑，心头畅快，黛秋将茶斟满。

"萧院长不会特意找我喝茶。"香椎笑着眯了眼睛，看向黛秋的目光含了些戏谑。

黛秋立于窗边，瞥见楼下，一个穿着极精致的女人正快步走向医院，她的笑意渐浓："香椎先生是大忙人，我哪儿敢耽搁您的时间？只是想恭喜先生，美沙子小姐已经有三个月身孕了，先生您就要做父亲了。"

香椎面上的笑意瞬间僵住："你说什么？"

黛秋又将香椎面前的茶杯添满，道："看您乐的，是我亲自为美沙子诊的脉，不会有错。放心吧，她身体很好，一定会生下一个健康的孩子。"

"你胡说！"香椎猛地起身，一把揪住黛秋的衣领，这三四个月，他为着捉拿抗联的事，日夜在军部忙，中间也见过美沙子几次，可两个人总没到一处。这件事是美沙子上次来取药膏时告诉黛秋的。

黛秋故作惊恐："这，这种事谁敢胡说？您不是已经准备下个月迎娶美沙子了么？这双喜临门，多好！"

"你……你……她……"香椎死死抓着黛秋。

"香椎先生，是不喜欢么？"黛秋的声音始终温和。

门"砰"的一声被撞开，衣着精致的美沙子直扑向两个人，先一把推开香椎，扬手就要打黛秋，谁知被香椎狠狠攥住手腕。

美沙子只当香椎舍不得黛秋挨打，怒道："我就知道你们俩……"说着便反身拼死拼活地拉扯香椎，"你说过要娶我，你这个混蛋！"

眼看着二人揉搓到一处，黛秋假作害怕地躲在角落里，两个人的互打互骂，从中文变成日文，黛秋听不懂，大约也猜得到。香椎单是在本地就有十来个情人，对黛秋的心思更是明眼人可见。所以黛秋前两日特意给美沙子送了美容药膏，闲聊时说起，香椎对中国文化十分喜欢，包括喜欢她身上的药香，还强压着恶心，狠狠夸奖香椎一番。

美沙子是男人堆里滚出来的，对于男人的心思再了解不过，以前可以睁一只眼闭一只眼，可现下，香椎是关东军的红人，她还指望靠这条大鱼上岸，自然不能再坐视不管。今日是黛秋约她来的，电话里只说，有些事还是面对面说开的好，毕竟她们是朋友。

朋友？谁会和丧家之犬做朋友？美沙子怒从心头起，准备好好教训黛秋一番，谁知一进门就见两人"亲密"的举动。黛秋故意对门而立，好让香椎背对着门。

眼下，他们俩大约在互相指责对方，也或许再多吵几句，就能发现其中有误会。可是……

黛秋还来不及想出应对之法，美沙子便被香椎狠狠甩开，一头撞到黛秋，黛秋用力拉着她摔倒在地，还碰翻了桌上一个果盘，几个苹果和水果刀纷纷落下。"美沙子，你不要伤害香椎君。"黛秋小声劝道。这一句如同火上浇油，美沙子恶狠狠地抓起水果刀，直捅向黛秋。

香椎没听见黛秋的话，可他很知道黛秋不能这样死，他上前一步拉住美沙子，谁知女人反手将水果刀直插向香椎。香椎本能地要躲，忽觉眼前模糊，像一个被捅破的皮球，瞬间没了力气。美沙子也没想到香椎竟然没躲，一刀直扎向他的胸口。虽然有肋骨挡着，她扎不进太深，可水果刀就那样插在香椎身上，美沙子吓得松了手。

黛秋突然尖叫一声，拼命跑出去，边跑还边喊："有人刺杀香椎少佐……"整条走廊的日本宪兵全朝院长室跑来，黛秋则一边尖叫一边拼命地跑。

此时的香椎心头豁然，他死死抓着美沙子，想告诉她，他们俩中计了，中国人的聪明远在他们预料的范围之外，可他什么也说不出来，他不是受伤了，而是中毒了。他实在不明白，黛秋把毒下在哪里，他们明明喝了同一壶茶，那茶杯漂着粉红的花瓣，那样美丽。

美沙子也吓坏了，香椎死死抓着她，眼睛几乎瞪出血，虽然说不了话，却是一副死也不放过她的样子，美沙子狠咬嘴唇，一不做二不休，从香椎胸前拔出刀，这一次，她捅向他的肚子，那里软，可一捅到底，一刀，两刀，三刀……

楼上大乱，楼下的蓝桥心头一惊，他们不是这样计划的。在他们的计划中，由蓝桥制造一场小火灾，引起宪兵注意，黛秋为营救队打开后门。蓝桥早已做好身死的准备，他要结果了那些畜生，哪怕与他们同归于尽。

原来他们决定救出戚文星时，就都准备好了为这场营救，为对方而粉身碎骨，蓝桥一把扯开领扣，直奔向仓库。仓库里一声炸裂的声音，一楼的宪兵忙聚拢而来，察看情况。

黛秋从容地打开后门，芫花与红参药性相克，香椎喝了这么久的补药，一壶芫花怎么也能要了他半条命，其他就看美沙子怎么做了，但黛秋相信，无论古今，无论国籍，人性都是相通的。

云掌柜领着十来个人，身穿医院勤杂工的衣裳，鱼贯而入。还不等他们进入战斗状态，仓房又一声巨响，几乎震得整个楼发颤。黛秋一惊，是蓝桥，她也明白了蓝桥的意图，于是反身便要朝仓房跑，一只大手狠狠抓住她。

是隋鹰，黛秋不敢相信自己的眼睛，隋鹰朝她摇了摇头。"是蓝桥，蓝桥！"黛秋急道。

"交给我，你得给他们带路。"隋鹰说着与云掌柜对视一眼，便循着爆炸声而去。

连医院外的宪兵也被爆炸声吸引而赶过去，待他们赶到仓库，地上已是几具宪兵的尸体，领头的宪兵俯身察看，才发现他们不是被炸死的，而是被利器杀死的。一个宪兵眼尖，发现一具尸体上的弹药包不见了，嘴里嚷着"不对"，便要叫着众人撤出去，谁知库房的门被人从外面锁死，不知从哪里飞来一只手雷，他们还来不及躲，便又是一声巨响。

门外的蓝桥不想会这样顺利，拔腿便要去找黛秋，才跑两步，迎面两个端着步枪的宪兵，枪口正对着他。原本也没想能全身而退，蓝桥怒视鬼子，咬着牙准备迎接死亡。

两声枪响，蓝桥本能地蹲下，可蹲下了才察觉不对，他没死，也没中弹，鬼子的单兵作战能力很强，不可能这么近还打不中。"小舅子，你不是很能打么？"熟悉的声音让蓝桥欣喜若狂。他猛地抬头，隋鹰手里拿着两把盒子枪，正笑嘻嘻地看向他。

蓝桥笑着起身，忽然神色一紧，隋鹰想都不想，反身开枪，一个鬼子应声而倒。"这不是说话的地方，跟我走！"隋鹰说着，拉起蓝桥就跑。

博源医院的爆炸正好发生在午休时间，医护都在院子角落里的伙房吃饭，为保证要犯的安全，文蓝桥昨天已经清退了所有住院患者。

两辆救护车开出庆云堡时，军部的车才赶到被炸得面目全非的博源医院。看着救护床上的戚文星，黛秋与蓝桥不约而同地松了口气。

"回去要往师傅的坟上磕头了。"黛秋低头道，"我终于还是用他教我的东西……治了香椎。"

"你的茶只能让他麻痹，死不死得看他的命数，不过他作恶多端，老天爷又没瞎，会收了他的。"蓝桥安慰道。

片刻地沉默后，两个人不约而同地问出心里话："你是不是一早打算牺牲自己？"于是又一阵沉默，蓝桥的手紧紧握上黛秋的手，劫后余生，良久的沉默之后，两个人喜极而泣。

宁六爷带着孩子们焦急地等在参园，这是他们约定好见面的地方，怕出纰漏，黛秋先将孩子们安置在这，又让六爷将年例钱提前发给伙计们。

见是医院的车驶来，志远喜道："他们来了！"江琴抱着东义，志远拉着紫菀皆迎上去。

云掌柜组织众人将两辆车推进山涧子里，好让敌人晚一些发现，又将戚文星安置在拉货的骡车上，插了"天增顺"商号的旗，看上去就像是商号贩货的车队。

"萧大夫，实在对不起，为了营救我们的同志，您把家底都赔上了，您的损失我们一定会想办法补偿。庆云堡你们是不能再回去了。鬼子的侦察手段很厉害，你们不能冒险，我们已经安排了交通线，走草原，坐火车，送你们去山西。"云掌柜激动地与黛秋和蓝桥握手。

黛秋张了张嘴，终于说出那两个字："同志。"黛秋握了云掌柜的手，"补偿我不要，你们早点把鬼子打跑，我还要回东北行医的。"

一旁的志远久不见父亲，也十分亲近："爹，我想跟你们一起走，你们打鬼子，我也要打鬼子。"

"那不行，你跟我们走，谁保护你二姨？"隋鹰亲昵地抚着儿子的头发。

"你真觉得我比我舅拳头更硬？"志远怀疑地看向隋鹰。

"小子，打仗这事老子干了，学医这事就交给你了。你娘可说了，咱们李家的医术可全靠你发扬光大了。"隋鹰笑道。

志远不同意："您知道学医有多难么？"

"所以难的事交给你呀！"隋鹰理直气壮，从志远怀里接过紫菀亲了又亲，"好好照顾菀儿，待她大了，这仗也该打完了，爹和你娘去找你们。"

思念长，别离短，众人来不及惜别，便一路向北，一路向西，各自上路。黛秋、蓝桥带着四个孩子在向导的带领下，足走了十来日，才"偷渡"出东北。在自己的国家"偷渡"，黛秋心头悲愤，上火车前，她久久凝视东北的方向。

逃出来得急，志远和江琴只简单收拾了细软，却不忘带上萧济川和萧黛秋的行医手札。火车上，两个孩子如获至宝一般，翻看着两代名医的手札。"发恻隐之心，救含灵之苦，吾之志也。"萧济川的手札有些发黄，黛秋忍不住伸手轻抚，看着窗外的景色，尽管山河破碎，仍风景如画。黛秋垂眸思量，半晌拿过自己的手札，抽出钢笔，落笔有力地在手札封皮上写道："行大医之举，扶人间正气，吾之志也。"

一旁的蓝桥握了她的手，低声道："吾之志也。"二人相视而笑。坐在他们对面的志远和江琴正一同翻看行医手札，悄声讨论着上面记载的药方，紫菀搂着东义，两个小家伙在卧榻上睡得正香。

一声长长的鸣笛，火车喷着汩汩蒸汽，奋力向前……

（完）

番　外

一

　　"砰"的一声巨响，长长的队伍骚动起来，紧接着又是几声，两个年幼的孩子躲在母亲怀里哇哇大哭。

　　坐在小马扎上的老徐头用拐棍敲着地，声音洪亮地道："阎老西早被打跑了！现在是咱老百姓的天下！怕什么？二小子，去看看，谁家孩子在医馆近边放炮仗玩，影响人家大夫看诊！"

　　诊脉的长案就摆在院子里，等待看诊的人一直排到院外。黛秋纹丝不动地为一个挺着肚子的女人搭脉。

　　在过去的十几年里，她在炮声中，在枪声中，甚至在此起彼伏的哀号声中为人看病，在最难的岁月里，她把父亲和自己行医的手札埋进黄土，自己也做好了赴死的准备。

　　多少个九死一生之后，岁月终究许了她静好。谁能想到，当年被大清国流放，几乎死在路上的萧黛秋，经历山河破碎的中华民国，竟活着走进一个新世界。黛秋喜欢这个新世界，似乎连每日照进小院的阳光都格外温暖。

　　"妹子，别怕，一切都好，上次给你的方子，愿意吃就再吃上两剂，不愿意吃咱就不吃，好好吃饭，别干重活，下个月，保管顺顺利利得一个大小子。"黛秋笑看女人。

　　"萧大夫，我就信你！"女人笑得见牙不见眼，"俺娘让我给你捎几个鸡蛋，你别嫌少。"女人有些窘迫地低下头。

　　黛秋不推辞，接过用布包得严严实实的十个鸡蛋，伸手放进身边的小柜子里，又从里面掏出一包红糖和一小袋小米："回去代我谢谢老人家，这是回礼，给你坐月子用。"

　　女人推辞不过，拿着东西走了，老徐头忙起身坐过来。

　　"老爷子，您没病，上回来还咳嗽两声，刚才听您的声音，底气足着呢。"黛秋笑向他。

　　老徐头不好意思地笑笑："不瞒您说，我儿子在队伍上，儿媳妇照管家，地里的活两个孙子就干了，他们都不让我伸手，我这闲着也是闲着，到您这，听您说一声，我这心里踏实。"

黛秋从小柜子里抽出两贴膏药："来了就别白来，快变天了，您腿上的旧伤怕又要犯了，这个给您……"

来曲阳县十几年，黛秋早习惯了这样的生活，这里民风淳朴，人心纯善。在最黑暗的日子，乡亲们将东义和紫菀藏在自家的炕洞里，躲过鬼子的屠杀，躲过军阀拉壮丁。

黛秋每日卯时开门看诊，天黑关门，谁家有急病的人，无论多晚，拍文家的门，必有回应。他们的日子过得艰苦，却是从未有过的充实。

离院子十里的县城，新成立的县医院里锣鼓喧天，最后一批在解放太原的战斗中受伤的战士今天出院了。

院长文蓝桥代表医院为小战士戴上大红花。文东义和隋紫菀夹在学生秧歌队里，紫菀划着旱船，东义画了个丑脸，围着紫菀翻跟头。

喧嚣的声音掩盖了分娩室里女人痛苦的呻吟："南医生，俺不行，俺没劲了！你别管俺，保住孩子。"

"孩子没娘怎么活？"南江琴神色严肃，"你别胡思乱想，娘儿俩都得活着。"说着，她抽出长针，一针一针，又稳又准地扎在女人的穴位上。

不过片刻，助产的护士喜得高声道："头转过来了，快，使劲。"洪亮的啼哭声似给今天的欢悦增添一段动听的音乐。

分娩室外，家属千恩万谢。南江琴却冷了一张脸："上个月就跟你们说过，胎动了一定来医院，胎位不正，孕妇体质弱，生产会很危险，你们为什么不听？那是两条人命！"

家属被说得脸红，产妇的婆婆不服气地道："自来女人生娃，谁不是生在草纸上？她咋就这么金贵……"

"谁的命不金贵！"南江琴怒向老人，"万一产妇大出血，你们……"

"你们帮个忙，爷们儿进去把女人抱到病房去，需要观察两天才能出院。"李志远小跑着过来，满脸堆笑，"大娘，恭喜呀，得了个大孙子，快回家杀鸡准备饭吧，您儿留下照顾那娘儿俩就成。"

"还要住院？"婆婆还要再说，被李志远一把拉住。

"看您说的，人娘家妈一会儿就到，看您把媳妇安置在这儿好，还是在您家那半铺炕上好？"李志远笑着说，"回去多煮鸡蛋，'老儿子大孙子，老太太的命根子'，您可不能小气！"

婆婆被说乐了，脚步轻快地走了。江琴一声叹息，摘下口罩转身就走，却被志远一步拦下："小师姐，有话跟你说。"

江琴停下脚："李主任，这是医院，请注意你的称呼！"

"咋这么大火气？"志远盯着江琴乌黑发亮的眸子，面上忽然一片火烧，"那什么，就……你办公桌上面有份表格你看到了没？"

江琴的脸越发阴沉："没看见我忙成这样？哪有时间回办公室？"说着她就要走，却被李志远拉住胳膊。

"小舅让你回家吃饭。你都好几天没回去了，小姨惦记你。"李志远浓重的眉毛拧在一处。

抬出黛秋和蓝桥，江琴不能拒绝，她抿一抿唇，才开口道："那我下班就回去。"

"下班我在医院门口等！"李志远瞬间笑容满面，顺手拍了拍江琴的肩，"南医生，好好工作。"

东义从书包里掏出几个油纸包，有酱肉，有蒸咸菜，还有几个饼。

"今晚小姨做饭？"紫菀边问边掏出作业本，就着两盏不太亮的油灯，一笔一画写得工整。

东义伸长了脖子看向厨房的方向，半晌才扭回头，小声道："昨儿大姨来信了，不知道写了啥，给我妈乐得半宿没睡着，我就知道她今天得下厨。早上特意找我爸要钱买点吃的，要不你说就我妈做的饭……"

东义话没说完，听见门响，忙闭了嘴，想要假装学习，却拿倒了书本。

"装，你就接着装。"蓝桥说着，用力拍了拍儿子的后背。

"爸，有啥大事非得我妈下厨？"东义的声音带着少年特有的粗哑。

岁月绵长，蓝桥已年近不惑，少年的质朴和天真全留在这个战火中出生的小皮猴子身上。

他揪住儿子的耳朵压低声音道："一会儿上桌不许又挑三拣四！"说着才笑呵呵地向紫菀道，"你爸你妈过几天就到，他们想请你小姨去北京开诊，也想接咱们一起回去。"

马上要见到父母，紫菀高兴得睁圆了眼睛，紫菀高兴，东义就高兴。两个孩子拍着手笑，正要说什么，忽听窗外声响。

"哥回来了！"东义跳下炕，推门见一辆自行车拐进自家院子，还没停稳，江琴便从后座上跳下来。

她身材修长，两条辫子垂在胸前，蓝布短袄和长裤，简单朴素，却掩不住她的美丽。一见弟弟妹妹，她原来阴沉的脸瞬间绽出笑容，嘴角笑出两个好看的梨窝。

"姐！"东义抢先迎出来，紫菀跟在他身后。

江琴从口袋里掏出一把糖块："给！"

东义双手接过，把一多半分给紫菀。"小姨！"紫菀捧了糖转身就跑，"姐回来啦！"

江琴也快步跟了进去，东义却转头看向才停好自行车的志远。"你们吵架了？"东义歪着脑袋看兄长。

"你咋知道？"志远重重胡噜一把东义的头。

"琴姐一眼都没看你，你俩往常不都有说有笑的吗？"东义问。

"鬼灵精！就你长了眼睛，别乱说！"志远说着拉东义进了门。

一家人团团坐了一桌，黛秋夹在四个孩子中间，给他们布菜，蓝桥大口大口吃着黛秋做的菜。因为长年看诊，黛秋很少有时间做饭，厨艺也仅限于"能吃"的程度，倒是蓝桥常常给一家人做饭，孩子们也都喜欢吃。

"师傅，以后您别下厨了，等我下班回来做。"江琴吃着碗里的酱肉，"您看诊太耗精神，该好好养养。"

"我同意！"东义举起筷子。

"吃有吃相！"黛秋沉了脸看儿子。

东义忙埋头吃饭，紫菀偷笑着瞥他一眼。

"小姨，小舅，我爸妈快来了，我想提前跟你们说件事。"志远吃完一个杂粮馍，放下筷子，郑重地开口。

黛秋和蓝桥不约而同地也放下筷子。东义麻利地把菜拨进自己和紫菀的碗里，两个孩子便要下桌。

"你俩别走！"志远郑重地道，"这是咱们家的事，家人都该在场。"

"怎么了这是？"自从去年春天，太原城解放了，黛秋还没见过志远这种神情，心里没来由地发慌。

"志远，先吃饭。"江琴小声说。

志远似没听到，看向黛秋，又看向蓝桥："我已经向医院提交申请，我要和江琴结婚！"

"嘻！"黛秋重重呼出一口气，随即喜笑颜开，"这……好事啊！"

江琴与志远一同拜师，在战火纷飞的岁月相互扶持，他们的感情也早超越了同门师姐弟。

"我们都同意，等你爸妈来，他们也准同意。"蓝桥笑道。

"我不同意！"江琴猛地起身，吓了众人一跳，"我和志远师出同门，我是他师姐，他是我师弟，不宜越矩。"江琴说完转身就走。

"不是……怎么了这是？"蓝桥边说边看向志远，"你们不是一向挺合得来吗？"

"我哥嘴那么欠，肯定得罪琴姐姐了。"东义满嘴油花地道。

"别瞎说！吃饭！"黛秋低嗔儿子一句，抬眼见志远尴尬得一动不动，忙朝他碗里夹了两块肉，"食不言，寝不语，你先吃饭，其他再说。"

志远不想让黛秋和蓝桥担心，缓缓端起碗……

因为这个小变故，整个晚上，文家不大的房子里异常安静。黛秋端一碗热面汤走进江琴的屋子时，江琴正在油灯下翻着行医手札。

文家小院不大，三间半房，黛秋、蓝桥带着紫菀一间，志远和江琴白天要工作，夜里要看书，所以每人一间，十三岁的小东义总当自己是个大人，必要独自睡，蓝桥和志远就为他接了半间大的小屋。

"夜里读书伤眼睛。"黛秋放下面汤，在江琴身边坐下。

"师傅，怎么还没休息？"江琴不好意思地起身。

"你坐，晚饭没好好吃，我怕你饿。"黛秋笑拉江琴，"你是最用功的，也不差这一时一刻，我有句话想问你。"

江琴知道黛秋要问什么，用小勺在碗里搅着稀薄的面汤。虽说解放了，可粮食总是各家各户的命根子，夜里还能喝到这一碗面汤已经很难得了。

江琴心头一暖，看向黛秋的眼睛里便含了潮湿："师傅，我不能……"她说不下去。

"我都还没问呢，你倒先拒绝！"黛秋笑道，"我想问问你，愿不愿意跟我一起走，师姐信上说，北京现在百废待兴，医生更是缺得紧，我想着，能在皇城根儿习学，对你精进医术大有益处。"

江琴低了头："可县医院也才成立，我这一走……"

"这也是个事。"黛秋爱惜地抚上江琴的头发，"要不这样，你和远儿去北京，就像我当年一样，拜访名家，虚心求教，我替你去医院上班，你放心，我……怎么说来着？哦对，保证完成任务。"

江琴被逗笑了，抬头看向黛秋。她曾经以为自己是最不幸的人，却是黛秋给予了她所有的幸运。

"师傅，我不能去北京。"江琴早已将黛秋当成自己一生的榜样，看着她从容恬淡的神色，江琴的心忽然就不那么难受了，"更不能嫁给志远，师傅，您就让我在这行一辈子医吧。"

"你在哪儿行医都好，可你为什么不愿意嫁给远儿？"黛秋声音低而温柔，仿佛在说一件平常事，"你们俩一起长大，从小要好，要不是这些年不太平，你们俩的事早该办了。"

"我……"江琴重重地换了口气，抬眼对上黛秋慈爱的目光，"师傅，我配不上志远，他父母是不会同意的。"

看着黛秋一脸莫名其妙，江琴只得实话实说："志远的父母都在部队上，还当了大官。"

"嗐，他们那个不叫大官，叫……哦对，革命同志。"黛秋笑道。

"您忘了，我是谁的女儿，我亲爸是军阀，亲哥也是，我亲妈是在香船上被南山虎抬走的。"江琴正色道，"志远的父母可怜我，收留我，您又养大了我，教我本事，我不能恩将仇报。志远的脾气您知道，万一因为我……我一辈子也不原谅自己。"江琴说着，再忍耐不住，扑进黛秋怀中哭起来。

江琴的顾虑是黛秋没想到的，关于隋鹰和李贞实的职务，黛秋也说不清，最后一次见到这两口子，还是小鬼子投降那年，那时的隋鹰是团长。

如果李志远是黛秋的儿子，她会毫不犹豫地同意这门婚事，可隋鹰和贞实会是个什么想法？对于江琴这样没做过坏事的"坏人"后代，又是个什么说法？黛秋自己也犯嘀咕。

"好孩子，你别怕，你是南山虎的女儿，可你也是我萧黛秋的徒弟，徒弟解决不了的事，可不就该师傅出山了，只要你和远儿的情谊真，旁的都有办法……"黛秋又劝了许多话，看着江琴睡下才离开。

与此同时，蓝桥也从志远的房间里出来。爷儿俩谈了半宿，关于感情，蓝桥比任何人都执着，只是他把这一辈子的心思都用在黛秋身上，听志远讲了半天，也想不出旁的缘由。这件事的关窍还是在江琴那丫头身上，蓝桥安慰了志远几句也就回房了。

夜里，主屋的小油灯一直亮着，蓝桥从黛秋那知道了江琴的顾虑，反倒松了口气："姐夫当年是土匪，不是也没事？我看就是琴丫头想多了。"

"师姐和姐夫是多少枪林弹雨里拼出来的，那军功还抵不了犯下的错吗？琴儿有啥？"黛秋不放心地说。

"那有个军阀的爹也不是琴儿的错呀。"蓝桥的声音有些急，他忙看向睡熟了的紫菀，才又说，"县政府不是也发了公告，说不搞株连嘛。"

"是不连坐治罪，可两边打了五六年，现在自家儿子要娶那边的女儿，就师姐那脾气……"黛秋愁得双眉紧皱。

蓝桥握了她的手，半哄半劝道："贞儿姐当年还不是跳墙跟大当家走，她就不是一个拘泥小节的人，我琢磨着，她没准会同意。咱们先稳住孩子，且等他们到了再说。"

黛秋已缓缓放下的心忽又提起来："不行，万一师姐为了孩子们同意了，犯了他们的纪律，受到牵连怎么办？两个孩子都是重情重义的，真有个什么，不是要逼死他们？"

眼见黛秋急起来，蓝桥心疼地揽她在怀里："你呀，说起《本草》《脉经》，比谁都坐得稳，怎么说起孩子就慌成这样，一切有我呢。"

"你有办法？"黛秋抬头看向蓝桥，虽然年深日久，可他看向自己的目光永远带着炙热的温度。

蓝桥狡黠一笑："当年贞儿姐能跳墙跑，那两个孩子凭啥干等着？我琢磨着，咱先想法子把他们俩送出去，让他们过自己的小日子。咱们见了贞儿姐和隋当家，把这事儿慢慢地说了，他们愿意，也不犯纪律，那是千好万好，要是他们不同意，或者他们为难，那孩子是自己走的，谁能管得了？贞儿姐和隋当家对上对下也有个交代。"

黛秋两眼发亮："是个好法子！"

蓝桥忙捂了她的嘴："别把菀儿吵醒了。"

四目相对，两个人笑得亲昵无声，蓝桥将黛秋揽在怀里，悄声道："这回你心里踏实了？睡吧。"说着，他缓缓吻上她的额发。

黛秋安心地伏在蓝桥怀里："就你会闹这些鬼，东义那孩子每日调皮捣蛋，都是随你。"

"哎？你怎么又怪上我了？"蓝桥说着，吹熄了油灯，黑暗中只余两个人浅浅的笑声。

<h1 style="text-align:center">二</h1>

"南江琴，你站住！"志远一步拦在江琴的面前。

黛秋和蓝桥将议定的法子告知两个人，志远也明白了江琴心中的顾虑。他有些恼自己，原来他一点都没能体谅江琴的心思。可这又算什么顾虑？他想娶，她想嫁，与他们是谁的儿子，又是谁的女儿有什么关系？

"跟我走，小姨和小舅已经买了回东北的车票。咱们回庆云堡，我李志远这辈子一定要跟你在一起。"志远目光炯炯地盯着江琴，"你是谁的女儿，谁的妹妹，都不影响你成为李志远的妻子。"

"我不能走，更不能拐走你！"江琴正色道，"贞姨和姨丈是我的恩人，我不能对不起他们。"

"所以你打算用我报恩是吗？"志远用力抓着江琴的胳膊，"南江琴，你给我听好了，我喜欢你，打你迈进我们李家门儿那天，我就喜欢你！当年鬼子烧村子的时候，我还写过遗书给你，我的遗书里都写了'我喜欢你'！"

"那……你的遗书呢？"南江琴的声音低得几乎听不见。

"啊？"志远有些气馁，"那不是带你躲小鬼子，钻山沟的时候掉了嘛！"

江琴缓缓挣脱志远的手，从贴身的口袋里掏出一个她自己绣的手帕，手帕包成一个整整齐齐的包，江琴一点一点打开，里面是一笺破旧的信纸。

"其实，我捡到了！"江琴的声音越来越小。

志远惊喜地看着那信笺，半晌才回过神，不管不顾，一把将江琴拥进怀里："南江琴，咱们结婚吧，我喜欢你！"

两行热泪打湿了江琴纤长的睫毛："志远，我也喜欢你！可是……"

"没有可是！南江琴，你在我这儿没有可是，咱们回东北，结婚，生子，行医，你想做什么我都陪你。"志远紧紧抱着怀中人，"我爸妈认你这个儿媳妇，咱们就去找他们，不认，我李志远也得干爷们儿该干的事……"

躲在房里偷看的黛秋和蓝桥双双忍着笑。"我就说远儿这小子行。"蓝桥悄声道。

"都是你出的馊主意！师姐他们要来，看她不捶你！"黛秋掩口笑。

"我挨打，你还这么高兴？"蓝桥就喜欢看黛秋笑，自己也忍不住跟着笑，伸手握住黛秋的手，"你都不知道心疼我！"

黛秋嫌弃地看蓝桥一眼："文院长，你都多大岁数了？怎么比东义还会撒娇？"

"我可不像我爸那么没出息。"东义的小脑袋不知什么时候凑过来，吓了爹妈一跳。

紧挨着东义的紫菀也凑过头，高兴地看向窗外："以后，琴姐姐就是我嫂子了！"

东义一把捂住她的嘴："你小声点！菀儿，你可不能跟大姨告状，也不能告诉大姨，远哥和琴姐去哪了。"

紫菀眨着大眼睛盯着东义的脏手，东义忙收回手，在自己衣襟上蹭蹭："大姨那么凶，连我妈都怕她，她要知道远哥和琴姐为了躲她才走，还不……"东义做一个杀鸡抹脖子的动作。

"我妈哪有那么凶！"紫菀嘟起嘴。

"那你不怕大姨？"东义挑着眉问。

"怕！"紫菀毫不犹豫地道，话已出口，又不好意思地为自己找补，"但我爸怕我，我让我爸管我妈。"

东义撇了撇嘴："我是真没见过耗子跟猫犟嘴！"

"臭东义！"紫菀伸手就打人，东义转身就跑，一不小心撞在桌角上，"哐"的一声，惊动了窗外的两个人。江琴忙不迭地挣脱志远的手臂，两个人两张脸，像两颗秋天里的红苹果。

一切既定，一家人便忙着送两个人上火车。两个人的行李不多，黛秋将父亲和自己的行医手札塞在江琴怀里："没什么好东西，这个就当作你们的新婚贺礼，回了东北，你们要彼此照顾。"

"师傅！"江琴说着便要跪，被黛秋一把抱住。

"琴儿，人没办法选择出身，但除了出身，其他都可以选择。"黛秋用力地拍着江琴的背，"博极医源，你们要走的路还长着呢。"

江琴不舍地用力点头。

"快开车了，你还只顾拉着孩子不放手。"蓝桥拉开黛秋的手，向志远道，"路上当心，安顿下来马上来信。我们先不去北京，就在家里等着你们的消息。"

志远郑重地朝黛秋和蓝桥行了礼，过去的那些年月，他们才是他的"父母"。

车厢不多，旅客不少，黛秋和蓝桥怕挤着东义和紫菀，也不敢到车窗话别，只遥遥地招招手，便拉了孩子们回程。

长长一声车笛，黛秋还是忍不住回头："蓝桥，你别说孩子们，我也很想念庆云堡。"

"那咱们补张票，带着东义和菀儿，咱们都回去。"蓝桥一手拉着儿子，一手拉着妻子。

"咱们都走了，让师姐扑个空，还不杀到庆云堡去打咱们？"黛秋边说边摇着紫菀的手，"再说，我答应了琴儿，要替她坐诊，文院长，我明天就可以上班了。"

"你打算去哪上班？不是说好了跟我一起回北京吗？"李贞实的声音像一道炸雷，吓得黛秋、蓝桥两人一哆嗦。

四个人不约而同地回头，果真是隋鹰和贞实，两个人穿着半旧的制服，正笑盈盈地看着他们。

"妈!"紫菀先松了手,几步扑进贞实怀里。

贞实疼惜地抱住女儿,隋鹰伸不上手,只得张嘴道:"菀儿又长高了,好像也胖了。"

紫菀拱在母亲怀里,目光锋利地瞪了父亲一眼。"我是说,菀儿变好看了。"隋鹰忙改口。

"师姐,你们不是……后天才到吗?"黛秋努力地笑着。

"手上的事都忙完了,想早点来看你们!"岁月的打磨让贞实看起来有前半生都不曾有过的沉稳气度。

"你们也不知道我们今天到,怎么来车站了?"隋鹰随口问道。

"来送我哥。"话已出口,紫菀才惊觉说错话了,忙捂住嘴。

"李志远……"贞实敏锐地察觉几个人变了脸色,"李志远出个差,全家人来送?"

"啊,那个,孩子嘛,多大,那在咱们眼里也是孩子。"蓝桥忙接话,"我说不送,秋儿就是不放心。"

"蓝小子,你多大在我眼里,也是个翻不出五指山的孙猴子!"贞实冷声道,"在我面前弄鬼,你还差着道行!"

"师姐,咱们有话回家说。"黛秋忙打圆场,"千里迢迢的,难道就为在站台上说话吗?快家去!"

"李志远到底干什么去了?"贞实一动不动地盯着黛秋。

"掌柜的,要不咱们先回……"隋鹰没说完的下半句,被贞实的目光生生噎回去,"啊,对,孩子更重要,我们老李家的大儿子到底干什么去了?"

"远哥他……"东义编不出假话,只能一头扑进隋鹰怀里,"姨父,我想你了!"

"好小子,长高了这么多!"隋鹰轻揉着东义的头,当年参军离开家时,志远也才这样大,隋鹰爱惜地拍着东义的肩,"是个大小伙子。怎么样?想跟着你妈行医,还是跟我走!"

"我想跟姨父走!"东义讨好地道。

"像个兵苗子……"

爷儿俩说得火热,似忘记了关于李志远的问题。黛秋和蓝桥暗暗松了口气,忽然听到贞实冷冷一声:"琴丫头怎么没跟你们一起?"

"那不是……医院忙嘛!"蓝桥赔笑道,"江琴现在可是我们医院的主力。"

这回不用贞实说话,隋鹰也看出"鬼"来,他笑看一眼妻子,一手拉着东义,一手拉过女儿,向蓝桥道:"我说小舅子,这么些年,你编瞎话的本事可是一点没长,当年骗不了我丈母娘,骗不了我们掌柜的,现在连我也骗不了了,这两个孩子是不是有什么事?"

连隋鹰都这样说,黛秋和蓝桥泄气地垂了头。"师姐!"黛秋似下定决心地抬起头,直视贞实,"我是两个孩子的师傅,他们做下的事皆由我担着。"

贞实挑一挑眉："所以呢？"

黛秋正色道："师姐，这些年，你们不在孩子们身边，他们吃了许多苦，远儿差点死在小鬼子的枪下，琴儿一个女孩子行医的不易咱们都经历过，多亏他们俩互相扶持，才有今天的好日子。他们对彼此的感情是这世上最难能可贵的真诚，所以，我做主，让他们回庆云堡拜祭师娘，而后……就在关外结婚生子，过自己的日子。"

隋鹰与贞实对视一眼，不由双双皱眉。

"琴儿是南山虎的女儿，跟你们……"蓝桥抢着道，"但仇不及妻儿，祸不及家人，再说，再说琴儿的兄长南江晚当年也算救了我们。"

"这件事是我的主意，师姐，姐夫，你们要生气，只管骂我，孩子们唤我一声'师傅'，这就是师傅该受的。"

"萧黛秋，听说你当年因为放走我和隋鹰，挨了我妈一巴掌，现在你又让南江琴拐走我儿子……"贞实话没完，只见蓝桥一步挡住黛秋。

"是我的主意，你们要打就打我！"蓝桥张开双臂，似做好了挨打的准备。

紫菀甩开父亲的手，竟挡在蓝桥身前："不许你们欺负小姨和姨父，琴姐姐是好人，我哥是真的喜欢她。"

"你个小丫头……"贞实话没说完，却见东义挡在了紫菀身前，"不许打菀儿！"

"小鹰雏也能扇翅膀吓唬人了。"隋鹰轻轻掐一把东义带了怒气的小脸，再忍不住，与贞实双双笑起来。

"谁告诉你们，远儿和琴儿不能在一起？"贞实忍着笑问，"还趁我们没到，先帮着他们俩私奔？可真有你们的！"

隋鹰越听越想笑，却被贞实狠推一把："还笑，快想法子把两个孩子找回来！"

"你们……"黛秋虽然还想不明白，单看隋鹰和贞实的态度，不由松了口气。

蓝桥拉过两个孩子："琴丫头的身世……不要紧吗？"

"你们哪来这些奇怪的想头？政策宣传会县里没开吗？"隋鹰笑问，"咱们现在是人民政府，可不兴连坐那一套，再说，解放太原时，琴丫头在战地医院的事迹，整个山西都传遍了，说她是中国的……啥来着？"

"南丁格尔！"贞实又想笑又有些恼，"我们这回来，一是请黛秋回北京开诊，二就是把两个孩子的事办了，远儿都三十了，不结婚，不生娃，想让我们老李家绝后吗？"

"哎呀，他们的火车开走了！"黛秋急得跺脚，"蓝桥，快拍电报给老陶，让他回堡子务必堵着孩子们！"

"这事闹的……"蓝桥说着就要跑，忽然远远看见一个修长的身影，"那个……哎？那不是琴丫头？"

众人看过去，淡淡白雾之中，分明就是面带泪痕的江琴。

"这孩子……"黛秋忙跑着过去，"你……你怎么……远儿呢？"

江琴朝黛秋深深一躬，又朝跟着跑来的贞实和隋鹰行礼："师傅，我骗了志远，我不能跟他去关外。等志远回来找我，你帮我告诉他，我南江琴是真心喜欢他，我们之间是真情，贞姨和师傅教导我成人，对我有大恩，我不能做对不起贞姨和师傅的事，宁舍情不负恩，这辈子我欠他，下辈子若能遇见，我一定补偿他。"说着，她转身就走。

"你去哪儿?"贞实叫住江琴，"除了我们，你在这世上可没亲人了。"

南江琴缓缓回身，向贞实一笑："我要学师傅，四处求学，博极医源，精进医术，去救治更多的人。"

贞实点头笑道："好丫头，有志气！不似小儿女的矫情。只是我想，你一个女人，游历行医，难免遇上事，需要人搭把手，我有个不争气的儿子，脑子虽不好，身手倒好，随你当个马夫挑脚汉都好，就是不知道你嫌不嫌弃。"

江琴不敢相信地看向贞实，又看向满面含笑的黛秋："贞姨，师傅……我……"

"谁、谁说我脑子不好！"志远上气不接下气的声音吓了众人一跳。

循声看过去，李志远刚才还整齐的衣裤被磨出几个洞，脸上还挂着擦伤。

"志远！"江琴一步扑上去，"你这是伤了哪里?"话没说完，人已经被志远紧紧箍在怀里。

"你答应嫁给我，为什么要跑?"火车开动时，志远确定，去打热水的江琴不会再回来，他被"抛弃"在陌生的火车上。

于是众目睽睽之下，志远在火车提速之前，毫不犹豫地从车窗跳了出去，又一路飞快地跑回来。江琴骗谁也不敢骗黛秋，所以她一定会先找黛秋说明一切，志远必须追上她。

"以为骗我上火车就能丢下我?"志远终于长长地舒了一口气，"南江琴，今天就算药王爷不同意，我都要娶你！"

贞实听不下去地撇撇嘴："我说什么来着，脑子不好！"

一语说得众人都笑了……

一场虚惊，一段波折，反让这对有情人早结连理。想起这些日子的筹划和刚刚拙劣的遮掩，蓝桥失笑，伸手拉起黛秋的手："远儿有我当年的样了。"

"小舅子，儿子是我的。"隋鹰说着，一手揽住女儿，一手拉住贞实："老子当年翻墙才找到媳妇，这小子敢翻火车。"

贞实轻捶隋鹰一拳："当着孩子，别瞎说！"

东义捂了捂耳朵："我什么也没听见！"

一语说得众人又笑，说笑声中，车笛鸣响，拉着长长的白雾，奔向如画的人间……